大鱼

有爱的青春陪伴者

蒼耳传鲸

上

北风三百里 著

四川文艺出版社

图书在版编目（CIP）数据

落日化鲸／北风三百里著 . -- 成都：四川文艺出
版社，2024.1
ISBN 978-7-5411-6772-0

Ⅰ . ①落… Ⅱ . ①北… Ⅲ . ①长篇小说 – 中国 – 当代
Ⅳ . ① I247.5

中国国家版本馆 CIP 数据核字 (2023) 第 227381 号

LUORI HUA JING

落日化鲸

北风三百里　著

出 品 人　　谭清洁
责任编辑　　陈雪媛
特约编辑　　雪　人
装帧设计　　Insect　孙欣瑞
责任校对　　段　敏
出版发行　　四川文艺出版社（成都市锦江区三色路 238 号）
网　　址　　www.scwys.com
电　　话　　0731-89743446（发行部）　　028-86361781（编辑部）

排　　版　　长沙大鱼文化传媒有限公司
印　　刷　　长沙鸿发印务实业有限公司
成品尺寸　　145mm×210mm　　　开　本　　32 开
印　　张　　20　　　　　　　　　字　数　　780 千字
版　　次　　2024 年 1 月第一版　　印　次　　2024 年 1 月第一次印刷
书　　号　　ISBN 978-7-5411-6772-0
定　　价　　65.80 元

目录

Contents

LUORI HUAJING

上 册 ···

目录

Contents

LUORI HUAJING

下 册 …

第一章
/ 重逢 /

01.

上海，深秋。

姜思鹭把最后一件家具搬进新家，终于有种如释重负的感觉。

房子不大，五十二平方米，装修却花了大半年。姜思鹭仔细审视着自己的"领土"——鱼骨木形的拼贴地板，占据大半墙壁的飘窗，秋日暖阳照透玻璃，铺在地板上……

不错，和她想象中，一名小说作家的房间，一模一样。

自从十八岁那年听到"女人想写作，就必须有钱和一间属于自己的房间"这句话，她便将其奉为至理名言。

上本书的影视版权卖出去后，姜思鹭算了算手中存款，终于开始践行这一理想。时至今日，美梦成真——

在梧桐树影下，她拥有了一片栖身之地。

是完全属于她自己的王国。

打扫房间又花了几个小时。窗外已是深秋，辛勤劳作的姜思鹭却出了不少汗。归拢打扫工具后，她冲进浴室，痛痛快快地冲了个澡。

浴室雾气氤氲，她擦干镜面，望向自己二十五岁的脸——凌乱的头帘下，眸子乌黑，眼神明亮，浓密的睫毛挂着细密的水珠。

要是鼻子再挺一些就好了。

姜思鹭叹了口气，捏了捏鼻梁，站直身子。她再次向镜面望去——水汽蒸腾，只能看到一个高挑的轮廓。

她仍不算什么惊天动地的大美女，但比起当年的自己，还是长进了不少。

尤其是穿上长及脚踝的黑色大衣、涂上红唇后，都市丽人的做作腔调，她多少是拿捏住了。

手机响起。姜思鹭看了一眼，消息都来自一个叫"K中上海小分队"的十三人微信群。

朱哲茂：【我快到了，谁还没出门赶紧的啊。】

路嘉：【班长，我们在三楼了，你来了直接进包厢。】

邵震：【你们都到了？我在中环上堵得一动不动。上海的交通，对我车的性能是一种侮辱……】

看来大家都在路上了。姜思鹭也不想最后才到，系上围巾后，便叫车赶往聚餐地。

好在她家离聚餐点近，打车过去也就十五分钟。

等红灯的间隙，姜思鹭打开群成员的列表，有些艰难地回忆起同学们的样貌。

说实话，这些人，她很多都不熟。

高中时期，姜思鹭是个十足的"自闭型选手"，成绩不上不下，容貌马马虎虎，唯一的记忆点大约就是给高二那场校级话剧比赛写过剧本。

她对高中的记忆不甚美好，连带着对这些同学也感情不深。要不是班长朱哲茂——她盯着群成员里那个穿着白大褂、一脸忧国忧民的头像——非让她来和在上海的同学联络感情，她宁愿在自己的小王国里泡着澡看书。

更何况，这个群里……

并没有段一柯。

出租车停在静安区一处五星级酒店前。

一下车，姜思鹭就知道这是谁的手笔了——

邵震，这个 K 中前无古人后无来者之"大烧包"，毕业七年，越有钱越"烧"，不弄点大动静出来都对不起他"烧哥"的诨名。

聚餐的包间在三楼。姜思鹭走到门前时，包间的大门忽然打开，一个男人高举右手，手腕上闪耀的劳力士绿水鬼手表比他本人更抓眼球。

"失陪下，我去隔壁打个电话，有个大单子追得急——哎？"

姜思鹭有一瞬哑然，然后有点想笑。

她一时不知是邵震高中就足够老成，还是毕业后保养得好，总之他居然能七年间没什么变化，除了尺寸变大一号。

连她这个对高中同学脸盲的人都一眼认出来了。

相比之下，姜思鹭的变化就太大了。邵震打量她许久后，扭头问道："这美女是谁的家属？有人认领吗？"

坐在侧面的路嘉腾地站起来认出了她。

"谁的家属啊！烧哥你戴上眼镜吧！"路嘉小碎步跑过来拉姜思鹭的手，"这不是思鹭嘛。天啊，你毕业就消失，我都多久没听过你消息了。"

显然，姜思鹭对别人记忆不深，别人对她也印象寥寥。正巧她此行也一心继续淹没人海，几句话就把焦点递回给路嘉。

作为当年班里的宣传委员，路嘉大学毕业就进了上海一家名为"朝暮"的影视公司做宣发，现在也算个独当一面的小领导。

听到对方在"朝暮"工作，姜思鹭还愣了下——她有本改编后马上要播出的小说，背后的出品公司正是这家。

不过朝暮影业几百号员工，路嘉未必会经手她的项目，姜思鹭也就没有自爆笔名的打算，只是托着下巴坐在一边，听对方把手中八卦一一叙来。

"就那个谁，和那个谁，全都传是一对——啥呀，他俩就是为了新戏炒作，人家早就和粉丝领证了……

"哦，你说那谁啊，她脾气可好了，从来不耍大牌，网上那些都是黑她的，你们别信。"

……

业内的八卦抖得差不多了，路嘉喝了口水，又在群众的呼声下回忆起高中同学们毕业后的情况。

一般这种场合，姜思鹭都是旁观者。

她从很小的时候就这样了，做什么都只留一半灵魂。剩下一半灵魂，她牵一缕在手里，放飞到空中，看人，看他们脸上的表情，记下最细微的动作，然后把这一幕写进自己笔下的故事里。

她对什么都如此心不在焉，也难怪除了写作，什么都做不好。

正这样神游着，姜思鹭忽然觉得，自己的灵魂被扯了一下。

她奇怪，定神望向喋喋不休的路嘉。

路嘉在说什么？神游状态下，姜思鹭眼中的路嘉处于一种慢动作的状态，口型夸张，声音慢而嘹亮。

"段一柯，就坐思鹭后排那男生——思鹭，你不会连他也忘了吧？"

听到那三个字的一瞬间，姜思鹭魂归原位。

段一柯，高中前后三届的传说。

中学阶段，对人的评判很单纯。所谓风云人物，或是成绩好，或是长得好，段一柯属于后者。

不过相比于竞赛大佬们届届相传的口碑，"靠脸界"是典型的新人换旧人，上一届的"脸强王者"一毕业就会被新来的传说顶上。

而段一柯的名气之所以"钻石恒久远"，是因为他考上了国内三大艺校之一的上戏，以至于凭着刚过艺考线的高考分，和那帮保送北大清华的大佬一起登上学校光荣榜。

那榜单就立在 K 中一进门的国际楼前，每一个考入 K 中的学弟学妹都会在开学第一天瞻仰一遍。而段一柯那张脸……

着实吸引眼球。

姜思鹭一直没和人说过，自己大二那年回高中看老师，其实偷偷去拍下了他那张照片。

照片里的段一柯，留寸头，校服扣子解到第二颗，鼻梁高挺，锁骨和下颌都锋利。他神色很冷，脸上带着些微的不耐烦。

"Bking（装酷）！"姜思鹭当时腹诽，但还是把照片好好存在了电脑的某个文件夹里。

再往后，姜思鹭开始写作，也刻意不再关注段一柯的新闻。她不看他的剧，不关注他的微博，不加他的微信好友，只知道他没有大红大紫，却不知道，他已经很久没有出现在公众视野里了。

姜思鹭收回目光，望向路嘉。

"他已经好几年没拍戏了，你们知道他去哪儿了吗？"路嘉戏剧化地压低声音，"就前一阵，我听人说，他在上海这边一个剧本杀馆里，给人演NPC（非玩家角色）。"

这两年，上海的剧本杀馆如雨后春笋一样冒出来，一开始"卷"剧本，然后"卷"装修，现在开始"卷"NPC。姜思鹭早有耳闻这些地方会去艺校招表演系的学生，可段一柯……

他大二的时候，其实就有剧上线了。虽说新人没什么宣传，但他颜值、演技都在线，姜思鹭当时的微博首页甚至有人在转发他的动图。

演NPC？

姜思鹭刚想追问，门口又传来一阵喧哗。她循声望过去，是邵震回来了。

他一回来，屋子里就静不下来了。他端着酒杯站上台，右手一抹头发——腕上的绿水鬼手表再次亮瞎人眼。

"同学们，虽说大家都来上海的时间不短了，但人来得这么齐，还是第一次。"邵震扫视全场，"这样吧，既然好久没见，我们各自介绍一下现在的工作，还有感情状况。相关行业的，以后互相帮衬。着急脱单的，也能介绍介绍！"

邵震："好，那就先从我自己开始吧……"

几乎是从"相关行业"这四个字开始，姜思鹭的思维就涣散开了。

对，这就是她当年选择离职写作的原因。刚回国的时候，姜思鹭也做了一年财经记者，日常出席高端场合、交往上流人士——但她就是受不了他们那副处事的腔调。

虚伪、油滑，起床就戴上假面，和你打交道只因为你名字前面那串职位。

邵震几句话，瞬间把她带回那一年的职场，姜思鹭几乎是通过走神在回避那些记忆，直到有人推她的肩膀。

"思鹭，到你了。"坐在身旁的路嘉睁大眼睛望着她。

姜思鹭这才发现，剩下十二个人全在目光炯炯地注视着自己。她急忙调整状态，但话到嘴边，又停住了。

说什么，说自己在"写小说"？

面前这帮同学，做律师的做律师，搞金融的搞金融，还有双语学校的老师，都是体面的"正经职业"。

她，写小说？

姜思鹭有点后悔刚才把时间花在走神而不是想个更稳妥的答案上。

"我……自由职业。"她模棱两可地说。

果然，此言一出，已经有人的脸上露出"原来在待业"的表情。邵震更是一脸关切："自由职业是干啥？姜思鹭，我听说你之前做过记者，是辞职还没找着新的吗？"

不等姜思鹭回答，邵震便自顾自地号召起来："你们谁有媒体的渠道吗？公关公司也行，给思鹭介绍下，咱们聚会的目的不就是共享资源嘛。"

情况已经由不得姜思鹭说"不"了。

一位她早就忘了名字的女同学清清嗓子，吸引众人注意后，柔声说道："不瞒大家说，我这边正在外企做一些 marketing（营销）的投放，responsible（负责）了整个华东的 media（媒体）渠道，稍等我 check（查看）下我 list（列表）里面的 big name（成功人士）看有没有适合思鹭的，那其他同学有 cooperate（合作）的 idea（想法）的话，也欢迎来找我哦。"

紧接着，另一位青年才俊也火速站了起来。他起身的速度太快，像是站晚了这个风头就没他的份了。

"确实，我现在正在一家互联网公司做商业化，我回去和人力拉通下 HC（岗位）的数量，大厂也很欢迎有一线媒体经验的同学来协助做用户触达的优化。"

姜思鹭："……"

你们这说的是哪国语言？

你们这是在帮我找工作，还是在展示自己事业有成？

当年和"人上人"们打交道的气息再度扑面而来，职场话术如紧箍咒，念得姜思鹭头痛欲裂。谁知，身边又出现两位询问她微信号的同学，一边说给她推工作链接，一边在言辞间渲染着自己在企业的成就。

姜思鹭揉了揉额头，颓废道："群里有我，你们加吧。"

身旁的路嘉"嗷"了一声。

"你在群里啊？你从来不说话，我都不知道有人拉你进群了呢。你等等，我也想起个我们公司的岗位，我加好友推给你。"

你别说，刚才这么多人嘚吧嘚，大概只有路嘉这句是真想帮她。

片刻后，路嘉忽然陷入了沉默。

姜思鹭的心中，也升起一种奇异的预感。

姜思鹭坐在路嘉身边，看到路嘉在屏幕上把自己的头像点开，退回去，看了一眼微信号，然后打开和另一个人的聊天记录，往上划拉，划到对方发给她的一张名片截图。

她把那张和姜思鹭有着同样头像、微信号的截图点开，然后举到姜思鹭眼前。

"思鹭，"她一脸震惊，"这是我同事分享给我的作者名片，我还没来得及加……我们公司新剧的原作者，是你啊？"

姜思鹭："那个……"

路嘉压根儿没听她说话，回头看了一眼刚才还在自我陶醉的同学们，痛心疾首道："不是，你们还介绍工作？介绍啥啊。

"你们知道她现在一本书的影视版权卖多少钱吗？！"

02.

"思鹭，我妹说她在追你的书，我也不懂那叫啥，特签是吗？对，你给她写本特签行吗？我下次聚会把书带过来。"

姜思鹭躺在床上，精疲力竭地回了一个"成"字过去。

刚搬的新家，还有一箱书没放上书架，但她已经没力气了。

从路嘉在同学聚会上把她的笔名"落日化鲸"大声喊出来那一刻，姜思鹭的精神就已经死了，留存着的只有肉体。

尤其是有人搜出她最早的成名作——以尺度大闻名的一本同人小说后，姜思鹭的肉体，也麻了。

在不间断地回答了同学们"你灵感都是从哪儿来的""之前那部爆剧××的作者也是你吗""你探班见着主演了吗"等问题后，姜思鹭借口有事，逃也似的提前离开了聚会现场。

姜思鹭瘫回床上，摸了摸手机，点开"通讯录"和"新的朋友"，看到一串好友申请——

得，入群半年无人问，这回倒是都把她想起来了。

她挨个通过了几个好友申请后，看到了最下面的路嘉。对方的头像是一个卡通版的水兵月，留着双马尾，和她高中时代的造型倒是蛮像。

被狂轰滥炸了一个下午的姜思鹭，这才想起路嘉那句没说完的话。

段一柯。

在剧本杀馆里演 NPC 的段一柯。

姜思鹭发了会儿愣，继而通过了对方的好友申请，主动发了个表情包过去。

路嘉回复得很快：【化鲸大大！】

姜思鹭：【……求你叫我思鹭。】

路嘉：【你离开的决定很正确，他们现在还没散，我也回家了。】

姜思鹭心不在焉地和她寒暄了一会儿，总算切入正题。

姜思鹭：【你今天说段一柯在剧本杀馆里当 NPC 是吗？】

路嘉：【哦，是哦。我还想和你们再说点呢，就被烧哥打断了。】

姜思鹭：【说啥？】

路嘉：【咋了？你想知道啥？】

"你想知道啥？"的后面跟了个狗头，弄得姜思鹭有点心虚。

姜思鹭：【没啥，就问问。毕竟当初那么傲一人，我好奇。】

路嘉：【嗨，我也是听同行说的，他们去徐家汇那边一家剧本杀馆玩的时候偶遇的。不过他们没说具体是哪家……我帮你问问去？】

姜思鹭急忙回复：【不用不用，我又不去找他。时间不早了，你早点睡吧，明天还得上班呢。】

路嘉：【啊！怎么又要周一了！那我先睡了，化鲸大大！】

姜思鹭：【……大可不必！】

路嘉没有再回复，估计是真的去睡觉了。

姜思鹭则盯着"我又不去找他"那行字，陷入了沉思。

她平躺在床上，手机放在腹部，双手交叠盖在胸口，愣怔着盯着天花板上的灯。

那是她特意找人定做的灯罩，上面有鲸鱼的镂空纹理。如果不开其他的照明，这盏灯的光线就会映出鲸鱼的图案，映在海蓝色的天花板上，像深海之中的鲸群在遨游。

落日化鲸。

她庆幸段一柯没有来聚会，不然他或许会对自己的笔名起疑心。毕竟这四个字，和他有着千丝万缕的联系。

姜思鹭忽然叹了口气，翻身趴到床上，把手机里的地图调出来，搜索"徐家汇"后又点击了左下角带着放大镜图标的"周边"，然后在文字框里打出"剧本杀"三个字。

五个蓝色的点出现在屏幕上，标志着五间开设在徐家汇的剧本杀馆的位置。

五间而已，一个个试，总能找到。姜思鹭如是想。

邵震认不出她，段一柯也未必。那么，她去看他一眼就走。

就看一眼。

……

"一起鲨"。

一出电梯，姜思鹭便看到了墙壁上镶嵌的店名。

这是她这个月玩的第四家剧本杀馆了。参加同学聚会前，她还是个不折不扣的小白选手，但为了"看一眼"段一柯，姜思鹭已经在徐家汇的这几家剧本杀馆游荡了半月有余。

没来之前，姜思鹭倒真没想到这行业已经发展得这么成熟。她上周去的那家，场馆建造得极逼真，氛围打造得极沉浸——

本子讲的是北平戏园枪杀案，老板就真把一层楼改装成了民国戏园，除了带队的 DM（剧本杀主持），身边来往的 NPC 都穿着戏服，还会嘹亮地问"来了您哪"……

而这家"一起鲨"，装潢虽然没有前几家豪华，但有一些"全城限定本"（整个上海只有这儿能玩到），而且传言 NPC 们演技卓绝，不少玩家都是笑着进来，哭着出去。

果然，刚出电梯，姜思鹭便看到几个抹着眼泪的小姑娘。

"他真的好爱她，呜呜呜呜。"

"最后那个不是鬼魂吧，一定是真人回来了吧。"

"都八十多年了怎么可能不老啊，那是幻想啊——啊呜呜呜呜，我又要哭了……"

姜思鹭小心翼翼地与她们擦肩而过，大概听出来对方刚玩完的就是自己马上要去的那个名为《陌上春草》的剧本。

不同于剧本杀常见的硬核推理，这是个情感本。故事从一群年轻人租住一栋老洋房讲起，然后在不停发现旧物的过程中，拼凑出了一个八十多年前的爱情故事。

玩家们扮演的，自然就是那群租客。而参演的 NPC，会以"重现旧物记忆"的形式，为玩家重现故事里的经典画面。

听起来是挺吸引人的。

楼道尽头便是场馆大门，姜思鹭推门而入后，心里默数了下人数，便知道，自己这队的人已经来齐了。

"哟，《陌上春草》这队都到得挺早啊。"一个高挑的黑发女生跑着小碎步赶来，脸上还戴着狐狸面具，显然是刚带完哪个玄幻剧本的DM。"我先带你们进场把角色分了，你们自己看下人物背景，我马上回来。"

《陌上春草》这个本里有六名角色供玩家选择，设定里有两对情侣。在上一场体验过尴尬感情线后，姜思鹭这回先找到DM，小声说："给我个没感情线的本行吗？"

DM摘掉狐狸面具，回答得很干脆。

"行。"她把最下面的角色本递给她，"这是房东，一个老太太，老公死了几十年了。"

姜思鹭"扑哧"笑出声。她拿着剧本回到座位，开始观察屋子的装修。

和那家民国戏园比起来，这间屋子装得确实比较潦草，"老洋房"的书柜、衣柜、穿衣镜都是一眼假的模型，最逼真的可能就是他们围坐的这张古董桌了。桌面呈长条状，尽头雕着一排祥云，很像那些大户人家书房里的家什。

姜思鹭把自己的角色剧本在桌上摊开，仔细阅读起来。

"你生于1927年，从出生就和母亲住在这栋房子里。门外的半条弄堂也是你家的，里面租住着上海滩的三教九流，有个租客在帮派里做事。九岁那年，母亲为你请来一个家庭教师，她是一名在上海读书的女学生……"

哦，进步女学生和上海滩打手，姜思鹭懂了。作者的文笔比她想象的好，再加上DM很快进场带大家进入情境，配上昏暗的灯光和缓缓响起的配乐，姜思鹭几乎忘了自己此行是来做什么的了。

"九哥！人带来了！"

一道突兀的男声忽然响起，惊得大家猛然抬头。姜思鹭定睛一看，才发现，这声音是从音响里传出来的。

DM按了下手中控制音效的遥控器，说："大家的推理没错，日记本里残存的两行字，记载的就是他们的相遇。请诸位转身，记忆之门，现在开启。"

姜思鹭转过头，看向场馆后门——他们方才都以为那是一道窗帘，没想到墨绿色的帘幕拉开，露出了一个三尺宽的舞台。

一道聚光灯，清清冷冷地打下来。

姜思鹭几乎在转瞬间便明白了这家剧本杀馆的口碑来源——那舞台很小，但布景、打光都是话剧水准。再加上方才已经知晓了故事前情，玩家们一瞬间就被带入了情景。

舞台四周堆着集装箱，有些箱门已经被撬开。里面堆着的，是漆黑的枪管。

弥散的灰尘里，一道男声蓦然响起。

"要枪？"

姜思鹭一愣，循声望去。

舞台的角落现出一道身影，侧倚着集装箱，右手指间夹着烟。昏暗的光线勾勒出男人的打扮——一件黑绸带纹理的外套，宽肩束腰，扣子解得低，露出分明的喉结和锁骨。

光斜射着，他轮廓深，眉骨下是一片阴影。他不笑的时候显得很冷，甚至透着些不耐烦，但笑起来，便有种邪气。

比如现在。

他看着对面那个穿着阴丹士林旗袍的姑娘，眉毛轻抬，笑容恶劣：

"可我不卖枪给学生。"

……

"哇，绝了，真的。"坐在姜思鹭旁边的女玩家连声感慨，"怪不得说'一起鲨'的NPC质量高，这上镜一点死角都没有吧！我每天追剧看的那是啥？"

"快别说了，好好看吧。"对面一位姐妹不顾男朋友的白眼，也是一脸震惊，"珍惜大帅哥，这脸去哪个选秀不能打？"

"你差不多得了啊。"她男朋友忍不住了，"控制下行吗，你看咱房东——不是，你看对面那小姐姐，人家咋就啥都不说呢？"

被点名的姜思鹭……

倒真是一点反应都没有。

从看清对方的脸以后，她就什么反应都没有了。

因为台上的人，是段一柯。

舞台上有演出的时候，玩家所在的位置光线会调暗，只有台上的聚光灯耀眼。她在台下昏暗的角落看着光里的他，就像是那么多年来一样。

段一柯是那种可塑性极强的演员，他演什么都能完全走进角色的设定……哪怕就这么一个画面，就能让姜思鹭的脑海中浮现出百年前的夜上海，和那些在暗处行走的人。

他的剧第一次播出的时候，就有人说，这个新人，一定会红的。

可他……

为什么在这里？

他的舞台，不应该在这里啊……

姜思鹭愣愣地看着，直到幕布落下，被日记本打开的"记忆之门"关上。

随着剧本的进程，接下来还有两场段一柯出场的戏。一场在女主角的学校正门，一场在帮派里。身边赞叹声不断，姜思鹭也慢慢把状态调整了过来。

她原本也只是想看他一眼，现在她看到了。

中场休息。

上半场的剧情停留在"女主哀求帮派的人把男主送去医院"这一幕上。姜思鹭一看手机才意识到，时间已经过去了两个小时。

剧本杀还真是杀时间的利器。

"大家休息十分钟。外面有饮料，你们想喝什么自己倒。"DM 小姐姐把上半场堆在桌上的一些道具收回箱子里，指了下门外，"刚还有人点奶茶了是吧？我让外卖员放在架子上了。"

想必是坐了太久，戏一散，六个人里站起来四个。姜思鹭觉得胸闷，也出门去倒饮料。

她靠着饮料机发呆，看见刚才坐自己旁边的女孩从门外取了两杯奶茶回来。

"小姐姐，小姐姐。"女孩抓着DM问道，"刚刚那个男主演在哪里啊？"

DM 脸上露出一种见怪不怪的表情。她把满怀道具往身旁的箱子里一丢，扯开嗓门喊："段一柯——有人找！"

姜思鹭差点儿把可乐喷了。

这一声实在太嘹亮，段一柯的身影很快从更衣室里闪了出来。他看起来是刚把脸上的道具血冲净，甚至没来得及擦。水珠顺着鼻梁和喉结滑落，滚进半解的衣领里。

邻座女孩一手一杯奶茶，看着对方越走越近，眼神里是呼之欲出的雀跃。姜思鹭面无表情地看着他，准备像高中时代一样，再度围观段一柯"婉"拒追求者的经典画面。

不对……他这方向怎么回事？

他怎么直冲着自己来了？

哎，不是吧，难道他一眼就认出自己了？当时邵震完全没认出自己……

"姜思鹭？"段一柯的最后一步真的停在了她面前。他个子高，和她说话得微低下头，略显压制，"你怎么知道我在这儿？"

姜思鹭短暂地丧失了语言能力。

DM 抱起手臂，饶有兴趣："怎么着，熟人啊？"

段一柯"嗯"了一声，重新看回姜思鹭。

两位围观群众的眼神陡然炽热起来，段一柯顿了顿，拽着姜思鹭的手腕把她带到了店门外。

邻座女孩看着两人远去，长叹一声，转头看向 DM 的眼神略显幽怨："那，你们那个男二也行，能叫出来聊聊吗？"

DM："……姐们儿，你这选妃呢？"

门外。

手腕被段一柯握住的地方热得发烫，姜思鹭用指甲狠掐手心，三魂六魄总算归窍。

"我不知道。"她说，这话倒也没骗人，"我来这儿玩，没想到你在。"

她大脑宕机似的接着问："段一柯，你不演戏了吗？"

空气陷入沉默。

她仰头看着他，这是她高中毕业以来第一次在真实的世界里看着他。毕业前抬头就能看见的人，却成了镜头那端的可望而不可即。

可他现在又在她伸手就能碰到的地方了。

和方才舞台上不同，舞台下的段一柯，又变回那张她偷拍的照片——五官很冷，压在阴影里的眼睛露出来，眼尾狭长上扬，下意识就和人拉开了距离。

但下一秒，他竟冲姜思鹭笑了笑。

段一柯歪头示意了下舞台的方向，神情无所谓，但也认真。

"这不也是戏吗？"他说，"下半场要开始了，先回去吧。"

确实要开始了，玩家们都回到了房间里，演员得换下一场的服装。他抽空和她说这几句话，也是争分夺秒。

姜思鹭点点头，跟着他回到店里。

她一落座，旁边的姑娘就凑过来了。

"啥情况啊，你俩认识？"

"算认识吧……高中前后桌。"

"慕了。"对方长吁短叹，"我高中光一群歪瓜裂枣……他高中就长这样吗？那么帅，演技又好，应该去考艺校、演电视剧啊。"

考了，怎么没考，考上的还是上海最好的那所。

但姜思鹭没说话，只是把目光转回自己的角色剧本。

段一柯，路人都能一眼看出你应该当演员。

你怎么在这儿呢？

《陌上春草》的下半场，就是著名的催泪场了。

男主对女主的感情逐渐显露，但碍于身份，又只能将感情深埋心底。玩家们从老洋房里一样样地找出了证明他们相爱过的物品：

一串珍珠项链，一方手帕，一封没有寄出的信……

DM把信里的内容念出来时，就有女玩家的眼泪绷不住了。

"……我从没有爱上别人，可我只有一条命，已经交给这场战争了。我们运气不好，在这个时代遇见了彼此。我走以后，你要好好过完这一生。下辈子，我会比你年长些，替你多吃些人间的苦。这样，再遇见你的时候，我便能将你护得更周全了。"

最后一个字落地，姜思鹭旁边的姑娘"嗷"一声哭出来，眼泪把妆都冲花了。哭声简直是不绝于耳，室内灯打开后，姜思鹭才看见，几个男生的眼眶也是红的。

相比之下，身为作者的她抵抗力强得离谱。毕竟，BE（悲剧）文嘛，这种强度的虐心在她面前……还是太入门了。

目送其他玩家离开后，收拾东西的 DM 看了一眼姜思鹭。

"你这泪点也太高了。"DM 说，"对了，段一柯让我告诉你等他一会儿，他得换身衣服。"

姜思鹭一时没反应过来。

"换衣服干吗？"

话音刚落，门外传来一道男声。

"吃饭。"

姜思鹭回头，换下戏服的段一柯猝不及防地映入眼帘。

他外套刚穿到一半，似是临时收到信息，便披着衣服低头打字。余光见姜思鹭回头，他抬了下眼，改打字为语音，发了句"一会儿说"便点灭屏幕。

他声音很低，带点沙哑，但吐字清楚，是科班训练过的好嗓子。

他招了下手："刚回上海？我请你吧。"

姜思鹭完全是四肢僵硬着走了过去。

不是……

啥情况啊？怎么就要和段一柯吃饭了？

她……她高中都没和段一柯单独吃过饭啊！

她只是来看一眼啊！

楼下是繁华夜色。

从剧本杀馆所在的商厦出来，冷风一下灌进姜思鹭的领口。她紧了紧围巾，看到身旁的段一柯，长袖白 T 恤外面只套着一件墨绿色飞行夹克，脊背笔直。

他高中的时候就这样，别的男生一冷就冻得缩起来，他穿得再薄也挺拔。如今事业受挫，装酷的人设还是稳定不倒。

"你吃什么？"他的声音顺着冷风传来。

姜思鹭怕他冻得厉害，抬头看见隔壁亮着灯的汉堡店，抬手一指。

"这儿就行。"

两人并肩走进去。

菜单上的东西拢归也就那么几样，姜思鹭心思不在吃上，点了几个，就找了座位等段一柯。

座位紧邻马路，对街的写字楼和商厦流光溢彩。姜思鹭托着下巴等自己高中的暗恋对象，打心眼里觉得世事神奇。

面前落下餐盘，段一柯把东西拿来了。

"谢谢。"她说着小心地拿过自己的汉堡。

段一柯抬眼看她，笑了一声："姜思鹭，我高中没欺负过你吧？"

"啊？"

"你那么小心，很怕我？"他说，"我以为我们还算熟。"

哦……

姜思鹭老实回答："没有，确实挺熟的。"

是她，她心里有鬼，因此举止可疑。

但也不能总这样——

硬气点！姜思鹭！你现在也是个有头有脸的人物！

她深吸一口气，口中句子在脱口而出的前一秒，语气再度变得犹豫："你怎么在这里演戏……"

段一柯垂了下眼，睫毛在眼睑处投下细密的阴影，映着他平淡的神色："想演戏，接不着，就在这儿了。"

很平静的一句话，不卑不亢。

但堵得姜思鹭一个字都没再问出来。

人生际遇，坎坎坷坷。少年时代光芒四射的人物，也有低谷要过。

两人沉默片刻，段一柯再开口，把话题引回姜思鹭。

"刚来吗？"

姜思鹭摇摇头："毕业就回来了。"

"我以为你来找工作。"

"为什么？"

"今天周三。"段一柯右手轻点了下屏幕上的日期，再抬眼时，眉毛微微挑起，"你不用去公司？"

姜思鹭嘴上瞬间结巴，脑子倒是转得很快。

不想让他知道自己暗恋过他——不能让他知道自己那个因他而取的笔名——不能让他知道自己在写小说——不能让他知道自己没工作！

"要去的！"姜思鹭陡然抬高声音，"但是我之前加班，今天休假了！"

她声音太大，周围两个吃饭的顾客都忍不住抬头看她。

人一编谎话，就会下意识把话往全了说。

"我在一家影视公司上班呢，"姜思鹭语速奇快，"朝暮影业你知道吧！我在那儿做宣发！路嘉也在那儿！我俩一个部门，不信你问她！"

段一柯看了她一会儿，看得她脊背发麻。

"哦，"他说，"我知道了，你不用喊。"

姜思鹭右手扶额，对自己的心理素质恨铁不成钢。

手机连续的振动很恰好地把她从尴尬中拯救出来。但当她划开微信的瞬间，头再次大了——是编辑。

【朋友，周三晚上了。】

一条没头没尾的消息，但最后的句号已经显现出对方的忍无可忍。

【又放我鸽子！又！说好的出版稿呢！】

姜思鹭赶紧打字，但消息简直可以称得上汹涌而来，微信提醒"叮咚"不绝。

【说好周三下班给我！这都几点了！】

【姜化鲸！】

【你信不信我杀去上海拿你填海？】

发消息的是姜思鹭长期合作的出版社编辑丁丁。她笔名"落日化鲸"，真名姓姜，每次拖稿拖到丁丁忍无可忍，对方就会连笔名带姓地叫她。

"老大！"

来不及打字了，姜思鹭连发两条语音过去。

"我已经在改了！你放心！就差最后几节了，我保证你明天睡醒，稿子就乖乖躺在对话框里了！"

对面沉寂三秒。

【你最好是。】

恶狠狠的一条。

姜思鹭打了个哆嗦，抬头看见段一柯的眼神，差点儿以为自己说漏了嘴。

她定神一想，立刻开始找补。

"宣传稿，宣传稿。"她一边把手机装回挎包，一边解释，"艺人的宣传稿我忘了改了，我得回去了。段一柯，你慢慢吃，不用管我……"

段一柯就看着她手忙脚乱地收拾，好不容易东西拿齐，眼看着人都跑远了，又折了回来。

姜思鹭："加个微信？"

段一柯笑了笑，拿出手机，语气半开玩笑半认真："我还以为你是不想加我。"

姜思鹭走得匆忙，没细想这话。等叫的出租车到了，人靠在后座上，她才琢磨起这话的意思。

我还以为你是不想加我。

人为什么会连另一个人的微信都不想加？

是不屑、避嫌，或者……不想扯上丁点关系？

姜思鹭的肩膀后知后觉地僵住。

这不是段一柯会说的话——

或者说，这不是她认识的那个高中时代的段一柯，会说的话。

打车软件显示到家还有十几分钟，窗外是飞速流逝的街景。姜思鹭的脑子乱得要命，唯一能做的是反复点进段一柯的朋友圈——

空荡荡的，不知是屏蔽了她，还是真的什么都没发过。

姜思鹭深吸一口气，退回聊天栏，找到了路嘉的水兵月头像。

姜思鹭：【嘉嘉，问你个事行吗？】

路嘉回得很快：【怎么了？】

姜思鹭：【你知道段一柯为什么去演剧本杀吗？】

路嘉：【啥意思？】

姜思鹭：【他一个上戏毕业的，怎么会沦落到去演剧本杀呢？他是没戏拍吗？他刚出道的时候不是势头很好吗，怎么现在没人找他拍戏呢？】

对面陷入了沉默。

过了很长很长时间，路嘉才回过来一句话：【思鹭，这是圈子里的一些事。我和你讲了，你不要往外说。】

03.

夜色深沉。

姜思鹭打完最后一行字，将文档另存为。她打开和丁丁的对话框，把小说的终稿发了过去。

结束了。

夜光表显示出"3：27"的字样。正是深夜，万籁俱寂，结束工作的姜思鹭躺在床上，却怎么都睡不着。

她的脑海里，反反复复，回荡着路嘉和她说的那些话。

路嘉：【两年前，圈子里有一部投资很大的正剧，是个古装权谋片。段一柯那年势头很好，虽然是新人，但是得了导演推荐，拿到了男三号的角色。】

路嘉：【一起和他进组的，还有一个他的同班女同学。你应该不认识，我们私下都叫她小艾。】

路嘉：【说起来，也不是什么新鲜事。小艾……被那部片子的男主演看上了。】

路嘉：【除了私下短信骚扰，那人和小艾拍对手戏的时候，也不老实。那么大个剧组，摄像机开着，竟然没有一个人管。】

路嘉：【段一柯前面都是沙场戏，人在外地，拍摄过半才回影视城。回来第一场，就是那个男主演借着和小艾拍吻戏……动手动脚。小艾眼圈都红了，也不敢说话。】

路嘉：【段一柯直接上去把他推开了，然后就动手了。】

路嘉：【我也不知道是说他傻还是……唉，那个男的不单纯是个演员，有钱，也有背景，当场就放出话，要让段一柯在圈子里混不下去。】

路嘉：【但是这还不是最严重的。】

路嘉：【其实他上戏毕业后，关系网也在南方。要是他爸没出事，同学老师，多少也能带一带。】

路嘉：【但就段一柯他爸，不是个导演嘛。你也知道他和他爸关系巨差，就是因为他爸在他妈病危的时候还去外面和人鬼混……】

路嘉：【唉，越说越生气，这糟老头子，真气死我了！】

路嘉：【他爸两年前直接进局子了。你说段一柯和他爸有什么关系？自己从十八线配角开始演，没用过他爸一点资源。结果他爸出事了，别人就觉得段一柯也有风险。这下谁还敢用他？】

路嘉：【思鹭，你们平常看到的八卦，都是能往外说的。像这两件事，圈子里是知道，但圈子外捂得严。我和你讲，你千万别和别人说。】

……

直到天擦亮，姜思鹭才昏昏沉沉地睡着。

她做了一个梦，梦里是十八岁的段一柯坐在教室的最后一排。他穿着蓝白色的校服，表情严肃，手指有节奏地敲击着课桌。

他喊她："姜思鹭，你说我报哪个学校？"

姜思鹭回过头："你去的那几家，艺考不是都过了吗？"

不仅过了，名次还都是前几。

但是十八岁的段一柯很桀骜地回答："我不想留在北京。"

于是，姜思鹭很认真地替他思考了一下，说："那要不……去上戏？"

段一柯"嘶"了一声，继续神情严肃地思考了一会儿，然后笑起来。

他笑的时候和不笑差别很大，狭长的眼角微微弯着，很有少年气。

他说："成，那就上戏。"

下午四点的时候，姜思鹭被微信消息惊醒。

她睡眼蒙眬地点亮屏幕，前十几条是丁丁发来的。

这位敬业的责编先感慨了一番她这篇新文进步颇大，又替她展望了一番接下来三年的创作计划和五年的发展蓝图，最后用一句"我早就说你大有前途"定下全场基调。

好家伙，交不交稿，还有两副面孔呢。

不过也是自己拖稿在先，姜思鹭发了个卖萌的表情包过去，然后往下翻。

下一条是个群聊。

姜思鹭一般会直接屏蔽群聊，也不晓得这个群怎么就忘记屏蔽了。她点进去才发现，是"一起鲨"的剧本开车群。

怪不得，这是昨天给 DM 付款的时候刚扫进去的。

她扫了一眼刷屏的聊天记录，发现最下面的是个顶着狐狸面具头像的女生——一看就知道是昨天带她的那位 DM——在哀号。

【有人"跳车"了，啊啊啊！】

剧本杀是群体游戏，一般凑够人数才能开局，俗称"开车"。但偏偏有的人会半路退出，还有人甚至临场退出，业内将其称为"跳车"，是极没有素质的行为。

【气死了，还有一小时开始，说自己有课！气死我了，啊啊啊！】

【有没有人来救场啊！】

【不要不理我啊，我刚都被逼得去问我前男友了！】

终于有人回复她了：【狐姐，哪个本？】

狐姐：【《群妖客栈》，巨好玩，有人来吗？】

那人问：【这场 DM 是你吗？】

狐姐：【不是我，是老段。】

姜思鹭火速瞪大眼，抓过手机，发了个举手的表情：【啊啊……我可以。】

群里沉寂了一会儿，然后段一柯的微信发过来了：【不上班？】

离开局还有四十七分钟，姜思鹭顾不得许多，爬起来一边往卫生间冲一边回复：【不上，我年假休了一周。】

等她洗漱完毕，那边的消息回了过来：【嗯，可以晚点。】

姜思鹭恨不得现在飞过去。

《群妖客栈》是典型的硬核推理本，开局先死一只麒麟兽。玩家扮演背景复杂的妖众，目的是投出杀死麒麟的叛徒。

姜思鹭不太会玩这种本，去之前在网上看了一点剧透。她也不好直接看答案，只看见有人说，剧情负面引导，无辜的金鱼妖是最容易被投死的。

结果到店一抽本——

好，姜思鹭喜提一只金鱼妖。

一旁发本的段一柯问："推理本熟吗？"

姜思鹭："不……"

他作为 DM 也不好多说什么，沉默片刻，简短道："保重。"

这场剧本杀十人成团，有些关键角色得去更衣室换戏服。金鱼妖倒是没服装，姜思鹭提前进入房间，正撞见狐姐和段一柯说话。

"你能带就带，别硬撑。"狐姐说，"这两天也是人员没周转开，你明天休息吧。"

说完，她抬头看见姜思鹭，示意道："你同学来了。"

屋子里很快只剩他们两个。

外面闹哄哄的，是玩家在挑衣服，狐姐去维持秩序。屋子里静悄悄的，窗帘半掩，暮色给桌椅镀上一层金边。

段一柯半靠着椅背，衬衣袖子挽到小臂，腕上是一款纯黑色的男士手表。分拣东西的时候，他的骨节微微凸起，显出青色的血管。

段一柯抬头看见她发怔的表情，问："怎么？"

姜思鹭反应过来，急忙转移话题："你怎么了，什么别硬撑？"

段一柯顿了顿，然后说："没事。"

姜思鹭欲言又止。

细看之下，他脸色不太好。

还差五分钟就要开场，挑好衣服的玩家们陆续走进房间。姜思鹭动了个心眼，坐到离段一柯最近的座位。

她有点担心。

一种……非常莫名的直觉。

虽说不是推理本的大佬，但姜思鹭这个月频繁出入剧本杀馆，再加上作者身份，她还是有点洗清自己嫌疑的功底。前半场快结束时，玩家们开始投票，第一轮投死的竟然是一个发言过于密集的白狼精。

段一柯把几个证据摆上台，说："白狼精冤死。"

"啊！"那男生痛呼，"我真是好人啊！"

另一个玩家悠悠接了句："好人死于话多。"

"行了，行了。"演仓鼠精的男生站起来，"该中场休息了吧？我出去喝口水，这玩意儿太费脑子了。"

坐了太久，一到休息时间，所有人都出去了。姜思鹭回了几条信息，又等了几分钟，然后起身去洗手间。

她刻意和别人错开时间，洗手间里也就没什么人。

除了段一柯。

这家剧本杀馆是男女共用的镜子和水龙头，姜思鹭去的时候，段一柯单手扶着洗手池的边沿，腰微微弯着，头压得很低。

从后面看，背影宽阔而瘦削。

她有些意外，快步走上去，轻声喊："段一柯……"

男生闭着眼，没有回答她。

她把手覆在他的背上。

冰凉和颤抖隔着衣服传来。

她一时无言，半晌才开口："我要不要去找狐姐……"

"没事。"

段一柯闷声说，然后睁开眼。

女生的手心柔软而温暖，热量从后背源源不断地传到全身，胃里一时竟然没那么痛了。

他喘了口气，右手握住姜思鹭手腕，把她的手从后背拿下来。

被他手指碰到的皮肤冰凉彻骨，姜思鹭才觉出情况严重。她反握住他手腕，语气开始焦急："你哪里不舒服？"

"吃饭不规律，"他说，"没事了，你先回去。"

"可以请假啊。"

"还在工作，"段一柯垂眼看她，睫毛的阴影打在苍白的脸上，"已经好了。"

姜思鹭实在恼火。

偏偏他痛得要命又一脸平静，让她连句重话都说不出口。僵持半晌后，姜思鹭松开他，扭头就走。

段一柯用温水洗了把脸，很快回到了房间。又等了大概半分钟，姜思鹭从外面端着一次性杯子走进来，"咣当"一声坐下。

她将热水推到段一柯手边。

段一柯垂眼看了下，又见对方黑着脸，一副完全不想和自己讲话的样子。

他叹气，用手指勾过水杯，抿了一口。

再抬头，姜思鹭的脸色……

算是缓和了一点。

剧本杀下半场开始。

玩家们忽然发现，那个上半场不太讲话的金鱼妖，这一场忽然推理得又快又准，疯狂推进流程——

但你又不能说她破坏了游戏体验，毕竟人家是真的……就感觉随便动下脑子，然后看出了破绽。

直到最后一关证物环节，剧情才再次卡住。

最终的怀疑对象集中在仓鼠精和金鱼妖身上。而在剧情的负面引导下，玩家们不由自主地纠结起金鱼妖的证物。

乱哄哄的房间里，姜思鹭瞥了一眼段一柯——他已经五分钟没讲话了，脸上虽然没什么表情，但右手紧握桌角，用力到骨节开始发白。

应该是真的很疼。

好烦。

姜思鹭忽然恼火起来。她一敲桌面，大声说："不是，这很难理解吗？"

所有人都安静了。

姜思鹭噼里啪啦把证据捋出逻辑，可谓声如洪钟："为什么你们非要纠结金鱼妖的那些信件的日期呢？这都是很明显的干扰选项啊！甚至还有一封信是伪造的，这就是在引导你们投死金鱼妖啊！真正的关键只有仓鼠精的那个包裹，看不出来吗？"

片刻沉默。

玩家举手。

"我投仓鼠精。"

"我也投仓鼠精。"

故事的结局，演仓鼠精的男生举手起立："好了好了，确实是我杀了麒麟……我还是第二次玩这个本呢，算是碰到高手了。"

"诸位，"狐姐大约是听见了结束的声音，从外面把门打开，"玩得咋样？时间不早了，咱们出来结下账，第一次来的加个群。"

姜思鹭看了段一柯一眼，没说话，顺着人流出去付款。

等了一会儿，人都走没了，她还不见段一柯出来。

她忽然有种不好的预感。

她两步冲进房间。

段一柯双手撑着桌边，脸色苍白，紧闭着眼，东西散了一地。听见声音，他抬头看了一眼，见是姜思鹭，才略显松懈。

狐姐紧随其后。

"我就说让你别硬撑。"狐姐赶忙去推他，"回家回家，赶紧打车走，明天别来了，东西我来收。"

狐姐回头招呼姜思鹭："那个段一柯的同学，你送下？"

姜思鹭："啊？"

从剧本杀馆到段一柯家，打车大概四十分钟。

楼道里是上海冬天特有的潮冷。

段一柯把钥匙插进孔，转了两圈，锁眼里传来古老的"咔嗒"声。

推开门，屋子里也冷。姜思鹭不由自主地拽了一下段一柯的外套一角，直到对方打开客厅的灯。

房间倒是很干净。

或者说，东西很少。

除了灯，客厅里的另一个光源是饮水机的保温键。段一柯弯腰打开饮水机的柜门，翻了一阵，抬头说："一次性杯子没了。"

姜思鹭："不用，我——"

"用我的行吗？"

她咽下后半句"不喝了"，点头。

段一柯回来的路上其实就好点了，不过脸色还是不大好看。他的杯子放在抬手才能取下的架子上，姜思鹭等他把杯子拿下来，就赶忙接过。

"洗下。"他说。

"我自己来。"她殷勤地说，朝不远处的卫生间跑去。

也不知道刚才拍桌子的霸气去哪儿了。

段一柯的公寓是狭长形的，从客厅到卫生间，还经过了另一间卧室。房间门没锁，姜思鹭瞥了一眼，发现房间里空空荡荡，地上扔着些书本和纸箱，像是刚有人搬走。

卫生间也整理得很干净，电动牙刷规矩地插在充电座上，洗面奶和牙膏排列整齐。不过墙上还挂了个男款洗漱包，颜色、图案一看就不是段一柯的风格。

室友落下的吗？姜思鹭一边冲杯子一边想。

她的猜想很快得到了证实。

"你说那间卧室？"倒水的段一柯抬头看她，"我大学同学的，昨天刚走。"

"去哪里了啊？"

"去北京了。"段一柯把杯子递给她，又去架子上给自己拿药。

姜思鹭合理怀疑，他客厅东西这么少，是因为把东西都收到那个她够都够不着的架子上。男生仰头翻动着架子上的东西，半晌，翻出一板吃空了的药片板。

姜思鹭："当饭呢，吃得还挺勤。"

段一柯看向她。

姜思鹭赶忙喝水，咽了两口，生硬地转移话题："去北京？去北京干什么啊？"

"他觉得那边机会多点。"段一柯回答，把药片板扔进垃圾桶。

"哦……"姜思鹭低下头，想了想，继续问，"那你要找新室友了吗？"

很危险哦，找新室友。

女生和段一柯住，很危险。

段一柯睫毛微微垂下来，半靠住她身旁的椅子。

"不找了，"他说，"我一个人，哪儿都能住。周末看房，抽空搬。"

"那你……"姜思鹭犹豫了一下，说，"你搬得离公司近点啊，这里也太远了。"

真的太远了，刚才打车过来都要四十分钟，坐地铁还不晓得要多久，这对不用上班的姜思鹭而言可谓天堑。

可想到他公司附近的房租，姜思鹭又觉得自己这话有点刺耳。

段一柯倒是没往心里去，只笑笑，说："嗯，我多看下。"

说完，他拿出手机，调出打车软件，问她："你住哪儿？"

姜思鹭报出小区名，愣了愣才知道他在做什么。她急忙说："我自己打就行——"

"已经叫了。"

她赶忙挤到他身边抢手机："段一柯——你取消掉！"

他分明只是靠着椅子，甚至没站直，但单手举起手机，她就够不着了。姜思鹭在他身边像只兔子似的一蹦一跳，脑海里突然电光石火地回想起一些画面：

熙攘的课间操，凌乱的教室，她写小说的本子被男生们扔来扔去，她怎么也抢不到，马上就要在哄笑声中哭出来的时候，一只手在半空中攥住本子——

那张脸和眼前的人重合。

十七岁的段一柯："姜思鹭，过来拿。"

二十五岁的段一柯："姜思鹭，别闹。"

她胸腔里像是爆破了一团火焰。

见她不抢了，段一柯慢慢把手机放了下来。界面显示已经有人接单，他一边看屏幕，一边很不经意地说："太晚了——"

"段一柯。"

被叫到名字的他抬起头。

他们离得太近，他几乎能听见女生急促的呼吸声。

哪怕过了很久，姜思鹭也不知道，自己那天的勇气从何而来。

可能是隔着他衬衣触碰到的冰凉，可能是那杯赌气似的热水，也可能是那张和十七岁重合的脸。

"段一柯，"她重复了一遍他的名字，"你去我那儿住吧。"

一个小时后。

卧室一片昏暗，鲸鱼在天花板上游。

姜思鹭用一种死不瞑目的表情瞪着天花板，握着拳，一下一下地捶床。

连捶三次后，她猛然翻身，脸埋进枕头，哀号道："我这是说了啥啊！"

这才是他们重逢后的第二次见面啊！

她就让人家和自己一起住！

尊严在哪里？矜持在哪里？段一柯的行李在哪儿……不是！

她也记不太清自己说完这段话，段一柯是什么表情了。总之，两人相对无言五秒后，专车司机的电话替他们打破沉默。

她在段一柯和司机的交谈声里如梦初醒，没等他送自己，便逃也似的下了楼。

她看了一眼手机，他也没给自己发微信。

他没说行，也没说不行。

换个角度想……

如果邵震在同学聚会后约自己见面然后说要和她一起住，姜思鹭只会觉得对方心怀不轨吧。

姜思鹭又和自己的床较了一会儿劲，忽然想起什么似的跑到了客厅。她打开灯，沙发旁边是她从搬家过来就没收拾的一纸箱行李。

里面是她出过的所有书，和一盒药品。

姜思鹭光着脚蹲在地上，翻了半天，终于翻出一盒安眠药。

这是之前她写稿写得作息颠倒，朋友从国外给她带的。亲测药效极强，半颗就倒，一颗就昏，有效扭转了姜思鹭当时半夜四点睡不着觉的困境。

说明书上说服用不得超过两粒，姜思鹭此刻只想一头栽倒，想都没想就吞下两粒大到卡喉咙的药片。

困意很快席卷而来。

身体变得软绵绵的，她脚踩棉花，飘回卧室。松软的床垫犹如海浪，倒进去的瞬间，就把她吸进海洋深处……

一夜无梦。

……或许不止一夜。

姜思鹭是被噪声吵醒的。

门铃声，敲门声，踹门声，撞锁声，还有女生在哭。她昏昏沉沉地爬起来，看到窗外天刚擦亮。

好饿啊。

姜思鹭穿上拖鞋，晕乎乎地飘到了客厅。

是谁大早上在发疯？

姜思鹭趴到猫眼上，定睛一看。

再定睛。

看清路嘉和段一柯的时候，姜思鹭陡然清醒。

时间退回三十个小时前。

鉴于姜思鹭是有名的夜猫子，路嘉找她聊八卦的时间也习惯性移到了零点以后。

周四晚十一点，路嘉给姜思鹭发送了一条悬念十足的微信：【你知道你书的选角，男二定谁了吗？】

当然，吃了安眠药陷入昏睡的姜思鹭，没有回复她。

只一晚不回消息，倒也无妨。

但到了周五下午，姜思鹭的微信对话框，还是一点动静都没有。

路嘉上了一周班，也憋了一肚子火，想了一圈，还是既了解朝暮影业又是老同学的姜思鹭最适合当吐槽对象。

她再次发了一串微信过去，并询问姜思鹭晚上要不要出来吃夜宵。

但在安眠药的药效中徜徉的姜思鹭，直到晚上十一点都没有回复她——此时距离她发送第一条微信已经过去了二十四个小时。

路嘉慌了，电话拨过去，打了十几个都无人接听。

她整夜没睡，问遍了高中同学，甚至去找了和作者对接的同事，竟然没一个人知道姜思鹭的地址。

慌张之下，她福至心灵似的想起姜思鹭最近频繁问起的段一柯，抱着试一试的心态，竟然通过那几个在剧本杀馆偶遇段一柯的同事，找到了"一起鲨"的老板，然后找到了段一柯。

当时已经是凌晨四点，段一柯被陌生号码吵醒，正准备挂时，听到那边带着哭腔的声音："喂，是段一柯吗？我是路嘉……你最近，有没有见过姜思鹭……"

他说了声"见过"，电话那边就哭起来了。从断断续续的叙述里，他总算明白，对方联系不上姜思鹭，正在找姜思鹭的住址。

他迅速起身，一边找前天晚上的打车记录，一边穿衣服。

"我知道小区。"他发了条语音过去，"你人在哪儿？我和你一起。"

时间太早，叫车都花了十几分钟。段一柯一边在楼下等车，一边调出和姜思鹭的微信，拨了语音过去，果然没人接听。

他蹙起眉。

于是，这就是为什么，周六早晨六点，段一柯和路嘉，在和小区物业要到姜思鹭的门牌号后，在物业的陪同下，带着工具——

来撬门。

……

姜思鹭穿着睡衣，一脸混沌地坐在沙发上，垂着脑袋。

"姜思鹭，思鹭姐，"路嘉拿着她的安眠药片，气不打一处来，"每天吃不超过两粒，和一次性吃两粒，还是有点区别吧？"

姜思鹭："太晚了，没看清。"

路嘉气得直抚胸："我真是，我真是一晚上没睡啊。段一柯，人家段一柯半夜四点多被我打电话叫起来，带我来你家，我真是——等一下！"

路嘉忽然精神一振，握紧拳头，双眼睁大，表情变得十分震惊。

"不对，"路嘉说，"不对不对，有蹊跷——段一柯？"

她猛然回头，望向一直沉默不语的男生："你为啥会有姜思鹭家的地址啊？"

姜思鹭陡然清醒。她试图站起身，一个"他"字刚出口，后半句就被路嘉的眼刀削掉。

"你闭嘴！"路嘉猛一指姜思鹭，"我在问他。段一柯，你不要回避我的眼神，我这么多年的宣发不是白做的，事情绝对有问题——"

段一柯坐在另一边的沙发上，也有点困，而且有点不耐烦。他越过路嘉的肩膀，和一脸慌张的姜思鹭四目相对。

女生显然是睡了太久，头发蓬着，眼睛睁不太开，抱着一个胡萝卜抱枕望着他，像只慌张的兔子。

段一柯有点想笑。

当然，他没笑，他还是那副很困的样子，仰在沙发上，手指掸了下膝盖。

姜思鹭想，他在掸什么？她家又没灰。继而想到，这可能是表演系学生，一种在表演开始之前装腔作势的起范。

刚想通了这一点，她就听见段一柯说："不好意思，我俩是单纯的纯情房东俏房客的关系。"

姜思鹭："……"

胡萝卜抱枕掉到了地上。

路嘉应该是脑回路使劲转了转，才理解了段一柯这句话的真正含义。她一脸震撼地看向姜思鹭，颤声问："他学了四年表演……

"是去学的说骚话？"

混乱之后，姜思鹭的卧室最终成了路嘉补觉的地方。

灯全关，窗帘全拉，门窗紧闭，姜思鹭给这位找了她一夜的老同学打造出一个完美的睡眠环境。

姜思鹭还是有些感动的。她在上海待了两年，作息颠倒是家常便饭，以前除了催稿的编辑，还没有人因为收不到她的回复担心过。

还一下……两个。

关上卧室门，姜思鹭回头看到了客厅的段一柯。

他应该也挺困的，低着头，不大讲话，靠在沙发上，有时候闭一会儿眼，缓过劲儿再睁开。他闭眼的时候，睫毛垂着，整个人显得分外疏离。

客厅没有卧室暖和，姜思鹭拿了条毯子给他。

段一柯却没接。

他瞥了一眼桌上的安眠药，说："吃得挺勤，当饭呢。"

这是在学她说话。

姜思鹭有点恼："我早就不吃了，我那天是……是……"

我那天满脑子回想着和你同居的台词才睡不着。

这话谁说得出口？

姜思鹭一鼓腮帮子，干脆不说了，抱着腿坐回沙发，怀里塞一根胡萝卜抱枕。

药效显然还没过，坐了一会儿，她又开始犯困。迷糊间，她怀里一软，是段一柯把掉到地上的胡萝卜塞回给她。

她睁开眼。

男生单手拎着包，穿上外套正准备走。她抱紧胡萝卜，忽然还挺委屈。

她喊了一声。

段一柯回头。

她说："那你刚才说的话……"

"哪句？"

"就……"姜思鹭人一困，脸就不太要了，"就纯情房客俏房东那句。"

"嗯。"

"嗯什么啊？"她急了，"那你到底要不要来住嘛！"

段一柯把包一挎，退了两步，站回沙发前。

他弯下腰，视线和姜思鹭齐平。

"姜思鹭，我再说一遍。"

两人离得太近，气息喷薄在颈间，姜思鹭直接被吓得完全醒了。

"是纯情房东俏房客，你不要搞反了。"

说完，段一柯就走了。

被留下的姜思鹭一脸茫然，琢磨清楚之后，昏昏欲睡的脑神经二度崩溃。

"段一柯！"她抱着胡萝卜疯狂砸沙发，"你有病吧！"

药效中午才过。

姜思鹭昏昏沉沉地醒过来，想起这几天的事，有种恍如隔世之感。

她见到了段一柯，他在剧本杀馆里做NPC。

她撒了谎，她怕他知道她的笔名，说自己是朝暮影业的员工。

她去了他家，她问他要不要和她一起住，他……

答应了。

记忆在回忆到"纯情房东俏房客"的时候戛然而止。

这都什么跟什么……

姜思鹭困扰地敲敲头，一看手机，发现有一条新的未读消息。

【下周二搬？】

来自段一柯。

她迷迷瞪瞪地回了个"行"字过去，发完才反应过来，下周二，那不就还剩……

三天？

姜思鹭瞬间精神，刚才卧室里还模糊的声音也变得清晰。她一恍神，这才想起，路嘉还睡在卧室呢。

也不知道路嘉在干什么，像是在看剧，听声音又不全是。有时发出一阵笑声，有时又是忙不迭的"好帅好帅啊我死了"。

姜思鹭带着对她精神错乱的担心走了进去。

一开门，路嘉便抬头看向她，感慨道："你可算醒了。我出去倒了两次水，看你睡得跟死猪一样，想把你拖回来都拖不动。"

姜思鹭没脸回答，卑微地躺到路嘉旁边。

"你看什么呢？"

"哦，这个。"路嘉兴致勃勃地把手机拿过来，"我本来就想找你说这事。你知道朝暮开始给你的剧选角了吗？"

好像是知道，前几天还看见朋友圈有人在发配角面试的长图。

姜思鹭卖给朝暮影业的这本书叫《骑马客京华》，架空背景，讲的是虚构朝代"珏"里，出身江湖草野的侠客之女宋冽住进丞相府里的故事。

这本书的主要角色一共三个，代表江湖势力的女主、代表皇家势力的太子男主和代表朝堂势力的世子男二。

故事最出圈的画面，是青梅竹马的三个人在一场大雪中道别。宋冽抱拳道一声"江湖再见"，三人朝不同的方向骑马离开。再相逢时，便是你死我活的对手。

可能是姜思鹭之前两本书的翻拍成绩都很好，这本古装定级比以前都高，平台直接推到 S，主演也都敲定了当红艺人。

"两个主角和男二的面试视频也不看？"

姜思鹭没什么兴趣。

"不看，不合适我说了又不算。"姜思鹭闭上眼，"我的职业素养能保证我在不满意成品的时候不公开骂人，但不包括让我主动去看不合心意的演员寻不痛快……"

话音刚落，路嘉已经把屏幕放到她眼前。

姜思鹭的眼睛睁开一条缝，然后瞪大。

"许之印是男二？"

"可不——其实他的合同早就签了。"路嘉一脸披露内幕的表情，"这个项目他经纪人之前就盯上了，一直想往里塞人。但是许之印吧，你也知道，他之前就是那种小众的、很有格调的，对，就你这种文艺女会喜欢的那种火法……他咖位不够男一的。"

"所以呢，制片就把男二的位置提前定给他了。结果谁想到啊，上个月他那部悬疑剧突然爆了，现在身价暴涨！剧组当然是捡了个大便宜，不过许之印那边，听说是觉得有点亏了——然而合同已经签了，他势必要给曹锵作配了。"

曹锵就是《骑马客京华》的男一。这位演员科班出身，长相里有股贵气阴鸷在，被誉为青年皇帝专业户，在这部戏里也延续了一贯的戏路。合适是合适，就是没啥突破。再加上长相不对姜思鹭胃口，她的注意力自然就在男二上。

"许之印很适合男二的。"姜思鹭痴迷地看着屏幕上的男人，"我写的时候就超喜欢世子的……哎，嘉嘉，他现在火了，不会毁约不来演了吧？"

她爬起来跪在路嘉身边："你们啥时候开拍啊？赶紧把他抓来剧组，别过两天更火了，不来演我的小破剧了。"

"你心里有点数行吗！"路嘉很不爽，"小破剧？你这投资是我们公司今年最大的了。许之印很厉害吗？刚火几天就看不起 S 剧的男二了，也不能那么飘吧。"

有了这句话，姜思鹭心里就踏实了不少。

翻过许之印，她又看了看剩下的几个配角，心中偷偷叹了口气。

很多人总觉得原作者权力很大，甚至可以指定演员。或许非常厉害的作者是有这个权力的吧——不过像姜思鹭这种刚混出头的，当真是连指定个男五号的权力都没有。

更何况剩下那几个角色也都不适合段一柯，她很快打消了那点私心。

说到段一柯……

她忽然从床上弹了起来。

路嘉不明所以，只见姜思鹭在门外突然忙活起来，把不少东西扔进了行李箱。又等了一会儿，姜思鹭拉着一个箱子进了卧室。

"段一柯下周就要搬过来了，"她说，"这些东西，我存你家行吗？"

路嘉满脸写着看不懂。她翻身趴到床上，伸手够到箱子便把拉链拉开，翻看起里面的东西。

"这不是你的书吗？"路嘉用食指和拇指捏过几本书脊印着"落日化鲸著"的书，又拨了拨其他的，"这不是你各种授权合同吗？还有这个，这应该是你上部戏开机仪式发的纪念服吧？"

她奇怪地望向姜思鹭："什么意思啊？所以你是……不想让段一柯知道你的作者身份，是吗？"

姜思鹭点点头。

路嘉："为什么？"

为什么……其实她也说不太清楚。

一开始是因为担心自己的笔名惹他怀疑，后来想到，这么多年过去了，他可能早就忘了当时的随口一提。

可她还是不想让他知道。

姜思鹭苦恼地揉揉头发，自己被自己难住。

反倒是路嘉先开口了。

"思鹭，你人真好，"路嘉从床上坐起来，去拉箱子的拉链，"我也懂那种心情……段一柯以前那么风光的一个人，现在变成这样，放谁心里都不好受。要是你再高高在上的，相处起来是有点压迫感。"

姜思鹭抬头看着她，乱哄哄的脑子里，好像照进了一束光。

"我单方面赞成你拉他一把。"路嘉拍拍胸口，拍得自己一阵咳嗽，"有一说一，我今天看见他，还是挺惊讶的。不愧是当年 K 中全校女生的梦……都沦落成这样了还气宇轩昂的，咱们当年眼光真棒！"

04.
《小王子》里有一句话，是这样说的："你下午四点来，那么从三点起，我就开始感到幸福，时间越临近，我就越感到幸福。"

姜思鹭觉得不对。

段一柯说他下午五点来，结果她从早上九点就开始感到焦虑。

时间越临近，她就越焦虑。

她把地拖了好几遍，又买了一堆东西填满冰箱。衣服从睡衣换成羊绒长裙，又换回不那么夸张的家居服。

她甚至开始后悔叫段一柯来和她一起住了。

毕竟嘛，距离产生美。她倒好，直接把距离拉到门对门的程度——天知道段一柯会不会看到她赶稿赶到头都不洗的画面！

更何况，她之前随口编了个自己年假休到周三的谎，而当时的下周三，不就是……

明天？

怎么办，难道要她朝九晚五地去隔壁咖啡厅打卡，制造出上班的假象吗？

她图啥！

世事艰难，也只能走一步看一步。

姜思鹭百抓千挠的情绪，在看到段一柯"到了"的微信时，奇妙地消失殆尽。

她想象过很多次这个画面，不过打开门的一瞬间，还是愣住了。

门外的段一柯穿着黑色羽绒服，戴着白色耳机，身边是一个半人高的拉杆箱。他斜挎着一个黑色的书包，看起来简直像个出门实习的大四学生。

黑包黑外套，衬得皮肤泛出冷白色调，唯有手指关节被冻得有些发红。见姜思鹭开门，他呼出一口从室外带来的寒气，抬手和她打了个招呼。

姜思鹭放他进门，然后赶忙去倒热水。

"你要放茶包吗？"她问。

"哦，先不。"他冻得说话断断续续，把东西放下后，先掏出了手机，"我要接个电话，你家有阳台吗？"

姜思鹭指了下。

她家的阳台是开放式的，基本算是和客厅连通。段一柯看了看，也没说什么，羽绒服都没来得及脱，就站去阳台的窗边。

感觉只是礼貌性地避开，两人都知道这距离什么都能听见。

奇怪的是，段一柯方才接的时候还算急切，电话真通了，语气却不太好。姜思鹭隐约听到对面喋喋不休的是个中年男人，段一柯很冷淡地听着，偶尔"嗯"一声。

然后，对面似乎说了句"眼镜"如何如何，段一柯皱起眉，说了第一个长句子："那些狐朋狗友不给你送吗？"

姜思鹭看了他一眼。

男生脸色很冷，握着手机的手指太过用力，方才还冻红的骨节泛出青白。沉默片刻后，他继续说："我不知道，我不一定回北京。"

话筒那边的声音骤然变大。房间里过分安静，连姜思鹭都一清二楚地听到，对面说的是："人家做爹的都有儿子来探监！"

段一柯将手机拿远。

他闭上眼，再睁开的时候，瞳孔漆黑，下颌的线条绷得极紧。他没有把手机放回耳边，而是将手机放横，话筒对着嘴，一字一顿地说："和别人比，你配吗？"

然后，电话挂断。

姜思鹭像被烫到似的收回了目光，把注意力集中到他放在地板上的纸箱上。等了一会儿，阳台传来脚步声和衣服的摩擦声，段一柯站回她旁边。

她仰头看着他。

这个角度望过去，段一柯的下颌清晰得犹如刀刻。他眼睛垂着，眉骨投下的阴影遮得看不清眼底情绪。

她咬了下舌尖，鼓起勇气，拽了拽他的袖口。

段一柯手指僵了下，随即背靠着沙发，和她一起坐到了地板上。并肩坐下时，他衣服里的寒气被挤压着喷薄而出，姜思鹭嗅到了冬日草木的清冷。

他们离得太近，姜思鹭甚至能感受到对方的心跳。

一下，一下。

全是缄默的疲惫。

他的纸箱没封口，里面是些易碎的陶瓷和玻璃制品。姜思鹭将东西一样样地移到茶几上，有个纸袋装着碗筷，她小声说："厨房在那边。"

男生便站起身，把纸袋放去厨房位置。

再回来时，姜思鹭轻咳一声，准备说些什么打破寂静。

未料，段一柯忽地问："你元旦回北京吗？"

她顿了顿，反应过来，轻声说："回的，要回去看姥姥。"

段一柯点了点头，也没说出什么下文。

于是，两人又陷入沉默。

没一会儿，箱子里的东西便都清理完了。姜思鹭拿出他的水杯，将水杯和自己的在茶几上并排放到了一起。

她的小王国里骤然出现这么多男款物品，竟然不显突兀。

还剩书包和拉杆箱，应该要收去卧室。于是，姜思鹭站起身，语气尽量轻快："走啊，带你去看下卧室。"

段一柯来的时候天色还亮，只这么一会儿，窗外就起了暮色。说来也巧，他们见面的时间，总能碰上日落。

给他留的房间比姜思鹭的卧室略小，但窗户都是按她喜欢的落地式样设计的。本来是当作书房用的，但段一柯要来，她就把东西都清空了，只留了一张书桌和一张床。

上海的冬天难得晴朗，夕阳从窗外洒进来，给洁白的墙面镀上淡淡的金。书桌上留了个细长的浅绿色窄口花瓶，里面插着一朵向日葵。

房间空荡，却不冷清。

男生呼吸不自觉地一滞。

把那么多书清走也花了不少时间，姜思鹭多少有种献宝心态。见对方不说话，她心提起来，开始担心是哪里不合心意。

可惜段一柯没说不喜欢，也没表现得很喜欢，只是沉默着走向书桌的方向，目光似被向日葵吸引。

隆冬季节，一片金黄撞进眼，是他意料之外的明亮。

姜思鹭不明所以，只觉得对方陷入无端沉默，正要离开时，一声"谢谢"传入耳中。

回过头，段一柯站在书桌前，身上因为那通电话而起的戾气散了大半。夕阳被窗户分割成几何形状，沿着地板缓缓移动，最终落到了他身上。

于是，他站在光里，重复了一声：

"谢谢。"

或许是收拾家花了太多体力，段一柯搬进来的第一晚，姜思鹭睡得比想象中早。

半睡半醒间觉出口渴，她起身去客厅倒水。人刚睡醒，看什么都是黑糊糊的。她摸索着走到客厅，脚步一绊，手下意识地往前伸——

扶住了什么。

说软，细触之下又挺结实。指尖所触布料柔软顺滑，顺势滑落低处——

不是，这地方的曲线，怎么有点……

像腰啊……

姜思鹭后知后觉地意识到自己摸到的是什么。

她在黑暗里陷入僵硬，一时也不知自己人在哪儿，该去哪儿，后半生的前途在哪儿。

半晌，一道男声从她头顶响起："摸够了吗？"

姜思鹭狠狠甩了下脑袋，然后把手收回来。

"黑灯瞎火的，"她嘴上强撑，"站客厅里，我还当个衣架呢。"

"哦，"那道声音移远了些，"我出来倒点水，谢谢你夸我身材好。"

姜思鹭："……"

不是，以前怎么没发现他这么自恋？

羞愤之下，她水也不喝了，匆忙回身，一头扎进卧室，将门反锁。

手指摸索着墙面，一点点攀上灯的开关。

橙色鲸鱼，开始在天花板上游动。

她背靠着门，外面的声音十分清晰。她听到段一柯在客厅走动——他动作很轻，落到她心里却犹如擂鼓。

要命了。

那是段一柯啊……是段一柯欸！

姜思鹭没再关灯，垂着肩膀走到床前，便脱力地扑倒。

脸落进枕头，许多中学时代的记忆，在脑海中溅起。

高中的时候，她和段一柯坐了三年前后桌，但整个高一，其实都算不得熟悉。

段一柯一进校，名声便从高一传到高三。姜思鹭犹记，高一那年他们的教室还在一楼，窗外时不时就有慕名来看他的学姐，以及初中部的学妹。

当时校内贴吧就有传言，他父亲是导演段牧江，母亲是 20 世纪 90 年代红极一时的演员祁水。两人结婚后，祁水便退出影坛，相夫教子，再没什么作品出现。

段一柯继承了他母亲的样貌，一直是人群中的焦点。

而姜思鹭，永远是那个沉默着坐在前排的背影。

她那年在做什么？二十五岁的姜思鹭也记不清了，或许是在写她的第一本小说吧。她成绩平凡，外貌普通，唯一擅长的就是写作，还时常因为太过自由发挥在考试时拿个保底分。

直到高二，两个人才第一次有了真正的交集。

当时学校组织了一场话剧比赛，姜思鹭的高中班长朱哲茂负责组织。这位日后的复旦医学院高才生当时忧心忡忡，为了比赛四处游说同学，愁白了少年头。

总之，在他的努力之下，姜思鹭成了剧本的创作者。而段一柯，成了话剧的男主演。

段一柯答应演出这件事，超出了很多人的预料。有一种传言是，他本来拒绝了朱哲茂，但是看完姜思鹭的剧本后，又改变了想法。

对于这个传言，姜思鹭从没当真。

高中生嘛，写东西也逃不出那些老一套。隔壁班演出的多是王子公主的爱情故事，姜思鹭也未能免俗。

与众不同的地方是——她是改编。

她改编了安徒生的童话——《小美人鱼》。

日后，姜思鹭的作品多以虐男主闻名，这文风的种子怕是高中就埋下了。《小美人鱼》公认的结局是女主化为泡沫，而男主和别国公主幸福终老。

姜思鹭很不爽。

凭什么啊？凭什么故事里以死亡收场的总是女主，而男主就能"拥万里江山，享无边寂寥"？

于是，她大笔一挥，将《小美人鱼》改为王子视角，还大刀阔斧地改编了结局——

小美人鱼化为泡沫后，她的姐姐们齐心协力让她再获新生，只是永远无法回到海面。而王子被巫婆告知真相后，怀着对小美人鱼归来的期盼，化为海边的一座雕像。

灵感来源，是当时林俊杰那首著名的《美人鱼》里的歌词——

传说中你为爱甘心被搁浅／我也可以为你潜入海里面／怎么忍心断绝／忘记我不变的誓言／我眼泪断了线。

现实里有了我对你的眷恋／我愿意化作雕像等你出现／再见再也不见／心碎了飘荡在海边／你抬头就看见。

作品报上去后，立刻在全校赢得了极大关注。宣传委员路嘉挥毫泼墨，为本班话剧创作了一幅宣传海报——海浪之中鱼尾半掩，沙滩之上雕像孤立。

而姜思鹭和段一柯的名字，也第一次并排出现。

他们开始紧锣密鼓地排练起来。

姜思鹭话少，管写不管导。导演、道具、服装的工作，由班长朱哲茂和所有参演同学共同合作。

剧组习惯周六在学生活动室排练，练了一个多月，姜思鹭只去过一次——

还是在朱哲茂的逼迫下。

他说："姜编，这是你的戏啊，你有点集体荣誉感行不？"

勉强答应的姜思鹭，总算出现在了那周六的学生活动室。

结果，她去得太早，到场的只有段一柯。

前后桌坐成他们这么生疏，也是离奇。

姜思鹭远远坐着，看剧组手工裁剪的道具。而段一柯躺在阶梯座椅上，单手举着她的剧本，也不知是在看，还是用剧本挡着光睡觉。

沉默了十几分钟后，姜思鹭主动开口。

她说："段一柯，你来这么早干什么？"

男生"哦"了一声，回答："我不想在家待着。"

很久以后，他父亲的丑闻传遍整个互联网的时候，姜思鹭才后知后觉地想起，那年的段一柯为什么不喜欢在家。

不过那天阳光太好，她没往那方面想。

尤其是，段一柯和她说完话后，忽地坐起身。

十七岁的段一柯，个子已经蹿得很高，头发则剪得很短。他穿着一件白色的 T 恤，外面披着校服外套。

他单手撑住下巴的时候，有种少年人的光风霁月。

"姜思鹭，"他抬了下手里的剧本，语气还挺认真，"你这个故事的结局，也太惨了。"

"惨吗？"当时的姜思鹭尚未对段一柯动心，闻言立刻摆出笔下作品不容侵犯的姿态，"还好吧，小美人鱼变泡沫流传了两百多年，我不过是让王子变个雕像罢了。"

"可是安徒生的版本里，王子不知道小美人鱼救过自己啊。"段一柯还真和她探讨起来，"你的版本里，他们两个已经知道彼此相爱了，结局却只能一个在海底，一个当雕像……上一个这么狠的，是法海吧。"

"你才是法海呢！"十七岁的姜思鹭震怒，"那你有什么想法？"

段一柯把剧本卷成一卷，敲了敲手心。

"要是王子能去海里，就好了。"

"去海里？"

"嗯。"段一柯点头，双臂在脑后交叉，慢慢躺回木质座椅，"小美人鱼已经为他放弃过鱼尾和声音了，那这一回，就让他放弃些什么好了。"

"比如呢？"

"比如……"段一柯望着天花板，轻声说，"比如，落日以后，让他变成鲸鱼吧。

"让他变成鲸鱼，潜入深海，去见见小美人鱼吧。"

日落之时，化为鲸鱼，潜入海底。

十七岁的姜思鹭被这浩渺的画面击中，久久地缓不过神。

十九岁那年，上大学的姜思鹭重新提笔。第一次在杂志发稿时，编辑问她，你的笔名是什么？

那个画面再次出现在她的脑海里。

【落日化鲸。】

她慢慢地打出这四个字，发了过去。

05.

姜思鹭的生物钟，一直非常规律。

简单概括一下，就是夜里两点睡，早上十点醒。

所以当敲门声在早上九点响起时，她整个人可谓是十分痛苦。

"谁啊？"

她语气很不好惹。

再清醒些时，她陡然反应了过来——

除了段一柯，也不会有别人了。

于是，她手忙脚乱地去开门。

门外是被吼得一脸无辜的段一柯。

"不是……"姜思鹭扶住门框，"你这么早，干什么啊？"

"很早吗？"段一柯看了一眼手表，"你确定自己，没有错过闹钟？"

"？"

"姜思鹭，"他偏过头，眉头微皱，"你不是说年假休到这周三吗？你今天……还不上班？"

三秒沉默后，姜思鹭带着视死如归的表情说："是的，我错过闹钟了。"

她"砰"的一声将门关上，换好衣服，将笔记本电脑塞进手提包，火速冲回客厅。

段一柯倒还在慢悠悠地吃面包。

"你不去？"

"我晚上十点才下班，"段一柯抬起头，"上班的时间也晚一点。"

行，懂了。

就是要目送着我出家门了。

姜思鹭打开门，深吸了一口楼道里冰冷的空气。

真是……自打两年前辞职后，她就没受过这罪了。

走到公寓门外后，姜思鹭回望自家窗户，想象着被窝的温暖，忽然共情了那批中年失业又不敢让老婆知道只能每天按时出门的男人。

很好，现在，她就要像这些大叔一样，找个能待一整天的咖啡馆了。

她没有走远的打算，比较了下小区旁边的两家咖啡馆，最终选择了充电口更多的那家。进门后，她熟门熟路地找到自己常坐的位子，点了黑巧和一份牛肉卷，继而打开了笔记本电脑。

欸，好像也还不错嘛！

作息规律，按时开始工作，吃喝充足有暖气，她说不定能迎来大学后的第二个创作高峰呢！

姜思鹭的美好畅想在听到点单处那熟悉的声音时，火速碎裂。

她怀疑自己的身体本能就会对段一柯的声音起反应，尤其是在这种说谎的情境下，几乎是听到对方"中杯热拿铁"的同时就……钻到了桌子底下。

隔壁桌的客人投来了奇怪的目光。

姜思鹭隔着重叠的桌角望过去，看到段一柯还站在点单处，没有走进店里的打算。

对的，就应该这样，拿到咖啡就走好了，不要进来……

"这位女士？"身旁忽然响起一道诧异的声音，姜思鹭回过头，只见咖啡店的店员正弯着腰，奇怪地望着自己，"您是身体不舒服吗？"

姜思鹭疯狂摇头。

"那需要……"对方顿了顿，"需要我提供什么帮助吗？"

姜思鹭的余光似是看到段一柯的目光往这边扫了一眼。

"没有，"她立刻转回头，悄声对店员说，"我就蹲一会儿，行吗？"

一分钟大概有一个世纪那么长。

段一柯拿着咖啡走了。

姜思鹭这才缓缓起身，身心俱疲地倒在沙发座椅上——看来明天早上，还得换个地方打游击啊。

一周后。

"我受不了了，我真的受不了了！"电话里传来姜思鹭因为睡眠不足而略显崩溃的声音，"路嘉，这种中年失业男假装上班的日子，我真是一天也过不下去了！"

咖啡馆里，坐在旁边敲键盘的白领投来错愕的目光。姜思鹭自知失态，默默背过身。

"早上起床是真痛苦啊。"她含泪继续说道，"家附近的咖啡馆就那么几个，我都去遍了，就怕和他碰上！而且他们馆里打卡时间比你们这种白领晚，每天看着我出家门，我想多睡会儿都怕露馅！"

"不要慌！"路嘉急忙安抚，"思鹭，你说的问题我大概听明白了。就是……其实我有个事没想通。"

"什么？"

"他既然上班时间比你晚，那回来得也就很晚咯？"

"嗯……对，是挺晚的。"

"那你早上骗过他出门，下午回家补觉就好了呀，你非得一天都在外面吗？"

姜思鹭沉默片刻。

"路嘉，"再开口时，她的语气可谓感恩戴德，"你发现了盲点。"

对啊，她为什么非得一天都在外面啊？

反正她晚上七点回家段一柯也没回来，中午一点回家段一柯也没回来，她在外面吃过午饭回去不就好了？

转过弯的姜思鹭兴冲冲地收拾好东西，一头扎回她温暖的小王国。

这一下午，姜思鹭可谓睡得天昏地暗，把她这些日子早出晚归欠下的睡眠全都补了回来。睡到晚上八点多，她起床去厨房煮方便面时，段一柯也回家了。

他最近工作比刚搬进来时更忙，回家的时候嗓子都是哑的。姜思鹭有时候远远看他，心里会产生一种隐约的困惑——

段一柯……已经认命了吗？

和高中时代的段一柯比起来，现在的他似乎更沉稳，也戒掉了许多的情绪。他不再张狂和骄傲，整个人被雾气包裹着，藏起了自己的棱角。

姜思鹭无法评判哪一个段一柯更好，但很偶尔的时候，当她在那张脸上看到过去的段一柯的影子时，她心里会涌起一种若隐若现的难过。

像星星陨落，沉入海底。

他会怀念夜空里的星河吗？

有人在自己面前打了个响指。

姜思鹭蓦然回过神，看见段一柯站在她面前，眉头微微皱着。

"我不是说过别吃泡面？"

"哦，我我我……"姜思鹭一时结巴起来，随口编了个理由，"家里没东西做了。"

这倒也不算说假话，冰箱门打开，里面空荡荡的，竟然只剩下半盒过期牛奶。

段一柯皱皱眉，把牛奶拿出来扔掉。

他毕竟才搬进来一周，平常忙得顾不上在家吃饭，自然也不知道冰箱里如此"盛况"。

"你一直这样？"

姜思鹭"嗯"了一声，想想觉得有损自己并不具备的贤惠形象，又补了一句："偶尔也……买点速冻水饺。"

段一柯低着头系垃圾袋，抬头看了她一眼，忽然说："卖了吧。"

"……啊？"

"我说冰箱，"男生站起身，"卖了吧。开着还怪费电的。"

高级的讽刺，往往只需要普通的词组。

姜思鹭反应了一会儿，才明白段一柯的话外之音。

于是，她愤怒地抬头。

谁知一眨眼的工夫，段一柯已经把垃圾处理好，旋灭了灶台的火，刚拆开的泡面也放归置物架。他走到玄关处，重新穿上羽绒服，围巾围好，只露出一双眼睛在外面，反倒更抓人眼球。

姜思鹭："你出去干吗？"

"我去趟超市。"段一柯从墙上的挂钩拿下吊着的门禁卡，"就你这冰箱，农民看了都要反思自己种地不努力。"

什么比喻……

姜思鹭尴尬地笑笑，愣了片刻，又跳起来说："哎哎——那你等我下，我和你一起去！"

楼下就是大型商超。

段一柯买东西很快，基本就是认准几个牌子，直奔过去，拿上就走。倒是姜思鹭在后面摇摇晃晃，她一会儿被新品酸奶吸引，一会儿被导购拉住试吃。

两人很快就拉远了。

意识到这个问题的时候，姜思鹭立刻婉拒了导购邀请她品尝的蔬菜干，转而寻找起段一柯的踪迹。

好在对方个子高，隔着大老远，也能看见一个头身比绝佳的背影。

姜思鹭正准备走过去时，却发现货架遮着的一边，站了个戴着黑框眼镜、神情颇为严肃的女生。

她顿住脚步。

两个人显然是认识，又在这里偶遇。一段含混不清的对话后，姜思鹭听到那姑娘说了声："那是他们没眼光，你千万别往心里去。"

又听了几句，她大概明白是怎么回事了。

这女生是一部剧的选角导演，大概是之前和段一柯有些渊源，又拿到一个适合他的角色，强荐段一柯去面试了。

段一柯来回面了四五次，耽误了不少时间。导演那关都过了，最后还是被更高层的管理者否决。

原因无他，对方和那个骚扰小艾的男演员，是酒友。

"都过去这么久了，"段一柯声音很低，却一清二楚地传进姜思鹭耳中，"你没必要每次都和我道歉，演员面试不过，是常有的事。"

"之前都是微信，这次总算见到你了。"那女生推了下眼镜，"段一柯，我看过很多演员，我眼很毒的。你……你一定，能遇到更好的机会的。"

说完这话，她便推着购物车离开了。

下班时分，超市里人潮涌动。

姜思鹭隔着重叠的人影，看着段一柯的背影，忽然难过起来。

回家路上她很安静。

是在想段一柯，也是在想自己。

想自己刚开始写作的那些年。

一样的任人挑选，一样的步履维艰。她有一本书，口碑很好，但受众极小，网络连载的成绩烂得一塌糊涂。

不过她当时已经有几本书在丁丁手里出版。那年纸媒还没有如今艰难，编辑们常有"搏一搏，单车变摩托"的雄心壮志，竟也和她签下出版合同。

可惜的是，出版成绩也马马虎虎。

她被打击得提不起精神，一连几个月，竟然再写不出半行字。丁丁来问，她说："我可能要放弃写作了。"

那件事，以丁丁给她寄来一箱她自己出版过的纸质书作为结尾。

她当时在国外读书，虽说签过不少出版合同，但从没摸过自己的书。那一次，丁丁自费掏了越洋邮费，几乎是"摁头"让她把自己的作品重看一遍。

油墨的香气扑面而来，她从翻开第一页就开始哭。

那些少年时代的寂寞、暗恋、不甘、野心，这么多年，全都凝在笔尖，她忽然庆幸自己用文字记下了这么多年。

【再说不写打死你啊！】丁丁后来叫嚣。

姜思鹭在大洋彼岸弱弱地回复：【不会啦，会一直写下去的。】

丁丁沉默了很久，忽然发给她一句话。

两个人平常嘻嘻哈哈，那是丁丁第一次那么严肃。

丁丁说：【姜化鲸，你知道吗，每个人都有自己的困局。】

每个人都有自己的困局。

那么现在，或许，轮到段一柯了。

姜思鹭慢慢抬起头，望向对方在夜色里的背影。

她送不了星星回夜空。

那至少，能潜入海底……

带他浮归海面。

自从路嘉提醒她可以提前回家后，姜思鹭总算过了几天舒服日子。

清早被段一柯目送出门，她找个远点的咖啡馆吃早午餐，中午刚过就能回家，接下来的时间，就是自由支配。

写作、追剧，或者……

泡澡。

姜思鹭在泡澡。

浴室里水汽蒸腾，镜面上起了层厚雾。姜思鹭半个身子浸在水里，人趴在浴缸边沿，伸手戳空气中的肥皂泡。

肥皂泡"啵"的一声破碎，她也快乐地躺回浴缸。

以前下午泡澡，都没有这么快乐。

思及缘由，大概是偷着干的事总比光明正大快乐。

最近睡眠充足，她看段一柯也就越发顺眼，更加肯定了自己邀他同住的提议——以前不晓得，每天睡觉之前看一看段一柯那张脸，梦里滤镜都是付费版的！

她的快乐在听到门锁转动的瞬间僵住。

姜思鹭家两道门，外面防盗门打开，里面还有一道木制门。她"哗啦"一声从水里跳出来，赶在木门开启前拍灭浴霸和排气扇。将浴室门反锁后，她又"哗啦"一声坐回去。

浴室内外，都很安静。

姜思鹭在水里抱着膝盖，提心吊胆地听着外面的动静。

段一柯回家先烧了壶水，然后开窗通风，紧接着坐上沙发上。或许是太清楚自己家客厅构造，姜思鹭几乎可以跟着门外细微的声音判断段一柯走到哪儿了。

不是……

他这个点回家干吗啊？

浴缸里的水缓缓变凉，姜思鹭忍着打喷嚏的冲动，瞄了一眼放在浴缸边的手机。

她缓缓伸出手。

几乎就在她伸手的同时，段一柯的脚步声再次出现了，而且还……

越走越近？！

下一秒，浴室门把手被转动，然后并不意外地卡住。

段一柯"嘶"了一声。

手伸到一半的姜思鹭简直是大气不敢喘。

对方又转了转门把手，但反锁的门显然没那么容易打开。沉默片刻后，姜思鹭听到了手机摁键的声音。

姜思鹭迅速俯身，赶在自己手机开始响铃之前抓过，把侧边按钮调至静音。

段一柯的来电显示无声地在屏幕上闪烁。

姜思鹭深深呼吸了一口，拒听来电，打开微信，发了句：【你干吗啊？】

她盯着屏幕看了看，又觉得自己语气太冲，补了一句：【开会呢。】

门外一串摁键声后，姜思鹭的屏幕再次亮起。

段一柯：【你家卫生间的门锁，是有时候会卡死吗？】

我家门锁好得很。

姜思鹭撑住眉心，看了一眼磨砂玻璃外的人影，继续发消息。

【是，有时候是会卡死。我晚上回去开，有钥匙。】

【对了你别掰啊！！！】

【我是怕你掰坏了。】

【所以你回家了？你回家干吗？】

一串微信发出去，门外的段一柯顿了顿，继续回复：【我上周帮同事多上了半天，他今天下午来替我。】

姜思鹭：【哦，这样。呃，那你还出门不？】

段一柯：【？】

对方的脚步声总算从浴室前远去了。

段一柯：【不出了啊。】

等了一会儿。

段一柯：【我等你回家开门。】

姜思鹭绝望了。

她望着屏幕上新出现的那句"那你几点回来"，像只逃避现实的鲸鱼一般，沉入水底。

在水里淹了没一会儿，姜思鹭又浮出来了。

还有转机。

姜思鹭再次望向那句"几点回来"，咬着嘴唇，甩干净手上的水，一字一顿地打：【开会呢，且回不来。啊，说起来正好你在家……】

段一柯：【？】

姜思鹭：【你给我送点东西到公司吧！】

她屏住呼吸，紧紧盯着屏幕上段一柯"罗恩吃鸡腿"的那个头像，直到对方回复。

段一柯：【送什么？】

有戏！

姜思鹭已经忘了洗澡水变凉了，疯狂打字，手指飞舞。

【在我书桌上！有个U盘，里面存了开会的资料！】

【你给我送朝暮影业楼下吧！】

【快点快点，我着急用！】

她都听见了客厅里对方的微信提醒声不绝于耳。

紧接着，起身……脚步声……推开她的卧室门……翻桌面……出门……去穿外套。

【成。】

段一柯的消息终于回过来。

段一柯：【找着了，到楼下叫你。】

等防盗门关上的时候，姜思鹭紧绷的神经终于缓解。

她站起身，连打两个喷嚏——

"阿嚏！阿嚏！"

几乎是打完喷嚏的瞬间，她就从浴缸里爬了出来。她草草擦了下头发，也来不及吹干，便套上外套狂奔下楼。

她得赶着和段一柯差不多的时间到朝暮影业。

她叫车又花了些时间。

姜思鹭披头散发地坐上后座，给段一柯发语音："你到哪儿了啊？"

段一柯：【还有五站地铁。】

段一柯：【你着急吗？】

姜思鹭："不着急！你慢点！"

五站地铁，朝暮影业就在地铁口。从现在算起，他走到楼下也就剩二十分钟。姜思鹭看了一眼打车软件上显示还要二十六分钟，半个身子扑到前排座椅，问："师傅，你觉得……

"咱们二十分钟之内，有可能到吗？"

师傅剃了个光头，斜着眼回头看她："着急？"

姜思鹭一脸真诚："特急。"

"就差这六分钟？"

"迟了就死。"

"那你坐好，"师傅一抹光头，笑出一颗金牙，"碰上我是你的运气——"

下一秒，出租车如离弦之箭，迸射而出。

06.

"惊险。

"刺激。

"且和我的预想很不一致。"

泰式餐厅里，刚吃了一口甜品的路嘉叉子都没来得及放下，真心诚意地鼓起掌来。

姜思鹭一脸精疲力竭地坐在她对面，用勺子碾碎自己面前的椰蓉。

姜思鹭："你预想了什么？"

"我预想了很多浪漫的画面，"路嘉说，"结果没想到，你俩的同居故事，就是你马甲摇摇欲坠的每一天。"

姜思鹭"呵"了一声。

"没有浪漫，完全没浪漫。"她说，"路嘉，我今天找你来就是向你宣布——这中年失业男的日子，我是一天也过不下去了！"

"哟，怎么着，"路嘉听乐了，"那你是要把段一柯赶出家门？别吧，这大冷天的，我都不忍心他挨冻。"

姜思鹭摇了摇头。

"那你想怎么样？"路嘉又开始努力帮她寻找盲点，"要不然搞个坦白局，和他说清楚算了。"

"不不，我是打算，搞出假戏真做。"

姜思鹭抬起头，一脸认真："你之前同学聚会时，不是和我说，有个职位可以介绍给我吗……"

她眼睁睁地看着路嘉的表情从玩味变得扭曲。

这位刚从一周的工作中抽身出来的职场女性在漫长的沉默后，起身狠狠晃起姜思鹭的衣领："朋友，你是不是脑子进水？你写小说赚多少，你要来上班？"

"不……不是……"姜思鹭被晃得说话断断续续，"你听我说！"

好不容易从路嘉的魔爪下挣脱了出来，姜思鹭整理好衣服，哀叹道："那我骗段一柯自己在朝暮影业上班，总这么装下去也不是办法啊！"

路嘉的表情可谓恨铁不成钢。

"姜思鹭，"她说，"我告诉你，女人的不幸，从给男人花钱开始。而你比她们更不幸，你一个拥有自由的富婆，为了男人，开始上班！你就是被社会毒打得太少了！"

"哎呀，你听我说完嘛！"姜思鹭简直控制不住这个刚结束一周"社畜"生活的闺蜜了，"也不光是为了段一柯！"

路嘉这下才算闭嘴，愤愤不平地坐回座位。

"就你知道我们写作的人，最重要的是什么吗？"说起自己的专业，姜思鹭总算显得比较有底气了，"生活，有阅历的那种生活。

"我大学毕业以后，才工作一年就全职写作了。前几年还算得心应手，最近灵感越来越匮乏……现在出版的、拍成剧的都是吃老本，你看我都多久没写书了？

"再说了，我之前写的东西，来来回回就在谈恋爱。我也想写那种——就是那种——会被人夸'这女的有点东西'的那种作品啊，就比如什么职场文、商战文、现实主义人性文……对吧！"

路嘉听进去了。

她想了想，说："虽然我等'社畜'无法共情你们搞艺术的这种矫情吧……不过我也懂，人就是没赚钱的时候想躺平，真能躺平了又要追求精神世界了，马斯洛三层需求呗。这样吧，我回去给你问问，能不能给你找一个既清闲不耽误创作，又能接触职场的岗位。"

路嘉顿了顿。

"不过最重要的，是给你在朝暮弄个工位，"她翻了个白眼，"省得你在段一柯面前天天编瞎话。"

"路总，"姜思鹭竖起大拇指，"您真是完美领会了我的所有需求，我下本书要写成了，军功章有你一半。"

和路嘉吃完饭，姜思鹭差不多晚上十一点才到家。

往常这时候，段一柯已经回家了，客厅的灯也应当亮着。姜思鹭在楼下没见着灯光，还以为他已经回卧室睡觉了。谁知一开门，她发现对方坐在沙发上。

——倒也不算坐着，身子微微向左倾，手臂下压了个抱枕，是睡着了。客厅光线昏暗，他戴着白色耳机，眉眼沉在黑暗里，只嘴角微微抿起。

看起来心情不错。

客厅灯未开，唯一的光源是茶几上半开的笔记本电脑。姜思鹭正要帮他合上屏幕，目光一怔，身子却僵住了。

屏幕上在放视频。

大约是连着蓝牙耳机，视频并没有声音。但姜思鹭能看出，那是出话剧。

是……

段一柯的毕业大戏。

视频左上角用篆体写着"××××级表演毕业大戏"的字样，进度条已近尾声。舞台上的演员来来往往，她却一眼锁定了段一柯。

他似是饰演了一个民国军官。大约是剧情设定，他披着一件黑色大衣，站在舞台角落里。

真怪啊，他站在哪里，光就在哪里。

姜思鹭静静地望着屏幕上的那个人——对了，这回才对了。

这才是她认识的那个段一柯。

眼睛是亮的，望着舞台，嘴角翘起，浑身都是压不住的少年恣意。一舞台的人，他最像少年，也最不像少年——

只要戏到他身上，他便瞬间回到了角色里。举手投足，带人回到那个风云际会的年代。

姜思鹭转过头。

她调高了电脑屏幕，段一柯的面容便被舞台的灯光照亮。除了嘴角那抹笑意，眉间所见，全是疲惫。

她忽然很想碰他一下。

如果记忆能通过触碰传递就好了，她就能知道，他这些年经历了什么、遇见了什么，知道他每一次失落与黯然。

光线一瞬间变成橙色。

姜思鹭回过神，收回眼神，看回屏幕——

原来是表演结束，演员开始谢幕。灯光重开，年轻的人们手挽着手，在台上站作一排，朝观众深深鞠躬。

她想视频里一定是响起了什么音乐，因为大家对视一眼，跳起舞来。

段一柯跳着跳着，就被推到了中间。姜思鹭笑笑，想到，他大学的人缘也一定很好。或许有很多人爱他，有很多人喜欢他。

镜头里的段一柯明亮得让人睁不开眼，姜思鹭看得发愣时——

旁边却伸出一只手，扣上了屏幕。

客厅转瞬陷入黑暗。

姜思鹭将视线转回了现实世界的段一柯。

房间里只反射着窗外的零星光线，他的轮廓沉没在夜色里，只有一双眼睛映出微弱的光。

她看着那双眼睛，那天跟在他身后的冲动再次涌了出来。

你来海面。

或者，我潜下去。

"段一柯，"她轻声说，"你还想演戏吗？"

那双眸子闪了闪，光线微明。

"我还在演。"

"我是说，"姜思鹭不自觉地靠近他，"在摄像机前面。"

在摄像机前，在舞台上，在聚光灯下。

段一柯沉默片刻，忽然笑了。

"你想听实话吗？"他微微低着头，看向姜思鹭，气息与她交错，"我不知道。"

姜思鹭目不转睛地望着他。

他轻声说："因为我已经忘了。"

他眼里的微光闪了闪，似是将要熄灭的样子。

"我已经忘了，对着摄像机演戏，是什么感觉了。"

屋子里陷入寂静。

段一柯看着姜思鹭的眼睛，看着那双明亮的、意气风发的眼睛。

他曾经也有那样一双眼睛。

他很羡慕姜思鹭。

他想她这些年一定收获了许多肯定，才会养出这样的眼神。她和他说话的时候，甚至会刻意收起锋芒——不惊讶，他能看得出。

不收的时候……

不收的时候，就像那天在剧本杀馆里吼那些玩家一样。

上位者的姿态。

那么，你现在问我这些，又是要做什么呢？

你听到了我的回答，又要说什么呢？

段一柯设想了许多种回答，可他没想到，女生忽然伸出手，轻轻覆在他的小臂上。

她的手指微微颤抖，像是紧张，也像兴奋。

"那我们，就去想起来。"

次日。

是段一柯先醒的。

他难得周六排休息，睡醒时间也着实没辜负这一天假日。看了眼窗外高照的日头，他又把目光挪回怀里。

他睫毛跳了下。

茶几不知为何被推开了，他的被子也不知为何从卧室拿来客厅，现在一半盖在自己身上，一半压在茶几下。

他人坐在地毯上，背靠着沙发睡着，怀里趴着……

姜思鹭。

……

这是怎么回事？

段一柯看了一眼茶几上的酒瓶，脑海里断断续续浮现出昨晚的画面——

先是姜思鹭一脸深谋远虑。

"其实，我也有过一件特别热爱的事，"说这话时，她蹲在段一柯旁边，"我也曾经因为很久没做那件事，以为自己已经忘了怎么做。

"但是，后来有一个人告诉我，我可以把当年做这件事的那些成果，都看一遍。

"然后我就想起来了。

"所以我觉得这对你来说，或许也可行。如果你觉得自己忘了在摄像头前演戏的感觉，那我们不如……重看一遍你演过的画面？"

段一柯："你是热爱什么事？"

"这你别管。"姜思鹭一边用手机连电视屏幕一边冲他摆手，"反正道理就是这么个道理。哎，说起来我还真没看过你的那些剧，先看这个评分高的——8.2呢，可以啊你。"

……

对，最开始是这样。

然后呢？

段一柯揉了揉太阳穴，再抬头时，又看见了茶几上的酒瓶。

……

段一柯在8.2分的那部戏里戏份不多，姜思鹭跳着看到大结局，时间大概是凌晨三点。

故事的最后，男主和女主在草原上举办婚宴，拎着酒壶痛饮，好不快活。姜思鹭托着下巴仔细看到进度条走没，"啧"了一声。

"痛快啊，"她喃喃道，"我都有灵感了。"

段一柯偏过头："什么灵感？"

"就是——"姜思鹭兴致勃勃地一比画，又像是被什么卡住，把后半句话收了回去，"你别管。反正就是……哎，看得我也想喝酒。"

"你家哪有酒。"

姜思鹭一拍大腿，很是激动："怎么没有啊！你也喝不？"

……

酒醒的段一柯盯着茶几上空了的酒瓶："……"

再然后呢？

段一柯陷入了长久的沉默。

最后的记忆，是电视上放着另一部他出演的电视剧，他俩在荡气回肠的片尾曲里干了一杯。

然后就什么都不记得了。

好在客厅地面乱归乱，他俩衣服都穿得还算整齐。唯独姜思鹭睡在自己怀里这个姿势——段一柯试着抽了下身，没走开。

等她自然睡醒也不是不行。

他倒无所谓……他是怕姜思鹭尴尬。

算了。

段一柯伸手够了下，从沙发上捞过一个抱枕，然后非常轻地把身体往外撤，试图把抱枕换到姜思鹭怀里。

女生忽然动了动身子。

段一柯停住动作。

她右手在往上摸索，从地板，到被子，到沙发，一路往上摸，摸到了段一柯的肩膀。

段一柯的喉结上下滚动了下。

眼见对方右手一收，左手跟着就上他腰，段一柯闭了下眼，理智崩弦前一秒，压着嗓音喊了声：

"姜思鹭！"

姜思鹭被惊醒的瞬间，头发自下而上甩出一个弧度，发梢扫过段一柯的鼻尖，一股女生特有的发香长驱直入。

他不动声色，眼神垂落，与伏在他怀里的姜思鹭对视。

半晌沉默后，姜思鹭微微直起身子，震惊道："什么情况？"

"你问我？"段一柯这回总算抽身出来，指了指茶几上的酒瓶，"你不如问下自己，家里怎么总有这种让人断片的东西？"

上次是安眠药，这次是烈性酒，建议好好反省下自己的人生。

姜思鹭爬上沙发，捂着脸："我就记得咱俩看你的电视剧，然后开始喝酒，再然后……"

"还挺巧，"段一柯语气冷淡，"我也就记到这段。"

气氛逐渐尴尬起来。

姜思鹭清了清嗓子，说道："我觉得，应该是睡着了。"

她目光很明显地检查了下自己的衣服，又扫了一眼段一柯的，语气变得坚定："确实是什么都没发生过。"

说完，她便起身前往厨房，像是要尽快逃离客厅："我弄点东西吃，你你你……你把地上的东西收拾下！"

地上一片狼藉。

看衣服，是什么都没发生。看地上……

大家都是成年人了，很难不产生一些猜想。

段一柯摇了摇头，先把被子捡起，上面还残存着身体的余温。

他将酒瓶丢掉，酒杯洗净，地毯拉平，茶几拖回原位。

他目光一动，看见了倒扣在地板上的手机，旁边还残存着酒液。他翻开来，手机已经因为没电自动关机了。

脑海中电光石火的闪过什么画面，又什么都记不起来。

宿醉这种事真是……

段一柯揉了下眉头，把手机拿回卧室插上电。

没一会儿，屏幕上便闪出品牌商标。白色图像停留片刻，屏幕重新回到开机状态。

他的手指忽然顿住。

他脑子里像是想起来什么，鬼使神差地点开了相册。

最下面……

是一条录了一个多小时的视频。

看起来，手机是录视频录没电的。

段一柯一愣，手指慢慢移到那视频上，点开，双指放大。

幽暗的环境中，出现了他和姜思鹭并肩坐着的脸。

和他脑海中的画面……

衔接起来。

他们显然已经喝多了。喝多了的姜思鹭聒噪些，他倒是不大说话。两人身上已经盖着段一柯的被子，看起来是从他房间拖出来的。

姜思鹭俯着身子，似是刚把手机侧靠在茶几上，调节着平衡和角度。等到镜头终于不晃了，她抽身坐回沙发旁，抱住膝盖，傻笑着说："这回弄好了。那么现在我就和段一柯，来许愿！"

啥？

段一柯一脸茫然，往后拖了几秒进度条，继续看。

画面里的姜思鹭托着下巴说："我呢，我就希望我的作品被很多人看到，很多很多人都喜欢我的作品，然后我能……赚好多钱！"

她的作品？

段一柯暂停视频，仔细思考了下——

她做影视宣发的，作品就是电视剧的宣传材料。她希望自己的工作被很多人看见，倒是无可厚非。

虽说有点过于敬业，不太符合她的人设，不过……

算了，能理解。

他继续放视频。

他大概知道自己喝多了的状态，话不多，对外界甚至没什么反应。视频里的段一柯显然也是这样，半靠着沙发，沉默着看着镜头，任凭姜思鹭怎么推也不说话。

"你这人！"姜思鹭气恼，"刚才不是说好了拍个视频等成名了看嘛！"

段一柯笑了一声。

她又和他絮叨了一会儿，镜头里的段一柯终于有了反应。他看着镜头，慢慢说："我希望能在自己喜欢的作品里，演自己喜欢的角色。"

段一柯愣住了。

这是他的愿望吗？

清醒的时候，连他自己都不知道。

或许不是不知道，也可能是……不敢想。

这句话说完，喝多了的段一柯就靠着沙发睡去。姜思鹭无奈地捶打了他一番，转过头，念了一声："啊，你好菜。"

成。

段一柯挑起眉。

趁他睡着说他坏话被抓现行了。

他准备一会儿拿这个去讹诈姜思鹭。

女生伸手，似是想关闭录制，戳了几下没戳准，身子一倾，狠狠戳了下屏幕——且把手机推倒了。

画面陷入黑暗。

一阵噪声过后，姜思鹭没有来捡手机，或许是以为自己已经关上了视频录制。

段一柯望着漆黑屏幕映出自己的脸，愣了愣，有点不知道后面那一个多小时录了些什么。正准备快进一会儿，却听到画面之外，再次传来了姜思鹭的声音。

她声音很轻地说："你酒量真的很差欸段一柯，亏我……

"亏我高中那么喜欢你。"

段一柯眼神慢慢僵住。

"哦，不过我喜欢你和你酒量倒没什么关系……喝多了，开始乱找关系。

"哎，段一柯，你真的不知道我那时候多喜欢你……你每次请假回来桌子上不都有上课笔记吗？你还以为是哪个外班暗恋者送的，是我啦是我啦！

"也不知道你收没收好，你这个性格，估计一毕业就扔了。"

他没扔。

只是……当时段牧江出事，家里的房产都被查封了。他收拾得匆忙，很多东西都没带走。

"还有你每次去食堂一楼吃早点都会碰到我……我真的不懂你为什么喜欢吃一楼的饭，好难吃啊，我的天。我要不是为了碰到你根本就不会去好吗！"

这个，食堂一楼的早点倒也没有那么不堪……吧。

他手指轻轻摩挲起手机的边沿。

"那时候好多人给你写情书，还有人和你表白……我从来没有过。

"段一柯……"

一段漫长的沉默。

他听到了衣服摩擦的声音。

"其实我一点也不想让你知道，我喜欢过你。你要是真的知道了，我可能会掉头就跑，再也不来见你。

"段一柯，爱过你的人也太多了，以后或许也会有很多很多人爱你，可是我不想成为那万分之几。

"你说，如果我不爱你，在你的生命里，会不会显得特别一点呀？

"所以哦，拜托拜托。

"请你千万不要发现，我喜欢你。"

第二章
/请你千万不要发现，我喜欢你/

01.

世界在瞬间变得离段一柯很远。

屏幕彻底陷入黑暗，只剩下两个人绵长的呼吸声。他脑海里的白光闪烁着，跳出许多已经忘记了的画面。

热闹的篮球比赛，一个永远游离在人群外的身影。

请假回来，桌上字迹工整的笔记。

吃早饭时遇到，心不在焉打的招呼。

还有有时候情书实在太多，抽屉塞满，送信的人干脆拿给坐在前桌的姜思鹭让她转送。

这样想来，其实姜思鹭给他递过许多情书。

只是没有一封是她自己的。

而他漫不经心地接过，眼皮都不会抬一下。

段一柯，你也太……

浑蛋了吧。

二十五岁的段一柯揉了揉眉心，替十几岁的自己不知所措起来。

门外忽然传来姜思鹭的声音："段一柯，你出来帮我泡咖啡！"

他愣了愣，下意识地退出相册，点灭屏幕。平复了半晌心情后，他佯装无事地走了出去。

姜思鹭正在厨房里忙活。

大约是之前因为冰箱被他嘲笑过，姜思鹭最近做饭的积极性明显高涨起来，还特意买了面包机。段一柯到厨房时，面包正好弹出来，"叮咚"两声，算是唤回他尚滞留在七年前的注意力。

姜思鹭一边唠叨着"烫烫烫"，一边把面包放到盘子里。

面包机旁就是一大罐咖啡粉，段一柯之前不习惯这个口味，总是会下楼去买。不过他现在……

觉得自己好像，没有挑拣任何姜思鹭看中的东西的底气。

理亏。

一种迟到了七年的理亏。

他把冻干的咖啡粉冲调好，注了牛奶，端到餐桌上。姜思鹭也把早饭端了过来，两个人面对面坐下。

段一柯忽地开口："要不然我给你买个咖啡机？"

这话来得突然，姜思鹭莫名其妙一抬头："不用了，咖啡机还得洗。"

"我洗。"

姜思鹭："……那你随意。"

段一柯沉默片刻，再次开口。

"你家里还缺什么吗？"

姜思鹭的眼神开始狐疑。

"我什么都不缺。"她说，"你怎么今天怪怪的？"

她顿了顿。

"是不是昨天晚上发生了什么事，我没记起来？"

段一柯的脑海里忽然响起姜思鹭那句"你要是知道了"。

他抬头看向姜思鹭。

现在他知道了。

那她是否真的会——"掉头就跑，再也不来见你"？

段一柯忽然患得患失起来。

他甚至有点恼火——这一点也不像二十五岁的人在想的事，这很像十七八岁的人才会有的心理。

然后，他垂下眼，喝了口咖啡。

"什么都没发生，"他说，"收起你的联想。"

姜思鹭一脸奇怪，嘀咕了一句"莫名其妙"，就低下了头。

谁知更莫名其妙的还在后面。

段一柯咖啡喝到一半，忽地清了下嗓子，说："哦，对了，这个房子的房租，以后我付吧。"

姜思鹭："……"

"段一柯，"她俯过身，神情格外认真，"你是不是吃错药了？"

段一柯移开目光。

"这不是很正常吗？"他说，"一般不都是男生付房租吗？"

"那不是情侣吗？"姜思鹭把他问得太阳穴一跳，"咱俩就是室友啊。再说……"

再说"这房子是我自己的，也没有房租啊"。

姜思鹭把这半句话咽了回去。

确实，没听说过哪个朝九晚五的"社畜"二十出头就在市中心买房的。

她顿了顿，再开口，逻辑倒是挺圆满："再说，你刚搬进来半个多月，我还没来得及和你说。这房子……其实是我姑妈的。"

段一柯把目光移回姜思鹭脸上，略显困惑："你在上海还有姑妈？"

"对，她很早就嫁过来了。"姜思鹭编得煞有介事，"不过她早就移民了，家里房子空着也是空着，就给我住了，不要钱的。

"然后，你也不要给我钱，我也不想……不想平白收你的钱。"

段一柯："……"

还人情账失败。

姜思鹭看他一脸颓废，忍不住问道："你怎么了？"

"也没什么。"段一柯拿过面包，只觉得食不甘味，"我就是觉得……欠你的太多了。"

气氛陡然变得微妙起来。

饮食男女，最怕莫过亏欠。

段一柯像是反应过来自己失言，手指握回杯壁，沉默着喝起咖啡。姜思鹭也觉出不对劲，清了清嗓子，脱口而出："没关系啊，你可以欠我很多……"

啊这……

更诡异了。

一顿早饭，硬是吃出鸿门宴的紧张气氛。

姜思鹭把下半张脸藏到面包后面，眼睛偶尔瞥向段一柯。

她基本肯定昨晚发生过什么了。

作为作者的大脑飞速运转一番后，姜思鹭忽然视死如归地抬起头。

"段一柯，"她放下面包，语气震惊，"咱俩不会昨晚睡了吧？"

段一柯：？？？

姜思鹭持续震惊道："不然你为什么会说欠我很多啊？不过——不过就是——"

她语气又一转："不过要是真睡了，我不至于一点都记不住吧。再说咱俩衣服都穿得好好的，应该是我多虑了。"

段一柯直接被气乐了。

挺好，她一个人把戏演完了。

眼看姜思鹭再度陷入纠结，段一柯吐了口气，眼神定定笼住她。

仔细想想，不就是知道装不知道嘛，他堂堂上戏表演专业优秀毕业生，也没那么难吧。

于是，他打了个响指，把姜思鹭的注意力再度吸引过来。

"没那么复杂，字面意思，"他说，"你已经帮了我很多了，我也不喜欢欠人人情。你要是不想收房租的话……"

他用手指敲了敲桌面，陷入思考。

那他能做什么呢？

她需要什么呢？

"啊……"

对面忽然传来了姜思鹭一声轻叹。

段一柯将目光转过去。

他看见姜思鹭双手撑着下巴，眼睛亮起来。

"说起来，我是有一个想法欸。段一柯，你不要给我付房租了。我觉得你可以……你可以帮我养只猫！"

段一柯显然没太理解。

她想养猫，养就是了，怎么还得他"帮她"养。

"是这样的。"姜思鹭显然来劲了，"就是我这个人吧，其实很有问题！我特别有爱心，但是我没什么耐心。"

段一柯眉毛挑起来。

行，自我定位挺清楚。

"我一直都可想养猫了。但是养猫，要喂，要打针，还要收拾猫毛。这件事它就……不太适合我。不过我看你好像挺有耐心的，所以……"

"所以，"段一柯接过话茬，"你让我养。"

"还可以再精确一点，"姜思鹭的表情很虔诚，"就是你来养，我来撸。"

段一柯陷入沉默。

他发现自己无法完全预测姜思鹭的下一步。

他像一个本来无牵无挂的单身男人，忽然被告知自己马上就要有崽了。

还是替别人养的崽。

"我还有别的选择吗？"段一柯问。

姜思鹭微微一笑，露出右边脸颊一个小小的酒窝。

继而，她坚定地摇摇头。

"就这里！"

姜思鹭两步跑到店门口，指着店里满墙的玻璃。过了一会儿，段一柯手插口袋，慢慢跟了过来。

这是她家附近的一家宠物商店，也是姜思鹭灵感枯竭时的充电站。每每写不出东西，她就会跑到这家店里，挨个玻璃门看过去——她称之为隔空吸猫。

　　每扇小小的玻璃门后，都是一只憨态可掬的小奶猫。猫咪品种全，长相漂亮，价格和同行相比也贵了不少。

　　不过鉴于这家店的口碑很好，姜思鹭倒是不介意多花点钱。再说了，她来这里免费看了那么久的猫，多掏不亏。

　　"你想养什么？"

　　"布偶……"姜思鹭的魂显然已经飞走了，"金渐层也可以……啊那只，那只英短也好看……"

　　段一柯的手机忽然响了，他看了一眼来电显示，神色有些变化。

　　"你先挑，"他说，"挑好了告诉我。"

　　话毕，他匆匆走到门外，接起了电话。

　　"喂！老段！"

　　电话那端就是他刚搬去北京的那位舍友兼大学同学——成远。

　　"嗯。"段一柯知道成远这通电话打来是说什么的，也没太多寒暄，"怎么样？"

　　"不行！气死老子了，本来行！然后又不行了！"

　　成远的语气可谓怒火冲天。

　　"我早上不是把那个综艺的策划案发给你看了吗？他们给我那个策划就是有谱，结果下午名额报到决策层，直接就把你否了，说你有隐患。我真是……你跟你老子那算是有半毛钱关系啊？大学四年他给你打过一个电话吗？"

　　成远手里是一档演技类的综艺节目，致力于邀请一些名气不大但演技很好的演员去做话题和反差,很典型的就是"×××原来这么宝藏啊"这种热搜。

　　大概是成远科班出身的原因，他去北京不久，公司就帮他争取到了这个综艺的名额。他高兴了没一会儿，就想起了自己还在上海的同学段一柯。

　　戏拍不成，上综艺能不能好点？成远从段一柯那儿要了简历和以前的作品，兴冲冲递给了负责自己的选角导演。那小姑娘看完了也很喜欢，发给他一些资料后，把段一柯的名字报给了领导。

　　结果……

　　还是没什么区别。

　　段一柯本来也没抱太大希望，得到这个结果，竟也没什么失落，反倒问候起成远："你一个人在北京还行吧？"

　　"混口饭吃吧。这圈子里什么都分三六九等，像我这样的小人物，就算拿到机会，薪酬、伙食也和那些'上等人'天差地别。哎，一柯啊……"

　　段一柯眉毛一跳——成远平常叫他"老段"，一动感情就叫他"一柯"。

他现在很怕别人和他动感情。

"你等着，"成远信誓旦旦，"我一定火，火了我就逼他们给你发角色，什么S、S+随便挑，我就不信你这么好的演员，还没有出头之日了……你那边什么声音啊？怎么我听着嗷嗷的？"

段一柯回过神。

他看了眼店里，说："我买猫呢，回头聊。"

他推门进去，姜思鹭却不在刚才手指的几只猫咪门前。

段一柯扫视了下房间，发现她正蹲在一个角落里，眼神定定地注视着玻璃门里的一只……他也不太认猫，看了一会儿，大概猜测是只狸花。

这只猫个头很小，耳朵尖尖，两条竖起的黑眉毛。

他走过去。

过去才看见，刚才柱子把姜思鹭身旁的两名客人挡住了。那像是一对母女，当妈的对着小猫们指指点点，说："一屋子名品，你就看上这只狸花，不晓得什么眼光。邻居还有养孟加拉猫的嘞，带出去像只豹子样，威风了不得。你买只土猫，我怎么好意思抱去和太太们社交？"

女儿嗫嚅："狸花也很可爱……"

"你就永远没出息。"中年女人翻了个白眼，"我教育你的话都当耳旁风。人要做上等人，猫嘛，也要买上等猫。买只狸花，像你一样不打眼。我女儿拿不出手炫耀，买猫也买便宜货吗？"

段一柯不易察觉地皱起眉。

妈妈带着女儿走了，姜思鹭还蹲在地上，一动不动地看着那只狸花。段一柯走过去，脑海里忽地浮现出成远方才的话。

"这圈子里什么都分三六九等……"

何止这圈子，现在连猫都要分出谁是名品。

他嗤笑一声，拍了下姜思鹭的肩膀。

女生蓦然转头，眼神很恍惚。

"挑好了吗？"他说，"要哪只？"

姜思鹭咬了下嘴唇。

正巧店员路过，见她蹲在狸花猫跟前，便开口道："你要买这只吗？半价带走好了。我们店里都是喂进口猫粮，这狸花是供货商送错了品种送过来的，扔又不好扔的，吃的猫粮要比猫贵了。"

段一柯望向姜思鹭。

她眼神里有种不平。

她伸出手指，轻碰了下玻璃。小猫昂起头，舌尖隔着玻璃，舔舐她的手指。

很可爱的狸花，眼睛亮晶晶，抱着玩具滚来滚去，一点也不知道自己是别人口中的"半价猫"。

它凭什么就比那些猫低了一等呢?

"我要这只，"姜思鹭提高了声音，"就按原价，该多少是多少。"

这话大约出乎店员意料，对方投来诧异的眼神。

"姜思鹭，"段一柯回过神，低声提醒，"你不是想要布偶? "

"我就要这只! "她语气挺冲，"我自己买，不许你付钱，这是我的猫。"

嚯，又成你的猫了。

段一柯失笑，看着她怒气冲冲地去付款，顺便买了全场最贵的太空舱……

姜思鹭回程走到一半才理他。

"段一柯，"她黑着脸，"你是不是也觉得，这只狸花不如别的猫? "

"没有啊，"段一柯侧过头，"买布偶是你自己说的。"

"我一开始是想买布偶……"姜思鹭垂下眼，落后两步，看着新买的小猫在段一柯背上的太空舱里打滚，"我只是不喜欢他们那样说。"

段一柯顿住脚步。

姜思鹭低着头，脑海里又浮现出工作的那年，见到的许多荒唐事。

"凭什么啊……凭什么要把人分成三六九等，连猫都要分出等级。成就高、地位高的人，就比别人高贵吗? 纯血的、有来历的猫，就比狸花高贵吗? "

男生转过身，微微弯下腰，透过垂下的几缕发丝，看到了姜思鹭的眼睛。

太干净的一双眼睛。

"我不这样觉得。"他轻声说。

姜思鹭抬起头。

她看着段一柯的眼睛——那也是一双，非常干净的眼睛。

"我也不这样觉得。"她说着，嘴角带了笑，"我就喜欢狸花猫! 我觉得狸花猫，很好! "

"对。"段一柯的嘴角挂上一丝弧度，"是这样的，总有人喜欢狸花猫。"

是这样的。

总有人喜欢狸花猫。

02.

时光飞逝，元旦将至。

狐姐看了看手中的休假申请，又看了看眼前的段一柯，忍不住眉头轻皱。

"这种节假日店里是最忙的，"她说，"别提现在好多客人都只认你做DM……"

"狐姐，不好意思，"段一柯低了下头，"我确实是家里有事。"

狐姐歪着头思考了一会儿，叹气道："算了，那你去吧，想想去年过年和元旦也都是你顶上的。我问问别人时间……家里什么事？需要帮忙吗？"

段一柯语气一滞，半晌才回答："没事的，我自己处理。"

出了店门不久，段一柯摸出手机，给姜思鹭发了条微信：【你元旦几号回家？】

微信很快回过来：【31日下午。】

段一柯：【买票了吗？】

姜思鹭：【还没有。】

段一柯：【嗯，晚上一起看下时间。】

姜思鹭：【好的！】

段一柯牵动了下嘴角，把手机收回衣兜，走到电梯门前。

"一起鲨"所在的商厦总共六层，负一层直通地铁，通道两侧也有不少店铺。他往日都是从地面出口，今天却按下了"−1"的按钮。

隐约记得，那层有家眼镜店。

他上次给段牧江送东西还是两年前，整理了些贴身的衣服，也按段牧江的要求配了一副眼镜。东西送到监狱，他甚至没去看一眼段牧江，这也成了两人通电话时永恒的争执原因。

可能是监狱里生活枯燥，上段时间那通电话里，段牧江说自己的眼镜片又碎了。

他当时是不想送的，但和姜思鹭住这一个月，也不知怎么了，以往心里压抑着的愤怒慢慢减少，对段牧江的恨意也变得缥缈。有时候回家太晚，看到女生在客厅沙发上睡得毫无防备，他竟觉得世界对自己并非全然恶意。

"叮咚！"

电梯抵达负一层。

出电梯右转，三个门脸后，便是眼镜店。店主长得胖乎乎的，见段一柯进门，赶忙来招呼。

"来配眼镜吗？"

"嗯。"段一柯点头，拿出上次配镜的收据，"按这个度数配就好。"

"行，"店主接过，"那选下镜框？"

段一柯一怔，随即摇头："不选了，都可以。"

"那怎么行！"店主大惊失色，"眼镜是很个性化的东西，年龄、长相、身份都得考虑。你是给自己配还是别人？"

身份？

段一柯心中忽地冷笑起来：犯人的身份，要搭配什么造型的眼镜？

他开始后悔自己来这里了。

几乎是只要仔细回忆段牧江，无论是他的长相，还是他的所作所为，段一柯近来才平和下的心境便会再次陷入阴暗幽邃的深谷。

"给别人。"他简短答道。

"多大年龄，男士女士？"

"五十出头，男的。"

"哦，那就是你父亲了吧。"店主笑容可掬，"你俩长得像吗？不然我按照你给他挑一副？"

段一柯眼神骤然幽深，语气沙哑不似平日："我和他不像。"

他顿了顿。

"找个细边的黑框就可以了。"

这也是他入狱前常戴的款式。

"懂了。"店主低下头，笔走龙蛇地写好收据，递回给段一柯，取货时间显示三天后。

段一柯将纸张折起，放进手机壳的夹层，沉默着转身离开。

从很小的时候，家里的亲戚就会说，段一柯和父亲长得不像。

他像他妈妈，二十年前红极的女演员祁水。有人说，人美到顶峰，性别便模糊了——祁水就是这样的长相。

因此，尽管段一柯生得像她，但并不女气——脸部轮廓明晰，下颌线条分明又不尖锐，是种男孩子气的英俊。

因为这事，段牧江还在家里说过不少难听的话。五岁那年，段牧江甚至拽着他去做亲子鉴定——结果当然他是段牧江的亲生儿子。

而他关于童年的记忆，也从那一天开始。

小的时候，段牧江和祁水还是外人眼里的神仙眷侣。但只有他知道，回到家里的段牧江，是个怎样的浑蛋——

疑神疑鬼，觉得祁水和外面的男人有染；不许祁水出去拍戏，只准她相夫教子；工作一不顺心就在家里大发雷霆……

在这样的家庭长大，段一柯没变成报复社会的性格，全靠祁水的保护。

祁水给他讲了很多年轻时拍戏的故事，讲那些自己饰演过的角色。她和段一柯说，做演员的人，无论拿到什么样的角色，都要好好对待。那是创作者用心血铸造的人物，在那个虚构的世界里，角色拥有真实的人生。

段一柯十岁的时候，祁水终于得到段牧江的允许，在一部古装剧里饰演一个蛇蝎美人。她演得太好，剧播出后，所有人都在骂她——连段一柯的小学同学都会大喊："他妈妈是个坏女人！"

段一柯和他们打了一架。

后来，是祁水去老师办公室把他领回家。她没有说他一个字，只是在回家的路上柔声细语地告诉他：

"小柯，这就是演员，这世上不只有正派和主角，反派和小人物也需要人来演。有人骂你，是因为你演得好。"

段一柯偏过头，因为还在生气，所以不说话。

祁水叹了口气，蹲下身，摸着他的头发。

"小柯，"她神色温柔，眉眼间仍留存着年轻时的风华，"演坏人没有关系，但是不可以做坏人。妈妈不需要你多有出息，妈妈只想让你做个善良的人，一辈子都不要做坏事。答应妈妈，好不好？"

她的手指温暖柔软，段一柯在她的抚摸下变得乖巧，于是点了点头。

那个坏女人，是祁水生前饰演的最后一个角色。

……

"到了，您点下支付。"

司机的声音把段一柯从回忆中惊醒。

车窗外便是姜思鹭的小区，段一柯定定神，点开手机软件，支付了车费。

见鬼，怎么又沉进那段回忆里。

这些年，他已经很少觉得工作累了。早出晚归、连轴转十几天也能撑得住，可每次想起那几年的事，他便像被拖进深渊，再挣扎出来的时候，便是精疲力竭。

司机又往小区里开了一段路，段一柯下车的时候，已经离住的地方很近。远远瞧见个身影，正和一个半人高的纸箱搏斗。

段一柯定睛一看，哑然失笑——是姜思鹭。

他叹了口气，快步走到姜思鹭身边。对方已经气喘吁吁，半个身子趴在纸箱顶端。她歇了两秒钟，又"嗬"的一声，要将纸箱抬起。

"姜思鹭？"

段一柯手掌一压，把纸箱压回地上。

姜思鹭差点儿摔个好歹。

看清来人后，她差点儿叫出来："段一柯？你不帮我搬你还推我？"

搬进来一月有余，姜思鹭也和段一柯熟了，现在不但不像刚刚重逢时那样小心翼翼，还经常对他口出不逊。

段一柯说："你又在往家里搬什么东西？你这两天给猫买的东西也太多

063

了吧？"

自从上个月他俩把那只狸花猫带回家里，姜思鹭就开始了疯狂购物模式。今天收一个猫窝，明天收一箱猫沙，然后是猫粮、猫抓板、逗猫棒……

眼见猫的行李马上就要比自己多了，段一柯开始出言阻止。

这才消停了没两天，这又是什么，这么大……

"猫爬架，"姜思鹭理直气壮地指了下纸箱表面印制的图案，"皇家尊享猫爬架。"说完，她就继续弯下腰，卖力拖动纸箱。

段一柯垂眼看着她的样子，又好气又好笑。

"你让开。"

姜思鹭：？

段一柯深吸一口气："叫你让开。"

姜思鹭让开的下一秒，他将纸箱一把抱起，大步流星地朝单元楼的方向走去。

姜思鹭愣了片刻，立刻屁颠颠地跟上去，一边跑一边说："哎，这才像话嘛，这才像段二柯它爸……"

段一柯脚步骤停，姜思鹭一头撞上他的背。

男生嘴角抽搐："段二柯是谁？"

"就猫啊。"

"什么时候起的？"

"就今天上午啊！"

"……"

段一柯也不往前走了，抱着箱子回身，反问："段二柯？我儿子？"

姜思鹭还没听出他的语气里带了陷阱："对啊。"

"哦，"段一柯继续慢悠悠地说，"那它妈是哪位啊？"

姜思鹭被问住了。

起名的时候，没有思考过这个高深的问题。

沉默半晌，她抬起头，尊敬地看着段一柯：

"也是您。

"您亦父亦母，雌雄同——"

段一柯头都不回地转身离开了。

这人，姜思鹭一边追一边想。

劲儿还挺大，搬着箱子都比她走得快，就像在赶紧把她甩掉似的。

总算到了客厅。

"你自己装。"段一柯把箱子放到地上，大概是被那句"亦父亦母"惹到了。

姜思鹭显然还没意识到问题的严重性，"哦"了一声后，目送段一柯进入浴室，便拆开箱子，把各种零件摆到地上。

翻开说明书的第一秒，她的眼神，陷入了迷茫。

阴暗潮湿的情绪像附着在皮肤上，被灼热的水流一冲，就缓解了。

也或者是别的原因。

段一柯没多想，只听见外面传来"叮叮当当"的声音，简直像在打仗。他有些不放心，草草擦了下头发，便换上衣服出门——

目之所及，满地狼藉。

他走过去，看向趴在地上的姜思鹭。

女生神情严肃地看着说明书上的图案，空出一只手，把零件正过来，又倒过去，脑袋顺着图例的方向偏移。

"嘶——"她突然皱起眉说，"这个说明书，怕不是印错了吧？"

段一柯不忍地蹲下身。

他头发还没完全擦干，偶尔有水顺着脖颈流进 T 恤领口。姜思鹭抬头看向他，眼神不期然地一愣。

不过，他暂时没工夫管她为什么愣住了。

他接过说明书，倒转方向，尽力保持语调冷静：

"你，拿反了。"

果然。

最后还得他来。

体力劳动就这点好，动手的时候，脑子里是清空的。姜思鹭发现自己拿反说明书后就溜了，偶尔过来递些螺丝剪刀，在他旁边蹲着看一会儿，就又去做别的。

装到一半时，段一柯听见她喊："我要订票啦——你要靠窗吗？"

是元旦回北京的火车票。

段一柯手上动作停顿片刻，以为自己又要被那些幽暗的情绪淹没。

奇怪的是，没有。

他脑海中一片纯白，什么都没出现。

"都可以。"他说，修长手指把一枚螺丝拨归原位，"看你。"

猫爬架装了两个多小时，体积实在宏伟异常。组装的时候，段二柯就一直在旁边围观。等组装成功，它一跃而起，直接四肢悬空挂到了上面。

"喵呜——"

看起来很高兴。

段一柯揉了揉猫后颈的毛，有些疲惫地坐回沙发。

这一天比他想象的要累。头碰着靠枕的下一秒，他就觉出困倦，眼皮慢慢垂落，隔绝了客厅的灯光。

手旁的沙发座椅忽地陷进去，段一柯直觉是猫跳了过来，便没睁眼。

姜思鹭跪在沙发上，仔细地观察段一柯。

睫毛长而漆黑，在眼睑投下一片阴影。鼻梁挺拔，从山根到鼻尖，再从鼻尖到下巴，是弧度优美的曲线。

真是造物主仔细捏出的人物。

刚才就想仔细看了。

而且靠得更近后，她忽地发现，段一柯眼角，有一颗极浅极浅的泪痣。

因为颜色太淡，之前许多年她都没有发现过，此时见到，简直像发现了新大陆，忍不住地越靠越近。

两人的鼻尖近在咫尺时。

段一柯缓缓睁开了眼。

两人之间再度陷入诡异的沉默。

核心肌肉撑不住姜思鹭这诡异的姿势，她上半身很快陷入轻微的颤抖。段一柯想抬手扶她肩膀，眼神一低，却是触电般转开。

他声音嘶哑了些："你又干什么？"

姜思鹭干笑两声，心想，段一柯但凡多看一眼，都能看到自己已经把"沉迷美色"四个字打在脸上了。

不过既然他没看，也就别怪自己信口胡说。

她伸出右手食指和拇指，捻了一下他的睫毛。

段一柯被捻得猝不及防，再度对她怒目而视。

"姜思鹭！"

"你看啊！"姜思鹭举着手，佯装震惊，"你眼睫毛上，有一根猫毛！"

03.

元旦前夜。

高铁到站前半个小时，姜思鹭心里便升起一股异样。她转过头，段一柯正在座椅上闭目养神，塞着白色耳机，吸引了每一位穿过过道的女性乘客赞赏的目光。

对，帅哥就应该这样，多在人间走一走，可以说是一种佛光普照了。

不过让她异样的倒不是这个。

和段一柯朝夕相处了一个多月，突然要分开，竟然还有些舍不得。她沉吟片刻，手肘一动，把段一柯戳醒。

男生单手摘下耳机。

"到了？"

"还没，"姜思鹭摇头道，"我是想问……你回北京，住哪儿啊？"

"朋友家。"段一柯回答，"你之前来我家，不是问起一个刚搬走的室友？叫成远，我住他那儿。"

顿了顿，他问道："你呢？"

"我住我姥姥那儿，"姜思鹭转回头，"我舅舅一会儿来车站接我。"

"嗯。"段一柯颔首，继而戴回了耳机，"成远也来，我们等你舅舅来了再走。"

列车到站。

姜思鹭和段一柯顺着人流走到站外，人群里，一个身高出众的男生十分惹眼。他朝段一柯挥挥手，大喊一声："老段！这儿！"

姜思鹭从段一柯身后走出来时，成远的表情变了。

"啥情况？"他一个箭步冲过来推段一柯，"这哪位，介绍下？"

段一柯把他的"爪子"从肩膀上拍掉。

"高中同学。"

奇怪了，很普通的四个字，用段一柯的嗓音说出来，就变得惹人遐想。成远显然是还想再说几句，却听到远处传来中年男人的声音："思鹭？这边！"

姜思鹭回过头，看见舅舅正朝自己举起手。

多年未见，这位亲戚还是这么板正，举手的姿势像在指挥交通。姜思鹭忍住笑，和段一柯说了声"那我先走了"，便朝舅舅跑过去。

舅舅接过她的行李："那两个男生谁啊？"

"同学。"姜思鹭回答。

直到姜思鹭的背影消失，段一柯才把目光收回来。

成远发出一串"啧啧啧"的声音。

"不对啊，"他边啧边摇头，"情况不对啊。我以前也没见过你——"

"成远，"段一柯抬起头，扫了他一眼，"管好你自己。"

从南站开出去不久，便路过了她和段一柯的高中学校——大门前的国际楼已经漆成深红色，远看过去越发气派。

"K中这几年排名是越来越靠前，"舅舅边开车边和她聊天，"你也好几年没回去看老师了吧？这次不去学校看看？"

"都元旦放假呢，"姜思鹭收回目光，"再说吧。"

车子驶入熟悉的家属院，到楼下的时候，姜思鹭几乎听到姥姥炒菜的声音了。

　　两人上楼，脚步声还在楼道，姥姥、姥爷就把门打开了。

　　"哎哟！看看我家思鹭，"两个老人直感慨，"长得这么高、这么漂亮了！快进来，饭都上桌了，等着你们吃呢。"

　　与此同时，段一柯也被成远带到了他家楼下的烧烤店。

　　"我家附近没啥好吃的，"成远示意他坐下，"就这，凑合吃吧。今天我请啊，你别和我抢。"

　　啤酒、烧烤上了桌，成远清清嗓子，问道："这次待几天？什么计划？"

　　"明天去监狱送东西，"段一柯脸上没什么表情，"之后待几天，看情况吧。"

　　成远愤愤不平："送什么啊？要我说你就别搭理那糟老头子——我看你这一趟就多余回来。"

　　"还是得回。"段一柯手指勾了下啤酒拉环，"啵"一声开盖，"我也得去看一下我妈了。"

　　成远陷入沉默。

　　半晌，他举起啤酒，和段一柯碰了下。

　　姜思鹭睡醒的时候，都早上十点了。

　　果然，离了段一柯，她又回到了她稳定的生物钟。

　　好在老人溺爱，也没叫她起床。姜思鹭昏昏沉沉地走出去，正赶上父母和姥姥、姥爷视频。

　　"哟，思鹭睡醒了。"姥姥赶忙叫她，"快来和你父母说几句。他们都在新西兰，这大元旦的，咱们也算团圆了。"

　　姜思鹭慢慢地走过去，妈妈果然开始说她起床太晚的事。聊着聊着，话题不出意外地转到让她去新西兰上。

　　"你开始说，你那个专业在当地就业没有语言优势，想去职场锻炼下，我才放你回国的，"妈妈长吁短叹，"现在又不用上班了，那小说在哪儿不能写？上海就那么好，非得留在那儿？"

　　姜思鹭："感觉不一样。"

　　姥姥在旁边发话了："她愿意在国内就在国内呗，非得像你们似的留在国外啊？我看上海也不错，万一碰到什么事她舅舅也能过去。非催她去新西兰，你们可真烦。"

　　姜思鹭乐了，帮腔道："对，真烦。"

　　接下来的争论就是她姥姥和她妈之间的了，姜思鹭乐了个清静，拿起手机，给段一柯发了条微信过去。

【怎么样了？】

没有人回复。

监狱里，段一柯刚把手机交上去。

探监不能带手机，他之前没进到里面过，这还是第一次知道。临交前，他看了一眼微信，姜思鹭也没找他，便点灭了屏幕。

警察指了下他手腕："手表也摘了。"

段一柯点点头，摘掉手表，和手机一起放进收东西的盒子里。

探物器从头扫到脚，紧接着又扫一遍。反复查验身份证后，段一柯收到一张准予探监的证明单，然后才能进入探监室。

走进漆黑的走廊时，他忽然觉出可笑。

那么寻求"自由"的一个人，现在却被关在这没有自由的地方……不得不说讽刺。

探监的会见室也并没什么隐私可言。目之所及是一排隔音玻璃，每扇玻璃上装着一台话机。段一柯坐下没多久，便见到段牧江在狱警的押解下，驼着背走了出来。

他有多久没见过段牧江了？

段一柯已经记不清。

记忆里还是段牧江年轻时的样子，眼眶很深，瘦长的脸，嘴唇极薄。如今再见，轮廓还是那个轮廓，样子却大变。

脸色发灰，皮肤干朽，右眼镜片碎了，用胶带贴住。

段牧江深深望了一眼玻璃那面年轻的儿子，那个有着与妻子相同面容的年轻人……然后颤抖着拿起话筒。

"好儿子……你终于来看爸爸了。"

段一柯觉得恶心。他压根儿没有应下对方的称呼，冷冰冰地说："你要的东西我都拿过来了。"

段牧江很可怜地望着他。

"一柯……你怎么都不常来看我呢？别的狱友，家里总有人来送东西，我什么都没有，连想要一条内裤都没有……"

"对啊，你怎么没有呢？"段一柯看着玻璃那面的男人，眼神迅速变得阴冷，"可能是会给你送东西的那个女人，被你熬死了吧。"

"那怎么能怪我呢……"段牧江喃喃着说，"她得了病，医院都治不好，我有什么办法呢？儿子……儿子你别走！是我错了，是我的错，我不该那样对你妈妈。一柯，爸爸现在，真的没有人管了……以前那些朋友，都不管我了，你不能不管爸爸……"

段一柯一言不发，直到口中弥漫起一股血腥味，他才意识到，自己把嘴唇咬破了。

"儿子，爸爸每天都在受教育，"段牧江眼巴巴地望着他，眼泪顺着脸上的皱纹流下来，"爸爸知道错了，你原谅爸爸吧……你原谅爸爸，好吗？"

血好腥啊。

段一柯低着头，头发遮住眼。

他忽然伸出舌头，舔了下嘴角的血，好像某种野兽，然后慢慢抬起头，注视着段牧江的双眼，一字一顿地说："我不原谅。"

从监狱出来后很长时间，段一柯都觉得喘不过气。

站在路边缓了一会儿，他才想起手机是关机状态，打开后不久，一条姜思鹭的微信跳了出来。

【怎么样了？】

他定了定神，在对话框里打了个"结束了"过去。

没人回复，可能在忙。

片刻后，一条来自成远的微信也出现在屏幕上。

成远：【老段，出来了吗？】

段一柯回复：【嗯。】

成远：【下午有安排没？】

段一柯：【暂时没有，怎么了？】

成远：【哦……小艾知道你来北京了，想见见你。】

段一柯一愣。

小艾……他和成远的大学同学，那个剧组里被性骚扰的女演员。

段一柯帮她挡了一灾，然后把自己搭了进去。

她见他干吗？

段一柯在对话框里输入了几个字：【没必要，不见了。】

他还没发出去，那边的消息又来了。

【我俩在西单，你直接过来吧。她说了……不见你，不走。】

西单某商厦。

姜思鹭百忙之中看了一眼微信，才发现段一柯回复过她了。她刚准备打字问问情况，一个梳着小辫子的男人就端着酒杯出现在她旁边。

"化鲸，别看手机了，"他推了她一把，"你也去和孟老师聊几句。人家可是教父级的人物，今天能来和咱们吃饭我都没想到。"

姜思鹭收起手机，"哦"了一声。

也是没想到，回北京第一天，她就被拎来这个局了。

组局的，正是和她说话的这男人，是她之前两本书的导演顾冲。

三年前，顾导初出茅庐，野心勃勃，拿着不多的经费，抱着拍传世名作的野心，操刀了姜思鹭两本小说的改编。

实在没想到，一本校园，一本玄幻，全都火出了圈。从那时起，顾冲就一直在催姜思鹭写新作品，并为朝暮影业没把《骑马客京华》交给他导演而耿耿于怀。

得知姜思鹭元旦回北京，他立刻把她叫来聚会，到场的还有当时剧组的一些人。一方面是大家好久没见聚着聊聊，另一方面是问问姜思鹭的新作品什么题材，看下有无改编可能。

没想到的是，到场的一位老演员正和圈子里著名的制片人孟琮约着早茶聊戏，两人结束早茶直接转场过来，吓坏了一群小年轻。

"孟老师可是有名的正派人，"顾冲竖起大拇指，和姜思鹭挑眉，"正儿八经的德艺双馨。你的书要是被他看上，那可就前途无量了。"

姜思鹭尴尬地笑了笑。

"等我真有新书出版，我再去和人家聊吧。"她说，"我这存货拍的拍，卖的卖，现在去找人家，那不是说空话嘛。"

"不是，姜化鲸，"顾冲"啧"了一声，像她编辑似的，连姓带笔名叫她，"打个招呼又不会掉块肉。过来，我带你去 social（社交）。"

姜思鹭看了一眼段一柯的微信，叹了口气，把手机揣进兜里。

她不知道，同是西单，同一座商厦，和她隔着三个餐厅的一间包厢中，段一柯正有些烦躁地蹙起眉头。

"没什么事的话，我得走了。"段一柯抬起眼，看向坐在对面的成远和小艾，"我就回北京这几天，挺多事的。"

"哎，别走啊。"成远急忙站起来打圆场，"小艾，你有什么事你倒说啊。我帮你把人叫过来了，你一言不发的，算怎么回事呢？"

坐在成远身边的，是个相当漂亮的女生，柔弱、纤细，皮肤白得没什么血色。

两年前，她在片场被人占便宜，只有段一柯站出来说话。

而后，他失去消息，而她……

"对，我是没什么事，"她轻声说，"我就想看看你怎么样了。我给你发的微信，你也从来不回。要不是那天碰到成远，我都不知道你一直留在上海……"

"我挺好的，"段一柯没什么语气，"有地方住，有饭吃，自食其力，不劳你惦记。"

她睫毛抖动了下，似是要哭了。

又沉默了大半分钟，段一柯耐心耗尽，起身便要离开。起身的瞬间，小艾忽地从手提包里拿出了一张卡，推到了他面前。

段一柯呼吸一滞。

"这是……三十万，"她颤声说，"段一柯，要不然你拿去用……"

"小艾！"成远站起身，脸色大变，"你这是什么意思啊？你又不是不知道他的脾气……"

段一柯半晌不语，再开口时，反倒笑了出来。

他把那张卡拿起来，正反看了看，抬起头，眼里带出一丝嘲讽。

"直接往人脸上砸钱啊？"他把那卡轻轻放回桌面，"挺好的，你们夫妻俩，一个封杀我，一个打赏我，真是天造地设的一对。"

说来也是好笑。

段一柯因为帮小艾说话被封杀后的第二年，那个男演员和结发妻子离婚，兴师动众地娶了小艾。通告铺天盖地，那场戏成了两人结缘的地方，小艾则在每一张媒体抓拍里都笑得甜如蜜。

"段一柯，"他从进门就说了这么一句重话，小艾的眼泪便流了下来，"我没有背景，我也想有更多的机会和资源啊。他给我的实在太诱人了，我自己奋斗，一辈子都拿不到那些东西……"

她说着说着，竟然站了起来，要去拉段一柯的胳膊。

段一柯回过头，面无表情地望着那双拉住自己袖子的手。

涂着精美的指甲油，指甲尖锐。

"你大概误解了。

"我没觉得你做错什么。

"说实话，你想要什么，怎么要，我都不关心。但是……"

段一柯把她的手从衣袖上拨开。

"麻烦你，不要再用各种方式来找我，然后告诉我，你可怜我了。"

"段一柯……段一柯！"

包厢门关上，把小艾的哭喊也关了进去。从监狱里出来时那种喘不上气的感觉又出现了，而且似乎更为强烈。段一柯越走越快，只想马上走到商厦外面，呼吸一些新鲜空气。

马上就要走到自动扶梯时，身后又传来了一道女声：

"段一柯？"

他耳鸣得厉害，只觉得是小艾又跟了上来。随后，身后的人似是加快脚步，用手拽住了他的胳膊。

段一柯蓦然回头，一句"放开"脱口而出——

却看见拉住他胳膊的人，是姜思鹭。

他声音并不大，是一种压着声线的呵斥。但看惯了段一柯在她旁边放松的状态，猛然被对方凶一句，姜思鹭还是吓得倒退一步，手也不自觉地松开。

但下一秒，段一柯反手拽住她的手腕，把她拽到身边。

紧接着，一辆装满食材的推车从姜思鹭身后飞速推过。

"段一柯？"姜思鹭小声问，"你怎么了？"

他平复了片刻心情，语气缓和下来。

"没事。"

"你怎么在这里啊？"

"见了个同学，"他说，"你怎么也在？"

"我……"姜思鹭想了想那一房间的圈内人，及时改口，"我也来见同学。"

话音刚落，她脸色又微微变了下，方才抓住段一柯胳膊的手再度抬起，食指轻轻碰了下他的嘴唇。

"你这里，"她说，"怎么破了？"

段一柯这才反应过来，嘴角丝丝地疼着。

总不能说是探监的时候咬的吧。

他没说话，抬手就想擦，却被姜思鹭拽住。只见她从提包里找了半天，掏出一张消毒湿巾。

"你过来点。"她说着就踮起脚，轻轻擦了下他的嘴角。

凉意自嘴角蔓延开。

心里的烦躁也奇妙地平息下来。

段一柯垂眼看着姜思鹭，看她擦拭过后，又认真地把湿巾收回包装袋，折起来，准备找时间扔掉的样子。

心跳忽然漏了一拍。

把湿巾收好后，姜思鹭再度抬头，问他："你待会儿还有别的事吗？"

段一柯想了想，摇头。

"好欸，"她说，"那一会儿，我们一起回去看看学校吧。"

"看学校？"

"嗯，我昨天路过了。"她说，"离这里也就几站地铁，忽然想回去看看。"

段一柯看了下她来的方向。

"那你和同学——"

"我们还有半个小时就散了。"姜思鹭急忙说，怕他看到顾冲他们似的移动了下脚步，"你去楼下等下我，我散了就去找你。"

段一柯想了几秒，简短地说了声"成"。

目送他走远后，姜思鹭才敢往顾冲他们聚餐的包厢走。

走到门口时，忽见"德艺双馨"的孟琮老师站在门口，望着段一柯消失的自动扶梯，若有所思。

"孟老师。"姜思鹭礼貌地打了个招呼。

孟琮似乎也是为逃避社交溜出来的，两人视线一对，顿生同病相怜之感。喝了口茶后，孟琮指了下自动扶梯，问："你朋友？"

"嗯。"

"气质不错。"

姜思鹭愣了愣，脑海中有光一闪而过。

她一下也不"社恐"了，演技飙升，语气拿捏着，既炫耀又不刻意："确实确实，他是个演员，上戏毕业的。"

"上戏？"孟琮诧异，"这种外形，又是科班出身，怎么在圈子里一点名声也没有？我看这小伙子，电影脸，很有故事感。"

姜思鹭像听到夸自己似的："是的是的，长得确实好看。"

"不只是好看，电影脸你懂吗？"孟琮举起手，和她比画着，有种与年龄脱节的活泼，"就是摄像机从任何一个角度拉特写，都是完美的。他这气质很少见，之前我见过一个女演员，和他很像。是我们那个年代的，你可能不太认识，叫祁水……"

姜思鹭回过头。

"祁水？"她反问，"他妈妈就是祁水。"

孟琮愣住了。

半晌，他再度望向段一柯消失的方向，眼神变得若有所思。

"他就是祁水的儿子？怪不得……"

"孟老师？"姜思鹭追问道，"您见过祁水吗？"

孟琮回过神。

"算是……算是见过吧，"他的神色略显遮掩，"一面之缘，一面之缘。"

半个小时后，饭局按时结束。

顾冲在临走前又找到姜思鹭，小辫子甩得飞快，反复叮嘱她："你下本书给我啊，给我拍，听见没？不许再去招惹别的导演！"

姜思鹭打着马虎眼："我还没写呢，我先写出来……"

人群四散，做演员的纷纷戴上口罩墨镜，制片、导演倒是可以保持自如。姜思鹭避开大部队，步行下楼，在门口看到了等着她的段一柯。

她用双手的食指和中指搭出一个框，框起段一柯，口中喃喃有词："这就是电影脸，电影脸你懂吗？就是摄像机从任何一个角度拉特写，都是完美的。"

框中，段一柯蓦然回头，看到了她。

"大家看下这个回头，"姜思鹭继续自言自语，"没有打光，没有化妆，没有滤镜，就是这么自然，就是这种浑然天成的感觉，请摄像机再拉近一点——"

"姜思鹭？"段一柯挑起眉毛，"你自言自语什么呢？"

她赶忙收回手。

过去的时候，段一柯已经叫好车了。

北京的冬天比上海更冷，只是从商场大门到路边的一段路，就冻得姜思鹭鼻尖发红。两人前后上了车，没开出去一会儿，姜思鹭忽然想起似的问："你多久没回去过了？"

"快五年了吧。"段一柯说，"大二的时候，还回去过一次。"

"我也是大二回去的！"姜思鹭说，咽掉了后半句"特意去光荣榜上拍你照片"。

"是吗？"段一柯应道，"不知道是不是同一天，可惜没碰到。"

姜思鹭眨了眨眼。

可惜没碰到？

她因为这话莫名高兴起来。

这股高兴持续到两人抵达校门口。

熟悉的伸缩铁门，熟悉的传达室，和熟悉但漆上不同颜色的国际楼。姜思鹭站到校门口，手拽着铁门，朝保安叔叔喊："哎——叔叔，我俩是学校的毕业生，能进学校看下吗？"

保安叔叔叼着牙签，溜溜达达走过来。

"毕业生？"他反问，"那叫你们老师来接下。"

"这大元旦的，"姜思鹭一脸失望，"哪有老师啊。"

"那不给进。"

"别吧，叔叔，"姜思鹭小跑着到离保安更近的地方，脚踩着铁门底部，身子往铁门上一趴，"我们真是这儿毕业的，好不容易回来一趟。"

"那不行。"保安义正词严地摇头，"现在放元旦呢，学校你想进就进啊？再说了，你说你是这儿毕业生你就是？你学生证呢？"

"我都毕业七八年了，上哪儿找学生证去啊？"

"那毕业证书也行。"

"毕业证书我也没拿着啊。"姜思鹭摸出手机看了看，再抬头，语气有点不抱希望了，"电子版也不在这个手机里。叔叔，我俩真是这学校毕业的，下次再过来不知道什么时候……"

保安叹气。

"小姑娘，不是我不让你进。你说你在这儿读过书，总得有点证据吧？你们两人起码——"

"叔叔，"段一柯忽然开口了，"是不是我俩只要有一个能证明自己是K中毕业的，你就放我们进去啊？"

保安"嗯"了一声。

"那我行啊。"

保安转过头，盯着他。

段一柯往前走了一步，撑住铁门，左手指向校门口矗立的光荣榜。

"那边，左数第二排，有张照片。

"您看看，是不是长得和我还挺像的。"

而后，保安看了一眼照片，又看了一眼段一柯，发出了"哟呵"一声。

姜思鹭着实没想到，段一柯都毕业七年了……回高中还能刷脸。

铁门拉开，两个人并肩进了学校。路过光荣榜时，姜思鹭又偷偷看了一眼。

大概是有专人打扫，光荣榜的玻璃仍然很透亮。冬日的阳光被玻璃折射，打在十八岁的段一柯脸上，那照片就像刚刚挂上去一样。

段一柯倒是没往那边看。

他大步流星地从榜前走过，又因为姜思鹭的迟疑顿住脚步。女生慢慢走到光荣榜前，手指在玻璃上轻轻划过。

其实还是蛮多熟悉的人的。

除了左数第二排的段一柯，他们班的班长朱哲茂也在很靠前的位置。后面还有几张熟悉的脸，高考结束后大家便四散到各地高校，然后再也没有见过。

毕业后的那顿饭，对姜思鹭而言，就是和很多人的最后一面了。

或许是太平庸，她其实一直不太喜欢自己的高中时代。但在国外的那些年，她又想到，K中自由开放的校风，反倒是她这种心不在焉型小孩的保护伞。

母校用一种"不管"带给她许多可能。

"在想什么？"段一柯的声音从耳边响起。

她仰头看他。

男生垂着眉眼站在她身边，玻璃反射的日光映在他脸上，像一道海水的波纹，衬着远处的教学楼和篮球场，一恍惚，像是回到了少年时代。

他的目光不在自己的照片上，反而在和光荣榜紧邻的一张"建校以来重大活动"上。姜思鹭忽见他嘴角弯了弯，手指抵到玻璃上。

"姜思鹭？"他语气里有种意外，"这不是你吗？"

我？

姜思鹭一愣，目光随即顺着他的手指望去。

那是标注着"文体活动"的一栏板报。左边竖着贴了两张运动会的比赛照片，右边则是"四十年校庆表演"的合照，和一次……

一次话剧节的表演现场。

就是他们那一届的话剧节。

应当是在他们毕业后才贴上去的，否则姜思鹭不会完全不知情。她俯身细看，不禁笑出声——竟然是剧组的合照。

时光回到八年前的高二。

K中报告厅里一片哭声，全场女生都为了化作雕像等待小美人鱼归来的王子痛哭流涕。段一柯刚下台把戏服换成校服，就被班长朱哲茂狠狠撞了下肩膀。

"牛啊，段一柯！"

眼看平日一本正经的优等生都放肆起来，段一柯嘴角也露出一抹笑，环顾四周，姜思鹭却不在后台。

有同学开始在台下叫演员出来谢幕，朱哲茂掀开幕布看了一眼，回头催他："你们主演再上去一趟，快点。"

段一柯没动："整个剧组一起上吧。"

"那也行。不过——欸，姜思鹭好像自己去灯光主控那边了，我去叫别人，你帮我去叫下她！"

段一柯一愣。

她去灯光那边干什么？

K中这波话剧节大气，特意花钱请了灯光团队带着设备来协助。专业的灯光之下，连一贯破败的报告厅舞台看起来都有了档次。

调控灯光的小房间在二楼，段一柯顺着舞台旁那道窄窄的楼梯上楼。

上到一半，他忽然听到了浅浅的啜泣声。

段一柯停下脚步，从楼梯的拐弯处抬头。

姜思鹭抱着膝盖坐在楼梯尽头，脸上全是眼泪，袖口擦得湿答答的，像是刚在水龙头下冲洗过。

看见段一柯，她神情一僵，哭声停了一秒。

继而又是止不住的抽噎。

段一柯手足无措。

他又往上走了几步，俯下身，视线与坐着的姜思鹭齐平。沉默片刻，他很严肃地问："是我没演好吗？"

姜思鹭的哭声里夹了一声笑。

不过这笑声转瞬即逝，她用最后一片干的袖口拭了下眼泪，断断续续地说："不……不是……是……你……演得……太好了呜呜呜……你也太……太会演了……"

段一柯放下心来。

他忽然想起祁水的那段话——"那是创作者用心血铸造的人物，在那个虚构的世界里，角色拥有真实的人生"。

或许在姜思鹭心里，小美人鱼和王子是真实存在的。

那么，面对王子化为雕像的结局，她的悲痛，或许也超过了任何观众。

包括饰演王子的段一柯。

他有点后悔没和朱哲茂据理力争那个让王子落日化鲸的结局了——这位统管排练和道具的总指挥在听到这个想法的一瞬间便大惊失色，高喊道："这怎么演啊！我去哪儿弄鲸鱼和落日，道具也来不及做了！"

于是作罢，结局还按姜思鹭的原版。

台下的喊声似乎又汹涌了些，是呼唤他们谢幕的声音。段一柯回头望了一眼，轻轻叹了口气。

他觉得这欢呼应当属于姜思鹭。

于是，他在第三个台阶处蹲下身，目光正好与坐在最高处的姜思鹭齐平。女生的眼泪还在往外涌，他从校服外套的口袋里掏出一包纸巾，递过去。

"不是我会演，"他轻声说，"是你很会写。"

是你很会写。

姜思鹭慢慢把头抬起来。

是这样吗？

沉默寡言的她，默默无闻的她，淹没人海的她。

但……

很会写。

他朝她伸出手。

"走，"他说，"他们在因为你鼓掌。"

姜思鹭犹豫地看着他的手，有些胆怯地反驳："是因为你……"

"是你。"

姜思鹭的眼泪突然不流了。

她握住了他的手，被他一把拉起。

两个人跑到舞台下的时候，其他演员已经上得差不多了。朱哲茂远远看见，急得直跳脚："你俩从右边上！从右边上！"

段一柯远远朝朱哲茂笑了一下，潇洒又恣意。

然后，他单手撑住舞台，轻轻一跃就翻身而上。

台下开始尖叫。

他朝姜思鹭伸出手。

姜思鹭甚至没什么时间反应，因为对方压低声音，连声催促："快上来！"

于是，她也翻了上来，又因为借了他的力，动作前所未有的轻快。

段一柯朝报幕的主持人点了下头，对方便将话筒递给他。台下的尖叫一浪高过一浪，段一柯的声音在下一秒冲破人群的欢呼，传遍了整个会场。

"写这个话剧的人——"他说，"是八班的姜思鹭！"

那一瞬间。

姜思鹭在同学们掀翻屋顶的尖叫声中几乎眩晕。

……

远处忽然响起的下课铃声把姜思鹭的思绪拉回现在。

细听之下，还是那段熟悉的音乐。或许是学校自动的响铃设置，哪怕大家都放假了，铃声也在按时工作。

她将目光转回段一柯身上。

他也看着那张照片，似乎在回忆着什么。日头最盛的中午已过，姜思鹭觉得有些冷，和他说："段一柯，我们去报告厅看看吧。"

K中的报告厅是一栋单独的圆柱体二层小楼，楼梯是外置的，绕着圆形楼体蜿蜒而上，便是那扇不大结实的木门。

听说学校前几年新建了更高级的报告厅，这栋楼已经成为学生们口中的"老报告厅"，只在场地周转不过来时启用。

大约是真的被"半废弃"，木门把手上都不见那把生了锈的铁锁，只在门根处用一块石头顶住。段一柯将那石头挪开，门一开，腾出一片尘埃。

姜思鹭被尘土迷了眼，连打几个喷嚏，眼圈发红，鼻子里一股酸涩。段一柯回过头，微微俯身，问她："没事吧？"

"哦……"姜思鹭眨了下眼，泪水蓄起来，眼前竟是越发模糊，"你等我揉下——"

她抬起的手被段一柯摁住。

她在模糊的光线里看到他靠近她。

他说："你睁大眼睛。"

泪水越蓄越多，一切景象都扭曲起来。姜思鹭手腕被段一柯锢着，也不敢乱动，睁着一双什么都看不清的眼，只觉得对方的气息越来越近。

有风拂过。

她愣了一会儿才反应过来，是段一柯在吹她眼睛里的沙子。

"好点了吗？"

姜思鹭闭了闭眼睛，再睁开，眼前的景象逐渐清晰。

他的眼睛近在咫尺。

黑色的、清澈的眼睛，眼尾狭长，但因为垂眸看她，便不似往日清冷。

还有那颗只有离得非常近才能看见的泪痣。

怎么又是在这里。

又是在报告厅里。

姜思鹭回过神，慢慢将手腕从他手中抽出，脚步错乱地走到报告厅门前。段一柯转身望着光线里飘浮的尘埃，问道："还进吗？"

她说："进吧，好不容易来一趟。"

两人一前一后地进入。

进来才发现，可能是门没关严的原因，灰尘多积累在门口。越往里面走，场地和座椅越干净。两人走到第一排后，姜思鹭拍了拍座椅，竟也没浮起什么灰尘。

她将手提包移到身前，慢慢坐了下去。

好奇妙啊。

几乎是落座的一瞬间，姜思鹭就又回到了当学生的那些年。

身边响起了学生们在报告厅开会时才会出现的那种窃窃私语，夹杂着女生们明朗的笑声。她的黑色大衣变成蓝白色的校服，披肩发也变为高高扎起的马尾。

她听到教导主任在台上说："一会儿校长讲话，你们都不要睡觉啊，都不许睡觉！"

然后是路嘉的声音："哇，我和你们说，实验（1）班那个文艺委员昨天放学又被那个好帅的小混混表白啦……"

邵震的炫耀声也远远传来："看！我爸刚给我买的最新款乔丹球鞋，全北京都没现货……"

她忍俊不禁地回过头。

看到了段一柯。

十八岁的段一柯，就坐在她身边。

他在光里半阖着眼，头靠在椅背上，蓝色校服的衣领敞到锁骨，有线条分明的喉结。大约是注意到她的视线，他缓缓睁开眼，与她对视。

姜思鹭觉得恍惚。

因为她没有这样光明正大地看过十八岁的段一柯。

她望着他的时候，总是离他很遥远。

十八岁的段一柯目不转睛地注视着她，轻声说："姜思鹭，你在那里找到我，真的是偶然吗？"

她恍惚着问："在哪里？"

男生忽然直起身。

他脊背挺直，睫毛长得在眼睑投下阴影。他右手扶着姜思鹭的椅背，身体投下的阴影，慢慢压制住她。

……

段一柯从梦中惊醒。

这已经是今晚第三次睡着又梦到这个画面。

他也不知道自己昨天下午是怎么了。几乎是和姜思鹭对视的一瞬间，那段视频里的独白就在他脑海中响起。

"你说，如果我不爱你，在你的生命里，会不会显得特别一点呀？

"所以哦，拜托拜托。

"请你千万不要发现，我喜欢你。"

和之前的亏欠感不同，那一瞬间，他心里像有一只野兽破笼而出。

野兽有什么理智？

可当他俯身望向她，他才发现……

姜思鹭眼睛里映出的人根本不是他。

她爱的是少年时代的自己，是那个潇洒恣意地翻上舞台，还能回头拉一把姜思鹭的段一柯。

可他已经拉不了她了，他自己都沉入了海底。

沉入海底的人伸出手，只会把别人也拖进去。

所以他什么也没做。

所以直到远处上课铃声骤然响起，姜思鹭从幻梦里惊醒。她拿起手提包，整理好大衣的纽扣，从他身下抽离，然后脚步匆匆地离开。

段一柯在一片黑暗里闭上眼。

他忽然好嫉妒十八岁的段一柯，他凭什么有姜思鹭全部的爱啊？

或许是连续惊醒的原因，段一柯再也睡不着了。他摸过手机，点亮屏幕，发现锁屏上有三个未接来电。

是个八位数的座机号。

连打三次，应该不是误拨。最后一次打过来，是在十分钟前。

光线刺得段一柯眼疼，他闭了会儿眼睛，然后拨回这个电话号码。

短暂的"嘟嘟"声后，对面很快接通。

"您好，我看到——"

"是服刑人员段牧江的家属吗？"

段一柯一愣，瞬间清醒。

"对。"

"你马上来××医院，"对方语气冷漠，"你父亲吞碎玻璃自杀了，正在送去抢救。如果抢救失败，需要你协助处理后事。"

心口像被重捶了一拳。

段一柯恍惚着起身，几乎是无意识地穿好衣服。他用冷水冲了把脸，撑着洗手池时，喉咙里再次涌起血的味道。

段牧江自杀了？

他为什么要自杀？

他那么贪生怕死、胆小如鼠的人，为什么要自杀？

04.

时间太早，车都难叫。段一柯赶到医院，目光一个一个扫过急救推床上哀号的人，最后落到那张昨天刚刚见过的灰白面容上。

段牧江脸上没有戴段一柯给他新买的眼镜，而那个旧的眼镜，右眼镜片已经脱落。

段一柯来的路上就在想，他到底是从哪里弄的碎玻璃。

现在知道了。

是镜片。

下一秒，段牧江便"哇"的一声，呕出一口血在地上。

医生急忙大喊："快点快点，手术室里动作加快，病人内脏都被划破了！"

一片混乱中，只有段一柯的神情是冷的。

他慢慢走到段牧江身边，低下头，漠然地看着他。段牧江睁开眼看到他，眼泪登时流下来。

段牧江伸出手，想碰碰段一柯。

"你到底，"段一柯避开他的触碰，一字一顿地问，"想干什么？"

或许是声带被划破，段牧江已经说不出话了。他张大嘴，瞪着眼睛，喘息着，一遍遍地重复着同一个口型。

"原谅我，"他无声地说，"原谅我。"

下一秒，他便被推进了手术室。

需要缝合的地方太多，伤口又太细密，手术竟然从凌晨持续到下午。段一柯沉默地坐在走廊里，偶尔有医生过来与他沟通。

最后一次，是个女医生站在自己面前。

"你好，你父亲已经脱离危险了。"她语速快而冷漠，或许是专门负责监狱相关的手术，恻隐之心看起来很有限，"不过他还在服刑期，手术室里有司法的人，你要和他说话——"

"不用了医生，"段一柯忽然站起来，"脱离危险就行，我不用见他了。"

原谅他。

段一柯低着头，下颌的线条忽然绷紧。

他凭什么……

祈求他的原谅？

几乎是刚从医院走出来，段一柯就听到了手机传来微信提醒。他垂眼看去，几条来自成远的消息出现在屏幕上：

【啥情况啊哥们儿？】

【我刚睡醒。你早上出门很着急吗，怎么把客厅东西都撞翻了？】

【你不是说今天要去看阿姨吗，去了没？】

信息不断跳出来，段一柯沉默片刻，打了两行字，发过去：

【成远。】

【出来陪我喝点吧。】

……

暮色降临。

"思鹭，舅舅给你拿的吃的都装进箱子了吗？"老人的声音从厨房传来。

姜思鹭懒洋洋地坐在卧室的书桌前，看了一眼几乎快合不上的行李箱，应了一声："装上啦！"

喊完，她的目光又移回屏幕。

都不找她。

他凭什么不找她？

姜思鹭简直出奇愤怒了。

昨天，她恍恍惚惚，落荒而逃，到家了才意识到段一柯那是什么意思。

大哥，都是成年人了，你要亲要抱，给个痛快啊！

停在半空啥意思！

看着两人的聊天记录还停留在昨天中午那个"结束了"上，姜思鹭火冒三丈地点灭屏幕，一抬头，姥姥拿着一袋洗好的梨进了卧室。

"思鹭，这水果也装上，明天火车上饿了吃。"

"姥姥，"姜思鹭有点哭笑不得，"我书包都没地儿装了，就那么一会儿，不差这一口吃的。"

姥姥左右看了看，一拍书包侧兜——

"这不是有地儿嘛，给你塞这儿！"

姜思鹭摇了摇头，正想说什么，手机却振动起来。

来电显示，段一柯。

她一愣，避过身，接起。

"喂？"

很矜持的一个字。

传来的却不是段一柯的声音。

"喂？姜思鹭吗？"

话筒那边很嘈杂，姜思鹭要很认真才能听清对方在说什么。

"我是成远，咱俩在火车站见过。就是——哎，你能不能来一下啊？段一柯喝多了，我一个人带不走他！"

"喝多了？"姜思鹭反问，看到姥姥的目光，及时压低声音，"你们在哪儿？"

对方报了个地址，姜思鹭匆匆挂掉电话。

她赶忙抓过外套穿上，单手拎着包，走到门口去换鞋。

"这么晚干吗去啊？"姥姥赶忙跟过来。

"姥姥，我有个朋友碰到点麻烦，"她急匆匆地说，"我过去一趟，你们先睡啊，不用等我了。"

下一秒，"咣当"一声——

门被关上。

姥姥望着紧闭的大门，嘀咕道："这么晚，哪儿来的同学……"

深夜，以堵车著称的长安街都通畅了。

司机加快油门，一口气扎到东边。七拐八拐地进了小巷后，路旁才有了人烟。

车停在一家烧烤摊前。

姜思鹭匆匆下车，一迈进夜色，冷风就刮得脸上生疼。店门旁画了个潦草的箭头，一拐，写了四个大字：

喝酒上楼。

什么妖魔鬼怪的地方。

姜思鹭腹诽，顺着箭头所指，走上"嘎吱"作响的楼梯。楼上光线昏暗，但人声鼎沸，目之所及，全是推杯换盏的年轻人。

人群中，姜思鹭很快锁定了一脸焦急的成远。

看到姜思鹭过来，他急忙招手："这边！这边！"

再走两步，她就看见段一柯了。

出乎她的意料，男生并不是醉得不省人事的样子，只是安安静静地坐着，手指捏着酒杯的边沿，睫毛垂着，一句话也不说。

周围太嘈杂，姜思鹭只能扯着嗓子喊："怎么回事啊？"

成远也扯着嗓子回答："醉了！"

"哪儿醉了？"姜思鹭又看了一眼段一柯，"这不挺清醒的吗？"

"你不懂，"成远急得摆手，"他醉了就这样，他……哎，不信你看！"

成远弯下腰，拍了下段一柯的肩膀，大声说："老段，撤吧！"

完全没有反应。

成远又去拉他的胳膊，边拉边说："你起来，咱们下楼打车——"

段一柯一甩胳膊，差点儿把成远推个趔趄。

"你看你看，"成远告状似的看向姜思鹭，"还不如睡过去呢，睡过去我就扛走了！"

姜思鹭叹了口气，将目光转向段一柯。

外面那么冷，屋子里酒气蒸腾。

劣质灯泡洒下廉价颜色，段一柯坐在或明或暗的光里，衣服也染上斑驳。姜思鹭慢慢走向他，蹲下身，目光与他平视。

他的手放在桌面上，姜思鹭小心地覆上去。男生的手骨节分明，手掌宽大，姜思鹭覆不住，便轻轻握了下。

段一柯似是有了什么反应。

他抬眼看向她。

漆黑的一双眼，望不到底，绝望到像被困在深海里。

他嘴唇微动，好像说了一句话。姜思鹭倾过身，轻声问："什么？"

于是，他重复了一遍。

和神情不同，那是一句非常孩子气的话。

"我不要原谅他。"

"谁？"

不要原谅谁？

段一柯没有回答她。

"还能谁啊，"站在身后的成远发出一声不耐烦的"啧"，"就他爸呗，那老王八蛋。真是戏精，演什么自杀的戏码。"

姜思鹭惊愕地回过头："自杀？"

身边的噪声小了些，成远也不用扯着嗓子喊了。他坐回桌子旁，给姜思鹭也倒了杯酒。

"你是他高中同学是吧？那你可能不知道他大学的事。

"段一柯大一入校的时候，连军训都没参加。我们开始还以为他老子当导演有特权，结果，是给他妈守丧呢。"

祁水身体不好这事，姜思鹭是有所耳闻的。

高中的时候，段一柯老请假，也因为请假耽误了不少功课。有次，姜思鹭去办公室交作业，听到老师们闲聊——

"昨天好像是又送急诊了。那个段牧江，真是浑蛋。我给段一柯批完假，心想给他这个做爹的也打个电话。结果那边说什么，他在外地不常回家，有事找他儿子就行——十六七岁的孩子，每天陪床算怎么回事啊？"

"没办法了，耽误太多功课，不行就去艺考吧。好在你们班段一柯长得漂亮，家里也是搞文艺的，考考三大艺校没啥问题吧？"

"哪有那么简单咯……"

段一柯考取上戏的那个高三暑假，祁水去世。

那是他们各奔东西前最后一场聚餐，段一柯吃到一半就匆匆离席。姜思鹭一直不知道他去做什么了，如今才想起，或许是收到了家里的消息。

"他爸长年累月不在家，他妈妈晕倒，还是保姆发现的——"成远愤愤不平，"我这人说话很公正的，是，得了那么个病，医生都治不好，段牧江也没办法。但是但凡你多在家陪陪老婆，早点发现晕倒，送医及时点——"

祁水在 ICU 住了大半个月，病危通知书下了无数次。最后一次抢救时，段一柯多年来第一次主动给段牧江打了电话。

话筒这边，是急救室或长或短的器械声。话筒那边，是震耳欲聋的音乐，和女人放浪的大笑。

段牧江喝得醉醺醺的，嘀咕着说："死了吗？死了再叫我。"

成远说得激愤，狠狠拍起桌子。

"之前，老段不是和圈子里的人结梁子了吗？我们当时都劝他，毕竟是亲生父子，要不让他爹帮衬下。当然了，他也没听这些话。我们一个老师惜才，怕这么好的苗子毁了，就想带他去话剧圈试试。磨炼两年，说不定就有机会了呢？

"结果，唉，段牧江真行啊……得罪了不该得罪的人，那些阴间勾当都被人爆出来了，家里东西全查封了。那事太臭了，没人再敢用一柯，我们老师说话也不顶用。

"你知道他爹多不要脸吗？进了监狱没多久，还托人来说监狱里条件太差，列了个单子，想让一柯送点东西过去。

"这次又不知道说了什么，求着一柯过去，结果人刚走他就闹自杀。我说今天一大早客厅里'叮咚'乱响，合着是给监狱叫去医院看他爹做手术了！"

沉默片刻，成远用一句响亮的脏话为整个故事画上句号。

段一柯还坐在阴影里，低着头，对什么都没有反应。

我不要原谅他。

姜思鹭望着他阴影里的侧脸，胸口闷闷地痛起来。

是这样吗，段一柯？

这是你这些年的人生？

可你为什么……

你为什么，什么都不说啊？

他的手还在她手里，她收紧手指，朝他的方向倾过身。离近了看，能看到他嘴角正在愈合的伤口，结出了一层暗红色的痂。

姜思鹭垂着眼，伸出右手，轻轻碰了下。

他忽然抬手抓住了她的手。

两个人的目光对视，时间流淌得缓慢起来。

好想回去啊。

好想回到高中啊。

他坐在她后面，永远张扬恣意，永远意气风发。

"成，那就去上戏。"

"姜思鹭，过来拿。"

"日落的时候，让他变成鲸鱼吧。"

往事一圈一圈，化作涟漪。那么多的黑暗，走到最后，姜思鹭也只能用指尖抵住他的嘴角，轻轻问一句：

"段一柯，还疼吗？"

她问了一句，他眼睛忽然弯了下。

是在笑。

下一秒，他俯下身，把头埋进她的脖颈。他握住她的手和被握住的都松开，双手垂落下去，落到她腰间，然后收紧成一个拥抱。

"段一柯，"她轻声说，"回家吧。"

三秒的寂静后。

段一柯乖乖站起来，被她拉着手，走了。

在旁边围观了全程的成远："……"

哦，就这啊。

就这……

"高中同学"。

段一柯。

你是把我当驴耍。

成远家在郊区，离他们喝酒的地方还有段距离。元旦车辆本就稀少，再加上司机不愿意载这些刚喝完酒的人，几乎是看见单子的起点就秒取消。

被取消几单之后，姜思鹭也不叫车了。她看到对街有一家小旅店还亮着灯，便和成远说："要不带他去那边住？"

成远摸了摸头："我帮你送过去，我回吧。"

"怎么了，你家里有事吗？"

成远心想"我家里有没有事不知道，你俩肯定是要有事"，于是哈哈一笑，说道："家里有狗，一饿就叫。"

怕不是就是自己这条单身狗。

有姜思鹭带着，段一柯走路就乖巧了许多。她走他跟着，她停他驻足。

成远陪着到旅店后，回头看一眼姜思鹭，眼神悲壮，默然道：哥们儿只能帮你到这儿了。

他继而高声喊道："哎，我怎么觉得，老段发烧了啊？"

"发烧了？"姜思鹭急忙过来试他温度，手触额头，倒还算正常，"没有吧。"

"那是你们女生体温高，"成远大大咧咧地说，"他平常绝对没这么热。而且我知道他，他大学就这样，喝酒必发烧。当天晚上千万不能冻着，不然一烧就是好几天。"说完，还一捋头发——可以，大学除了四年早课，演技没全交回母校。

看他说得像真的似的，姜思鹭有点担心了。

她又用手背碰了下段一柯的额头，扭头问："那你要不然别走了？"

"那可不行，"成远急忙摆手，"我家那狗，一饿是'嗷嗷'乱叫，左邻右舍投诉好几次了。那个……我看老段好像也挺听你话的，要不然你就别走了，你陪陪他！"

说完，他又看了一眼手机。

"哟，你看吧，我邻居找来了。"

他朝姜思鹭打了个哈哈，身子一扭，做出要离开房间的姿势，冲着电话那边说："喂？哦，对对对，又叫了是吧，我知道，我知道，我这就回家喂它，您别着急啊——别砸我家门——"

话音未落，人已经没影了。

寂静的房间里，忽然只剩下他俩。

段一柯很安静，喝醉了和睡着了都很安静。姜思鹭坐在一旁看他一会儿，忽地想起什么似的，在网上下单了些东西。

外卖很快送到了。她去前台取上来，塑料袋里装了些药品和一支温度计，还有几片物理降温贴。

备着总是没错。

好笑的是，再上楼的时候，段一柯整个人忽然钻进了被子。大约是觉得灯光刺眼，他微皱着眉，头半埋进枕头。

姜思鹭看了看四周，发现这旅馆小是小，灯光倒不潦草。按了几下开关，光线便变成了昏暗的橙黄。

于是，段一柯又把眼睛露出来了。

你还挺灵敏，姜思鹭腹诽道。

试了试额头，温度还是没上来，姜思鹭不禁对成远的话产生一丝怀疑。

莫非真是自己体温高？

她沉思片刻，从塑料袋里拿出体温计，准备给段一柯测下温度。

无奈他今天穿了件灰色的高领毛衣，弄得姜思鹭无从下手。

放嘴里不太干净吧？

她揉了下眉头，伸手拨开段一柯的领子，冰凉手指碰到锁骨，还当真有些烫。

还差一些。

她呼了口气，再次牵扯他的衣服。谁知手腕突然被摁住，手一松，温度计瞬间滑落。

下一秒，她腰间一紧，连着手腕上的力道，整个人被锢进段一柯怀里。

耳旁是男人陡然粗重的呼吸声。

昏暗灯光中，她看到了段一柯睁开眼。

眼神有如幽冥野兽。

"段一柯，"她望着对方漆黑的瞳孔，仿佛看到眼神深处的烈火，"你要做什么？"

他不说话，手指敛她眉梢，每一次呼吸都更灼热。平日的唇色分明极淡，此刻却因为醉酒炽热，连带着嘴角的伤痕都泛出浓重的血色。

隔着衣服和胸膛，她感受到了他的心跳，正在慢慢变得剧烈。

一下，又一下。

升到一个，让人眩晕的频率。

缠绕的呼吸间，她忽然觉得眼前的人陌生起来。

是的，她曾经爱他。

他是星星，是高高在上的神灵。七年间，她反复在心中描绘他的模样，一笔一画，像在雕琢一座神像。神没有悲喜迷惘，眼神清明，在云间俯瞰众生，恰如他总是垂眼望向她。

可转眼间，他已经不是他。

神从云端坠落，困于深海，满身锁链。他仰望她，眼神赤红，嘴角带血，是从地狱逃往人间的阿修罗。

她忽然觉得害怕。

是的，他不是段一柯。

从见面那天起，她就有所感觉。

一个人在深渊里走了那么久，身上的温度散了，羽翼丢尽，眼底也变得阴冷。和她在一起的时候，他清醒的时候，会变回十八岁的样子——可那是因为，只有她还像十八岁一样对待他。

那本就不是现在的他。

段一柯开始吻她。

每一次亲吻都伴随着压抑的喘息，热浪在她皮肤上一处处地炸裂。他单手伸到姜思鹭颈后，钳制着将她按进自己怀里。

颈骨痛得像要被他握断。

"你不是段一柯，"她颤声说，"你放开我。"

他动作未停，眼底阴郁又深了几分。

"你还喜欢他？"他靠近她，声音嘶哑，"可他早就死了。"

"他没有，"姜思鹭拼命摇头，"他清醒的时候会回来的。你不要这样，求求你，我……"

她哭了出来。

"段一柯，你这样我好害怕。"

她的眼泪滑落，落到了他的眼睛上。冰凉的液体，瞬间激醒了他。

段一柯眼里的赤红落潮一般退去，如同脱力一般，他的手从她后颈滑落，轻轻停在她腰间。

可呼吸仍是灼热的。

段一柯闭了闭眼，望向怀里的女孩，轻声说："姜思鹭。"

大抵是他声音温柔，她又敢抬头看他。

"你咬我一下，"他说，"咬疼一点，我会醒得快一点。"

姜思鹭慢慢抬头，气息萦绕上段一柯的脖颈。

他右手捻着她的长发，眼睛闭上："咬吧，他会回来的。"

姜思鹭垂下眼帘。

方才一番混乱，她的衣服还穿着，段一柯的外衣已经扔到床下。他里面只穿了一件贴身的T恤，领口被拉扯得不像样子。

他闭着眼侧过脸，喉结无意识地上下滑动。

姜思鹭的手指抚过他线条清晰的锁骨，慢慢凑近。下一秒，她听到男生喉咙里压抑着的吃痛声，感受到他身体的颤抖，然后……

口腔里绽开一股血气。

姜思鹭不知道自己为什么停不下，或许是在报复吧——而段一柯不说话。

他闭着眼，睫毛微微颤抖，像是受刑的神灵。

很久以后，姜思鹭才直起身。

她用袖口擦干净眼泪和嘴边的血，头也不回地从段一柯身上离开，整理好衣服和头发，然后穿上大衣，离开了房间。

卧室寂静。

姜思鹭从半夜到家，到日头高照，都没有睡着一秒。

回上海的高铁是今天下午三点的，她不知道该怎么办。她不知道该怎么面对段一柯，和他说什么，以后怎么相处。

客厅传来些声音，姜思鹭迅速闭上眼。等了一会儿，姥姥和姥爷把卧室门打开了。

她听到姥爷说："还没醒啊？"

姥姥："让她多睡会儿吧，平常自己在外面估计睡不好。"

"那你把鸡蛋给她装书包里。"

"行，我就是怕挤碎了。"

"那装兜里，你给她放大衣口袋里。"

一阵细碎的动静后，老人远去。

门锁"咔嗒"一声轻响，姜思鹭睁开了眼。

她心不在焉地摸过手机，把屏幕点亮，然后打开了微信。

和段一柯的对话还是空荡荡的。

她没有置顶他，备注也是规规矩矩的"段一柯"，客套得就像怕被撞破什么。

她打了几行不痛不痒的字，又删掉，最后退出了聊天界面。

姜思鹭忽然一愣——

刚才还悄无声息的微信最下排"通讯录"上，出现了一个红色的"1"。

来人是个比格犬头像，骚里骚气，有点像成远。

她点开好友申请一看，真是成远。

他加她好友做什么？难道是段一柯推给他的？

姜思鹭没再多想。通过好友的瞬间，对面就发来一句话：【不是吧，不是吧，你昨天把老段扔下就走了？】

他还质问起她了？

姜思鹭一股无名火蹿起来，刚准备打字，对面的消息又来了：【他回来说自己睡了一晚上，醒来的时候也没见着房间有别人。】

【早知道我就和他住那儿了，我昨儿出地铁打不着车步行回的家。】

姜思鹭愣了愣。

他忘了？

段一柯把昨晚的事忘了？

她忽地冷笑一声，自言自语道：呵！男人！

还好她溜了，不然是怎样？她还得睡醒了和他讲讲昨晚发生了啥？

记忆追溯到更早的那一晚，姜思鹭爆出一声嘹亮的脏话。

那晚八成也发生了什么，起码差点儿发生，不然段一柯第二天不会突然要给她买这买那。

可以啊，不愧是你。

事已至此，姜思鹭也完全没有提醒他的打算了。她翻了个白眼，恶狠狠地发了两条语音过去：

"对，扔那儿了。下次喝多别找我，死哪儿算哪儿。"

"下午三点的高铁，你让他别误车！"

语音发出去，她就把屏幕一锁，倒头补起觉来。

微信那头的成远被这气势汹汹的回复吓了一跳，狐疑地抬起头。

两人正坐在楼下的早点铺里吃饭，段一柯外套里面还穿着昨晚的高领毛衣，他分明听见了姜思鹭的话，却仍是面不改色地喝豆浆。

"兄弟，到底啥情况啊？"成远的神情像一只困惑的比格，"你这一大早回来，把人家微信号推给我，又让我说这些有的没的……昨天晚上到底发生啥了？"

段一柯没回答。

他喝完最后一口豆浆，便从早点摊旁站了起来。

"干吗去？"成远抬头，"人家说了，下午三点的高铁你别误了。"

"我知道。"段一柯拉高外套拉链，又好像牵动了什么，动了下锁骨，"时间有点紧，我得去看一眼我妈。"

成远赶忙说："哦哦，那你打车去吧。元旦不堵，跑个来回来得及。"

"嗯。"

目送着段一柯远去的背影，成远又回过神了。

"不是，所以……"他收回目光，盯着吃了一半的豆腐脑，"昨天晚上他俩到底干吗了？"

很快就到了发车时间。

姜思鹭在检票口没见到段一柯，看了眼手机，对话栏一动不动。她心里郁结，也不想主动和他说话。

队伍一点点往前移动，姜思鹭拖着行李箱，顺着人流，很快就进了检票口，走进车厢。

她和段一柯座位挨着，男生显然还没到。姜思鹭脸上也没什么表情，把书包丢到靠窗的座位上，然后拎起行李箱。

好重。

她叹了口气，想到肯定又是老人家趁她不注意往里塞了什么。但人都上了火车，也不好拿出来，她只能硬着头皮往头顶的架子上搁。

姿势那叫一个摇摇欲坠。

眼看就要推上行李架了，身旁偏偏挤过一个小孩，姜思鹭被撞得重心一歪。

箱子马上要脱手时，身后有个人帮她推了一把，然后扶住她的肩膀。

草木香铺天盖地地覆至鼻息，姜思鹭忽然有点想哭。

是段一柯的味道。

她没回头，收回手后愣了片刻，便坐上了座椅。对方等她坐下后，将自己的书包也放上行李架，然后坐到她旁边的座位。

段一柯半架到扶手上的胳膊碰到她，又挪开，扶住膝盖，挺规矩。

姜思鹭看他一眼，眼泪那股劲儿过去，还是没什么好气。

"你再晚点儿啊！"她说，"我还以为你改签了。"

段一柯"嗯"了一声，过了会儿才反应过来她在说什么。顿了顿，他说："对不起，我去……看我妈了。"

姜思鹭一时愣住，心里有个地方迅速酸涩起来。

他最近太忙，头发一直没剪，低头的时候会在眼窝投下阴影。再加上宿醉，整个人显得格外憔悴。

姜思鹭收回目光，望向窗外。

车厢开始缓缓移动，景物被落在身后。她手指摸索到大衣的口袋，像是想起了什么。

"段一柯，你是不是还没吃饭？"

她大概知道祁水的墓地在京郊，来回一趟，再赶这趟车，时间很紧。

段一柯的语气倒是没太在意："还没，到了再说吧。"

话音刚落，姜思鹭递给他……

一个鸡蛋。

哪儿来的？

段一柯抬眼看向她，略显惊讶——

毕竟，不是每一个都市女性出门都随身带鸡蛋。

姜思鹭已经把头转过去，语气颇不耐烦地道："哎呀，我姥姥带的，吃吧你。"

他忍着笑意接过。

姜思鹭托着下巴看窗外，后脑勺仿若长眼："吃鸡蛋就好好吃，有什么好笑的。"

于是，段一柯只能一脸严肃地剥鸡蛋。

两人回到上海的家里时，正好晚上九点。

车马劳顿，姜思鹭几乎是刚进家门就嚷嚷着睡觉。简单洗了个澡后，她便直接冲回卧室，关门前才想起喊声"你也早点睡"。

段一柯把浴室门打开。

刚用过的浴室里布满蒸腾的雾气，空气里全是姜思鹭常用的沐浴液气息。他一层层脱掉上衣，扔上置衣架，却没走到花洒下。

浴室里的镜子刚好框进他的上半身。他靠近镜面，偏着头，检查了下锁骨上的咬痕。

大抵是咬得太狠，一天过去了，伤口没什么好转的迹象，边沿渗出隐约的红。又因为咬得认真而均匀，形状还挺圆满。

　　段一柯手指碰了下，无意识地"嘶"了一声，继而喃喃自语：

　　"你还挺使劲。"

第三章
/送星星回海面/

01.

元旦回来的第一个工作日，姜思鹭就在朝暮影业楼下的茶餐厅里和路嘉约了饭。

午休时间紧迫，姜思鹭两倍语速，总算在三十分钟之内把这段时间发生的所有事讲完。尽管已经去掉无数细节，还是把路嘉惊得半晌没咽下一口饭。

"惊了啊姐妹，"路嘉叉子放在嘴边，久久没有移动，"所以我可不可以理解为，你前天差点儿和段一柯睡了。但是现在他忘了这回事，你假装忘了这回事？"

姜思鹭表情沉重地点了点头。

"凭啥呀？"

路嘉暴怒，大喊一声后又发现引来旁人注目，立刻压低了声音。

"咱们捋一捋啊思鹭，我先和你确认一个问题，你高中的时候，是喜欢过他吧？"

姜思鹭沉默。

"你也别不回答我。就那次聚会完了，你天天找我问他的时候我就觉得不对劲。而且……"她顿了顿，"咱们班女生，应该大半都喜欢过他吧。毕竟他那个时候，真的太耀眼了。"

是啊，谁会不喜欢……

十八岁的段一柯啊。

是像星星一样耀眼的一段岁月。

"那如果你喜欢他，你为什么要跑呢？他睡醒就忘了，你为什么又一点都不生气呢？"

再度沉默了片刻，姜思鹭轻声说："可能因为，其实我比他更想……假装这件事不存在吧。

"路嘉，你还记得他搬进来之前，我在卧室和你说的话吗？

"我去找他，只是想拉他一把。我是喜欢过他，可是我一点也……我一点也不希望他知道我喜欢他。

"你可能会觉得我这样说很傻，可是在我心里，段一柯就应该站在聚光灯下，被所有人注视着。他被很多人喜欢过，以后会有更多人喜欢他，我不想……不想仅仅成为那些人中的一个。

"我想在他的生命里特殊一点。我十八岁的时候就觉得，他就好像一颗星星一样……"

姜思鹭忽然笑了。

"有很多人想把星星据为己有，可我只想把星星送回海面。"

路嘉叹了口气。

"思鹭……"她轻声说，"我好像懂了，但是……所以现在在你心里，他到底是段一柯，还是十八岁那年的一颗星星啊？"

姜思鹭一时被问住了。

对啊，她把他当成哪个？

是二十五岁的段一柯，还是十八岁那年爱过的星星？

她又陷入了沉默。

"算了，你们女作家的感情世界太复杂了，"路嘉咬着叉子摇了摇头，"我一会儿还得回公司，我先和你说正事吧。"

姜思鹭抬头，看见路嘉从提包里拿出一个文件夹递给她。

"你不是说想来这儿上班吗？"路嘉扬了下下巴，"看看。"

姜思鹭翻开，是朝暮影业新剧的策划。她简单扫了两眼，发现是"传统文化"的题材，讲的是浙江东阳市的木雕艺术。

"你们不会让我做编剧吧？"姜思鹭一愣，"我不会啊。"

"当然不是啦——是你老本行，"路嘉朝她眨了下右眼，"做采访。"

放下餐具，路嘉开始滔滔不绝。

"你最近应该也看出来了，我们公司对现实主义的行业剧还是挺感兴趣的。但是看了几个策划和剧本，现在就有个特别明显的感觉——悬浮，特别悬浮，一看就没有深入行业的一线。

"所以现在公司也想招一些媒体行业的人过来，把策划落实到真实的案例上去，按照人物需求去采访从业者，最后给我们出比较翔实的采访报告，再给剧本那边提一些落地的建议。

"之前都没这个岗，也是你那天问了，我去找人力，才知道这个木雕题材的项目正要这种人。你看我给你念啊——"

路嘉拿出手机，给她发了个招聘需求的链接，然后自己也打开念道："三到五年一线媒体采编经验，有深度报道作品，采访能力和文字功底过硬——这不说的就是你嘛！"

"三到五年啊……"姜思鹭看着手机，"我就干了一年多——"

"朋友！"路嘉无奈，"这就是个虚数，真有能力的人，谁会在乎你一年还是五年啊。自信点！我和那边主管说了你的情况，她特别感兴趣。不过正规的招聘流程还是得走，你的书我都给她看了，你把简历和你当记者那年的作品整理下吧。"

姜思鹭点点头，脑内也搜寻起自己那段短暂的职场生涯。

"快一点了，我得回去上班了，"路嘉看了眼手机，"那明天上午十点你来公司门口，剧集开发那边的领导简单面试一下。"

姜思鹭"嗯"了一声，目送路嘉急匆匆地离开。

CBD 附近的食肆，中午人满为患，上班点一到就空了。吃午饭的人走得七七八八，剩下零星几个都是来喝下午茶的。姜思鹭换了个偏僻的座位，掏出电脑，开始从陈年的文件夹里找自己当初的采访作品。

那一年的职场生涯虽然留下了不少恶劣回忆，但她在工作上还是尽心尽力。没一会儿，几篇深度报道就罗列在了新建的"面试"文件夹里。

财经记者里分工细化，姜思鹭做的更偏行业向的调查。不过她那时候对人物特稿也有兴趣，遇到感兴趣的非财经选题，会专门向领导申请工作。

就比如这篇佛山舞狮教练的。

姜思鹭半托着脸，再次打开了这篇两年前做的报道——当时她特意去佛山出差了大半个月，跟着当地舞狮队起早贪黑地训练，以那名舞狮教练的人生轨迹为线索，穿插着他的妻子——一个手作狮头传人的故事，记录下了舞狮这门行当的现状。

那是姜思鹭为数不多在工作中获取了快乐的时刻。幸运的是，那趟舞狮之行，不仅让她做出一篇传统行业向的稿件，还给了她新小说的灵感——

正是她上个月交给丁丁的那一篇，讲舞狮少年和制狮少女的《她的狮子朋友》。

想到这儿，姜思鹭忽地一愣。

她之前给丁丁的书稿都是在网上连载过的小说，不算审校，编辑内容上的审稿流程大概两周就走完了，接下来稿件就会发还给她修改。

《她的狮子朋友》是姜思鹭和网站合约结束后的第一本小说，没在网上连载过，成稿直接交付编辑部，现在都过去一个月了……

怎么丁丁还没找她？

把面试的文件打包好后，姜思鹭打开了和丁丁的微信对话框。

出乎意料的是，两人就像是有心灵感应一样，就在她打开那对话框的一瞬间，丁丁的消息也发过来了：

【化鲸，在不？】

姜思鹭发了个表情包过去。

【打个语音行吗？】

姜思鹭顿了顿，发了个"行"过去。

她和丁丁很少打语音，之前两次都是碰到了比较棘手的情况。这次丁丁忽然要语音……

不等姜思鹭多想，微信的语音铃声便响起来了。

姜思鹭接起，那边的话连珠炮似的传过来：

"化鲸？你现在没事吧，我抓紧时间和你说几句，一会儿我主编要和你开语音会。"

"啥？"

姜思鹭瞬间惊诧——她和这家编辑部合作有五年了，交稿、改稿、审校、出版已经成了固定流程，之前从没直接对接过主编。

再一转念，她忽然想起来了。

去年编辑部出了点人事调动，之前很欣赏姜思鹭的那个主编离职。新来的主编叫曲笑，从一家以狼性著称的互联网公司内容部跨行跳过来。丁丁之前和姜思鹭提过一句，不过她当时也没当回事。

曲笑找她干什么？

"曲老师和之前那个主编不太一样……"丁丁压低声音，"你这本《她的狮子朋友》我第一眼就喜欢，能看出你在转变风格。而且之前你要写这个题材，也是前主编大力支持的……不过曲老师可能……唉，我把她的批注意见发给你了，你先心里有个数。我拉下群，一会儿群会议你加入下。"

顿了顿，丁丁又补了一句："她说话有点直，你千万别往心里去。"

姜思鹭懵懵懂懂地"嗯"了一声，抬眼便看见微信对话框里跳出个文件。她点击了下载，三秒后，文档打开。

姜思鹭傻了。

屏幕上，是密密麻麻的红色批注。

曲笑好像对她的每一个细节处理都有意见。也不知道哪儿来那么多时间——或大或小的批注超过千条，而且不是简单的措辞错字，大部分都是对情节的不满。

姜思鹭刚来得及看完两页，新拉的微信群里，就传来了群语音的邀请。

她人还在茶餐厅里，好在过了饭点，周围环境也算安静。连上蓝牙耳机后，姜思鹭接通语音，对面便传来了丁丁和一个陌生的女声。

应当就是曲笑了。

曲笑语速很快，声线里透着精明冷漠。简单寒暄了几句后，她便把话题引到了姜思鹭的新书上。

"丁丁说编辑部以前没和作者这样开过会，不过这是我的工作习惯，沟通起来方便一些。我看了你的书和最早的选题申报记录，你这本选题是……井老师通过的是吧？"

井老师是编辑部之前的主编，姜思鹭"嗯"了一声。

"其实我不太理解，"曲笑放慢语速，"我看了你之前的出版成绩，都不错，不过是建立在网络连载的数据基础上的，也积累下一大批读者。但现在的问题是，你这本书，看起来是完全背离了之前的写作方向啊。"

姜思鹭被问得一怔："啊……我是在慢慢调整写作方向，怎么了吗？"

"为什么要调整呢？"

话筒里片刻寂静，丁丁似乎想打圆场："啊，那个，曲老师——"

"你这本书并不是全版权签给我们的，签约时间是去年，版税和首印都开得很高，"曲笑无视了丁丁，"但是化鲸，今年出版市场遇冷，编辑部也在努力控制亏损。凭你的号召力，这本书应该是可以取得很好的市场成绩的。可你这种没有经过网络市场验证的风格转变，让我觉得非常不可控。"

仔细想来，曲笑的话其实也没错。

《她的狮子朋友》没有在网上连载过，这其实也是姜思鹭想给读者的一个惊喜——又想给，又害怕。她怕自己这种新的尝试得不到认可和喜欢，风格和题材的转变流失掉以前的读者，又带不来新的读者。

毕竟，她一直以来的标签就是"校园"和"玄幻"，风格轻盈，连《骑马客京华》这种朝堂文也是感情重于权谋。

而《她的狮子朋友》里，沉重的现实和人生的不如意……

如影随形。

曲笑点破的，都是她自己的害怕。

她滑动着鼠标滚轮，眼睛看着文档里大面积的标注，轻声问："那您的想法……是什么？"

"修改。"曲笑的声音传来，"既然已经签了合同，这本书我们一定是会出的。不过你现在这个写法，转型跨度太大，我建议你改回原来的风格。那些风土人情尽量缩减，加深男女主的感情戏。还有那些看起来很深刻的感悟，其实很幼稚，也不要了——不过这些都是细节，我已经在文稿上标注好了。最重要的是……你现在是悲剧结局，换成大团圆。"

"这怎么换啊！"丁丁先喊起来了。

姜思鹭听到丁丁在对面大呼小叫："化鲸这本书的灵魂就是建立在这个看似喜剧实则悲剧的结局上的，改成大团圆？那就是另一个故事了！"

"看似喜剧，实则悲剧？"曲笑嗤笑了一声，"你真的觉得，现在人生这么苦，还会有人有心思去看你们打哑谜？花几小时看书，最后得到一个这样的结局，口碑会好？"

丁丁似乎还想说什么，曲笑再次无视了她："总之我的意见就是这些。化鲸，我知道你在创作上有追求，不过现在行业艰难，我被挖到这里，就是为了让大家都能活下来，都能赚到钱。你之前的风格很好，出版，影视化，都取得了很好的成绩，我不认为你这本书要冒这种风险。那先这样，我还有个会，下次聊。"

曲笑退出了会议。

姜思鹭和丁丁陷入了寂静。

半晌，对面叹了口气："气死我了，想跳槽。"

姜思鹭恍惚地看着屏幕，一时也不知该说什么。

曲笑说话确实直接，她"深刻的感悟"，是"幼稚"；她呕心沥血的结局设定，是"谁会看你们打哑谜"……

本就对自己的转型充满怀疑的姜思鹭，彻底陷入了沮丧。

"化鲸，"丁丁的声音从耳机里传来，"我真的很喜欢《她的狮子朋友》，我真的真的很喜欢……我能看出来，这本书你写得很用心，我觉得比你之前的都好看，但是——"

"但是编辑的口味，"姜思鹭轻声说，"有时候不代表市场。"

这是丁丁之前和她说过的话。

本来是用来开导她的一句话。

"算了，没事。"姜思鹭把手指移到屏幕的挂断键上，"我可能要改很久，最近就……先不找你了。"

她没有等丁丁回答，直接挂断了语音，然后将手指移动到了电脑键盘上。

她开始改稿。

曲笑的意见太多了。更何况，她一句简单的"补充男女主对手戏"，姜思鹭就要花上几个小时时间，重新回到创作这段剧情时的情绪里。转眼间，天黑了，茶餐厅的服务员也来帮她收拾桌子。

"这位顾客，"服务员很礼貌地说，"我们要打烊了。"

姜思鹭这才猛然抬头。

"哦，抱歉抱歉，我忘了时间……"她急忙起身，最后扫了一眼屏幕，"我马上就收拾好，稍等。"

服务生离开，姜思鹭再度扫了一遍已经修改好的章节。

她似乎……

有点认不出自己的故事了。

沮丧铺天盖地地袭来，她垂下头，慢慢扣上电脑。

就……

就这样，按照曲笑说的，改吗？

到家的时候已近晚上十一点。

姜思鹭平常假装上班，很难回得这么晚。到家时，段一柯正在喂猫，见她回家，起身打了个招呼。

"加班了？"

姜思鹭迷茫地抬了下眼，差点儿忘了自己在段一柯面前扯谎在朝暮上班的事。

不过也没什么好装的了，反正明天去面试，过了就是真的了。

改了一下午稿子，再想起这件事，竟然也高兴不起来。姜思鹭恹恹地"嗯"了一声，把提包往沙发上一扔，就回到了自己的卧室。

门"咣当"一声撞上，留下站在客厅的段一柯，他眉毛微微皱了下。

怎么了这是？

卧室又是一片橙黄。

心情不好的时候，姜思鹭一般不开总照明，只开那盏鲸鱼灯。昏暗的光线里，橙色鲸鱼在天花板上游曳，能让她心里有片刻宁静。

神志正涣散着，门响了。

姜思鹭瞥了一眼，把四仰八叉的手脚收回来些，盖住被子，喊了声"没锁"。

她和段一柯同住后，对方边界感倒是很分明。日常活动区域仅限自己的卧室、客厅和厨房，浴室都是等她用完再去。进她房间，更是第一次。

门锁轻响一声，段一柯走了进来，手里端着一杯水。

姜思鹭坐在床头，胳膊抱住腿，下巴卡在膝盖上，没精打采地看向他。

他把水轻轻放在桌面上，然后坐上她书桌旁的人体工学椅。

"心情不好？"

姜思鹭又"嗯"了一声。

段一柯盯着她看了一会儿，目光又游离到天花板上。橙色的鲸鱼随着灯罩转动缓慢移动着位置，他轻笑一声，说："挺有意思。"

姜思鹭叹了口气。

"我还以为你是来安慰我的。"

"是有这个打算，"段一柯说，把水递给她，"不过有点不知道说什么。"

其实倒杯水就蛮合适的。

真问她为什么不高兴，她也没法讲出口。

这马甲披得……姜思鹭长叹一声，有点疲惫：找个时间，脱掉算了。

不过段一柯显然误解了她这一声长叹的真实含义，他愣了愣，把目光偏转开："其实是，有话说的。"

姜思鹭喝水的动作停住，重新把目光移回段一柯身上。

不知为什么，她觉得他有些紧张。

她的椅子是按自己身高调节的，段一柯坐上去，腿便显得有些过长了，几乎伸到了她床边。他一只手扶着膝盖，另一只手握着椅子的扶手，因为用力，手背上显出隐约的筋脉。

"其实今天是，"他顿了顿，"是我生日。"

姜思鹭："……"

什、么、玩、意、儿？

段一柯的生日？

她立刻坐直，手从膝盖移到床边，半侧着身子说："今天是你生日？我怎么完全不记——"

话说到一半，她想起来了。

高中的时候，段一柯没说过自己的生日。当时那么多女生喜欢他，她们四处打听他生日，想给他送生日礼物，甚至查到了学籍手册。消息传到班里，段一柯脸色就变得不大好看。

"那日期登记错了，"他当时大概说了这么句话，"我不过生日，别打听了。"

大约是说那话时，他的脸色是真的厌恶，也就没有女生愿意被他讨厌。三年过去，竟真的没人知道段一柯的生日。

"所以……"姜思鹭轻声说，"1月2日，对不对？学籍手册，并没有登记错。"

"嗯，"段一柯说，"那时候我确实不喜欢过生日。"

她在昏暗的灯光里看着他。

"现在喜欢过了？"

"还是不喜欢，"他笑了下，神色柔和，和当初不让人打听他生日的样子很不同，"不过今年，想要个愿望。"

想要个愿望——姜思鹭笑起来。

他想要愿望的样子很像小狗。

"你是想让我给你实现吗？"她转过身，腿放下去，踩上脚下的地毯，毛茸茸的，"那你有什么愿望？"

不等段一柯说话，她又"欸"了一声，起身去翻起抽屉。

她找到了上次买蛋糕送的小蜡烛。

可惜家里现在没蛋糕，姜思鹭只能手拿蜡烛点燃火焰。她匆匆关熄鲸鱼灯，卧室里一时只有那抹蜡烛的光源。

段一柯的轮廓被火光勾勒得分明。

"快许哦，"姜思鹭说，"一会儿蜡油滴下来了。"

段一柯这才回过神，干脆从她手里接过了蜡烛。他半倾着火光，说："那我许了，你要答应我。"

姜思鹭点头："绝对答应。"

于是，段一柯闭上眼。

他说："那我希望……姜思鹭能开心一点。"

02.

蜡烛被吹灭了。

卧室也陷入黑暗。

姜思鹭愣了许久，终于慢慢吐出一个"好"字。她在黑暗里听到段一柯用气音笑了一下，随即他就起身离开了。

门关上了。

而她彻底睡不着了。

在床上辗转反侧半个小时后，姜思鹭暗骂一声"狗男人"，然后迅速爬起身。她蹑手蹑脚地去客厅拿回笔记本电脑，打开屏幕，开始整理明天面试的材料。

关掉《她的狮子朋友》的文档时，姜思鹭恍惚了一下。

她不知道段一柯为什么要说那样的话。

从那天醉酒的拥抱，到今天。他的所作所为逐渐与她的预期背离，或许是有那样一种可能——

但那是她不敢想的一种可能。

"姜思鹭，"她捂住脸，自言自语道，"搞事业。"

说完，她拍了拍脸，然后打开了"面试"文件夹。

给采访稿件排完序以后，她又打开当年的简历，开始大刀阔斧地修改。再加上已经远离职场很久，她去网上查了半宿朝暮影业的面试经验分享。

一切就绪时，天光微亮。

看着作品和简历从打印机里缓缓吐出来，又装订进抽杆夹后，姜思鹭感到一种脚踏实地的安心。

然后，她换衣服，上行头。

她平常虽然也号称"去上班"，但毕竟是在咖啡馆坐着，基本还是半素颜状态。不过早就听路嘉说她们公司上班不化妆会被鄙视，只能久违地搞起全套妆容。

她换上大衣整装待发时，段一柯出来了。

男生少见地"哇"了声，看看姜思鹭身后，就像是她躲在沙发上似的，前面这是个假人。

"你干什么去啊？"他说，"还不到开年会的时候吧？"

说"上班"显然不太合适，毕竟她平常上班也没搞成这样。姜思鹭一笑，调侃似的说了句"去相亲啊"。

她只是随口一提，说完就出了家门，留下段一柯靠着厨房的吧台陷入沉思，清晨睡醒的心情不是很爽——

搞那么好看，不会真的去相亲了吧？

姜思鹭到朝暮的时候，路嘉已经在楼下等她了。

"宝儿，你今天好美啊。"路嘉扑过来。

"宝儿，咱俩就别商业互吹了。"姜思鹭回道，"面试在几层啊？我要紧张死了。"

"真没啥好紧张的。"路嘉笑起来，"策划那边的领导早上还问我你几点来，我看她是巴不得想招你进来。"

她把姜思鹭带上了楼。

策划主管姓"单"名一个"凤"字，个子小小的，但精力十分充沛，大家都叫她"凤姐"。做这行都是靠作品说话，她看了看姜思鹭之前的采访成果，又问了姜思鹭些创作上的问题，就叫 HR 来和姜思鹭谈薪水了。

好在钱的事之前也和路嘉提过，只要多给她留点写小说的时间，她占着朝暮工位倒贴钱都行。路嘉赶忙表示大可不必，给她要到了个合理价位。

流程走得太快，姜思鹭有点蒙。

把名字签在最后一页后，姜思鹭把合同递给了 HR。对方年龄不大，看了看她的字，轻笑一声："这是你的真名啊？"

姜思鹭点点头。对方抿了下嘴，又从手里的一摞文件里掏出本书。

"那你给我签个笔名吧，"她压低声音，像是怕楼道里的凤姐听见，"化鲸大大——"

小姑娘简直瞬间星星眼。

"我从高中就看你的书了，没想到来朝暮第一年就能看见你本人，呜呜呜呜——"

姜思鹭写作也不过六年多，算了算，对方可能是第一批读者。她笑着点点头，在书的扉页熟练地写了个"落日化鲸"。

她名字签下，对面的人话匣子就打开了。

"我超爱《骑马客京华》的，简直白月光，呜呜呜，听说横店已经在置景了。哎，化鲸大大，你会跟着一起去吗？我听他们说你好像只参与那个国漫的新项目……

"那他们告诉过你选角吗？男二是——欸，这个是可以说的吗？哦，你已经知道啦？对对对，反正许之印是男二，曹锵是男一，我都没想到适配度这么高！有一说一，我站男二那条线，男二人气老高了……哦，听说他们今天要来公司开会呢！"

"咳咳！"

姜思鹭和 HR 都吓了一跳。

转过头，凤姐和路嘉站在门口：

"这在公司里找人家给你开签售会呢？"

HR 赶忙起身，抓过书和合同，灰溜溜地从门口跑了出去。凤姐看她一眼，没什么好气："刚来的小孩都这样，一点不职业。

"思鹭，策划这边暂时空不出工位，你去路嘉他们那边坐几天吧。我先带你认下公司，一会儿——"

凤姐和路嘉对视一眼："一会儿《骑马客京华》的主演来开会，你感兴趣的话，也来听听？"

姜思鹭弯起眼睛："肯定感兴趣啊。"

开机在即，《骑马客京华》的演员也定得大差不差。女主宋冽的角色争得激烈，最后挑中的是之前在姜思鹭改编剧里演女二的赵诃娴。

当时她俩打过照面，是个蛮吃得下苦的小姑娘。两年没见，小姑娘晋到一线，也算是圈子里的瞬息万变。

不过今天赵诃娴在外地拍戏，三个主演，只到了男主、男二和各自团队。小会议室挤挤挨挨坐满了人，姜思鹭最后到的，找了个不显眼的角落坐了下去。

她之前的版权运作有代理负责，除了路嘉和刚认识的凤姐，朝暮影业的其他人还认不出她这张脸，更别提艺人团队。她坐在角落旁听，轻松是轻松，但越听许之印经纪人说话的口吻，越觉得不对劲。

许之印真人不如镜头里好看，很瘦，没有妆发，状态也比较颓靡。反倒是姜思鹭之前一直不怎么满意的曹锵，素颜并没有镜头中的阴鸷，穿了件米色毛衣，年龄甚至也显得更小一点。

"你们这初版剧本肯定还是要大改的，"许之印的经纪人睫毛膏涂得老长，忽闪着眼睛，"现有的几个高光镜头全是宋冽的。大女主归大女主，也不能把男二削弱这么多啊。"

她又提了几处剧情，姜思鹭算听明白了——

这不是嫌被宋冽的戏份压了一头，倒更像是对男主，也就是曹锵戏份的不满。

《骑马客京华》这本书里分出三股势力，前朝、当朝、江湖，曹锵背后是前朝，许之印则代表当朝。姜思鹭写的时候是分成"少年"和"青年"两个阶段写的，少年阶段许之印和宋冽都在相府所以戏份多，成年之后，曹锵的戏份就占了大头。

但由于年龄跨度问题，朝暮影业是找了几个小演员来拍摄少年阶段，并且把这段的比重缩减了，而把重心放到了后半部分。这样算来，许之印的戏份确实比不上曹锵。

但是……

他在不满什么啊，本身许之印就是男二，比男主戏份少不是正常的吗？

姜思鹭悄悄翻了个白眼，又联想到他之前那部爆剧，直觉可能是经纪人嫌这个项目接亏了——毕竟，现在许之印上升的势头可比曹锵猛多了。

这种古装剧，进组就是三四个月出不来横店，简直是趁着大势砍曝光。

导演那边解释了几句，曹锵的经纪人也发言了。曹锵的经纪人倒是不卑不亢，说话也是受过教育的样子，而且言谈间显然是好好看过原著和剧本。

姜思鹭对其的好感度上升。

结果这边话音未落，许之印的经纪人又加入对话，来了一段逻辑混乱、强词夺理的发言。姜思鹭听得心里冒火，尤其是对方一段对剧情毫无逻辑的抢白，让她实在忍耐不住，自言自语道——

"这不就是原著剧情吗？这块也不该你出场啊。"

会议室突然安静了下来。

姜思鹭一愣，看见路嘉投来一个震惊的眼神。

这……

她就自言自语一句，怎么正好卡在会议室没人说话的缝隙啊……

许之印的经纪人脸色变了，睫毛一忽闪，朝她转过脸，阴阳怪气道："哟，朝暮这么大的公司，现在什么人都能进来。这是哪一位啊？张口闭口原著剧情，轮得着你说话吗？我还以为你是原著作者呢。"

姜思鹭："……"

寂静中，有人轻轻咳了一声。

是凤姐。

她平常也不会和艺人团队对着干，不过当下这场面实在荒诞，让她按捺不住发言和看热闹的冲动。

"有没有一种可能……"凤姐兴致勃勃地举手，"这位就是《骑马客京华》的原著老师呢？"

许之印的经纪人猛然闭上了嘴，眼神瞬息万变。

路嘉也直起身子，表情可以称得上笑里藏刀："不好意思，没给大家介绍，这是朝暮新来的策划，也是这个项目的原著作者落日化鲸。本来就是旁听下，不过既然你们说到了原著剧情的问题，我觉得应该还是……轮得着她说几句。"

一片寂静里。

只有男主演曹锵笑出了声。

"我的天，我好爽，我好爽啊！"午休时间，凤姐在隔壁的日料店疯狂拍桌面，"你们看到她的表情了吗？我真的没有见过这么形象的吃瘪，真是出一口恶气！你们都不知道她有多烦，搞剧本的时候就来骚扰我们编剧，现在都定稿了还没完没了。不就是蹭上一部爆剧吗？能火多久还说不定呢，一副来给我们演男二亏大发了的样子。"

"还好我没参与编剧，"姜思鹭心有余悸，"不然我可能会被气死。"

"你就写小说吧，写小说挺好，不用伺候这堆大爷。"凤姐说，"路嘉介绍这个岗也挺适合你，做采访，我和你说越是普通人越好打交道，这人但凡出了点小名就找不着北了。"

姜思鹭点点头。

"那我采访谁啊？是那个木雕的题材吗？"

"那个先放放，下个月开始搞。"凤姐说，"我这手头有个网大的项目，算是新兴行业题材，就是——剧本杀，我们想做点剧本杀行业的前期调查，你手头有采访资源吗？"

旁边忙着吃饭的路嘉"扑哧"一声笑出来。

或许是笑声太放肆，姜思鹭对她怒目而视。路嘉擦了擦嘴，说："做剧本杀啊？她手里可不止有采访资源。

"她是和采访资源同——哎呀，你别打我——凤姐我举报！她和采访资源同居！”

第一天的工作正式结束。

自由自在惯了，重回办公室的感觉还是很微妙。尤其是姜思鹭上午在会议室一战成名，不少路过的同事都对她行注目礼。

活还没干，人先出名了。

下午也没什么新工作，姜思鹭简单整理了下剧本杀馆的行业资料。

都说当代年轻人缺乏社交，剧本杀算是个崭新的社交渠道。经过去年一年的发展，更是变得比狼人杀还流行。段一柯所在的"一起鲨"算是入局及时，早早打开口碑。

拟订采访对象上，姜思鹭毋庸置疑地先定下狐姐和段一柯。

想到段一柯，她轻轻"啊"了一声。

收拾东西的路嘉滑着椅子过来看她："怎么了？你一会儿下班和我吃饭去不？"

"不了不了，"姜思鹭匆匆起身，"我有点事，先撤了——我早上看见马路对面有个打印照片的店是吧？"

路嘉茫然答道："是吧……得过个天桥，好像是有。"

姜思鹭一溜烟没影了。

在打印店打印照片耽搁了些时间，又转战一家礼品店，姜思鹭赶在晚上七点前到了"一起鲨"的店面。

守在前台的还是狐姐，姜思鹭探头和她打了个招呼。

"欸，是你啊？"狐姐扬了下下巴，"来找段一柯？"

"不是不是，"她连忙摆手，"我来找你的。"

"找我？"

对方显然很惊讶。姜思鹭走过去，拿出打印好的资料，和她简单介绍了来意。

"采访我？"狐姐笑起来，"我有什么好采访的，我就一普通人，给老板打工做生意呗。"

"你很合适啊，做DM，也做管理。现在'一起鲨'在业内也挺有名气的，你们创业又早，肯定有很多故事。"

"哦……那我和你说的事，是会被拍到电影里吗？"

这姜思鹭倒不敢打包票，现在影视项目流产率太高。不过对方看起来也有兴趣，她又介绍了几句，狐姐一口应下。

"行，不过这两天预约特别满，这周五行吗？我周五就排了一场车，他们玩完了我和你聊。"

顿了顿，她又问："那你还采访别人吗？我们有的 DM 可能说了，讲奇葩客人的事能讲一宿。"

姜思鹭："没事，我就是先了解下行业。咱俩聊完，我再问问段一柯，不够我再找你。"

"没问题！"狐姐点点头，"那你等他一起走？他那队人快结束了。哦，对了……"

狐姐的表情忽然变得很八卦。

"我上次听他和你打电话——你俩现在是住一起吧？"

姜思鹭的表情实在尴尬。

住一起，这话听起来可不大对劲。

"合租，合租关系。"

"一起鲨"前厅有个沙发，姜思鹭便坐了过去，开着电脑继续改《她的狮子朋友》。

沙发松软，几乎是坐下的同时，她就陷进了柔软的海绵垫。屏幕上的文字迅速模糊起来，姜思鹭不出意外地……

困了。

昨天一夜没睡好，白天又集中精神工作，此刻的姜思鹭简直是沾枕头就能睡着的程度。昏睡过去之前，她正在重看《她的狮子朋友》的最初版本，试图排除那通篇改红的文档对她造成的精神污染。

段一柯又在房间里带了一个小时本才出来。

玩家们蜂拥到前台去付款，段一柯在人群夹缝里看到狐姐和他打招呼："你同学——你同学来了！在沙发那儿等你呢！"

段一柯顺着她手指的方向，看到了在公众场合睡得七扭八歪的姜思鹭。

佩服。

他叹了口气，走过去，坐到姜思鹭身边。她膝上还放着笔记本电脑，段一柯扫了一眼，看到了上面的几行文字。

有些演员，天生就对好故事敏感。

可能是他坐得太靠近，姜思鹭顺势倚到他胳膊上，脸半埋进他怀中。段一柯换了个姿势让她靠得舒服些，然后拿过了她腿上的笔记本电脑。

他滑到最开头，一行字映入眼帘：

【1999 年，广东佛山。】

寥寥几笔，佛山的古旧祠堂便浮现在段一柯眼前，他几乎从字里行间嗅到夏日蝉鸣。故事讲的是一个出身贫寒的海岛少年，被舞狮教练带到佛山后，在十六岁那年遇到了一个制狮少女的故事。

姜思鹭醒来时，他只看完前几章。

"啪唧！"

笔记本电脑被扣上。

姜思鹭一脸惊恐地望着他，像是什么惊天秘密被发现。

段一柯不知所谓，神色略显疑惑——

"你们公司新剧？"

姜思鹭这才反应过来。

"对对对，还在评估呢。"她长舒一口气，"这本书还没完成，作者让我帮她……找找感觉。"

总算圆回去了。

段一柯点头，夸了声："挺好看的。"

姜思鹭心中一动。

她侧脸看向段一柯，见对方表情认真，不像是随口一说。她手指摸索上电脑侧边，不由自主地问："好……好看吗？"

"好看啊。作者应该在佛山生活过很久，风土人情写得很吸引人。"

姜思鹭几乎是无意识地笑了起来——哪有很久，明明只有两周罢了。

她说："你觉得风土人情写得好？那你会不会觉得，男女主的对手戏太少了……"

"我觉得刚刚好。"段一柯说，"而且作者也不只是想写男女主的故事吧？她野心蛮大的，我觉得她是想写……"

姜思鹭屏住呼吸。

段一柯低头想了想，继续说："她想写，人生是很辛苦的。"

两人沉默片刻，段一柯偏了下头，奇怪地看着她。

"姜思鹭？"他声音诧异，"你是要哭吗？"

姜思鹭连忙抹了下眼睛。

"没有没有，"她压下喉咙里的哽咽，轻声说，"我就是……我好困啊，段一柯，我们回家吧。"

姜思鹭家离"一起鲨"的距离很尴尬，坐地铁等于绕路，打车太近，走过去又有点远。好在今天天气还不算特别冷，姜思鹭在夜色里站了一会儿，说："不想打车了，走回去吧。"

于是，两人顺着人行道往家走。

路的两侧是上海的商厦，流光溢彩。高楼的落地窗里不时能看到加班的人走过，西装革履。他们两个肩并肩走在夜色里，像什么都没有，也像什么都有。

姜思鹭忽然放慢了脚步。

她手插着大衣口袋，像是握住了什么，拿出来前，又忍不住问了声："说起来……你为什么不过生日啊？"

"就是不太喜欢。"

"为什么不喜欢啊？"

"姜思鹭……"段一柯有点无奈，不知道她怎么这么执着——不过要不是她这个脾气，两个人也不会这样走在夜色里。

算了。

也算不得大事，遮遮掩掩，倒显得他小家子气。

"大概是我七岁的时候吧，"段一柯语气很平，像是说一件和自己没关系的事，"当时刚懂生日是怎么回事，学校老师和同学一早给我送了他们叠的千纸鹤。我挺高兴的，想拿回家给我妈看，结果我妈出门了。"

他顿了下。

"只有我爸在家。"

段一柯当时虽然年龄不大，但也知道段牧江脾气不好，对他和他妈都耐心有限。不过大约是那天太开心了，又还是个小孩，他竟揣了些从未有过的妄想。

他说："爸爸，这是我们班里同学给我叠的千纸鹤！"

段牧江没理他。

他锲而不舍，举着装满千纸鹤的玻璃瓶凑到段牧江跟前，说："爸爸你看啊，今天是我生日，这是我的礼物——"

段牧江一把将他推开。

段牧江当时刚和一个投资人打完电话，满身烟味，眼睛熬得血红，很不耐烦地说："滚，别烦我。"

段一柯有点委屈，但他想，或许是自己说得不够清楚，那么他再强调一遍——

"爸爸，今天是我的生日！"

"我知道！我说让你滚！"段牧江骤然吼了起来，"生日怎么了！生日有什么不一样！每天有人出生，还有人死呢！你生日有什么特殊的！"

吼完了，段牧江还不解气，把段一柯手里的玻璃瓶抢过来，往地上一扔——

玻璃片溅起来，在段一柯鼻梁上留下一道很细小的血痕。

回家的祁水刚好看到这一幕，冲上去就和段牧江吵了起来。

于是那成了段一柯记忆里的第一个生日。

在他能记起的第一个生日，段牧江和祁水吵了一整夜。

"反正就——"二十六岁的段一柯走在夜色里，思及往事，没什么悲伤，"生日啊，和别的日子也没什么不一样。一个出生日期而已，也没什么特殊吧？"

姜思鹭顿住脚步。

段一柯不知发生了什么，驻足望向她。

姜思鹭的鼻尖被冻得通红，眼睛亮晶晶的，但眉头皱着，像是在生气。

"你爸说什么屁话啊？"她愤愤不平道，"生日就是不一样啊，不然为什么大家都喜欢过生日。生日有蛋糕，有礼物，可以许愿……生日就是不一样啊！"

最后简直是在喊了。

"喂，"段一柯都没想到她会发这么大火，心道自己还不如别说，"你昨天怎么答应我的？开心点，我第一个生日愿望，别不给我实现。"

明明是开玩笑的语气，姜思鹭却更难受了。

她发脾气似的把手伸进大衣口袋，一边掏一边念："就是有礼物啊，我如果知道昨天是你生日，我肯定会给你准备的。这是今天给你补的，我明年一定能准备个更好的！"

段一柯一愣。

姜思鹭手里，是个刚好能塞进口袋的纸盒。

体积不大，但被精心包装过，捏上去硬硬的，不知是什么。

段一柯接了过去。

包装纸撕开的时候，是种很有质感的"沙沙"声，像落了一场雪。撕到一半的时候，他就愣住了。

是个银质的相框。

相框里有一张照片。

照片上印的，是他毕业大戏的……

谢幕合照。

他的手指慢慢触上那些年轻的脸。

"你……"段一柯的嗓音略显沙哑，"你从哪儿找到的？"

"我找成远要的。"姜思鹭晃了下手机，"时间太赶了，我下次一定准备个更好的……"

113

"这个很好。"

段一柯单手拿着相框，垂落身侧，另一只手忽然伸出来，摸了摸她的头发。

姜思鹭眼睛弯了下，刚想说什么，忽觉那手落至颈后，将她整个人揽了过去。

她被埋进了段一柯的肩窝里。

"姜思鹭，我很喜欢你……

"送的东西。"

03.

周五。

姜思鹭已经和凤姐提交了下午外出"一起鲨"采访的申请，上午的工作也就做得心不在焉。更何况……

更何况最近段一柯的身影总是在她脑海中挥之不去，让她完全无法进入工作状态。

这狗男人到底要干吗啊？

最近他撩她的频率是不是有点过于密集了？

姜思鹭深吸一口气，闭上眼，再睁开的时候，看见路嘉站在她工位旁，意味深长地看着她。

姜思鹭被吓了一跳。

"面若桃花啊化鲸老师，"路嘉饶有兴致地弯下腰，"最近有什么剧情，给我更新更新。"

姜思鹭含糊地"嗯"了几声，试图把路嘉糊弄过去。听到手机振动，她解锁看了一眼，发现通讯录处多了个红色的"1"。

谁啊？

她来公司这几天新加了不少人，还当又是哪个同事。

她点进备注看到——

"咦？"姜思鹭震惊，"曹锵加我好友干吗？"

"曹锵？"路嘉也是一愣，迅速凑到她身边，"是他经纪人吧？"

姜思鹭不明所以，点击了通过。

对面很快发来消息：【化鲸老师好。】

姜思鹭忙不迭回复：【你好你好。】

对面说：【我是《骑马客京华》的主演曹锵。】

姜思鹭打了行"了解了解"，还没发出去，站在一旁围观的路嘉就发话了："你别那么卑微行吗？你好歹是原著老师啊。"

姜思鹭顿了下，删除，重新输入。

【哦？】

路嘉："……"

"姜思鹭，"路嘉说，"你是得出来上上班，我看你都不会和人打交道了。你这一声'哦'，油得像是油锅炸油条。"

对面估计也被她的"哦"给愣住了，过了半晌，他才回复道：

【化鲸老师，我这几天，一直在看你的原著。】

【我感觉有个事，你书里，和剧本里，好像都没明写。】

【我真的很困扰。】

"看看，看看人家这专业素质，"路嘉立刻开始感慨，"我听说他开拍前还写人物小传呢。再看许之印！就惦记点戏份的事，这种人是走不长的！"

姜思鹭暂停打字，抬头问道："许之印又作妖了？"

"没作啊，我听说他团队那天开完会就啥都不说了，"路嘉说，"估计是知道回天乏术，去折腾别的了。"

离开拍也就不到两周了，姜思鹭想不出他还能折腾出什么水花——别影响她小说就行。叹了口气，她低下头，继续回复曹锵。

【什么事啊？】

对面显示一行"正在输入"，随后——

【李元晟到底爱没爱过宋冽啊？？？】

【他太狗了吧化鲸老师！！！】

李元晟就是男主角的名字。

连续的问号和叹号，让姜思鹭立刻想象出对方看书看得火冒三丈的样子——这人好真情实感啊！

但想了想，她还真没办法把李元晟的感情用三言两语解释清楚。皇子这人设本就背负家国，更别说李元晟还是前朝皇子……

于是，她回复道：

【爱过的，其实蛮多伏笔的。】

【你再看下第九章，和他登上帝位时的回忆吧。】

【我有点事，找时间和你细说？】

对面发过来一个"OK"。

"你有啥事啊？"路嘉看聊天记录看得正上头，"曹锵这人这么有意思吗？演的角色都像黑背德牧似的，真人怎么像个京巴儿，还汪汪的。"

"你这天天什么狗屁比喻，"姜思鹭起身收拾包，"我得去采访剧本杀那边的人了，你中午自己吃吧。"

"行吧，再见啊化鲸老师。"

"……你给我正常说话。"

半个小时后。

姜思鹭到剧本杀馆里时，现场很混乱。

其实也还好，但是狐姐大呼小叫，使得场面略显夸张——

"这帮跳车的给我拉黑行吗！给老娘送去电击！"

看见姜思鹭进门，她缓和了下语气，说了声"你等我下啊我先把这事处理完"，继而又拿起手机打电话：

"我真不是——我真不是来和你复合的，就是我们这剧本杀的车实在凑不齐人了，你再帮我一次——"

姜思鹭听见话筒那边一道嘹亮的"帮你多少回了给我滚"的男声。

场景之惨烈，旁边围观的玩家们都陷入了沉默。

狐姐深吸一口气，半空握拳，继续说："不要慌！大家不要慌！我再去开车群里问问，一定给你们把这两个跳车的狗东西空下来的位置补上……"

行，懂了。

原来又是临剧本杀开场前有人跳车。

还一跳跳了两个。

正混乱着，段一柯从门外走了进来。

姜思鹭见到他，瞬间把目光移开，移开后才觉得自己像是心里有鬼，于是再度把目光转了回去。

他正被狐姐扯住袖子：

"老段！老段你可来了！呜呜呜呜，你这会儿不带本是吧！"

段一柯表情尴尬，慢慢把她的手从袖子上撸下去："不带，不过一会儿有 NPC 的戏。"

"我让别人去演，"狐姐当机立断，再度抓住他的领口，"来给我凑个车。你，还有还有——"

她把目光移到姜思鹭身上，打量一番。

"我来我来，"姜思鹭立刻明白了她的意思，生怕自己也被扯住领口，"我再凑一个，车就能开了。"

"太好了……"狐姐长舒一口气，从柜台里掏出一套剧本盒，"啪"地拍在桌面上，"开车了，大家和我进场！"

姜思鹭和段一柯落在了人群最后。

他刚被松开领口，长袖白 T 恤都有点皱了，自己整理了一下，回头望向姜思鹭。大约是狐姐之前和他提过自己的来意，他没多问，只是说："你不是下午来吗？"

"下午不想回公司了，"姜思鹭还在回避他的眼神，"吃完饭就过来了。"

"你们宣发怎么还得采访？"

"我……"姜思鹭语塞得忘了尴尬，顿了一会儿才回答，"哦，我转岗了，我现在搞策划呢。"

一群人到了个小房间落座。

被狐姐一通忽悠，姜思鹭连今天玩的什么故事都不知道。剧本发下来，她才看到封面上五个大字——

《葬礼上的暗恋》。

"什么啊？"姜思鹭大为震撼，压低声音问段一柯，"恐怖本啊？"

"情感本，"段一柯手指弹了下封面，"这封面哪像恐怖本。"

她这才把目光从那抓眼球的标题移到封面插图上。

是一个……

夕阳照射的操场。

葬礼上的暗恋，封面是操场？

姜思鹭抬头，语重心长："就恐怖啊，为情所困的校园凶杀案。"

段一柯："……"

直到狐姐开始讲解故事背景，姜思鹭才从自己恐怖的脑洞中回归。

剧情大概是一名高中同学去世，大家去参加她的葬礼，结束时遇到暴雨，一行人被困在郊区的酒店。晚上大家一起在楼下喝酒，聊着聊着，才知道，去世的老同学生前留下了一句话——是对一个暗恋过她的男生说的。

可惜这位当事人因为某些原因，对自己的感情三缄其口。醉酒中，往事抽丝剥茧，玩家们逐渐猜出了暗恋者的真实身份。

暗恋故事，又酸又甜。再加上女主去世的背景设定，让故事添了几分悲剧色彩。

"你玩过这个本吗？"趁着狐姐介绍剧情，姜思鹭悄声问段一柯。

"还没有，"他摇摇头，"这是这周刚来的新本，我还没看过。"

第一轮阅读开启。

姜思鹭拿到的人物是去世女生的闺蜜，手里掌握的资料颇多，但也并没有直白地说出暗恋者的身份。匆匆扫过一遍，狐姐便叫停阅读，让大家开始自我介绍。

剧本杀里，自我介绍的环节算是玩家们第一次交锋。掌握多少信息，又披露多少，全看玩家经验。有时候多说几句话，就会被有经验的人抓住把柄，在最后一轮中拿出来成为关键证据。

但说得太少，又会有隐瞒事实的嫌疑。

比如段一柯。

"我高中的时候……"他看了一眼剧本，抬头继续说，"坐在她座位后面。"

"没了？"其他玩家震惊。

"没了。"

"不可能，我个人资料两页多。"

"我就这一句话。"

"哎哎哎——"狐姐叫停，"介绍多少是大家的自由，没有强制要全说的。那下一个——"

轮到姜思鹭了。

她扫了一眼剧本，尽量把想起来的简介全盘托出："我是她高中的好朋友，她高中很受欢迎，很多人喜欢她……"

她说了一分多钟才结束。

刚才质疑段一柯的玩家再度举手："我有个问题啊——我们最后要投暗恋过主角的人，是不是女生就直接被排除了？"

"不一定，"狐姐说，"允许脑洞升级。"

大家笑起来。

情感本的气氛总归没有推理本激烈，玩家都是抱着心理预期来的，也没人摆出钩心斗角的做派。再加上这个猜暗恋对象的主题摆在这儿，甚至有点像一群高中同学在聊八卦了。

倒是挺适合路嘉来，姜思鹭如是想。

剧情很快推进到投票环节，对暗恋对象的猜测集中在一个给女主写过多信的男生身上。

"等一下！"那个刚才频繁质疑的玩家再度举手，"我发现了一个盲点！"

他站起身，剧本卷成一卷，挥斥方遒道："朋友们，我们好像一直忽视了，我们这套剧本的主题是啥。

"暗恋，晓得伐，暗恋！"

他动作幅度太大，桌子又太窄，姜思鹭忍不住往后撤了点椅子。

"什么叫暗恋！"他感情投入地说道，"暗恋，是一场猫鼠游戏。当我们回忆起自己的暗恋，印象最深刻的是什么？"

玩家们陷入沉默。

半响，姜思鹭轻声说了句："别扭。"

段一柯蓦然看向她。

"对！这位朋友，你很有生活！"发表讲话的人立刻激动起来，"就是别扭——较劲！你们懂吗？我喜欢你，但是我不想让你发现我喜欢你，所以我会把我的喜欢都藏起来，你别想找到任何证据！

"现在的问题是，这几个嫌疑比较大的人，你们的证据也太多了吧？

"我觉得最可疑的人，反而是这位坐在她后桌的男生——我们的女主角高中这么光芒四射，是个男生都喜欢过他，你就没动心过？你怎么一点证据都没有啊？"

姜思鹭转过脸。

不知道为什么，她觉得她看向段一柯时，他的目光像是刚从她脸上收回，嘴角带了丝莫名笑意。

"讲得很好。"狐姐及时叫停了对方的演讲，"但是麻烦先从椅子上下来，不要踩我们店的皮垫了。那么现在……开始投票？"

大家纷纷指认了段一柯。

游戏结束，玩家获胜。

一般来说，剧本杀里被指认的人，无论是不是凶手，多少都会有点"失败"的懊恼。段一柯倒好，人都被投死了，嘴角竟是抹压不住的笑意，再加上长得好看，几个同场的女玩家都看得脸色微微发红。

有个姑娘按捺不住，说："你们让自家DM拿这个角色也太无赖了，这种长相谁会觉得他暗恋别人……要不是最后队友那一段分析……"

狐姐赶忙打断："那个——段一柯，发表下被投死的感言。"

段一柯清了清嗓子。他大约也觉出自己表情管理不良，收敛神色，语气可谓意味深长。

"就是……嗯……"他顿了顿，表情也变得勤学好问，"原来暗恋别人的心情，是这么个情况……"

姜思鹭："……"

你"凡尔赛"什么呢？

接下来的几天，姜思鹭都在整理那天晚上对狐姐的采访录音。

大约是做久了DM的原因，狐姐的表达能力比大部分人要好，每一个提及的点都给了姜思鹭查新资料的灵感。

聊到最后，狐姐特别惆怅地说："我现在就觉得，这座城市里的人大部分都比想象中寂寞。你说人要孤独到什么地步，才会花钱和一群陌生人关在一个小屋子里，为了一个编造的故事流眼泪啊？"

聊剧本杀聊出孤独，这着实出乎了姜思鹭意料。

把这段话作为结尾放进自己的行业采访报告里时，姜思鹭正边打字边开着耳机听曹锵叽叽歪歪。

这是她这几天除了写采访报告，第二个重点工作——

主要是谁能想到这位演了快十部古装剧阴郁皇帝的男演员是个会为了言情小说流眼泪的"小公举"啊！

"曹锵，"她合上电脑深吸一口气，摁着耳机说，"你不要再纠结李元晟为什么会看着宋冽受酷刑不说话了，这就是他的人设，他就是这么一个狗男人，懂了吗？"

"可是他明明昨天还偷跑出宫去见她了啊，"话筒那边传来"咄咄"声，她都能想象到曹锵用手指戳书的样子，"这情感太复杂了，我拿捏不住了！"

"不是……"姜思鹭哭笑不得，"大哥，你到底是怎么演成青年皇帝专业户的？那些刷屏 B 站的变态皇上不都是你演的吗？现在是要和我抬杠人性的复杂还是什么？"

"那之前的角色都变态得很统一啊，"曹锵语气超委屈，"你这个，看起来变态，仔细想想还挺有人性，过两集又没人性了……"

姜思鹭："……"

曹锵继续念叨："而且那些角色也不是我想接啊，我也想演现代戏谈恋爱呢，他们不让我演，就让我演皇上！还不是造反就是夺嫡！搞得同龄人都不跟我玩，老觉得我要搞阴谋诡计陷害他们！"

"你……"姜思鹭累得不想多说，"你去找编剧老师唠吧，别烦我了。反正这戏下周就开机，你进了组说不定就懂了。"

曹锵又委屈巴巴地念了几句，总算挂掉了电话。

姜思鹭长舒一口气。

把这几天的工作成果压缩打包，她发到了和凤姐都在的工作群里，对方很快回了她一句：【赞赞哒，明天看。】

或许是她俩的对话引起了其他同事的注意，同组一个妹子突然冒泡，问道：【听说明天孟大仙人来公司，是真的吗？】

孟大仙人？

另一位同事也加入群聊：【可靠消息，是真的。】

姜思鹭迟缓提问：【孟大仙人是谁啊？】

【啊啊啊，你不知道孟大仙人！】最开始说话的姑娘开始刷屏，【业界标杆！国剧之光！德艺双馨！我是他的女儿粉！】

"德艺双馨"四个字，唤起了姜思鹭一些遥远的记忆。

脑海里出现了一条狂甩的小辫子，和一个举起的大拇指——"孟老师可是有名的正派人……正儿八经的德艺双馨。"

同事1：【孟老师是做演员出身的！年纪轻轻就拿了影帝，长得老帅了！拿奖以后急流勇退，转型做制片人，再攀事业高峰！】

同事2：【我上次颁奖典礼见过他一次，好儒雅，好有气质，完全看不出已经五十多岁了！】

【你们说的是……】姜思鹭继续慢三拍地打字，【孟琮？】

整个工作群唯一冷静的凤姐：【答对了，恭喜你成为最后反应过来的人。】

【不过他来朝暮影业干什么啊？】有人插嘴道，【咱们公司跟人家的项目还搭不上线吧？感觉他手里的资源都是天界的。】

【应该就是来走动下。】凤姐回复，【《骑马客京华》的制片房鸿不是他一手带出来的吗？看看徒弟呗。】

【孟老师看徒弟，我看孟老师。】某同事痴痴回复，【明月装饰了孟老师的窗子，孟老师装饰了我的梦。】

凤姐：【……求你闭嘴。】

某同事：【怎么了！孟老师一把岁数还单身，能不容我肖想下……】

【人家前女友都是影后级的，谢谢。】凤姐冷血无情地回复，【一个策划案拖了我三天的人不容肖想。】

好毒舌，我喜欢。

姜思鹭对着屏幕上的聊天记录笑出声。

正笑着，段一柯回家了。

她没开客厅灯，站在门口的段一柯也是黑糊糊的一团。姜思鹭远远和他打了个招呼，男生却只是简单应了声。

"嗯。"

"段一柯？"姜思鹭觉得奇怪，起身去看他，"你怎么了？"

他外套里面是件卫衣，帽子拉到头上，遮住大半张脸。姜思鹭伸手想拽，被他下意识挡开。

"段一柯。"姜思鹭变了声音，"怎么回事？"

他说了声"没事"就往卧室的方向走，袖子却被姜思鹭扯住。段一柯顿住脚步，反握住姜思鹭的手腕。

姜思鹭那股打破砂锅问到底的劲儿又上来了，他又怕太用力弄疼了她。拉扯间，段一柯的衣服被拽了一把，帽子掉到肩头，脸上的瘀青清晰可见。

"段一柯！"姜思鹭本来就有点冒火，叫他名字的语气一次比一次凶，"你去干什么了？"

"我没干什么。"段一柯脸色很疲惫，本想避开她，却三番五次被拽住，语气也冷下来了，"我自己撞的。"

"谁能撞成这样啊？"她又急又气，"你多大人了还和人打架？"

"我没和人打架。"

"你没和——"

"你觉得我是混混吗？"

姜思鹭一哑，对方就转身进了卧室。

"咣当"一声，门被撞上。

他还摔门？

姜思鹭怒气冲冲地坐回沙发，也没心情看群里的聊天了，"啪"地合上了电脑。

气了一会儿，手机屏幕亮了。

姜思鹭扫了一眼，发现是狐姐发来的语音通话。

之前她采访狐姐加了对方微信，不过两个人还没说过话。姜思鹭解锁屏幕，深吸一口气，点了接通。

"喂，狐姐？"

"喂，思鹭？"狐姐的语气带了丝焦急，"老段回家了吗？"

"段一柯？"姜思鹭看向他卧室的门，目光收回，语气冷漠，"回了，刚到。"

"哦，那就行，那就行。"

姜思鹭听出异常，迟疑片刻，问道："是发生什么了吗？"

"对，店里出事了。"狐姐叹了口气，"今天老段带的车队里有三个男的，刚喝了酒来的。有个女生特别漂亮，他们仨一直对那个姑娘说特别下流的话，老段就叫停了一下。

"后半段倒是稍微好点了，结果结束以后，那个女生走了一会儿就跑回来，说那三个人尾随她。我刚想报警，他们就跟回来了。"

姜思鹭语气一滞："打起来了？"

"要不是老段拦着，前台东西都砸没了！下午派出所把人带走，我给他打电话也不接，不知道是个什么情况。唉……回家了就行，他没和你说？"

姜思鹭望着他卧室的门，语气慢慢变软："没说啊……一回家就进屋了，问什么都不说。"

"男人嘛，好面子。"狐姐叹气，"他和那群人在派出所待了一下午，估计烦着呢，你也别往心里去。"

姜思鹭点了点头，想到狐姐看不见，又"嗯"了一声，随即挂断电话。

她抬头望向段一柯的卧室——里面静悄悄的。

姜思鹭叹了口气，起身去敲门。

没人开。

"段一柯，"姜思鹭的语气还是有点硬，但明显是在服软，"你不开门我直接进了啊。"

还是没人回答。

姜思鹭摇摇头，手腕稍一用力，就把门把手旋开了。一进门，她眼睛差点儿被亮瞎——

段一柯裸着上半身。

他也没开顶灯，就亮了盏台灯。昏暗的灯光下，身材还挺……

对方大约也没想到她真直接进了，身子一僵，随即转过头去。姜思鹭把门自身后掩上，没好气地说："你干吗不穿上衣啊？"

"我在自己屋，"段一柯语气冷漠，"我穿什么不行？"

姜思鹭好不容易压下去的火又蹿上来了，手臂一抱："不就见义勇为吗？我还当什么事呢，跟我藏着掖着。"

段一柯本来打算找件 T 恤出来穿上，被她话一激，衣服也不穿了，几步逼到姜思鹭跟前，头微微低下。

姜思鹭抬头，视线正好卡上他陷在阴影里的眼神。

压迫感扑面而来。

再低头时，他锁骨上的一圈牙印忽然映入姜思鹭眼帘。

脑海里电光石火地出现些少儿不宜的画面，姜思鹭的气焰陡然消失大半。

下一秒，她意识到了一个问题——

段一柯没有忘了那晚的事。

疤这么深，他却没有问她。

是他装作……忘了。

他们两个心照不宣地假装那晚无事发生。

姜思鹭望着那道牙印陷入了沉默，再开口时，声音平和了很多："上药了吗？"

这回倒是段一柯愣住了。

她右手从背后摸索到门把手，拧开，低头退了出去。再进门的时候，她手里拿了瓶活血化瘀的药。

段一柯还站在门口等她，他个子高，裸着脊背，神色像一只被主人拴在超市门口的大型犬。

姜思鹭："你坐下。"

段一柯坐回床上。

姜思鹭估计他没吃多大亏，身上挺干净，只有肩膀上青了一块。这几个男的也是——姜思鹭合理怀疑他们是觉得那姑娘对段一柯有意，所以故意往他脸上招呼。

她往指尖滴了点药油，然后慢慢蹭上段一柯的眼角和嘴角。

药味刺鼻，段一柯被刺激得闭了下眼，再睁开的时候，眼圈甚至有点红了。姜思鹭觉得他好可怜，整个人湿漉漉的，让她不由自主地反省起刚才的态度。

"人家三个人，"她轻声说，"不要硬上啊。"

"又没输。"

姜思鹭失笑，拿干净的手推了下他脑袋。

段一柯被推得晃了晃身子，头一低，埋进她怀里，裸露的脊背滚烫。

"姜思鹭，你不能骂我。"

沉默片刻后，段一柯继续说："因为我除了你这里，没别的地方可以去了。"

"我知道，"她叹了口气，摸摸他的头发，"段一柯，我知道。"

04.

次日，朝暮影业。

姜思鹭一进大门，便觉气压低沉，等到了自己工位时，才发现平日里气氛松散的办公室全员正襟危坐，空气中涌动着一股不安。

姜思鹭放下包，隔着挡板伸出脑袋，悄声喊："路嘉？路嘉！"

"嘘——"路嘉和她比手势，动作敏捷地平移过来，"你怎么才来？"

"我也没迟到啊？"姜思鹭压低声音，"今天怎么了？公司怎么不太对劲？"

"刚才，也就十分钟以前，"路嘉看了眼手机，"咱们房鸿老师，站在楼道里跟人打电话吵架，大家全听见了。"

"吵什么啊？"

路嘉挑起眉："《骑马客京华》下周就开机。许之印，被别的剧组撬走了。"

房鸿是《骑马客京华》的总制片，也是朝暮影业的高管。人称业内铁娘子，做事风格很刚猛。许之印敢放她鸽子，不是被灌了迷魂汤，就是吃了豹子胆。

路嘉话音才落，房鸿就黑着脸过来了："路嘉，咱们官宣演员定的哪天？"

路嘉赶忙站起身："这周日。"

"推迟到开机以后，时间待定。"房鸿扶着额头，"之前人选都是压死的吧？三个主演有人在传吗？"

"有的营销号提前爆料了，不过也都没说死。"

"往下压一压，别再发酵了，我还得再谈新人。"

"行行行，"路嘉连声应下，"之前不是有好几个男演员说想演男二吗？"

"这都什么时候了，人家接下来两个月行程早定完了，"房鸿又暴躁起来，"阳韦波这王八蛋，和许之印真是王八看绿豆，沆瀣一气，狼狈为奸！"

甩出一串一骂成双的成语后，房鸿又气势汹汹地离开了。

姜思鹭这才敢冒头。

"阳韦波是谁啊？"

"巧了不是？"路嘉目送房鸿远去，坐回工位，"你还记得我之前和你说，封杀段一柯那老男人吗？"

姜思鹭："……世界这么小？"

"圈子就这么大，"路嘉点头，"许之印不是爆了吗？好多找他做主演的。你也知道，他现在那脸印上PPT，招商的钱'哗哗'就来。阳韦波前年想转型做制片人——他懂什么做电视剧啊？可不谁红找谁嘛。"

"那许之印就不怕这边违约？"

"可能抱上大腿了。"路嘉冷笑一声，"不怕赔钱，不怕得罪人。算盘打来打去，还是演男主香啊。"

姜思鹭摇摇头，把目光收回屏幕。

如果说阳韦波那边给的是男主角色，价格也开得高，许之印过去也无可厚非。只是这边开机在即，他不管不顾，终归还是……

唉。

她定了定神，打开电脑，看见右下角的微信在闪。

她点开，是段一柯：【中午找你吃饭啊？】

姜思鹭：【不上班？】

段一柯：【破相了，给我放了两天假。】

姜思鹭"扑哧"一笑，回了句：【那你十二点来公司楼下。】

她关掉对话框，再抬头的时候，刚才还一片死寂的办公室又躁动起来。

姜思鹭后知后觉地站起身，看到楼道里站了一群人，正众星捧月地拥着一名中年男人往里走。

元旦那次见面，孟琮打扮得随意，今天却是仪表堂堂，头发很老派地打理整齐，戴一副银框眼睛，文质彬彬，像个大学老师。

路过姜思鹭身边时，他顿住脚步，神情显出一丝惊讶。

"你是——"

姜思鹭连忙点头："我是我是。"

"哦，是你那部古装戏要开机了吧。那你是在这儿给他们做剧本顾问？"

"没有，没有。"姜思鹭连忙摆手，"我做其他项目，《骑马客京华》我没经手。"

孟琮点了下头，若有所思。

远远传来一声"师父啊"，大家猛然回头，是房鸿三步并一步地跑过来。她脑门都被气青了，显然是还没从许之印的打击中回过神。

房鸿一把攥住孟琮的胳膊，一脸要和娘家人诉苦的悲痛："师父，你可来了，我真是要被现在这些小年轻气死——"

"又慌。"孟琮推了下眼镜，"快四十了，还这么慌里慌张。去办公室，有什么事和我说。"

一群人又众星捧月地拥着孟琮和房鸿走了。

姜思鹭望着人群远去，身边凑过来几个不知名的同事。

同事甲："不愧是孟老师，仙气飘飘，泰山崩于前而不改色。"

同事乙："人家是在国外拍戏的时候遇过火山喷发的老前辈，没有什么能吓到他。"

同事丙："可惜没结婚，传言是……"眨眨眼，让大家意会。

同事甲："放屁，人家前女友多得可以玩影后消消乐。"

同事丙："并不，每一个影后分手后都说他根本不爱自己。"

姜思鹭"啧"了一声。

面对同事骤然回头的注视，她尴尬地笑了笑："还真是个……谜一样的男人。"

同事们又像风一般四散开。

手头暂且没活，姜思鹭乐得清闲，心中一动，在网上搜起孟琮的生平。

她越看越觉得他开了挂。

孟琮没上过大学，从剧组灯光开始干，因为外貌突出被导演拉去演配角，自此进入演艺圈。二十二岁那年零片酬出演了一部电影，然后靠那个角色拿到了国外某著名奖项的影帝。

拿奖之后，片约如潮而来，孟琮却宣布息影，要回学校读书。他学的还不是表演，是制片管理。

大学毕业以后，他赶上了国内影视行业第一波热潮，乘风而上，靠几部历史正剧奠定了圈内地位，继而开始和各位如今已经成仙的妙龄影后谈恋爱——

好在二十多年前互联网没有这么发达，不然应该满世界都是他的绯闻头条。

姜思鹭正看上世纪八卦看得兴奋，肩膀被人拍了一下。

她以为是路嘉，头都没回地糊弄道："怎么了？我忙着呢。"

对方没说话。

姜思鹭又刷出一条"惊！华侨巴黎偶遇孟琮偕女伴同游"的老帖，正准备点开时，身后传来一道沉稳男声：

"那是我姐。"

姜思鹭："……"

她僵硬着关掉了浏览器，摁灭电脑屏幕，有如戴着石膏一般，头和身子一起转向身后。

孟琮推了下眼镜，文质彬彬地看着她。

姜思鹭强装镇定，挂上礼貌的微笑，站起身，用一种刚发现孟琮的语气说："孟老师呀？怎么了，找我有什么事？"

好在对方没打算和她计较，只招手说："来办公室聊聊。"

姜思鹭战战兢兢地跟了进去。

房鸿也在桌子后面等她。

孟琮坐到沙发上，招呼她也坐下，还给她倒了杯茶。姜思鹭小心啜饮，大气不敢喘，生怕自己再搞出事端。

房鸿先开口了。

"孟老师刚才问我男二的人物设定，"她说，"我说了半天，他觉得我说不清。我转念一想，你就坐在办公室里，我还在这儿白话什么，就把你叫过来了。"

"男二？"姜思鹭抬头，"《骑马客京华》的？"

《骑马客京华》三个主要人物，女主宋冽，男主李元晟，男二江晚淮。相比于李元晟的不干人事，江晚淮对女主可以说是顶着家族压力有求必应，但是又从头到尾没有告诉过宋冽自己对她的感情，直到最后死在女主亲信的刀下。

这也间接导致了原著男二在成年戏份不多的情况下人气仍然逼近男一……

许之印是真的没啥文化，剧本看不懂，小说也看不懂，就知道惦记戏份。

"房鸿把江晚淮讲得像个'舔狗'，"孟琮说，引得两个女人笑出声，"我感觉不是那么回事。"

"孟老师，你还知道'舔狗'呢。"

"我又不是老古板。"孟琮推了下眼镜，"他到底是怎样一个人？"

"我写的时候，心里想的是，江晚淮是一个……"姜思鹭想了想，"他是我写过最有古意的一个人。

"其实连载的时候，也有读者觉得他太痴。他和宋冽、李元晟小时候定下一个死约，长大以后，那两个人其实都忘了，只有他还记着。

"但是我小时候看那些古文，发现我们前秦的很多故事里，人是很有血性的——为了一个承诺就守约一辈子，为了一份信任就慷慨赴死。那个时候，活下来其实是件很不容易的事，但是对很多人来说，性命反而不是最重要的……

"江晚淮就是这么一个人。人人厌弃他时，宋冽和李元晟救了他，哪怕日后两个人都想杀了他，他都……士为知己者死。"

办公室里略显沉寂。

房鸿搓了搓胳膊，笑出声音："我汗毛都竖起来了……听你说完，我觉得圈子里没人能演他。"

"要找有名的，是不大容易，"孟琮点头，"我脑子里有几个名字，不过也搭不到你们这档期。"

孟琮问："用新人呢？你们现在都不大用新人了。"

"新人？大海捞针啊我的孟老师，"房鸿叹气，"愁死了，我真是懒得骂这许之印了……"

"姜思鹭？这是你真名吧？"孟琮忽然看过来。

姜思鹭连忙直起身："对的。"

"你有什么想法？"

"我？"

"对，你的想法，"孟琮点头，"你写这个人物的时候，有没有代入过什么演员？或者……"

他深究地看着她。

"或者认识的人。"

姜思鹭不由自主地抿了下嘴。

她觉得喉咙有点干。

"有代入吗？"房鸿也抬起头，"有代入可以说下呀，我去问问档期。你要是代入着写的，那适配度肯定比我们随便找的要高。"

"你看起来有话要说，"孟琮微笑起来，"有什么想法就告诉我们。如果想争取什么，自己又不说出口，别人也没有主动给你的义务。"

姜思鹭放在膝上的手机忽地振动了下。

姜思鹭垂眼看去，段一柯发来消息：【我到楼下了。】

她抬起头，直视着孟琮的目光。

她一字一顿道："江晚淮，有原型。"

段一柯正在朝暮影业楼下等姜思鹭。

说是十二点到，他在家也无聊，就提前过来了。他眼角瘀青消了些，不过还是戴了顶鸭舌帽，以便减轻路人不该有的注视。

谁知微信发过去不到一分钟，一道熟悉的身影就十万火急地赶到楼下。四顾一番后，姜思鹭一眼望见段一柯，过来抓他手腕。

他被拽得踉跄一步。

"怎么了？"

"跟我上楼，"姜思鹭说，"去见制片。"

段一柯震惊："见什么制片？"

姜思鹭："我们公司新剧，有个男二正好空了出来，你——"

电梯还在高层，姜思鹭一跺脚，干脆拽着他去爬楼。

"什么男二啊？"

"就是一个古装剧的男二！"姜思鹭健步如飞，在楼梯间大声咆哮，"试镜！试镜试过吧！就现在！"

"我没投简历啊。"

"内推！懂了吗？"姜思鹭开始喘气，拽着段一柯的手倒是很用力。又爬了两层，她脚步忽然一顿，摘掉了他的鸭舌帽，"怎么正好赶上你这脸……"

段一柯："？"

"算了！"姜思鹭把帽子往自己脑袋上一扣，继续拽着段一柯往上爬，"也挺有故事感的！去好好表现下！"

段一柯又消化了两层楼，才明白姜思鹭要带他去做什么。

两个人气喘吁吁地跑进八楼的制片人办公室。房鸿和孟琮目瞪口呆地看着两个年轻人，继而看到姜思鹭腿一软，倒进沙发。

"我……我带上来了……"她挣扎着举起手，"就他……"

段一柯倒是没那么累，缓了一会儿，气息便回归平稳。

只是事发突然，两个制片人的目光又太有穿透性，让他有些不知所措，尤其是……

尤其是那个坐在姜思鹭身旁的男制片，他正仔细地看着段一柯的脸，简直是在透过他的五官，去寻找另一个人。

房鸿先发话了。

"那个，你是吧，"房鸿大概也没见过这种试镜的阵仗，困惑地问，"你这脸上，怎么弄的？"

姜思鹭一下坐直了。

结果没等她开口，段一柯那边波澜不惊地吐出四个字：

"见义勇为。"

姜思鹭心道你这回倒是说得快，气息放缓，注意力也移回两个制片人身上。

前辈就是前辈，遇事不慌，很快反应过来。

"今天比较突然，正好思鹭说你在楼下。"孟琮交叉手指，语气很和蔼，"你的情况她和我们说了，之前演过的几部戏，口碑也都不错。现在我比较担心的是，你两年多没进组了，演技可能会生疏。"

"对，我确实很久没进组，"段一柯微微低了下眼，但很快抬起头，"但是我一直在演。"

"在哪里？"

"在剧本杀馆里。"

孟琮一怔。

姜思鹭也把目光投回段一柯身上。

房鸿的办公室很明亮，正午的光线直射进来，照在段一柯身上。

他微扬着头，气质干净，面容沉静。少年时代的张扬或许被岁月打磨，但周身萦绕的薄雾被光线穿透后，那些棱角和骄傲，仍然清晰得毫发毕现。

姜思鹭听到自己的心猛烈地跳动起来。

那是她爱过的人。

是她爱过的少年。

孟琮也在仔细地打量段一柯。

上次在北京匆匆一面，他并未来得及细看，只是觉得这孩子气质酷似祁水，如今看来，连五官也有颇多相似之处。

其实段牧江的事，他也早有所耳闻。但他和祁水毕竟过去了太久，别人的家庭，别人的不幸，他没有资格插手。

可现在，这孩子又这样站到自己面前。

他有着和她一样的面容和眼神，眼神里有和她一样对表演的信仰。孟琮以为他身上会留下许多阴暗不甘，可当他说自己"一直在演"时，那种陡然迸裂的光芒，让孟琮回忆起了很多年前，自己还是个名不见经传的剧组灯光师，在片场看到祁水时，那一瞬间的炫目。

如今他又看到了那抹光。

那就不能不管。

孟琮点了下头，然后看向房鸿。

"外形可以，给他找段戏。"孟琮起身，"先去吃饭，下午回来试镜——对了，安排个摄影师，录下来给导演确认。"

房鸿应下，一边出门，一边给人发语音。没一会儿，就有个同事进来，拿了几页薄纸。

显然就是段一柯一会儿要试镜的片段。

孟琮看事情安排妥当，拍了拍段一柯的肩，也离开了。

办公室里一时只剩段一柯和姜思鹭。

女生坐立难安的程度要更严重一些。

她夺过段一柯手里的几页剧本，简单翻了下，就捂着额头崩溃道："啊啊啊，怎么是这段戏！"

"怎么了？"

"这是最难的一场戏！"姜思鹭哭丧着脸，"都没给你看原著的时间，就让你——"

后半句"把握这么复杂的感情"还没说出口，姜思鹭突然反应了过来。

等一下。

等一下等一下。

没看原著确实问题很大。

但是说原著，她本人上场那不就是开挂？

姜思鹭立刻振作精神，把办公室的门关上，再度跑到段一柯身边看了几眼剧本。下一秒，她收敛神色，严肃道："这个《骑马客京华》的戏讲的是什么，你知道吗？"

刚进朝暮影业大楼十分钟的段一柯："……"

姜思鹭深吸一口气。

"改朝换代，"她说，"乱世。"

确切点说，是改朝换代后，如何改回去。

前朝皇子李元晟出生当夜权臣造反，他流落民间，于市井冷眼中长大，自小心狠手辣。某天被人抓去官府的路上，被寄养在相府的侠女宋冽救下，又结识了宋冽身边的江晚淮。

十六岁那年，宋冽父亲的好友将她带回江湖，李元晟前往西北结交异邦势力，悄悄集结军队。而江晚淮则因整个家族命脉都掌握在皇帝手里，不得不效忠当朝，成为女主眼中的"权臣走狗"。

这本书连载的时候，评论区里最常见的刷屏，除了"李元晟是什么品种的狗"就是"小淮太苦了"。

江晚淮苦了小半辈子，最后的结局是被女主的亲信一刀刺死。死之前，他最后一句台词是："杀了我，叫阿冽，掀翻这山河。"

段一柯试镜的片段，就是这个结局。

"你懂了吗？"姜思鹭点着最后那句台词，"这人就是一个……他就特别……"

可惜那年还没出现大冤种这个词语，姜思鹭一时语塞。想了想，她换了个说法："反正他的情感都特别含蓄，你一定要收着演。就是你必须不动声色地痛彻心扉，你懂我什么意思吗？"

"懂，"段一柯没什么表情，"五彩斑斓的黑。"

"你……"姜思鹭无语，用指节敲敲桌面，"你看完剧本先给我演一遍。"

段一柯单手捻开那几张薄薄的 A4 纸。

他其实知道姜思鹭在讲什么。

给的片段很短，没头没尾的，如果不是姜思鹭捋了一遍故事脉络，他确实把握不住这几句台词的感情。

"江晚淮……"他忽然轻声念出男二的名字，"他死的那年多大？"

姜思鹭一愣，不知他为什么问起这个无关紧要的问题。回忆片刻后，她回答道："二十八岁。"

段一柯抬了下眼："你对故事还挺熟。"

姜思鹭喉咙一卡，憋了十秒，蹦出来一句："我原著粉。"

半个小时后，房鸿和孟琮回来了。

两个年轻人显然没去吃饭，垃圾桶里多了两块小面包的包装，是姜思鹭从工位拿过来垫肚子的。

行，态度在。

孟琮点了下头，房鸿那边也叫来摄影师架机器。除了两个制片人，还上来了几个姜思鹭不认识的同事，她怕人多口杂，急忙退到个不太显眼的角落。

段一柯站在人群中央，最亮的地方。

姜思鹭听到身旁有个人轻声说："这不是段牧江他儿子吗？我以为两年前就退圈了。怎么突然来朝暮试镜，咱们不怕担风险？"

又有道压低了的声音："听说是孟老师作保的。"

"他之前不是还得罪过阳韦波被封杀了吗？也不封了？"

"你可别提阳韦波了……这人撬走许之印算是把房总得罪了，房总刚才吃饭时听说来龙去脉，还直夸这小年轻硬气呢。"

议论声逐渐变小，姜思鹭抬眼望向段一柯。

他还在看剧本，半倚着桌子，微微低着头，好像这些议论都与他无关。

但这些东西，本就该与他无关。

机器架好，房鸿轻咳一声，办公室里瞬间安静下来。

试镜分两种，一种是有演员给搭戏，另一种是选角导演一类的人物在镜头后给演员搭词。段一柯今天来得匆忙，方式自然是第二种。机器架好后，房鸿示意他站到镜头前，然后点了个男同事过去。

两人手里各拿一份台词。

姜思鹭屏住呼吸。

"Action（开始）！"

好奇妙的一个词。

这或许就是这个行业让那么多人沉迷其中、欲罢不能的原因。无论现实生活多么一塌糊涂，"Action"响起的刹那，所有在场的人，都必须进入与现实交叠的另一个时空。

在那个时空里，爱恨情仇，生死离别，都比真实的人生透彻。

江晚淮这场戏台词并不多。

戏点在最后的那串大笑。

谨小慎微、步步为营的江晚淮，自十六岁那年与宋浏分开，便再也没有放肆地笑过。匕首刺入心口的刹那，他抬起头，眼神中竟没有意外。

段一柯抬头的刹那，江思鹭心跳漏了一拍。

那本是一双将死之人的眼，漆黑而毫无光泽。

但刀刺入心口时，眼底反倒泛起神采。

"阿浏……"江晚淮轻声说，声音温柔得像八岁那年将她拥入怀里，"为什么，不亲手来杀我？"

她亲手来杀，他亦不会躲。

搭戏的人不是演员，但也被段一柯带入了戏，冷笑道："你怎配死在宋浏手里？"

江晚淮愣住了。

他眼底的神采犹如秋日枯草，转瞬凋落。

好长的一声叹息。

不似失落，倒像解脱。

江思鹭忽然觉得眼底潮热。

她看到段一柯仰起头，眼神望向一个遥远的点。那个地方不在朝暮影业，或许也不在这个世界。

那是《骑马客京华》书中的人间。

乱世之中，生灵涂炭。江晚淮不敢负苍生，不敢负帝恩，护了宋浏，保住李元晟。

他这一生唯一一次任性，是那年宋浏抱着膝盖望着他，说："谁说男孩子不可以哭的呀？江晚淮，你可以哭呀，你可以在我面前哭呀。"

那天他哭得好痛快。

可二十八岁的江晚淮已经忘了怎么哭。

于是，他只能笑。

从压抑的、嘶哑的笑，到朗声长笑，笑得如释重负。

他终于可以死了。

是他的阿洌，还了他自由之身。

他在笑声中流尽了心头最后一滴热血。

"杀了我。

"叫阿洌，掀翻这山河。"

办公室里，久久的没有声息。

姜思鹭缓过神来时，脸上已经全是泪水。她用袖子擦干，新的泪水又涌出来。

根本控制不住……

像是回到了他在报告厅演她写的《小美人鱼》那一天。

房鸿那边似乎和段一柯说了什么，姜思鹭想听清，但哭得耳朵也被堵住。身旁的同事走没了，她低着头抽了抽肩膀，再抬头时，面前递来了一包纸巾。

她忙着擦眼泪没工夫接。对方愣了下，抽出张纸，给她擦了擦脸。

姜思鹭吓了一跳，这才看清是段一柯。

他有些意外地望着她。

"你……"她气结，把纸巾一把抓过，"给猫洗脸呢。"

段一柯叹气："不好意思，养二柯养多了。"

顿了顿，他又问她："演那么好？"

姜思鹭擦不干的眼泪让她无法不点头。

"还行吧，"段一柯又开始了，"随便演演。"

姜思鹭被他装得简直想朝他脸上来一拳。

"哟，这哭得。"

身旁突然响起道女声，姜思鹭回头，才发现房鸿走了过来。领导的威力还是比较大，姜思鹭强忍片刻，总算把眼泪止住。

"演得还是挺好的，录像我得去给导演和选角团队那边看下，"房鸿转向段一柯，"不过你回家先看下原著吧，有什么不懂的你……"

有同事在叫"房总"，房鸿回了下头，匆匆撂下句"你问她"，然后走了。

段一柯略显诧异地回过头。

"为什么问你啊？"

姜思鹭陷入沉默。

"你们公司都知道你是原著粉？"

姜思鹭："……对，是这么回事。"

送走了段一柯，回到工位的姜思鹭彻底瘫了。

路嘉如预料中的一般滑着座椅到她身边。

"神了啊你，"路嘉眼睛亮晶晶的，"真把段一柯塞进去了？"

"哪儿跟哪儿啊……"姜思鹭仰在座位上，满脸写着没有什么世俗的欲望，"看在大佬面子上给了个试镜，成不成看造化吧。"

"我看房总刚才脸色都红润了，八成没问题。"路嘉又往这边凑了凑，"那他要真演了，不就和高中那话剧一样了吗？"

"你还记着呢？"

"那海报是我画的，谁忘了我也不能忘呀。"路嘉手舞足蹈，思考片刻，神情又变了，"不对不对，那他要是真进了组，你这马甲也保不住了啊。"

姜思鹭满脸呆滞。

"你觉得，"她看着天花板，"我没想到这个问题吗？"

听她把今天的"原著粉"事件描述了一遍后，路嘉表情沉痛地拍了拍她的肩膀。

"我看你掉马是势在必行了，别让他自己发现，今晚就和他说吧。"

姜思鹭点点头，然后深呼吸，长叹了口气。

05.

姜思鹭晚上七点到家。

她手里拎着赔罪的啤酒、炸鸡，实在没法拿钥匙，用胳膊肘捶了半天门后，段一柯才来把门打开。

看见她拿了这么多东西，对方一愣。

姜思鹭知道他一会儿更得愣，所以一句话没解释，直接拿东西进门。刚想放到茶几上，一个熟悉的封面就出现在眼前——

《骑马客京华》的……原著。

买得还挺快。

姜思鹭眉毛一抽，放下了炸鸡，拿起《骑马客京华》后，又发现底下还摆了两本别的。

行啊，段一柯。

你这是买了我的全集啊。

了解一个作者就了解她的全部是吧。

姜思鹭哭笑不得，伸手去翻书。段一柯见她要看，"欸"了一声，说："你不用看那本，我给你单买了一本。"

姜思鹭："啊？"

下一秒，段一柯从茶几底下又拿出了《骑马客京华》三年前的首版首印，装作若无其事地把扉页打开——

"你不是原著粉吗？我给你高价收的签名版。"

姜思鹭："……"

姜思鹭："多少钱？"

段一柯回忆了一下："三百多吧，那书店老板说这个首版的绝版了，又带签名。"

姜思鹭："……"

眼看姜思鹭一脸要昏厥的表情，段一柯走过来拍拍她的肩："倒也不用这么感动。"

三百块。

她这四人份炸鸡都没有三百块。

姜思鹭咽下一口血，把《骑马客京华》和签名版《骑马客京华》都放回了原位。松手的时候，她眼神一偏，见到段一柯在自己那本原著里折了几页，翻开看，都是男二的段落。

总之也要坦白了，姜思鹭忽然想先和他聊聊。

"看到哪儿了？"

"三分之二吧。"段一柯坐到她身边，"你买这么多吃的干吗？我还没过试镜呢。"

包装盒一拆，炸鸡瞬间香气四溢。衬着窗外的天寒地冻，显得屋子里格外温馨。

两个人都靠着沙发坐在地毯上，姜思鹭抱着腿看向段一柯。

他真还挺爱穿高领毛衣的，浅灰色的，线条好看的喉结若隐若现。脸上的瘀青消得很快，褪得只有淡淡一层，又恢复了原本干净的气质。

姜思鹭眼神垂落，忽然想到了他锁骨上的那道疤。

脸上的伤那么快就褪净了，难以想象她的牙印那么明显，当时得有多深。

他得有多疼。

她当时在想什么呢？

带着对过去的报复，和对未来的无望。

她怎么会拥有段一柯呢？

他会和像他一样光彩夺目的女人在一起，然后在某个耳鬓厮磨的日子，那个女人或许会因为姜思鹭的痕迹而发起脾气——

没有人会轻易放过别人在自己爱人身上留下的痕迹。

但姜思鹭偏偏要这样做。

而他为什么默许?

她忽然觉得烦躁起来,甚至不知自己该从何开口。

难道让她说——

"你好啊,段一柯,其实我就是落日化鲸。

"我骗了你,我从一开始就不是与你偶遇。我蓄谋已久,我处心积虑。我不是朝暮影业的员工,这也不是我姑妈的房子。

"很抱歉,你一事无成,而我功成名就——

"这个你渴求不得的角色,都只是我幻想宇宙中,微不足道的一个角色。"

她被自己想象中的恶毒吓得愣住。

回过神时,段一柯正有些诧异地看着她。两人对视片刻,男生压低声线问:"你是不是太累了?"

姜思鹭摇摇头。

她只是……

不知所措。

炸鸡变凉了。

变凉就不好吃了。

她随手抓了一块塞进嘴里。辛辣的味道刺激了味蕾,唤回三魂六魄。喝了几口啤酒后,姜思鹭往沙发上一仰,继续了刚才的话题。

"好看吗?"

"什么?"

"书,"她扬了下下巴,"书好看吗?"

段一柯正有些担忧地看着她,被问到茶几上的《骑马客京华》时,眼神顺着她指的方向偏移。

"还不错。"

"还不错?"姜思鹭坐直身子,"就只是还不错?"

她问完又觉得自己苛责。段一柯好歹也是个二十多岁的男生,要是觉得这种给女孩子们看的虐心古言好看才有问题。

段一柯显然没料到她的反应会突然激烈,顿了顿,反问道:"这本书,和那本狮子什么的,是一个作者吗?"

什么狮子什么的。

"哦,"姜思鹭坐了回去,"你说《她的狮子朋友》?"

"对，就我在你电脑里看的那本。"

"嗯，一个作者。"

说完了，她又觉得不对。

姜思鹭把目光转向段一柯。

《她的狮子朋友》在电脑里只是个初稿文档，没有任何一个地方标注了作者的身份，他怎么知道是一个作者？

"我就说，"段一柯倒是没等她问，"文笔看着像。"

"文笔像？"

"也不光是文笔。"段一柯又翻开《骑马客京华》看了几眼，"一种感觉吧，我也觉得挺奇怪的。"

"哪里奇怪？"

"我老觉得……"他顿了顿，"我觉得我认识这个作者。"

姜思鹭开始还有点迟钝，脑海里反复咂摸了几遍这话，再抬头时，眼睛都瞪大了。

好在段一柯的注意力在书上，没注意到她惊愕的神色。

"为什么会觉得认识作者啊？"

"就是角色说话的方式吧。"段一柯扶住左边额头，若有所思，"一些人物的小习惯，总觉得似曾相识……"

"还有她这个笔名，落日化鲸……我总觉得很早以前就听过这四个字，但是又想不起来是在哪里。"

姜思鹭咽了口唾沫。

"那你有没有想过……"她试探着问，"你真的认识呢？"

段一柯陷入沉思。

不过这沉思的时间略显短暂。

三秒钟后，他便斩钉截铁地说："应该是错觉，要真是我认识的人的话，那也太尴尬了。"

姜思鹭愣住："哪里尴尬？"

"她创造了一个这么宏大的世界……"段一柯态度不像是在开玩笑，"没有她就没有这个剧，我还在这儿为了拿到其中一个角色挣扎……"

男生深沉叹气："地位悬殊啊，做不了朋友了。"

姜思鹭："……"

她木然地，再次塞了块炸鸡进嘴里。

咀嚼一番后，姜思鹭喝了口啤酒，用湿巾擦干净手上的油，拍了拍段一柯的肩膀。

"众生平等，大家都有各自的亮点，"她深沉地说，"你也不必妄自菲薄。"

段一柯："？"

不晓得段一柯在想什么，总之姜思鹭心事重重，她为两个人消灭四人份炸鸡贡献了卓越的战斗力。

吃饱喝足后，段一柯去给猫弄吃的，姜思鹭倒在沙发上玩手机。习惯性登进"落日化鲸"的微博账号后，她鬼使神差地看了一眼粉丝列表。

然后，她看到了一个用自家段二柯做头像的新粉。

姜思鹭："……"

段二柯的肉都冻在冰箱里，段一柯人在厨房，离姜思鹭隔了半个客厅。她鬼鬼祟祟地望了对方一眼，然后开始疯狂删除所有有掉马可能的照片。

比如这个造型特殊的咖啡杯。

比如这个炫耀过并正套在手机上的手机壳。

再比如这个……

啊啊啊。删不完了，她怎么发了这么多微博。

姜思鹭思考片刻，忍痛充值会员，然后把账户设成了半年可见。

正操作着，微信一响，是路嘉前来慰问。

【进展怎样啊，化鲸大大？】

姜思鹭忍着悲愤的心情，一字一字打道：

【我微博账号×××密码××××，立刻登录，帮我一起删微博。】

路嘉：【你号被盗了？】

很快，段一柯试镜结束就过去了三天。

姜思鹭也唉声叹气了三天。

路嘉已经习惯了隔壁工位时不时传来的一声长叹，只是今天似乎……

格外频繁。

"思鹭姐，"她从工位隔板上冒出个头，"别叹了，我听得都快流眼泪了。还没有消息吗？"

姜思鹭面无表情地给屏幕上的文档打上了句号，目光转向路嘉。

"完全没信。"

"下周五就开机了，"路嘉托住下巴，"这都周五了……别别别，我就随口一提，你别再叹气了。"

她歪着头想了想，宽慰姜思鹭似的说："三天真不算久，以前有的演员等试镜消息，一等就是大半个月……不过我最近也听说，有别的男演员在打听这角色，房总可能正在抉择吧。"

姜思鹭满脸写着一了百了。

"那完了，"她说，"人家别的艺人有团队，有公司，有经纪人。段一柯啥都没有，这两年连作品都没有……"

"不要这样讲！"路嘉一拍隔板，"公司怎么啦？经纪人怎么啦？很了不起吗？我就请问，他们谁试镜之前，有原著作者给讲过戏？"

"只有段一柯。我看问题不大，你早点下班吧。"

姜思鹭点点头，振作起精神，把刚检查完错别字的文档发给凤姐。

刚关上电脑，路嘉又冒出脑袋："对了，那你那马甲，到底还掉不掉了？"

"掉什么掉，"姜思鹭站起身，顺手把椅子推回桌子底下，"别马甲掉了，他又演不了了。等房总那边结果出来再说吧。"

下班回了家，段一柯还没回来。

角色的消息迟迟不来，他也没和狐姐提过离职的事，昨天脸上好得差不多就回"一起鲨"上班了。姜思鹭自己在家煮了点方便面，没精打采地端到茶几前。

手机响了一声。

姜思鹭一边吃面一边点开微信，看到丁丁发来一个小心翼翼的"偷看"表情包。

或许是上班了的原因，姜思鹭最近没有太因为《她的狮子朋友》苦恼过——不过也可能是她最近就没改。

看见丁丁的微信，姜思鹭有点心虚，也有点想摆烂。

丁丁：【化鲸，改好了吗？】

她简单发了个"还没"过去。

【还是要快点哦。】丁丁回复，【最近出版流程走得很慢，交稿太久的话，审校可能会积压得比较严重。】

人在职场，丁丁也是身不由己。

姜思鹭叹了口气，回复了一句：【我尽快。】

她目光再转回方便面，也就没了胃口。

她把笔记本电脑拿出来，在茶几上打开。她把泡面推到一边，便坐在地毯上改起稿子来。

和段一柯同住之前的很长一段时间，她都是这样的生活状态。

东西吃得随便，作息也乱。有时候睁眼就是下午三点，睡醒就写稿，饿的时候已经是凌晨。

外卖能点就点，实在太晚，就煮方便面。

可是从他来了以后……

事情就慢慢变了。

她被迫早睡早起，一日三餐准点，每周去两次商超，冰箱总被好好填满。

路嘉有时候总说她——你给段一柯的太多了。

可事实就是如此吗？

姜思鹭一边对照着曲笑的批注修改小说，一边想着段一柯那些好，心里竟没那么烦躁了。

窗外光线不知不觉地暗淡，客厅里没开灯，姜思鹭也有点犯困。她把电脑屏幕向下按了些角度，靠着沙发一仰，不知不觉便睡着了。

段一柯回来的时候，姜思鹭就这么靠在沙发上睡着，一只手垂在地毯上，一只手搭着键盘。

联想到她上次在"一起鲨"睡着的画面，段一柯有点佩服她这秒睡的能力。

眼神瞥到茶几上的泡面，段一柯叹了口气，帮她把垃圾收拾进厨房。回来的时候，姜思鹭又换了个姿势——侧倚着沙发坐垫，几乎要躺到地上了。

段一柯碰了碰她的肩膀，想把她叫醒。

姜思鹭皱着眉摇摇头。

"起来，"他说，"会生病的。"

姜思鹭忽然眉毛一垮，说："我不想改了。"

段一柯愣了片刻才意识到她在说梦话，弯下腰，好笑地问："改什么？"

姜思鹭继续皱着眉，左手捶起沙发，像在闹脾气一样："不改了，不改了——改得都不像我的东西了。"

可能是工作上的事吧。

睡着的姜思鹭垂着睫毛，身上也比平日热。段一柯摸了摸她的脸，手感柔软，觉得好玩，又捏了一把。

下一秒，姜思鹭嘴角一垮，都要哭了——

"我说我不改了嘛——"

她快哭了，他倒是被逗笑。他单手伸到她腰下，另一只手勾过她腿窝，起身便把人抱了起来，一边往卧室走一边说："不改了，不改了。"

窝在他怀里的姜思鹭出乎意料地安静下来。

打开卧室门后，段一柯把她放到了床上。松手的时候，姜思鹭下意识地抓了下他胳膊，指尖触及皮肤的瞬间，一种过电的感觉传遍全身。

段一柯一愣，随即直起腰。

客厅传来手机的响动声，他帮姜思鹭盖上被子，便出门去接。漆黑的客厅里，只有茶几上的屏幕闪着亮光。

段一柯拿起手机，见是个陌生号码，点了接听。

"喂，请问是段一柯吧？"

一个陌生的男声。

段一柯搞不清对方来意，反问道："对，您是？"

"哦，我是《骑马客京华》的选角团队，"对面说，"我来通知下你试镜结果。"

房间里昏睡的姜思鹭是被段一柯叫醒的。

她忘了自己是怎么睡着的，更不知道怎么就从客厅回到了卧室。睡梦中是曲笑不停地在她耳边重复"改稿改稿改稿"，她急得差点儿哭出来，最后爬上一棵大树，坐在了大树的一条枝丫上。

枝丫长成一个刚好够她倚靠的形状，把浓密的叶子盖在她身上，还给她结出漂亮果实。姜思鹭对着果实咬了一口，给上面留了个完完整整的牙印……

大树忽然开始摇晃。

姜思鹭被晃得坐立不稳，马上要从树上掉下来时，从梦中猛然惊醒。

昏暗的房间里，段一柯的眼睛近在咫尺。

好亮……

好亮的眼睛。

她慢慢坐起身，看见鲸鱼灯被打开。段一柯弯腰站在她的床边，一只手攥着她的肩膀，另一只手捏着手机。

"姜思鹭。"

他的声音那么轻，响在她耳边，却有如擂鼓。

"我试镜过了。"

房间里静了得有半分钟。

然后就在某个瞬间，姜思鹭从床上跳起来，扑进了段一柯怀里。那一下冲击力可真不小，段一柯猛然接住她，倒退两步，好歹稳住了身子。

她说："啊啊啊啊啊啊啊啊！"

段一柯被震得耳膜都痛起来。

她胳膊圈住他脖颈，仰着脸，眼睛里流光溢彩。段一柯接着她，听见她在自己耳边喊："啊啊啊啊啊，我就知道你没问题！"

粗重的呼吸声近在咫尺。

隔着胸膛，两颗心脏都感到了彼此的跳动。

她在空气变得黏稠的前一刻猛然松手。

姜思鹭把头发往耳后别了下，又摸了摸鼻子，继而挠了下脖颈。

段一柯离她仍然很近，几乎是抬头就可以碰到鼻尖的距离。她往后退了一步，清了清嗓子，说："恭喜你。"

段一柯也慢慢把握着她腰肢的手垂到身侧。

"嗯，"他轻声说，"谢谢。"

空气里那种水果糖融化开一样的气息久久无法散去，姜思鹭觉得呼吸困难，先从卧室走到了客厅。

段一柯也跟了出来。

她站在厨房的吧台处，给自己倒了杯水。

"什么时候去剧组？"她问。

"这周日。"

"这么快？"说完才觉得自己反应过度，姜思鹭又放低声线，"我听说下周五才开机。"

"我之前没定过造型，"段一柯说，"还有一些动作戏，得提前培训下。"

"那你……"姜思鹭心里算了算，"那你时间很紧啊。"

"嗯。"段一柯点头，像是已经有了计划，"明天先去和狐姐说离职的事，然后买点东西。"

她放下水杯，扭了下自己的手指。

"蛮好的，"姜思鹭茫然地说，肩膀慢慢垂下去，"真的……蛮好的。"

眼前忽然投下一片阴影。

是段一柯朝她的方向迈了一步。

他个子好高，好像……

好像一棵树。

段一柯低下头，抬起手，顺了下她卡在脖颈的几缕头发，然后手就停在了她耳侧。

"别吃泡面了知道吗，"他说，"我会回家抽查的。"

姜思鹭别过脸，不讲话。

我这是在干什么呀，她想。

我应该为段一柯高兴啊。

我不是只想把星星送回海面吗？

可脑子里越是这样想，心里就越委屈。姜思鹭眼圈一红，眼泪控制不住地流出来。

段一柯……

要走了啊。

她一哭，段一柯也慌了，偏偏一时找不到纸巾，只能用袖口帮她擦，像个手忙脚乱的大学男生。

　　姜思鹭边哭边说："你不要拿袖子擦我脸，脏死了……"

　　下一秒，段一柯把她拉进怀里。

　　段一柯的肩膀挺拔而宽阔，靠过去就像躲进了大树的枝丫。双臂收拢的刹那，也像巨大的叶片盖到身上，尽数挡住外面的风雨。

　　她在她的大树上很是哭了一阵，哭得叶片和枝丫上都沾了眼泪。

　　"姜思鹭，"他低头看着她，"你再这样，我走不了啦。"

　　"不要，"姜思鹭闭着眼，"我才不要你演一辈子NPC。"

　　他沉默。

　　片刻后，他怀里的姜思鹭再度开口，很小声地说："段一柯。

　　"去做星星吧。"

第四章
/ 后院起火 /

01.

"思鹭……姜思鹭！"

姜思鹭猛然回过神。

会议室里，凤姐朝她拼命使眼色。姜思鹭呆了三秒后猛然醒悟，拿着自己的采访报告小碎步跑到投影仪前。

马上就是月末，这是朝暮策划部一月一次的业绩汇报。姜思鹭刚来了一个月，能拿出手的工作量不多，不过是一个"剧本杀"网大的行业采访报告，和对"东阳木雕"项目的一些前期资料收集。

姜思鹭强行输出了一波，所幸大领导还算满意。

散会。

"思鹭，"凤姐留到了最后，有点担忧地看着她，"你最近这状态不太行啊。"

也亏得她当初来的时候就说过自己得兼顾写作，工作量对应薪水减少，不然这状态可真有点下不来台。

"哦，我……"姜思鹭想解释几句，语言组织到最后，还是放弃了，"对不起啊。"

"部门里面，没必要道歉，"凤姐摆摆手，"不过你这周末还是调整下，下周一开木雕的项目会，你负责的前期调查是重点。要是讲不好，我就得和你一块儿挨批了。"

姜思鹭连忙点头："你放心吧，我周末肯定调整过来。"

从会议室回到工位，同事已经走得七七八八。朝暮影业没有加班文化，今天是周五，大家都早早撤离——大约是晚上蹦迪的蹦迪、泡吧的泡吧……

路嘉倒还没走。

这姑娘正在工位上全神贯注地打游戏，戴着耳机，指挥对面的人给她加攻加血加 buff（增益）。

一局终了，路嘉长舒一口气，摘下了耳机，抬头时，才发现姜思鹭回来了。

"又和曹锵组队呢？"姜思鹭问她。

"注意被动语态，"路嘉很严谨，"是他要和我组。"

前几天，曹锵在微信向姜思鹭发了个邀请，诚挚欢迎她和自己一起闯荡某款手游世界。姜思鹭打了两局觉得没意思，再加上怕被和他一个剧组的段一柯听见，就把路嘉拉进队了。

曹锵这下算抱上大腿了，不拍戏的时候，嘉姐长嘉姐短，只要嘉姐带他上王者，没有什么尊严不可以失去。

姜思鹭这下落得个清静。

大家似乎都有事可做。

除了她。

和路嘉说了句"拜拜"，姜思鹭拎包下楼。

周五的市中心格外繁华，漂亮姑娘们都不怕冷，衣领敞开，露出精致的锁骨。她和她们擦肩而过，轻轻叹了口气。

又是周五了。

这是段一柯离开上海的第二个周五。

姜思鹭以前没想过，家里多一个人、少一个人，会有这么大的不同。想到回了家也是黑漆漆的屋子，她甚至产生了一种抵触心理——

不想回去。

不想回没有段一柯的地方。

从朝暮影业出门后，姜思鹭便开始漫无目的地游荡。不知道从哪一站上了车，又不知从哪一站下去。兜兜转转走了一个多小时，她抬头才发现，竟然绕到了"一起鲨"的写字楼下。

她心里忽然一动。

段一柯走的时候，还是狐姐和她一起去车站送的。之前的采访让两个人关系拉近不少，从车站回去的路上，狐姐还和她感慨："老段肯定前程似锦。"

楼下风冷，她转悠了片刻，干脆上去了。

"一起鲨"还是那个样子，门口有几个新面孔，像是刚来的 DM。狐姐正和他们说着什么，抬眼看见姜思鹭，便挥手示意他们散会。

"欸，你来啦？"狐姐招呼道，"怎么啦？来睹物思人？"

"什么啊，"姜思鹭被逗笑了，"路过，来看看你。"

狐姐摆摆手："我有什么好看的，我只有一肚子抱怨可以听——"

姜思鹭做出洗耳恭听的样子。

"我以前都不知道老段这么重要！"狐姐长叹一声，"他在的时候，好多事都用不着我操心！什么日子人手不够他就来，从来没抱怨过！现在他走了，节假日老有人时间排不开，店里杂七杂八的事也没人帮我分担——"

狐姐长叹："真是失去了才懂得珍惜！"

连续两周给段二柯喂食、换水、吸毛、铲猫沙的姜思鹭，感同身受地点了点头。

"算了，你来都来了，"狐姐抓过一张纸，"反正老段不在家，你回去也是无聊。我给你看看这些车有没有还能塞人的，送你场剧本杀。"

姜思鹭想了想，没什么反驳的理由。

她也确实不想回家。

狐姐的手指顺着A4纸最上面一条往下滑，在"18:00"附近的几条转了转，最后点到一个写着"雀羽视创团建"的名条上。

"这个吧，"她给姜思鹭指了下，"上周和我打电话预订的，是个特效公司。他们部门搞团建，差一个人开车，我本来想着自己去补人头呢，正好换成你。"

雀羽视创？

姜思鹭愣了愣，觉得这名字有点熟悉。

在哪儿见过来着……

她正打算上网查一下的时候，身后传来了一阵喧哗。狐姐探身看了下，抬手招呼道："你们来啦？来得还挺巧，给你们塞了个美女啊。"

姜思鹭转过身。

这公司部门不大，一眼望过去，也就七八个人。最后进来的是个三十岁左右的男人，穿黑色大衣，狐狸似的一双眼，个子很高，长相颇贵气。

和姜思鹭四目相对，两人都是一愣。

还是对方先反应了过来。

"姜记者，"他点了下头，笑道，"好久不见啊。"

记性差真是要人命。

姜思鹭记得这张脸，却忘了对方叫什么，一声"确实好久没见"的场面话说出口，嘴里迟迟喊不出对方姓名。

好在有个雀羽视创的员工先开口了。

"哟，黎总，认识啊？"

黎。

黎什么来着。

姜思鹭敲了下脑壳，终于从稀薄的记忆中翻出了那个名字：黎征。

黎征，雀羽视创的创始人。

不过现在似乎也不用她喊名字了，雀羽视创的员工们聚过来，你一言一语地说起话来。

"怎么了？是黎总朋友吗？这都能遇到，也太巧了。"

"小姐姐你怎么称呼啊？"

"就你一个人吗？哇，我们同事都很友善的，你不要紧张哦。"

"我说——"黎征的声音从人群后面响起来，"你们是真不把我放眼里是吧？"

"不敢不敢，您是老板啊。"同事们轰然笑起来，"那我们先进去了黎总，你俩叙叙旧。那个——我们去哪个房间？"

狐姐招了下手，一群人又浩浩荡荡地跟着她走了。

姜思鹭这才又一次看到刚才被人群挡了个严实的黎征。

短短两年，人变化真大。姜思鹭还记得两年前在行业峰会上看到他时，对方孤身一人，穿着朴素。如今，他也成了员工们众星捧月的"黎总"。

"黎总事业发展得不错，"姜思鹭开玩笑，"我这是押对绩优股啊。"

黎征摇摇头："你那是押对了又抛售，我都多久没联系上你了。"

"我离职了，那个工作微信很久没登了，"姜思鹭有些惊讶，"你联系我了？"

黎征神色愣了愣，有点受伤的样子。

"原来之前，我都不配加你私人微信啊。"

姜思鹭赶忙解释："没有没有，我之前采访对象太多，怕搞混了，专门申了个账号用来工作。只不过，就是我……"

解释了半天，越抹越黑，姜思鹭放弃了。黎征倒是笑了，拿出手机，反问："那现在加我，可以吗？"

顿了顿，他又强调："私人微信。"

姜思鹭连忙点了下头，掏手机扫码。

对方头像是头特效做出来的狮子，姜思鹭一眼看出，用的是雀羽视创在国内最出名的动物毛发系统创建的。

再抬头时，黎征已经把手机收了起来。

"姜记者，你——"

"黎总，我不做记者了，"姜思鹭说，"你别叫我姜记者了，叫我姜思鹭就可以。"

"姜小姐，"对方选择了这个称呼，"那我们都不要叫职位。你也别叫我黎总，叫我黎征，可以吗？"

"行，黎——黎先生。"

两人最后走进了剧本杀的房间。

这帮人好像都是硬核推理爱好者，选的是个极烧脑的悬疑本。姜思鹭看了几页，确认自己不是凶手和关键人证后就躺平了，把推理的任务交给了这帮理工男。

走神的时候听他们说了几句，姜思鹭大概明白了这个部门的定位——雀羽视创之所以成立不久就在国内一骑绝尘，靠的就是老总黎征逆天的算法能力，能实现其他公司无法实现的特效成果。用他们业内话讲，就是"不用别人的轮子，自己去造轮子"。

这个部门的人都是黎征从海外各名校高薪聘来做算法的，性格活跃，技术也过硬。一群天之骄子，现在聚在一起研究这本子里的妓院老板是怎么死的，画面过分美丽。

不想发言的姜思鹭环顾四周，正对上黎征看向自己的目光。

她以为他也觉得这游戏无聊，朝他感同身受地点了下头。

黎征一愣，而后笑了笑，狐狸眼睛眯起来……

看上去不太可靠。

人变得好快，他和两年前真的很不一样，姜思鹭心想。

姜思鹭遇到黎征的时候还在前公司打工，每周都要穿得"人模狗样"去参加各个行业的峰会。那一场是关于国内特效行业虚拟制作的，去之前姜思鹭还和同事吐槽——就这五毛特效有什么好开的。

按会议流程，几个业内大拿上台讲话后，是一场圆桌对谈，黎征代表刚创业的雀羽视创上台。他当时提出了很多在国际上已经发展起来，但在国内还比较新的概念，包括虚拟拍摄和自己公司研发的毛发系统。

可能是年轻，他的措辞冒犯到了几个同桌的前辈，立刻被撑得只来得及介绍了个概念，后半段甚至没来得及讲。台下的记者对特效也一知半解，到提问环节，追着几个前辈不放。黎征被晾在台上，好不尴尬。

轮到姜思鹭时，她站起身，给黎征递话："黎总，您刚才提到的虚拟拍摄，其实在国外电影里已经是验证可行的了。您能否再详细介绍下，这个技术到底能给制作方降低多少成本和时间投入，以及前期需要进行哪方面的配合。"

这算是问到了关键上。

姜思鹭指名道姓地要问黎征，其他特效公司的老总也不好再插嘴。黎征站在台上，远远看了姜思鹭一眼。

中长发，发梢垂在锁骨上。不是漂亮到炫目的那种姑娘，但眼神清澈坚定，姿态落落大方，很……

很飒。

他朝对方点了下头，拿起了话筒。

虚拟拍摄本来就是降低影视成本的利器，只是国内特效行业故步自封，一直拒绝接纳新鲜事物。台下坐了不少影视公司的老总，黎征抓住机会，介绍了几个亮点，就有几道感兴趣的目光投了过来。

下台后，黎征微信好友里，多了不少业内响当当的名字。

峰会是在无锡一家五星级酒店举行的，当天会议结束后，大家纷纷被引至餐厅就餐。姜思鹭正对着草莓蛋糕和甜甜圈陷入沉思时，肩膀被拍了一下。

回过头，是黎征。

其他的企业老总都是随身带了三五个员工，助理、宣发一应俱全。黎征倒好，来去都是孤身一人，像是公司再分不出个闲差一样。

他说："姜记者，谢谢你啊。"

姜思鹭摆摆手："老总们也想用更低成本做出好效果，是你讲的东西好用，他们才对你感兴趣的。"

他朝她笑——那时候的黎征笑起来还带点学生气，挺傻的。

"姜记者，你也懂特效啊？"

"我不懂，我文科生，"姜思鹭说，"不过我之前在新西兰念书，去一个很厉害的特效工作室参观过。你说的这些东西，他们前几年就在用了。"

黎征点点头，继续朝她笑。

几周后，他又来找她，说是希望姜思鹭采访他一下。这样下次再有客户来问他技术上的东西，他就能转发报道给对方，看起来就很像那么回事了。

姜思鹭无奈："黎总，你是不是不太懂？你这个东西叫商业投放，在财经媒体发，没有几十万是谈不下来的。"

黎征直接在电话里愣住。

姜思鹭觉得他可怜，继续说："黎总，我给你讲下财经媒体的逻辑——如果是特别火的东西，我们去采访，那算我们蹭他们热度，不会要钱。但是如果你不火，让我们采访，那就是你们在做广告，哪有广告不要钱啊？不过……还有一种情况。"

黎征说："也要几十万吗？"

姜思鹭"扑哧"笑出来："不用啊，我听你的意思就拿不出这个钱。我是听说，你们公司之前在给《长风猎猎》做后期特效，是不是？"

《长风猎猎》的制作公司"辛南影业"在业内是出了名的神秘和封闭，除了演员，全员不接受外界采访。这种神秘来源于底气——辛南出品的剧集口碑必爆，几番引起全网讨论，演员但凡能搭上他家资源，飞升指日可待。

辛南影业的另一个特点是一切选拔以作品为导向，黎征一家初创公司能给辛南影业做后期，也是对方看上了他吊打其他公司的特效水平。

"对……是在给《长风猎猎》做，"黎征说，"不过，这和采访有什么关系啊？"

"当然有关系啦，"姜思鹭恨他不开窍，"你要是帮我联系到辛南影业做专访，我专门辟出一节让你讲怎么给《长风猎猎》做的那些特效，你不就有机会讲你的东西了？"

"那，辛南不用给你们钱吗？"

"辛南给我们钱？黎总，你要是真能帮我联系到，这就是全网独家，我们领导还要给我发奖金呢。"

"那我……"黎征的声音严肃又坚定，"那我去试试！"

不知道他是怎么软磨硬泡的，总之那个月，姜思鹭拿了笔奖金，黎征的公司也第一次被报道。

想起来，这人身上是有那么一股——看准就出击、不达目的誓不罢休的劲头。

无怪乎两年就把公司带成业内龙头。

带车队的 DM 拍拍手，把姜思鹭的回忆唤回如今。

"那就投人了啊，"他说，"你们觉得凶手，到底是谁？"

越硬核的推理本，最后的结果往往越分散，大家都有各自的推理逻辑。票数七零八落，姜思鹭还被指了一票，原因是她不大讲话，看起来很心虚。

姜思鹭看着那个坚定指认她的员工，叹了口气。

"你们输了哦，"DM 摆摆手指，"凶手是——"

黎征举手："是我。"

"老板！"几个年龄小的员工捂住心口，"竟然是你！你失去我们的信任了，我们还怎么跟着你打江山！"

大家吵吵嚷嚷地结束了游戏，姜思鹭和黎征最后走出去。

"黎总！"员工们喊，"来付钱啊！"

黎征无奈，摇着头走到狐姐面前，输入一个数字。姜思鹭站在他旁边，看见他在备注里很认真地打字：【团建支出。】

姜思鹭："……"找个财务吧，黎总。

游戏结束，员工们很快就走了。

姜思鹭本想再和狐姐说几句话，看对方忙得不可开交，也就打消了这个念头。回头时，她发现黎征还在等自己。

"有点晚了，"他说，"我送你回去？"

"不麻烦你了。"

"不麻烦，"他指了下电梯，"我车在停车场里。"

姜思鹭再度拒绝："我家挺近的，走回去就行。"

黎征歪了下头，"啊"了一声。

"那行，"他说，"我陪你走走也行。"

姜思鹭有点奇怪地侧过脸。

"黎——"眼看黎征目光微动，她及时改口，"先生，你有什么事吗？"

"我只是想送送你。"黎征指了指窗外，"你可能不知道，最近市中心，治安不大好。"

姜思鹭没听说治安有什么不好。

想到走回家那一路可能面临的尴尬，姜思鹭宁愿快点。于是，她走出门，摁下电梯负一层。

"那坐你车吧，"她说，"十分感谢。"

两个人上车，黎征说："你可以调下座椅。"

或许是他这车型少见，姜思鹭摸索了半晌，也没摸到调节座椅的位置。

黎征侧脸看了一眼，问她："你想往后点吗？"

姜思鹭摇头："就这样吧。"

对方忽然伸手去碰她座椅右侧的底部。

空间狭小，姜思鹭不好太大反应。只觉得男人瞬间离自己很近，身上传来与段一柯截然不同的气息。

边界感被强行打破。

椅子发出机械声，往后挪了半寸。姜思鹭屏息后仰，直到黎征收回身子。

汽车发动。

她就知道气氛会尴尬，此刻倒不意外了。她低头去看手机，和段一柯的聊天记录还停留在昨天的几句闲谈上。

耳边蓦地响起黎征的声音："姜小姐现在是在哪里工作？"

姜思鹭茫然抬了下头："朝暮。"

"朝暮？"对方声音很有兴趣，"朝暮影业吗？"

"对。"

"是我们大客户。"前面是红灯，黎征刹车，侧头看她，"朝暮有不少影视项目，后期特效是雀羽视创在做。"

"是吗？"姜思鹭此刻只想回家，应付道，"黎总发展得很好呢。"

黎征挑了下眉，把目光转回道路。

"姜小姐啊……"他叹了口气，"你还在叫我黎总呢。"

姜思鹭点灭手机，回过神。

"叫我黎征这么难吗？"

"哦，没有。"她摇摇头，随对方去了，"黎征，好了吗？"

"姜思鹭，"黎征点点头，"下次见。"

黎征把姜思鹭送到小区外。

姜思鹭没再让他往里开，也是不想把家庭住址说得那么细。从小区门口走回楼栋，再上楼，姜思鹭开门的时候，听到猫抓门板的声音。

她推开门，只见段二柯盘在门边，一脸暴躁和不满。

它朝她"喵"了几声，然后一步三回头，引她去了猫粮处，爪子一点，意思很明显——

给爷上饭。

姜思鹭叹了口气，心想可能是真把人家饿着了。

"对不起，对不起行了吧？"她一边念叨着，一边去厨房找猫粮。段二柯亦步亦趋，紧跟在她脚边。

猫粮平常放在橱柜底层，姜思鹭上次弄得匆忙，也没注意已经见底。此时再往外一倒——

一颗，两颗，三颗。

就剩三颗猫粮了。

段二柯抬头看她，脸上写着"你在逗我"四个字。

姜思鹭略显尴尬，立刻起身，又去翻了翻橱柜——没了，就剩这一包了。

时间太晚，楼下的超市估计已经关门。姜思鹭能感到身后来自猫主子的逼视——后脖颈凉飕飕的，总感觉要给她一爪。

正僵硬着，贴在橱柜边上的一张便笺映入眼帘。

姜思鹭眼神一动，手指勾了下，把那便笺摘到手里。

【猫罐头在左手柜子最下层。】

是段一柯的笔迹。

她很少看见段一柯手写的东西，突然发现他的字相当好看。秀丽颀长，大概是小时候练过书法。

她按照那便笺上的指示去开柜子。

米色柜门打开，左右整整齐齐两排猫罐头，罐头下面还压着便笺。

左边一张写着：【主食罐头，饿了喂。】

右边一张写着：【零食罐头，奖励喂。】

分得倒清楚。

段二柯在身后边转圈边"嗷呜嗷呜"地叫，听起来像在说"右右"。姜思鹭看了它一眼，决定还是坚决贯彻段一柯的指示。

拿罐头的时候，右边的便笺被碰掉，轻飘飘落在地上。姜思鹭弯腰捡起，看到背面还有一行字：

【一周不可以超过两罐！！！】

三个叹号画得好认真。

她心情忽然好起来。

给段二柯打开罐头，姜思鹭蹲在它旁边，一边摸它的脑袋，一边看手机。她打开微信才看到，玩剧本杀的时候，丁丁给她发的消息还是未读状态。

她点进去。

丁丁：【化鲸，年前还能给我不？】

她想回，又怕时间太晚，犹豫片刻，还是写道：【我加快进度。】

丁丁倒也没嫌她回复晚，一条消息很快传过来：【等你。】

唉。

姜思鹭无声叹气，看段二柯吃得香，自己肚子也饿起来。她起身烧了壶热水，泡好面，端回茶几。

左手泡面，右手打开《她的狮子朋友》。人生有如倒带，又回到几年前赶稿的日子。

经过大半个月的磋磨，她总算把曲笑的意见勾掉了一半。只可惜后半部分的修改任务更加艰巨，尤其是很多已经埋好的伏笔，都要打乱重写。

牵一发而动全身啊。

姜思鹭一边改一边觉出头疼，吃了两口冷掉的泡面，又埋头回到文档前。也不知是什么时候睡着的，再醒来的时候，她是直接睡在了客厅的地板上。

头更疼了，浑身软绵绵的。

她一心扑在稿子上，也没多想，只当是昨晚睡觉姿势不对。她爬起来给段二柯开了罐猫罐头，给自己泡了点麦片，便又回到电脑前。

窗外是个阴天。

屋子里阴沉沉的，一点热气都没有。泡面冷了，油在表面凝结。她裹着杯子缩在沙发上，越敲键盘越觉得身上冷。头痛欲裂时，手机响了起来。

是路嘉。

姜思鹭接起电话，想开口，嗓子却堵得说不出话。

她猛咳一声，把对面的人吓了一跳。

"思鹭，你怎么了？"路嘉那边闹哄哄的，"下午出去逛街不？"

姜思鹭这才听到自己嗓子沙哑。

"我不去了，"她说，"我有点事。"

"你嗓子怎么了？"路嘉听出异常，"你生病啦？"

姜思鹭又清了清嗓子，嗓音却仍像堵了团棉花。

"还行，有点着凉，"她说，"你别管我了，好好逛吧。"

路嘉将信将疑地挂了电话。

又过了没一会儿，舅舅也来视频了。姜思鹭不想接，转了语音没说几句，对面就因为她的嗓音担心起来。

"思鹭，你一个人在外面注意身体啊，"舅舅唠叨起来没完没了，"你们上海又没暖气，你睡觉盖好被子，别冻着了啊……"

舅舅的声音变得很远，她一边发出"嗯嗯"的声音，一边按照曲笑的批注修改着男女主对话的台词，心里莫名烦躁起来。

"舅舅，"她打断了对方的长篇大论，"我还有点事，我先挂了。"

写东西最忌讳不停打断，到手机第三次响起来的时候，姜思鹭几乎要骂人了。

她低头一看，来电竟是黎征。

她接起，没什么好气："喂？"

对方一愣。

"姜小姐？"他问，"你生病了？"

话筒里传来车载蓝牙耳机特有的电流声，姜思鹭估计他是在开车。她盯着屏幕上密密麻麻的批注，语气带了些不耐烦。

"没有。"她说，"找我干吗？"

"哦……"对方顿了下，"本来是想接你去吃饭，不过你这样，需要给你送点药吗？"

"不用，你别过来。"

电脑屏幕突然卡顿，姜思鹭一愣，眼见着文档闪退，刚才改的东西还没来得及保存。

黎征似乎还想和她说什么，姜思鹭一股火蹿到头顶，把手机往嘴边一横："黎总，我很忙，我不出去吃饭，也不吃药。挂了。"

下一秒，她按断了通话。

恼火过后，涌上心头的，是无穷无尽的委屈。

要是段一柯在就好了。

要是段一柯在就好了。

姜思鹭一动不动地盯着空白的电脑屏幕，喉咙里慢慢冒起一股燥热。狸花猫似乎也感受到她的不舒服，跳上沙发，轻轻靠住她的身体。

姜思鹭揉了下小猫的头，忍着眼泪，继续打开了文档。

头太疼了，她甚至不知道自己是什么时候睡着的，简直是像闭了下眼睛，然后就栽倒在了沙发上。

她好像在梦里见到了段一柯。

男生开门走进来，像是之前无数次一样。他放下手里的行李，走到她身边，弯下腰打量了一会儿，好看的眉头皱起来。

"怎么……"她听到他声音带了点无奈，"怎么又睡在沙发上了……"

他似是想伸手把她抱起来，碰到她身体的时候觉出不对劲。皮肤滚烫，靠近的时候简直能感到一股热浪。

段一柯这下有些着急了，手背碰了碰她额头——他手很凉，舒服得姜思鹭哼哼了一声。

然后，她睁开了眼。

她摸了摸他的脸，说："好耶，做梦就可以看到段一柯耶。"

段一柯："……"

再开口时，他几乎是有点生气了。

"你怎么睡在这儿啊？"他应该是想训她，但她又病了，于是这声音的态度就有些拿捏不准，"家里没别的了吗，怎么又吃泡面？"

姜思鹭皱起眉。

她把放在他脸上的手指弯起来，然后一捏——揪起一块肉。

"干吗要训我！"她说，"梦里还要训我！"

段一柯冷笑一声。

"是梦吗？"他说，"你怎么不捏捏你自己？"

姜思鹭后知后觉地把手收回来，放到自己脸上。

掐了一下。

又使劲掐了一下。

脸上的剧痛让她清醒了一秒，可惜一秒之后，她脑子就再次变得昏沉。睡过去前最后的记忆，是她身子前倾，倒进段一柯怀里，下巴正好卡在他肩膀上。

"不是梦哎，"她心满意足，自言自语，"段一柯回来啦，我有救啦。"

02.

像一个被暖气加热过的毛线球。

这是段一柯抱住姜思鹭后心里浮现的第一个想法。

她平常站在那儿也挺高的，缩起来又变成一小团。可能是骨架小吧——段一柯在怀里颠了她一下，手勾到腿窝，把人横抱起来。

倒是不沉。

不过也是，每天吃泡面，能吸收什么营养。

想到这里，段一柯又开始没好气了——于是没再有什么旖旎，面无表情地把她抱回卧室，往床上一扔。

毛线球滚了几圈，在床上摊开。

毛线球挺聪明，在睡梦中也能自发地找到被子，扭动着钻进去。

回到被子里的姜思鹭像回到了自己的洞穴，人缩起来，手抱住腿，脸埋进枕头，只有小半张脸露在外面。段一柯看了一会儿，用指尖碰了一下那块裸露的肌肤——

还是很烫。

沉默半晌，段一柯回到了客厅。

茶几上一堆东西，吃了一半的麦片、方便面，没扔的猫罐头，咖啡杯。他一样样拿走，该扔的扔掉，该洗的洗干净，直到屋子恢复清爽。

他打开冰箱，果然什么都没有。

段一柯单膝跪在冰箱前，又翻了翻冷冻层，也是不出意料的空荡。

"姜思鹭啊……"他不由自主地叹了口气，"你为什么……"

你为什么。

完全不会照顾自己。

姜思鹭已然分不清段一柯回来的事到底是不是梦。

如果是梦，她掐自己那一下疼得可真结实。可如果不是梦，她怎么又是一个刚睡醒的状态……

窗外天光大亮，她已经睡过整个黑夜。

咳了下，嗓子也没那么疼了。姜思鹭呈"大"字躺在床上，舒舒服服伸了个懒腰。

伸到一半，她反应过来了。

谁把她弄上床的？

客厅传来脚步声。

姜思鹭一下从床上弹起来，连跑带跳地冲到客厅。沙发旁站了个人，他正端着马克杯喝牛奶，看见姜思鹭出门，神色那叫一个平静如水。

"坐，"他说，"早饭在桌上。"

姜思鹭简直要怀疑段一柯压根儿就没去过横店，她又穿越回了一个月前的某个周末了。

不过下一秒，比一个月前大了一圈的段二柯从她面前高贵冷艳地走过，抹杀了这种超现实的可能性。

姜思鹭坐到饭桌前，喝了口咖啡，整个人都被治愈了。

就为什么同样的咖啡机！

段一柯做出来的就比她弄的好喝！

男生还站在阳台回微信，姜思鹭转身看向他，胳膊撑在椅背上。

两周没见，他好像瘦了些，不过精神很好，穿浅灰色毛衣半倚在窗户边，身形被天光勾出轮廓。

好好看哦。

姜思鹭轻咳一声，试图唤起对方注意。

"所以——你怎么回来啦？"

"导演和主演去无锡拍外景了，"他一边看着手机一边说，"我这两天没戏，就回来一趟。"

"哦……"姜思鹭下巴搭上手，"那你待到什么时候？"

"周一下午，"段一柯总算回完微信，坐到她对面的椅子上，"三点的车，周一晚上有夜戏。"

姜思鹭算了算时间，神色沮丧。

"我周一不能请假啊，有个会。"

"不用请。"段一柯随口说道，像是没放心上，"我中午去你公司楼下找你吃饭，行吧？"

是这样吗，那好像也没损失太多。

于是，姜思鹭又高兴起来。

这样的话，他们还有今天一天……零一顿饭。

吃过早饭，两个人先去了楼下的商超。

人的东西先不论，再不给段二柯买猫粮，它估计是真急了。

商超一楼又分出几间门脸，用作某类商品的专售。姜思鹭跟着段一柯进了宠物区，旁边的促销小姐姐便跟了过来。

"两位买什么呀？"

段一柯倒是熟门熟路，也没用她指，径直朝宠物食品的货架走去。

"猫粮。"

他腿长，促销和姜思鹭跟在后面都是一路小跑。

"要哪种呀？"

段一柯驻足，回头很礼貌地说："我之前来买过，不麻烦您了。"

说罢，他抬手去取货架最上面一层的某品牌，拿下来看了看配料，微微低头，看向姜思鹭。

"你先拿这包给它吃，"他点了下包装，"但是这个也不是它常吃的。我在网上买了一箱，后天到，你记得去快递柜取，到了就换。"

他顿了顿。

"记住了吗？"

姜思鹭连忙点头。

旁边看着的促销小姐姐忽然笑出声。

"你男朋友真好，"她一脸憧憬，"我家猫都是我一个人喂，我老公管都不管的。唉，果然，找老公还是要找帅的……"

姜思鹭愣了愣，赶忙解释："不是不是，他不是——"

被拽走了。

她抱着猫粮，被段一柯从宠物区一路拽去生鲜区。好不容易甩开，姜思鹭整了下衣领，不满问道："你干吗？"

段一柯语气很冷漠："和陌生人说那么多干吗。"

奇怪的是，语气冷漠，表情却有点……

段一柯，你那很受用的表情是怎么回事？

家里的水果也没了，两个人放了些进购物车。走到冷冻柜附近时，段一柯停住脚步，拿了包速冻水饺，放到姜思鹭面前。

"这是什么知道吧？"

姜思鹭点头。

"怎么做知道吧？"

姜思鹭感觉略被羞辱。

"速冻水饺有什么不会啊？"她嘀嘀咕咕着，"把水烧开了往里一扔不就行了……"

"哦，这不是挺清楚吗？"段一柯把东西扔回购物车，又往里放了三包，"我还以为你就会煮泡面呢。"

合着是在这儿等着她。

"给你拿四包，够吃两周，"段一柯推走购物车，"下次回来再看见你吃泡面，你就……"

他突然停住脚步，姜思鹭躲闪不及，一头撞到他背上。

骨头怎么那么硬啊！

她捂着头仰起脸，本是很恼火的神色，却在看见段一柯的眼睛时愣住。

垂着看向她的、带点笑意的眼睛。

和十八岁那年一样明亮的眼睛。

能演戏，很开心吧。

她回到天上的星星。

姜思鹭放下手，背到身后，小声说了句："好。"

大概是她态度变得太快，段一柯俯下身，手掌压了下她头顶。

"撞疼了？"

"没有，没有。"她佯装无事发生，转身朝卖咖啡的货架走去，"咖啡也没有了，你等我买下。"

躲到咖啡粉的货架后，姜思鹭松了口气。

咖啡机只有在段一柯回来时才会启用，她已经习惯了自己牛奶泡咖啡的简易做法。刚在货架上挑了片刻，手里的手机忽然振动起来。

姜思鹭目光偏移，眉头微皱。

黎征。

记忆飘飘忽忽回到昨日她对人家没头没尾的一句"挂了"上，姜思鹭心中升起些许歉意。毕竟……毕竟也是在关心她，她那态度，确实有些失礼。

她清了下嗓子，接通了语音。

"喂？"

"姜小姐，"黎征的声音还是很得体，"身体好些了吗？"

"已经没事了。昨天实在不舒服，对你态度不好，不好意思。"

"没关系的，是我太唐突了。"对方轻声说，"有什么需要帮忙的，你尽管开口。"

"哦……"姜思鹭顿了顿，"确实没什么。"

"姜小姐明天还去公司吗？"

问这干什么？

段一柯的身影出现在货架尽头，姜思鹭有点不想说了。

"去。"

"很巧，我也要去朝暮开会，一起吃顿饭？"

姜思鹭努力压抑住语气里的不耐烦："明天中午我有事哦，不太方便。"

"这样啊，"黎征似是点了点头，"那见一面，方便吗？我开完会联系你。"

段一柯过来了。

姜思鹭说了声"行吧"，匆匆挂断语音。

"谁啊？"段一柯随口问道。

姜思鹭也随口一答："同事。"

"挑好了回家？"

他和她说几句话，她心情就变好了。她把咖啡粉放进购物车，便跟在段一柯身边去结账。

中午不想开火，两个人在楼下解决了自己的吃饭问题，又上楼解决段二柯的吃饭问题。它显然很嫌弃这新猫粮，嗅了一下，就抬头愤怒地看着姜思鹭。

看我干吗！

段一柯买的！

没有用了，现在在段二柯心里，只要是对它好的事，都是段一柯做的。只要是对不起它的事，都是姜思鹭做的。

面对厚此薄彼的段二柯，姜思鹭心生一计。

她抬头冲厨房的段一柯喊："你下次什么时候回来？"

"还不知道，怎么了？"

"哦，"她转头看向段二柯，"赶个时间，你带它去绝育。"

段一柯："……"

正午过后，天气还是阴沉沉的。

姜思鹭本来想出去看场电影，也被段一柯摁住了，让她发烧刚好别出去乱跑。闲聊了几句剧组的事后，姜思鹭也确认自己马甲稳妥——

能把她笔名和人对上号的，其实都在朝暮影业坐办公室，剧组一线是各路人马从外面攒的班底。导演和曹锵倒是认识她，但不知道她和段一柯认识，自然不会多问。

算来算去，唯一有可能让她掉马的，就是房鸿了。

不过听段一柯那意思，房鸿手里项目很多，《骑马客京华》只是其中一个。开机以来，她只去看过一次剧组，前后忙得不可开交，也没时间关心段一柯和姜思鹭的事。

既然如此，那就……

姜思鹭偷看了一眼段一柯。

那就再拖拖！

做下决定的姜思鹭身心瞬间放松。想到下午也没法出去，她从电视底下抽出一盒碟片，嚷嚷着要看电影。

"拿碟片看？"段一柯惊讶，"你还挺老派。"

"仪式感，懂不懂啊。"姜思鹭翻了翻，抽出一张还没看过的，"《甜蜜蜜》，行不？"

人可能就是这样，年龄越大就越爱看老片。张曼玉和黎明的《甜蜜蜜》——1996年的电影了。

段一柯笑："你没看过？"

"你看过？"

他回忆了下。

"大学放过。"

姜思鹭放回碟片，略显失望："那我换一个。"

"不用换，"段一柯叫停，"你想看就看吧，我陪你再看一遍。"

碟片插进槽，片头出现了几家已经消失的影视公司 LOGO（商标）。

黑白的画面，黎明年轻而干净的脸。他拎着行李从火车上走下来——镜头变彩，他踏进一个时代。

老电影拍画面，节奏慢，但舒服，像是一滴墨水落到宣纸上，再层层晕染开。

据说黎明是四大天王里唯一的淡颜系，放到这部电影里，倒是很合适。眼神干净，说话慢慢的，带点笨拙，碰上五官精致锐利的张曼玉，像一捧清水倒进热油锅——

那的确是要炸的。

影片放过四分之一，是那段经典的激情戏。

姜思鹭搞创作多年，一直秉承一条戒律——男女主互动讲究一个循序渐进，太早产生肌肤之亲，读者将兴趣尽失。

但 20 世纪的电影显然没把这些规矩放在眼里。

狭窄的空间，窗外是细密大雨。黎明穿黑色高领，外面套白色衬衣，给张曼玉一层层地穿上自己的衣服。

两个人的气息在狭小的空间里交错。

他替她把垂落的头发别到耳后。

她靠近他。

欲望的火在一瞬间被点燃。

方才穿上的衣服又被剥离，床板的吱呀声，喘息声，重叠在一起。

两个寂寞的人，两颗寂寞的心。

姜思鹭看了一眼段一柯——他在黑暗里平静地看着这一幕，没什么尴尬。

不愧是搞艺术的学校出来的。

反倒是黎明第二天去找张曼玉提起昨晚的事时，段一柯长吸了口气，很不解的样子。

穿着麦当劳制服的张曼玉，伸着细长的手臂，用力地擦拭玻璃。她皱眉看向懵懂的黎明，用毫不在意的口气说：

"昨天晚上……风大雨大，两个孤独的人吃了顿团年饭而已。"

"你干吗？"姜思鹭点了暂停，转头看向段一柯。

段一柯抬手指了指屏幕，又放下，又抬起来。

"我大学的时候就不懂，"他说，"她这是什么意思啊？"

段一柯脸上的迷茫和屏幕里的黎明差不多。

"这有什么不懂啊？"姜思鹭也很诧异，"你觉得只能男的睡了不认？"

两个人脑子里大约同时闪过了某件相同的事，都陷入几秒沉默。

半晌，段一柯轻咳了下，继续说："可能是因为觉得他在天津还有妻子吧。"

姜思鹭冷不丁冒出个"你懂个啥"。

段一柯："……"

"来，咱俩说说，"姜思鹭干脆把遥控器放下，转身看向段一柯，"这就是男人和女人的不同之处。"

段一柯洗耳恭听。

"女人的爱情，和男人是不一样的，"她比画着，"你们男人喜欢一个人，就要占有，而且是占有全部。但是女人爱的，往往是某个瞬间……你那什么表情，懂不懂啊？"

段一柯摇头："没。"

"就好像电影里黎明的那个姑妈啊！"姜思鹭谆谆教诲，"她等了她的威廉一辈子，其实对方就是在她最美的时候、带她去半岛酒店吃了一顿饭。她爱的真是那个男人吗？我觉得她是爱上了那个在半岛酒店的瞬间。"

"所以我们总看到那种丈夫死了以后就守寡一辈子的女人，因为她们可以靠回忆那些爱的瞬间活着。但是很多男人，如果妻子死了他们就立刻另娶，因为无法占有了，爱也就结束了。"

这段话有点主观了，段一柯不置可否。

姜思鹭叹了口气，懒得再和他学术讨论，转头点了继续播放。

屏幕里的故事继续着，张曼玉买了股票，又赔了，黎明骑车载她走过人潮汹涌的街道，与她在街头拥吻，最终失散在大雨中的码头……

颠沛流离，无常人间。

1995 年 5 月 8 日，邓丽君去世。他们在纽约街头《甜蜜蜜》的歌声里再次相遇，抬起头，好像老了很多。笑起来，又像这些年什么都没有经历过。

甜蜜蜜 / 你笑得甜蜜蜜 / 好像花儿开在春风里 / 开在春风里 / 在哪里 / 在哪里见过你 / 你的笑容这样熟悉 / 我一时想不起 / 啊在梦里 / 梦里梦里见过你……

碟片放至最后，屏幕陷入漆黑。

段一柯在漆黑中望向姜思鹭。

她已经靠着他睡着了。

她抱着膝盖，蜷曲在他身边，手指还抓着他的袖口。

他摸了摸她的头发，忽然自嘲地笑了一声。

"姜思鹭，该不会……"他自言自语，"你爱的，也只是我高中的某个瞬间吧。"

03.

姜思鹭已经连续两天在沙发上睡着、在床上醒来了。

不过她周一有会，早上来不及多想，洗漱完毕就冲去了公司。

段一柯回来了，她工作状态也明显提升，做木雕的项目汇报时逻辑清晰、感情充沛，给凤姐好好挣了把面子。

会议结束。

实习生们聚在一起，叽叽喳喳，像在激烈讨论着什么。姜思鹭觉得好奇，走过去听了半分钟，一个熟悉的名字就跳入耳朵。

"好有气质哦，我还以为是来试镜的演员呢。"

"那么年轻，竟然是公司创始人。"

"而且一看就搞技术吃饭的，和那帮老男人不一样。姓什么？"

"姓黎！我听他们叫他黎总——"

姜思鹭眼前一黑。

段一柯已经等在楼下了，她匆匆忙忙收拾东西，想下楼找他。电梯"叮咚"一声，姜思鹭进门，正撞上一双狐狸眼。

对方竟然也不意外："姜小姐啊。"

退出去已经来不及了，姜思鹭硬着头皮进了电梯。

"来开会？"她僵硬地招呼道。

"对。"黎征点头，"朝暮有个古装剧，里面有只黑豹，我们公司来做。"

姜思鹭："……"

"黑豹……"她僵硬地转头，"不会是《骑马客京华》里，女主那只黑豹吧……"

《骑马客京华》女主宋冽，小时候救过一只幼豹，成人后，那只豹子便为她所用。

"哦，姜小姐也知道这个项目？"

姜小姐不但知道，这豹子的长相都是姜小姐设计的——眼如赤色弯月，眉心一道伤疤。

姜思鹭发出僵硬的"哈哈"声，说："稍微了解过一点。这豹子个头很大……你们，好好做。"

黎征回答得倒是认真："难度不在尺寸，在毛发。"

电梯下得可真慢。

大概是到了吃饭时间，电梯落到三楼，又上来不少人。姜思鹭和黎征往后退了几步，手臂无法避免地碰到一起。

"姜小姐身体恢复得怎么样？"

"还可以。"

手机振了一下，姜思鹭垂眼看去，是段一柯的消息——门外太冷，他在电梯门口的大堂等她。她实在不想再和黎征纠缠，几乎是门打开的瞬间，便从人缝里钻了出去。

总算溜了。

段一柯站在门前，听见电梯的"叮咚"声时便抬起头。姜思鹭朝他挥了下手，他笑笑，把手机装回外套。

他刚朝姜思鹭迈了一步，却见到个男人出现在她身后。

"姜小姐？我还有件事要问你。"

姜思鹭头皮都炸开了。

她猛然回过身，强行挤出一丝笑容："我有点忙，下午说行吗？"

黎征收敛神色，表情很认真："下午我还要去别的地方，这句话，最好当面问你。"

"行行行，"姜思鹭服了，"您问，您快问。"

黎征正色。

"姜小姐，你现在，有没有男朋友？"

正在往这边走的段一柯，脚步瞬间顿住。

姜思鹭也愣了。

半晌，她"啊"了一声，无力说道："你问这个干什么……"

"如果没有的话，"黎征的语气还是很绅士，但细听，带着一丝不易察觉的进攻性，"我想追求你。"

姜思鹭人麻了。

黎征这话没头没尾，她第一反应这是什么整蛊游戏，偏偏对方眼神不像开玩笑，一动不动地站在原地，像等她回话。

她回……

她回什么啊！

愣了没两秒，姜思鹭后腰被人一拽，拎到了段一柯身边。

两个男人打量了下彼此，都没说话。

到底还是段一柯年轻些，他嘴角勾勾，鼻腔里发出一声"呵"，回头看向姜思鹭。

"走吗？"

他没看黎征，但眼角眉梢都是挑衅。姜思鹭大气不敢喘，顿了顿，应了声"好"。

手腕一紧，是被段一柯锢住。

对方一步顶她两步，姜思鹭小跑着，被段一柯带远了。走到拐角，她还是没忍住，回头看了一眼黎征——

他手插在大衣口袋里，远远望着他们，脸上是种让人猜不透的神色。

就晃了这么片刻神，段一柯忽然在拐弯后停住脚步。姜思鹭躲闪不及，再加上惯性，一头撞进他怀里。

"还看啊？"段一柯看着她，"有那么好看吗？"

姜思鹭本来是理亏的，头撞疼了，也就有了点火气。

"有病吧？"她说，"谁敢在你面前比好看啊？"

话是好话，说的语气却叫人火大。段一柯一愣，表情复杂，一时不知是喜是悲。

"哎，你别拽了，"她甩手腕，"那么大劲儿，疼死了。"

段一柯不知是在走神还是什么，对姜思鹭的话置若罔闻。姜思鹭见他没反应，把手一举，带着段一柯的手也抬起来。

"松——手。"

他还是没松。

姜思鹭能感到他掌心的温度在一点点往上升。

他瞥了一眼姜思鹭的手，眼神落回她的脸上，忽然开口问道："那你要怎么回答？"

"什么？"

"如果今天我不在，"他的语速突然变慢，一字一顿地问，"你会怎么回答他？"

姜思鹭愣住。

"我……"她结巴起来，"我就……就如实说吧。"

"如实说？"段一柯挑起眉，"怎么如实？他问你什么？"

"他问我……"姜思鹭没什么底气，"有没有男朋友。"

"嗯。"

"我……"

两人陷入了尴尬的沉默。

半晌，姜思鹭吐出三个字。

"我没有。"

段一柯的掌心又迅速冷下去。

可姜思鹭并没有说错什么。

姜思鹭看着他脸色变化，不由得叹气问道："你那什么表情啊？"

段一柯收回眼神，望向路旁的橱窗。他本是不想讲话的，可顿了顿，又像不听大脑使唤似的，冷冰冰地吐出几个字。

"觉得自己有病，"他说，"大老远跑回来，看人和你表白。"

更何况那男的看起来……

尽管段一柯不想承认，但那男的看起来还真挺不错。

姜思鹭捂了下额头。

"段一柯，我真不知道是怎么回事，"她语气也是实打实的困惑，"这人是我上一份工作认识的，都两年没见了。上周玩剧本杀的时候碰见，今天才第二回见面……"

"你和他去玩剧本杀了？"

姜思鹭一愣，简直有嘴说不清。

"不是约的，是碰上的，"她指天誓日，"狐姐给我塞进去的，你不信你问她去！"

段一柯再次停住脚步。

他转头看向姜思鹭，似乎完全没听进她在说什么："姜思鹭，我刚去横店两周……"

姜思鹭也火了。

"段一柯，你能不能听人说话啊？"她声音越来越大，"是在剧本杀馆偶然碰见的，咱俩不也是偶然碰见的吗？"

"对啊，"段一柯点点头，"所以第二面表白也没什么好惊讶的，毕竟你也是第二面就让我去你家住了。"

"你干吗拿我和他比啊？"

"你不也在拿他和我比吗？"

两个人都陷入了沉默。

来了一群学生，从他们身边走过。姜思鹭被个人高马大的男生撞得趔趄一步，段一柯抬手扶住她。

然后，他又慢慢松开手。

他没想过自己说话会这么刻薄。

"可能我不该回来吧，"他说，"实在不好意思，打扰到了你的……单身生活。"

......

有病。

男的都有病!

办公室里，姜思鹭整理采访资料理得烦躁，抬脚一蹬桌腿，跟着椅子滑到路嘉旁边。

路嘉吓了一跳。

"你干吗？"路嘉脱口而出，"你咋了？和段一柯吵架了？"

吵倒是没吵，就是午饭吃得不欢而散，走的时候谁也没理谁。

这就叫冷战吧。

姜思鹭三言两语把事讲了一遍，路嘉头都快笑没了。

"这不就是吃醋了吗？"路嘉说，"这黎征有点东西啊，打个照面能把段一柯气成这样，我下次得见见。"

"我俩什么关系啊，他吃哪门子的醋？"姜思鹭火大道，"再说我都说了我是无意碰见的——"

"思鹭？"

凤姐的声音。

姜思鹭一回头，看到对方拿了本材料站在她身后。

她急忙起身。

"那个木雕的项目快开始了，"凤姐把资料递给姜思鹭，"我们联系的那个匠人师傅下周正好有空，你去和他聊聊吧，看能不能挖出点什么来，整理报告给编剧老师那边。"

"哦……"姜思鹭接过材料，努力把注意力集中到工作上，"这得出差吧？"

"年前应该还不用，"凤姐说，"现在还是筹备前期，你语音聊聊。不过年后的话，估计你就得跑一趟了。我把他微信号推了，你一会儿加下。"

姜思鹭点点头，掏出手机，对方的微信名片果然已经在对话框里。

她发了个好友申请过去，再退回界面的时候，看到了一条来自黎征的未读消息。

黎征：【姜小姐，中午比较仓促。下班有空见个面？】

姜思鹭："……"

她心里冒火，消息语气也不大礼貌：【加班没空。】

黎征：【没关系，我在楼下等你。见一面，就离开。】

姜思鹭无语凝噎，抬头想了想他在楼下等自己被同事看到的样子，只能

回复一句：【你在车里等我。】

对方的语气倒是持续稳定：【好的，一会儿见。】

下午的时间，姜思鹭看了看凤姐递过来的材料——

传统题材的电视剧最近抬头趋势明显，东阳木雕也是个值得挖掘的题材。凤姐给她推的这老师是当地有名的木雕匠人，获过不少国际大奖。但听说脾气古怪，这次接受采访也是看在公司高管是他老顾客的面子。

姜思鹭又去网上查了查对方的履历，下班时间就到了。

黎征的微信像是设了定时一样发过来：【姜小姐，我在楼下。】

她看了那消息半晌，又看了一眼段一柯沉寂一片的微信对话框，长长叹了口气。

黎征的车不好停在路边，姜思鹭下楼的时候，他正顺着朝暮影业的大楼绕圈。她那条"我到了"的微信发过去没一会儿，车就开到了写字楼门口。

车窗降下来，姜思鹭开门坐进副驾。

车里放杯子的地方卡了杯热茶，姜思鹭瞥了一眼，黎征说："你喝吧。"

她没拿。

这片区域能找个停车的地方也不容易，黎征又兜了两圈，姜思鹭先按捺不住了。

"黎总。"

"黎征。"

他好像对让自己叫他名字有种强迫症，姜思鹭深吸一口气，说："黎征。

"你今天中午和我说——"

"那个把你带走的人……"黎征刚才不说话，这时候却打断了她，"应该不是你男朋友吧？"

脑海里闪过段一柯说"可能我不该回来"时的表情，姜思鹭没什么好气："不是。"

黎征嘴角挂上一抹笑。

"那我们，算是同一起跑线了？"

同……

什么同一起跑线啊，我俩高中就认识了！姜思鹭猛然转头，简直有点愤怒了。

这男的到底要干什么啊？

姜思鹭又瞥了一眼红茶，一把拿起来，狠狠灌了一口。没想到水温太高，烫得她差点儿吐出来。

"姜小姐，"黎征不紧不慢，"慢点喝。"

现在的问题是慢点喝水吗！

姜思鹭转过身，循循善诱："黎征，我真不知道你什么意思。咱俩就见过两面，你突然说要追我……"

"我们见过不止两面。"

"那不都两年前的事了吗？两年前也没见过几次啊！"姜思鹭抓狂道。

思量片刻，她试图为对方的行为找出个合理解释：

"我知道你们这些做老总的可能工作压力大，把恋爱当成解压方式，随便找个人谈几天再分手……没关系！这都是个人选择！不过你能不能找个和你相同感情观的人来解压，我……我对感情还是挺认真的，我喜欢别人都是按年计的！"

黎征被她一通抢白，再开口时，语气更沉了些。

"我不是随便找个人，谈几天再分手。你是这样的感情观吗？那姜小姐……"红灯了，他踩住刹车，缓缓转头，"我们是相同的人，我们都很认真。"

姜思鹭气急反笑。

"你认真？"她不可思议地看着他，"你对一个只见过几次的女生表白，你还说自己认真？"

你根本不知道什么叫认真。

你根本不知道认真喜欢一个人，有多苦。

大约是被触到逆鳞，姜思鹭再开口时，语气开始带刺："你认真。行，那我看看你能有多认真。

"不过我多问一句，你的认真是什么样子？吃西餐，送花，还是看电影？黎总，我提前和你讲好，你的手段最好不要这么老套，毕竟你喜欢人的方式已经很速食了！"

黎征陷入沉默。

姜思鹭低了下头，觉出自己措辞难听，但她也实在懒得和对方继续维持表面和平。她叹了口气，正想让他靠边停车时，他忽然开口了：

"姜小姐。

"你知道上海，可以看到海吗？"

04.

"Cut——Cut（停）！"

剧组里传来导演无力的喊声。

他眼睛没离开监控器，嘴转向对讲机。沉吟片刻，他崩溃地喊道："你们俩都过来一下。"

半分钟后，曹锵一身黑色劲装走了过来，身后是穿着官服的段一柯。导演表情纠结，手指比画了半天，最后落到段一柯的肩膀上。

"一柯啊……"他说，"你还记得，江晚淮这个人物的关键词，是啥吗？"

段一柯："……隐忍？"

"对啊！你这不是挺清楚的吗！"导演抓狂，"之前拍得不是挺好的吗！这怎么我们出了趟外景回来，你这情绪就衔接不上了！"

他抬手一指曹锵："你那一脸要杀了李元晟的表情到底是干什么啊！"

"李元晟趁着江晚淮不在去和宋冽赏花灯，"段一柯面无表情，"是你你不生气？"

"你扯我干吗？"导演头发都要被自己薅秃了，"这是剧情人设啊！你不要带入现实啊！"

"对对对。"曹锵立刻帮腔，"作者还和我说过，李元晟就是一个狗男人的人设，我觉得江晚淮也就是这么一个被戴绿帽也无怨无悔的——你瞪我干吗，我讲戏呢。"

段一柯收回眼神，看了一眼监视器里的画面。

可能是有那么一点凶神恶煞。

"那再来几条吧，"他说，"我找找感觉。"

"别找了，别找了。"导演摆手，"刚才有几条也能用，先这样吧。不过明天你俩对手戏是重头啊！你别再这么拍了！

"收工！"

偌大的片场很快空了。

段一柯没助理，一个人卸了妆发，正准备走到横店门口叫车时，一辆保姆车停到他跟前。

他顿住脚步，看见后座一扇窗户降下来，曹锵的脸出现在玻璃后面。

拍了一天戏，这人倒是一点没累，脸上写着四个大字：

兴致勃勃。

"段老师！"他举手，"一起走啊，吃个夜宵。"

横店地处浙江金华，本就是个偏远城区，全靠这座影视城拉动了经济。一块招牌掉下来砸死五个人，三个都是影视行业民工。

还有两个是演员，一个火了，一个没火。

段一柯看着他和曹锵头顶摇摇欲坠的烧烤摊招牌，努力打消了这个不祥的想象。

曹锵大马金刀地坐在马扎上，从他为言情小说猛汉落泪和变态皇帝的双重人格中又分出了一个。

此刻，他是一个渴望交到圈内好友的知心大哥。

好在两个人都是科班出身，一个上戏一个中戏，共同话题还挺多。酒过三巡，曹锵清了清嗓子，试图走进段一柯的内心深处。

"这两天你……"他又推了杯酒过去，"是不是碰着啥事了？"

段一柯一愣，收回眼神。

"没。"

"聊聊嘛。"曹锵撑着桌子，很迫切，"感情方面的是不？和我说啊，我太懂了，最擅长开导单身少男了！"

段一柯："……你这用词……"

"哎！废话少说！"曹锵摆手，"是圈里人不？"

段一柯顿了顿，随即放弃抵抗。

"不是。"

"同学？"

"嗯。"

"那不是大学的吧？大学的应该在圈里了。"

"高中的。"

"哦，纯情故事。你喜欢人家？你这长相不至于单恋吧……"

段一柯被问得有点招架不住。

"不算单恋吧，"他闷声说，"本来是，她高中的时候，先喜欢我。"

"本来是？"

"因为我……我当时不知道。"

曹锵捧哏似的："哦，这么回事。"

段一柯抬头："你哪儿的人啊？"

"天津的。"

段一柯继续说："高中毕业后我们就没联系了。前几年我不是特别顺利，就在一个剧本杀馆里演 NPC。我也不知道她是从哪儿知道的——不过她说是偶然去玩的，总之我俩又碰见了。

"当时我舍友刚去北京，我正准备搬家，她知道了，就让我去她那儿住下了……"

"你俩同居？"曹锵很兴奋。

段一柯："……合租，谢谢。

"然后有一些巧合吧，我就知道了她高中喜欢我这件事。刚开始我其实就是觉得特别对不起她，就想弥补她。可后来事情就……"

段一柯手插进头发里。

"就越来越不对劲。

"我老想她，想和她在一起。太久见不到她我就心烦，看见她不好好吃饭我就生气。这周我回了趟上海，有个我都没听说过的男的当着我面和她表白，我当时——"

"醋坛子炸了。"

曹锵用词过于直白，段一柯怒目而视。

"正视现实，不要逃避。"曹锵笑得花枝乱颤，"你这是喜欢上人家了嘛，有什么好苦恼的。"

"我知道我喜欢上她了，"段一柯没好气，"我又不是高中生，分不清什么是喜欢。"

"不不不，"曹锵摆摆手指，"喜欢也分很多层，你这个病情，我诊断为：以为自己在第一层，实际已经第五层。段老师，你这是，情根深种。"

段一柯："……"

"来，咱们捋一捋。"曹锵正色，"你看见别人和她表白了？那你怎么处理的？"

段一柯没说话。

"好，我已经猜到了，"曹锵捂脸，"冷言冷语，不欢而散，是吧？看你这脸就知道你是这种人。"

这还能看脸？

曹锵简直像是能听到段一柯的内心戏。

"你看你这个长相嘛，一看就是从小帅到大，没缺过女生追的。你们这种男的，都没有心，冤大头才喜欢你们。

"不像我。像我这种大学才帅起来的潜力股，因为高中阶段也很普通，所以还是积累下丰富的经验。看你和我有缘，今天我就把我的功力传授于你，告诉你怎么挽回今天这场失败的战役。"

深夜十二点。

姜思鹭从浴室洗过澡出来，发现手机屏幕亮着。她下意识以为黎征又来骚扰，太阳穴一炸，皱着眉打开微信。

是来自段一柯的未读消息：

【吃饭了吗？这是我的饭。】

紧跟着一张照片——一盘烤羊腰子。

姜思鹭："……"

她把手机一扣，蒙头钻进被子。

你们男的都有病!

接下来几天,她都在持续收到段一柯这些奇奇怪怪的微信。

早上起床。

【吃饭了吗?冰箱牛奶记得喝。】

开会手机一亮。

【今天去舟山出外景,景色不错,下次带你来。】

还有——

【江晚淮今天又在背锅,我愿称他为背锅侠。】

【导演拍这部戏头发掉了好多。】

【曹锵这个人真的很啰唆,我要被他吵死了。】

周五下午,收到那条"你真的不来探班吗?我觉得我朝服好好看"的时候,姜思鹭狠狠地心动了。

肩膀被拍了下,她吓了一跳,抬起头,看见路嘉一脸了然地看着自己。

"还冷战呢?"路嘉点了下姜思鹭脑门,"天天看人家给你发微信笑得花一样,就是一条不回复,你就装吧你!"

姜思鹭把手机收起来。

"凭什么他给我发我就要回啊?"她说,"周一吵的架,发够七天再说。"

路嘉嗤笑:"七天?你怎么不九九归一呢?"顿了顿,又问,"那黎征那边呢?你周六真要和他去海边啊?"

姜思鹭沉迷翻阅和段一柯的聊天记录,心不在焉地摆摆手:"他这人不答应就没完没了,我去一趟,让他死了这条心算了。"

黎征这个人,简直像个定时器。每次给她发消息都是整时整点,然后在这次对话里安排好下次的对话时间。

当天晚上,结束了一周工作的姜思鹭正躺在床上犯困,只听手机一振,是黎征来信:

【姜小姐,明早十点,我在小区门口等你。】

她摸过手机,仓促地回了个"嗯",就睡着了。

可惜她忘了……自打段一柯走后,她的生物钟,已经变得飘忽不定。

有时候是晚上十点睡第二天早上七点醒,有时候凌晨两点睡早上十点醒。大概是这周工作辛苦,姜思鹭再创睡觉时间新高,尽管昨晚零点之前就睡着,醒来的时间却已经破了正午十一点。

意识到和黎征的约定时,她瞬间清醒过来。

手机上静悄悄的,没有未接来电和语音,只有十点时,黎征一条简短的:

【我到了。】

姜思鹭赶忙打了个语音过去。

那边很快接起来。

"喂，姜小姐。"

"啊啊不好意思啊，我睡过了。你——"

"没关系的，"对面声音很稳，"你慢慢来，我车在小区门口。"

姜思鹭："……"

这人的情绪真是……

稳定得可怕。

家教使然，迟到对姜思鹭而言是非常严重的过错。尽管黎征那边让她慢慢来，她还是加快速度洗漱穿衣，小步跑到小区外面。

黎征的车停得很明显。

姜思鹭过去的时候，对方似乎从后视镜里看到了她，便下车绕到副驾位置，帮她将车门打开。姜思鹭一边说着"不好意思不好意思"，一边坐了进去——空间恰好，座椅和她上次调节的毫无差异。

可能这周没别人坐过，也不排除坐过人，没调。

毕竟那按钮也不好找。

姜思鹭摇摇头，把这些想法从脑海里驱逐出去。

"开过去有些久，"回到驾驶座的黎征给她递来一盒附近便利店买的寿司，"你先吃点吧。"

姜思鹭接过，本就因为迟到愧疚的心更加不好意思起来。

她蛮想拒绝的，但是……

没吃早饭真的有点饿！

"你不吃？"她往回递了下。

"我吃过了。"

姜思鹭"哦"了一声，拿了两个塞进嘴里。

车朝海边开去。

上海有海，姜思鹭是知道的。

但正如从未有人将上海形容为一座"滨海城市"——这里的人都心知肚明，普遍意义的上海离海边太过遥远，还不如说沿江。毕竟，黄浦江就在脚下流淌。

又或者临河——苏州河也有很多故事。

总之不会滨海。

车一路向东南行使，路边的景色也越发荒凉。车开了近两个小时，空气中终于传来海风的腥咸。

姜思鹭不由自主地降下车窗。

风把她的头发吹得飘扬起来。

她看到了海。

混浊的、苍凉的、混合着泥沙的海。

她在新西兰读了四年书，印象里的海是碧蓝的。天阴的时候或许会泛出铅灰色，但总之，不是这么一个样子。

黎征把车停在了路边一排巨型岩石附近。

"不大漂亮，"他说，"不过，是海。"

"还好，"姜思鹭说，"我没有见过，也很有特色。"

黎征笑起来。

他的眼睛仍然很像狐狸，但是来到海边以后，失去了那种都市里的狡猾感。

变得很纯粹。

几乎是……和段一柯一样的眼神了。

"姜小姐，你一直这样，"他说，"很擅长在不怎么样的东西里，发现优点。"

说得像是和她认识了很久。

姜思鹭不置可否，把头转了过去，胳膊撑着车窗，下巴放进臂弯。

在城市里待久了，吹吹海风——哪怕是不太好看的海。

也很舒服。

她被吹得眯起眼。

她看见了遥远的地方，有一座横跨海面的大桥。

她不晓得上海东边还有什么陆地，于是转头问："那是什么啊？"

黎征顺着她的目光望过去，语气很温柔："东海大桥。"

"是去哪里的？"

"洋山深水港。"他说，"然后可以坐轮渡，继续往东走，有一片岛，叫嵊泗列岛，现在是旅游景点。"

"嵊泗列岛？"

"嗯。你想的话，还可以继续坐轮渡，继续往东。"

"那会到哪里？"

"会到一个叫枸杞岛的地方。"黎征说，"有东西两个岛，面积不大，有沙滩和码头。然后……"

"还有然后？"

黎征点点头。

"然后就到了我家。我是枸杞岛人。"

姜思鹭有些惊讶。

毕竟黎征看起来，出身真的挺……"贵"的。

"姜小姐觉得我不像岛民？"

"哦，没有没有。"姜思鹭意识到自己表情不对，赶忙摇头，摇完头又觉得更不对，"我不是那个意思……"

"没关系的，我知道你的意思，"黎征说，"那是因为你没有见过我刚从岛上来上海的样子。"

十八岁的黎征，第一次从枸杞岛到上海念大学，拎着行李在车上摇摇晃晃，脸上还有海风吹出的红。

长辈说上海的风是软的，养人。果不其然，来上海的第三年，他看上去就一点也不再像枸杞岛的人。

他带姜思鹭下车，爬上了那些巨大的岩石。

下午的阳光好了起来，海面也不再显得那么脏。浪翻起来，偶尔能见一丝湛蓝。

"在岛上的时候呢，"黎征指了下枸杞岛的方向，姜思鹭的眼神落在海面遥远的尽头，"一到夏天，会有人在沙滩上放电影。

"蚊虫很多，海风很大，但是大家都会聚到沙滩上看。我在那个幕布上看到了很多现实里不可能发生的事，有个上海来的老师和我说，那个叫特效，是用电脑做出来的。

"后来我考到上海的大学，学计算机。大三的时候写了一组算法，卖给一家公司，他们给了我三十万，我拿那笔钱创业，就有了雀羽视创。

"你叫我黎总，我真的很尴尬。公司这两年跌跌撞撞，旁人看起来好，但我总感觉，不知道哪天就会倒闭。

"你知道渔民的生活是什么样子的吗？我父母都是渔民，我是知道的。吃住都在船上，海浪永远不会停下。所以渔民的心永远是悬着的，因为不知道哪个浪打过来，船就翻了，你就什么都没有了。

"但是那又能怎么样呢？你还是要去和大海斗，从大海手里抢东西吃。所以姜小姐，我说话做事，有时候比较直接，希望你不要介意。因为对渔民来说，生猛海鲜，你不去抢，大海不会赐给你。"

姜思鹭愣愣地听着，直到阳光再次被乌云遮去，海面恢复阴沉。

黎征站起身，从石头上跳下去。

然后，他回过头，朝她伸出手。

"跳下来吧，"他说，"不大好下，我会扶住你。"

姜思鹭点了点头，朝他伸出了手。

下落的时候，她有点恍惚。

很多年前，段一柯站在高处，将她拉了上去。

现在，另一个男人站在低处，告诉她——我会扶住你。

姜思鹭在沙石上站定。

黎征带她往车的方向走。

姜思鹭一言不发地上车，坐到副驾驶座。海风太大，她有些冷，黎征从后备厢拿来一件外套，递给她披着。

汽车发动的前一刻，姜思鹭突然开口。

"说实话。"

黎征动作停住。

"黎征，我不知道你为什么要喜欢我，"她说，"我是很普通的一个人。我们现在开车回去，上海这么大，好姑娘这么多，随便抓一个，都很漂亮，很优秀，比我更配你。"

黎征难得没在她说话的时候盯着她。

半响，他重新发动了汽车。

"是啊，"他说，"上海有不少漂亮姑娘，也很优秀。"

姜思鹭松了口气。

可黎征在下一秒看向她，眼神像盯上猎物的鱼鹰。

"那和我有什么关系？"

车程漫长，又在海边吹了风，姜思鹭在回去的路上睡了一觉。

醒的时候，车已经停在小区门口。她用手捂了下额头，睁眼的时候，听到黎征问："走得远吗？介不介意我……

"开进去？"

"哦。"姜思鹭迷迷糊糊的，"你进吧，开到头左拐，最里面那栋楼。"

男人点了下头。

门口的电子仪器识别了车牌号，把他俩放了进去。姜思鹭又揉捏了一会儿脸，总算清醒过来。

一来一回，天色也晚了。

把姜思鹭送下车，黎征接回她递过的外套。

"我下周会忙一些，"他说，"或许要年后见了。"

又来了，又开始这一次安排下次时间了。

姜思鹭苦笑一声，点了点头，觉出不对。

她见他干吗啊？

"黎总，我觉得我们以后——"

车门在下一秒关闭，黎征隔着车窗朝她点了下头，很快发动汽车，掉头离开。

姜思鹭只能一脸颓丧地回到家里。

进了家门，她才想起看手机。打开微信的瞬间，她的眉头皱起来。

段一柯今天没给她发消息。

一句都没有。

05.

朝暮影业。

年前最后一天工作日，办公室气氛浮躁。姜思鹭心无旁骛地对着电脑打字，屏幕上的问题罗列了快两百个。

路嘉凑过来看，发出"啧啧"的声音。

"你是真能问啊。"

前几天，那个搞木雕的匠人师傅总算通过了姜思鹭的好友申请。只可惜，对方不大会用手机，打字也奇慢，沟通起来费力无比。到最后，姜思鹭也心道算了，和他约了年后的时间，说去登门拜访，面对面聊天更为省力。

前期的报告出不来，她就只能在资料调查上下功夫，东西越查越多，关于木雕的疑问也越来越多。问题清单一列，竟然列出来快两百个。

"有备无患，"工作状态的姜思鹭显得很职业，"到时候真能问到位的有一半就不错了，总不能人家聊的东西我没了解过。"

"鹭姐理智，"路嘉笑起来，"要是谈恋爱也这么理智就好了。"

姜思鹭一撂键盘，回头看她："路嘉，你诚心的是吧？"

"我没有，我没有。"路嘉佯装惊恐地挥手，"反正那个先不回段一柯微信，等人家不发了又生了四天闷气的人不是我。"

姜思鹭自己气了一会儿，反唇相讥："而有的人因为曹锵不找她打游戏气得连喝三杯奶茶，之前还嘴硬是人家在抱她大腿。"

"化鲸老师，你的新闻滞后了，"路嘉朝她摆了下手，"我俩今天午休王者峡谷见。"

姜思鹭："……"

不想讲话。

吃过午饭后，姜思鹭被凤姐叫去了一趟办公室。两个人对着采访提纲讨论了一会儿，总算定下稿。

"那你年后出差的话，问下路嘉怎么走申报流程。"凤姐用笔尖敲了下打出来的提纲，"反正项目启动还早，你去多待些日子，酒店、路费让人力那边给你预支。"

姜思鹭点点头，接过画满勾圈的A4纸。

"对了，这个东阳木雕……你知道东阳在哪儿吧？"

"浙江金华啊。"姜思鹭不知道她问这个做什么，自己好歹也查了好几天资料。

"对，离横店影视城不远，"凤姐笑笑，"《骑马客京华》正拍着呢，你还能去探探班。"

"横店在东阳？"

"你不知道？"

"我一直以为在义乌。"

"不怪你，你之前那几部戏都不是在横店拍的。"

姜思鹭拿着采访提纲出了门，整个人恍恍惚惚。

横店，《骑马客京华》，探班。

她很难不想起一个，最近一直在不想的人。

回到工位的时候，路嘉已经和曹锵在峡谷里驰骋了。姜思鹭桌上有杯和路嘉上午拼的奶茶，她把吸管插进去，一边喝一边听那两人的墙脚。

"别冲啊！你有没有意识！"

"跑跑跑——你别和他们硬刚啊，你个手残！"

一个为言情小说激情落泪，一个在王者峡谷所向披靡，这两人倒挺配。

像是一局终了，路嘉和曹锵挂着耳机开始闲聊。姜思鹭听着对方心不在焉地应付着曹锵：

"哦，前几天没心情……咋了，剧组饭不好吃？

"外景出意外了？不会吧，楚导的组安全措施一直做得很好啊……

"坠马？这么严重！"

她抬了下眼。

"谁坠马啊？

"男二演员？你说段一柯？！"

姜思鹭瞬间抬头。

路嘉的表情显然也慌了，摁着耳机，匆匆说了句"你给我问下他在哪个医院"就退出游戏。她起身走到姜思鹭身边，轻碰了下姜思鹭的肩膀。

姜思鹭抖得很厉害。

"思鹭，你先别慌，你别慌，"路嘉的声音一点说服力都没有，"我听曹锵那意思还不是特严重，你……"

姜思鹭骤然站起身。

东西被碰撒一地，姜思鹭弯腰去捡，怎么抓都抓不起笔。手机也摔了，她匆匆忙忙打开微信，给段一柯拨了个语音。

没人接。

打电话。

还是没人接。

她的心在漫长的忙音里逐渐凉下来。

"路嘉，"她攥着手机站起来，又去摸自己的包，"我去趟横店。"

"哎，行行行，我去帮你和领导请半天假，"路嘉连忙点头，帮她往包里装东西，"你先过去，一会儿曹锵给我问着医院，我就把地址发你。思鹭，你……"

路嘉抱了姜思鹭一下："你别着急，肯定不会有事的。"

姜思鹭忍着眼泪点了下头。

姜思鹭从上海过去没花太久时间，远的是出了车站到横店那段路。出火车站的时候，外面正在下大雨。

雨实在太大了，是硬顶着也冲不出去的程度。姜思鹭急得在门口转了几圈，有个染着黄毛的年轻人跑过来。

"买伞吗，美女？还有雨衣，二十块钱选一样。"

姜思鹭赶忙付钱。

她刚把伞撑起来，对方又掏出车钥匙，坠了个破旧的蓝色钥匙扣。

"包车吗？挺大雨的。"

姜思鹭抬头打量他一眼。

这人挺黑挺瘦，不帅，但看起来顺眼，打眼望就知道没好好念书，不过趁着大雨卖雨衣包车一条龙，算是有点做生意的机动性。

她找出路嘉从曹锵那儿要来的地址给他看："去这儿。"

"哦，就影视城附近，"他凑近看了下，"一百二，给你送门口，走吗？"

事发紧急，姜思鹭也顾不上他是不是坑了自己。看了一眼手机所剩不多的电量，她抬头挥手："走，你开快点。"

"没问题。"对方拉着活儿了，很雀跃地把她往停车场带，一脚踩进雨里，"这片儿我开车最快。"

车站门口道路泥泞，对方如入无人之境，擦着路边人的帽檐飞车而过。

姜思鹭看得心惊，又低头去找和段一柯的聊天记录，还停留在她那条没人接听的语音上。

她发了句：【回我。】

对方依然没有回复。

她往上翻，是段一柯那些天给她发的许多消息——

【剧组放饭时间越来越晚，疲了。】

【盲猜姜思鹭今天又在吃泡面。】

【今天下午没给你发微信，因为导演拍到夜里三点！！】

……

【喂，回复我一下嘛。】

【姜老师，理理我嘛。】

姜思鹭忍不住笑了一声，紧接着，眼圈又红了。

车忽然一个刹车，姜思鹭人差点儿飞出去。

开车的年轻人摇窗下去大声叫骂几句，随即回头道歉："对不起，对不起，对不起，这帮人不会开车就上路……你安全带系着的吧？哦，系着就行，一会儿路有点颠。"

姜思鹭心有余悸地点点头。

"你把窗户关了吧，"她指了下，"雨都进来了。"

对方"哦"了一声，赶忙把窗户摇上。看姜思鹭没因为那脚刹车生气，他又摸索着从裤兜里掏出张花花绿绿的纸片，递给了姜思鹭。

"这个，我名片。"

名片？

这设计和色调，乍看还以为是从酒店门缝里塞进去的小卡片。

姜思鹭接过名片，只见上面印着三行大字：

有事找笋仔
接车、代拍、黄牛票
电话 136×××××××

姜思鹭不禁念出声："笋仔？"

"哎，对。"他点头，"我姓周，单名一个笋。以前在东北，大家都叫我笋仔。"

东北。

你确定大家不是在骂你吗……

姜思鹭把他的名片塞进包后侧的夹层，没有给予更多点评。

又过了一段山路，笋仔把姜思鹭送到了她要去的医院门口。她下车的时候，对方降下车窗，食指和中指并着，在太阳穴边上甩了下。

"下次来还找我啊，美女，"他说，"我全东阳最快的男人。"

随即，他绝尘而去。

姜思鹭转身看向医院。

或许是已近年关，医院里也冷清了不少。住院楼的大厅空荡荡的，弥漫着一股刺鼻的消毒水味。她又看了一下路嘉发给她的地址——

三楼，307。

姜思鹭顺着楼梯上去。

她出楼梯口的时候，正赶上一群人推着车从她身旁匆匆走过。她让开路，贴着墙根走了两步，看到了307病房。

门虚掩着。

她慢慢推开。

段一柯睡着了。

他侧着身子，被子压在胳膊下，半张脸埋进枕头，露出的侧脸上能看到些擦伤和瘀青，应该是从马上摔下来的时候磕碰到的。

姜思鹭慢慢走过去，蹲到他床边。

她想碰碰他。

对方忽然在睡梦中皱起了眉。

姜思鹭不知道他梦到了什么，一时不敢乱动。

下一秒，她听到他轻声说："你理理我啊……"

姜思鹭的心里有庙宇轰然倒塌。

稳了半晌心神，她总算把注意力放回段一柯身上。枕头边放着一个书包，姜思鹭翻了翻，里面有几件换洗衣服，还有一沓……

现金？

这年头谁还用现金，还这么多。

姜思鹭又环顾了下病房——东西很少，所以什么都一目了然。她忽然意识到了一个问题，就是房间里没有段一柯的手机。

没手机，所以拿了很多现金。

他手机呢？

而且剧组都没派人来吗？怎么她进来这么半天，就只有段一柯自己？

她心头有点起火，把那书包随手扔到桌子上。再回过头时，她发现段一柯已经睁开眼睛，正愣愣地望着她。

她叹了口气，走过去："看什么啊？"

他又闭上了眼，睫毛颤了下。

姜思鹭略显抓狂，冲过去捏他脸。

"不是梦啊！你摔到脑子了吗！"

"啊，疼疼疼——"段一柯被她拉起来，"你怎么一来就掐我！"

两个人四目相对，都有点尴尬。

还是姜思鹭打破的沉默："你坠马都不和我说啊！"

"手机掉水里了，"段一柯说，"剧组没找回来。"

"不是坠马吗？"

"是……"段一柯声音略低，"是骑马过河的时候，马受惊了。"

她心里一疼。

她伸手摸了下对方脸上的擦伤。段一柯微微侧了下头，脖子上的划痕也露了出来。

姜思鹭不忍心再对他大声说什么，叹了口气，问："什么时候出院？"

"今天晚上。"

"这么急？"说完，她意识到自己声音太大，再次压低，"多休息下啊。"

"已经耽误进度了，"他声音有点哑，估计也没休息好，"明天上午有场戏我得去。"

"行吧，行吧。"她懒得再和他争，"剧组没派人来是吧？"

"都挺忙的……"

"你替他们解释什么，"姜思鹭打断，"你躺着吧，一会儿我帮你办出院手续。今天还有检查吗？"

"一会儿要看下。"

"看哪里？"

段一柯不说话。

姜思鹭不知道他抽什么风，拿着杯子出去给他倒水。等了会儿不见有医生来，她又说看到附近有运营商，去帮他补办下手机号，不然过年就办不了了。

折腾了一个多小时，她再回来的时候，正赶上出院检查的医生从病房里出来。

"医生，医生，"姜思鹭急忙过去问，"他恢复得还好吧？"

"嗯，还不错，年轻人身体素质就是好。"医生捋了下秃了的额头，"不过这个时间还是有点赶，最近那个腰上不要用力。"

姜思鹭："啊？"

"腰上，就腰。"医生比画了一下，"不是从马上摔下来，腰被水里石头撞了一下嘛，我看那个片子恢复得差不多了，不过保险起见，还是不要用力，啊，不要用力。"

他一边念叨着"不要用力"，一边走远了。姜思鹭推门进去，看见段一柯刚换回自己衣服，弯着腰去拿行李。

"哎，段一柯！"姜思鹭声音奇大，"你的腰不行！医生让你别用力！"

段一柯陷入沉默。

回酒店的时候天色已晚。

雨势越发大，伴着风声，似要把这座小城卷翻。姜思鹭把刚从楼下买的饭放到桌上，两人面对面坐下吃起来。

她买得匆忙，也不是很好吃。

姜思鹭撂下筷子。

"你们明天大年夜怎么过？"

段一柯倒是没挑食，吃了两口，回她："在剧组过。你回北京吗？"

"嗯。"她点头，"我正愁猫怎么办呢？"

"你先留它在家吧，"段一柯说，"我初一回去一趟，带它来这边。"

"它不能上火车啊。"

"从上海过来有大巴。你饭别剩那么多。"

"我不想吃。"

"那你给我。"

姜思鹭托着下巴看他一会儿，觉得他和走之前不太一样了。

具体哪里不一样，又说不出来。

吃完东西，段一柯将垃圾收拾好。姜思鹭打了个哈欠，说："那我去隔壁酒店开个房间。"

他们刚才上来的时候问过了，这间酒店已经满了。要住，还得再走到马路对面去。

外面大雨如注。

"我去吧。"段一柯收拾完了，站起身，"雨太大，你出门再摔了。"

"你也算了，我怕你闪着腰。"

"姜思鹭，你没完了是吧？"

她的笑点忽然被戳中，自己在那儿笑了半天。她扫了眼房间布局——是个标间，两张单人床，段一柯之前应该是睡左边那张。

右边那张放了些衣服什么的。

算了。

"好折腾，"她说，"要不就一人一张吧，和在家里也没区别。"

段一柯欲言又止，被姜思鹭挥手打住。

"年轻人少搞封建，"她说，"弄得像咱俩没在客厅一起睡过似的。"

段一柯："……你可闭嘴吧。"

不过她今天来得实在太急，该带的东西一样没有。这家酒店不算特别高级，给的洗漱用品很有限。姜思鹭去浴室看了看，再出来的时候，就去找门上挂着的外套。

"你要出去？"

"我下楼买点用的东西，"姜思鹭去摸下午刚买的雨伞，"下午从公司过来的，什么都没带。"

"买什么啊？你给我列个单子。"

"不用了，我自己去有谱，"她去开门，转头时，忽然又露出坏笑，"而且我怕你出门腰不行。"

"姜思鹭！"

她已经跑了。

门被关上的瞬间，屋子里又恢复寂静。

段一柯看着她消失的方向，发了一会儿呆，把目光收回来。

他把自己的衣服从右边床上清走，重新铺了下床。大概是想到她睡着了总习惯抱点什么，他又从自己床上拿了个抱枕过去。

想到姜思鹭今晚要睡在这儿，他总觉得……

段一柯用指节敲了两下额头，总觉得呼吸有些灼热。

又等了一会儿，走廊传来一阵凌乱的脚步声，姜思鹭回来了。他打开门，只见她手里塑料袋也没装多少东西，但人淋得倒是够呛，外套湿了一半，头发正往下滴水。

段一柯看了一眼就皱起眉，把她往屋子里一拽。

"不是带伞了吗？"

"你都不知道那雨有多大，"她气喘吁吁，"梅雨季都没见这么下的，还刮大风。真不如直接下雪，水都是冰的——"

说话间，他碰到她的手，真像是刚从冰窖里出来的。

段一柯有点后悔刚才没拦着她出门。

姜思鹭哆嗦得厉害，刚把外套挂上衣钩，人就被段一柯拽进了浴室。段一柯拽了块毛巾扔她头上，劈头盖脸地擦。

"段一柯！"她喊，"不要用给猫擦毛的方式对待我！"

"猫才没你这么蠢！"段一柯语气很差，"人家下雨都知道沿墙根走！"

好在揉了一通后，头发上的冰水被毛巾吸走了。段一柯又把她拽到床跟前，插上吹风机给她吹头发。

她坐在床上，他站在她旁边。热风吹得人头昏，她用手指勾了下段一柯的衣服扣子，对方的力道明显柔和下来。

可能是淋了雨，也可能是因为他在身边。

姜思鹭忽然很疲惫。

她慢慢偏过身子，把头靠到段一柯身上。

热风偏了方向，吹在她脖颈上，身子都暖和起来了。

不想。

不想再忍了。

她伸出手，慢慢抱住段一柯的腰。

他关了吹风机，把她眼睛前面几缕头发拨开。姜思鹭望着他的手在自己眼前动，分出一只手，抓过他的手，覆在自己眼睛上。

他掌心的温度在往上升。

"灯太亮吗？"他问。

姜思鹭点头："嗯。"

"我去关了，你好好睡。"

她又把手放回他腰上，不让他走。

"段一柯，"她闷在他衣服里，慢慢说，"其实最近你不在，我总做噩梦。"

男生揉着她的头发，"嗯"了一声。

她闭着眼，隔着衣服，感受到了他的体温和心跳。

她再开口的时候，声音带了哭腔。

"我梦见我根本没有遇见你，这些东西都是我想象出来的。我梦见他们说你消失了，再也没有人见过你，我找了你好久好久，但是哪里都找不到你。

"我回学校去找，你的照片也没有了，他们都不记得你了，只有我记得你……"

"姜思鹭。"

她感到对方动了一下，在她面前，慢慢蹲下身子。

眼睛骤然进光，有种刺痛感。

但被他握着的触感是真的。

他蹲在她面前看着她，眼神很温柔。他把她的手指放在自己脸上，带她触碰着自己的眉毛、眼睛、鼻梁。

"我是真的，对不对？"他说，空着的手去擦她的眼泪，"我在你身边，对不对？

"对的话就点下头。"

她听话地点了下头。

下一秒，她又去扯他的衣领。段一柯躲闪不及，锁骨露出来，上面烙着她的牙印。

"这也是你咬的，"事已至此，他也不躲了，带着她手指碰了一下，"这总不是假的。"

疤痕的触感。

姜思鹭用指尖轻轻点了下，小声说道："对啊，你都记得的，你总骗我忘了……"

"因为我也会害怕。"

"你怕什么？"

"我怕你讨厌那个我。我怕你喜欢的，只是高中的我。"

她崩塌的庙宇在重建，神像却没有复原。他站在弥散的灰尘里，望向她，向她伸出手。

姜思鹭像是要动一下。段一柯低头，给她让些空间，再抬头时，嘴唇忽然被柔软的东西覆住。

她又咬他，段一柯试图抽身，被对方拽住衣服。重心偏移，两个人的位置翻转。他坐到床上，她坐在他腿上。失控的前一秒，他握住她的腰，把她和自己短暂地分离。

"你不想的话，还来得及。"

姜思鹭灼热的气息萦绕着他的脖颈，她的眼神像发疯的小豹子。

她说："我想。"

一夜大风大雨。

06.

段一柯睡醒时，窗外风雨散尽，晴空万里。窗帘未拉，他被光线刺得闭了一会儿眼，再睁开时，发现姜思鹭不在身边。

他起身去洗漱。

浴室里，她的东西倒都还在，不知出去做什么了。没过一会儿，门外传来脚步声，姜思鹭拎着两袋早餐回来。

"吃吧。"

段一柯拆开："你叫我去买就行。"

姜思鹭没应声，坐到他对面。

他总觉得……有点怪。

有咖啡，不过味道奇怪，苦得段一柯舌尖发麻，愣了一秒，他蓦地开口："昨晚——"

"昨晚，"姜思鹭截断了他，"要不，还和上次一样？"

段一柯抬头，眼神有些茫然。

"什么上次？"

"就上次在北京，"姜思鹭不看他的眼睛，"我们，都装作不记得，也可以。"

他慢慢皱起眉。

"我可能没理解你的意思。"他说。

"就是字面意思，"姜思鹭说，"我们回到之前的状态就好。你还要进圈子，我们谁也不用对谁负责任……"

"在你心里，"他声音压低，"我就这么不敢负责任？"

姜思鹭把目光转回他的脸上。

干干净净的一张脸，干干净净的眼神，但眼尾狭长，眉峰压下来，那种拒人于千里之外的气质就又出来了。

她一时不知如何解释。

"不是你不负，是我不用你负……"她叹了口气，"就像我们一起看的那部电影一样……段一柯，我们都这么大了，擦枪走火也很正常。就是'风大雨大，两个孤独的人吃了顿团年饭而已'……"

"你别用电影台词糊弄我，"段一柯打断她，"我不差这顿团年饭。你要只是想擦枪走火……"

他站起身，努力控制着情绪，但再开口，还是用词锋利。

"下次可以找别人。"

剧组九点开拍，他得走了。临到门口，他又回头，看了一眼姜思鹭。

"我说我怕你只是喜欢高中的我，"他嘲讽地笑了一声，"你还真是。

"姜思鹭，你有时候太过分了。"

女人爱的是瞬间——这是她亲口说的。

而姜思鹭只是爱着那些年里，段一柯的碎片。

他自作多情了。

下了楼，段一柯才想起手机还没买，好在附近就有个小型电器店。他买了个应急用的，换 SIM 卡的时候才想起，这还是姜思鹭给自己补办的。

他登上微信，也没什么人找他，只有几条屏蔽了的群聊跳到最上面。网络缓冲了一会儿，姜思鹭的未读消息出现在屏幕上。

一条未接语音。

一句"回我"。

时间是昨天下午。

他看着那两条消息，偏开视线，下意识地退出了微信，心里告诉自己：

去剧组吧。

段一柯缺席了小一周，剧组一直在把他的戏往后排。不过今天上午这场戏很重要，知道他能来，导演也松了口气。

一进片场，曹锵就凑了上来。

"段老师！"他手舞足蹈，"你可回来了！你不在，娴姐天天骂我！"

"说啥呢！"演女主宋冽的赵诃娴闻言立刻出现，"我骂你和他不在有什么关系！他回来我照样骂你！"

"不是的！"曹锵据理力争，"感觉他在的时候，你骂得没那么凶残！"

作为《骑马客京华》的女主演，赵诃娴本人性格和宋冽的人设相似颇多，最大的共同点就是都挺像男孩，大大咧咧，也没架子。难得的是不娇气，能吃苦，打戏、马戏都是亲自上，也无怪乎两年就从姜思鹭上一本书的女配蹿到女主。

开拍也快一个月了，几个年轻人朝夕相处，关系都不错。她本人是学舞蹈出身的，之前常被诟病演技尴尬，但每次和段一柯演对手都能被对方带得自然不少，所以对他很客气。

骂完曹锵，她转身看段一柯。

"这么快就出院了啊？你当时不是摔得挺严重？"

"剧组跑着，我也不能总让你们等，"段一柯跟着他们往化妆的地方走，"先把这几场拍完吧。"

"导演真行，大过年还不休一天。"曹锵抱怨道，下一秒语气忽转，接着说，"不过听说今晚组里给准备了年夜饭！段哥，咱们都有夜戏，一起吃啊，不许回酒店！"

段一柯眉毛一跳："……"

他现在真是，听不得这三个字。

那一边，姜思鹭刚从酒店出来。

她早上心烦意乱，又去躺了一会儿，再起来的时候就中午了。回程的票有些紧张，她抢了半天，只抢到一张下午四点的票。离出发时间还早，她在附近找了个咖啡馆耗时间。

正发着呆，耳边忽然传来一道声音，有些耳熟。

"哎呀——人家都是老前辈、大师，我才拍了几部戏，我怎么好意思去啦——

"我现在主要还有部戏在拍，后期我也得负责，要对手头的工作负责任嘛，一心不好两用啦——

"哎呀，您真的是过奖啦。哎？那个，您稍等下，我看到个朋友，我下午再给您打过去好吧？挂了啊，再见再见。"

下一秒，姜思鹭的肩膀被猛拍了下。

"嘿！你怎么在这儿！"

她猛然转头，看见一束小辫子猛甩，随后注意力才集中到顾冲脸上。

"哦，我知道了。"顾冲伸出食指点了点空气，"《骑马客京华》在拍呢是吧？你来探班啊？"

姜思鹭"呃"了一声。

"这儿去横店还有段距离呢。"他说，"你跟我走吧，剧组给我安排车了，刚准备过去。"

她又"呃"了一声，来不及说什么，就被对方一把拽走。

"走吧，走吧，我的片场离《骑马客京华》不远，我先带你去看看我们那置景，花了老多钱。你坐前面后面？"

姜思鹭被推上顾冲的保姆车，一时骑虎难下。

沉默片刻后，她无力道："我就坐这儿吧……"

段一柯刚拍完上午的戏。

剧组放饭，曹锵凑他旁边和他一起吃。刚吃没几口，外面就有人喊段一柯的名字。两人抬头，看见个场务走进来，说："外边有个女的找你。"

曹锵瞬间兴奋。

"谁？谁？是不是那个谁！"

段一柯一愣，也觉着是姜思鹭。

他有点措手不及。

早上两人可谓不欢而散，更何况昨晚的画面还历历在目。段一柯定了下心神，没理一旁嗷嗷乱叫的曹锵，快步走了出去。

片场很大，他走到宫殿门外，先看见了几个来横店旅游的年轻游客。她们打量了一下穿着戏服的段一柯，大概是觉得他好看，但又认不出这张脸，于是拿手机拍了两张就溜了。

他四下张望了下，随即感到有人扯了扯自己的袖子。

段一柯回头，语气有些意外。

"小艾？"

对方戴着遮阳帽，站在太阳底下，露出的皮肤白得发光。

她仰头望着段一柯，很腼腆地笑了下。

"我听他们说，你在横店拍戏，"她轻声细语地说，"没想到是真的，真好。"

段一柯看着她，心里实在……

有点无语。

他还以为是姜思鹭。

"我今天正好路过这边。"小艾从身后拿出个礼盒，段一柯眉毛一跳，还以为她又要给钱，"这个是我做的一些点心，带给你，就当是新年贺礼。"

段一柯没接。

"你送别人吧，"他说，"我不吃甜的。"

"不甜的。"小艾连忙摇头，"我放了很少的糖，还有其他口味的。你……你拿着吧，上次……"

别再说上次了。

她硬要塞给段一柯，段一柯干脆往后退了一步，对方明显愣了，下一秒，眼圈又开始发红。

真的是……

直男段一柯不懂，为什么姜思鹭哭他就慌得不行，一看见小艾哭他就心烦。

算了，这两人也没可比性。

沉默半晌，他说："我拿了，你以后别来找我了，行吗？"

小艾哽咽道："你就这么烦我吗？"

段一柯早上的火气其实还没消全，此刻耐心更是有限，语气一重，重复问："行吗？"

他本来就挺浑蛋的。

他一直就挺浑蛋的。

他就在姜思鹭面前还像个人样。

小艾被他陡然冷下去的眼神看得压住眼泪，点了下头。

他伸手去接那盒点心。

下一秒，旁边忽然传来一道男声——

"这就是《骑马客京华》的片场，布景比我们那边还贵，朝暮就是有钱。要是找我导就好了，那这儿现在就是我的片场了——"

一种奇妙的直觉让段一柯抬头。

他看到了一个扎着小辫子滔滔不绝的男人，而姜思鹭站在对方身边。

她的眼神在段一柯脸上停留了下，又落到他手上的礼盒，最后落到了小艾的身上，然后嘴角慢慢挂起一丝嘲讽的笑。

段一柯心一沉。

姜思鹭朝顾冲摆了下手，示意对方不用讲了，说"顾导，我自己逛逛吧"，然后转身就离开了片场大门。

顾冲愣了下，刚嘀咕一句"这是怎么了"，就见着个穿红色官服的男演员从他面前一闪而过，朝姜思鹭的方向去了。

留下个戴着遮阳帽的姑娘，抱着包装精致的礼盒，满脸是泪，愣在原地。

"哇哦，"顾冲用右拳砸了下左手手心，"这画面很狗血很有张力啊，回头拍进我自己戏里。"

段一柯在城墙的拐角拽住了姜思鹭的胳膊。

她瞥一眼自己手腕，顿住脚步，语气讽刺："你来找我干什么啊？你把人家丢在那儿合适吗？"

段一柯没放手，把她手腕拎高。姜思鹭被迫转身面对他。

"那就是我一大学同学。"

"就是一大学同学，"姜思鹭学他说话语气，"我怎么就从来没和大学同学拉拉扯扯。还有男的和我表白呢，都得提前问我一句是不是单身。"

她提黎征简直是在故意激怒段一柯。

尤其是在早上说出那些话的情况下。

"那你想要什么？"他开始咄咄逼人，"一边让我当作什么都没发生过，一边又看到我和别的女人在一起就生气。你到底想要什么？"

姜思鹭被他问得语气一滞。

"我没生气。"

"那你现在在干什么？"段一柯用力握着她手腕，"你不会在吃醋吧，姜思鹭？不过我想问一句，你在吃谁的醋？是我，还是那些瞬间里的我？"

她说不出话。

下一秒，段一柯手上力度松懈，眼神略显疲惫。

"我也很想回到那个时候，"他说，"我也很希望，我还是你记忆里的段一柯。

"可是，姜思鹭，你知道人长大最痛苦的事情是什么吗？

"是很多事我都控制不了。

"我没办法不去经历那些事，经历了我就变不回以前那个人。你总是在我身上找过去的影子，你是在……

"你在折磨我们两个。"

姜思鹭抬头看他。

这就是他让她来看的官服啊。

他挺适合古装的。红色朝服扮起来，俊雅又贵气，和她写的时候，脑海里的想象分毫不差。

他演什么像什么。

演员段一柯，一直在她面前演十八岁的自己，应该也很累了。

她望着他，在和他重逢这么久后，终于直视自己的内心。

他昨晚说他害怕。

可是段一柯。

"我也很害怕啊。

"你喜欢了我多久啊？

"去年 11 月碰到你，现在 2 月了，满打满算，也就三个月吧。

"你知道我喜欢你多久了吗？

"我从十七岁喜欢你到现在，已经快八年了。

"你早上说我过分，可是过分的那个人，明明是你吧。

"你在过去的这么多年，从来没有看到过我。然后你看到了，就要我回应你。

"可能这就是你的人生吧，想要的东西都会得到，爱上的人都会爱上你。北京那次是你要忘了的，这次我要忘了，你就开始发脾气？

"凭什么啊，段一柯，凭什么你永远在主导我们的关系，凭什么你永远高高在上的……你今天宣布要对我负责，可你有没有想过啊，你总会像以前一样，被很多人喜欢和追捧。到时候会有比我好几千倍几千万倍的姑娘围在你身边，那你是不是又可以像今天早上一样，轻描淡写地宣布，你要去爱下一个？

"你让我爱你现在啊！让我爱了你八年，最后成为你无数女人中的一个？

"那我不如继续活在那些瞬间里。那时候我坐在你前桌，你演过我的话剧。哪怕你不知道我爱你，但我是特殊的。"

昨晚的雨一定洗净了空气中的尘埃，所以日光才会这样刺眼，照得一切真相大白。

段一柯看着姜思鹭消失在白光里，每一寸皮肤都是麻的。

过了很久，他才意识到，手机在振动。

他接起来，是曹锵的声音：

"段哥，你还没回来啊？导演说下午早点开机，晚上提前开饭呢。"

段一柯深吸了口气。

他说："好，我这就到。"

下午不是大戏，再加上大家都惦记着过年，剧组早早收工。生活制片从外面定了五大桌饭菜，又找师傅和面拌馅，让大家一起来包饺子。

段一柯没什么胃口，吃了一会儿就拖着椅子走了，找了片无人的空地发呆。

月亮很亮，很冷，给横店的楼宇降下一层银霜。

他听得耳后有声音，回过头，是赵诃娴拖了把躺椅过来。她把椅子往自己旁边一架，腿支到前面的石桌上，靠着，比他舒服不少。

"段老师没胃口啊？"

段一柯简短回答："不饿。"

"唉……"她叹了口气，没头没尾地来了一句，"段老师，你今天下午那是拍了个啥啊。"

段一柯意外地回过头。

"我一直觉得你演技不错，"她说，"不过今天下午宋洌喝多了那块的剧情，你那是演了个什么玩意儿。"

他下午是心情不好，不过职业素养在，并没带进戏里。

所以没懂赵诃娴在说什么。

"段一柯，你没暗恋过别人吧。"

赵诃娴手背在脑后，望着月亮。

"宋洌喝多了，你送她回家，感情一点都不遮着。我要是李元晟，我一早就看出你情根深种，也不至于日后搞得兄弟反目。

"所以我猜测你没暗恋过别人，你根本不知道暗恋是怎么回事。"

段一柯回过头，半晌，"嗯"了一声。

他确实没暗恋过。

他也用不着暗恋别人。

赵诃娴继续躺在那儿，估计是喝了点酒，话挺多。

"你看过《骑马客京华》原著吗？"

"看过。"

"那你看过这个原著作者另外一本书吗？校园那本。"

"还没看。"

"可以看看。"赵诃娴说，"我之前演过那本书的一个配角，是个女生，不过设定和你这个角色很像，所以我大概明白是怎么回事。"

"这个落日化鲸，每本书都有这么一个角色。有时候是男生，有时候是女生，默默地爱着一个光芒四射的人。但是她最终不会和这个人在一起，她只会让两个同样光芒四射的主角在一起。

"我觉得她肯定很深地爱过一个人。她爱了很久，爱得很苦，写小说的时候，就下意识把这些东西投射了进去。

"所以你这个角色原著人气很高啊，因为她太明白暗恋是怎么回事了。我当时那个配角人气也很高，很多女生给我发私信说看到了自己。

"不过江晚淮毕竟是个男的，和她感情还隔着一层。所以段一柯，你要是不明白暗恋是怎么回事，你去看看她的其他书，那里面应该有答案。"

段一柯沉默半晌，最终说了声"好"。

年夜饭吃完，段一柯又被曹锵拽着去唱了会儿歌，半夜两点多才回家。

困劲儿过了，人就睡不着了。他在床上翻来覆去了一会儿，开灯，起身，去翻行李。

行李箱里有他买的落日化鲸的其他书。

《骑马客京华》放在最上面，他移开，底下是另外两本。他拿出赵诃娴说的那本校园的，靠在床上看。

这种小说，本来不适合男生看。

不过他看进去了。

他意外地发现书里的不少东西都很熟悉，简直像是以 K 中作为原型。他也看到了赵诃娴说的那个女配角，戏份不多，但是仅有的几次心理活动的描写，都让人的心像张白纸被揉皱。

不知道为什么，他觉得那姑娘很像姜思鹭。

不过姜思鹭那么好，不应该是配角。

她应该是主角的。

他看到天光大亮。

故事的结局是男主角和女主角举办婚礼，草坪，阳光，亲友的祝福，一切都很美好。

没想到，番外专门有一节，是关于那个配角的。

不同于正文里的寥寥几笔，番外里出现了对她大篇幅的描写。有她的嫉妒、自卑、偏执。番外的最后一节，她给男主的婚礼送了鲜花和贺卡，贺卡上写了许多诚挚的祝福。

没有人知道，她在贺卡的背面，用一种隐形的墨水，写了这样一行字：

【十八岁的你，永远属于我。】

段一柯的心跳像漏了一拍，姜思鹭的那些话又浮现在耳畔。

——"你喜欢了我多久啊……你知道我喜欢你多久了吗？"

——"你让我爱你现在啊！让我爱了你八年，最后成为你无数女人中的一个？"

——"凭什么啊……凭什么你永远高高在上……"

段一柯望着天花板，忽然自言自语了一句："姜思鹭……"

姜思鹭。

是我错了。

我大错特错。

我以为爱很简单，因为在我过去的人生中，爱一直如此。

因为太轻易得到，所以从来没有觉得，这是什么了不得的事。

可是你不一样。

你的爱像一块玉石，沉甸甸而容易碎裂。你把它小心地收在庙宇的高台上，日日擦拭供奉，轻易不为人所示。

是我粗暴地把它抢出来，使它栉风沐雨，又不给你将它完璧归赵的承诺。

太阳升了起来，这是农历新年的第一天。

段一柯摸过手机，给姜思鹭发消息。

他说：【新年好。】

片刻后，对方的名字变成"正在输入中"。等了一会儿，她也回复他：【新年好。】

段一柯：【我想告诉你一件事，你不要生气，可以吗？】

对面明显沉默了。

半响。

她回复：【你说。】

他坐起身。

措辞，又删掉。

再措辞，再次删掉。

太好笑了，他段一柯这辈子，也会体验到这种小心翼翼的感觉。

最后，他终于把定稿的那句话发了过去。

他说——

【二十六岁的段一柯，想追二十五岁的姜思鹭，望批准。】

第五章
/ 倒追 /

01.

高铁又驶进了熟悉的站台。

过年假期放完，回沪列车的乘客都显得昏昏欲睡。姜思鹭坐在靠窗的座位旁边，手机一划，打开了和段一柯的聊天记录。

最下面是几条他说明天去车站接她出差到站的对话，往上是过年期间断断续续的聊天，再往上……

【二十六岁的段一柯，想追二十五岁的姜思鹭，望批准。】

过去这么多天了，看到这句话，她心里还是会漏跳一拍。

不过收到这条消息的瞬间，姜思鹭的表现反倒比现在镇定些。因为聊天记录里，清楚地记载着她当时的高姿态回复——

【我很难追。】

当时是咋想出来这句话的。

姜思鹭揉了下眉头，继续往下看段一柯的"暴言"：

【没关系。】

【我就喜欢挑战有难度的事。】

【刺激。】

行。

在装酷这件事上，段一柯是永远无法被打败的。

车到站了，姜思鹭起身去拿行李。

她这次在上海就待一天，明天上午去一趟朝暮影业，下午就得再赶火车去东阳出差，做木雕项目的采访了。

鉴于横店也在东阳，段一柯知道这事以后立刻帮她订了酒店房间——就在他住的那间的隔壁，简直是……明晃晃的司马昭之心。

不过临走之前，她还得办件事。

姜思鹭一边琢磨着一会儿的措辞，一边看到了在出站口等自己的黎征。

大概是这几天都没见着段一柯的原因，审美一度被强行拉高的姜思鹭，此刻对黎征的长相评价终于回归正常——

不得不承认，对方有着带去见家长能换来欣慰笑容的颜值。不像段一柯，大概只会让自己被拉到厨房询问：这孩子花不花心啊？对你专一吗？

看到姜思鹭过来，黎征朝她笑了下，抬手示意停车场的方向。车开锁，黎征给她开门，姜思鹭坐上副驾的时候再次意识到——

还是上次那个座椅距离，没人调整过。

她因这"没人调整"而觉得烦躁，仿佛这就无法验证她对黎征"随便玩玩"的猜测。

对方和她聊了几句，说了过年回岛上的事。姜思鹭也心不在焉地回应，偶尔看一眼和段一柯的聊天记录——不过对方应该在拍戏，一下午都没找过她。

车至小区，黎征已经知道停在哪栋楼下。姜思鹭腹诽：就来了一次，有必要这么轻车熟路的吗？

他把她送到楼下。

差不多了。

姜思鹭深吸了一口气，叫住黎征，把刚才打的腹稿一口气说出来：

"黎征，我本来想和你发微信说，不过还是觉得当面讲好一点。我很谢谢你对我另眼相看。你非常优秀，也非常有魅力，但我真的是个很普通的人，我们并不合适。你以后，还是不要再找我了。就算找，我也……"

她叹了口气。

"我也不会再回复你的。"

黎征没有说话。

第一次当面拒绝人，姜思鹭紧张得要命。等了半晌抬起头，发现对方看她的眼神竟然一点变化都没有。

大佬，你能不能情绪和表情不要永远这么稳定啊！

下一秒，他像是被姜思鹭瞬间垮台的眼神逗得笑了一声。

"这意思是……"黎征说，"我被发好人卡了？"

姜思鹭再度叹气："你要这么理解也行。"

"明白。"黎征点点头，"所以……是那天你带走那个男孩子，你们两个在一起了？"

姜思鹭摇头："还没有，但是——"

"还没有就是没有，"黎征打断她，"不过既然你都这样讲了，我也不会继续骚扰你。姜小姐，我暂时退出这场竞赛。"

姜思鹭松了口气，点点头，又觉得不对。

暂时？

谁和你暂时啊？

仿佛是看透了姜思鹭的表情变化，黎征继续说："我暂时退出，但保留参赛资格。因为你们两个，最后不会在一起。"

他语气笃定，姜思鹭抬头瞪他："你凭什么这么说？"

"凭我比你们都大一些，见的人也比你多一些。"黎征目不转睛地望着她，"当你见了足够多的人，你就会知道，不同的人有不同的气场。有的人互相吸引，有的人互相排斥。你和他的气场都很少见，靠近时，或许能撞出很漂亮的火花。但是……很难融合到一起。"

姜思鹭抱起手，显得不大高兴。

"黎总，"她语气变冷，"我看你是特效做多了，眼睛里看的东西也像是做特效。你别拿年龄压人，你是从他的年龄过来的，他也总会到你的年纪。"

"这句话倒是没错。"黎征点头，"那我就像保留我的比赛资格一样，保留对你们的看法。如果有一天你改变主意，我还会来这个地方接你。"

姜思鹭偏过眼神，不看对方。

黎征朝她点了下头，转身离开。走到车前时，他又忽然顿住脚步，回身望向她。

2月的上海还是很冷，他们站在夜色里的姿态，像两军对垒。

"不过既然这样，"她已经看不清黎征的脸，只能听到他的声音，"姜小姐，你不是一直想知道我为什么会追你吗？

"两年前，雀羽视创遇到过一次财务危机。当时公司账上只剩三万元，我本想借钱遣散员工后就回枸杞岛，一边做小学老师一边还债。

"决定申请破产的前一天，我去参加了一场提前答谢的晚宴，你也在。

"我太狼狈，不想见你，所以躲到了人群里，但是听到你和一个影视公司的负责人聊天。他和你抱怨外包团队导致项目延期，你向他推荐了雀羽。

"第二天，那个人找上了我，要我在两周内做完原本一个月的后期工作。我和团队通宵两周终于交工，交工后我去找你，才知道你已经离职。那个工作微信上的消息，你再也没有回复过。

"我一直想向你当面道谢，想了两年，想得发疯。直到那天在剧本杀馆看到你的时候，我意识到了一个问题。

"我不是想向你道谢，我只是想见你。"

两军对垒，敌军不杀过来，敌军竟向她挥舞白旗。

姜思鹭手指冰凉，脑海里拼命搜索着那晚的画面，却怎么也想不起人群里有黎征的身影。

"姜小姐，你说我的感情速食，抱歉，很多事我确实做得唐突。毕竟在你心里，这些事也没什么大不了的，你不过是多说了一句话，多扶了别人一把。

"可是对我而言，没有你那一句话，我现在，根本没办法站在这里。

"再见，姜思鹭。"

02.

"思鹭……思鹭？"

姜思鹭被路嘉摇醒。

她捂了下额头，意识自己正坐在朝暮影业的大楼里。

真奇怪，从昨晚黎征走了以后，她就一直恍恍惚惚的。

"你该走了吧？"路嘉看了一眼手机，"不是下午三点的高铁去东阳吗？要我说你今天上午就多余来一趟公司。"

姜思鹭"嗯"了一声，去拿行李箱。

"我怎么看你不太对劲啊？"路嘉一边说一边送她去电梯口，"你又和段一柯吵架了？不是和好了吗？"

"没吵。"姜思鹭说，去摁下楼的按钮，"他今天没戏，一会儿去车站接我。"

"那还差不多，"路嘉点头，又凑过来，"你这次出差待多久？"

"得有一个多月。"

路嘉闻言算了算，凑得更近："那……差不多……我下个月休年假的时候，你还在那边？"

"啊？"

"就我下个月休一周年假，"路嘉扭捏起来，"我去看你。"

姜思鹭："……"

"朋友，"她瞥了一眼还没到的电梯，转过身，"你是去看我啊，还是去和曹锵网友奔现啊？"

"哎呀，你说什么呢。"路嘉简直娇羞得不像自己，"人家是大明星，和我奔什么现，就是去看你，顺便和他……见一下。"

姜思鹭："……"

爱情啊，真是会从头到尾改变一个人的气质。

一路前去，天气不错。

最近坐高铁都坐疲了，直到在出站口看见段一柯的时候，姜思鹭才算恢复一些精神。男生个子很高，戴着鸭舌帽，气质过于突出。有从姜思鹭身边走过的旅客低声说："这是不是去横店拍戏的明星啊……"

他过来接她行李。

交接的时候指尖相碰，她身上有种过电感。抬起头，段一柯倒是没什么表情，低头走在她旁边……

这人真的好像大型犬——杜宾一类的，怪不得和成远那个比格玩得好。

"包也给我吧，"段一柯说，"打车得走出去，还有段距离。"

她觉得没必要，刚想拒绝，身后传来一声惊喜的呐喊。

"啊，那个！那个美女！买我伞的姐！"

她被喊得蓦然回头，差点儿闪了脖子。

笋仔拿着个"横店包车100"的牌子连蹦带跳地过来，朝她嚷嚷："你又来啊姐！你怎么不给我打电话！"

他身上有种喜感，姜思鹭想笑，忍了下，指着牌子问："怎么还降价了？"

"唉，这帮人恶性竞争，"笋仔恼火道，"再降我油钱都不够了……你走吗姐？你走我给你算九十。"

姜思鹭忍住那句"恶性竞争的就是你吧"，示意段一柯把行李给他。

"走，"她说，"这次不着急，你开慢点。"

"得嘞！"笋仔赶忙从段一柯手里抢过行李。段一柯望着他远去的背影，回头看向姜思鹭的眼神很震撼。

"你这都什么人脉？"

姜思鹭笑着推他背，说："走吧。"

过了个年，笋仔的车鸟枪换炮。听他说是卖了旧车，换了个二手的SUV，宽敞，送了人还能送货。

笋仔话痨，坐在前面喋喋不休。段一柯烦得戴上耳机，也就姜思鹭偶尔理笋仔一句。等红灯的时候，笋仔回头看了看段一柯，说："姐，你和他搞对象呢？"

姜思鹭说："没有。"

"哦。"笋仔说，"他追你呢？"

段一柯竟然听见了，把耳机摘下来。

"嗯。"他说，"那么明显？"

"唉，"笋仔长叹，"这年头谈恋爱真难，我还以为只有我这种外形需要低声下气，原来你也需要。"

段一柯："……还是有点区别。"

笋仔把两个人送到了酒店门口。

临下车的时候，姜思鹭翻了下包，发现笋仔上次给她的名片找不着了，于是叫住对方。

"你那名片再给我一张，我这几天得用车。"

"哦哦哦。"笋仔忙不迭又从裤兜往外掏，"你去哪儿啊姐？这人生地不熟的，你别被宰了，我是最可靠的。"

"就隔壁一个村，"她说，"估计得包车，你等我找你吧。"

"没问题，没问题。"笋仔拉到生意，很雀跃地跳上驾驶座，"有事找笋仔，我啥都能干！回头见姐！"

SUV 绝尘而去，姜思鹭被呛得咳了两声。

来之前她还有过担心，比如段一柯和剧组住一起，她要是碰上曹锵和导演就完了。仔细问了下才知道，段一柯的名额定得太晚，他和剧组其他人不住在一处。

整栋楼，就他一个《骑马客京华》的人。

这倒是方便了姜思鹭，唯一的问题就是段一柯没团队，这样也坐不了剧组的车，堂堂 S 剧男二天天打车去片场。

"你什么时候签公司啊？"她一边跟着他往房间走，一边问，"老这么单打独斗也不是办法吧，上次在医院都没人管你。"

段一柯摇了下头："不想签，再说吧。"

听路嘉说他之前的经纪公司强迫他拍了不少烂片，解约的时候也闹得挺难看，姜思鹭也就没再多问。

她房间就在段一柯隔壁，隔着一堵墙，简直和上海那个家没什么差别。简单收拾了下东西，男生抬眼看她。

"二柯在我那儿呢，你去看看？"

"哦，对对对。"姜思鹭赶忙起身，"一周多没见了，它怕是都不认我了。"

"不会，"段一柯表情很微妙，"你去看看就知道了。"

姜思鹭推门进去的瞬间，只听到一声炸裂的"喵呜——"，眼前就撞来一个橘黄色的东西。

二柯扒着她脸一顿猛亲。

段一柯怕它挠着姜思鹭，揪着它后脖颈把它拎走。二柯冲他凶残地"喵呜"了几声，又凑到姜思鹭脚边盘着。

简直和她走之前两副面孔。

姜思鹭茫然地去撸它毛："发生什么了？"

"昨天带它去打针，"段一柯没好气，"它差点儿把人家医生挠了，我就帮医生摁着，回来就翻脸不认人了。"

姜思鹭笑翻了。

"还没绝育呢，"她说，"那绝育我去？"

"我去吧，都我去，"段一柯一脸严父表情，"它总得在家里认一个吧。别咱俩都把它得罪了，它再离家出走。"

两人点了外卖，吃过晚饭，姜思鹭就回到了自己的卧室。

关上门的时候，她松了口气。

那天过后，她以为和段一柯的相处会很尴尬。不过现在看起来，好像……只是回到了最开始的样子。

但又有什么东西不一样了。

而且是非常重要的东西。

酒店里有点冷，姜思鹭打开空调热风，在制热的噪声中准备第二天的工作。

她要去采访的这个木雕大师住在距离横店影视城四十分钟车程的蔡宅村——古村地处深山，她语言不通，可以想见的会费些工夫。

要看的资料很多，她在空调的噪声中睡着。

大约是在陌生的地方，姜思鹭睡得不大安稳，半梦半醒就到了早上七点。又过了几分钟，她听见门外很小声地叩了一下。

她起身去开门。

门外没人，走廊里也空荡荡的。姜思鹭觉得奇怪，低下头时，发现地上放着早餐。

咖啡不是买的，是泡在自己的马克杯里。她闻了一下，还是她常喝的那个牌子。

姜思鹭把东西捡起来，小声说："什么啊。"

追人送早餐……

他以为自己是高中生啊。

吃过早饭，姜思鹭又整理了一下采访的东西，就打电话让笋仔来接她了。

从横店开车去蔡宅村，顺利的话也就五十分钟。天气好，笋仔开着车载音响，两个人心情都不错。

聊起来才知道，笋仔今年才十九岁，职高没上完就出来混社会了。他没学历，哪儿的工作都不好找，就在横店四处拉活儿，以前还给工地扛过砖头。

他说姜思鹭长得像他小时候隔壁一姐姐，管她叫"小姜姐"，提起来段一柯，他也顺嘴叫"段哥"。

他对姜思鹭的工作很感兴趣。

"姐，你们采访人，有什么条件啊？"他说，"你能采访我不？"

"我采访你什么啊？"姜思鹭正举着打印出来的采访提纲，有一搭没一搭地和他聊，"你身上有什么值得采访的地方？"

笋仔想了想，发现自己身上好像没什么值得采访的地方，有点悲伤。

但他随即振作起来。

"我以后肯定可以被采访，"他说，"等我以后有出息了，你就可以采访我了。"

"哦。"姜思鹭觉得他好玩，把目光移过去，"你打算怎么有出息？"

"具体的还没想好，不过我肯定会有出息的，"他单手握拳"嗬"了一声，"我指定能出人头地，到时候我会打电话告诉你的。"

"行。"姜思鹭靠着副驾椅背，"那我提前预约个大人物的采访时间。我先睡会儿啊，你到了叫我。"

一闭眼，再一睁眼，全东阳最快的男人就把她送到了蔡宅村。

姜思鹭已经很久没见过味儿这么正的古村落了——据说全村保留下两百多个明清古建筑，整个村子的色调是白墙灰瓦。村口坐了不少老人，见姜思鹭过去，就用当地方言问她做什么。

姜思鹭没听懂，笋仔说："他们问你找谁。"

"哦哦，"她急忙摊开手里的照片，"我找木雕大师，徐文正老先生，就这位。"

老人们探头看了下她手里的照片，一片哄然，叽里呱啦说了不少。她茫然地看向笋仔——

"这边土话，我也不是全能听懂，"笋仔挠了下头发，"就让你顺着这条路走到头，左手边就是了。"

古村也毕竟是村，满地鸡鸭乱窜，黄狗在脚边打滚。路边古树参天，能想见盛夏时的遮天蔽日。

姜思鹭按着大爷们的指示走到道路尽头，看见左手白墙上开了扇灰色小门，望进去，正瞧见个二十出头的年轻人坐在门口磨雕刀。

姜思鹭和对方打了个招呼。

"您好——"她小心地说，"我找徐大师，提前打过招呼。"

对方愣了一下，然后说："哦——那个采访他的影视公司是吧？你回吧，他早上说今天不见客人。"

姜思鹭：？

她看了一眼笋仔，对方摇头："他说的普通话，就字面意思。"

"我提前和你们说过的呀，"姜思鹭站在门口，"我昨天还确认了一遍呢——"

"你后天来吧。"对方把雕刀在袖口上擦了下，抬头朝她笑，话里却没留情，"师父说今天不见客，就肯定不见。"

姜思鹭有点窝火。

不过人家逐客令都下到这份上了，她总不能硬闯。敲了敲门，她再度引起对方注意，确认道："那我后天来，就能采访到了，对吧？"

"你先来吧，"对方笑得很开朗，"来了再说。"

姜思鹭："……"

走了。

什么跟什么啊。

笋仔跟在她旁边一溜小跑："姐，你别生气，我听说这边有些木雕大师就是脾气特别怪，我后天再带你来一趟。"

"很烦啊。"姜思鹭说，"倒不是不能来，就觉得白跑一趟。"

"没白跑啊，"笋仔说，"你们不是要做个木雕的电视剧吗？这村子里到处都是木雕，做木雕的，卖木雕的……虽说没你找的这大师这么厉害，不过肯定也能问着不少。"

"这怎么问啊……"

"随便问啊，"笋仔很惊讶，"这不是张开嘴的事吗？你看着啊——"

他一转头，目光锁定路边一家摆着木雕的店面，直接进去了。

姜思鹭赶忙跟上。

"老板娘，"他敲了下门口的两片长木板，"这多少钱啊？"

老板娘端着饭碗出来了。

"一万五。"

一万五！

姜思鹭咋舌，笋仔也吓了一跳。老板娘看了他们一眼，说："这是前清的东西呢。"

笋仔大"哇"一声，凑过去："这么贵的东西你就摆门口啊？"

老板娘："又没人偷。"

笋仔坏笑，站在门边和老板娘打情骂俏："哎哟，那是我之前没来过你们村。"

老板娘被逗乐，他又趁热打铁问了几句，还唠出了谁家的老件都是作假的。姜思鹭在旁边呆了片刻，赶忙把兜里的录音笔打开……

笋仔满村找人，聊到姜思鹭录音笔容量满了才走。出村的时候，她见着个小卖铺，买了瓶水给笋仔。

笋仔喉咙正滚烫，赶忙灌下去。

舒服了。

姜思鹭站在旁边看他"咕咚咕咚"喝水，觉得这小孩又机灵又好玩。

"笋仔，"她喊他，"你现在到处拉活儿，一个月能赚多少啊？"

"不稳定啊小姜姐，"他说，"有时候一天三五百，有时候一毛没有。有时候去的地方偏，回来车是空的，油钱都搭没了，还有修车保养……一个月能赚这个数算不错吧。"

他比画了个数。

姜思鹭"哦"了一声，问道："那我连你人带车包两个月，管吃管油钱，给你这个数，你来不？"

她也比画了个数。

"这么多！"笋仔差点儿被水呛死，"就每天送你来这边吗？"

"这个月是。"她说，"不过早上得多跑一趟，送你段哥去影视城。下个月我就回上海了，你到时候管好他就行。"

"我行啊，我行啊，"笋仔迅速算账，"横店那多近啊，也不废车，我给你看好他，绝对不让他和别的女演员瞎搞！"

"什么呀，"姜思鹭笑出声，"我就是让你照顾着点他。我回头问问业内助理是个什么待遇，下个月再多给你补。"

"不用加了小姜姐，够多了。"笋仔急得口水直喷，"啥时候开始啊？明天？我去修下车，决不给段哥丢人！"

"我先回去和他说一声。"姜思鹭指了下车，"车你也别破费，就两个月，折腾起来不值当。还有哦……"

她顿了顿，笋仔做出洗耳恭听的样子。

"他要是问起来，你别说是我掏的钱，"姜思鹭说，"你说我雇你是公司报销的，你就是顺路送下他，不用钱。"

"你公司给你报销啊？你公司真好。"

"我公司酒店钱还在给我卡流程呢，"姜思鹭翻了个白眼，"当然是我自己的钱啦。"

"哇！"笋仔星星眼，"那你对段哥也太好了吧……哎，不对？不是他在追你吗小姜姐？"

姜思鹭已经上了副驾，瞥了笋仔一眼，用手指戳他脑门。

"我还当你挺机灵，我看你还不够机灵。"她没好气，"不该问的别问，不该说的也别说，把人送到就行。"

笋仔被戳得脑门疼。

"什么啊……"他嘀咕道，"你们城里人，真搞不懂。"

第二天一早，横店影视城里便开进一辆拉风的 SUV。

车后视镜上挂着面小红旗，排气管"噗噗"直响，车身有昨晚连夜漆的一个明黄色大"D"。

后来据笋仔回忆，段一柯上车的时候差点儿崩溃，问他："这是啥啊？"

笋仔很骄傲地回答："D！'段'啊！"

笋仔还说："还好我劲大，把段哥扛上去了。不然他又去打车，我小姜姐这钱就白花了！"

总之——这辆"大 D"一进片场就震惊四座，引得几家艺人团队纷纷赶来围观段一柯下车的瞬间，场景华丽到就差一块红毯。

段一柯面无表情地走进人群，被曹锵一把搂住肩膀。

"段哥，你终于配车了！"曹锵激动地说，"太帅了吧！我也想给我的车刷一个'C'，到时候咱俩车并排一停——"

曹锵唱道："给你一张过去的 CD，听听那时我们的爱情——"

段一柯沉默片刻，说："滚。"

"大 D"带来的轰动到下午才平息。

徐大师昨天让姜思鹭后天去采访，她今天就留在酒店整理昨天的采访录音，也没再用笋仔，就让他一天都留在横店。段一柯一场大戏拍到下午三点，见笋仔的车和曹锵他们的保姆车并排停在一起，心里觉得好笑，最后还是选择去车上休息。

笋仔外放着音乐打游戏，随着消消乐的节奏摇摆。

有一说一，小姜姐给他这个活儿还是蛮好的，不用一直在路上跑，除了等段一柯拍完戏递递水啥的，大部分时间都坐在一边看段一柯被打被摔被吊起来被关大牢。

"段哥，"笋仔跷着二郎腿问，"你这角色怎么这么惨啊，谁写的啊？"

"落日化鲸，"段一柯喝了口水，熟练地念出原著作者的名字，"谁知道她这都什么癖好……"

"这笔名也够装的，不知道谁起的。"笋仔说。

段一柯把水咽下去。

"我也觉着是。"

03.

下午五点不到，段一柯早早收工。

曹锵趴在躺椅上，一脸羡慕地看着段一柯："我也想收工，我不想拍夜戏，这李元晟到底为什么老是昼伏夜出啊！凭啥江晚淮的戏份都在白天！"

"咱们能和人家比？"同样等夜戏的赵诃娴蹲在一边说，"人家江晚淮大珏王朝公务员，咱俩一个江湖无业游民，一个图谋造反。现在意识到进体制的重要性了吗？"

段一柯："……真棒，你俩这话，原著作者听见都得鼓掌。"

上了笋仔的车，两人没一会儿就回到酒店门口。段一柯下车时又打量片刻车身上的明黄色大 D，还是没忍住。

"你明天，"他拍了下笋仔，"把这 D 刷掉行吗？"

"为啥啊？"笋仔震惊，"多有辨识度啊，一看就知道是你的车。那个演男主的演员不还羡慕咱车呢……"

正说着，不远处有个女生像是刚逛完街似的朝他们走了过来。笋仔余光见是姜思鹭，立刻找人做主一样跑了过去——

"小姜姐，小姜姐！他非让我把这 D 抹了！他有没有审美啊，多好看！"

姜思鹭边走路，边啃苹果，见着车身瞬间笑岔气。

"抹了干吗啊？"她绕车走了半圈，"人家笋仔也是一片心意，我看不错，非常有辨识度，一看就知道——"

她声音扬起："是段一柯的车！"

段一柯："……别喊了！"

真是丢不起这人。

"你俩吃饭没？"

"还没！我一会儿和哥们儿吃。"笋仔说着就上了车，"段哥下班太早，没领着盒饭，小姜姐你俩吃吧。"

"哎哎，"姜思鹭从兜里往外掏东西，"这苹果你拿着吃。"

她刚在路边摊随手买了两个，本来打算给段一柯，看笋仔接送段一柯尽心尽力，没多想就送他了。

笋仔拿了苹果美得不行，又是两指并拢在太阳穴一甩，人就随车飞了。

姜思鹭目送"大 D"远去，回头看见段一柯拉个脸看她。

她费力咽下苹果。

"干吗啊？"

段一柯："我怎么没苹果？"

姜思鹭："……有病吧你。"

段一柯："我也想吃苹果。"

姜思鹭："……"

神经。

吃十八岁自己的醋，吃黎征的醋，吃笋仔有苹果你没苹果的醋。

吃饭的地方就在马路对面，旁边是个水果摊。姜思鹭点好菜就从饭馆出去了，段一柯不明所以，下意识喊她："你干吗去啊？"

竟然不理他。

让把D涂了也不向着他，买苹果也不给他，吃饭还不理他……段一柯臭着脸拆一次性筷子的包装，越想脸越臭。正低着头掰筷子时，身边传来脚步声。

下一秒，一塑料袋苹果扔他怀里。

"行了吗？"姜思鹭说，"够你吃到杀青。"

次日。

段一柯今天没人送，又是自己打车来的片场。曹锵四下张望，不见他拉风的"大D"车后，便把目光集中到段一柯的书包上。

书包侧兜里装了两个苹果。

"段哥，"曹锵扒拉他，"给我个苹果吃。"

"不给。"

"你不是带了两个吗？"曹锵嚷嚷，"你给我一个怎么了？"

"我带两个怎么了？"段一柯目不斜视地看剧本，"我上午吃一个下午吃一个。"

曹锵"嘁"了一声，很不屑。

"你的车呢？"他又问，"我还说学习一下你那个D的喷漆手法。"

"送别人去了，"段一柯说，"今天不来片场。"

"大D"正停在离横店影视城四十公里外的蔡宅村。

前天认了路，今天车就往村里开了几步。离车不远处，姜思鹭正和坐在门口的年轻男人吵架。

"我都第二次来了，我又不是没提前约！"她气得胸口起伏，"什么叫今天又不见人啊？那到底什么时候见啊？"

磨雕刀的年轻人显然也有些为难。

"你和我吵没有用呀，"对方说话软声软气，倒显得姜思鹭无理取闹了，"师父想见谁，不想见谁，我们说了又不算的。而且哦……"

他压低声音："师父出尔反尔也常见，有时候心情一好，cua！就见你了。"

姜思鹭："……"

这"cua"一下，是怎么一下。

两次被拒，姜思鹭脾气也上来了。余光见着门边有把长椅，她转身过去一坐，说："我今天就坐在这儿等，等到明天这个时候。我就不信徐老先生一天不出家门。"

年轻人见她态度坚决，不好再搪塞，说："那我再去里面给你问问。"

他又消失在宅子的二重门里。

"小姜姐，"笋仔凑过来，"你非得采访这个徐老先生吗？"

"我采访提纲列这么多！"姜思鹭把手里的纸一甩，"见都不给见一面，也太不尊重人了……而且他明明都答应过我了，我不懂他什么意思。"

"小姜姐哎……"笋仔叹气，"这社会上说话不算话的人多了，你都没被骗过吗？"

姜思鹭低了下头："被骗过啊，可是……每次碰到，还是会不服气。"

"行，那你先等。"笋仔起身张望了下，"我去给你买瓶水。"

那看门的男生这一去，再回来就是下午五点了。

笋仔已经等得很不耐烦，姜思鹭脸色也不大好。谁知对方一开口，传话更是让人火冒三丈——

"师父说，"他一字一句地复述，"他每天早上七点开始雕刻，往后就不见人了。你要是一定要见他，就在这儿等到明天早上六点，我会来带你进门。"

"摆什么谱啊！"笋仔跳起来，"等到早上六点？谁有工夫和你耗一夜！小姜姐，咱们走！我就不信全东阳就这一个木雕大师！小——小姜姐？"

他拽了几下没拽动姜思鹭，转过头，语气有些惊诧。

"不是吧……你不会，真的信他说的话，要等到明天早上六点吧？"

姜思鹭闭了下眼，再睁开。

她太清楚自己的脾气了……

这是又钻进牛角尖里了。

"好，那我就等到明早六点。"她抱着包，坐回了长椅，"是他答应要接受我采访的，他不能再说话不算数了。"

笋仔急了。

"哎，不是，这还2月份呢，你在这儿等一夜……"他急得团团转，"你这，段哥走之前还让我带你早点回呢，我这空车回去他不骂我……"

"你自己先回去吧。"姜思鹭目不转睛地盯着眼前的地面，"我答应公司要采访这个人我就要采访到。徐老先生答应要接受我采访，他就不能没完没了地糊弄我。"

笋仔绝望了。

姜思鹭不是在做样子。他能看出来，他小姜姐现在浑身上下已经透露出了一股，徐老先生不见她她就在门前扎根成树的气势。

"哎，行，行。"他长叹一声，"小姜姐，那我走了。你要是……你要是半夜冻得受不住你给我打电话，我来接你啊！"

门前很快只剩下她和那磨雕刀的年轻人。

古村寂静，偶有狗吠传来。雕刀浸在水里，又置上磨刀石，空气里溢着金属和石头摩擦的粗粝声。

一点点，磋磨出锋利的刀刃。

太阳落山的时候，对方把雕刀收进了布包里。

"我要回去了，"年轻人朝姜思鹭欠了下身，"晚上记得多走动，师父也不想让你冻病。"

姜思鹭："……"什么鳄鱼的眼泪，我在这儿冻着是因为谁。

她心里吐槽，表面也没说什么。目送对方端着水盆消失在二重门里，她便把目光再度移回门前。

看树，看草，看月亮爬上枝头。

古村里的时间概念没那么强，她抱着膝盖坐在长椅上，除了冷点，心里倒沉淀下些许宁静。

她不知不觉就睡着了。

她又在做梦，梦见她回了自己家，睡在鲸鱼灯下。家里怪冷的，她打了好几个喷嚏，想开暖气，却只能开冷风，于是家里越来越冷……

"姜思鹭，你别在这儿睡觉。"

她猛然惊醒。

怎么是段一柯的声音，她真回家了？

她迷糊了半晌才反应过来——

男生单膝跪在长椅前，手里的外套披在她身上。月色照在他脸上，将他的眉眼勾勒得分明。

往远看，笋仔站在车门外，正被冻得原地小跳。

她捂了下额头。

"你怎么来了？"她问，"你不是今天有夜戏吗？"

"我夜戏都收工了你还不回去。"段一柯去摸她脸，指尖一冰，"上车，咱们回酒店。"

"哎，我不能走……"她昏昏沉沉地嘀咕，"我得等到早上六点，我等到六点才能采访那个老师傅……"

"姜思鹭，"段一柯语气变了，"这是几月份啊？你这样会冻病的你知不知道？"

"我也不想啊。"姜思鹭低着头，语气也苦恼，"我明明都和他说好了，本来前天就可以采访到的……"

再抬头，她也有点委屈。

看见段一柯，她尤其委屈。

"他让我今天来嘛，"她带了哭腔，"我来了他又不见我，让我等到明天早上……"

段一柯碰了下她的脸，她的眼泪"唰"一下流下来。

"我没想睡觉的，我太困了嘛……"她冻得都带了鼻音，"我就很喜欢睡觉你又不是不知道，能不能不要总说我啊……"

段一柯简直又好笑又心疼。

他朝姜思鹭张了下胳膊，对方嘴角一垮，人靠了过来，双手搂着他的腰。他摸了她头发一会儿，知道她是突然委屈了。

像小孩摔跤，本来只是有点疼，别人过来问一句，就真的疼了。

"行，我不说你，"段一柯哄人的时候尾音往长了拖，在她耳边说，"哭完了吗？哭完了去车上睡会儿。"

"你都不听我讲话啊，"姜思鹭在他怀里又急了，"我说我得等到六点的……"

"我替你等。"段一柯搂了她腰一把，抱她站起来，"我替你等到六点，行吗？你去车上睡。"

她又不说话了，脸在他怀里埋了一会儿，换了个方向。

"可是你也会冷。"

"我不冷，"段一柯拍她后背，"我是男的，男的阳气重。不然那些深山老妖为什么老抓男的，就是觊觎阳气——"

"什么乱七八糟……"姜思鹭总算笑了一声。

她顿了顿，又想起来似的问他："那要不我们都去车上，反正他也不知道我们在哪里等的……"

段一柯看了看门。

"没事，也快到六点了，"他说，"这老头儿听着就有点毛病，我怕他明天又挑你刺，这半宿不是白冻了。"

他是冲着姜思鹭过来的，提起这"大师"实在没什么好气。

他又哄了几句，总算把姜思鹭哄上车。

古装戏拍多了，段一柯也记了不少古代的时间说法。这种古村落，入夜就像是回到千年前。这时辰，或许该叫四更天。

这么晚，坐着肯定犯困，他没姜思鹭那么傻。他手插着外套兜在院子里走路，走着走着就笑了。

这是干什么呢，简直不像他会干的事。

大半夜在人家门口转圈。

走到紧闭的二重门前，段一柯顿住脚步，又转身离开。他想，自己这些年脾气是真变好不少。要放在十七八岁那会儿，看见姜思鹭这么哭，他指定一脚把门踹开。

走到树底下的时候，他又想，十七八岁那会儿的自己，会喜欢姜思鹭吗？够呛，那时候喜欢他的人太多了，他也不懂什么是真的喜欢。

院子里还有个石桌，边沿有雕刀划过的痕迹。段一柯用手抹了下，抹了一手灰白。他就着那灰白在桌上写了一点，又写了一撇，然后一个王，下面一个女。

看一看，还挺满意。

虽说脾气不是十七八岁的脾气。

但是干起傻事来……

大概什么年纪都差不多。

一夜。

姜思鹭和笋仔都睡在车里。她睡后排，笋仔睡前排。天微亮的时候有人开车门，姜思鹭一下被惊醒。

段一柯弯着腰站在车外，一张嘴，呼出一口寒气。

"去吧，"他歪了下头，"出来个男的，让你进去。"

姜思鹭赶忙跳下车。

她是盖着外套睡的，车里也有暖气，身上热乎乎的。她一抱段一柯，他外衣凉透，手也冰得人心往下沉。

"姜思鹭，"段一柯低头看她，想起她睡在家里沙发上的样子，忍不住笑，"你怎么老像个毛线团似的？还是刚从暖气上拿下来的。"

她没理他打岔，两只手焐着他一只，焐了一会儿又换另一只。

段一柯的手也好看，手指很长，骨节分明，皮肤底下有淡淡的血管。大概是昨晚冻久了，皮肤有种苍白干涩。

"行了，我去车上坐会儿就好。"他把手抽出来，"快去吧，那糟老头子等你呢。"

他说起徐老师傅的口气带点不耐烦。

让段一柯在外面冻一夜，他能耐烦就怪了。

姜思鹭点点头，眼睛又盯了他的手一会儿，回身去车里拿采访提纲。下车的时候，段一柯已经坐回副驾驶，她绕过去，让他把窗户降下来。

段一柯往外探头："怎么了？"

话音刚落，她俯了下身子，嘴唇蜻蜓点水，碰了下段一柯的脸颊。

她亲完就跑，一个眼神都不多给。

段一柯半晌才反应过来，笑了一声，把车窗升上去。回过头的时候，笋仔瞪大眼睛，直勾勾地看着他。

段一柯："……小孩别瞎看。"

笋仔闭眼，不满地嘟囔："杀狗还不让狗瞪眼啊。"

沉默了一会儿，笋仔还是没忍住——

"不是，段哥你这到底是追没追着啊？"

段一柯闭着眼，气定神闲："没啊，她不好追啊。"

"哎，你们城里人真搞不懂！真的搞不懂！"

见面费了九牛二虎之力，真进去采访，倒是容易了不少。

徐老师傅今年八十四岁，一头银发，说话慢条斯理，有问必答。老先生中间去喝茶润嗓子，姜思鹭悄声问一边的徒弟——就这几天在门口磨刀的那位。

"之前为什么不让我进啊？"

对方也压低声音回答她："之前也老有人来采访，要么拍东西。人来得多了杂了，师父说自己雕刀都不稳了，以后只放有恒心的进。"

姜思鹭无语："那你们别答应朝暮不就行了？"

"这个……"徒弟咳嗽了一声，"师父是世外高人，但是也得考虑人情世故。你不是你们公司高管介绍来的吗？那位高管，这几年买师父东西确实花了不少钱……"

行，逻辑上倒是通的。

片刻，姜思鹭又眼神一变："那他不会用手机发微信也是假的吧？"

"嘿，"徒弟摸摸头，"师父消消乐玩得一绝。"

片刻后，"消消乐·木雕大师徐文正"老师傅喝茶归来。

剩下的问题也不多了，姜思鹭打开录音笔，又和他聊了半个小时。大概是她准备得充分，对不少木雕术语也很精通的样子，徐文正还问她需不需要别的帮助。

姜思鹭正有此意。

"是这样的，徐大师，"她倾了下身子，"我这次来是帮公司写行业调查，只是采访的话，很多东西收集得不全面。您能不能让我在你这儿学几天木雕啊？学的时候，我也顺便和您的徒弟们聊聊，看看年轻人怎么和木雕打交道。"

"可以啊，"徐文正慈祥地点头，"那就让龚九带你学几天吧。"

215

"龚九是谁啊？"

身后，刚才还在和她窃窃私语的年轻人拍了下她的肩膀。姜思鹭回头，很惊讶："我还以为你就会磨刀呢！"

龚九面露不满："……你别小瞧人啊！"

应该是"cua"一下看顺眼了，徐文正多给了姜思鹭一些采访时间。她被送到门外的时候，已经早上八点半。

"那就这么说定了，从明天开始——"龚九比了个"9"的手势，"你每天九点来工作室，我教你基础的木雕。"

姜思鹭比了个"OK"。

回过头，笋仔的车停在大门口，很招摇的样子。

采访顺利，她高高兴兴地去拉后排车门。上车坐定，她才看见，段一柯不在副驾了。

"段哥说他还得拍戏，自己叫车走了。"笋仔挣扎着坐直，"小姜姐，送你回酒店吗？段哥说让你补觉。"

段哥长段哥短，昨天也是半夜把段哥带过来……

姜思鹭趴在座椅上："不是我雇的你吗，你老听他的干吗？"

"啊？"笋仔茫然回头，"你雇的我，但是你听他的，那上级的上级，不就是我的上级吗？"

姜思鹭："……谁说他是我上级！我是他上级！我是！"

"行行行，你是。"笋仔摆摆手，发动汽车，"那我送你回酒店了啊，段哥交代的，让你别乱跑了。"

姜思鹭一噎，躺回座椅。

不想说话。

不过段一柯确实了解她。昨晚这一顿折腾，她回酒店后睡了个天昏地暗。

醒来的时候，竟然都晚上十点了。

房间里一片漆黑，没开暖风，也冷。姜思鹭缩在被子里去找手机，眯着眼找到了置顶的段一柯。

她问：【回来了吗？】

等了一会儿，对面回复：【回了。】

她继续打字：【我想去找你。】

名字变成"正在输入中"，随后：【过来吧。】

她手里有段一柯房间的第二张房卡，也不用他开门，蹑手蹑脚就溜进去。掩上房门后，她一低头，看见二柯盘在地上，双目炯炯地注视着她。

姜思鹭突然心虚起来。

段一柯房间就亮着一盏夜灯，他躺在床上，单手拿着《骑马客京华》，正在看不知道第几遍。

姜思鹭看见封皮上自己的笔名就一阵害臊，她把书丢开，钻到他旁边。

段一柯侧脸看她："你要干吗？"

"不干吗，"她往他身边挤，"我就躺着。"

段一柯给她腾地，语气有点无奈："我还在追你呢，你怎么一点都不知道矜持。"

哦，对哦。

她还是被追状态。

她很难追的。

但是。

姜思鹭翻身，趴在床上，目不转睛地看段一柯。

每次看段一柯的时候，身为作家的姜思鹭都会感到自己词汇量的匮乏。她心里翻来覆去，就那么几个字——好看，真好看，啊啊啊，真的好好看。

段一柯被她看得心里打鼓，再度提醒："矜持，姜思鹭，矜持。"

然而下一秒，他感觉有个毛线球滚进自己怀里。

"我不要矜持。

"我就要抱段一柯。"

04.

接下来几天，姜思鹭和段一柯都忙了起来。

《骑马客京华》的拍摄进入中期，江晚淮遭贬谪，和宋冽有了更多交集。段一柯回酒店的时间也变得不固定。

姜思鹭每天一早就去蔡宅村学木雕，顺便到处抓人聊天录音，回家还得把白天的内容整理成文档。

忙了一周多，她总算提交出第一份报告。

凤姐：【好用心啊思鹭！】

凤姐看完就给她发微信：【比我想的翔实多了，真是没招错你！】

姜思鹭回复她：【和我之前写小说做素材收集差不多。不过以前没有这种亲临现场的机会，碰到的匠人师傅们也特别好，帮了大忙。】

凤姐：【我让策划那边详细研究下，你还在那儿多久？】

姜思鹭：【不到三周。】

凤姐：【行，那我等你第二份报告！】

关掉微信，姜思鹭松了口气。

她好像一直特别……怕别人亏钱。

第一次出书的时候心理压力就很大，怕书积销，出版社亏钱。后来拍成电视剧，又忧心电视剧没人看，给影视公司亏钱。这次来了朝暮影业，又担心自己出差一无所获，平白花了不少住宿费……

所幸结果还不错。

姜思鹭松了一口气，又想起了段一柯。

她这几天忙得甚至没和对方吃过饭，只有每天的早饭仍然准时放到门口。酒店隔音效果一般，她听见隔壁有隐约的电视声，便也没问，披上外套就直接过去。

"嘀！"

门卡把门刷开。

段一柯今天好歹早收工，正盖着被子在沙发上看剧。见姜思鹭进门，他抬了下头算打招呼，又把目光移回屏幕。

姜思鹭顺着他目光看了一眼，屏幕上正在播放她之前那本书改编的校园剧。

姜思鹭走过去拿遥控器，想关了，又被段一柯夺走。

"你干吗？"

"你干吗？"她反问，"你看这个干吗？又不是拍给你这个年龄段看的。"

段一柯义正词严："我学习。"

"学习？"

"对。"男生点头，目光转回屏幕，"赵诃娴老说我不会演暗恋戏，说她在这部剧里演了个暗恋的角色，和江晚淮心态差不多。"

姜思鹭："……"

之前她一直担心曹锵和导演把她搞穿帮，忘了这赵诃娴之前也演过她书里的角色了。

段一柯要"学习"，她也没理由拦着，只能坐到他旁边，抱着腿和他一起看。

蓝校服，白 T 恤，飘扬的马尾辫。

女主是好看的，男主也挺帅，不过还是差了段一柯一截。

剧情正演到班里同学为了贫困小学搞义卖，大家把心爱的东西都拿给女主。姜思鹭看得出神，段一柯忽然出声。

"哎，你看这人。"他指着屏幕右边一个男生，"我怎么觉得他这行为举止那么像邵震呢？"

姜思鹭神色一僵。

屏幕里，原型是邵震的男生正一脸心痛地抱出自己的限量版球鞋，放到女主角的义卖箱里——

"拜拜，小绿，"他死盯着那双翠绿的篮球鞋，"小红会代替你陪我的。"

屏幕外，段一柯胳膊肘撑到腿上，神色不可谓不困惑："我记得咱们班也弄过义卖，邵震也给了双球鞋。还有他们班这班长，怎么说话口气那么像朱哲茂啊？哎，姜思鹭你记得吗——"

姜思鹭僵硬转头。

段一柯也转头。

"我之前不是和你说我觉得我认识这个作者吗？我现在越来越这么觉得。之前看书还没有这么夸张，最近追这个剧，文字一还原成影像，我觉得这背景简直就是 K 中。"

"也、也还好吧……"姜思鹭僵硬地说，"国内中学不都这样吗？大差不差，很正常。"

"不不不，"段一柯摇头，"就说这个义卖——他们要把东西拿到紫藤花架底下去卖——这不和 K 中的义卖活动一模一样吗？还有那个班主任，那简直就是照着咱们班主任写的——这落日化鲸不会是咱们高中同学吧？"

姜思鹭差点儿从沙发上栽下去。

段一柯扶了她一把。

"哦，对了。"他神色一动，"你之前不是还在帮落日化鲸看那个《她的狮子朋友》的初稿吗？你是和她有私交吗？"

姜思鹭拼命摇头："没有，没有，是同事发给我的。我俩隔着好几层人呢，不过我听说她她她……"

她决绝道："我听说她是南方人！肯定不是咱们高中同学！"

说完，她果断抢过段一柯手里的遥控器，"啪"一声摁灭屏幕。

屋子里陷入黑暗，只剩床边一盏夜灯。

段一柯的脸藏在黑暗里，姜思鹭听到他稳定绵长的呼吸声。

冲动了。

她叹了口气，起身："那我回屋了啊——啊啊你干吗！"

身上一轻，她被拦腰拽进段一柯怀里。

两个人的呼吸声都沉重起来。

"天天忙工作啊？"他又是那种拖长了的尾音，听得姜思鹭指尖发麻，"这就要走了？"

她想挣脱，挣不开，腰被什么东西硌了下。姜思鹭在黑暗里低头，问他："什么东西啊？"

男人一愣："不是我。"

"段一柯，你有病。"

她腾出一只手，去腰间摸了摸，才发现是放在兜里的一块木牌。

这几天学木雕的时候，师兄带她刻的。

段一柯从她手里拿过。

木牌不大，椭圆形，左右镂出祥云，中间是个浮雕的"平安"。

段一柯笑："这是什么？"

"这几天在徐老师傅那儿雕的，"姜思鹭摸了摸木牌上面系的平安扣，"师兄带我做的，不过不大好看。"

"蛮好看的，"段一柯借着昏暗的光打量，"给我的？"

她大大方方："对啊。"

段一柯用拇指摸了下木头的表面，又去抓姜思鹭的手。

她这几天老磨雕刀，指尖都起了茧子。段一柯揉了一会儿她的手指，翻身，把她卡在沙发靠背和自己身体的缝隙里。

"段一柯，"她戳他的腰，"我要回去了。"

"不行。"

"那我要去床上睡。"

"哪儿都不去，就在这儿睡。"

他去扯半落在地上的被子，把两个人都盖起来。姜思鹭靠在对方胸口，听他的心跳声——很懒散，一下，一下，但深。

段一柯垂了下眼，再度警告："你别乱碰了，我今天吊了一天威亚，人快散了。"

"哦。"姜思鹭老实地收回手，"吊威亚干什么啊？"

"坠崖，"他说着，"嘶"了一声，"要是落日化鲸真是K中的，我是得去问问她，到底和江晚淮有什么仇啊，这么折腾他。"

姜思鹭想笑不敢笑，只好把手放在他后腰上，慢慢给他揉。

保护我方段一柯的腰。

"这个可以，"段一柯闭着眼，又把姜思鹭往怀里搂了搂，"谢谢我们小姜同学。"

"不客气。"

姜思鹭在他怀里无声地笑。

毕竟你这么惨……

都怪我。

她自己睡在隔壁老觉得冷，段一柯怀里倒是暖和。可惜他最近拍戏早出晚归，第二天六点多他就醒了。

他一动，姜思鹭也睁眼。两个人对视半晌，他先开口。

"你再睡会儿。"

姜思鹭不想让他走。

毛线球又凑到怀里了，段一柯都不敢硬推。姜思鹭仰起脸，用自己的鼻尖去碰段一柯的。

男生喉结明显动了下。

她还在不知深浅地碰，段一柯单手勾住她腰，气息也不再是刚睡醒的平稳。柔软触感刚覆至唇边，压在枕头底下的手机忽然响起来。

姜思鹭吓得猛然弹开。

这么早……

段一柯闭了闭眼，压回心底躁动，接电话的语气不是很好："谁？"

"段哥！"笋仔的声音响起来，"我今天到早了！我在楼下吃包子呢，你要提前走你直接下来啊！"

段一柯："……"

姜思鹭落回身子，也觉得好笑。

"那你提前下去吧，"等段一柯挂了电话，她小声说，"今天要吊威亚吗？"

段一柯叹气："吊。"

姜思鹭想了想，起身亲了他嘴角一下，然后推他肩膀："去吧。"

谁来给我讲讲什么叫能量充满？

段一柯出门很快，没一会儿就穿好衣服准备下楼。

姜思鹭还是很困，说着要等他走了再睡，五分钟不到就又失去了意识。段一柯叹了口气，从地上捡起那写着"平安"的木牌，轻轻关上门。

酒店楼下，笋仔坐在车里，咬着豆浆吸管。

"段哥气色不错啊，"他傻乐，"这当演员还真得身体素质好，昨天吊那么久威亚，睡一觉就没事了。"

段一柯气色不错，但是说话显然没什么好气。

"喝你的豆浆吧。"

坐上车不久，段一柯又观察起笋仔后视镜上挂着的中国结。

"怎么了段哥？"笋仔和他一起看，"这中国结有什么问题？"

"没什么问题，"段一柯边说边往外掏东西，"我再挂一个上去你不介意吧？"

笋仔瞬间热泪盈眶。

"段哥！你终于对我们的大 D 车有了归属感！你都要和我一起装饰它了——哎？哎哎哎？不是这是啥啊！"

笋仔瞪着那做工粗糙的木牌。

"这刻得也太丑了段哥！"他看着歪歪扭扭的"平安"，瞳孔地震，"你可是在东阳啊！你这多少钱买的，你是不是被骗了！"

段一柯挂完木牌，收回身子，往副驾上一躺——也没吃糖，嘴里不知怎么有股甜味。

笋仔还在啰唆，段一柯瞥了一眼，说："你懂个啥。"

段一柯走后一个多小时，姜思鹭才从床上爬起来。

笋仔一般八点多回来接她去蔡宅村，时间富裕，姜思鹭慢悠悠地洗漱。她看了一眼手机，发现昨晚有条微信没回。

丁丁的。

她心里一沉。

这次改稿从年前拖到年后，确实是……

太久了。

她打开，丁丁的信息跳出来：【化鲸，真的不能拖了。选题是去年报的，出版社都来催了两遍了。】

姜思鹭用凉水冲了把脸，拿着手机，坐到沙发上：【抱歉啊，我最近在出差，特别忙，耽搁了。】

丁丁很快回她：【理解，就是曲笑那边也在催我。】

姜思鹭发了个拥抱的表情包，内心实在愧疚。

姜思鹭继续回复：【我改了四分之三了。要不我先把已经改过的部分发给你看看？剩下四分之一，我这周一定改完。】

丁丁：【也行。】

姜思鹭打开电脑，找到许久没有打开的《她的狮子朋友》文档。临发送前，她看了一眼内文，满篇飘红，让她有点头晕。

发送。

丁丁发了个"收到"表情包。

先这样吧。

姜思鹭叹了口气，看见笋仔也给她发消息说到了。她连忙收拾东西下楼，刚上副驾，笋仔递过来早点。

"段哥给你买的。"

姜思鹭接过，心情算是稍微好点。

不过好得有限。

到了蔡宅村，龚九已经在门口等她。之前说今天要学木雕"细坯雕"的步骤，姜思鹭一边看，一边不自觉地唉声叹气。

龚九刀都歪了。

"你叹什么啊？"他也转头长叹，"这木雕得心无旁骛，一气呵成。你老在旁边打岔，我还怎么雕啊？"

心无旁骛，一气呵成。

听起来和她写小说倒是有共通之处。

姜思鹭说："龚老师，今天我有点学不进去，咱们聊聊天行吗？反正我也是来给影视剧取材的。"

"聊什么？"

姜思鹭眼神漫无目的地乱转。

"就比如说……"她随手一指，"你这块木雕多少钱啊？怎么卖啊？"

她指的是龚九上个月刚完成的一块叫"国色天香"的牡丹木雕，半米长的黄花梨木上，雕刻了数百多形态各异的牡丹。

"有人买就二十万，"龚九眼皮都不眨一下，"没人买就不值钱。"

"好贵，"姜思鹭感叹，"那那个呢？"

是个麒麟送子的造型。

"那个啊？"龚九瞥了一眼，"那个不到一千。"

"为什么啊？这个看起来也挺复杂的啊？"

"那个是机雕的。"

"什么意思？"

"机雕的。"龚九转过身，"机器雕刻，按模型，一次量产成百上千，但是没有任何区别。那个牡丹，是我手雕的，每一朵花都不一样。再做一个'国色天香'，还是没有一朵花是一样的。"

龚九笑了笑："木雕和人一样的，得与众不同，才会被高看一眼。"

姜思鹭愣了下。

对方说："你要是今天不想学了，就自己在宅子里转转吧。我还得帮师弟看轮廓线，咱们明天继续。"

姜思鹭"哦"了一声，目送对方远去。

得与众不同，才会被高看一眼。

她乱了一个上午的脑子好像清明了些。

手机振动，姜思鹭把目光移回，看见丁丁又给自己发了消息。

她起身去院子里回复。

3月一到，江浙阳光就好了。院子里被太阳晒得暖烘烘的，她把手机亮度调到最高，才能看清屏幕里的字。

丁丁：【化鲸，语音聊下？】

怎么又是语音，别是给曲笑传染了。

她叹了口气，回复声"好"。

没过一会儿，对面就拨过来了。

"化鲸哎……"丁丁压低声音，"你这个稿子改得，不太行……"

丁丁态度挺好的，但姜思鹭无名火起。

"还要怎么改啊？"姜思鹭压着恼火反问，"我都是按照曲笑的批注改的。"

"她刚看了，她觉得你还是……"丁丁叹气，"她觉得，你还是不够向市场妥协。"

"我还得怎么妥协啊？我都快妥协得不认识自己了。"

"你别急，你别急，我刚跟她吵完架。她那个意思大概是，她觉得你还可以再从这几个角度妥协一下，比如说——"

"丁丁！"

对面突然传来曲笑的声音。

姜思鹭一愣，随即反应过来——对方大概不知道丁丁在和她语音，在办公室里直接叫人。

丁丁语音没来得及关，曲笑接下来的话一字一句落到姜思鹭耳朵里。

"我又看了一遍《她的狮子朋友》的修改版。我实话告诉你，这本书绝对不能这么写，市场根本不认。你让她赶紧改成我要的东西，这已经交过来的都是什么啊？改了这么久，怎么还是一团垃圾？"

姜思鹭心里一沉。

下一秒，对面"嘀"的一声，是丁丁手忙脚乱挂了语音。姜思鹭望着在阳光下不大清晰的手机屏幕，脸色慢慢变了。

她又给丁丁拨了过去。

被挂断。

再拨。

总算接起。

"化鲸，"丁丁声音慌张，"你、你刚才都听见了？哎呀，你千万别难受，咱们慢慢改，肯定能改好……"

"丁丁，我不改了。"姜思鹭转身，望着从黄花梨木中绽放出的牡丹，"我们解约吧，出版社有什么损失，我全权承担。这本书，我不想出了。"

05.

路嘉以前形容姜思鹭，永远帅不过三秒。

此刻就是。

段一柯的酒店房间里，姜思鹭窝在沙发上，和电脑屏幕里的路嘉唉声叹气。

"丁丁会不会被曲笑骂啊……"她忧心忡忡，"他们要是就不和我解约，我是不是还得打官司啊？你有没有认识的律师啊？是不是还得找专门做知识产权的……"

路嘉一脸无语。

"姜思鹭，你振作点！"她指关节敲了下摄像头，"好歹也当过一年'社畜'，怎么碰见事还是学生的思考模式。你们就是一个商业合作的关系！你靠他们出书，他们靠你赚钱，你不要总把感情代进去！"

路嘉："还有那个解约的事……曲笑巴不得你解约。我告诉你，她折腾这么一场大戏，不光是你书本身的问题，她是想通过否定前主编的决策否定前主编。你不改这本书就出版，大卖，是前主编有眼光，对她有害无利。你改了这本书再出版了，大卖，是她改得好；卖扑了，也是前领导决策有问题，她努力补救了。你懂了吗？"

"不想懂。"姜思鹭捂着头，"我写小说就是为了远离这些事，怎么还得听这些弯弯绕绕。"

"有人的地方就有江湖我的化鲸大大。"路嘉满脸怜爱，"别委屈了，我明天开始休年假，下午就去横店了……我和你住一起会不会影响你和段一柯的二人世界？"

"哎呀，不影响不影响，"姜思鹭摆手，"快来吧，我需要你。"

路嘉一阵妖孽狂笑。

"啊哈哈哈，臣妾明天就前去！"

视频挂断。

姜思鹭瘫在沙发上。

窗外已经黑透，盘在床上睡觉的二柯突然起身前去挠门。

下一秒，段一柯的身影出现在门前。

今天收工时间还不算夸张。

"大老远就听见你打电话，"段一柯进了家门，把外套往姜思鹭身边一扔，"是路嘉不？笑得楼道那边都听见了。"

这酒店隔音也太差了。

屋子里冷，姜思鹭余光瞥见段一柯刚扔过来的衣服，干脆抓过来，盖到自己身上。

她抱着腿靠在沙发上，段一柯外套又宽大，一时只露出个脑袋。

段一柯觉出她情绪不对，抬眼看过来——

姜思鹭这人心里藏不住事，高兴不高兴都写在脸上。就说现在，左脸写着"烦"，右脸写着"躁"。

段一柯走到沙发前，蹲下。

"怎么啦？"他语气倒是很好，"是谁惹我们小姜同学生气了呀？"

姜思鹭不讲话。

毕竟讲话就得编谎话，而她现在根本没力气编谎话。

但段一柯蹲在自己面前的样子很诚恳，像是真要听她讲讲烦心事，姜思鹭垂下眼，组织半晌语言，终于蹦出一句——

"段一柯，我是不是特别笨呀？"

段一柯失笑："谁说你笨？"

"也不光是笨，"姜思鹭苦恼地把下巴放到膝盖上，"我胆子还特别小，我总是理解不了别人的意思，又害怕别人对我不满意。所以做起事总是战战兢兢的，不敢按照自己的心意。段一柯……"

她抬起头，望着男生的眼睛。

"我有时候真的好累。我好羡慕你啊，你好像从来都不在乎别人是怎么看你的……"

段一柯沉默片刻，脸色变得认真起来。

他把姜思鹭垂下的几缕头发别到她耳后，轻声问："所以你担心，按照自己的心意做事，别人会怎么样？"

"可能会……会讨厌我吧。"

比如丁丁，丁丁应该以后都会讨厌她了。

段一柯笑了下："讨厌你，然后呢？"

姜思鹭陷入沉默。

"无关的人讨厌你，喜欢你，对你有什么影响吗？"

好像……没有什么影响。

"其实我刚来这个剧组的时候，也有人会讨论我爸的事，甚至当着我的面。但是我好像也没有觉得怎么样，因为对我来说，他们怎么看我、喜欢我、讨厌我，一点意义都没有。说实话，对现在的我来说……

"这个世界上，只有你的喜欢和讨厌，是有价值的。"

只有你的喜欢和讨厌，是有价值的。

姜思鹭愣愣地看着他。

干吗要这个时候表白啊……

很不合时宜啊……

不过对段一柯而言，这句话好像根本不算表白。他继续整理姜思鹭的头发，边整理边说："你比我幸运一点，你还有很爱你的父母，和姥姥、姥爷，对不对？你需要考虑的，只是他们的情绪。如果还有余力的话，也可以考虑一下我的喜欢。"

姜思鹭忽然眼圈一红。

她还有父母，和姥姥、姥爷。

可段一柯什么人都没有了。

除了那个根本算不上父亲的父亲。

为什么要这么轻描淡写地说这些话。

她忽然伸手拽住段一柯的衣服，借着手上的力，慢慢从沙发上滑下去。

他的外套也从她身上滑落。

她抱住他。

"不是的，不是可以考虑一下你，"她很认真，"我也最在乎你，我最在乎段一柯喜不喜欢我。"

段一柯笑起来。

"你这样讲，阿姨不会生气吗？"

姜思鹭噤了片刻声，继而小声念："嗯……妈妈对不起……"

妈妈对不起，姥姥也对不起。

原来女大不中留这句话。

是真的。

次日，火车站。

姜思鹭站在出站口，笋仔蹲在她旁边。看了眼百无聊赖的笋仔，姜思鹭出言催促："你回吧，我本来也说自己打车过来。"

"那不行。"笋仔头摇成拨浪鼓，"段哥让我陪你接闺蜜的，我本来也不去横店。"

"你现在是段哥说啥是啥啊？"

"段哥比较有人格魅力。"

"我没有？"

笋仔赶忙辩解："不是不是，小姜姐的魅力不在于此……"

姜思鹭心灰意冷地抬头，看见路嘉的一瞬间眼神一亮。

"这里！这里！"

姜思鹭之前一直对人的外貌缺乏客观判断能力，觉得黎征平平无奇就是一个典型的例子。最近在横店见了不少美女，她才意识到路嘉相当漂亮，尤其身材特好，完全不输演员。

笋仔眼睛都看直了。

姜思鹭感到了身旁炙热的眼神，回头推了他头一巴掌。

"你才多大，你别惦记。"

笋仔捂头嘀咕："我也成年了啊，而且我就看看能咋着……"

"嘿！"下一秒，路嘉已经跳到她身后，"我来看你啦！"

姜思鹭"吓"道："是看我吗？真的是来看我的吗？"

"你讨厌，"路嘉嗔道，"怎么？就许你同居，不许我网恋？"

"同居？"笋仔惊讶，"小姜姐，你俩不是只是——"

"咳咳！"姜思鹭强行打断，"路嘉，这个是笋仔，就我视频里和你说我们包车那小孩。年龄小，你以后说话注意点……"

"我成年了！"

"没过二十都算小！"

三个人闹着上车了。

段一柯今天也得半夜回来，姜思鹭先带路嘉去吃饭。两个人都更新了一下近况，说到段一柯去蔡宅村接她的时候，路嘉整个人都荡漾了。

"我看这事儿行……"路嘉捧着心口，"哎，姜思鹭，你俩真的，每次来听新剧情，都能让我嗑到……"

"别说我了，你呢？"

路嘉忽然忧伤地捂住脸。

"不知道，我说明天去片场见他，他那个态度，就像是答应了一个粉丝见面……哎，我的事明天见完再说吧。你那个小说，现在是什么打算？"

姜思鹭拿出手机，把调好格式的图片拿给路嘉看。

"你要在微博上更啊？"路嘉划了划，"总共多少字？"

"这本不长，"姜思鹭擦了下嘴，"就十五万字，所以我想着分上中下三次更完，一次往外放五万字。"

"哎，会不会有点亏？"

"怎么？"

"你这个字数，感觉卖版权也要不上价格。就这么免费放出来，会不会赚不到钱啊？"

"无所谓了。"姜思鹭轻描淡写，"我现在只想让读者看到它最本来的样子，不想再为了市场做任何改变了。这样，就算大家不喜欢，也不会误解我讲这个故事的本意。"

一餐吃罢，两人回了房间。

两个女生住在一起，有点像高中闺蜜出去玩。姜思鹭躺在路嘉旁边又叽叽喳喳说了许多最近的事。路嘉忽然问她："他为什么每次都是扶你腰啊，他不碰你……"路嘉朝她胸口扫了一眼。

姜思鹭："……倒是不必问这么细！"

姜思鹭忽然伸出手："路嘉，其实我一直不知道大的摸起来是什么手感……"

"滚开！"

"让我摸摸嘛。"

"姜思鹭，你流氓啊！"

突然响起的敲门声差点儿把她俩吓得滚到地上。

段一柯的声音："我。"

姜思鹭连滚带爬去开门。

他显然也被屋子里刚才的声音惊呆了，狐疑地看了一眼姜思鹭，又看了一眼路嘉。后者赶忙站起身，过来和他打招呼。

"段一柯，哈哈哈，好久不见，最近思鹭没太麻烦你吧？"

段一柯也和她点头，算是打过招呼，然后把视线落回姜思鹭身上。

"天天麻烦我。"

路嘉又是一脸嗑到了的表情，然后把姜思鹭推出了门。

"那你俩再聊聊哦，思鹭，你一会儿再回……回不回来都行！我先睡觉了！"

段一柯站在走廊里打量姜思鹭一眼，转身往自己屋子走。

姜思鹭赶忙跟上。

关门，她凑到他旁边。

"怎么了呀？"

"没怎么啊，"他说，"回来看你一眼有问题吗？"

他顿了下。

"我在门外听见你要摸路嘉的……"

隔壁传来一声轻咳，姜思鹭想到这酒店差到爆炸的隔音，压低声音。

"是路嘉说她前男友都——"

逐渐，不知道，怎么继续，这句话。

段一柯偏头看她。

姜思鹭叹了口气。

"路嘉问，你为什么每次，都只喜欢扶我的腰，不摸我胸……"

段一柯："……"

"你们闺蜜聊天，讲得这么细节吗？"

姜思鹭脸有点热。

"我就想，是不是因为她大的问题。我只是想，摸摸大的是什么手感，是不是真那么好……"

太惨了。

闻者伤心。

段一柯忽然在昏暗的灯光里笑出来。

他走近姜思鹭，把她抵到墙边，手指放到她后腰上，慢慢摩挲着那寸肌肤。

"大家爱好不同，"他尾音拖着，"路嘉的男朋友，可能就喜欢她那样的……"

"那你呢？"

"我啊，"段一柯低了下身子，手往她腰侧滑，捏了一把，"我就喜欢腰细的。"

姜思鹭果然没回去。

第二天又是早上的戏，段一柯一出酒店，就看见路嘉和笋仔在楼下等他。

"段老师，"路嘉见着他，露出了比朝阳还灿烂的微笑，"辛苦啊？"

他有点尴尬，上了副驾，看见路嘉也坐在后面了。

"你去干什么？"

"小姜姐昨天让我带她的，"笋仔先应声，"带她去你们组里，有点事。"

"哦，"段一柯转回头，"朝暮让你来探班啊？"

算对了一半。

领导知道路嘉年假要去横店玩以后，便问她能不能顺便看看剧组有什么素材，方便后期宣发使用。其实现场也有人负责这些事，不过她去算是"总部来人"，性质不大一样。

至于曹锵嘛，她"工作之余顺便见见"，也不尴尬。

路嘉"嗯"了一声，把后座放倒。

"我再睡会儿啊，"她说，"你们拍戏都起得太早了。"

段一柯往后一瞥，心道怪不得和姜思鹭关系好。

两个睡神。

路嘉简直像知道他在想什么，自言自语道："唉，昨儿晚上这一夜叮当乱响，啧啧。"

段一柯："……"

车一路开进片场，路嘉还没醒。段一柯也不想吵她，小心翼翼下车，先进了化妆间。

曹锵也在。

两个人有一搭没一搭地聊着天，化妆师拿了袋血包过来。曹锵一瞥，乐了。

"段哥，"他说，"我看了，你今天这戏，真是绝了。"

今天一共两场大戏，一场外景，是宋冽被邪教抓到教内的祭坛上，马上要被推进火里的时候，李元晟和江晚淮从山下杀到山上救出她。

一场内景，是李元晟带宋冽离开后，江晚淮被邪教关进地牢。有人认出江晚淮的身份，施以酷刑，让他说出朝中秘闻。

一句话概括：江晚淮又在挨打。

段一柯已经对这个角色的人生不想发表评价了。

血的妆最后上，化妆师先给段一柯弄头发。曹锵倒是早早完事，说去外面呼吸呼吸新鲜空气，就把段一柯留在化妆间出去了。

门外天朗气清。

一冬的阴冷终于消失殆尽。朝阳贯穿空气中飘浮的尘埃，亭台楼阁静静矗立，真像是回了书中那个年代。

曹锵坐在门槛上，闭着眼，深深呼吸了一口新鲜空气。

再睁开的时候，他看见远处走来个姑娘。

那姑娘个子高，戴墨镜，身材凹凸有致。逆着光看过去，像是外国大片里，在末日时代活到朝阳升起的女主角。

她走到曹锵面前，摘下墨镜。

"曹锵？"她偏了下头，笑笑，"这么巧啊，我是路嘉，又见面了啊。"

上次是在项目会上。

段一柯正闭着眼让化妆师给自己往脸上化血，忽听得远处一声惨叫。抬起头，曹锵连滚带爬赶到他身边。

"怎么了？"段一柯还真当出了什么事。

"段哥！"曹锵握住段一柯的手，眼圈发红，"你相信，二见钟情吗？！"

段一柯：？

段一柯和路嘉在片场忙碌，姜思鹭倒是难得不用去蔡宅村。

徐老师傅要去外省，龚九也跟了去，她忙里偷闲，自己在酒店琢磨发小说的事。

编辑微博文案：

【大家好呀，好久不见，我最近写了一本新书……】

不行不行，太正经了。

【铁铁们快来看！落日化鲸新书《她的狮子朋友》免费放……】

这不是王婆卖瓜。

姜思鹭闭着眼想了半天，又打开了小说文档。她眼神往下扫，定在文末的一行字上：

【夜幕垂落，洗去岭南白日燥热。檐角石兽伏低身子，与我一同静默聆听。】

好像……

还不错？

她打开了微博。

文案，加图片，检查顺序……发送。

手机里传来"唰"的一声——

【落日化鲸，更新了微博。】

片场里，段一柯刚从一地的血里爬出来。

镜头外蹲着路嘉，她正拿着稳定器在拍。曹锵蹲在她旁边，痴迷地望着自己的"二见钟情"。

段一柯吐了下嘴里的土。

"太惨了哥，"路嘉感慨，"我听说过你这个角色惨，但我没想到这么惨，一会儿进地牢是不是更夸张啊？"

她看了看已经拍好的素材。

"这要发了微博做花絮，别人会不会觉得我们虐待演员啊，"她一脸忧虑，"我得给你加个滤镜，剪辑下，尽量蹭个暴力美学。"

剧组的人来给段一柯擦脸，导演也走过来了："先吃饭吧。"他摸了摸自己秃掉的前额，"赶紧来个人给一柯洗下，我都看不下去了。"

段一柯没忍住："这不都是您设计的。"

"你别赖我啊，"导演急忙甩锅，"这都是原著剧情，我们只是尊重原著罢了！"

场务推了车盒饭过来，大家纷纷领取。

曹锵凑到段一柯旁边，扭捏着问："段哥，我刚和她聊天，原来你俩是高中同学啊……"

段一柯刚把嘴里的血漱干净，没什么心思管曹锵。

"嗯。"

"她有男朋友不？"

没听姜思鹭说过。

"好像没。"

曹锵"哦耶"一声,又转身跑过去缠着路嘉了。

段一柯无奈地望了一眼,低头去拿放在躺椅上的手机。

他常登的微博是用二柯做头像的那个账号,关注的人不多。一刷新,他看到最上面是落日化鲸新发的长图,已经有不少点赞了。

他点进第一张——

【1999 年,广东佛山。】

这是要在微博上更新?

段一柯笑了笑,退出图,点击了转发,配文:【马一下。】

酒店里,不断刷新评论的姜思鹭,突然看到了自家二柯的头像出现在转发列表里。

姜思鹭:"……"

微博发出去,到了下午,转发和评论就不大涨了。

到了晚上,基本就停了。

姜思鹭刷新得手酸,也就懒得再看,心里大概知道是怎么回事——

这题材太沉重,写法也不够有趣。大家刷微博也就是图个轻松,点进去是冲她以前作品的面子,看过第一章应该就不想看了。

不意外。

不意外是不意外,沮丧还是有点沮丧。她钻回被子蒙头大睡,企图通过进入梦乡逃避现实世界的失败。

睡到半夜,她听见鼠标响。

姜思鹭迷迷糊糊起身,看见路嘉回来了,正背对着她敲电脑。

"在干吗啊?"

"剪视频。"路嘉没什么好气,"这都休了年假了还得上班,公司让我把今天的花絮整理下,趁着这周六先预热一波。"

"……那不就明天吗?"

"对啊!我得赶在上午十点之前把东西弄出来,不能错过流量——唉,你先睡吧,别管我了。"

醒都醒了,姜思鹭干脆裹着被子去找路嘉,凑在她身边看——

"我的天,"姜思鹭震惊了,"段一柯这戏份怎么都是这样的?"

路嘉停下手。

"你问谁啊?"路嘉的语气都带了嘲讽,"我都怀疑你是不是真喜欢他,这戏也虐得太狠了。要真是许之印来演,估计早翻脸了。"

姜思鹭理亏地搬过自己的电脑。

"我能帮你啥不？"她小心翼翼地问，"我给你减轻点工作量。"

"你那电脑配置不行……"路嘉想了想，又把存视频的硬盘递给她，"这样吧，你帮我筛几个段一柯的镜头出来。毕竟……"

路嘉挑眉："你最懂他哪个角度好看。"

姜思鹭很难否认。

路嘉的笔记本电脑配置也不是特别行，两个人折腾一夜，电脑崩溃无数次，总算赶在凌晨把视频导出。

路嘉登上"骑马客京华官博"，上传视频，带话题，设置定时发送。

然后，双双躺倒。

"能睡了吗？"姜思鹭疲惫不已。

路嘉也困得睁不开眼："我看行。"

两个人对视一眼，一同陷入梦乡。

不知睡了多久，姜思鹭被路嘉一声尖叫吵醒。

"爆了爆了！思鹭！爆了！"

姜思鹭挣扎着爬起来，看见路嘉蹲在她床边，手里攥着手机，直顶到她眼前。

"什么啊？"她还迷茫着，"什么爆炸了？"

"视频！视频爆了！"路嘉把手机往她身上一扔，满屋乱转，"不行，不行，得趁着热度再弄一个出来——我的电脑呢！思鹭，我今天不和你吃饭了啊！"

姜思鹭揉了下额头，点开了"骑马客京华官博"最新发布的视频。

21……

21万转发？！

姜思鹭瞬间清醒，点进评论区。

【我一进来就被满地裤子绊倒了。】

【顶级战损。】

【血腥玫瑰。】

【点进来之前没想到男二这么带劲！】

【你们不要打江晚淮啊，你们一打江晚淮，我心疼得眼泪就从眼眶以外的地方流了出来……】

【原著粉拖家带口来报到了，这就是小淮！这就是我的白月光，呜呜呜！】

姜思鹭傻了。

昨天她只筛了视频，困得没看成片，这时候想起来点进视频看下。画面短暂地卡了一下，随即是几个支离破碎的画面。

宋冽在马上的惊鸿一瞥。

李元晟面容阴鸷地坐在王座上。

还有……

段一柯。

江晚淮红色官服残破，浑身是血。他的身影隐没在昏暗的地牢里。镜头拉近，凌乱的长发下，一双眼睛抬起来……

亮如星斗。

明明是自己选出来的镜头，可姜思鹭还是狠狠心动了。

后半段是突击采访的片段，镜头对准的是曹锵，段一柯正在后面换衣服。曹锵说到一半，忽然回头喊："段哥，段哥！"

段一柯蓦地一抬头。

他嘴角带着没擦干的血，眼神却万分清冽。

姜思鹭捂了捂自己漏跳一拍的心口，再度点进了转发。

最高处的转发来自一个百万粉丝量的电视剧博主，配文：

【这不是我当年小墙头段一柯吗！！！我以为他都退圈了呜呜呜，出走多年归来仍是大帅哥！】

【我再睡个回笼觉，等我醒来的时候，男二演过的剧都要出现在评论区。】

【姐妹们，内娱有救了！！】

姜思鹭笑出声。

路嘉的声音从"噼里啪啦"的键盘声中传过来："你别光顾着笑，你给段一柯打电话让他注册个微博。我看剧粉都问呢，他怎么连个微博都没有？"

姜思鹭赶忙点点头，打开微信，去置顶找段一柯的名字。

她发了个语音通话过去，对方接起。

"段一柯！"她声调上扬，"你看官博了不？"

段一柯好像都没怎么在意。

"嗯。"

"好多人夸你你没看见啊！"

"看见了。"

"你……"姜思鹭气结，"算了，等你回来再说。你一会儿有空的话，注册个微博！"

"我有微博啊。"

姜思鹭脑海里浮现出了二柯的微博头像。

"不是……"她无语，"是官方微博！演员那种认证账号！你之前不是有一个吗？去哪儿了？"

"那是前公司弄的，解约了他们就销号了。"

"那你再注册一个嘛。"

对面嘈杂，段一柯像是和别人说了几句话。

"我手机号连别的账号了，"他声音转回话筒，"有点忙，你帮我弄吧。"

挂了。

挂了？

姜思鹭瞪着聊天界面，气不打一处来。

我的手机也连了别的账号啊！

我去哪儿给你弄新账号！

路嘉又催了："注册了吗？好多人在评论区问。"

姜思鹭"嗯嗯嗯"地应付了几句，打开了自己的微博软件。

她除了 @ 落日化鲸和一个用来看八卦的小号，还有一个先前用 QQ 号登进去的微博账号，是用来……

是当年用来看段一柯动态的。

真的是……他当时知道她是谁啊，还犯得着新弄个账号。

姜思鹭翻了个白眼，把页面的几条转发和以前的关注都删干净，检查了一下不会出现纰漏后，便把账号名字改成了——

@ 铲屎官段一柯。

点击确定后，姜思鹭对着手机一通傻笑。

谁让你要我帮你弄！

"注册好了吗？"路嘉又催，"你让他发个自我介绍的微博，我用官博在评论区 @ 他一下。"

姜思鹭"嗯"了一声，继续编辑：

【大家好，我是演员段一柯，在《骑马客京华》里饰演江晚淮。】

配图——她从相册里翻了半天，找出一张段二柯舔毛的玉照。

发送。

"好啦！"她快乐抬头，"你可以 @ 他啦！"

片场。

"哇，"刷手机的曹锵突然惊呼，"段哥，你啥时候发的微博？你还有微博账号？我之前都不知道，关注走起。"

段一柯一愣，随即反应过来。

动作还挺快。

发就发了，有什么好奇怪的。

他探头一看——

行。

行，姜思鹭。

你今天晚上给我等着。

仅仅一个下午的时间，段一柯的微博粉丝就涨到了二十八万。

全是活粉。

与此同时，不少博主也闻风而动，把花絮里江晚淮那几个镜头各种剪辑。刚入坑的粉丝反复观摩，到了晚上，已经盘出了包浆。

"之前也没这么夸张啊……"姜思鹭看着狂涨的粉丝数咋舌。

另一边，路嘉刚把新视频用官博发出去，多放了点段一柯的镜头，评论区纷纷呐喊着"新粮来了"。

她拍了下姜思鹭的肩膀。

"之前没有这次造型合适吧，而且段一柯这人他就是……"

"怎么？"

"我也是刚发现，他战损的时候比平常好看。"

姜思鹭陷入沉默。

那江晚淮，还真是他命中注定的角色。

全程挨揍，全程好看。

片刻后，她像是想起了什么，把段一柯的微博账号从手机里退出，换到@落日化鲸上。

中午十二点，她定时发送的《她的狮子朋友》第二个五万字已经更新了。

这次的转赞评比第一条更少，她都能感到读者兴致寥寥。姜思鹭叹了口气，说："看这书的要是有段一柯粉丝涨得三分之一快我就满意了。"

"不要灰心嘛！"路嘉过来安慰她，"你这个故事的精彩之处不是在结尾吗？而且这种小说，就得看全文才能领会到意义，说不定明天发了结局就好了呢。"

"连第二个五万字都没人看，"姜思鹭怏怏道，"不会有人看第三次更新了。曲笑说得对，这种书，确实没啥市场。"

路嘉也不知道怎么劝了。

等了一会儿，姜思鹭还是不死心，打开微博看了一眼。

刚才一动不动的转发列表最上面，出现了段二柯的头像，转发语：

【不错，等结局。】

姜思鹭："……"

我谢谢你啊。

她的沮丧持续到段一柯收工回来。

路嘉听着走廊里传来脚步声，立刻弹出去靠到门边。看见段一柯远远过来，她把手指竖到嘴边，悄声说："心情不好，你带走哄吧。"

"又不高兴？"

"嘶，段一柯，"路嘉柳眉倒竖，"女人生气，最忌讳说'又'字。"

段一柯作势投降，走进房间。

姜思鹭正窝在沙发上看手机。

段一柯瞥了眼屏幕——是看自己的剪辑呢。

他蹲下："去我那儿？"

姜思鹭摇摇头。他去拿她的手机。

"看真人不比看这个强。"

"哎呀，你别抢……"姜思鹭拨开他的手，"我自己待会儿。"

段一柯压根儿没听，把她手机往自己兜里一揣，把人抱起来就走了。

路嘉目送他俩进了隔壁。

"哎，"她感慨，"谁有我爽，每天现场嗑。"

段一柯把姜思鹭从隔壁的沙发上抱过来，又把她原封不动地放上自己屋的沙发。他这才把手机拿出来，递还给她。

屏幕上还在无声地播放他的画面。

"有那么好看吗？"他坐到姜思鹭身边，"也没必要一直看吧。"

"你镜头比真人好看。"

段一柯转头，心情不是很舒畅。

"你确定？"

姜思鹭抬头，正对上那双带点蛊意的眸子。

草率了，草率了。

"那可能是……"她想了想，"可能是朝服好看吧。"

段一柯"嗤"了一声。

"我飞鱼服也很好看。"

姜思鹭回忆了下那部他三年前拍的锦衣卫的戏，脸上带了点笑。

"我知道了，你穿制服类的都好看。"

"是吗？"

"嗯，你好像演过一个警察的角色，现代装也挺好看的……你什么时候接航空题材的啊？我觉得空少应该也不错。"

段一柯："姜思鹭，你脑子里每天在想什么啊？"

"我在想一个游戏。"

"？"

"奇迹柯柯，环游世界。"

06.

姜思鹭这晚倒是没留在段一柯那儿，回屋和路嘉睡了一宿，第二天早上又听见路嘉骂骂咧咧地起床。

"你干吗去啊？"姜思鹭爬起来问。

"我这算什么休年假啊？"路嘉正往嘴上涂口红，手一抖，涂到唇外，气得又用小拇指去擦，"说是昨天两个视频反响好，让我再去现场找点素材。我本来想和你去木雕那儿看看新鲜呢。"

"好讨厌哦……"姜思鹭倒回床上，"早知道你别说你来横店了……"

没一会儿，门开了，路嘉出门，脚步顿住，又给她把放在地上的早饭拿回来。

"气死我了，加班就算了，还得吃狗粮。姜思鹭你趁热吃，我走了。"

姜思鹭在床上心虚地"嘿嘿"一声。

不过她也没赖床太久，又迷糊了一会儿，送段一柯回来的笋仔就打电话说到楼下了。

"来了，来了，"姜思鹭夹着电话急忙起床，"十五分钟。"

在东阳一个月，她也是返璞归真，基本不大化妆。她扎着高马尾跑到笋仔车上后，才发现副驾上扔了一沓照片。

摸着还热乎，简直是刚从打印店拿出来的。

"这什么啊？"

"啊？"笋仔发动汽车，瞥了一眼，赶忙把照片拿走，"哦哦哦，段哥不是火了嘛，我寻思，让他在照片上签名，回头等他再红点，我还能卖呢。"

"你可真会做生意……"姜思鹭被逗乐，"那我也提醒你，这照片你多在手里捂捂。现在才哪儿到哪儿啊，他将来肯定大火。"

笋仔笑笑，不知怎的，没心没肺的脸上有点忧伤。

"可不是嘛，"他说，"我也觉得段哥能大火。"

今天有点堵。车程漫长，姜思鹭在车上补了会儿觉，醒来看还没到，便打开微博看了看数据。

《她的狮子朋友》的转发，还是停留在昨天段一柯的那个转发上，一动不动。

姜思鹭之前没细看过他这微博账号，此刻定睛一瞧，才发现名字是@

D2K。

D2K……段二柯。

你倒是会省事。

她笑了笑，看向自己那可怜的转发量后，笑容又凝固了。

算了，不等了。

她打开微博设置，把定时十二点发布的第三次更新取消，然后重新把大结局的几张图传上去，配文：

【结局了结局了。】

直接发送。

简直是自暴自弃。

然后，她把手机一收，继续补觉。

片场。

路嘉一脸烦躁，对着电脑选素材。曹锵蹲在她旁边，扭扭捏捏，含糊其词。

"你到底要问啥？"路嘉转头。

"哦，就是，"曹锵可怜巴巴，"那你回了上海，还带我打游戏吗？"

"为啥不带啊？"路嘉工作得烦，语气很冲，"因为你菜啊？我之前又不是不知道。"

曹锵荡漾了。

"那你什么时候走啊？"

"后天。"

"那明天晚上可以一起吃饭吗？"

"不行。"

"呜呜……"

路嘉叹了口气，再转头，语气又好起来。

"你杀青以后去上海啊，你去上海我带你吃。"

曹锵再次荡漾了。

"我渴了，"路嘉扬了下下巴，"给我要瓶水去。"

曹锵犹如叼飞盘一般火速转身狂奔。

一边躺在躺椅上看剧本的段一柯转过头看了一眼。

"可以。"

路嘉瞥他："什么可以？"

"欲擒故纵，可以。"

哟。

路嘉乐了。

"有点道行啊，段一柯。"她对他倒是有种同道中人的尊敬，"怎么，你也玩的是这套？"

"我可没有，我十分诚恳。"

"我呸。"

两人沉默片刻。

"那你对思鹭好点啊，她傻。"

"嗯。"

段一柯这人，看起来真的很难让人信任。

路嘉看了他半晌，还是撇撇嘴，掏出手机刷了下微博，想看下有没有什么宣发点可以追。

然后，她就僵住了。

"这……D2K？段一柯，这是你小号？"

段一柯一愣。

他手机扔在片场另一头，匆匆忙忙过去拿，打开才发现，@D2K 的微博粉丝已经破了两万。

他一时想不起自己发过什么不该发的东西，往下拉了拉才发现——

都是猫。

都是发的二柯。

他随便点开一条看，评论区：

【哈哈哈，围观帅哥晒猫。】

【我真的很久没有见过这么单纯的男孩子了。】

【D2K 是啥啊？段二柯？？这猫叫段二柯？我真的会笑。】

【感谢那位从落日化鲸微博转发摸到同一只猫，又摸来小号的姐妹！】

【段哥人生：晒猫，为言情小说流眼泪。】

【我真的很久没有见过这么单纯的男孩子了 ×2。】

啥？

段一柯一愣，想起来了。他往上翻了翻，看见了自己转发的《她的狮子朋友》，放大自己的头像仔细看，发现了。

D2K 头像里的猫，和姜思鹭昨天发的那只猫，眉毛上都有一个形状特殊的白点。

再加上 D2K 这名字……确实，都没有什么澄清的必要了。

段一柯捂了把脸。

姜思鹭，让你瞎发！

他叹了口气，又登进昨天刚注册的新微博。

他点进自我介绍的评论，点赞第一条已经从"啊啊啊啊内娱有救了"变成了"大家好，我是演员段一柯，是个帅哥，私下会为了言情小说流泪"。

什么鬼啊！

段一柯如遭雷击。

他揉了下眉头，没按捺住，回复了评论：【你说的那个是曹锵！】

下一秒，远处传来了赵诃娴的爆笑："哈哈哈，段哥，你好损啊，哈哈哈哈，那个是曹锵我真的会笑！"

不是，这怎么，难道整个片场都在围观这事吗？

段一柯蓦地站起身。

半个剧组的人都在对着手机傻笑，触目所及，全在看他小号里的猫。

"我转发下你啊！这个热闹真的太好笑了！"赵诃娴继续喊，边打字边念出来，"段哥……真……相了！"

发送。

刚拿水回来的曹锵这才后知后觉地反应过来，他打开手机看了一通，抬头痛心疾首："段哥你……你怎么这么说我！娴姐你还落井下石！"

赵诃娴一副"我没有啊我就是复述事实"的表情。

远处的路嘉突然用肩膀夹着手机跑了过来。

"曹锵，手机呢？"

曹锵愣了吧唧地把手机拿出来。

"上微博，转发赵诃娴那条。"

"啊？"

"让你发你就发，那么多话？"路嘉柳眉一竖，"你给她回一个'我不是我没有'，赶紧的。"

曹锵超委屈。

下一秒，路嘉那边的语音接通了：

"对对，让公司那边的人冲一下这个热搜，词条就叫 # 骑马客京华剧组相爱相杀 #，等曹锵发了微博你们就开始操作！"

曹锵：……我就是个工具人啊！

到下午的时候，这条热搜已经冲上了高位。

除了官博主持的这条主话题，另一条话题也在迅速攀升，就叫 #D2K 为言情小说流眼泪 #。

段一柯看到这条话题的时候，脸都青了，扔了手机就去拍戏。

因此，他完全没看到，接下来事情的发酵……

昨天预告的热度本身就还没过，今天又出了这档子事。主要是"高冷帅哥"和"言情小说"的反差感太大又太萌，不少人都慕名去看了能让段一柯说出"马了""等结局"的《她的狮子朋友》。

事情在一个百万粉的美妆博主发了一条万转的哭诉视频后开始离谱。

"这只是一个平淡的下午，我录完更新视频，刷了下微博，看到了一个莫名其妙的热搜，我就点了进去……

"我现在就是一个大写的后悔。

"我的初衷只是想看看帅哥看的言情小说长什么样。一看，也不长，十五万字，那不是拉个屎就看完了。

"结果我差点儿哭死在马桶上。

"家人们，我以为人到了我这个年纪，已经只会为了没钱流眼泪了，我怎么还会为了别人的爱情哭啊……

"啊呜呜呜呜呜，我现在，什么都干不下去。那个结局，真的太离谱了，明明是 HE（喜剧），怎么比我看过的所有 BE（悲剧）都虐心。

"我现在就是，特别想去佛山，我特别想去看下那个舞狮你们知道吧。但是我又怕，我一看那些舞狮的男孩子我就流眼泪，我就想起男主……呜呜呜哇哇呜呜呜……"

一个下午。

从热搜来的人，从这条视频来的人，段一柯的新"墙头"们，再加上之前就对落日化鲸有了解的人，挤垮了姜思鹭早上刚刚更新的大结局的评论区。

【这就是让 D2K 流眼泪的小说吗？谢谢 D2K，你是我见过最好的推文博。】

【老读者来了。毕业以后就没看过化鲸的小说了，能感觉到她风格在变化。加油！】

【那几条说看不下去的，你们往后看，这小说就是很慢热，但是越往后劲儿越大，能看到最后不哭的人我敬你是条汉子。】

又过了两个小时，事情持续走偏。

【家人们！我发现把段一柯的脸代入男主以后，小说好看效果加倍。】

【不是，这男主真的不是为段一柯量身定制的吗……就那种，有点野，像个大型犬那种感觉，然后发狠的时候会变狼……】

【已知段哥正在拍落日化鲸的剧，又已知落日化鲸的书拍一本火一本，还已知他在追落日化鲸的新书……段哥有新饼了？事业粉速速集合！】

【哪里有饼，我来替我新墙头舔舔！】

【我一人血书段一柯为这个戏剃寸头。】

【传下去，段一柯新戏定了。】

晚上八点，从蔡宅村回到酒店的姜思鹭打开微博："……"

路嘉正在一边狂笑。

大概是仗着段一柯还在片场没回来，她也不顾及这墙壁隔音了。

"咋办啊思鹭？内定了吧。"

"内定什么啊……"姜思鹭还茫然着，"我就出去了一天，事情怎么变成这样了。"

她求助地看向路嘉："怎么办啊？"

"你问我？"路嘉继续狂笑，"你自己看着办啊，再传下去，估计制作公司都要有了。"

姜思鹭叹了口气。

她是希望很多人来看，不过这个过程……

真是出乎意料……

坐在沙发上想了想，她登上 @落日化鲸的账号，又扫了一眼私信里数以千计的"大大，真的是段一柯演你新书吗"的问题，颓然编辑了一条新微博：

【朋友们，澄清一下……这本书还没卖影视版权，也没定演员，谢谢大家的喜欢。】

发送。

她松了口气。

转发和回复刚开始持续在一个比较稳定的状态，大多是失望的，毕竟段一柯是真的很适合这个角色。

但当姜思鹭去洗了把脸再回来时，她却发现转发量暴增了一个数量级。

她打开转发栏。

@铲屎官段一柯：

【帮化鲸老师澄清一下。】

他的新账号。

第一个关注。

第一个转发。

姜思鹭："……"

07.

次日傍晚。

路嘉明天就要走了，姜思鹭也没再去蔡宅村。段一柯和剧组提前请了假，趁着晚上带她俩和笋仔去吃饭。

　　赶上天气好，纵然还是3月，空气里已经有了暖意。段一柯订的是个露天酒吧，座位中心有个小小的舞台，头顶悬挂着会发光的云彩灯。

　　他们到的时候，正有人在上面弹吉他。

　　"好好看，"姜思鹭眼睛亮晶晶地看着露天场地，"好有腔调。"

　　"还行。"

　　啥都还行！不装会死！

　　姜思鹭瞥了一眼段一柯，对方看回来，然后把她拎到和自己一边的座位上。

　　路嘉和笋仔坐在对面。

　　"真是不错。"连路嘉都出言肯定，"横店还有这种地方，我还当只有路边摊呢。"

　　"嗯，曹锵上次带我们过来的。"段一柯拿过菜单，看了两眼，就递到了桌子中间，"我随便，你们点吧。"

　　路嘉拿底下的酒水单："喝酒吗？"

　　笋仔："喝的，喝的。"

　　"你俩别了吧，"段一柯出言阻止，"我和路嘉喝就行了。"

　　"我成年了！"笋仔立刻大喊。

　　"我成年好几年了！"姜思鹭也抗议。

　　抗议无效。

　　菜单在四人手里转了一轮，段一柯叫过服务员，把酒水和菜都点好。台上的表演已经告一段落，空间里是聊天的白噪音。

　　姜思鹭撑着下巴："怎么不唱了呀？"

　　"表演就到八点，"段一柯显然来过好几次了，"后面一般是观众上去。"

　　"哦……"姜思鹭撇嘴，"观众唱得能好听吗，我还想听歌呢……"

　　段一柯抬眼看她："你想听什么？"

　　"我想听……"姜思鹭仰头想了想，"五月天的《人生海海》。"

　　"嚯，很有年代感。"路嘉接腔，"我记得高中广播台老放这个。我都忘了这歌名啥意思了，是闽南话？"

　　"嗯，闽南话。"段一柯心不在焉地回答了一句，手机突然响了。

　　他眼神一偏。

　　是个陌生号码。

　　"我接个电话。"他抬头说一句，就把电话接通，"嗯"了几句，突然抬起眼。

姜思鹭和路嘉都觉出不对了。

"哦……"段一柯看着她俩，慢慢冲电话那边说，"您是之前那个综艺团队是吧？第二季在定选手……

"呃……因为我朋友之前帮我投过第一季的简历，那次是说——

"你们领导点名找我？"

路嘉笑了，和姜思鹭对视一眼。

段一柯又"嗯"了几句。

"和我经纪人说？我现在还——"

"咳！"

段一柯蓦然抬头。

路嘉勾了下手指，示意他把手机放上桌面，然后开了外放。

"哎，对对，我是段一柯的经纪人，"她声线很稳，一听就是职场女性的强势，"对，您可以和我介绍下情况。我们还有两周杀青，现在手里有几个项目递过来了——"

段一柯诧异。

哪有啊，明明是待业状态，杀青即失业。

路嘉朝他使了个眼色，继续说："对的，我们得权衡一下。这样吧，晚点你把项目书发给他，我们团队做下评估。"

对面连应了几声，把电话挂了。

"《片场火花》啊，"路嘉很惊讶，"这综艺团队不错的。"

姜思鹭和段一柯都没听过。

"你俩都不关心圈子里的事啊……"路嘉叹气，"就上个季度挺火的那个综艺，把很多演派演员叫到一起参加比赛，搞出不少热搜话题呢。这第二季在筹备了，我听圈里人说过，这次的模式是新锐导演和新锐演员合作，要搞影视工业化的主题。"

"可以去哎，"姜思鹭雀跃，"反正你还……待业。"

"别那么轻易答应，摆谱懂吗？"路嘉提醒，又把目光转向段一柯，"还有，你赶紧签个公司吧，下次别和人家说自己没经纪人，你这样他们会压你价格的。"

段一柯不置可否，估计是又想起了自己前公司的阴间行为。

路嘉挠了挠脖子，也知道他在琢磨什么，继续说："那不签公司也行，你起码搞个自己的团队，最基本的经纪人和助理要有。我真的看不下去你每天背个书包去片场的行为了，也就曹锵他们性格好不看人下菜碟。"

"这就夸起曹锵了，"段一柯阴阴开口，"怎么还踩一捧一呢。"

路嘉："……你这话倒学得挺快。"

话音刚落，姜思鹭的手机也响了。

"我天，你俩怎么这么忙。"路嘉扶额，"谁啊？也要叫你去参加综艺啊？"

姜思鹭垂眸看了一眼，神色一下有点紧张。

她朝路嘉闪了下屏幕。

"哦哦，"路嘉立刻反应过来，"这边有点吵，你去那边接吧。"

姜思鹭拿着手机，走到酒吧场外。

她接通。

"喂，化鲸啊……"

丁丁的声音。

带点理亏。

姜思鹭定定心绪，"嗯"了一声。

下一秒，对方电话就被抢走了。

"化鲸啊！"曲笑的声音特别虚假热情，"最近怎么样呀？"

早知道不接了。

姜思鹭脸色一沉，说："还行，怎么了？"

"哦。嗨，就……就是书的事嘛！"曲笑大笑了几声，"今天我们开会商量了下，咱们那个解约流程虽说走完了，不过就是……其实还可以再签的！然后版税和首印，都可以提一点，看你意思。"

姜思鹭陷入沉默。

她大概能听出来那边在外放，丁丁也在小声说着什么。毕竟是合作多年的编辑，陪自己走过那么多阴暗的时光……

姜思鹭忽然心一软。

但下一秒，一道声音在她耳边响起。

"无关的人讨厌你，喜欢你，对你有什么影响吗？"

她忽然有了勇气。

曲笑还在喋喋不休，说着提高版税的废话。姜思鹭开口，打断了对方："曲主编，不必了。"

对面一片寂静。

姜思鹭望着远处的夜色——

那夜色里，一个男生蹲在自己面前，轻声说——"对现在的我而言，只有你的喜欢和讨厌，是有价值的。"

我也是的。

段一柯。

我也是这样的。

"毕竟，"她收回目光，嘴角忽然勾起一抹蛮恶劣的笑容，模仿着曲笑的语气，"市场根本不认，改了那么久，还是一团垃圾。"

她直接挂了电话。

想象着曲笑的表情，这一刻的姜思鹭简直爽翻了。

回到座位的时候，姜思鹭才发现段一柯不在。

"人呢？"她问路嘉。

路嘉已经喝了点酒，脸色红红的，往椅背一靠，指了下中心的舞台。

"去唱歌了。"

姜思鹭抬头，看到了舞台上的段一柯。

方才也看过一眼，那舞台平平无奇，甚至有些破败。但段一柯站了上去，画面就变得不大一样。

他的出现像是给舞台自动蒙上一层滤镜，连那破败都是带着年代感的沧桑，仿佛老港片中的慢镜头。有人帮他调了下话筒，他点头致谢，然后将目光移向姜思鹭。

四目相对的瞬间，她心中漏跳一拍。

下一秒，段一柯收回视线，低下头，单手在手机上打了几个字。

姜思鹭手机一振。

她垂眼望去。

段一柯：【人生海海。】

音乐前奏，破空而来。

姜思鹭眼眶一热。

台上的段一柯，吸引了所有人目光的段一柯。

他声音很好听，低沉的，带点沙哑。他握着话筒垂下眼，就像是在与人说情话。

就算真的整个世界／把我抛弃／而至少快乐伤心我自己决定／所以我说／就让它去／我知道潮落之后一定有潮起／有什么了不起……

间奏漫长，他的目光穿越人海，再次与姜思鹭相遇。

就算真的整个世界／把我抛弃／而至少快乐伤心因为你决定……

姜思鹭一愣。

他把"我自己决定"，换成了……"因为你决定"。

高潮的部分过去，舞台灯光变作深蓝。他站在深蓝色的海洋里，声音从很遥远的地方传来：

　　常常我闭上眼睛／听到了海的呼吸／是你／温柔的蓝色潮汐／告诉我没有关系……

　　一切都寂静了。

2010 年，K 中高二（8）班。

空荡荡的教室和走廊，运动会的喧嚣从遥远的操场传来。

十七岁的段一柯皱着眉看着姜思鹭，说："你再跳一下。"

姜思鹭单腿跳了一下。

段一柯往前走了一步。

"再跳。"

她继续跳。

两个人你走一步，她跳一步，终于扶着回到了教室的座位上。

段一柯松开姜思鹭的胳膊，简直无奈。

"你还挺封建，说背你回来还不行。"

"很尴尬啊大哥，"姜思鹭无语，"你是谁啊，你是段一柯好吗，我还要不要在女生圈子里混了。"

两人一前一后地坐下。

"至于吗你？"段一柯踢她椅子，"拿不了冠军就不拿了，你至于飞出去吗？"

二十分钟前的混合接力赛，姜思鹭代替临场崴脚的路嘉上场跑最后一棒。接过段一柯的接力棒时，他们班正处于小组第二的位置。

姜思鹭一路狂奔，终于咬住第一名。最后十厘米，她心一横，凌空飞扑——同时达成了勇夺第一、横飞出去、脚腕扭伤三项成就。

"就差那么一点，"姜思鹭用手指比画了一下，"输了不是很可惜。"

段一柯收回目光，叹了口气。

"怪我，"他摇了摇头，"我再跑快点，你就不用摔了。"

你已经从倒数第二追到正数第二，就别自责了。

"你不回操场吗？"

"晒，"他仰在座椅上，"教室有空调，我凉快会儿。"

于是，姜思鹭转回身子，去看自己的脚腕。

肿了个大包。

段一柯看了一眼，出门，灌了瓶冰凉的自来水给她。

"敷下。"

她点点头，接过。

广播话筒里忽然传出了激昂的音乐声。

"就在刚刚，高二（8）班再创佳绩，夺得了男女混合接力第一的好成绩。（8）班的班长朱哲茂，为班里所有参加比赛的同学点播了一首五月天的《人生海海》，祝大家潮落之后一定有潮起！"

"《人生海海》……"姜思鹭望着话筒，重复着这四个字，"什么叫《人生海海》啊……"

段一柯腿放在桌子上，正四十五度角斜着椅子晃。听她问，他把眼睛睁开。

"闽南话。"他说。

"闽南话？"姜思鹭惊讶回头，"你懂闽南话？"

"嗯，我妈是闽南人。"他收回腿，胳膊撑住桌子，朝姜思鹭俯过身。

她往回收了收身子。

段一柯倒是无知无觉，望着天花板想了想，继续说："她和我说，人生海海就是……

"人生像大海一样，起起落落，变幻不定，谁也不知道接下来会去哪里。但是，总是要好好活下去。"

送走路嘉没几天，姜思鹭的工作也接近尾声。

把最后一份行业报告提交给了凤姐后，她彻底卸下重担，好好休息了一天。临走前一天，她又去了趟蔡宅村，送了龚九一副雕刀。

"嗬！"龚九挑眼，"这可不便宜吧。"

"贵着呢师兄，"姜思鹭背着手，"不过没有您对我的教诲珍贵。"

"汗毛都起来了。"

龚九指了指房间里："想要什么，挑样儿带走吧。"

"别别别，"姜思鹭摆手，"这动辄十几二十万，我可不敢要。"

"那么贵的我也不给，你去里屋找去，都是小件。"

姜思鹭吐了下舌头，进里面溜达了一圈，再出来的时候，拿了对小小的木雕镇宅狮。

"这摆件能挂车上吗，师兄？"

"能，我给你钻个眼儿。"

"钻一个就行。"

姜思鹭把狮子递给龚九，伸着头看他在狮子耳朵上钻了个眼，又递还自己手里。

"那我真走了啊师兄，"她摆手，"等这电视剧上映了，我再来看你和师父。"

"行，路上小心。"

上车以后，姜思鹭又摆弄了一会儿手里的文件，才发现笋仔愣愣看着她。

"发什么呆呢？"她打了个响指，"这几天怎么老是心不在焉的？"

笋仔这才反应过来。

他转了下车钥匙，发动汽车。姜思鹭看他动作磕磕绊绊，没忍住，继续问："到底怎么了啊？"

"没事，"笋仔摇摇头，避开她的眼神，"小姜姐，你是明天走吗？"

"对。"

"好，那你一会儿把车票时间发我，我……我去送你。"

姜思鹭点点头，又看了他一会儿，不放心地把头低下。

晚上吃饭的时候，她就把事和段一柯说了。

段一柯这两天也难得空闲，今天晚上能陪她吃饭，明天上午还能送她去车站。段一柯也觉得笋仔这两天奇怪，想了一会儿，说："送走你，我和他聊聊吧。"

姜思鹭点点头，去收外卖盒。

"你放着我弄吧。"

收拾完桌子，段一柯又去切水果，姜思鹭跟在后面，抱着他的腰不撒手。

"放开，"段一柯无奈，"一会儿切着你。"

"不放，"她抱得更紧，"明天就抱不到了。"

段一柯在水龙头下冲了下手，转身正对着姜思鹭，看她把头埋自己怀里。

他低下头。

"那我下周三趁着没夜戏跑个来回？"

"不要，"姜思鹭摇头，"那样太累了。"

他又去碰她后腰，指尖凉，划过的时候，女生动了下身子。

"这么不禁碰啊姜思鹭？"他笑了声，"今天晚上留我这儿？"

她慢慢松开手，神色有点不对劲。

"怎么了？"段一柯一愣。

"就是……"姜思鹭低了下头，又抬头，看着他的眼睛，吞吞吐吐，"就是我有个事……想和你说一下。"

段一柯没说话，等她继续。

姜思鹭往后退，退到沙发上，坐下。

段一柯跟过去，蹲到她面前。

她清了下嗓子。

段一柯挑起眉。

"虽然，我是一个非常难追的人，"她表情还挺严肃，"不过经过这一个月的考察，我觉得……你可以做我的男朋友。"

屋子里有片刻寂静。

姜思鹭抬起眼，有点茫然。

他怎么没反应啊？

段一柯还蹲在她身前，右手握着她手背，左手垂在沙发边沿，看向她的眼神暗流涌动。姜思鹭摸了摸自己的脸，又去摸他的——

"怎么了啊，我说错了什么吗？"

指尖碰到对方脸颊的一瞬间，段一柯轻笑了一声。

"没有，没有说错什么，"他起身来抱姜思鹭，"就是……好突然。"

"你突然，我不突然，"姜思鹭说，有点愤愤，"我都准备八年了。"

段一柯笑着去吻她嘴角，姜思鹭双手钩住他脖子。男生扶着她腰把她抱起——小姑娘很软，不重，一掂就能揉进怀里。

她还很不老实地去吻自己喉结。段一柯偏了下头，手上几乎松力。

"再摔着你。"他说。

"这么不禁碰啊段一柯。"

她眼神挑衅，他也挑起眉，右手落在她身后的腰窝上，不动声色地掠过。

不禁碰的人显然不是他。

姜思鹭下意识抱住他肩膀，喘息从喉咙里溢出。热浪扫过他耳后，段一柯手臂束紧，彻底将她抱离地面。

她显然有些紧张，指尖划过他脖颈，留下一串红痕。段一柯轻笑，反问她："怎么着？这儿也给我留道疤？"

姜思鹭摇摇头，收回手，轻声说："我怕你疼。"

原来咫尺人心，也可一溃千里。

他也想轻一点，可她的味道逸入鼻腔，像让人意乱情迷的药。看见她眼圈发红，他还很恶劣地去问。

"怎么哭了啊，被谁欺负了啊？"

她气得咬他肩膀，牙齿摩擦着皮肉，却也不像他似的使力。

段一柯心里软下来。

他勾起她腰，侧身抱进怀里，耳边是她的低声哀求：

"能不能别弄了呀，我没劲儿了……"

他吻了下她后颈，说："嗯，不弄了。"

刚才实在有点疯了。

身上没再有别的动作，见她头偏过来，他还是忍不住亲吻。她缓过来了也乖巧，下巴落在他肩上，半个身子被他搂着。

段一柯喉结动了动，轻声喊："姜思鹭。"

"嗯。"

"姜思鹭。"

"我在。"

"姜思鹭。"

"怎么啦？"

他闭了下眼睛，再睁开。

她还在。

段一柯用拇指去描她眉眼的轮廓，轻声说："你答应我的话，就不可以走了。"

她点点头。

"不会走的，"她眼睛亮晶晶的，"我会一直陪着段一柯。"

第二天，姜思鹭返程。

笋仔在前面开车，还有半个小时就到火车站了。

姜思鹭和段一柯坐在后排，也没说什么话，就是有点离别的忧伤。前面又过了个卡，笋仔突然"啧"了一声，转了下方向盘。

"我去加个油啊小姜姐，"他说，"很快，不会耽误你车。"

"没事，咱们出门早，"姜思鹭应声，"你慢点，不着急。"

加油站就在路边。笋仔"哐当"一声关门，叉着腰去和加油站员工交涉。

汽油味刺鼻，姜思鹭摇上车窗，再抬头的时候，发现笋仔不见了。

"人呢？"

段一柯抬了下眼："去付油钱了吧。"

她嘴上"哦"了一声，心里感觉不是那么回事。

果然，没一会儿，笋仔拎着袋苹果回来了。

他打开车后门——门外还有未散的汽油味。

"小姜姐，我看那儿有卖苹果的，"他把苹果递进来，"你拿着路上吃。"

姜思鹭和段一柯对视一眼。

"好，谢谢。"她伸手去接，见对方要走，又叫住，"等下等下，我也有东西给你。"

笋仔回头。

姜思鹭拿出那个从龚九那儿要来的小狮子。

"这个是我和师兄要的木雕，给你打了个孔，"她示意了下，"可以挂车上——比那个我刻的强点吧。"

笋仔愣愣接过，又看了一眼后视镜上的"平安"。

"那是小姜姐刻的啊，"好几天了，他总算笑出来，"我说段哥怎么——哎呀，我还说刻得丑，不丑不丑，一点都、都不、呜呜、丑呜呜呜呜……"

这哭声来得太快，姜思鹭傻了。

段一柯赶忙下车，绕了一圈，把笋仔往车上推。

SUV空间大，后排能坐下三个人。笋仔坐他俩中间，哭得脸都花了。

"怎么了呀，"姜思鹭赶紧找纸，"我就说你这几天不对劲，哭什么呀，都快二十了……"

笋仔抹了把脸，也觉得有点丢人，转头，把目光投向段一柯。

"小姜姐今天走，"他哽咽着说，"段哥，你什么时候走啊？"

段一柯看着他哭，也是一脸措手不及。

"我杀青……还有两周。"

"嗯，两周。"笋仔拿纸巾擤鼻涕，"就是两周以后，你们就都走了。"

"小姜姐、段哥，你俩都是大好人，都是特别厉害的人。我以前，当黄牛，当司机，搬砖，什么来钱干什么，大家都觉得我没读多少书，还经常有人赶我。这个月，和你俩在一起，你们都对我特别好，带我吃好吃的，还带我进横店，见了好多大明星，还给我吃苹果，还送我……"

他瞥了一眼小狮子，继续哭。

"还送我木雕，呜呜呜……你俩走了以后，我就得继续到处跑车了，我会想你们的，呜呜呜……"

"别哭了，别哭了。"姜思鹭又抽出张纸给他擦，"段一柯是演员，他以后还得来横店呢。下次我们来横店拍戏，还找你包车，好不好？"

"不会了。"姜思鹭不说还好，一说下次，笋仔放声大哭，"段哥肯定能大火，下次来，就是豪车送过来的了，哪还轮得着我啊。而且路嘉姐都说了，段哥要自己搞团队，有助理，有经纪人，肯定也有司机，也用不着我的大D车了。可是我不想把那个D涂了，我看着那个D就能想起你们对我的好……"

姜思鹭哑了。

段一柯也没说话。

他低着头想了一会儿，忽然抬起头，笑了一声。

"那就不涂，"他说，"那就留着。"

笋仔擦眼泪："嗯，我不涂。别人问我是什么，我就说我拉过我段哥，这是我段哥坐过的车。"

段一柯估计他没懂自己的意思。

"我是说……"段一柯靠在椅背上，"车不用换，人也不用换。我反正是要找助理，就地取材，成吗？"

笋仔噎住了，半颗眼泪在眼眶转了转，没掉出来。

姜思鹭赶紧推笋仔："快说话啊。"

笋仔"嗷呜"一声："就我！就地取我！我行！我是全东阳最快的！我跟着段哥，段哥去哪儿我去哪儿！"

段一柯又扔了包纸巾过去。

"嗯，擦擦眼泪。"

笋仔一通猛虎洗脸。

"那我去开车了！"他跳下车，一边蹦，还一边大声唱歌——"红尘啊滚滚痴痴啊情深聚散终有时！留一点疯狂留一点醉只想梦里有你追随……"

姜思鹭要笑死了。

"笑什么呢？"段一柯无奈，"你看你送点东西把人家小孩招的。"

姜思鹭转过头，不讲话了。

她笑什么呀。

她笑那个回头把她拉上舞台的段一柯……

回来了。

第六章
/ 狮子 /

01.

回上海后的日子波澜不惊，唯一算得上事的就是姜思鹭的行业报告被凤姐拿到全公司表扬，说要在以后的其他项目里继续推行这种采访模式。

大家都挺高兴。姜思鹭也蛮高兴，上班，下班，睡觉前会和段一柯视频一会儿，日子很快就过去了。

直到"小辫子"导演给她打电话。

她当时正在对着电脑改 PPT——

她就不知道为什么这个世界上会有 PPT 这种东西，明明报告里都写得一清二楚了，为了让大领导们更直观地看效果，还得再把已经做过的工作重复 N 遍。

人类的生命就是这样被浪费掉的。

调字体调得想爆粗口时，手机响了。

姜思鹭瞥了一眼，看见"顾冲"两个字时有点愣。

她接起。

"顾导？"

"哎，化鲸，"顾冲像是站在户外，"我上次看你朋友圈，你现在在朝暮上班是吗？"

"对，在这边做点策划工作。"

"我在你们楼下呢。"

"啊？"

"正好路过，中午下来聊会儿？"

姜思鹭反应了一会儿，随即发出"哦哦"的声音。

"行。"她说，"门口有个咖啡馆，挺明显的，你等我下啊。"

时间已近午休，办公室里也没什么人注意她。姜思鹭关了电脑，就下楼去找顾冲了。

上次横店一别，两个人没再聊过别的，今天他突然来找她……

姜思鹭大概能猜出对方来意。

爱兜圈子的人见多了，她蛮喜欢顾冲的开门见山。

咖啡馆里人不多，他俩坐在靠窗的位置。顾冲喝了口咖啡，问她："《她的狮子朋友》那本书有什么想法？"

姜思鹭想了下，说："有的。"

"看起来是早有打算啊，"顾冲笑笑，"十五万字，不长，你想怎么弄？"

兜圈子的倒成了姜思鹭。

"其实早就想找你，但是感觉……你可能更想做剧。"

"不问问怎么知道？"

"说得也对，"姜思鹭点头，抬起眼，"想做电影。《她的狮子朋友》的体量和节奏，我是按照电影模式写的。"

顾冲点头："化鲸，我拍你前两本书的时候就发现。咱俩脑子里的想法，总是很一致。"

《她的狮子朋友》想做电影，是姜思鹭动笔之前一个朦胧的想法。

小说和影像有壁，她一直懂这个道理。《她的狮子朋友》这本书之所以写得那么慢，又那么短，就是因为她每一个画面都在斟酌——

她在找影像和文字之间的平衡。

她想让每一句台词都有爆破银幕的张力。

"我是拍网大（网络大电影）起家的，"顾冲喝了口咖啡，继续说，"拍了三部，都赚到了钱，然后去拍网剧。你那本书，是我第一次有机会拍上星剧（能在卫视频道播出的电视剧）。

"但说实话……谁踏进这个行业的初衷不是拍院线电影，不是想让自己的画面铺满巨幅银幕，台下挤满观众。

"我一直在拍商业化的东西，投资商都很信任我，觉得我能给他们赚到钱。可是我看到你那本《她的狮子朋友》的时候，突然觉得自己这几年太可笑了。

"你都摒弃以往的写作经验，去做新的尝试了，我还在旧圈子里止步不前。化鲸，我也想拍点能留下来的东西，《她的狮子朋友》是这些年第一个让我有这种激情的故事。想象那些文字变成画面，就像回到了拍毕业作品的那年。"

"顾导，我不是投资商，"姜思鹭笑笑，"你不用给我讲故事，我也会把这本书给你。其实《骑马客京华》也拍得不错，但是我看了些花絮，总觉得差点味道。确实，我的书，还得你来拍，才能拍出最精髓的东西。"

顾冲有些感激地看着她，神色不似平日游刃有余，很真诚。

他顿了顿，继续说：

257

"其实……还有一件事。"

"什么？"

"来找你之前，我和一个老朋友聊了下。她是编剧，在佛山住过很久，看了你的作品也很喜欢。不过她可能更擅长逻辑线和统稿，对感情的把握没有你细腻。

"你愿不愿意……尝试下电影剧本？"

姜思鹭一愣："不行吧，"她犹豫地摇了下头，"我不是科班出身，也没写过剧本。文字和影像，差得还是挺多的……"

"她会帮你。"顾冲语气很诚恳，"她是个很好的编剧，也和我说愿意带你。另外……如果项目启动，我想速战速决，赶在明年春天上映。这样的话，留给剧本的时间很紧张。你如果能来北京和我们一起，很多东西会变得比预期容易。"

姜思鹭手指微微屈起来："我可以……回去想一下吗？"

"好，我等你消息。"

晚饭。

姜思鹭最近的晚饭都是在路嘉家里吃的——怎么会有这种长得又漂亮手艺又好的都市丽人，曹锵那小子真是上辈子拯救了银河系。

吃着饭，她就把拍电影的事和路嘉说了。

"去啊！"路嘉很果断，"为什么不去？这么好的机会！"

"我没写过剧本啊……"

"你第一本小说出版之前你也没写过小说啊？段一柯第一次演戏之前演过戏吗？"

姜思鹭挠挠鼻子。

"还得从朝暮辞职，刚干了两个多月……"

"你别对公司有感情啊，我真服了。"路嘉往她碗里扔了个鸡翅，"我说实话，从你来第一天，我们就知道你待不久。况且就发你那么点工资，你给搞出个策划采访的标杆性报告，朝暮赚翻了好嘛。"

"哦……"

"辞职会吧？"

"会。"

"那行，吃吧。"

姜思鹭扒拉了两口饭，又听见路嘉叹了口气。

姜思鹭："怎么啦？"

"有点忧伤。"路嘉说，"感觉你和段一柯，每天忙忙碌碌，是为了自己的事业打拼。我天天在朝暮当螺丝钉，只给别人作嫁衣……职业的上升途径在哪里啊……"

"你超强的，"姜思鹭真心实意，"我超佩服你，感觉你在我就有主心骨。"

"你主心骨不是段一柯吗？"

"……我骨骼清奇，我有两个。"

"吃你的饭吧。"

吃完饭，姜思鹭去洗碗。

收拾了厨房回来，她又跑到路嘉床上。

路嘉："干吗？"

"我今天不想回去了。"

"怎么，段一柯不在，独守空床，来和我寻求安慰？"

"路嘉你别那么损。"

"好好……那他啥时候回来？"

"明天晚上杀青，后天回来。"

"那不得爱如潮水。"

"你怎么讲话那么……"

次日晚上。

家里的打印机发出"咔嗒"的响声，继而慢慢把《她的狮子朋友》电影版权的授权合同吐了出来。

姜思鹭把A4纸抽出，窝在沙发上又看了一会儿，确认几个细则都没问题。

这些东西她倒是都熟了，唯一不同的是，这份合同里还多加了一项版权——微电影。

姜思鹭卖过不少版权，这个还真是第一次拆开单卖。微电影一般也就二十多分钟，没有变现渠道，也就大学生拍作业的时候会搞搞。

顾冲都混到这份上了，要这微电影版权干什么。

姜思鹭打开微信，给他发消息：【顾导，你这微电影版权到底要干吗啊？】

等了一会儿，顾冲回复：【惊喜，捂着。】

姜思鹭："……"就受不了你们这帮搞艺术的男的。

姜思鹭：【那我快递过去？】

顾冲：【我跪在门口等呢。】

她笑了一声，在合同尾页签上自己的名字。用文件袋起来后，她随手放到了茶几上，准备明天找快递送去北京。

一切就绪的下一秒，门锁响了一声。

姜思鹭望向门口，二柯忽然躁动了起来，跑过去疯狂挠门。她不明所以，也往门口走了两步。

"咔嗒！"

门被打开。

段一柯站在门外。

他看起来有些累，不过并不憔悴，眼睛很亮。穿着黑色的卫衣，手边推着行李箱，朝她偏了下头。

她身体比脑子先反应，两步扑了上去。

也亏得段一柯劲大，他单手就把她抱住，另一只手把行李箱推进家，用背顶上了门。

她埋在他脖子里使劲闻。

"别闹。"段一柯偏了下头。

"我都忘了你什么味儿了，"姜思鹭抱着不撒手，"不是明天回来吗？"

"杀青了就待不住了，"段一柯靠回沙发，姜思鹭坐他腿上，"看高铁还有票，就想今天回来算了。"

两个人厮磨了一会儿，他问她："闻完了吗？闻完了我去洗澡。"

她不是很想撒手，段一柯把她抱下去："我洗快点，你稳一稳。"

你才稳一稳。

目送段一柯进了浴室，姜思鹭才想起合同的事。她把东西藏回自己卧室，眼神又有点犹豫。

真的拖了太久了，不能再瞒了。还得找个合适的时间，今晚他刚回家，肯定是不行。

不过她要去北京这个事得提前说下，先说是跳槽吧……按顾冲那意思，她下周三就得去北京开始跟另一个编剧搞剧本了。

浴室的门响了一声，姜思鹭赶忙往外走。段一柯换了件黑色 T 恤，头发半干不干，垂在眼前。

"你也不吹干了再出来。"

"我怕你稳不住。"

她去推他，被他拉着手腕带到沙发上。刚才他突然回来，姜思鹭人都蒙了，这时候才好好打量起对方。

她对《骑马客京华》江晚淮死之前那段剧情门儿清，因此非常清楚段一柯这两周都经历了什么。人瘦了不少，本就分明的下颌线更加清晰，抱上去的时候简直有点硌人。

姜思鹭决定推卸责任。

"剧组吃得不好吗?"

"怎么?"

"瘦好多。"

"我努力吃了,不管用。你是不是又背着我吃泡面?"

"没有,我最近都去路嘉家里蹭饭的。"

"哦,她做得好吃吗?"

"好吃。"

"有我做得好吃?"

"这你也比?"

"是,没有可比性。"

屋子里静了静。

段一柯忽然亲了下她眼睛,说:"我好想你。"

她闭上眼,能感到自己睫毛掠过段一柯的嘴角。

在他怀里伏了一会儿,男生似是想坐直身子。姜思鹭抬起头,看他嘴唇张开,像是有什么事情和她说。

看起来还挺重要的。

不行!

她也有事!她先说!

姜思鹭生怕落入被动,捂住他的嘴,眼睛睁大:"我有事要告诉你。"

段一柯不动了,探究地看着她。

姜思鹭叹了口气,有点理亏。

"我碰到一个挺好的工作机会……"她低下头,"下周得去北京了,我知道你刚回来,可是那个机会真的挺难得的……"

段一柯没说话,她以为对方是生气了,可抬起头,又见他眼睛里波光潋滟的。

"哦,去北京啊,"他垂眼看着她,挑着眉,"什么时候走呀?"

"下周三。"

"我刚回来你就走呀?"

姜思鹭就知道他会这样说,哭丧个脸,开始耍赖:"我没有故意下周走,我多跑跑还不行吗,我每个周六周日都回来找你……"

段一柯笑了一声,语气里带着陷阱。

"你这是空头支票呀,"他手指抬她下巴,"不行,我得预支点儿补偿。"

他总是从颈侧开始吻她。

嘴唇的温度一点点地攀升，到了耳边便开始炽热。在眼睛上停留片刻，感受到睫毛的翕动，再向下落。

鼻梁，鼻尖，气息纠缠。

他五指慢慢揉进她的长发，继而把她也揉到怀里。落在她腰间的胳膊慢慢束紧，另一只手扣在她脑后。

她喘得急促，像是被陷阱捕获的小型野兽。

姜思鹭的手搭在他肩膀上，想推他，又被弄得没什么力气。她抬起头的时候，眼圈都有点红了。

"好可怜啊，"段一柯故意说，恶劣地拖长尾音，"是谁要去北京啊？"

她低声说了句什么，他侧耳过去听。重复了几遍，终于听清一句"我会多回来的嘛……"

"这样啊……"他收回目光，与她对视，"倒也不用。"

姜思鹭愣愣地看着他。

"我去就好，"他说，手掌贴合着她腰侧那寸露出的肌肤，"我和《片场火花》那个综艺谈好了，下周开始去北京录，录三个月。"

姜思鹭："……"

那不是都去北京……

那他……

她眼神突变，刚才还理亏而委屈，此刻身子一挣，竟然来揪他的领子。

"那你亲我那么久！你赔给我！"

"哦，"段一柯大大方方看她，"怎么赔啊？"

对啊，怎么赔啊？

怎么赔好像都是她吃亏。

姜思鹭一时无语，瞪了他半天，眼神下滑，忽然落到他的喉结上。

她眼睛里出现一抹狡猾。

下一秒，她俯身吻他喉结。

段一柯身子猛然一震。

"姜思鹭！"

她拽着他衣服，热气裹着他脖颈，吻得他气息错乱。

段一柯手上失力，几乎被她挣脱去，定了瞬神，手掌一紧，控住她腰侧。

她腰就那么盈盈一握，一控就控住了。发现再也无法往前后，她撤身舔了下嘴角，还以为自己打了胜仗。

对上她挑衅的视线，段一柯能感到，自己的心跳前所未有地深了一下。

"好，"他点了下头，嗓音陡然沙哑，"来。"

这次比她从横店走的那晚还要久。

她都不知道是什么时候从客厅回的卧室。清醒过来的时候，鲸鱼灯开着，他在昏暗的灯光里抱着她。

见她眼神清明起来，段一柯松手，笑了一声，和她说："你这灯挺好。"

姜思鹭没什么力气说话，目光移到天花板上。

就……

很昏暗，但是能看清彼此的亮度。

"我早就想了。"

"想什么啊。"她声音懒懒的。

"想在这个灯底下……"

声音由远及近，响在她耳边。

"和你。"

她真没劲儿了。

"段一柯，你不是刚杀青吗？你不累吗？怎么没完没了的……"

02.

辞职没费什么劲儿，姜思鹭也理解了路嘉那句"你来的时候大家就知道你待不久"。临走前的最后一天，她和路嘉，加上凤姐，三个人最后吃了一顿饭。

这短暂的职场生涯就此结束，她受益匪浅。

三个人喝了点酒，姜思鹭说："凤姐，你是我遇到过的最好的领导。"

"也就是你，"凤姐失笑，"别在职场里动感情。这不是你的赛场，去你该去的地方吧。"

她点点头。

回家的时候挺晚了，她摇摇晃晃走到门口，敲门，段一柯给她开门。像是知道对方会抱住她，她一头栽进男生怀里。

"怎么还喝酒了？"段一柯有点无奈。

"要和同事分开了嘛。"她嘟嘟囔囔，又想起了什么，"咦？笋仔什么时候来呀？"

"你还挺操心。"段一柯把她安置到沙发上，又去给她倒水，"我先去稳定下来吧，不然他人生地不熟的，到了北京也是麻烦。"

姜思鹭点头，目光随着段一柯身子走，然后落到厨房、客厅、卧室门口……二柯已经送到路嘉那儿寄养了，没有那只小东西上蹿下跳，屋子里冷清不少。

明天就要去北京了，她有点舍不得这个家。

是她和段一柯的家。

"我不想住酒店了。"她垂着眼说。

"不住酒店，"段一柯开口，"我找好房子了，成远帮我定下了。明天到家，去买点日用品就行。"

姜思鹭愣了愣。

段一柯走到她身边坐下。

"怎么了？"

"其实我……"

段一柯看向她。

他最近在家休息得好了些，精神比刚回来那几天强不少。黑色 T 恤勾出肩膀的形状，让人很想靠过去。

大约是被酒精冲昏了头脑，姜思鹭闭上眼，不管不顾地说："其实我骗了你。"

她闭着眼，看不到他的表情，只能听到对方愣了片刻后，发出很低的笑声，继而说了句："嗯。"

她惊讶抬头。

"我知道你骗了我。"

姜思鹭呼吸几乎停滞。

"你怎么知道的？"

"我一直知道，哪有那么巧的事。"

"那你不生气吗？"

"我为什么要生气？"

"因为……"

"姜思鹭，"他揉了揉她的头发，"我不会对你生气，因为如果你不骗我，我就遇不到你。"

她后知后觉地反应过来了他话里的意思。

"你说的我骗你……"她轻声说，"是什么啊？"

"是你去剧本杀馆找我啊，"段一柯有点意外，"我们不是偶遇的，路嘉第一次打电话问我你的地址，我就知道，是她告诉的你……还有别的事吗？"

姜思鹭酒醒了。

她揉了下眼睛，偏开目光。

"没有了。"

然后像在肯定自己的话一般，她摇了摇头。

"没有别的了。"

"睡觉去? 明天还要赶车。"

"好……段一柯。"

"怎么了?"

"我很爱你。"

"我知道。"他觉得她像是在担心什么,或许是突然要离开熟悉的地方……于是,他抱了抱姜思鹭,"我也很爱你。"

她在他怀里闭上了眼。

段一柯,我爱你。

我的所有谎言。

都是为了靠近你。

上次回北京是元旦,一眨眼,都 4 月了。

两个人都是高中毕业就离开了北京。那句话怎么说的——踏上这班列车,从此以后,故乡只有夏冬,再无春秋。

他俩更过分点。姜思鹭是大学四年没回过国,回国就去了上海,只过年回来几天;段一柯更是从祁水病逝后就没怎么来过这片伤心地。

走在北京 4 月的夜色里,两个人都有点恍惚。

行至一处楼下,走在他俩前面的成远突然回头,用客服般的口吻介绍道——

"看下——这就是您两位的新家了,一梯两户,坐北朝南,一室一厅,对我的服务满意请扣 10086——"

姜思鹭笑出声。

段一柯就站在一边看他表演,等他台词说完,点评道: "可以,行业不景气,我看你这脸去混房屋中介是降维打击。"

"过奖了,过奖了。"成远谦虚道, "上楼吧,先把行李放了。我看楼下有烤肉店,一会儿给你俩接风。"

段一柯蛮会找的,拎包入住的房型,收拾得很干净。姜思鹭把行李往外拿了些,蹲在床旁边,恍惚了一瞬。

纵然他俩已经在一起了,但上海那个家无论如何还是分成了"段一柯的房间"和"姜思鹭的房间"。但这个地方……

卧室里有种出租屋特有的陌生气息,她甩甩头发,试图把那些支离破碎的心思甩走。

成远在外面喊: "我 App 排的号快到了,你俩好了没?"

姜思鹭急忙起身。

"来了来了。"

出了小区再走两步，就是夜宵一条街。姜思鹭跟在两个男生后面张望，又被段一柯拉到身边。

成远瞥了一眼，感慨道："真是的，上次来还和我说是高中同学呢。"

"本来就是高中同学啊，"段一柯一点没害臊，"同学发展成恋人不是很正常吗。"

"哦……"成远点点头，"所以元旦那天晚上，确实发生了点什么，对吧？那这顿饭应该你们请我啊！"

姜思鹭笑，刚想说些什么，烤肉店门口开始喊他们的号码了。成远加快脚步，朝喊号的服务员挥手："来了来了，这儿呢，来得早不如来得巧。"

三个人落座。

能聊的事就那么几样，等上菜的工夫就说得差不多了。吃到一半，段一柯忽然偏了下头，问姜思鹭："你回北京和家里人说了吗？"

"还没呢，"姜思鹭眼巴巴地看着烤肉，"说了该让我回家里住了，我再等几天吧。"

他给姜思鹭把烤肉翻了个面，等油渗出来，夹给她。

成远又抬头了。

"哎，老段，你签公司那事琢磨得怎么样了？你是不打算签了？"

"嗯，又不是没签过，知道怎么回事。"段一柯心不在焉，"反正现在工作也不多，我自己能应付，走一步看一步吧。"

"笋仔什么时候来呀？"姜思鹭开口。

"这周日。"段一柯说，"你还挺惦记那小孩。"

"哭成那样我能不惦记吗？"姜思鹭嘴里有吃的，说话含混不清，"那不你说的嘛，都是我送东西招的。"

"什么玩意儿？"成远听得一脸蒙，"损色？孙子？"

两个人又给成远讲了横店的事。

一顿饭就这么过去了。

吃完了，段一柯和成远送姜思鹭回楼下，说他俩再去续个摊。

"干什么呀，"姜思鹭故意逗他，"打算说我坏话，避开我？"

"保证不说，"段一柯对她竖起两根手指，"就聊点男人之间的话题。"

目送姜思鹭上楼，他回过头，看见成远的眼神意味深长。

"真是没想到啊，"成远啧啧称奇，"你也有今天，也能对人这么上心。"

"嫉妒吗？"

"哎，你再这个表情我走了啊，你赶紧上楼陪女朋友吧。"

姜思鹭不在，他俩走得再远了点，找了个人少的啤酒摊。

段一柯在夜色里闭了会儿眼，再睁开。

夜风吹着，挺舒服的。

毕竟是从小长大的地方。

成远和他骂骂咧咧了一会儿最近工作上遇到的奇葩，又提起几个同学的近况。他低着头听，偶尔应一声。

"你状态是比之前好了，"成远说，"那部古装戏怎么样啊？什么时候上？"

"得明年了吧。"段一柯算了算，"后期也挺复杂的，那女主角还有只豹子，全程得靠特效。"

"不赖了，毕竟是 S 剧，"成远接腔，"而且这班底不错，之前不还上过热搜嘛……买的？"

段一柯哂笑："我哪有那闲钱。"

"我听说你去的那综艺下周才入组，"成远继续问，"你这是提前过来几天准备下？"

"陪她。"段一柯头往家的方向偏了偏，顿了下，又说，"还有，段牧江……要出狱了。"

成远愣了。

"什么时候？"

"明天。"

段一柯提起段牧江，脸上永远是那个没什么表情的样子。

"我白天再去给他找个住的地方，晚上带他过去。"

"我……"成远气不打一处来，"你搭理他干吗啊？"

"家里房子都被查封了，他身上又没钱，"段一柯喝了口酒，"那让他睡大街上饿死吗？"

"死了得了……哎，真的！死了得了！"

死了得了。

其实段一柯有时候，也是这么想的。

喝完酒，两人在街头告别。段一柯顺着繁华夜市往家里走，左拐，进了新搬的小区。

入夜的小区很安静，灯光也暗，和外面的街道仿佛两重世界。

他在黑暗里一直走，走到楼下，抬头，看见家里亮着灯。

段一柯忽然松了口气。

新家是密码锁，他定的姜思鹭的生日。他输入之后推门进去，见客厅的灯没关，但姜思鹭不在，应该是在卧室。

他以为她睡着了，先去浴室洗了澡。穿着 T 恤进卧室的时候，他才看见她正躺在床上看书。

段一柯去摸她的头发。

"还不睡啊。"

姜思鹭放下书，表情也困，困里带点烦躁。

"睡不着。"

"怎么了？"

她低头想了一会儿，闷声说："我认床。"

段一柯一愣，然后笑，反问："你确定？"

认床。

这天下所有人都认床，能在家里沙发、"一起鲨"沙发、木雕工作室门口睡着的姜思鹭也不会认床。

"我就是……"姜思鹭继续闷着声，"我觉得气味都不对……"

段一柯想了一会儿，躺到她旁边，把她揽到自己怀里。

他身上的气息瞬间溢满姜思鹭的鼻腔。

"这回对了没？"他轻声问，"不认床，认我怀里吗？"

姜思鹭不说话了。

又等了一会儿，她睡着了。

段一柯用下巴碰了碰她头顶，伸手去关灯。黑暗降临的一瞬间，怀里的人抱他抱得更紧。

没什么好陌生的，姜思鹭。

我们在一起。

我们永远熟悉彼此。

姜思鹭睡醒的时候段一柯不在，但床上还有他的气息。她把头埋进被子里又嗅了一会儿，听见手机在振动。

顾冲给她发的：【中午碰一下？编剧也来。】

她回他：【好。】

门外阳光灿烂。

太久没回来，她都忘了北方的春天什么样。见面的地方有点偏，她打车过去，司机一开口，就是熟悉的京片子。

车开到高碑店一间工作室门口。姜思鹭进去，见一楼是个拍摄场地，二楼像是能住人，楼梯上还挂着衣服。

一只猫正趴在扶手上舔毛，姜黄色的。她觉得像二柯，过去摸了摸，听见顾冲的声音从背后传来：

"小心点，它挠人。"

姜思鹭赶忙收回手，往身后看。

顾冲旁边站了个女人，看上去和他差不多年龄，三十二三。短发，很瘦，穿牛仔衣，挺酷的。

她和姜思鹭打招呼："化鲸是吧？"

"这就是《她的狮子朋友》的编剧，"顾冲介绍道，"姓宋，我大学校友，我们都叫她松球。"

姜思鹭赶忙问好："宋老师。"

"不用，叫松球就行。"松球笑笑，"你年龄小，叫松球姐也行，别叫宋老师。"

他俩把她带到一张桌子前，桌上放着几张涂写凌乱的 A4 纸。

"有点乱，你别介意。"松球招呼姜思鹭坐下，"你的原著我看过几遍了，写得不错，很有画面感。之前做过编剧吗？"

姜思鹭摇摇头。

"也没了解过？"

"有本书筹备的时候，去开过几次会，"姜思鹭说，"不过是电视剧的，电影……确实没接触过。"

"其实没差那么多，简纲，详纲，创作逻辑都是一样的，"松球人很酷，但说话挺和蔼，让姜思鹭松了口气，"不同的就是电视剧分集，电影分场。不过我看你写东西很有镜头感，上手起来应该比别人快。"

姜思鹭点头："那辛苦宋……松球姐，带我。"

"你好拘谨，"松球拍拍姜思鹭的肩膀，"要不我让顾冲滚蛋？咱俩聊就行。"

玩手机的顾冲抬头一愣："这怎么还排挤导演呢……"

两个女人笑起来。

"行，那先说简纲的问题，我这两天简单出了一个。"松球从桌上的一堆废纸里刨出来几张，递给了姜思鹭。

姜思鹭垂眼望去，只一会儿，就走进了自己的故事。

姜思鹭在工作室待到晚上，有点累，但很兴奋。

回家的时候，客厅黑着。她以为段一柯还没回来，一开灯才看见，男生正坐在沙发上发呆。

"段一柯？"她叫他名字，对方没反应，她过去轻拍一下他的肩膀，才见他抬头。

"你怎么了？"

他摇摇头，站起身。

"没事，你吃饭了吗？"

"吃过了。"她觉得不对，拦住他，"你白天去干吗了？"

见对方犹疑，她语气加重："不许有事瞒着我。"

段一柯陷入沉默。

片刻后，他说："我爸出狱，我去接他。"

只一句话，白日的争吵声就又在他耳边响起。

譬如——

"就这样了？就租一个房子，给我一张十万的卡，就把你爹打发了？段一柯，你别忘了，我是你老子，你是我生的，没有我就没有你！"

再譬如——

"段牧江，你有什么资格对我指手画脚？你对我这个儿子，从头到尾，付出过什么，十万真不少了。"

又或者——

"我自杀醒过来你都没看过我一眼，你这做儿子的心真狠啊，你心真硬啊！好啊！好啊！那我就没有你这个儿子，你也没有我这个爹！段一柯，你给我走着瞧，你早晚后悔你这么对我！"

他被那争吵声震得心力交瘁，头一点点低下，最后垂在姜思鹭的肩膀上。

幸好，她是柔软而温暖的。

"姜思鹭，"他嗓音沙哑，"做大人好累啊，带我回十八岁吧。"

回到那个午后的教室，阳光从窗外斜射进来，他披着校服在桌面上睡着。姜思鹭仰着头伸懒腰，发尾扫在他额角。

他皮肤好烫，她不敢乱动，半晌，才伸出手，轻轻抱住他的腰。

"不要，"她在他耳边摇头，"我不要回去。

"十八岁的姜思鹭只敢远远看着段一柯，二十五岁的姜思鹭可以抱住段一柯。

"我不要回去。"

她的胳膊在他腰间收紧，支撑着他没有倒下。

好像过了很久，又好像只有一瞬间。

他回抱住她。

"好，"段一柯轻声答道，"那我们一起，留在你的二十五岁。"

03.

"好吃吗？好吃再吃点。"

眼看一筷子肉又要放进碗里，姜思鹭赶忙捂住："不了不了，姥姥，我真吃撑了。"

赶上周日，姜思鹭总算和家里人提了自己回北京的事。果然，当天中午，她就被叫回家陪老人吃饭了。

这一大桌子菜……

舅舅也坐在一边，帮她岔开话题："这次出差待多久啊？"

"一两个月吧，"姜思鹭含混道，"我也不清楚呢，看情况。"

她还没告诉家里人自己辞职搞电影剧本的事，一是不习惯把还没做成的事宣之于口，二是担心老人催她回家住。她干脆说自己出了个项目长差，因为工作地方太远，才住在朝阳不回家。

这半年来，她编瞎话的水平可是越来越溜了。

手机一振，是段一柯的微信：【接上笋仔了。】

她知道他今天上午去车站接这小孩过来，回了他个"好"就关上了手机。

姥姥瞥了她一眼，问："谈恋爱啦？"

"没有……"她赶忙否认，底气不大足。

"谈了带家里看看。"

"哎呀，我说没有嘛……"

舅舅又帮她打岔："年轻人嘛，多处处多选选，稳定了再带回家里。"

姜思鹭感激地看了舅舅一眼。

她这舅舅是姜思鹭妈妈最小的弟弟，比她大十二岁，从小就和她感情好。姜思鹭大二以前，家里人都觉得他不成器——二本毕业，法考没过，在一个小公司给人做法务，一副没什么野心的样子。

结果就在她大二那一年，这小公司突然上市，舅舅作为早期员工期权兑现，瞬间实现财富自由。这几年岁数大了，他的主要工作就是每周去公司开两次会，余下时间在家陪老婆哄孩子，周末再来看望老人。

一餐吃罢，他送姜思鹭下楼。

"哎，舅舅，"姜思鹭凑到他身边，"你能借我点东西吗？"

"什么东西？"

"借我辆车。"

"你？开车？"舅舅狐疑地看她，"你之前不是和人撞了一次，就说再也不开了吗？"

"我在朝阳那边交通不方便，"姜思鹭又开始胡扯，"车是越开越熟，我一直不开，一直也熟不起来啊。"

"那行吧，那我开车带你去我家，你挑一辆。"

姜思鹭点头。

"你要哪辆啊？"

姜思鹭知道她这舅舅是名车爱好者，于是说："也别太高调，就你最便宜那辆就行，省得我给你撞坏了。"

"最便宜的……最便宜的就那辆大G。"

"舅，你多大岁数了还在玩车啊？"

"我没玩啊，我买回来哄媳妇的。"

"……行行行，那就大G好了，你开车带我去取下。"

一个小时后。

段一柯刚把笋仔带到小区楼下。

"段哥……"笋仔犹豫道，"我睡你客厅好吗，那不打扰你和小姜姐嘛，要不我还是去住酒店吧。"

"就是你小姜姐让你住客厅的。"

笋仔长叹："那我明天就去找房，找到就搬走，争取少给你们添麻烦。"

身后有轮胎碾压地面的声音传来，段一柯拽了笋仔一把，把他拉到路边。

"段哥，北京豪车真多，"笋仔艳羡地看着那辆黑色大G从他身边开过，"你看，大G哎，比我们大D高了好多档次哦……"

段一柯："你就别提那大D了。"

笋仔眼都看直了："真的好拉风啊，段哥，你啥时候火啊，咱们啥时候也能开大G……你说这车开上去啥感觉啊，真想试试……"

车在离他俩十多米远的地方停下。

"刹车都这么顺滑。"笋仔羡慕得直摇头。

段一柯忽然停住了脚步。

大G车窗降下，一只手伸出来，朝他们摇了摇，然后收回去，把车门打开。

一道熟悉的身影从驾驶座上走了出来。

笋仔傻了。

"接回来啦？"姜思鹭完全没有感受到两个人的震撼，"正好碰见你俩，不然我还不知道怎么停车呢。笋仔，你给我把车倒进去，我先上楼了啊。"

她把车钥匙一抛——

笋仔神圣接住。

"小姜姐，"他星星眼道，"哪儿来的车啊？"

"啊？哦，"姜思鹭开车精神紧张了一路，现在满心都是回家，"我亲戚的，借我开两个月。你们明天去录综艺也开这个吧，反正我不出门，车也是闲着。"

她上楼了。

沉默。

沉默是今晚的康桥。

半晌，笋仔抚摸着大 G 的车钥匙，转头认真说道："段哥，嫁入豪门，也要努力拍戏啊，我担心你色衰爱弛。"

段一柯看着他，语气漠然："笋仔，做助理不需要这么高的文化水平。"

《片场火花》的拍摄场地在很远的郊区，远看上去像个仓库，进去才看到搭建的舞台场景。舞台下四个架高的红色座椅，是四名导师的位置。

段一柯还不知道导师都有谁，不过之前选角导演和他沟通过，被邀请来的嘉宾一共有八名。

笋仔东张西望一番，问他："段哥，我还用跟你进去吗？"

"回车上等我就行。"

"好嘞，好嘞。"场地里空气不流通，笋仔也不太想进，"那你录完了给我打电话，我把车开到门口。"

段一柯"嗯"了一声，站在原地又等了会儿，负责他的综艺编导就赶过来了。对方个子也挺高的，棉麻衬衣敞着，之前微信对接的时候说过话，叫孙炜。

"段一柯是吧，哎，你好你好。"对方和他握手，"咱们先去后台，我给你介绍下这次的规则，然后录个先导部分。"

两人边说话边往后台走，段一柯也大概明白了《片场火花》这季综艺的主题——"影视工业化"。

所谓影视工业化，指的是整个影视创作的流程链——从剧本，到前期筹备，到拍摄、后期、营销、发行……这一切所构成的一个工业体系。

这几年行业热钱涌入，国内影视行业飞速发展，IP 剧更是炒得火热。但是越拍，观众越觉得不是那么回事——

制片方总是执着于"大 IP"和"头部明星"，把注意力放在整个工业链条的某几个点上，寄希望靠某个点"出奇制胜"。

如此行为，或许会赚得一波流量，但对行业而言却是饮鸩止渴。毕竟，没有成熟工业链支撑的影视剧不过是一盘散沙，片子播完，快钱赚够，只为真正热爱这个行业的人留下一地狼藉。

《片场火花》这一季，就是想以"IP 剧改编"作为切入点，为观众展现一个完整而成熟的影视工业链该有的样子。

根据规则，四名导师来参加综艺时，会带来一组自己亲手挑选的IP。作为选手的四名新锐导演、四个新人演员按照自己的意志挑选IP并组合成班底，用两周的时间制作出一集由导师IP改编的微电影，成品交由大众评审。

走到拍摄间之前，孙炜也差不多和段一柯讲完了。孙炜指了下室内，说："你现在去里面选一下你想拍的作品，有第一志愿和第二志愿，里面也有工作人员，会引导你怎么做。我还得去接别的导师，那我先撤了。"

段一柯点点头，回头望了一眼拍摄间，然后推门进入。

综艺场地二楼。

相比于一楼留给新人演员、导演的小黑屋，这间屋子显然舒适得多。四个沙发，桌面已经备好热茶，光线柔和明亮。

摄像机已经架了起来，拍的就是这帮老油条社交时的虚与委蛇。顾冲瞥了一眼，作秀作得没什么兴趣，退到了镜头之后。

没想到，孟制片也过来了。

摄像机想跟着孟制片，他摆了摆手，把跟来的几个工作人员都赶走，和顾冲一起靠在窗户边。

顾冲有点受宠若惊。

这就是他之前极力推托的那档综艺邀请，当时他也没有过分谦虚——

确实，面前其他三位导师，一个著名的商业片导演，今年新片票房破了二十亿。两个制片，孟琮不必说了，另一个也是业内响当当的人物。

就他，履历轻薄得在三位大佬面前说不出话。

不过他还是来了。

他来了就是心里有打算。

"这综艺适合你啊，"孟琮开口了，"你也别躲镜头。说IP改编，他们都没你有发言权。"

"您过奖了，"顾冲摇摇头，"都是小打小闹，我还没有拍出过什么好作品。"

"你这个年龄，已经可以了……你都带了哪几个IP？"

"后面的还在选，第一期要的是……化鲸的一本新书。"

"哦，《她的狮子朋友》那本？"

"您也看了？"

"我没看，我不爱在手机上看书，这本连个纸质的都没有。不过公司有个年轻策划，前一阵给我打印好了送到办公室，非让我看，我还没翻开。"

"这样啊，那我催催她，赶紧找个出版社给出版了。"

"嘶——不过那个小策划和我说，这本书适合拍电影，你用来给综艺节目搞微电影，是不是太浪费了？"

"都买了，两个版权都买了。"

两个人静了片刻。

孟琮一下笑了。

"精明还得是你小子啊，"孟琮指着他，"在琢磨拍电影了是不是？来这综艺给自己打免费广告，人家节目组还得给你倒贴嘉宾酬劳？可以啊顾冲，你比我年轻的时候心眼儿还多。"

"不敢不敢，"顾冲也笑，"哪敢和您年轻的时候比啊……"

"那个——两位老师，"远处过来个编导，是孙炜，"辛苦过来录下先导镜头吧，演员和导演在选 IP 了，咱们这边要录下四位导师的 Reaction 视频（反应视频）。"

顾冲和孟琮坐回沙发，打开面前的电脑。

四个不同导师带来的 IP 已经做成概念封面，选手和导演点选的话，头像就会在封面下方亮起。

先是导演。

电脑接连"嘀"了几声后，一位新锐女导演的头像出现在《她的狮子朋友》的封面下方——顾冲和她在一个饭局上打过照面，对方性格不错，很豪爽。

接下来是演员了。

镜头拉近顾冲的脸。

"叮咚！"

演员的音效与导演不同，声音响起的瞬间，一张照片出现在《她的狮子朋友》下方——

眼尾狭长，鼻梁高挺，锁骨和下颌的线条都很锋利，神色清冷。

顾冲一愣。

这人……怎么有点眼熟？

在哪儿见过吗？

摄像机就贴在脸边，顾冲不好做出太大表情，只是脑海里闪过不少画面。想了半天，还是没把这张脸和记忆里的哪一张对上号。

应该就是不久前，当时他在横店拍戏，每天要见无数人。

算了，可能就是个打过照面的演员吧……

顾冲摇摇头，心里感慨：年龄大了，记性不行了。

Reaction 视频拍完，四位导演又被拉去阐述了下对自己 IP 的理解，然后大佬们就被送走了。演员和导演则被关在一楼的小黑屋里，拍摄对作品的前期磨合。

　　"我们什么时候能见着演员和导演？"临走前，孟琮突然问了一句，顾冲也侧过耳朵听。

　　"得在台上，"工作人员回答，"要拍那种第一次见面的双方状态，不在台下见。"

　　"哎呀……"孟琮背个手，溜达着走了，"你们现在拍综艺套路可真多……我都跟不上你们这些新玩法了……"

　　导师们早早离场，段一柯和导演被节目组折腾到晚上九点。

　　不管是选 IP 还是别的流程，节目组都是暗箱操作，段一柯到现在都不知道导师是哪几位、嘉宾还有哪些。

　　那位女导演倒是很豁达，拍打着他大声说："专注作品！专注作品！我看你外形很好，我们准能拿第一！"

　　段一柯感觉自己肩膀都被拍青了。

　　节目组放人的时候，外面暴雨突至。

　　拍摄场地本来就像个仓库，没什么灯，入夜更是漆黑无比。再加上又下起雨，真叫一个春寒料峭。

　　段一柯走到门外，给笋仔发了个微信：【结束了。】

　　对面很快回他：【好嘞段哥，我现在就开过去。】

　　正看着手机屏幕的时候，身后突然一阵嘈杂。段一柯没抬头，但听到一个女人聒噪的声音。

　　"什么东西啊，问什么都不说！听说导师有孟琮呢，那谁不想选到孟琮手里的 IP？要是碰上个什么名不见经传的导演，我们来这个综艺做什么啦！"

　　还有这回事？

　　段一柯还真没想这么多，就是看到《她的狮子朋友》的瞬间，就下意识点选了。也不知道是哪位导师带来的，挺有眼光。

　　吵闹声突然顿住了。

　　段一柯尚未觉出异常，下一秒，那道刺耳的女声又响起了：

　　"啊哟，我还当是谁呀站在门口，原来是那个捡漏了我们之印角色的糊咖啊。真可怜，我们不要的东西，他还当个宝，拍个戏还要炒作小号人设上热搜。"

　　段一柯面无表情，像是根本没听到她说话。手机一振，他垂眼看去。

　　笋仔：【段哥，一分钟。】

　　他回复：【不着急，雨大，慢慢开。】

　　"这怎么回事啊，听说都没签公司呢，大下雨的站在这里等，该不是在自己打车回去吧。

"之印，你先去里面等好了，等助理把车开过来我叫你。我们可不像那些十七八线的小演员，自己背着包来来去去，像没人管一样……"

"没事，聪姐，"一道懒散的男声响起来，"我站会儿，呼吸下新鲜空气。"

雨声里传来汽车的引擎声。

一道车灯蓦地打过来，许之印那经纪人立刻往前迈了一步："来了来了，车来了，之印你——啊！"

车擦着她挎包开过去，泥水贱了她一身。

黑色大 G 猛然停住。

笋仔降下车窗，回头就骂："神经病啊！大雨天往人车轮底下钻，撞了算谁的啊！"

那女人看了眼自己裙上的泥点，刚想骂，又发现对方的车型竟然是……

她不想忍，但她忍住了。

下一秒，笋仔从车上跳下来。

"段哥，"他把自己的雨伞递过去，"赶紧上车，这晚上神经病太多。"

段一柯接过雨伞，笋仔给他把后门打开。

黑色大 G 绝尘而去。

聪姐面无表情地站在雨里，身后的团队全员噤声。

半晌，她转过头，恶狠狠地说：

"被包了！

"这人肯定是被包了！"

一路大雨，还好笋仔开车稳。一路飙至楼下，他侧方入库一顿操作，临了摸了摸方向盘："不愧是大 G，丝滑。"

两个人去坐电梯。

段一柯今天忙了一天，还没给笋仔找房子。笋仔行李就放在家里客厅，好在是个沙发床，晚上睡得也不难受。

一出电梯，段一柯眉头一皱。

笋仔也停住了脚步。

"什么味啊段哥？"笋仔抽抽鼻子，"什么东西烧了？"

煳味遍布各处，家门口最为刺鼻。段一柯心里一沉，输了密码就推门，房间里却是一片安详。

姜思鹭坐在沙发上刷手机，若无其事地和他打招呼："回来啦。"

段一柯眼神一偏，走到厨房。

厨房桌面上也干干净净的。

姜思鹭还喊他："哎，你别在那儿转悠了，我刷到一条特别好笑的微博，你过来——"

"姜思鹭。"

下一秒，段一柯从垃圾桶里拎出块炒煳的鸡胸肉。

"你下次闯祸，能不能把现场清理干净……家里锅呢？"

"……烧坏了，扔了。"

"行。"

段一柯把东西扔回垃圾桶，系紧，又放到走廊里，家里的煳味终于小了些。窗外雨势减小，他把几扇窗户打开，雨水潮湿的气息逐渐掩盖了那股烧焦的味道。

姜思鹭蹲在沙发上不敢说话。

"没事，有进步，"他坐她身边，眼皮不抬，"还知道自己炒菜了，不吃泡面。"

"你一直不回来嘛，"姜思鹭自己在那儿抠手机，"下大雨，点外卖都要等好久……"

"那你吃了吗？"

"没有。"

段一柯叹了口气，起身去穿外套。

笋仔见着了急忙去拦："哎，段哥段哥，我下去就行了，你……你别和小姜姐吵架，不就是个锅嘛。"

"我俩没吵，"段一柯说，看了一眼姜思鹭，"那你去吧，别淋着。"

笋仔应了一声，拿了把伞下楼了。

段一柯回头看姜思鹭，她缩在沙发上挺小一团，怪可怜的。

他走过去拍她的脑袋。

"我又没说你，"他拍完了又揉一揉，"我怕你出危险，烧起来怎么办。"

她忽然说："我不喜欢这儿。"

段一柯一愣。

她从来的第一天就在说不喜欢这儿，像是什么动物的直觉一般，在趋避这里。

段一柯坐到她身旁，想了想，也没什么别的办法，只能说点好玩的事给她听。好在姜思鹭这人好哄，他把许之印那事一说，她脸上就慢慢挂起笑。

说到笋仔骂经纪人的时候，她笑得倒到他身上。

"他们会不会觉得……"她去摸他脸，"你被人包了啊？"

"可能性很大。"

"哪个包人的像我一样啊，这么卑微，天天挨说。"

"你还卑微，你像个地主老财，我每天最重要的工作就是讨你欢心。"

"我要是地主老财，你就是借了我高利贷的穷苦人家，赔给我抵债的小妾。"

"不是吧，"段一柯去蹭她鼻尖，"我这姿色，都不能封个正房啊……"

她又笑了，段一柯松了口气。正想吻她一下，门外突然传来脚步声。

两个人瞬间弹回原位。

笋仔"叮叮当当"地走进来，一手一个外卖袋，也没注意到面前两人神色有异。三个人忙乱着把饭盒都拆开，段一柯忽然清了下嗓子。

"那个，笋仔，"他说，"我晚上帮你看下房吧，找个离我家不远的。有合适的话，咱俩明天早起去看看？"

笋仔一愣，手里东西放下，热泪盈眶道："段哥！你对我真好！你就是我亲哥！"

段一柯："……没事，应该的。"

04.

录制第三天。

综艺的录制时间总是开始得很晚。

段一柯习惯了规律作息，对他们这昼夜颠倒的时间表有点无奈。之前《骑马客京华》也会熬大夜，不过开拍的时间也早，纯粹是为了赶进度。

像综艺这种，简直是为了熬夜而熬夜，基本错开了他和姜思鹭的作息时间，这两天两人都没说几句话。

确定了 IP 之后，演员就开始接触剧本了。为了推进度，节目组在开拍之前已经把《她的狮子朋友》微电影的剧本写了出来，段一柯和导演录制的是开拍前的围读和微调——即根据演员自身特征，对剧本的台词和动作进行落地修改。

这其实是工业链里一个比较规范的筹备模式，只不过在当下轧戏严重、讲究无缝进组的圈子里，不少演员都选择直接进片场。

今天还碰到了别的麻烦。

段一柯一进场，就听到和他合作《她的狮子朋友》的导演文嵋在发火——文导性格豪爽，他这两天已经发现了；对方着急起来脾气火暴，他也见识了。

仔细听听，是本来和他搭戏《她的狮子朋友》中男二的嘉宾演员接到了另一个更好的综艺邀请，不来了。

他怎么总碰上这种事，他拿到的资源有这么人见人嫌吗？

段一柯哑然失笑，自己看了会儿剧本，听见文导气势汹汹地走过来。

"一柯，你身边有合适的朋友吗？"她拿过剧本指了下，"可以立刻、现在、马上叫来片场的那种，来演男二。"

他愣了愣。

立刻、马上、现在来片场。

就没活呗。

他摸了下手机。

"我问问，"他说，"有个同学，叫成远。"

简单问了几句，他把电话挂掉，望回文导炯炯的目光——成远没法立刻、马上、现在来片场，得晚上九点以后到。

不过这已经是文导所有能找到的人里最早能来的了。

"就他吧。"文导挥挥手，"反正今天也得熬，你把剧本发他，让他来的路上先看一遍。"

段一柯"嗯"了一声，给成远把文件发了过去，发完了去和文导对剧本，不知不觉，天就黑了。

节目组的盒饭相当难吃，比《骑马客京华》差了不是一星半点。他吃了两口就没什么胃口，转头看见孙炜也抱着盒饭发呆。

见段一柯回头，孙炜和他打招呼："怎么了，脸色不大好。"

"空气不大好，"段一柯指了指天花板，"有点闷。"

"那你去天台吧。"孙炜说，"天台空气好，我们闷了都去那儿，你从右边楼梯上。"

段一柯把盒饭扔了，往那边走。

他忽然理解了姜思鹭为什么来了北京以后就一直不开心。

他好像也没有特别高兴。

明明是更好的机会，更多的曝光，更大的平台……

但竟然不如在上海的时候，晚上能提前下班回家，和姜思鹭两个人挤在沙发上，为了最后一根薯条的归属权猜拳快乐。

楼梯是铁的，踩上去"叮当"乱响，感觉很不稳定。尽头有扇小门，推开就是仓库的天台。

夜风一灌，心里舒服了不少。

段一柯靠上一处铁栏，闭眼深呼吸——然后，他从兜里摸出了烟。

他大学的时候抽过，毕业以后就戒了。后来段牧江入狱，他又抽过一段时间，觉得没意思，慢慢也不抽了。

前几天熬夜困得睁不开眼，孙炜递给他一根，就又开始了。

姜思鹭不是很高兴。她鼻子灵，一回家就闻出来了。段一柯答应她不抽，结果开始了就停不住。

红色光点在夜色里闪了一下。

他抽得猛，也是想借着烟劲儿提提神，捻灭烟头的时候，远处传来一阵脚步声。

段一柯抬头，一愣。

是孟琮。

孟琮还挺意外的，和段一柯对视半晌，慢慢走过来，扶住他身后的栏杆。

"抽烟啊？"他说，"少抽点。到我这岁数就知道，对身体伤害挺大的。"

是种长辈关怀的语气。

段一柯点点头，说了声"好"。

他不说话，孟琮拍他的肩膀："别紧张，都是出来透口气……《骑马客京华》拍完了，感觉怎么样？"

段一柯能听出来对方是在给他递话。

"挺好的，班底也很好。"段一柯说。

"嗯，房鸿是我带出来的，她不好好搞我要训她的。"

"房总做事很严谨。"

"那是你没见着她二十出头那个样子……"孟琮笑笑，"人到了这个岁数，吃亏吃多了，自然就严谨了。"

风很凉，他们两个又陷入沉默。

确实没什么交集的两个人，此前只在朝暮的办公室里见过一面。

可对方每次看向他的眼神……

段一柯低下头，忽然毫无预兆地开口问："孟老师，你是不是认识我妈？"

孟琮惊讶地转过头。

段一柯低着头，五官沉在夜色里，看不大清晰。不过年轻人身形轮廓很好，衬衣那么宽松，也能撑起来。

他本来不想问的。

他讨厌这种看上去像是在和人套近乎的话。

更何况这套近乎的话题是去世多年的祁水。

可是……

"怎么问起这个？"孟琮目光转向夜色，笑了，"是因为，今天是她生日吗？"

孟琮竟然知道。

他为什么会记得？

段一柯掰了下手指，自顾自地说："我前两天想她，又去看她演过的电影，演员表里，有你的名字。"

段一柯轻声说："孟老师，你能给我讲几句，她年轻时候的事吗？"

孟琮看着段一柯，眼神深沉。

"没有人给你讲过她年轻时候的事吗？"

"不大有。"段一柯低着头，"她息影得太早了，网上没留下什么作品，我只买到几张光碟。我知道她那个时候很红，可是我出生以后，她就没怎么提过以前的事了。等我长大了，想问，她也不在了。"

孟琮眼神微动，半晌，拍了他后背一下。

"对，我认识她，不过没你想的那么熟，"中年人讲少年事，嗓音也年轻起来，"她红得很早。她演女主角的时候，我还在跑龙套。

"你妈妈……是个很好的演员。她很喜欢演戏，也很容易入戏。演到悲伤的剧情，哪怕镜头已经关了，还是会躲在角落哭很久。

"她喜欢猫。当时片场买了一只猫，本来就是拍个镜头，拍完就想扔了。你妈妈不让，把它养下了。可惜那只猫，身体不大好，快杀青的时候，就死了。

"她又哭了……你妈妈很爱哭。自己抱着小猫，谁也不让跟，去山坡上埋掉。下山的时候，差点儿崴了脚。那是哪年的事啊……记不清了。我十九，你妈妈，应该十八吧。"

十八岁的祁水，眼睛亮亮的，扎两根麻花辫，为了死去的小猫坐在山坡上号啕大哭。没有人跟过来，只有他怕她摔着，偷偷跟着上了山。

她在山坡上哭到月色高悬，他实在看不下去，过去把袖子借给她。她说袖子擦脸好脏啊，他急得没办法，说，那我肩膀借给你吧。

他以为大明星会嫌弃他，可她真的伏在他肩上哭了起来。大约是哭肿了眼睛，下山的时候她跌跌撞撞，他说好吧好吧，那我背你下去吧。

后来，她继续大红大紫，他继续跑龙套，演一些不痛不痒的角色。很多次，他又在片场遇到她，可是她已经忘了他。

他想让她看到他，那个零片酬的角色递过来，他像先知一般接下。一群男人带着机器，去可可西里一拍就是大半年，被野狼和发疯的羚羊追过，车陷进流沙，差点儿就没命。

他拿奖了，可她嫁人了，嫁给一个很年轻的导演。据说导演追她追得轰动一时——而那个时候，他正蓬头垢面地困在可可西里，等一个声名鹊起的未来。

什么比得过时间啊。

红极一时的演员、导演，一个死了，一个成了阶下囚。当初寂寂无闻的龙套，倒混成了"德艺双馨"的艺术家。

这么多年，他身边的女人还少吗？

不过是在夜夜欢愉里骗自己，怀里的人是那晚在他肩上睡着的她。

段一柯抽完那根烟，孟琮就催他下去了。

回到拍摄现场，还是一片乱。成远到得比预期的晚一些，好在接下来几天都没安排，配合上了综艺的录制时间。一群人折腾到夜里四点，段一柯天快亮才回去。

很多人干脆就没走，都随身带着接下来三天要用的行李，因为当天下午就要启程去郊区一座古建筑拍戏。

他走，是想回家再和姜思鹭见一面。

到家的时候，他才觉得自己身上烟味呛鼻，又先去洗了个澡。

其实是想等她睡醒了说几句话的，不过她到了北京以后就睡眠浅。都这么晚了，他一开卧室门，她还是醒了。

她醒是醒了，迷迷糊糊地伸手要他抱。段一柯躺过去，刚靠近，她声音就清明起来。

"你又抽烟。"

他也是一愣。

"这都能闻见……"

黑暗里也看不见她表情，只觉得她往后撤了撤身子，也不给抱了。等了两秒，她又背过身，自己睡到了床边。

段一柯叹了口气。

"姜思鹭，你过来。

"我错了行吗？

"我就抽了一根，是别人抽得厉害，我身上沾了……"

她不理他，他突然挺累的。

躺在床上闭了闭眼，他以为自己会不耐烦，结果也没有。等了一会儿，他侧躺着看向女生的背影。

黑暗里一条窄窄的轮廓，凹下去的线条是腰。

他伸出手。

姜思鹭正把脸埋在枕头里生闷气，只觉得胳膊被碰了一下。段一柯的声音再度响起来：

"怎么啦？是谁惹我们小姜同学生气啦？"

她一愣，忽然眼圈一红。

"哦……原来是段一柯自己呀。可是节目组熬得太晚了，不抽就一直困，他也没办法。"

"当然啦，提神有很多种方式，他也可以喝咖啡。这的确是段一柯失策了，他决定明天买五罐咖啡随身带着，绝对不碰烟。"

姜思鹭的身体抖了一下，像在笑。

段一柯躺回枕头。

"他下午就要去郊区拍戏了，小姜同学可以来抱抱他吗？"

下一秒，一团毛线球钻进了自己怀里。

段一柯低头亲了亲姜思鹭的眼睛。

他的小姑娘头埋在他肩膀上，手搂着他腰，声音闷闷地传出来："你抽烟的话，家里就一点熟悉的味道都没有了。"

段一柯点点头，低声和她保证："那我这次拍戏回来，身上不会带一点烟味。"

"去多久呀？"

"三天。"

"几点走？"

"你睡着就走。"

她点了点头，总算老实了。段一柯低头看她，直到她呼吸平稳，而窗外天光大亮。

他起身去拿行李，顺手把垃圾带下去。东西扔完又想起了什么，他从衣服里掏了掏，把烟盒也扔进垃圾桶。

昨天睡得实在太晚，姜思鹭下午才醒，收拾东西去工作室，到了才发现，松球姐也没来。

忘了，松球的作息更昼夜颠倒，创作高峰总在半夜三点。

姜思鹭坐到桌子旁，继续和《她的狮子朋友》的电影大纲较劲。

她琢磨到下午四点多，手机响了，是顾冲打过来的。姜思鹭点了接听——对面是呼呼的风声，像是顾冲在疾走。

"在工作室吗，化鲸？"

"在呢。"

"那你先别走，我这有点事，带个人过去见你。"

顾冲和她说话老是这么赶，成天日理万机，工作室也没来过几次。姜思鹭也不知道他要带谁来，环顾四周，把凌乱的桌面收拾了一下，又倒了两杯茶。

刚准备好，门口传来脚步声。

顾冲先进，身后跟了个个子挺高的男生，穿宽松棉麻衬衣，牛仔裤白鞋，看上去刚毕业没多久。

看见姜思鹭，他一笑，问道："化鲸老师是吗？我是顾导综艺的编导，我叫孙炜。"

她茫然地看向顾冲。

顾冲也看着她，见她眼神茫然，想了一会儿，才一拍脑门。

"嗨，忙晕了！"顾冲说，"怎么就忘了和你说了。你不是之前问我你《她的狮子朋友》的微电影版权我拿去干吗用吗？就这儿，我是这综艺的嘉宾，拿这个IP过去给他们拍短片用。这位负责《她的狮子朋友》的协调，想叫你过去探班拍素材呢。"

姜思鹭揉了下头："等下等下，信息量有点大。什么综艺什么电影，我这剧本不是还在写吗？"

"你写的这个是电影剧本，"顾冲也知道自己之前忘了和她提，难得多解释了几句，"现在拍的是微电影，给综艺选手当比赛作品用的。"

"对对。"孙炜赶忙接过话，"我们领导昨天重走了一遍流程，觉得还可以补充点儿拍摄过程的素材，原著作者去探班是个挺好的点。正好顾导说你给她写剧本呢，我就想着过来当面邀请你。"

姜思鹭捋了半天，总算反应过来了。

"我好像明白了……"她捂着额头转了两圈，回头问，"说了这半天，你们什么综艺啊？"

孙炜："嗨，我老觉得顾导和你提过就忘了说了……不过我们之前一季挺有名的，你应该听过……我们是《片场火花》。"

姜思鹭："……"

看她脸色不对，孙炜看了顾冲一眼，小心问道："怎么了化鲸老师？"

"所以，"姜思鹭的直觉告诉她，她已经知道了自己问题的答案，"做《她的狮子朋友》微电影的选手是……"

"导演选手是文嵋，"孙炜还以为她是感兴趣，兴冲冲地回答，"演员选手是个新人……不对，也不是纯新人，叫段一柯。"

姜思鹭的表情从漠然变为崩溃再变为如遭雷击，最终手扶住椅背，抬头看向顾冲。

"顾导，"她喃喃道，"咱俩无冤无仇，你为何要害我……"

顾冲：？

六目相对半晌，姜思鹭缓了过来。她扶着椅子坐下，摆摆手。

"别找我了吧，"她说，"别的作者，不能去探班吗？"

"是这样的化鲸老师，"孙炜很诚恳，"其他三个 IP 剧，两位原著老师岁数都挺大了，还有一个我沟通了下，口吃真的挺严重的，也拒绝了我……我本来还没说一定是您，刚才这一打照面，哎，真的，年轻又貌美，来综艺太出效果了。"

孙炜这话说得，让姜思鹭很难讲她现在是高兴还是崩溃。

她扶了下额头，说："那个，你等我一下啊，我去后面理一理。"

两个男的目送她跌跌撞撞跑走，都有点摸不着头脑。

姜思鹭躲到了工作室后院的石凳上。

天气挺好，太阳清冽冽照下来，空气里一点雾和灰尘都没有。她手指无意识地叩击着桌面，回想着这半年来每一次的坦白失败。

她总不能一直瞒着他。

这样想来，这一次或许是个外力强加过来的机会——强迫她开口，强迫她对他开诚布公。

她总是担心时机，担心他的状态，担心自己的选择不合时宜。

可是到底什么时候才算得上合适？

这一年来的经历，难道还没有教会她——机关算尽，不如……

一头撞进。

姜思鹭叹了口气。

孙炜正等得焦急，听见门后响了一声，是姜思鹭从后院回来。她像是刚做了什么重大决定，坐到他面前，语重心长地说："我去。"

孙炜松了口气，松气之余又有点疑惑。

"化鲸老师，录节目不难的，都有剧本的，"他说，"我明天和你对下，你别这么紧张。"

姜思鹭深深看他一眼。

"有剧本当然不难，"她说，"我是担心，个别没有剧本的事……"

"都有的都有的，综艺都是有剧本的，"孙炜拍她肩膀安慰道，"凭我这两年从业经验，那没有剧本的东西……指定就乱套了啊！"

05.

姜思鹭第二天起了个大早。

化好妆，车已经在楼下了。姜思鹭上车，见着车里坐着司机、摄像和孙炜。对方真是生就吃这口饭的，最近连着熬通宵，精神头依然很好。

"早上好化鲸老师，我给你讲下剧本。"

"你别叫我老师了，"她扒着椅背去了后座，"叫我化鲸就行，我也没比你大几岁。"

姜思鹭落座，孙炜拿着一沓 A4 纸转过头。她看了眼窗外天色，问："几点到啊？"

"有点远，朝西边开得三个多小时，快出北京了，"孙炜看了眼手机，"要不你再休息会儿？等开进山里，路上景色好了，咱们录段探班采访。"

姜思鹭点了下头，闭上眼。

孙炜昨天和她聊了几句，她大概知道拍摄点的情况。因为《她的狮子朋友》这本书是佛山背景的，剧组又没那个去广东的成本，就在北京郊野找了片古村。

古村里有个大宅子，是岭南风格的建筑，据说是古代一个广东来的官员修建的，用以怀念家乡风貌。

正好用来拍故事里舞狮队训练的祠堂。

她多问了几句，又获取了更多信息——例如段一柯还把成远拉下水演了男二，再例如，两个人也不用真上高桩，舞狮的戏请了专业的舞狮队员做替身。

人生无常，姜思鹭心想。

怎么就让段一柯演了《她的狮子朋友》呢……

她一边想一边昏昏沉沉地睡着，醒来的时候脖子剧痛。

"怎么了化鲸老师？"孙炜听着动静，回头看她。

"我好像落枕了，"她捂着脖子，"你一会儿拍我没什么大动作吧，我怕我脖子断了。"

"没有大动作，你又不用演戏，"孙炜赶忙安抚，"聊聊天就行，说说对演员的感觉什么的。"

"对演员的感觉……"姜思鹭"啧"了一声，语气复杂，"对演员，那可是太有感觉了……"

孙炜显然没懂她话里有话，眨了眨眼，叫摄像过来开镜头。

"详细说说啊化鲸老师，"他攥着一沓 A4 纸，趴在车椅上看着她，"太有感觉是什么感觉？"

姜思鹭抬头，对上黑漆漆的镜头。

"段一柯，之前也演过我的《骑马客京华》。"

她知道这段会播出去，所有人——同学、亲人、共事过的人，还有段一柯自己——都会看到。

她对着镜头，语气忽然变得很认真。

"他是一个，非常好的演员。"

车进古村，再走，总算进了岭南宅子。那位大官想必非常有钱，院子巨大，结构又复杂，还有石阶上下。

门口聚着一群人，镜头里是几位穿着舞狮服的年轻人，身手一看就是专业的，估计是替身演员。孙炜把姜思鹭引到导演那边，叫了声："文导，这是原著作者。"

文嵋赶忙摘下耳机。

"这就是落日化鲸？"文嵋很惊喜，过来和她握手，"这么年轻的小姑娘——我们正在拍替身的舞狮戏呢，你一起看看？"

"哦……"姜思鹭方才就在东张西望，找不到人，干脆直接问，"两位男主演在哪里呀？"

"你说段一柯和成远？"文导又叉着腰，也和她东张西望，"成远是去厕所了，这段一柯……我也不知道。他俩拍了一上午，我让他们趁着替身上场歇一会儿，怎么找不着人了……"

"没事没事，您赶紧拍吧，"姜思鹭摆摆手，"我自己到处看看就行。"

文嵋点头，估计也是挺忙的，没再寒暄就坐下了。姜思鹭刚准备去找段一柯，孙炜又叫她："化鲸老师，你别走啊，一会儿还要拍你探班的镜头呢。"

她应付："我知道，我转一转就回来。"

目之所及并无段一柯的踪迹，她猜想在别的地方，顺着宅子里的石阶跑了下去。

石阶下面更是植被茂密。

4月，不少花开苞了。再加上山里环境好，还有几只蝴蝶飞落。姜思鹭拐了个弯，片场的喧哗就被植被掩盖，四周一时静悄悄的。

她小声喊："段一柯在吗？"

没有人回答她。

身后突然传来窸窸窣窣的声音，姜思鹭余光见着草丛在动。她好奇地凑过去，刚把脸低下，一道黑影突然"嗷呜"一声蹿了出来——

是只猫。

野猫对人反应大，也把姜思鹭吓了一跳，她急促地倒退两步，落枕的脖子"咔嚓"一声。

剧痛之下，她一脚踩空，整个人翻了过去。

石阶先撞腰，又磕腿，然后擦到脸。一通翻滚，总算停在平缓地面。她痛得叫不出声，伸手往边上摸，想拽住点什么站起来。

结果，一只手把她给拎了起来。

姜思鹭抬头，看见段一柯一脸错愕地看着她。

她想开口，结果开口就是一句"啊好痛"。段一柯扶着她去旁边坐下，没问她怎么跑来这里，先问了句"摔哪儿了"。

她答得含混，好在今天穿的裙子，腿和胳膊肘的擦伤一目了然。男生揉了下她脚腕，问："扭了吗？"

姜思鹭摇摇头。

他松了口气，但神情也没放松多少。帮她看了下腿上的伤，他起身说："我去拿点药。"

别走别走!

姜思鹭一把拽住他

"我我我——我有话和你说！"

段一柯回头："你等我把药先拿过来。"

"你先让我把话说了！"

"姜思鹭！"他声音提高，"你别闹！你跑这儿来干什么，你走路也不看路——"

她下意识噤声，段一柯推她的头："我拿药回来收拾你。"

啊啊啊!

她急死了，又站不起来，刚想继续喊，就听着石阶上传来孙炜的声音：

"——你先录点空镜，等主演和作者回来咱们录探班。怎么刚带过来就都跑没了，能不能配合下我工作——

"欸？"

姜思鹭总算知道什么叫"眼睛'唰'的一下亮起来"了。

孙炜一步三阶地跑下来，先看看姜思鹭，又看看段一柯，一拍大腿："这么巧啊！主演和作者都在这儿啊！"

她眼前一黑，听见对方继续问：

"化鲸老师……你怎么摔成这样啊？"

姜思鹭在孙炜的喊声里入定了。

她面无表情地看着自己膝盖上的擦伤，心想，她刚才怎么没再摔狠点呢？要是摔晕过去，情况也会比现在好一点吧？

段一柯愣了一瞬，显然还没反应过来孙炜对她的称呼。

"化鲸老师？"段一柯重复了一遍，"哪个……化鲸？"

孙炜惶恐之中向他投去不解的眼神。

"落日化鲸啊！"

漫长寂静。

最终，姜思鹭先动了一下。

她抬起头，看着孙炜，真诚地说："哥，求你了，带摄影师先撤吧。人但凡有点脑子，也能看出来，我俩情况不太对了。"

竟然还是摄影师先关了镜头，把孙炜拖走的。

姜思鹭目送他俩的身影消失在石阶尽头，继而把目光转向段一柯。

他看着她，半晌，他问："这是整蛊游戏吗？"

荒唐之中，姜思鹭甚至想笑了。

可惜一笑腿上就疼，也不知道是牵动了哪根神经。她垂眼看着自己流血的膝盖，慢慢说："不是，我就是落日化鲸。

"《骑马客京华》的原作者是我，《她的狮子朋友》的原作者也是我。

"我没有姑妈，房子是我自己的。我没有做过朝暮影业的宣发，觉得骗不过你，才去应聘了策划的岗位。我没有跳槽，辞职来北京是来写《她的狮子朋友》的电影剧本……"

漫长的沉默后，他终于开口了。

"姜思鹭。

"所以这半年来，你是觉得……

"看我像个傻子一样，很好玩，是吗？"

她低下头。

"没有。"她说，不敢看他，"我一直想告诉你，可是每次下定决心，都会出意外。越拖，就越开不了口，然后就只能编更多的谎话……"

她控制不住自己，声音发颤，眼泪大颗地往下掉："我越来越害怕，怕我告诉你以后，你就再也不理我了，也不喜欢我了……"

脚步声远去。

段一柯走了。

他真的不理她了。

他怎么可以把她丢下啊。

难过从心里溢出来，姜思鹭哭得喘不上气。她抱起腿缩在石椅上，眼泪落上膝盖，渍得伤口更疼。

不知哭了多久，身前忽然降下一片阴影。姜思鹭被人握住脚腕，腿放到对方膝上。

她哭得更凶了。

段一柯拧开一瓶矿泉水，慢慢冲，冲净了附着在伤口上的泥沙。她痛得缩了一下，段一柯握住她脚腕，眉头皱着。

"别乱动。"

她终于敢抬头看他。

他头发剪短了不少，大概是有拍摄需要。衣服应该是戏服——白短袖，底下是一条少年狮客们练功穿的黑色裤子，很清爽。

他清理干净她一边的伤口，贴上创可贴，又清理另一边。

然后是她的胳膊。

最后是她脸上的一小块擦伤。

他离她很近，眼角那颗泪痣都能看到了。姜思鹭试着靠过去一点，他没躲，她就大着胆子抱上去。

"你生气了吗？"

"有一点。"

姜思鹭闭上眼，没有松手。

"段一柯，"她声音小小的，"你的味道回来啦。"

"嗯。"

"我看到村子里有客栈，你们住那里吗？"

"对。"

"那我不走了好不好？"

"山里蚊虫多。"

"我想等明天，和你一起回家。"

"……"

"段一柯……柯柯柯……"

"那你等我回去，不要乱跑。"

"好。"

"每次闯了祸就假装很乖……"

"我本来就很乖……"

缠了段一柯十分钟，他俩又回了片场。

群演和工作人员忙忙碌碌的，也没人在意他俩消失又出现。人海之中，只有孙炜的眼神五味杂陈。

姜思鹭走了过去。

"化鲸，"孙炜这回倒是不叫她老师了，"什么情况啊？"

这可不是三言两语能讲清楚的。

姜思鹭思索片刻，说："我回头和你说。"

萍水相逢，哪有什么回头。孙炜思索片刻，抬头问："我就问一个事——

你俩是在搞地下恋情吗？"

姜思鹭瞥了眼四周，没人关注他们，便压低声音回答："……也不算地下，就正常的……"

"搞对象。"孙炜接茬。

姜思鹭："嗯。"

"成吧。"孙炜意味深长地转过头，"那你今天就不回市区了？我们回车不带你了？"

"孙炜，"姜思鹭神情惊讶，"我发现你这人，机灵还分时段……"

孙炜："……"

好像被攻击了，应该不是他的错觉。

旁边有人喊了一句什么，大概是说成远还没回来。孙炜也不等了，叫了声摄像大哥，然后挥手道："行了行了，趁着阳光好，先把作者这段探班录了——开始走流程。"

按台本，姜思鹭先是和导演聊改编思路。文嵋对着镜头很松弛，抬眼见姜思鹭的时候目光停了片刻，关心道："怎么一会儿没见你——你这脸上怎么了？"

姜思鹭摸摸脸上的创可贴，想撕，又感觉段一柯的目光远远飘过来。

"摔了一下，"她讪笑，把手收回背后，"没什么事，就这么录吧。"

文嵋是导演，想法很多，对着镜头侃侃而谈。姜思鹭也是记者出身，表达起来口齿清晰逻辑严密，引得对方频频投来赞赏目光。

"可以，"孙炜在旁边看镜头，看起来挺高兴，"叫你来是真没错，效果比我想象中好。咱们走下一条，和主演——"

他表情陡然变得很复杂："和段一柯聊几句。"

姜思鹭和段一柯是坐在一张长椅上拍的，背后摆了几个舞狮的狮头当背景。长椅很长，姜思鹭和他一人坐一头，孙炜叉着腰在那边指挥，语气挺有内涵。

"化鲸老师，可以坐近点，"他说，"太欲盖弥彰了。"

姜思鹭往段一柯的方向挪了下。

"再近点，"孙炜眼睛盯着镜头，"你都出画面了。"

下一秒，段一柯起身，坐到她身边。

她扶着长椅的手指碰到他的胳膊，赶忙撤到身后。

段一柯侧过脸："你紧张什么？"

"我又不是演员，"姜思鹭压低声音，"我平常都对着电脑，也不对镜头……"

"是吗？"他把目光移回去，"我看你刚在文导那儿挺老练的。"

"哎。"远处的孙炜突然"喷"了一声，"你俩坐一起这画面气氛怎么……算了算了，准备下，Action——二位先和观众打个招呼吧。"

"大家好，我是《她的狮子朋友》的原著作者落日化鲸。"

"我是演员段一柯。"

孙炜在对面疯狂比手势，段一柯看了一眼："……在《她的狮子朋友》短片里饰演男主戚耀武。"

哎，这回对了，孙炜松了口气，开始念采访台本。

"化鲸老师，之前段一柯在《骑马客京华》里就饰演过你笔下的人物，这是两位第二次合作了。你觉得他适合这个角色吗？"

段一柯坐得离她太近，她几乎能感受到他的体温——姜思鹭脑子有点跟不上。

"啊，就……"她结巴着，"之前网友都说挺合适的……"

"问你觉得合不合适，"段一柯也没看她，突然就开口，"你说网友干吗？"

姜思鹭连"哦"几声，点头道："我也觉得，特别合适。"

孙炜看着这两人："……"

行。

他拿起台本，继续："段一柯，可以介绍下你对这个人物的理解吗？"

段一柯肯定是理解，不过他有点不想对着镜头搞人物剖白。想了想，他挑了两个重要的心理转折点讲。

孙炜："很好很好，那化鲸老师怎么想？"

姜思鹭把手从背后移到腿上，交叉起来。

"我觉得他……说得特别好。"

孙炜："……等一下，等一下，摄像停下。"

他把头从后面冒出来，语气很无奈："你俩能不能有点交锋啊？"

姜思鹭这时候倒硬气了："就是说得特别好啊。"

段一柯低头，很隐蔽地笑了。

孙炜捂住头。

"那你也得多说两句行吗？你是原著作者啊，你别老是他说啥你就说啥，刚才在文导那儿不是说得挺好吗？"

姜思鹭有点烦："哎，孙炜，你追星吗？"

孙炜："啊？我……我追、我追高圆圆。"

姜思鹭："我让你坐高圆圆旁边，摄像机开着，你说得还没我好呢。"

孙炜："……"

又折腾了半个多小时，总算录出点能用的素材。段一柯那边戏也快开拍了，他冲喊他的文导招了下手，把房卡从兜里拿给姜思鹭。

"那你过去等我，"他低声说，"我回得晚，你困了就睡。"

姜思鹭握住房卡，"嗯"了一声，目送他离开。

回头，孙炜正表情复杂："化鲸老师，我看出来了，"他说，"你这是让我带你来谈恋爱呢。"

姜思鹭也有点尴尬。

"孙炜，我来之前，绝对没有这个意思……"

孙炜又捎带了她一段，把她放到剧组入住的客栈门口，就和司机回市区了。

姜思鹭站在门口环顾了下——

很典型的农家乐，白瓷砖直接盖在墙面上，门脸没什么装潢，脚边还有鸡鸭乱跑。

真够艰苦的。

她看了眼房卡上的门牌号，直接上楼。

离天黑还有段时间，她帮段一柯把房间收拾了下，就又动了改大纲的心思——把打印的文件摊开在桌面上时，心情很奇妙。

从今天开始，她不用再藏着这些东西了。哪怕段一柯回来的时候，这些文字扔得遍地都是，她也不会有丁点慌张。

坦白的感觉真好。

没有秘密的感觉真好。

她从天亮看到天黑，窗外传来村落里特有的狗吠。楼下传来一阵喧哗，大概是剧组的人回来了。

又等了一会儿，敲门声响起。

姜思鹭去开门。

段一柯走在最后，楼道里已经静了。她开着门不敢动静太大，悄无声息地往他身上跳。

段一柯单手抱着她，另一只手关门。

"别蹭了，"他垂着眼，脸上也有笑意，"我今天太脏了。"

"还好呀。"

"流好多汗，衣服湿了又干好几次，"他把她放下来，"我去洗下，你等我。"

她才没那么老实。

听得浴室水声响，姜思鹭打开门，往里探头。段一柯刚把衣服扔进水池，裸着上半身。再加上头发刚剪短，整个人简直帅得不行。

"你这人，"他扶着洗手池看她，"看什么呢？"

"不能看吗？"姜思鹭佯装惊讶，"我还看过更多呢。"

她凑到他身边摸了摸："最近天天凌晨回家，我都好久没看了……啧，你这儿怎么又青了？"

段一柯把衣服一揉，冷笑。

"从梅花桩上跳下来的时候碰着了，姜思鹭……"他叹气，"我演你这两本书磕磕碰碰，比我之前几年加起来都多。"

姜思鹭理亏地抱着他腰："那我给你吹吹？"

"你给我把衣服晾了。"

他把衣服拧干，扔到姜思鹭身上。她立马接过，跑去找了个衣架，然后挂到窗户边——

顺着夜色望出去，山里的星月都比城市明亮。

姜思鹭看着夜色发了会儿呆，听到身后声响，是段一柯洗完澡出来了。

他头发湿着，也不擦，就甩，像只刚从水里跑出来的大狼狗。

他把她拽到床上。或许是刚冲过热水的原因，他皮肤烫得要命。

"你别，这儿隔音差，"姜思鹭急了，"隔壁看视频我都能听见，你剧组人都在。"

"你慌什么，"段一柯乐了，"谁说我要弄，满脑子黄色废料。"

姜思鹭："……"

他静了静，说："我就抱你一会儿。"

抱她一会儿，抱完整的她，抱完全坦诚的她。

姜思鹭老老实实地缩在他怀里。

抱了一会儿，段一柯偏下脸，想说点话转移注意。

"姜思鹭，你怎么想起写这本书的？"

"啊？"

"就这本《她的狮子朋友》，我记得你也没在佛山住过。"

"住过的，住了两周。"她兴致勃勃，把那些他错过的过去讲给他听，"我之前做记者呀，在佛山出差，碰到一个舞狮教练，他给我讲了好多好多有意思的事……"

她絮絮叨叨，很快就把段一柯说困了。

"喂！"见段一柯要睡着了，姜思鹭震怒推他，"你有没有听我说话啊？"

"听了啊听了。"段一柯赶忙睁眼，强打精神。

"我说什么了？你有什么想法？"

"就……"段一柯想了想，说，"就听化鲸老师一席话，对我的表演，很有启发。"

第二天又是早早开机，段一柯走的时候姜思鹭还没醒。

好在今天不用熬夜。下午六点，剧组收工，文导从监视器后站起身。

"演员老师们辛苦了啊，"她挥手，"一会儿车去旅馆门口接，你们要自己走的和生活制片说一声。"

大家应声，也说着导演辛苦的话。她活动了一下筋骨，往成远和段一柯的方向走。

"你俩最辛苦，"她过来慰问，"在这么高的梅花桩上蹿下跳的，真是不容易。这两天我去跟后期，你们好好休息，到时候第一轮放映咱们一块儿去现场。"

她又偏了下头："还有成远，这次真是多谢你江湖救急，不然这男二我还不知道找谁呢……"

"嗨，"成远摆摆手，"我糊呗，反正也没活儿，帮老段搭个戏。"

"别这么说，"文嵋忽然很严肃，"我最不喜欢别人说谁红，谁糊……我也不是什么大导演，可我一直觉得只是时机还没到。你们两个也是。我做导演的时间也不短了，好演员身上是有股气的，你俩都有。"

成远看了段一柯一眼，后者点了下头，看向文嵋："谢谢文导。"

文嵋走了，生活制片又过来登记上车的事。段一柯看了下手机，说："不用等我了，我约了人来接。"

他这次没带笋仔过来，是觉得大家都是新人，他带个助理尴尬。不过姜思鹭现在来了，他就问笋仔晚上能不能来接下。

笋仔当时正在家闲得慌：【来呀来呀段哥，定位发我。】

段一柯：【你小姜姐也在，你把车里烟味去去。】

笋仔：【好呀好呀。】

笋仔：【我小姜姐为什么会在？】

段一柯没回他。

成远那边倒是登记了，登记完了又抬头看段一柯，脸上露出一言难尽的表情。

估计是终于拍完了，他憋不住了。

"我真是无语，"他说，"你昨天下午跟我说姜思鹭那事，我晚上一琢磨才觉得牛。半年啊，她瞒了你半年……你真一点都不生气？"

"有什么好气的。"

"段一柯！"成远痛心疾首，"你怎么谈个恋爱都失去了自我呢！搁你以前那混账脾气，冷战一个月都算少的。"

顿了顿，成远加了句："最后还得人家来哄你。"

剧组往停车场撤了，段一柯和成远走在人群最后，慢慢往山下走。

"其实我……"段一柯忽然开口，"我有时候也以为自己会生气。

"她这人，大喜大悲的，碰着什么事，突然就不高兴了。在外面倒是挺厉害，一到我跟前，什么都不会，动不动就哭……我有时候一累，也想发火。

"可是她往我怀里一钻，我就一点脾气都没了。也不是忍着，就是没了。可能这就叫……一物降一物吧。"

自白完，段一柯抬头，见成远一脸不忿地看自己。

"段一柯，"他咬牙切齿，"你完了我告诉你，你这辈子算是彻、底、完、了。"

剧组车下山，回了旅馆。楼下又是一阵躁动，没一会儿，就把人和机器都拉走了。

姜思鹭和段一柯最后走出去。

落日西沉，勾出远方山峰轮廓，村落披上暮色。姜思鹭穿着段一柯的外套，和他一起等笋仔的车。

"明天想出去玩吗？"

"明天顾冲要带我……哦，就是你这个短剧的导师，是他买了《她的狮子朋友》的长短电影版权……顾冲要我去和圈里人吃个饭，聊出版的事。"

"几点散？"

"不知道，可能挺晚的吧。"

"那我去接你？"

"好。"

"后天呢？"

"后天……后天也不想出去，不过我想吃你做的饭。"

"也行。"

远处传来排气管的轰鸣，应该是笋仔开上来了。

"可以回家了段一柯。"

"嗯，回家。"

06.

难得两个人都没事，再加上前段时间又忙，从郊区回来，姜思鹭和段一柯双双睡到中午。下午，两人混混沌沌地收拾下家，洗了衣服，姜思鹭就得打扮出门了。

段一柯靠在浴室门边看她化妆。

"好特么不公平，"他说，"和我在一起就素面朝天，每次出门见别人就美艳惊人。"

"你能不能别学点词瞎用，"姜思鹭抿了下口红，"你个艺考生。"

"你怎么还歧视艺考生呢？艺考也很难的好不好。"

"我没歧视艺考生，我歧视你，"姜思鹭化好妆往外走，"我歧视你高中语文 64 分还不背古诗，作文瞎写全靠字好看提分。"

段一柯："……能不能别翻老底？"

姜思鹭估计这次要喝酒，就没开车，直接打车去的饭店。她也没问是个什么局，像是一群人刚从哪个活动出来，房间里六七桌，到处有人在敬酒。

难得，顾冲百忙之中还能看见她进门，冲她招了下手。

姜思鹭点了下头，走到他身边。他就敲敲高脚杯壁，介绍道："这位就是我新电影的原著作者了……"

说实话，这场景她倒不陌生。刚工作那年天天见，见得都麻了。

此刻再见，竟有种释然——

她以为退出那个圈子就不用搞这些虚与委蛇的东西，结果有人的地方就有圈子，越往高走，越逃不过。

顾冲能在混圈子和搞作品之间找到平衡点，也是个懂游戏规则的神人。

假笑了一圈，姜思鹭最后被带到个中年男人面前。对方和孟老师的气质有点像，也是有点书卷气，戴着眼镜，气定神闲的。

"化鲸，这位是闫海总。闫总，这就是《她的狮子朋友》的原作者化鲸，我和你提过。"

闫海？

姜思鹭心里有点惊讶。闫海是家文化公司的创始人，出版口做得相当大，旗下畅销书无数，只是很少签青春类的书。

"哦……就是这位啊，"闫海朝她笑了笑，"很年轻嘛。"

顾冲拧她胳膊，姜思鹭赶忙从天马行空的思绪里回过神。

"闫总也……十分有气质，嗯。"

一顿饭吃得她浑身难受，尤其是有些男人到后面开始抽烟，更是熏得人头晕。

实在熬不住了，她溜到顾冲身边："顾导，我能撤了吗？"

顾冲回头。

"这才哪儿到哪儿啊……"他摇头叹息，换来姜思鹭"并不是每个人都像你这么优秀"的眼神。

"你和松球一样，"他说，"就会写，不爱混饭局。那行，那你先走——哎，算了，我和你一起下楼，我也出去透口气。"

姜思鹭："我还以为您是铁人呢。"

顾冲："帮你拉关系怎么还讽刺人呢。"

她笑，看了眼手机，好在段一柯已经到了。

出了乌烟瘴气的包间，空气就好了不少。等走到饭店大门外，更是夜风清凉。一辆出租车刚走，姜思鹭抬头望去，见到了靠着车等她的段一柯。

人一身黑，车也一身黑，个子又高，低着头看手机，远处几个姑娘蠢蠢欲动。

顾冲也顺着她的目光看过去——这不是演《她的狮子朋友》的那个选手？

不对。

不对不对不对。

脑海中画面回溯，最终定格在横店门口那个穿着红色朝服去追姜思鹭的年轻人身上。

"哎，"他突然开口，转向姜思鹭，"我说怎么看着眼熟呢。你俩这一部两部的……挺有情趣啊？"

姜思鹭回头，有点蒙："啊？"

两人掰扯了一会儿，顾冲把姜思鹭放走了。

见她过来，段一柯收了手机，给她开车门。姜思鹭坐定副驾驶，看见段一柯去了旁边。

"笋仔没来啊？"

"接你，他来干吗。"

"你开车行吗？"

"姜思鹭，"段一柯侧头看她，很严肃，"男人不可以说不行。"

姜思鹭："……"

段一柯开车很行，一点都不晕，很稳。

稳得她半路就睡着了。

开到家楼下，段一柯来叫她，叫了两声没叫醒。

他凑近了闻，身上有烟味又有酒味。

都是她不喜欢的。

"上楼睡行吗？"段一柯在她耳边问，"车上不舒服。"

她开始没反应，等了一会儿才睁眼。看见段一柯离她那么近，她没有躲，反而去摸他那颗泪痣。

碰到他睫毛，他闭了下眼睛，又睁开。

干净纯粹的眸子。

倒显得妆容隆重的自己浮夸又虚假。

"你不要离我那么近了，我身上很难闻。"

"不难闻。"

"可他们一直在抽烟，我还喝了酒……"

"那也不难闻。"

他见姜思鹭醒过来，便往后退了两步，给她下车的空间。底座太高，她只能扶着车门往下跳。落地的瞬间没站稳，高跟鞋崴了一下。

段一柯扶住她。

关门，锁车，他把她抱起来。

"被邻居看到很尴尬欸……"

"谁这么晚出门啊。"

裙角垂在细瘦的脚腕，尖细的高跟鞋摩擦着他的外套。

他垂眸，喉结动了下。

一进家门就疯了。

从门口亲到客厅，先在沙发上，又去浴室，然后进卧室。两个人头发都没干，嗅着潮湿的水汽缠绵。

弄得太狠，姜思鹭掐他锁骨上那圈牙印，牙印上又加了抓痕。

段一柯躲了下。

"你倒是换个地儿啊？"他恼火。

"你想都别想。"

姜思鹭为这句话付出了很大代价。

两个人又是第二天中午才醒，真是没辜负休假。

段一柯答应今天给她做饭，没耽搁太久就起床去做饭了。姜思鹭赖了会儿床，听着手机振动，抓过。

来电显示竟然是孙炜。

她清清嗓子，接起："喂。"

这声音一听就知道……

孙炜又在不该机灵的时候机灵了。他干笑两声，关切道："化鲸老师，身体还好吧？"

姜思鹭："……啥事，赶紧说。"

"哦哦，"说起工作，对方也正常了，"是这么回事。"

这两天是这么个情况——

《片场火花》的参赛演员都休息了，后期和导演还在加班加点地熬，节目组的工作人员也没歇着。

孙炜昨天又和节目组讨论了一晚上拍摄流程，最大的改动出现在打分部分——

之前的流程是，短片拍摄后在综艺现场进行一轮放映，由四名导师打分。根据分数排名，四个剧组拿到不同额度的宣发经费。之后就可以去线下影院放映，得到最终的影片票房。

后面没什么好说的，领导要改打分制度，主要原因是看了姜思鹭那个探班的视频。

据孙炜说，领导的原话是：

"这个原著作者探班的主意真的很不错，现在不是经常有那种原著作者痛斥影视魔改的新闻吗？这是个冲突点啊，很有张力啊！搞个探班是不是太轻描淡写了，就应该直接让原作者来现场啊！"

姜思鹭靠在床头，重复着孙炜的话。

"让我和其他三位老师去现场？

"你确定吗？"她扶住额头，"你不是说有两位老师年龄太大了吗……"

"这和探班不一样，摄影棚里都是可控的，"孙炜解释道，"反正领导现在是铁了心要原作者来，短片最后的总分也是导师和原作者打分相加。我这儿来说服你，我同事在磨其他三位老师呢……"

"孙炜，"姜思鹭无奈，"你们这流程一天变八次……"

"这就是综艺节目的工作方式，化鲸老师，"孙炜也很悲痛，"只要还没开始录，我们就会一直改。"

太惨了，姜思鹭都不好难为他了。

客厅传来饭菜香气，段一柯都快把饭做好了。

姜思鹭懒懒起身去穿衣服，也不想再多说。

"行，那我就去呗，"她肩膀夹着手机从床上下来，"后天录是吧？"

"对对对，"孙炜说，"中午十一点开录，我安排组里派车接你。"

"不用，"她说，"我和段一柯一块儿过去。"

孙炜在那边给了自己一巴掌。

"对不起，"他说，"是我又不机灵了。"

又是那个仓库一样的录制棚。

车远远停在门口，段一柯把姜思鹭扶下车。她看了眼四周，压低声音：

"要不咱俩分开进？"

"怎么了？"

"我还得给文导打分呢，"她把包换了个肩膀，"我怕有人说三道四。"

段一柯想了想，也理解她的担忧。他回望一眼摄影棚，说："那我先进去了，你一会儿让孙炜来接你。"

走了两步，他又回来帮她理了下头发。

"里面空气不大好，"他说，"你不舒服就和我说，我带你去天台。"

姜思鹭点点头。

目送段一柯的背影消失，她又给孙炜打了个电话。没一会儿，对方就小跑着出来了。

"化鲸老师来了啊？"他打招呼，"我刚太忙没看见你消息。开拍还得一会儿，我先带你去作者嘉宾室，其他三位老师已经到了。"

"都到了？"姜思鹭咋舌，加快脚步，"我还以为我来得挺早呢。"

一进现场，她就知道段一柯说的空气不好是什么意思了。

人又多又杂，估计是刚吃完盒饭，空气里一股菜味儿。她加快脚步穿过现场，和孙炜走到二楼的嘉宾室。

嘉宾室好一些。

推门进去，其他三位老师正坐着聊天。一个四十多岁的男作家和一个五十多岁的女作家，是孙炜口中"岁数比较大"的那两位。还有一位和她看起来差不多岁数，男生，挺清瘦，估计就是……

那位口吃的朋友。

大家彼此打了个招呼，姜思鹭落座，孙炜去边上给她把四个人的作品都拿了过来。

她之前也没关注过综艺其他剧组的 IP，这个时候才发现，她的作品是这里面唯一的长篇。

其他三个 IP，两个是两万字左右的短篇，还有一个三万字。就她自己的，十五万字，打印出来厚厚一摞。

"怎么我的这么长啊？"她问孙炜。

"短 IP 便宜啊，节目组也有预算，"他说，"而且微电影体量小，拿短篇改更合适。你这个是顾导自己搭钱买的，我们其实也……也不知道他为什么要这样。"

他不知道，姜思鹭一下就懂了。

行啊顾冲，电影剧本还没写完，宣发预热你都算计好了。

她也没说什么，接过四个 IP，坐到旁边细看起来。

打印稿第一页是评分细则，她也仔细读了一遍。

大概就是说，每个短片播出之后，原著作者有一次阐述个人意见的机会，拉票、批评都可以。最后，四位作者给出 0 ～ 10 的分数，和四位导师的一起计入总成绩。

正读着，那位口吃的男生凑过来了。

"您、是是是、落日化、化鲸吗？"

姜思鹭抬头。

"非非非常常荣幸见到你，我是袁袁袁蓬蓬。"

"不好意思，"姜思鹭急忙放下小说稿，"袁蓬？"

"袁袁蓬蓬。"

"？"

对方非常努力："袁，蓬蓬。"

姜思鹭去握手："哦哦，袁蓬蓬，你好你好。叫我化鲸就行。"

"好好好的化鲸鲸。"

姜思鹭："……"听着还挺萌。

大概是和那两位老前辈实在没话说，他只能和姜思鹭坐近一点。

"你你你知道是谁拍你的书吗？我听说你去探探探班了。"

"是文嵋导演他们那队。"

"我我我也知道，他们说演我小说的演演演员叫许之之印。我不太看看看电视剧，这人好好好吗？"

许之印？

姜思鹭控制着自己没有挂上嫌恶表情，把打印稿拿起来遮住脸："不熟。袁蓬蓬啊……我想看看别的老师的短篇。"

于是，他只能又坐回那两位前辈身边。

段一柯和她吐槽过，录综艺就是无穷无尽的等待，她今天算体验到了。沙发上坐了半天，三个短篇看了两遍，总算把她叫去拍了段采访。

然后又等其他老师拍，袁蓬蓬被叫走就一直没回来，姜思鹭估计他对着摄像机更结巴了。

孙炜路过了一下，她叫住对方："什么时候正式开录啊？"

"有两位导师飞机晚点了，"孙炜看了下手表，"堵在路上呢，保守估计两个小时吧。"

她差点儿没朝后栽过去。

她摸出手机，给段一柯发微信：【好——无——聊——啊。】

没过一会儿，手机亮起：【同。】

姜思鹭：【你们也没事做吗？】

段一柯：【都等着呢。】

姜思鹭：【段一柯。】

段一柯：【？】

姜思鹭：【我想去天台。】

段一柯：【走。】

哇。

她都没想到对方答应得这么爽快。

他给她发了段语音，姜思鹭放在耳边听，是告诉她怎么从二楼上去。她按他说的穿过人流，大家都忙忙碌碌的，也没人注意到她。

上铁楼梯的时候有点晃，她摇摇欲坠地爬到最高一阶。尽头的门突然打开，门外段一柯朝她伸出手。

"上来。"

她抓住他的手，被他一把拽上天台。

就像当年被拽上舞台的那一瞬。

室外空气果然清冽。

他给她拿了瓶水，姜思鹭坐到高处喝。春风拂过长发，露出额头和耳后的皮肤。

段一柯忽然笑起来。

"笑什么啊？"她看他。

"我觉得我高中好傻，"他说，"竟然不觉得你好看。"

"你那时候觉得谁好看？"她嗤笑，"你觉得自己天下无敌第一帅，K中校花在你面前都黯然失色。"

"倒也没有那么自恋。"

"那你觉得谁好看？"

"我觉得实验（1）班那个文艺委员——"

"段一柯！"

"——也就不过如此。不知道为什么都去追她，反正我没有。"

他们又在天台上远眺了一会儿景色，段一柯问她："你知道孟老师这次是导师吧？"

"不知道欸，"姜思鹭很惊讶，"我只知道顾冲。"

或许是刚才听到了剧组闲聊，段一柯把话转给她。除了孟琮和顾冲，还有两位很大佬的制片和导演。参赛的导演也都有过一些作品，四个演员则比较年轻，全都刚出名不久，名气最大的是许之印。

段一柯属于前段时间横杀出来的人物，是节目组领导看见他片花以后点名要来的。

其实刚才还听到些话，他没和姜思鹭说。比如这次演员都被安排到一个屋子里，许之印看见他以后就没什么好脸色，许之印的经纪人大声唠叨着"怎么我们之印还要和这种人同台"的话。

"我知道许之印要演哪个故事，"姜思鹭说，"我刚看了，小说还不错。不过他和角色根本不搭，不知道最后效果是什么样子。"

"不提他了。"段一柯摇摇头，"舒服点了没？下去吧。"

"好。"

姜思鹭往下跳，段一柯接了她一下。两个人正往回走，天台的门突然被打开——

真是说曹操曹操到。

许之印那张永远很颓靡的脸出现在他们面前。

他嘴里叼了根烟，刚点起来。见他俩迎面而来，他目光先扫过姜思鹭，又扫过段一柯，然后嗤笑了一声。

记忆回溯到退演前那场朝暮影业的会议，许之印显然记得姜思鹭是谁。

"合着你俩认识啊？"许之印说，"我说那角色我一扔，怎么你就上赶着扑上去了。"

姜思鹭的脸色变得不大好看。

"也不是什么大IP，就当赏你的吧，"许之印叼着烟往天台边上走，"结果上个综艺，我来你也来，看着真闹心……"

姜思鹭眼神一冷，回身就想开口。段一柯扶着她的肩膀，摇了下头。

他根本懒得理这种人。

天台上忽然起了阵风，吹得人衣衫凉透。

许之印的声音也顺着风悠悠传过来。

"不过我之前还真不知道，原来你老子是段牧江？呵，那你还能回圈里，抱的大腿挺粗啊……不会真是孟琮吧？我听说他和你那死了的妈有过一腿，是真的？"

段一柯眼神一沉，可没等他开口，姜思鹭忽然两步冲到许之印面前。

"啪！"

烟头飞出去一米多，许之印被打得头侧到一边，差点儿从天台上翻下去。

回过头的时候，他表情也挺震惊的。

他捂了下脸，破口大骂："你怎么打人呢！"

"打你怎么了？"

姜思鹭身上怒意太盛，往前一步，竟然把许之印逼得倒退："你再说他一个字，我今晚就把你违约江晚淮的事爆给营销号。房总他们不好撕破脸，我可和你公司没交情，到时候热搜出来你别后悔！"

许之印最近蹿红速度太快，粉丝多，黑子也多，到处挂他早年黑料。要是落日化鲸亲自爆料，鱼死网破，那就是实锤中的实锤。

"怎么啊，你想动手啊？"姜思鹭又逼近他，指着自己脸，"来，你就往我脸上打，打完我就去全网直播你打女人的身手。许之印，你粉丝有多少啊，能这么造？"

许之印气得面容扭曲，大骂："你这人是不是疯子啊！"

"我就是疯啊，我精神不正常的。作家多少都有点毛病的你不知道吗？"姜思鹭步步紧逼，"你还打不打我了？不打你倒是滚啊，我一会儿失控了拽你跳楼也不是不可能啊！"

她情绪失控得厉害，段一柯眼神一紧，立刻朝她的方向冲过去。许之印错乱着步伐从姜思鹭身边逃开，又被段一柯的肩膀撞得一个趔趄，离开天台的模样几乎是落荒而逃。

铁门"咣当"一声撞上。

风声呼啸。

段一柯几步跨到姜思鹭身边，把她一把揽进怀里。她的手攀上他肩膀，浑身都控制不住地发抖。

他沉默着按住她的肩胛骨，右手搂着她的腰，怕她从自己身上滑下去。

头埋进他怀里的一瞬间，她放声大哭："他凭什么那样说你啊……"

他不承想人的眼泪可以汹涌到这个地步。

"你是全世界最最最好的人。我都不舍得和你发脾气，他凭什么那样说你啊……"

刚才许之印说那些话他一点感觉都没有，她哭声响起的一瞬间，段一柯心里竟撕裂般绞痛起来。他左手上移，扣住她的后脑，把她更紧地抱在怀里。

"没事的。他说的话，我没有一句在乎。"

可她哭得更难过了："你在乎的。我知道你的，你什么都不说，自己一个人的时候就会难过的……"

你不要再哭了。

我真的要死了。

段一柯手理了下她被眼泪沾湿的头发，轻轻吻上她脸上的泪痕。说话间，唇边是海水般的咸涩。

"我真的不在乎。

"我在乎的是你这样哭。"

他抱了她很长时间，姜思鹭总算平静了下来。她推了下他，似乎是想从对方怀里出来，可他又不让她走。

眼泪把肩膀上的布料都浸透了，姜思鹭吸了吸鼻子，低声问："我刚才是不是像条疯狗？"

段一柯手臂展开些，见她不哭了，一直绷着的心口总算松下来。

"不像。"

"挺像的。"

"真的不像，像小豹子。"

小豹子。

小豹子听起来还挺可爱的。

姜思鹭踮起脚去够他嘴角，亲了一口，又问：

"那小豹子够凶吗？"

段一柯笑了笑，在她耳边说：

"超凶的，吓我一跳。"

她笑了一声，段一柯总算放下心，只是心口刚才绷得太紧，哪怕松下来，也留着一丝隐约的疼。

他手指掠过她潮湿的睫毛，忍不住地去吻她眼睛。

他好喜欢她凶。

姜思鹭站起身，把眼泪擦干，若无其事地去开门。

段一柯跟在她后面，听见她嘀咕："啊，这个破综艺，到底要录到什么时候，我去催催进度……"

07.

姜思鹭去找化妆师给自己补了个妆，就又回嘉宾室了。离开化妆间前，她垂眼看了下，问："老师，你这什么牌子的眼线笔？"

化妆师胖乎乎的，容貌和善，给她看了一眼。

"怎么了？"

"哦，挺防水。"姜思鹭面不改色。

段一柯在旁边抱着手臂笑了声。

两人在楼梯口分开，她说："那谁先录完，先回车上等。"

"好。"

好在他们没再等太久，两位迟到的导师就位，编导也过来宣布录制流程：

导师对 IP 进行阐释——导演和主演上台讲几句——播放——导师打

分——原著作者打分——公布总成绩——下一位。

前两位播放的短片是另两位前辈作者的，一个是民国谍战，很短，但故事很讨巧，容易拍出质感。另一位是个讲工地故事的，小人物的相互救赎。

故事都是好故事，就看剧组呈现。制作周期毕竟很短，作者的打分也很宽容——第一个"7-6-7-7"，第二个"6-8-7-7"。

导师那边倒是严格一点，觉得第一个质感没拍出来，孟琮只给了个"4"。

姜思鹭咋舌：长得温文尔雅的，是真不怕得罪人。

正放空着，袁蓬蓬突然开口："化鲸鲸……到你的小说说了。"

姜思鹭抬起头。

嘉宾室能看到现场转播，顾冲正在那儿侃侃而谈：

"……嗯，就是化鲸这本小说啊，我第一次读到就被震撼了。她以前是写爱情的一个作者，爱情是永远有一批固定受众的，这个世界上永远有人相信爱情。但是爱情题材的弊端就是，很容易拍得浅薄，特别矫揉造作。

"那么我们如何解决这个问题呢？我觉得一个是加上一个大的时代背景，对吧？就是你把两个小人物的命运，放到一个大的时代洪流里。那么爱情就不再仅仅是爱情本身，她成了一个时代的剖面，这格局一下就拉上去了，对不对？"

姜思鹭："……"其实我没想这么深刻。

"……另外就是她以前写的人物，都特别光鲜，对吧？学校里的风云人物，那个前朝的皇子，什么这个教那个教的侠女……很玄乎！"

姜思鹭："……"你别踩一捧一啊顾导。

"……那这本《她的狮子朋友》就很不一样，男主角戚耀武，是一个出身非常贫寒——不是贫寒还穿阿迪那种——就是上个世纪末，广东的海岛上，那种没有人管，每天在海滩上瞎跑的穷小子。

"然后呢，有佛山的一个舞狮教练，去岛上选人——哎，这个是真实的事件啊，她都去做过采访的——总之就是去岛上把这个人给挑走了，带他去学舞狮。那他的命运，就被改变了。但是这种改变到底是好是坏呢？他未来的人生会经历什么呢？

"请看《她的狮子朋友》。"

姜思鹭心中鼓掌。

牛啊，顾导。

营销奇才。

屏幕黑了一下。

姜思鹭还以为转播信号出了问题，下一秒，屏幕上浮现出一行字——

【1999 年，佛山。】

开头很蒙太奇。

镜头摇晃，有抽帧，一卡一卡的，像是一个人行走在佛山古朴的道路上。继而，是画外音慢慢响起：

"我来佛山是受人所托，找一个姓戎的女人。"

台词和她的原著略有不同，但一下把人带入了情景。

《她的狮子朋友》中，故事的缘起就是一个海外华人在墨尔本唐人街买了一只手扎狮头，但骨架朽烂，想送回国内修补。

狮头的骨架上写了个小小的"戎"字，有人说，这是佛山著名的戎家狮。于是，"我"便带着狮头前往佛山寻找这位戎家传人，在古旧祠堂中，撞破一段陈年旧事。

镜头的魔力真大，光线和调色，让剪了短发的段一柯看起来完全就是十七八岁的样子。看着看着，姜思鹭也忘了那是段一柯，只觉得那就是自己故事里的男主人公……在与命运缠斗。

故事在放弃舞狮、北上务工的男主角戚耀武冲进烈火燃烧的厂房时达到高潮。

方才还是大火的噼啪声，突然之间，一切都安静了。画外音不再是去修狮头的"我"，而成了男主角的自述。

段一柯的声音缓缓响起。画面闪回，是他与饰演男二陈子杰的成远，在离开佛山前的画面。

他的粤语竟然说得这样好听。

"离开那天，我同子杰吵架。我说子杰，做狮子太难了，我想做人。

"可做人竟更不容易。我为了做人不做狮子，最后，只能做一条狗。

"我好想回佛山。"

另一个转播镜头切的是观众席，已经有人在哭了。

但这根本不是这个故事的虐点。

短片画面一转，又回了佛山。女主角对着狮头修修补补，"我"泪流满面地问她："姐姐，然后呢？"

"然后……"那女人忽然抬头一笑，"然后他就回佛山啦。"

"我"呆住，观众席也呆住了。

下一秒，成远饰演的男二陈子杰出场，背着手，一副练武之人的精神气。

"你倒是也不必四处说我这些混账事。"

女主角还是一张无忧无虑的笑脸："怎么啦，混账事情敢做，却听不得人说啊？"

观众席所有人都蒙了。

不对啊，刚才饰演男主的不是段一柯那张脸吗，怎么女主又把这个男二叫作男一？乱了乱了，这到底啥情况？

不过镜头里的"我"，因为并不知道男主角的真实长相，顿时露出一副"啊回来就好"的欣慰表情，还回头拍了拍他的肩膀："您就是戚耀武啊？刚才怎么不和我说呢，害得我这一通好哭。"

成远低了下头，表情微妙。

"时间晚了，我送你出去吧。"

"我"是走到门外时，才觉出事情不对的。

镜头掠过成远的脸、脖子、手臂……干干净净的皮肤，没有丝毫烧伤的痕迹。

"我"顿住脚步，抬头看向对方。

"您……是戚耀武吗？"

短暂的对视后，成远移开了目光。

"我是陈子杰。"他轻声说，"我们赶到后不久，耀武就走了。她哭晕了过去，醒来后将我认作耀武，已经许多年了。"

戚耀武根本没回来，他的姑娘发了疯，错认爱人二十年。

一股巨大的悲怆从屏幕里汹涌而出，裹挟着命运的荒唐恶意。

陈子杰的神情是抱歉的，可他在抱歉什么呢？

少年时，他是戚耀武的狮尾。他死后，他就活成了他。做另一个人做了二十年，他又是为了什么呢？

祠堂洒下一层银白，月亮还是他们十八岁时那轮。镜头跌跌撞撞，古老的石板路慢慢沉入黑暗。

漫长的黑屏后，出现一句画外音，是原著里没有的。

是段一柯的声音，很温柔：

"我们一起回十八岁，好不好？"

观众席上的哭声起初是压抑的、低低的，随后变成了猛烈的抽泣。姜思鹭往日一看段一柯演她的戏就流眼泪，这一次反倒出乎意料地平静。

嘉宾室里忽然一声号哭，把姜思鹭吓了一跳。

她转过头，见袁蓬蓬满脸都是泪痕，想和她说话，又哽咽，又结巴，发出一串"阿巴阿巴"的声音。

姜思鹭赶忙去给他拿抽纸。

对方狂擤鼻涕，又抽了几张擦干眼泪。再开口的时候，他竟然不结巴了："你是魔鬼吗？"

"别哭了，别哭了。"姜思鹭手忙脚乱，"我以为你看过呢，刚不是发了打印的吗……"

"你那十五万字呢，我还没看到最后……"她看出来了，袁蓬蓬情绪激动的时候说话是流利的，"为什么啊！！！为什么要这样对他们啊！！！人生好苦啊，好难啊，活着好不容易啊！！！"

姜思鹭："你镇定下……"

墙角的广播里传来孙炜的声音："化鲸老师准备好了吗？镜头要切你这边了。"

她连忙坐回座位。

"好，Ready（准备好了）——切。"

镜头灯亮了。

其实姜思鹭也没有什么要说的。

因为很好，真的很好。

"其实刚才，顾导说得已经很好了。"她看着镜头，慢慢开口，"片子播完，每个人心里都有自己的理解。我……我不说太多了吧，我觉得，演员和导演用影片和观众对话，作者用文字和读者对话。其他一切形式的交流，都比不上作品本身的力量。

"你们能花时间来看这个故事，我就很满足了。"

镜头切走，灯关闭。

她松了口气。

广播里继续传来声音："四位老师，打分吧。"

姜思鹭犹豫了下，觉得还是不要太"举贤不避亲"，选择了"8"的分值。

很快，其他三位作者也选好了。

拍摄现场一阵急促的音效，大屏幕亮出了四个作者评分。

姜思鹭差点儿呛着——

"9-9-10-8"。

"袁蓬蓬你怎么那么不冷静啊，"她低声问，"10分？"

袁蓬蓬："你你你别和我说话，你个魔鬼鬼。"

姜思鹭："……"

接下来就是导师打分的重头戏了，主持人刚想推流程，孟琮突然举手叫停。

"怎么了孟老师？"大家都很客气。

"我要和顾导说几句话，"孟琮说，"暂停三分钟。"

大佬开口，没人敢说不行。顾导也很识趣地从座位上站起来，走到孟琮身边，两个人声音都压低。

"孟老师，有事？"

"你打算给多少？"

"7分。"

"7分？"

"嗯，故事好，但镜头语言还差点意思。"

"哦……我准备给'9'。"

"……"

"你后续想做院线电影，是吧？"

"对。"

"筹备到什么进度了？"

"化鲸她们在磨剧本。"

"投资到位了没？"

"还在谈。"

"我入场帮你。"

"……孟老师？"

"我入场就要赚钱。综艺开播，这个短片必须火。"

"这个你放心。"

"演员选了没？"

"还没有。"

"这两个年轻人……"

"孟老师，"顾冲打断了他，"我也觉得他们，很不错。"

孟琮挑起眉。

"那你最好尽早下手。等综艺播了，觉得他们不错的人……或许就不止你自己了。"

《她的狮子朋友》的最后得分是"68"。

下一部是许之印那组，不过实在没什么好提的。观众们的审美已经被段一柯这部拉高了，看完他那矫揉造作的演技，全场寂静说明了一切。

唯一的看点在袁蓬蓬身上。

原著作者点评的环节，镜头甫一切过，他就站起身，流利地嚷嚷着："这是啥啊？这是拍了个啥啊？魔改就算了怎么还抄袭外国名著呢？这不是我的小说，我宣布我和这个 IP 没有关系啊，我的原作品清清白白！还有那主演你退圈吧我求你了，你不是吃这碗饭的料啊你——"

镜头外的姜思鹭"扑哧"一声笑了。

凌晨两点，节目组宣布了最终排名——

《她的狮子朋友》断层第一，拿到三十万的线下宣发资金，其他三个作品的宣发资金分别为二十万、十万、五万。

总算录完了。

姜思鹭已经困得睁不开眼，还被顾冲叫去和孟琮聊了一番。结果，和她聊天的时候，这两人表情都很微妙，只是她已经没那个脑子去想这表情背后的含义了。

凌晨三点，段一柯给她发微信：【我在车上等你。】

她回了个"好"，和现场的人打招呼离开。

"化鲸老师！"孙炜竟然还是那个吃了兴奋剂的精神头，"我们去吃火锅，你去不！"

"不去了，不去了。"姜思鹭赶忙推托，"我岁数大了，熬不住了，你们玩吧。"

推开拍摄现场的门，夜风吹得她清明不少。

怪冷的。

她抱住胳膊，快步朝停车场走去。远处有车灯闪了下，她抬眼，见到了自家霸道的车型自夜色中驶来，驾驶座的笋仔还冲她打了几下双闪。

车转了个弯，正停到她面前。车门打开，段一柯把她拉上去。

一见到他，她身上就没劲了。

她侧在座椅上，身子靠着他肩膀，头正好卡在锁骨处。段一柯拍拍她胳膊，说："把我们小姜同学累坏了。"

"还好，"她闭着眼睛，"拿了第一，没白来。"

笋仔用音响调出深夜广播，他俩声音窃窃，前面听不大到。等了一会儿，前面忽然"咔嗒"一声——小孩竟然把后视镜掰平了。

他看不到他们了。

姜思鹭轻笑——他以为他们要做什么？

下一秒，段一柯告诉了她，他要做什么。

嘴唇的冰凉触感从脖颈向上蔓延，停在她耳后。她小声地阻止，那触感就移到了嘴唇上。她所有未说出口的话，被他一点点咬碎，吞入自己喉中。

她单手向后撤，扶住车门，另一只手撑着他的腰。两股力量相抵，终于逃出片刻生天——

"别在车上……"

然后，她陷落在更深的长吻里。

车载音响的声音更大了，窗外起了风雨。她指尖碾过他颈侧的皮肤，勾出一道红痕，又被夜色吞没。

"回家啊……"她说，"你白天还答应我……"

段一柯没有更深入的动作。

半晌，他再开口，嗓音勾魂。

"我后悔了。"

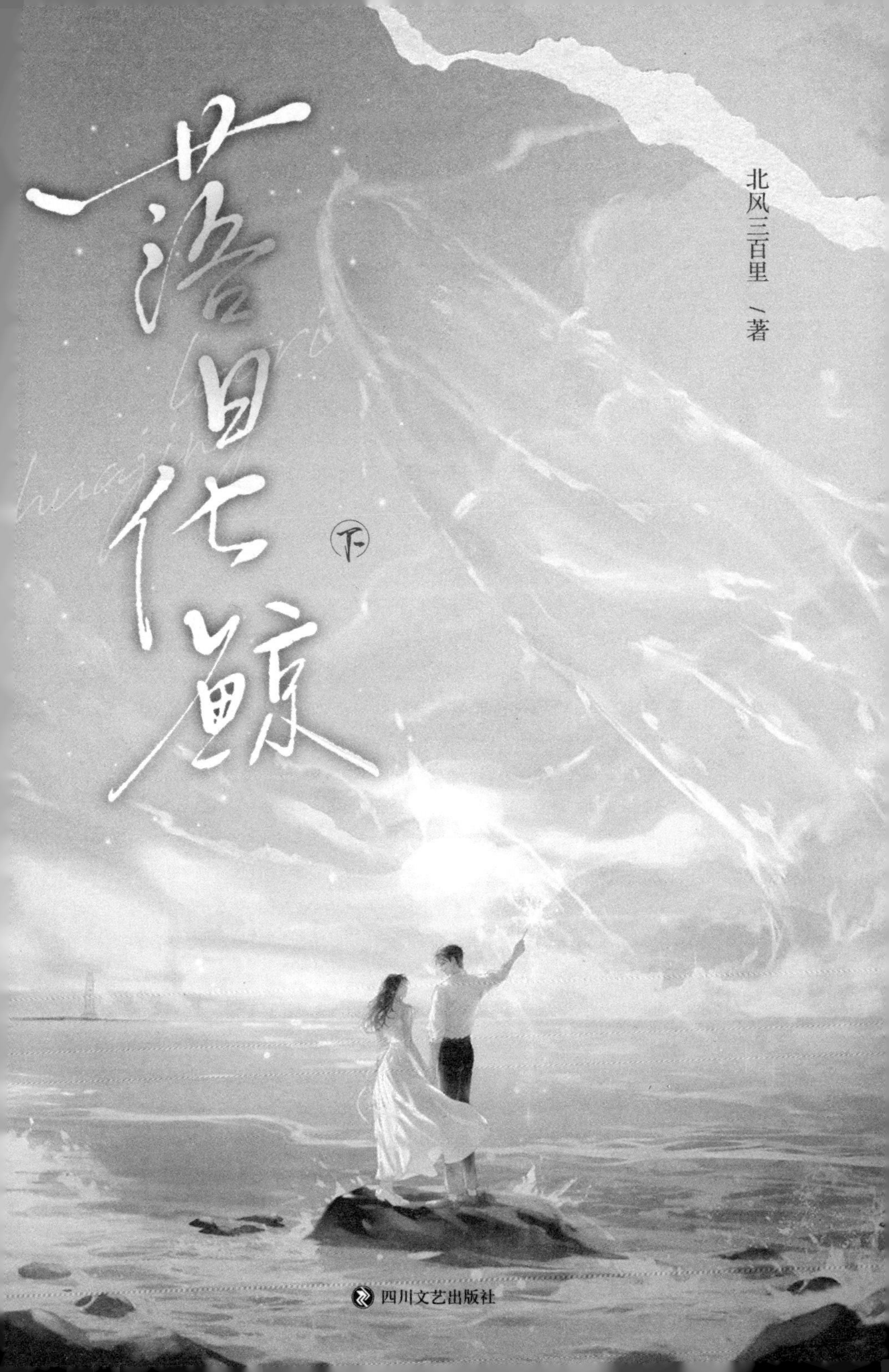
落日绘鲸
下
北风三百里 著
四川文艺出版社

第七章

/流沙/

01.

那晚过后，人生像开了加速。

《她的狮子朋友》被闫总的出版公司签下，开始走出版流程。剧本大纲过得意外顺利，很快就进入了第一版剧本的打磨。

《片场火花》第二个短片拍完，节目组双线推流程，微电影《她的狮子朋友》也在为线下放映做宣发，只等周五公映。

说是公映，其实有点儿点映的意思。毕竟不是真正的院线长片，总上映时间只有一天——从第一天的晚八点首场，到第二天晚八点的末场。

段一柯跟完了第二个短片的拍摄，就去帮文导拍物料，连着几天都是凌晨才回家。

姜思鹭也缺觉。

写剧本费脑子，越细化越费脑子。她也明白了松球姐为什么老是半宿半宿地睡不着——晚上脑细胞太活跃，躺下去也是画面在脑海里跳，还不如起来磨剧本。

她加班加点赶了一周多，总算腾出时间去看《她的狮子朋友》的微电影首场。

姜思鹭从工作室出来的时候，头有点晕，她也没当回事，上了出租车，就往放映地点赶。

好在这次得有观众参与，节目组租的场地在市中心。一进门，花花绿绿的海报贴了一墙，简直像是一锅乱炖。

许之印那部短片估计实在没什么卖点，宣传经费也不足，只能刷脸——偌大一张许之印的写真铺满大半张海报，醒目倒是挺醒目。

另一侧就是《她的狮子朋友》了。海报没露人，只有晨雾中的一间祠堂。祠堂外，则放着一只传统的"关公狮"——这种狮头通体赤红，舞动起来犹如一团烈火。

但它头顶的白色花纹上，又被点缀了一朵小小的梅花。

"梅"取自女主角的名字。

海报一侧，是文中的那句话——

"夜幕低垂，洗去岭南白日燥热。檐角石兽伏低身子，与我一同静默聆听。"

最下面，是演员、导演、编剧，以及……原著作者的名字。

姜思鹭低低笑了一声，指尖碰了一下段一柯的名字，又碰了一下"落日化鲸"。

像是回到了高中的报告厅外。

身后来了一群人，听他们说话应该是附近的大学生，嬉闹着，推搡着。姜思鹭让开海报，继续往影厅的方向走。

文导、段一柯和其他演员今天都会来，坐在前排，影片结束后会和大家现场交流。姜思鹭坐得靠后，身边是个戴着兜帽的男生。

她仔细看了一眼，才发现是袁蓬蓬。

"你来这儿干吗啊？"姜思鹭诧异，"你那影厅不在隔壁吗？"

"我再看看一遍不行行行啊。"

"行行行。"姜思鹭比了个"OK"的手势，"还给我贡献一张票根。"

"我我把票根撕了都不不去那个影厅厅。"

之前在拍摄现场已经被震撼过一次，影厅里的姜思鹭显得很平静。伴随着背景音乐，"1999年，佛山"的字样慢慢浮现在银幕上。

很快，放映厅里，又传来意料之中的抽泣声。

结束。

灯光亮起，前排有人站了起来。姜思鹭望过去，看到了段一柯的身影。

段一柯很高，戴着鸭舌帽，穿宽松的黑色T恤和牛仔裤。很普通的打扮，到他身上，就有种抓人眼球的炫目。

他和文导上台，成远也在队伍里。

台下忽然有个姑娘大喊："男主演好帅！"

人群里传来善意的哄笑。

姜思鹭也笑。

段一柯笑着摇摇头，垂落的眼神忽然抬起，目光与后排的姜思鹭相交。

他弯了下嘴角。

台下再度传来一阵控制不住的尖叫声。

观众席的光线暗淡，姜思鹭的身影遁入黑暗。台前的灯光却越发明亮，照着段一柯和剧组的其他人，吸引了所有人的目光。

身旁忽然传来了袁蓬蓬的声音："他刚才在看、看你吗？"

姜思鹭愣了愣，随即摇头道："这么黑，他能看到谁啊……"

微电影全长二十五分钟，今晚要连放三场。观众的后期评分也会被计入总分，所以主创团队的沟通时间被尽量拉长。

前三场，段一柯每一场都得在，都得这样聊一轮。

第一轮观影对谈结束了。

几乎是主持人宣布结束的一瞬间，观众就拥到了台上。姜思鹭也想过去，可观众里三层外三层地包着舞台，她连靠近一点都做不到。

突然而来的……

沮丧。

她在人群外站了一会儿，忽然兴致寥寥。她回到座位，拿上包，从影院后门转了出去。

一眨眼，都5月底了。

窗外是高楼大厦，是闪烁的霓虹灯，是车水马龙。

她拎着包，无牵无挂地在街上晃，头又有点发晕。

身后突然传来脚步声。

"姜思鹭！"

她回过头。

段一柯将帽子拿在手里，扶着膝盖看着她。

他有点喘。

下一秒，他起身走过来，把帽子往她头上一扣。

"你怎么不和我说一声就走了？"

她有点结巴："我、我……那个刚才我看你……"

结巴果然是会传染……都怪袁蓬蓬。

最后，她叹了口气。

"我挤不进去。"

段一柯一愣。

"你给我发消息啊，"他说，"或者叫我一声，我就能听见。"

她心里忽然涌出来一个声音：

听不见的。

你听不见的。

你被人群和尖叫包围着，被旁人汹涌的爱包裹着。

你听不见的。

"你要回家了吗？"段一柯又问她。

"对……我……有点头晕。"

他立刻去摸她额头——好在没发烧。

"要我送你回去吗？"

"不用、不用，你不是还有两场放映吗？"姜思鹭赶忙说，"我打车回去就行，可能就是最近改剧本有点累。"

段一柯点了下头，随即掏出手机。

"我给你叫车，等你上车我再回去。"

姜思鹭看着他手机屏幕，苦笑："没必要啦，不用又叫专车……"

她为什么要用"又"。

她忽然有点难受。

段一柯站在路边，叫好了车，陪姜思鹭等着。等把她送上后座，他隔着车窗吻了下她额头。

"我好想送你回去，"他说，"可是还有两场。"

"没事的。"

她朝他挥挥手，直到他消失在后视镜里。

影院离家大概二十分钟车程。车开到楼下，姜思鹭往楼上窗户看了一眼——里面是像旋涡一样的漆黑。

她忽然生出一种恐惧。

对的，她从来的第一天，就不喜欢这个房子。

"师傅，"她身子缩回后座，关上车门，"我有点事，你再送我去趟高碑店吧。"

"这么晚去高碑店啊？"师傅有点惊讶，"这都到家门口了，你真走？"

"怎么了呀？"她笑，觉得北京的哥就这点和上海大不同——特爱多问几句，"有生意您不做呀？"

"做做做。"司机又打方向盘，"现在的小姑娘，个个都拼。"

车上了高架，姜思鹭把车窗开了条缝。夜风吹起长发，也吹得混沌的脑子清明了些。

没必要，她没必要有这些情绪。

不是她想把段一柯送回海面的吗？

一恍神，车就开到了工作室。

姜思鹭之前没这么晚来过，进门才发现灯亮着。松球正坐在打印机旁边喝咖啡，见她来，也很惊讶。

"哎？你怎么这么晚来了？"

"哦，我……"姜思鹭走过去坐她旁边，"我没什么事，闲着也是闲着，就过来了。松球姐，你天天熬这么晚啊？"

"没事，我生物钟就这样。"松球笑了笑，从打印机里把刚打好的剧本拿出来，"正好你看下这个第一稿。"

"这么快？"

"当然不是，我搭了个框架，这样你就好往里面填画面了。不过顾冲很急，一直催我，咱们得加快进度。"

姜思鹭点点头，接过"框架"。

习惯了小说，她还是对剧本这种"框架"型创作有点陌生，每次看完一句话，都得停一会儿，在脑海里想象出那个画面，再继续看。

她看得特别慢。

松球觉得她那个苦思冥想的样子特别好玩，叫停了她。

"歇会儿，歇会儿，"松球说，"我看你最近搞得脸色都差了。"

姜思鹭放下剧本。

夜色寂静，工作室里偶尔传来一阵狂奔声，是松球养的那只猫在闹。

"我也有一只猫，"姜思鹭往噪声的源头看了一眼，"不过留在上海了。"

"什么品种？"

"狸花。"

又聊了几句，松球喝了口咖啡，忽然问她："我听顾冲说……你和一个男演员谈恋爱呢，是吗？"

姜思鹭一愣。

"哦……"姜思鹭抓了下剧本，不知道松球为什么忽然问这个，"对，不过，我俩是高中同学。"

松球点点头。

"蛮好的。"

"什么蛮好的呀？"

"年轻蛮好的呀。"松球笑起来，眼角皮肤有很细微的纹路，"很勇敢，让人羡慕。"

姜思鹭望向她。

其实松球骨相挺漂亮的，不过她不大保养，成天对着电脑，人又瘦，看起来就有点憔悴。

工作室灯光昏暗，松球靠在椅背上，头偏着，短发，有种别样的气质。

"松球姐，"姜思鹭轻声说，"和演员谈恋爱，是件需要勇气的事吗？"

松球愣了愣，想了片刻，随即开口："我没谈过，我不知道，"她说，"不过我爱过一个演员，那确实是件很辛苦的事。化鲸呀……"

她看向姜思鹭。

"别受伤。"

姜思鹭把目光收回，落到剧本上。

黑色的印刷字体在她眼前跳动，怎么也看不进去。

"不会受伤的，松球姐，"她轻声说，"他很爱我。"

松球笑了笑。

"爱你，那就很好。"

凌晨三点，姜思鹭才回家。

家里仍然黑漆漆的，段一柯还没回来。她看了看手机，对方两个小时前和她报备了一句：【剧组吃饭，你先睡。】

其实她最近入睡都很困难，不过头疼加剧，反倒产生些昏睡的欲望。她找出几片止痛药吃下，然后缩到床上，陷入一种半梦半醒的状态。

快天亮的时候，门外传来脚步声。她动了动，被人从背后抱住。

她的脸半埋进枕头，执着地不转过去，身体蜷曲起来。

于是，对方把她彻底包裹在怀里，贴合上她的身体。他亲吻她的脖颈，故意弄得她发出些呜咽一样的声音。

她听到他说："对不起。"

她在黑暗里呢喃："没关系。"

她在段一柯怀里睡得很好。

快中午的时候，姜思鹭的手机突然响了。她闭着眼睛去摸，摸着摸着，段一柯压在她身上的胳膊也往枕头下伸，帮她把手机拿了出来。

光线刺眼，她点下接听。

是顾冲。

"化鲸，中午有空没？吃个饭？"顾冲说，"有空的话，叫上段一柯，再让段一柯叫下成远。"

她有点没睡醒，含糊着说了几句，才慢慢反应过来。

她回头一望，只见段一柯也醒了，看样子是在等她挂电话。她又应付了几声，对面传来一句——

"那我把吃饭地址发给你。"

"好。"

段一柯简直像头狼，一挂了电话就扑过来吻她。亲就算了，还在那儿假模假式地问候身体——

"你还难受吗？"

姜思鹭："……睡一觉好了，看见你又不太舒服。"

"不能吧，"段一柯备受伤害地往床上一倒，"不应该看见我更舒服吗？"

看了眼时间，都快十一点了，姜思鹭催他起床，说一会儿要去和顾冲吃饭。说话间手机一振，是顾冲把吃饭的地点发了过来。

北电附近一家烤肉店。

姜思鹭点开链接看了看，又从通讯录里找出成远那个比格犬的头像，把位置转发过去，再发了个约饭的语音信息。

退出对话框的时候，她又见松球给自己发了消息。

【下午还来吗，化鲸？】

【晚一点，】她打字，【顾冲要和我，还有段一柯吃饭。】

【行，去吧。在哪儿吃啊？】

她给松球截了个图。

【可以。】松球忽然来了兴趣，【好地方，我们刚毕业那两年老去。顾冲这是老夫聊发少年狂了哈哈哈哈。】

姜思鹭盯着这句古诗愣了愣，心里隐约有了猜测。

段一柯洗漱完了去找水喝，一边找一边在客厅喊："姜思鹭，你催我起来你自己不动——"

她翻了个白眼。

"你别烦了！"她跳下床，"怕耽误时间你刚别亲我那么久！"

段一柯含了口水，回她："人能不洗脸就出门吗？"

？？？

他把水咽了，口齿清晰，振振有词："我能不亲你就起床吗？"

姜思鹭："……"

阳光刺眼。

大概是周六的原因，烤肉店人挺多，还得排队取号。段一柯拿了号去树底下找姜思鹭，两个人一坐一站，难得清闲。

"今天不去看公映了？"

"不去了，文导让我们歇一天。"

姜思鹭又捂了下额头。

"怎么了？"他蹲到她身边，像只心事重重的大狗，"还不舒服吗？"

"没事。"

段一柯显然没太信。

正想问，远处传来成远的喊声，把包括门口一群人的目光都吸引了过去。对方自觉聒噪，又一边冲大家道歉，一边跑到段一柯和姜思鹭身边。

树荫笼住三个人。

"顾导还没来啊？"

"对啊，大忙人。"姜思鹭仰着头吐槽，"让我把你俩带过来，自己又迟到，坏人。"

段一柯拍她后脑勺，笑了。

又等了十多分钟，号都排到了，顾冲还没过来。姜思鹭给他打电话，他在那边疾走："快了，快了，我刚出学校大门，你们先进去点。"

服务生把三个人引到座位上，先上了点小菜，又下单了两款套餐。姜思鹭饿得有点头晕，拿了个南瓜糕吃。

段一柯把自己的也推给她。

"顾导找我们干什么啊？"成远胳膊撑着桌子，"是综艺的事吗？那该节目组找我们吧？"

姜思鹭看了他一眼。

她其实心里有个隐约的念头，但是不确定，所以不敢说。

好在顾冲很快就到了，他一身的汗，坐到姜思鹭对面，右手边是成远。

顾冲其实也不算是特别前辈的前辈，三十出头，比段一柯他们大了七八届。他示意两个年轻人放松点后，从包里拿出两本剧本。

姜思鹭瞥了一眼，表情不意外。

行，还真是。

虽说换了个封皮，不过这沓纸化成灰她都认识——她和松球挑灯夜战，一个字一个字码出来的。

段一柯翻了下，抬头，和成远对视一瞬。

两个人的目光里都有惊讶。

"《她的狮子朋友》的电影剧本，"顾冲吃了口泡菜，抬筷子指了指，"长电影，上院线的。"

"顾导……"成远有点受宠若惊，"这个制片这块……"

剧本扉页换了，是一个大概班底介绍。

"孟老师。怎么了，很意外？"

这回轮着姜思鹭惊讶了。

"孟老师？孟老师要来给《她的狮子朋友》做制片啊？"她身子往前倾，"你没和我说过啊，顾导？"

顾冲乐了，把刚上的几块肉扔烤盘上。

"刺啦"一声，油都冒了出来。

"化鲸，你以后能不能懂点弦外之音？"顾冲说，"我那天晚上都快把人家看上你这小说的事拿大喇叭广播出去了，你自己在那儿犯困，你可真逗。"

姜思鹭尴尬地收回身子。

静了片刻，她脑海里又浮现出和孟老师初见时，顾冲那句浮夸的形容——"你的书要是被他看上，那可就前途无量了"。

说不高兴是假的。

"不过我也先把话放在这儿，"顾冲在他们面前很坦白，不像去搞钱的时候，"我这电影呢，进组就是三个月，剧本是第一版，还在不停地改。我现在没法给你们具体的开机时间，但是孟老师坐镇，只会比计划更快。

"选你俩呢，是我觉得行，孟老师也首肯。但是这综艺播出去，肯定会有不少好资源递到你俩手里。如果到时候想接别的戏，最好现在就告诉我，我想尽早把一切定好，尽早开机。"

成远立刻开口："顾导，我没别的想法，我就接你这个。"

顾冲点点头，把目光转向段一柯。

"嗯，我也想接这个，"段一柯隔着烧烤的热浪看向顾冲——那是一双聪明人的眼睛，"如果之后真的有资源找过来，我都推到电影拍完。"

"行，"顾冲又抬了下筷子，"你俩都挺爽快，舒服。搞创作，舒服最重要。"

他看向姜思鹭："那咱们这原著作者兼编剧，对我这人选有什么意见啊？"

顾冲刚才扔了不少肉进烤盘，姜思鹭被油烟熏得有点头疼。这会儿突然被点名，她赶忙点头："我肯定满意啊……那个，顾导，我有点受不了这股味，我出去透透气。"

"行，"顾冲颔首，"你出去转转，我和他俩说下角色。"

姜思鹭点头，起身。

不知是不是起得太猛，她眼前突然黑了下，猛然扶住桌面。

段一柯觉出不对，立刻往她这边看。

"姜思鹭？"

她扶着桌子，眼前起了道道波纹，抬起头，整个世界都在晃。

晕倒前一秒，段一柯把她拽进了怀里。

全世界都变得寂静了，好在他在她身边。她手抓住他衣服，身上一点力气都没有。

"段一柯……"她小声说，"我头好疼啊……"

她醒来的时候已经在医院。

她猜测自己没晕太久，因为窗外还是天光大亮。段一柯正在门外和医生说话——

"没什么大碍。应该就是作息不规律，也不好好吃饭，有点劳累过度，"医生的声音很轻柔，"这几天好好休息下，你陪下你女朋友。"

门外瘦长的影子动了下，是在点头。

姜思鹭坐起身，等他走进来。

段一柯手里端了杯水，进门的时候没抬头。等把门掩上，他回头和她对上目光时，神情才变得疼惜。

她伸手。他把水递给她，又看着她喝水。

姜思鹭头还有点晕，喝了两口就眼前发黑。段一柯看她闭了闭眼，赶忙把她往怀里按，右手覆着她的手，稳住水杯。

"先不喝了，"她摇摇头，声音也哑，"你带我回家吧。"

"你先歇一会儿，"段一柯吻她头发，"一会儿有车过来接。"

"咔嗒"一声，是水杯放上了床头柜。姜思鹭靠在段一柯肩上缓了半天，头总算晕得没那么厉害。

她感觉他手指在背后卷自己的头发，缠上，又松开，然后手掌覆上肩胛骨，传来一些热量。

"好点没？"

"嗯。"

"医生说你不好好吃饭。"

"最近在工作室，"她闭着眼靠着他，脸色很差，"外卖太难吃了，一点胃口都没有。"

"那我给你做一些放在家里。"

"没关系啦……"她又是那个无事发生的语气，"你也很忙的。"

缠绕头发的手指停下，段一柯的身体略显僵硬。她软软靠在他怀里，体温却低得吓人，手摸上去几乎是冰的。

他扶着她肩膀，把她从怀里扶正。四目相对的一瞬间，他心口忽然一阵剧痛——

她眼底都是憔悴。

而他居然没有发现。

他忽然意识到，两个人甚至已经好久没有这样坐在一起，看一看彼此的样子。

对视片刻后，姜思鹭先移开了目光。她做出起身的样子，轻声说："先回家好了。这病房里好阴，有点冷……"

"姜思鹭。"

他叫住了她。

"你最近是不是……不开心？"

她身子僵住了。

下一秒，段一柯的手伸到她脑后，然后一点点地，揉进她的长发。

冷是吗？

她被揽进对方怀里，这次抱得更紧，热量源源不断地传到她身体里。她垂下眼，下巴垂在他肩膀上，眼圈迅速红了。

"哪里不开心？"他在她耳边轻声问，很温柔，"是我哪里做得不好吗？"

"没有，你很好……"

"我很好你不会这样，"他说，"我很好的时候，你每天都开开心心的。"

漫长的沉默，他在等她的答案。

他不抽烟了，身上的味道就回到了以前。她抱着他的时候闭上眼，就以为回到了上海，回到了自己家里。

她终于开口。

"我睡不着。"

她自从来了北京，睡眠就没好过。

段一柯微微皱起眉，拍她的后背，鼻腔里"嗯"一声。

"我以为我是认床，结果我不是认床，我是不习惯……你不在。

"我习惯和你住在一起了……好久了，我们最远，就隔了那一面墙壁。连你在横店的时候，都是只有那一面墙壁。

"你每次晚回家我都睡不着。顾冲和我说，要多去认识些人，才能有更多机会，所以我也不想找你。但是越不找你，我就越睡不着，白天又要去写剧本，剧本好难写……

"我不想说这些的，我觉得这样好不懂事……"

"对不起。"他声音很轻，像怕吓着她，"你很乖了，你做得很好了。你应该和我说的，是我不对，我忽略你了。"

几乎是那声"对不起"响起来的刹那，她眼泪就流出来了。

他应当是感到了肩上的潮湿，身子僵了僵，抱她的姿势更加内疚。

"那这样好不好？下周三，我带你回一趟上海。我们回去住两天，什么都不做，就待在一起，好不好？

"我们把二柯也接回来，一起看电影，做饭，你会开心吗？"

她伏在他怀里，肩膀微微颤抖。

半晌，她终于轻声说了一句：

"会。会开心。"

"好。那下周三，我们回上海。"

02.

周三，火车站人不多。

姜思鹭顿了下脚步，回头，看见段一柯推着行李箱走出来。他搂过她肩膀，往出站口的方向看——

路嘉正站在那儿挥手。

她旁边还站着个男生，口罩、墨镜、鸭舌帽全副武装。不过熟悉的人一眼就能看出来，是曹锵。

姜思鹭和段一柯坦白身份的第二天就告诉路嘉了，她转头就把整个故事的来龙去脉告诉了曹锵。曹锵当即泪洒微信聊天屏，狂轰滥炸段一柯一百多条"啊啊啊段哥再给我讲讲细节"过去。

当然，段一柯一条都没回。

此次得知二人回上海，曹锵立刻撺掇路嘉往家里买了一大堆火锅食材，表面上是要为姜思鹭和段一柯接风，实际是想听姜思鹭现场连载爱情。

不过杀青以后，四个人都是好久没见，段一柯也没推辞。

曹锵带他俩去找车。

两个男生把行李往后备厢里摆，两个女生坐到后排座位。姜思鹭偷摸望了一眼，压低声音："妈耶，这大明星给你鞍前马后的，不愧是我嘉姐。"

"段一柯势头也很猛啊。"路嘉瞥了一眼，语气意味深长，"现在还敢不戴口罩上街呢，等综艺播了，就不敢这样了吧……第一期啥时候播？"

"这周四有个一个小时的先导片，"姜思鹭算了算，"第一期周五播，上下两集。"

"可，珍惜这最后一周吧。真播出去就像曹锵似的了——我俩现在，感情基本靠网恋。"

"你俩之前也是网恋哈哈哈哈……哎，对了，我以为你得下班才过来呢，怎么这个点儿就到了？"

"嗯……"路嘉面露神秘，"到家我和你说，还没来得及告诉你呢。"

身后"咣"一声，是后备厢门关上，段一柯和曹锵去了前面主副驾驶座。

"哎？"路嘉开口，"这怎么让段一柯开了？"

"段哥车稳。"

"我做证，"姜思鹭突然开口，"确实稳……"

好久没回来，姜思鹭都不知道路嘉搬家了。车往浦东开，下高架就进了一处别墅区，是曹锵的住处。

他们一进门，眼前就窜过一团姜黄的影子，是段二柯火急火燎扑过来。姜思鹭抱着它蹭了一阵，它又看准机会，跳到段一柯身上。

屋里丁零当啷了一阵，姜思鹭听见路嘉骂曹锵——"你别瞎动冰箱你有没有常识！"

她笑出声。

火锅蒸腾出热气，路嘉给每人拿了一罐啤酒。一切就绪后，姜思鹭突然想起来了。

"你说你到家要和我说啥？"

路嘉挑起眉，站起来，拿筷子敲了下碗边。

"咳咳咳。

"我宣布一件事。

"我——辞职了。"

姜思鹭本来想表达惊讶，结果曹锵比她还惊讶。

"辞职了！什么时候啊？"

"她辞职你不知道？"姜思鹭惊诧。

"不怪他，我今天才办的离职手续，"路嘉说，"我上个月和公司闹了点矛盾。再加上这个工作一直也干得不开心，更重要的是……成就感很低。

"刚毕业的时候，我也迷信大公司，迷信稳定的职位和晋升。可是干了这些年，看着你们一个个都在自己的领域里发光发热，其实我也挺迷茫的。"

姜思鹭不说话了，静静地看着她。

"在公司做多久，好像都只是一个螺丝钉。当然，有的人可能觉得，做好一个螺丝钉也蛮好的。不过……我不认为自己这辈子的梦想，就只是成为一个优秀的螺丝钉而已。

"其实我也不知道接下来要做什么，我只是想停一下。这些年一直在往前跑，我想趁着这段时间想一下，自己心里真正想要的……到底是什么。"

"我支持你。"姜思鹭举起一根筷子，"我觉得你特别厉害，只要你想好要做什么，肯定就能很快干好。"

曹锵也举手："我也支持，我也支持。"

段一柯被两道目光逼视，无奈耸肩："嗯，我也觉得……挺好的，嗯。"

路嘉坐下了。

水开了，鲜红的锅底在沸腾，曹锵突然开口："你们说明年这个时候，大家都会变成什么样子啊？"

"段一柯肯定火了吧。"路嘉盯着火锅，"综艺也播了，《骑马客京华》也播了，那个电影运气好也上映了吧……"

"你应该也找到自己想做的事了。"姜思鹭诚心诚意地说。

"希望我们思鹭新书也大卖，财富自由。"路嘉拍拍她的头，"剧爆电影也爆，你就不是现在这个咖了……曹锵你呢？"

"我？"曹锵拿筷子指指自己，"我猜测我求婚成功和你领证了。"

路嘉："……你想得挺美。"

一餐尽欢。

回家的路上，姜思鹭很亢奋，段一柯几次把她拽回身边。终于回了小区，走到楼下，她一把挣脱段一柯，大步跑进还未闭合的电梯。

段一柯跟上。

二柯躺在太空舱里——最近在路嘉家里胖了太多，太空舱都显得狭窄了。

姜思鹭在电梯里用手指逗了逗它，抬头说："要不然带回北京吧。咱们太忙了，我先寄养到我舅舅那儿？总麻烦路嘉也不是办法。"

"行，"段一柯点头，"我明天找人问问。"

"叮咚"一声，是电梯到了熟悉的楼层。姜思鹭小跑着冲了出去，掏钥匙，开门。

一个多月没住人，房间里有些阴冷。姜思鹭把太空舱打开，二柯就跳上熟悉的猫爬架，在上面扭动起来。

段一柯去开窗户，掸灰。很快，家里就恢复了离开之前的样子。回头的时候，姜思鹭正坐在沙发上狠命地深呼吸。

是她熟悉的味道。

段一柯坐回她身边。

她伸手去抱他，他竟然故意躲开。她气恼，往他身上扑，两个人一起滑到沙发下面。

姿势和第一次在沙发上喝多了醒来那天一模一样。

他低头去嗅她的头发。

"姜思鹭，"他故意气她，"你一股火锅味。"

"你也是！"姜思鹭不甘示弱，"还是番茄锅底！"

"去洗澡吗？"

"你先去。"

"一起吧。"

"不要——"

他把她抱走了。

热水喷涌而出，浴室里水雾蒸腾。用手撑住陶瓷墙面的时候，会留下带着水渍的手印。

姜思鹭突然小声地笑起来。

"笑什么？"

"我想起有一次，"她指了下门，"我骗你去上班了，结果我在家里洗澡的时候，你回来了。我怕你发现，就把浴室门反锁了，还骗你锁坏了。"

段一柯愣了片刻，随即挑起眉。

"我那天就觉得哪里不对劲，"段一柯手指滑到她后腰，反复摩挲那片肌肤——热水里，她的皮肤温度变高，触感更加细腻，"那么冷，让我去给你送东西？"

"我也出去了好不好？"她被他碰得有些颤抖，嘴上还很强硬，"我还湿着头发，差点儿冻感冒。"

水声忽然密集起来，她的声音消失在潮湿的响声里。

她在深蓝色的眩晕里看到白色的光，像深海的鲸鱼朝海面游去。慢慢地，身边出现了大片大片的鲸鱼群，摆尾游弋，发出远古的啸声——

她很久以后才意识到，是段一柯把她抱上了床。

是灯映出了成片的鲸鱼。

海浪一次又一次地拍打着她，她伸手去勾对方的脖颈——

更大的风浪席卷了他们。

一次长吻过后，姜思鹭的眼神忽然变得恍惚。

她去抱段一柯的腰，很紧地抱住。

"怎么了？"

"我好害怕。"

"害怕什么？"

"我害怕……"她闭着眼，睫毛轻颤，"这些都是假的。"

段一柯低着头，望着她窝在自己怀里的脸庞。

"我以前写东西，"她小声说，"有一本书，写得特别投入，然后就有一点，分不清现实和书里的世界……

"从遇到你的那天起，我就经常觉得，不真实。

"我高中的时候，真的好喜欢你，但是只能远远看着你。可是现在，你突然就到我身边了。开始只是住在一起，然后你说你喜欢我，现在又和我这样……

"会不会这都是假的呀？会不会这些，都是我想象出来的东西呀……"

他忽然心里一疼。

她还在兀自地说："段一柯，我以前真的好普通啊……我什么都做不好，唯一能做好的就是写作文，还老因为太自由发挥，给打个保底分……你知道吗？我高三之前唯一的高光时刻，就是你把我拉上舞台那次。

"我看到那么多人在台下冲我鼓掌，才发现，原来这个世界上起码有一件事，我是可以做好的。

"可是你不一样欸，你什么都很好，永远受人欢迎。好多人喜欢你，你就像会发光一样……"

"姜思鹭。"他忽然叫她的名字。

她从他怀里抬起头，对上他带着心疼和愧疚的眼神。

"对不起，"他说，"我那些年没有看到你，对不起。"

她笑了一下，摸摸他的脸："没关系。"

沉默片刻，他也开口。

"我没有你想的那么好，"他把她搂进怀里，下巴蹭着她的头发，"我也只是个普通人而已……可能，可能长得确实比别人好看一点。"

她被他逗笑。

看她笑了，他也松了口气。

"遇到你之前，我脾气很差。"他说，"我倒是没有乱搞感情，但那是因为我觉得感情这东西……本身就不大有意义。

"段牧江追我妈，是因为我妈漂亮。很多人喜欢我，也只是因为觉得我好看……见一面就可以轻易说喜欢，这样的喜欢，到底值几斤几两。

"我第一次看你书的时候，不知道你就是落日化鲸，很多东西只是扫一下就过去。你和我坦白以后，我又抽时间，把那些书看了一遍。

"我好心疼你，我也好得意。

"原来这个世界上，还有一个人，这样爱我……之前唯一爱过我的人，已经去世了。"

姜思鹭沉默着抱紧他。

"你没有什么好害怕的……这些都是真的。我们遇见是真的，相爱也是真的。姜思鹭，我有时候做梦，梦见我站在悬崖前面。马上就要跳下去的时候，你忽然出现，挡在我和悬崖之间。

"现在不是你远远地看着我，是我爱你，是我不能离开你。如果有一天你要走……

"我想不出，我会变成什么样子。"

她又哭了。

"你真的好爱哭啊……你以前也这样吗？"段一柯擦擦她的眼泪，"我带你去浴室洗脸好不好？"

她哽咽着答了声"嗯"。

毛巾浸入热水，眼泪被拭去。她在蒸腾的热气里感到困倦，然后抱着段一柯睡着了。

大概是昨天折腾得太厉害，姜思鹭醒得很晚，模糊间听到段一柯接了个电话，说着说着就有点吵起来。

"我们上周一直在赶进度，"他声音刻意压低，怕吵到姜思鹭，"我今天回不去。

"最早明天下午。

"不按计划的那个人不是我吧——"

衣服被人拽了一下，他回过头，看到姜思鹭靠过来。

她冲他摇了摇头。

段一柯沉默片刻，说："我一会儿给你打过去，有点事。"

电话挂断，两个人都陷入沉默。

"节目组叫你回去吗？"

"嗯。"

"那就回去吧。"

"我都答应你了——"

"没关系的。"

她裹着被子坐在床上，显得很安静。

安静得让他心里钝痛。

第一次去剧组的时候，她还会靠在他身上哭，用他的衣服擦眼泪。

可现在，兜兜转转，话到嘴边，能说出口的竟只剩一句"没关系"。

他为什么，要被人招之即去啊。

他为什么，不是像孟琼一样的人物啊。

姜思鹭再次开口，语气成熟到不像她自己。

"我们都不想……"她抬起头，"一步一步，终于走到如今。但结果你还是只能，回剧本杀馆里演戏。"

段一柯沉默片刻，旋即站起身。

客厅传来响动，他去做咖啡了。

姜思鹭慢慢把衣服穿好，出门去找他。

"票要改签下吗？"

"……好。"

"改到几点？"

"下午四点那班吧，不过满了，我等人退票。"

"我记得十二点多也有一班。"

段一柯抬头看她，那目光在她脸上停留一瞬，又回到了手机屏幕上。最后，他把手机推给姜思鹭。

"你帮我选一个吧，"他说，"你看几点走合适。"

姜思鹭垂眸望去。

密密麻麻的列车班次，每一班都可以带走她的爱人。

大概是当天买票的原因，很多都满员了。

她点选了上午的一趟，改签，然后把手机递还段一柯。没一会儿，短信的提醒响起来，通知改签成功的消息。

没有人点开，屏幕暗了又亮起，再次提醒这条未被阅读的消息。

他忽然走到她跟前。

日光从落地窗打进来，屋子里是苍白的，今天是个阴天。

姜思鹭脑海里莫名浮现出段一柯第一次来这间屋子的那个画面——卧室沐浴在金色的夕阳里，给他的身影镀上金边。他站在怒放的向日葵前，没有回头，轻声对她说：

"谢谢。"

那个时候真好呀。

不像现在，能说出口的话反反复复，竟只剩下"对不起"。

他微微弯下腰，吻她的额头，然后是嘴唇。

"我会快点火，好不好？"他说，"我再努力一点、再厉害一点，就不会这样了。我就可以让他们配合我的时间，答应你的事都做到，对不对？"

姜思鹭钩着他脖子，踮起脚，回吻得很宽容。

"或许吧。"

她没做过演员，她也不知道。

也可能，正如松球姐说的。

和演员恋爱……确实是件很辛苦的事。

送走了段一柯，家里一下又变得空荡起来，猫的脚步声都显出寂寥。姜思鹭打开投屏看了会儿剧，想起来，今晚会放综艺的先导片。

她给路嘉发微信：【嘀嘀。】

对方回了她个问号。

姜思鹭：【曹锵还在家吗？】

路嘉：【一早就滚回片场了。】

姜思鹭：【晚上来我家睡？】

路嘉：【段一柯不在？】

姜思鹭：【被节目组叫走了。】

路嘉：【OK，等我。】

没过两个小时，路嘉就到了。她风风火火买来一大堆零食、水果，给姜思鹭安排得明明白白的——

"这一堆小的，今天晚上追先导片吃。

"这一堆大的，明天下午追正片吃。

"这个给二柯吃。"

她在，家里就吵闹起来，姜思鹭觉得没那么害怕了。

晚上，两个人点了外卖，边聊边吃完，提示节目先导片更新的闹钟响起。

姜思鹭火速弹向沙发。

不愧是出过爆款的综艺团队，片头就做得很吸引人。摄像机从高处迅速拉低，那个仓库一样的场馆经过调色，看起来有一种赛博朋克的感觉——

镜头继续拉近，姜思鹭看到了她和段一柯坐过的那片天台。

镜头一黑，飞速旋转。像是一只鸟，自拍摄现场裸露的钢铁骨架中穿过，一头扎进一团爆破的火花。

四名导师先出场，拍的是他们在工作的样子。

姜思鹭看到了顾冲。

他戴个耳机，装模作样的，对片场一挥手，喊了声"CUT（停）"。然后画面定格成漫格，右侧出现对话框，里面标注着身份和代表作。

四人按咖位往后排，最后出场的是孟琮。路嘉正好把弹幕打开，铺天盖地的"我是孟老师女儿粉"从屏幕上划过。

一行粉字在最上面：

【叔圈顶流。】

有这么夸张吗——姜思鹭咋舌。

相比之下，选手和导演的介绍基本都是一带而过。段一柯的名字草草出现在人群中，跟了一个：

【代表作《骑马客京华》（未播）。】

行吧。

基础的赛制和 IP 介绍后，镜头再次拉高，并在北京市的地图上定位出四个剧组拍摄的点位。

姜思鹭一眼认出了段一柯和文导所在的那处京郊。

毕竟……她在那儿摔了一跤。

前面两组的探班视频结束后，就到了《她的狮子朋友》。背景音乐一个拐弯，姜思鹭听到画外音激情澎湃地说：

"在《她的狮子朋友》的探班过程中，我们还特意邀请到了这本书的原著作者——落日化鲸！和我们一起，去探寻她笔下的那个世界！不过化鲸老师一上车就——呃——"

画面一出，姜思鹭差点儿被水呛着。

路嘉狂笑："他们为啥用你在车上睡觉的视频啊！"

姜思鹭："……我回北京就去找孙炜算账。"

摇晃的镜头里，姜思鹭睡得那叫一个香。漫画式定格后，右侧用文本框的形式罗列出了她以前的作品，和一些出圈的经典画面。

弹幕也一片狂笑。

【哈哈哈哈哈哈，这就是化鲸本鲸吗？第一次见真人好可爱好可爱妈妈亲亲。】

【这个长相真的不像写虐文的哈哈哈哈哈。】

【亲妈的脸，后妈的心。】

【啊啊啊啊我刚反应过来所以是要拍那本《她的狮子朋友》？就是前段时间让我哭得第二天上班迟到的《她的狮子朋友》？？？】

【这样睡觉会落枕的我的鲸……】

果然，下一秒，姜思鹭从梦中醒来，头一动，"啊"一声捂住脖子。

孙炜的声音："怎么了化鲸老师？"

"我好像落枕了……你一会儿拍我没什么大动作吧，我怕我脖子断了。"

弹幕已经被"哈哈哈哈哈哈"刷屏了。

"姜思鹭，"路嘉笑得打跌，"你上镜这么有喜感吗？我以前怎么不知道？早知道《骑马客京华》的时候也拍你去探班……哎，不对，你那时候还没掉马呢，可惜可惜。"

姜思鹭生无可恋地看着屏幕。

镜头往车外切了一下，是京郊连绵的山路。

伴着车轮声，出现一句问句："聊聊天就行，说说对演员的感觉什么的。"

镜头再次回了车内，姜思鹭已经坐正身子，很认真地看着屏幕。

【鲸鲸看我了哎。】

【都别挡"女鹅"脸。】

【啊，这一眼，我的心是鲸鲸的。】

姜思鹭知道自己下一句要说什么，人窝在沙发里，脸忽然一红。

"段一柯，之前也演过我的《骑马客京华》。

"他是一个，非常好的演员。"

路嘉拍腿："嗑了，我嗑了，还有谁！"

弹幕又刷屏了。

【D2K 事件目击者前来报到。】

【有私交吧？这个眼神，是有私交吧？】

【啊，所以 d1k 复出第一部剧是鲸鲸的，第一个综艺改编还是鲸鲸的？？】

【纯路人：谁是 D2K……】

然后就出现了一堆科普 D2K 事件的网友。

人类的本质……

是看戏。

镜头切到了古村里的片场。

画外音继续响：

"相比于其他组，《她的狮子朋友》这组的改编可以说是最难的。要把原著的十五万字压缩成二十五分钟的微电影并保留精华，剧组有什么心得呢？"

插入了文导的一段采访。

接下来，镜头开始四处抓人。

"啊，这是演我们男二的成远同学——成远！你为什么会接下这部戏呢？"

"啊？"成远刚从梅花桩上跳下来，满头大汗，气喘吁吁，显然不是很想讲话，"老段叫我来的，你问他。"

下一秒，镜头切到段一柯脸上。

焦距似乎出了些问题，对得极近，于是撞进人视野的，就是一张完全没有瑕疵的脸。

【妈耶！】

【美颜暴击！】

【我收回我说小段古装比现代装好看的话……】

【好家伙，我直接好家伙，怎么比《骑马客京华》时期更帅了……】

【纯路人：这是谁啊？】

科普党们再次出现了。

"段一柯，是你找成远来搭档《她的狮子朋友》的对吗？"

段一柯被镜头逼得往后退了半步，点点头。

"嗯。"

"你为什么会选择这部 IP 啊？"

段一柯："因为我——"

远处突然传来一声不知名的呐喊："因为他为言情小说流眼泪哈哈哈哈哈哈哈哈哈哈！"

段一柯："……"

整个画面都被狂笑的弹幕铺满了。

【哈哈哈哈哈哈咱就是说，还有人不知道酷哥为言情小说流眼泪这事吗？】

【柯柯，放弃拉曹锵下水吧。】

【追原著追到自己演主角，段哥你追星楷模。】

【D2K 最近都不更新了，D2K 你有新文推给我吗？】

【D2K，在？看看猫。】

姜思鹭都忍不住笑了。

不过她很快笑不出来了。

因为她被孙炜拉去采访了。

【"女鹅"怎么一会儿没见还摔了？】

【我第一次见人上综艺脸上贴创可贴……】

【腿上好像也摔了，节目组出来挨打！】

【化鲸很会讲哎，和文导都讲得很好，言之有物！都听听！】

姜思鹭心虚了。

因为这句弹幕夸完，镜头就切到她和段一柯坐在一起的画面……

什么叫呆若木鸡。

她就是呆若木鸡，本鸡。

长长的板凳上，她坐在段一柯旁边，手老实地缩在背后。

相比之下，段一柯真的是……

太松弛了。

"大家好，我是《她的狮子朋友》的原著作者落日化鲸。"

"我是演员段一柯，在《她的狮子朋友》短片里饰演男主戚耀武。"

画外音："化鲸老师，之前段一柯在《骑马客京华》里就饰演过你笔下的人物，这是两位第二次合作了。你觉得他适合这个角色吗？"

"啊，就……之前网友都说挺合适的……"

弹幕已经开始笑了。

下一秒，段一柯眼神垂下，声音很轻："问你觉得合不合适，你说网友干吗？"

姜思鹭眼睛瞬间睁圆："哦哦哦哦！我也觉得，特别合适……"

弹幕居然不动了，估计是被这扑面而来的熟稔感弄愣了。

画外音也停顿片刻。

"段一柯，可以介绍下你对这个人物的理解吗？"

段一柯简单说了几句。

画外音："很好很好，那化鲸老师怎么想？"

姜思鹭："我觉得他……说得特别好。"

画外音："……"

【这气氛呃……】

【是只有我觉得这两人不对劲吗？】

【我是在追恋综吗请问？我进错片场了吗？】

【我是土狗我先说，这个酷哥 × 甜妹的 CP（情侣）感我好爱啊……】

路嘉狂叹："我终于不寂寞了，终于有人和我一起嗑了。"

姜思鹭："……"

接下来的采访就在这个奇奇怪怪的气氛里结束了。

探班也结束了。

先导片也很快结束了。

只有一条弹幕从屏幕最下方，悄无声息地快速划过，又被姜思鹭捕捉到——

【家人们，我还在回味，鲸鲸真的给我一种，出了镜头就要被段哥摁着亲的感觉。】

姜思鹭："……"

03.

先导片播完，路嘉去洗澡，姜思鹭忍不住给段一柯发微信。

姜思鹭：【看了吗？】

手机静了静，过了一会儿亮起来。

段一柯：【看了。】

没了？

不发表发表感想？

姜思鹭皱着眉盯着屏幕，等了一会儿，对方的名字变成"正在输入中"。

段一柯：【看到你说我是个很好的演员。】

段一柯：【好想你。】

姜思鹭捧着手机朝左侧倒下，回复他。

姜思鹭：【拍戏顺利吗？】

对面有一会儿没回复。

千里之外的京郊，一辆车开进了片场。段一柯把手机揣回衣服里，单手扶着车门，跳下车。

导演喊了声"CUT"，走过来看他。

"能拍吗？"

"没事，"段一柯笑笑，"侧手翻都行。"

两个小时前，同组演员失误，器材直接把他左肩撞得动不了位。好在山下就有诊所，医生给他简单理疗了下，勉强能动。

休息的时候，他把先导片看了，看到姜思鹭说"他是个非常好的演员"时，本来疼得浑身冒冷汗，忽然缓解了不少。

明天还要转场去内蒙古拍最后几幕，今天在山上的戏份还剩两个镜头。段一柯理疗完回到车上的时候，笋仔看了都心疼。

"段哥，要不回酒店吧？"笋仔不情不愿地发动车子。

段一柯闭着眼："那我那两出戏开天窗？"

"我……我要告诉小姜姐……"

"你敢。"

笋仔气结,闭嘴。

他赌气似的往片场的方向开。

过了一会儿,身后微信响。笋仔透过后视镜看,见段一柯拿着手机,嘴角挂着一抹笑。

唉……

他段哥这辈子完蛋了啊。

回片场不久,段一柯就换回戏服。穿衣服的时候手还是有点疼,他不敢使劲,搭对手戏的演员帮了他一把,一边拉一边说:"你可真够拼的。"

段一柯没说话。

临上场前,他才想起来没回微信,拿出手机,回复了句:【挺顺利的。】

姜思鹭松了口气。

浴室里响了一声,路嘉浑身冒着热气出来了,头上包块吸水的毛巾。她坐到姜思鹭身边,看姜思鹭一眼。

"和段一柯聊天呢?"

"聊完了,"姜思鹭抱住膝盖,"他好像挺忙的,回得很慢。"

"正常,"路嘉也抱膝坐下,"曹锵有时候也找不着人。"

姜思鹭想了一会儿,脑海里忽然浮现出松球姐的那句话。静了片刻,她忍不住问路嘉:"是不是爱一个演员,就是一件很辛苦的事呀?"

路嘉凝视姜思鹭许久,拍拍她的头。

"成年人去爱一个人,本来就不是一件很容易的事,"她说,"认真地去爱,都是很辛苦的。

"演员的话……其实我在圈子里工作这么久,也听过不少八卦的真相。说实话,能闹到不欢而散的,多少都是爱过的,带了些真情的。

"这是个名利场呀思鹭……颜如玉、黄金屋,争名夺利,踩低捧高,处处都是身不由己。身不由己的时候多了……可能,就成了你说的辛苦。"

姜思鹭陷入沉默,路嘉叹了口气,去吹头发,吹完了回来,又问她:"你什么时候回北京啊?"

"明天。"

"同车还有空位吗?给我也订一张。"

姜思鹭急忙去看,边帮她买票边问:"你也回北京啊?"

"嗯,反正曹锵也不在,我回去看看我爸妈……不过我不想住家里,不然又得唠叨我辞职的事。"

"那你住我那里就好啦。"

"段一柯还不在啊?"

"他本来明天就得去内蒙古拍戏……"姜思鹭付了车票钱,语气有些恍惚,"回来估计得下周一了。"

睡觉的时候,她去抱路嘉。

路嘉："干吗啦？"

"我好羡慕你啊，你好像做什么都一副很胸有成竹的样子，爱人的时候也是……"

"哎呀，那我也写不出你那种千回百转的小说呀，"路嘉拍拍她的头，"每个人都有不一样的任务啦。"

顿了顿，路嘉又在黑暗里揉了下她的头发。

"思鹭，你不要害怕了。"路嘉说，"我可以看出来，段一柯爱你的程度，只会比我想象的更深……睡觉吧。"

"嗯。"

第二天。

跨省带猫还是有些烦琐，姜思鹭一大早起床，总算找到家专业的托运公司。她把二柯送过去后，和路嘉简单收拾了下行李，便踏上了返程。

上车的时候手机振了下，是段一柯给她发了消息。

段一柯：【草原没信号，回镇里酒店很晚，你晚上先睡吧。】

姜思鹭：【好 QAQ】

段一柯：【笋仔在北京，有事你找他。】

姜思鹭：【好 QAQ】

段一柯：【傻瓜一样。】

她笑笑，把手机收起来，行李放上架子。

路嘉正坐她身边刷昨天的先导片反馈。

"段一柯好评蛮多的哎。"路嘉给姜思鹭看，"哈哈哈，大家都叫他d1k，笑死我了。"

手机上的是条百万粉的娱乐账号微博剪辑的一些火药味片段，文案用词很自然，姜思鹭也分不清是节目组的投放还是自来水（因为喜欢而义务宣传的粉丝）。

【这个主题真的蛮有趣的，痛击IP魔改乱象，打起来打起来！】

往下滑，评论区除了许之印的粉丝控评，路人居多。

【那个演舞狮的男一号，我好像可以……】

【啊，这个段一柯不就是之前靠战损霸我屏的那个占装美男？？他短发这么可？？？】

【而且看花絮是真上梅花桩啊，少年好腰。】

【你们都可，只有我在嗑……】

【我好像也在嗑。】

【我们嗑的是不是同一个……】

【还是不要乱讲了吧，不过之前那部戏是这个作者第一个综艺也是这个作者……呃，好像真的很难不乱讲……】

【这两个都是我高中同学啊？？？】

看到这一条，姜思鹭眼睛瞬间睁大，点进对方的主页看头像。

"路嘉，"她把手机拿过去，"这是不是邵震啊？"

路嘉眼神一偏，看到了那个在自己微博首页各种发球鞋照片，以及在每一张照片里和球鞋合影的脸。

"我晕……"路嘉脱口而出，"还真是……"

两个人凑到一起看那条评论下面的回复。

【一名知情人士忽然出现！！！】

【我放个屁股在这里。】

【说话说一半？】

【我来了，我来了，刚在宝马4S店保养车……哦，就这个男的，段一柯，和我高中一个班的，当时就很帅啊，一堆小迷妹天天来教室门口看他，我们喜欢的女生都喜欢他，我们班男生那时候都一边觉得他真的挺帅的一边想揍他。】

【这个落日化鲸我就不爆真名了吧，不过也是一个班的。我和她不太熟，她那时候就每天埋头写自己的东西，挺内向的。去年同学聚会我们才知道她现在写小说这么牛。】

【不过段一柯那次也没去同学聚会啊……我估计就是段一柯演那个古装剧的时候碰到她了，老同学嘛（当时他俩前后桌），也是熟人，这个综艺就也合作了。我本人是这样认为的。】

博主点赞以后，这条评论权重迅速升高。

网友们开始了。

【啊，是高中前后桌吗？是我想的那种前后桌吗？】

【所有女生都喜欢他，所以鲸鲸也爱过吗？】

【那就怪不得这个气氛了。】

【可是你还会喜欢你高中时候喜欢的人吗……估计就是心动过但是也都过去了吧，我看他俩的样子也挺清白的。】

【哪里清白了？我请问哪里清白了？？？女生那个肢体动作微表情你眼瞎啊！！！】

【我觉得你们这样不太好，万一人家现在有男女朋友看到多尴尬啊……】

姜思鹭："……"

路嘉嗤笑道："是挺尴尬的。"

姜思鹭："……北京怎么还不到啊？"

到北京的时候天色已晚。

综艺的播放时间越临近，姜思鹭就越紧张。路嘉没回父母那儿，先来她家了，看她那个坐立难安的样子都觉得无语。

"落日化鲸，你现在是想怎么着？"

"我不看了！"姜思鹭突然站起身，"我困了我去睡觉，我的安眠药呢……那个你看！你看完，要是网上评价好，你明天告诉我。评价不好，你就别告诉我了。"

路嘉："……你可真会掩耳盗铃。"

姜思鹭已经狂奔去找安眠药了。

今天段一柯也不在家，但她可真是睡得比死猪还沉。

再醒来的时候，已经是第二天上午十点了。

客厅里有动静，像是路嘉在吃早饭。

她蹑手蹑脚地爬出去。

路嘉瞥了她一眼。

路嘉怎么不讲话啊？

姜思鹭心里打鼓，小心翼翼地倒了杯牛奶，坐到路嘉对面。

姜思鹭清了清嗓子："那个……"心里突然没底了。

评价好路嘉会告诉她的，一句话都不说，是不是……

扑了？

唉！

后悔了，《她的狮子朋友》这个题材果然不够市场化。就算现场导师认可，拿到更大的市场上，可能就是水土不服吧……

好后悔啊！

路嘉眼看着姜思鹭的表情从期待到沮丧到懊恼再到追悔莫及，在心里叹了口气。

算了，不折磨她了。

路嘉用指尖点了点桌面，吸引了姜思鹭注意。

"非得等我说啊？"路嘉挑起眉，"你自己没手机吗？"

姜思鹭一愣。

路嘉的眼神……很微妙。

手机就放在牛奶旁边，姜思鹭颤抖着手去摸。

点亮，解锁，划拉了两下，打开微博，罗列成排的汉字逐渐清晰。

姜思鹭垂下眼。

热搜榜第一：

【狮子 段一柯"爆"】

房间里静了半分钟。

路嘉以为姜思鹭会尖叫，也可能会笑。万万没想到的是，姜思鹭呆愣半晌，大颗的眼泪忽然砸到桌面上。

路嘉傻了。

她慌里慌张地去拿纸巾，一张湿透又抽一张。

姜思鹭想和路嘉解释自己为什么哭，可一张嘴就是剧烈的哽咽。

"没事，没事，"路嘉安抚，"我懂，我懂。"

姜思鹭点点头，继续擦眼泪，哭到嗓子都哑了，才想起今天下午要去工作室和松球姐改稿。

于是，她匆匆去浴室洗干净脸，又化了个淡妆，再出门的时候，眼睛终于没肿得那么夸张了。

路嘉把她送到门外。

姜思鹭："你下午做什么啊？"

"我回家和我爸妈吃个饭，"路嘉拍拍她的头，"如果不因为辞职吵架的话……吃完就能回来。你也别糊弄啊，好好吃饭。"

"好。"

姜思鹭下楼，打车，还是那条熟悉的到工作室的路。她降下车窗，头发被风吹得高高扬起。

她在和煦的春光里闭上眼，眼前忽然出现了那个在剧本杀馆里见到段一柯的晚上。

挺拔的、明亮的、沉默的、坚定的。

阴暗的、失落的、恶劣的……爱吃醋的。

她见过他的一切。

她拥有他的一切。

他是她的爱人。

是她不落的星辰。

到工作室的时候，松球正在吃外卖，见姜思鹭来了，招了下手，显然也挺高兴。

"我看见热搜了，"她笑着说，"就是这个男孩子啊？蛮好的，看上去蛮不错的。"

姜思鹭点点头，有点不好意思，把笔记本电脑在桌面上打开。

松球又开口："我看了下他的表演。大电影也是他来演的话，有的戏我觉得，交给你写比较好。"

姜思鹭抬起头。

"你比我更了解他，"松球把新打印出的剧本推过来，"我标注好了，这几幕戏，你按照他习惯的说话方式来改。"

姜思鹭打开，脸有点红。

"松球姐……"她无奈，"这不都是，亲热戏……"

松球口气还很官方，很就事论事："对啊，亲热戏，谁有你懂啊……他平常在床上爱说什么话？"

话题怎么一下到这个份上了！

他爱说什么啊？

松球目光灼热，姜思鹭讪讪道："他老说……这么可怜啊……被谁欺负了……"

"绝了，"松球拍大腿，"就像他说的话，补进去。"

姜思鹭："……"

下午的时间都用来改稿了。

五点一过，天色渐暗。

松球手上还有个别的项目，反复搞也搞烦了，把外卖取回来，坐到姜思鹭身边刷手机，刷着刷着就"啧"了一声。

姜思鹭抬头望过去，松球也应时开口："这许之印的粉丝是不是疯了？"

姜思鹭一愣，也去看手机。

段一柯的热搜已经降至低位，她点进去，发现话题几乎被许之印的粉丝屠版了。

【炒作必糊。】

【您就是著名的资源接盘侠？】

【有什么好吵的，我还当是什么世界名著，不就平平无奇一网文啊。抱走我宝，期待我宝新戏《放悲声》。】

【这两年连部剧都没播过，就靠炒作小号人设上过一次热搜的人。粉丝踩一捧一实属登月碰瓷了……】

她抬头，和松球对视了一下，眉头也慢慢皱起来。

她大概看了下时间线，让许之印粉丝发疯的点主要在两处。

一个是《片场火花》播出以后，段一柯无论是影片质量、演技还是外形都吸睛太多，狂吸路人盘，纯靠实时搜索爬上热搜。而许之印明明和他出现在同一个节目，路人的关注度几乎没有。再加上许之印之前有黑料，口碑发酵和段一柯相比简直是一个天上一个地下。

例如：

【这就是之前那部爆剧的男主许之印？他这演技咋火的啊？】

【团队的操作呗。】

【还新人演员里咖位最大的呢，实力被 d1k 吊打啊……】

路人评价，都是就事论事，但放在粉丝眼里，就不是那么回事了——

综艺播出当晚蹿上热搜，还找"专业黑粉"来踩一捧一？这段一柯绝对是处心积虑要害我们哥哥啊!

屠版，立刻去屠版!

另外一个，就是段一柯之前饰演的"江晚淮"，本来是许之印接演的。但是许之印违约这个事并没有爆出来，以至于落进粉丝眼里，就是段一柯"抢了"许之印的资源。

段一柯没公司、没团队，也就综艺播出之前，有一些靠《骑马客京华》花絮积攒下的路人粉，和综艺播出之后吸到的一拨路人盘——

但可能是他气质的原因，他的粉丝都是比较理智成熟的，不懂那些饭圈规则，更不会组织控评。面对工蜂一样扎过来的许之印的粉丝，从个人超话到综艺话题，包括微博评论区，一下午就被刷屏了。

姜思鹭去@铲屎官段一柯的评论区看了一眼，污言秽语，简直触目惊心。

"疯了……"她喃喃自语，抬头看向松球。

对方也是一脸无奈，起身拍了拍她的肩膀。

"段一柯公司不管下？"

姜思鹭无力道："他没公司……"

"那可能有点棘手，"松球挺认真，"现在这娱乐圈和咱们小时候不太一样了，有些规则还是得懂……他没公司也没自己团队，单凭实力，很多时候都会处于下风。"

姜思鹭点点头，目光移回屏幕，心里开始钝痛。

她不知道段一柯看到这些话会做何感想。

顿了顿，她手指移动，又换回了自己@落日化鲸的账号。谁知一点进去，她的评论区和私信也沦陷了。

姜思鹭皱起眉。

【大大，你是更满意许之印演江晚淮的对吧？】

【作者，你出来说句话啊，当时临时换角是不是有黑幕？】

【我记得落日化鲸前两年还给许哥微博点过赞呢，她肯定更满意许哥啊，估计那个段一柯靠后台抢许哥角色她也不高兴。】

【作者大大你出来讲一句呗。】

【真恶心，演了人家一部戏就想着再蹭一部，还搞什么转发买热搜，真够有心机的。】

【不是你们在说什么啊，之前有一个探班花絮都没看吗，人家两人本来就是同学就认识啊。】

【哦，糊了好几年可算看见老同学发达了，赶紧往上蹭是吧？】

【谁没看过原视频啊别放洗脑包了，那视频里落日化鲸就是第一次上镜有点紧张，明明是段一柯在装熟。】

【+1，别放洗脑包了。两年连个剧都没播过，自炒就算了还带别人，脏我许哥。】

你才脏!

许之印的名字和段一柯放一起我都嫌脏!

姜思鹭火气陡然冒起来，写了一条评论就要骂回去，将发未发的前一秒，手一顿，还是点了屏幕别的地方。

她闭上眼，稳了稳呼吸。

她将右上角的加号点开，手指触碰"写微博"，在空白的输入框里打了一行字。她想了想，又在前面加上了＃狮子段一柯＃的话题。

"唰!"

微博发布。

【＃狮子段一柯＃恭喜段一柯，你是我心里最好的江晚淮。】

姜思鹭到家的时候，自己的微博账号已经被评论和私信挤炸了。

路嘉正在家里绕圈疾走，姜思鹭一进家门，她就吼起来："你是不是疯了啊! 你发这种微博你问问我啊!"

姜思鹭垂着眼："问你干什么。"

"我知道他们有多疯啊！"路嘉挥着手机，"你不追星，你不知道现在的粉丝有多可怕！你看你评论区现在都成什么样了！"

姜思鹭抿了下嘴。

回家的路上，她也看了一眼，已经很不堪入目了，但听路嘉这意思，情况似乎变得更严重了。

她拿出手机，结果被路嘉夺走。

"你别看了。"路嘉说，"我想想办法，找下以前工作攒下的关系。段一柯那边你先别管，我刚和笋子打电话了，他在草原拍戏，今晚和剧组睡帐篷，明天回酒店才有信号，估计还不知道这些事。"

姜思鹭低着头，道了声谢。

路嘉："你别谢我了，你……你能不能保护一下你自己啊？

"我知道你看到他们那样说段一柯你很生气，但是你发这样一条微博，你是把火力往自己身上引你知不知道？

"他们现在就是一个乱扑乱咬的状态，根本没有理智！这个事没这么简单，许之印团队绝对在后面有动作……"

姜思鹭忽然开口："他们骂我的话，能少骂段一柯几句吗？"

"姜思鹭！"路嘉气得跺脚。

"手机给我吧，"姜思鹭说，"我看看他们到底……骂我什么了。"

"你别看了，你去洗澡，睡觉。"

"我看一下。"

"你……"

姜思鹭这人，一钻牛角尖就拉不住，重复了几句，路嘉也没办法了，将手机递回去。

明明是个冰冷仪器，竟然可以这么烫，像枚即将引爆的炸弹。

姜思鹭垂着眼，面无表情地点开微博，点进了……

评论区。

【这女的和段一柯绝对有一腿。】

她睫毛颤了下。

【两人是高中同学？高中就有意思吧。】

【段一柯都不回，她还在那儿发，真够上赶着的。】

路嘉担忧地看着姜思鹭，但她又一直面无表情，只是睫毛微微颤动。直到划到某一页的瞬间，她目光猛然侧过。

路嘉急忙把手机抢过来。

屏幕上赫然出现一张，从节目上截图的姜思鹭然后修图出的……

遗照。

"都疯了……"路嘉喃喃自语。许之印的粉丝比她想象中的还恐怖。

沉默片刻，路嘉再次催姜思鹭去睡觉。

对方沉默地点了下头，没有再和她要手机。

段一柯这不算爆出黑料，纯粹是对家粉丝恶意发疯。再晚些时候，也有些路人忍不住站出来说公道话。

路嘉以前工作的时候也攒下了不少关系，媒体的、营销的、社交平台的，她挨个联系安排，回床上的时候，姜思鹭已经睡着了。

姜思鹭皱着眉，眼皮一跳一跳，像是做了噩梦。

路嘉心疼地摸摸姜思鹭的脸，目光又转回手机。

不行。

不能这样下去了。

她沉吟片刻，给笋仔发了条消息。

姜思鹭醒得很早。

睁眼的时候天气很好，恍惚间她还以为回了上海，而这只是一个平淡的周末，段一柯已经把早饭做好在等她，二柯正在门外舔爪子。

对了，二柯……

她揉揉眼睛，才意识到，自己在北京，二柯现在应该已经被托运公司送到舅舅家里。她想发微信问一句，乱摸了一通，才发现手机不在身边。

可能是路嘉还没还给她。

眼前又出现昨天评论区的那些话，姜思鹭忍不住了甩头。

不要想了，不要想了。

她起身去洗漱，路嘉正在客厅打电话。听话里的意思，昨天晚上路嘉一通操作，那些攻击已经被压了下去。

这事确实不简单，背后还不光是许之印。段一柯一个热搜爆上头条，不少人都盯上了他。

听见姜思鹭的脚步声，路嘉把电话挂了。等她洗漱完，路嘉又去窗边看了一眼。

像是看到了什么，路嘉回头喊她。

"思鹭，你下午还去工作室写剧本吗？"

姜思鹭抬起头，嗓子还有点哑："写的。"

"今天请假吧。"

姜思鹭一愣。

路嘉把从上海带回来还没拆的行李箱推过来，说："收拾下东西，我们去内蒙古找段一柯。"

姜思鹭上车的时候还是蒙的。

笋仔的表情也很不好，据他说是昨晚在网上和人大战了三百回合。临发动汽车的时候，他忽然从后视镜上摘了个东西下来。

是姜思鹭送他的那个木雕的小狮子。

"小姜姐，这个还给你吧，你挂身上，"他说，"镇邪。"

姜思鹭脸上难得有了笑意。

其实她不知道路嘉为什么要带她去内蒙古，但她又没什么力气问。况且……况且她现在，也很想见段一柯。

总觉得见到他，一切不好的事，就都可以抛之脑后了。

04.

车在高速上飞驰，笋仔也大概说了下段一柯这个短片的情况——是个内蒙古作家的 IP 改编的，讲的是 20 世纪 70 年代草原上的事。节目组本来想在北京附近的草原糊弄一下，结果附近的草皮都还没长好。

没办法，节目组只能追加投资，把整组人带去呼和浩特以北。那边有非常好的草原，符合作家笔下那个水草丰美的牧场。

唯一的问题是，一进草原腹地，信号就没了。不过这次去的都是男的，大家干脆在野地里扎营，今晚才回镇上的酒店。

好在走之前笋仔多问了一句，段一柯给他发了酒店的位置。

中间休息了两次，车差不多开了九个小时，到的时候正好天黑。姜思鹭饿得前胸贴后背，笋仔也累得走不了直线。

看到酒店门口的烤羊腿店时，谁也走不动道了。

已经没有什么心情去抑郁网上的事了……

现在吃饱是最重要的！

老板显然是本地人，说话也是浑厚的内蒙古口音，扎着一根又黑又粗的大辫子，和顾冲那个文艺马尾完全不是一个风格。

烤羊腿端上来，笋仔眼睛发直。

路嘉很嫌弃："哎呀，叫你们来办正经事的，就知道吃！就惦记着吃！"

姜思鹭被骂得委屈，说："我都被人发遗照了，我还不能没有负担地吃烤羊腿吗……"

路嘉："……"

姜思鹭："而且你也没和我说是来干正事的啊，你路上都没和我说话……"

路嘉："……我那不是怕和你提太多你心里难受吗！段一柯呢？我是要找他说！"

身后随即是一道震惊的声音："你找我干吗？"

三人回头。

段一柯和一群刚从野地片场里回来的糙老爷们儿站在一起，五官精致得和别人实在格格不入。

"你们仨为什么在这儿啊？"

……

段一柯等剧组的人都上楼了才坐过来。路嘉把他按到姜思鹭旁边和他说话，他越听脸色越差。

他藏在桌底下的手慢慢摸索到姜思鹭的，然后紧紧握住。

"我就这么和你说吧，段一柯，"路嘉做了总结陈词，"这件事是第一次，但绝对不会是最后一次。你要是坚持像现在这样单干，最后的结果，只能是死无葬身之地。"

姜思鹭能感觉到他手上的温度在流失。

半晌，他抬起头。

"其实我前公司，上周找过我。"

路嘉的神色变得意味深长。

"知道人不要脸，没想到可以这么不要脸……"她轻声说，"段一柯，他们当年可是把你往死里整啊……"

姜思鹭心里一沉。

她侧过目光，看着段一柯沉默的侧脸。

能让路嘉这种见惯了圈内手段的人说出"把你往死里整"的话，她的阅历已经无法支撑对段一柯过去那几年的想象。

回想她没有找到他的那几年里，祁水去世，段牧江入狱，他被人封杀，然后又被经纪公司整……

她忽然觉得自己那点事，也算不得什么了。

"路嘉，我懂你的意思，"他说，"我之前只是不想那么快把自己再签出去，想有更多选择权以后再找个把人当人的公司。不过，如果会发生这种事的话……"

路嘉："我不是来让你签公司的。"

段一柯抬起头。

路嘉斜靠着椅背，面前明明是烤羊腿，和她出现在一起，硬是散发出一种法式大餐的优雅感。

路嘉："我是来签你的。"

段一柯愣了。

姜思鹭也愣了。

笋仔卖力咽下一口软骨，也愣了。

路嘉似乎很满意她这句话造成的效果。

她喝了口一次性纸杯里倒的雪碧，继续说："其实曹锵的合约也快到期了，他之前就和我提过想单干的念头。不过演员嘛，总归是被推到台前的人，真去搞管理，估计会弄得一塌糊涂。

"所以我离职以后其实就有了这个念头，帮他做工作室。但是我也不想做那种完全依附于他的人。

"我想签别的艺人，再把我手底下的人都捧红。你……很合适。"

内蒙古的夜风比北京冷，姜思鹭的血却沸腾起来。

但路嘉下一句话，却让她身上的温度转瞬抽离。

"你现在风头很盛，接下来会有很多公司来找你。我肯定不是他们里面资源最好的，但是我们合作的话，就能一起保护好姜思鹭。

"我在圈子里做了这么多年，已经看透了。娱乐圈，就是这个世界上最光鲜、最虚伪、最残酷的角斗场。像你之前的性格，入场唯一的结局，就是被嚼得骨头渣都不剩。

"这次再入场，你得改。不仅是为了你，也是为了她。

"签别的公司，他们会让你分手，我不会。我还会帮你把她藏好……你是不是想问我为什么要藏？好，那我也告诉你——网上现在调侃你俩，都是空穴来风的玩笑话。可如果真有人爆出你俩的关系……你两部作品都是她的，别人会怎么说你，又会怎么说她？"

姜思鹭开口辩驳道："那些选角我们都没有干预过啊，我只是推荐他去试镜……"

"我知道，你知道，他知道，"路嘉冷冰冰地开口，"别人知道吗？别人会这样想吗？别人会信这些解释吗？"

无声的夜风送来答案。

不会。

"我之前一直没意识到问题的严重性，"路嘉定定地注视着段一柯，"昨天发生这种事，我才开始想，越想越觉得后怕。"

她转过目光。

"思鹭。"

姜思鹭愣怔着抬头。

"你先回房间吧，剩下的，我和段一柯单独聊。"

姜思鹭好像没什么拒绝的底气。

起身的时候，他还下意识地握着姜思鹭的手。姜思鹭摇了摇手臂，示意他松开。

段一柯没反应，她挣了一下，挣脱了。

走到酒店大门前时，她回头望过去，才发现段一柯维持着那个被她挣脱前最后一瞬的姿势……

一直没有变过。

路嘉和段一柯谈了很久。

长途跋涉，即便是坐车，身上也有种疲惫，更何况还拍了一天的戏。他回房间的时候，门里传来细小的水流声，像是她在洗脸。

段一柯把房卡给姜思鹭了，只能敲门。

水声停了，继而是急促的脚步声。开门的一瞬间，他闪身进去，然后彻彻底底地把她抱住。

姜思鹭猝不及防被裹进怀里，脸上的水珠全蹭到他衣服上。他倒推着她往房间里走，每一步都踩在她先前的位置。

最终，他在沙发上坐定，她侧身落上他膝盖。他像是还觉得保护得不够，将一旁的衣服盖到她后背，在怀里制造出一个封闭的空间。

她窝在他怀里，轻声说："可以了，可以了。"

段一柯头垂在她颈侧，深深地吸了一口气，骤然搅动的气流让她耳侧皮肤发麻。

他的声音闷闷传来："他们还说你什么了？"

姜思鹭摇摇头，侧靠在他肩膀上。

"我不想提了。"

腰间的手臂慢慢收紧。

"思鹭。"

他很少这样叫她，他总是喜欢连名带姓地叫她"姜思鹭"，把三个字在唇齿里翻来覆去地揉捻。

"对不起。"

她还是很宽容的语气："没关系的，没关系。"

他却第一次反驳了她："有关系。"

姜思鹭抬起头——段一柯看着她的目光，几乎能让她感到对方的心口在抽痛。

于是，她的心也像是能感知到对方疼痛一般绞起来。

她不喜欢这副两个人都不大好受的样子，俯身过去吻他嘴角。缠绵话语碎于唇齿，她听到他喃喃自语。

"我以后……会特别注意你的没关系。

"你所有的没关系，都有关系。"

快睡觉的时候，她才看见他肩膀后面的一片青紫。

姜思鹭伸手去碰，段一柯反应过来，也来不及躲。她怕把他碰疼了，只拿指尖轻轻点了下，他肩后便是一瞬的冰凉触感。

"你能不能小心一点呀？"她语气有点责备，"我以为就我的戏才受伤呢，怎么拍别人的戏也这样……"

段一柯朝她转过身，被子拉到肩上，把伤口遮起来。

"看不见啦，"他嘴角是哄她的笑意，"看不见就不疼了。"

她气得揪枕头："又不是我疼，和我看不看见有什么关系。"

"本来就不疼，你再发脾气我就又要疼了。"

"你……"

她又揪了下枕头，见对方表情认真，只好把嘴闭上。

段一柯伸手去关灯——

"咔嗒"一声，屋里陷入黑暗。

草原的夜是静而冷的。

分明白天阳光也算和煦，但夜幕降临，空气就渗了冰凉。5月开空调也不大像话，两个人只能靠近对方，再把被子裹严。

折腾了一天，她倒是不困。

"段一柯，"她说，"你们睡在野地里，是什么样啊？"

段一柯闭着眼，把她往怀里拽。

"哪有睡在野地里，那不被狼叼走了……有帐篷。"

"星星多吗？"

"特别多。"

"有多少啊？"

"就……"他伸出手，在她胳膊上画了个形状，"这里是银河，然后这是北斗七星。银河特别长，感觉都要到天尽头去了。"

"那有流星吗？"

"有，一会儿掉一个，跟不要钱似的。"

"你说话好没有美感。"

"因为我靠脸吃饭。"

她把头埋到他怀里笑。

"那你说那些星星会掉去哪里啊？"

"这我哪知道。"

"会掉海里吗？"

"可能吧……然后就成了海星。"

"……讲话好冷啊你。"

"没关系，反正我靠脸吃饭。"

"我才不要喜欢这么肤浅的人。"

"你不就这么肤浅？"

她气得戳了下他肩膀，他倒抽一口冷气。

她又有点内疚。

漫长的沉默，他都快睡着了。

她再度开口："那你说，星星掉进海里，还能回到天上吗？"

"看运气吧。"

"什么运气？"

"运气好的话，会有人把它们捡回去。"

"谁捡啊？"

段一柯声音含糊，估计是快睡着了。失去意识的前一秒，他把她揽进怀里，吻了吻她额头。

"有天上来的神仙。"

早上六点，他们就听得走廊大乱。

姜思鹭被吵得睁开眼，段一柯已经穿戴好了。见姜思鹭睁眼，他侧身出去和外面剧组的人说了句话。

"轻点吧，楼里也不光剧组的人。"

搬器材的动静这才小下来。

天还没亮全，房间里铺了层薄光。她趴在床上看段一柯收拾行李，有点舍不得。

"好啦，你先和路嘉他们回去，"段一柯过来拍她头，"我明天晚上就回北京了。"

"我不能在这儿等你吗？"

"我回来的时候就不走这儿了。"他说，"今天晚上又住营地，你又没法去。"

姜思鹭裹着被子爬起来。

"这综艺有必要这么上山下海的……下个剧本定了吗？"

下个剧本就是节目收官了。

"下个不是剧本，"段一柯坐到她旁边，"是翻拍。"

"翻拍？"

"对，所有选手一起，不分队伍，把一部老片的高潮部分重拍一遍。但节目呈现的不是那部片子，是导演和演员、灯光、摄像……怎么把这个片段拍出来的。"

姜思鹭大概懂了——这算是最终扣到了"影视工业化"的综艺主题上。

姜思鹭问："哪部片子啊？"

"其实我也没看过，不过那天开会提了一句，是孟老师……年轻时候拍过的一部片子。"

"孟老师？"

"对，他拿影帝那部，要去可可西里，两周。"

姜思鹭："……现在做综艺要不要这么卷啊！"

七点多的时候，楼道里算是吵闹到了极致。姜思鹭大概听了下，是器材出了点问题。

真是起了个大早赶了个大晚，最后姜思鹭他们都准备出发了，段一柯还和剧组的人被拖着走不了。趁着导演四处骂人，他把姜思鹭他们送上了车。

大 G 停在这地方还是有点扎眼，段一柯都怕他们半路给人截道，绕到前面嘱咐了下笋仔安全问题。这小子突然伸手从后视镜上往下摘东西。

"段哥，这平安的牌还是你拿着吧，"笋仔把姜思鹭刻的那木牌递到他手里，"我感觉你和小姜姐最近都不大顺。"

段一柯一愣，接过，然后竖起来敲了下笋仔的脑袋："好好开车，两个姑娘都交给你了。"

笋仔两指并拢，在耳边很潇洒地一甩："保证完成任务。"

车要开走了。

段一柯扶着车窗又和姜思鹭说了几句话，眼神抬起，和路嘉也点了下头。毕竟是镇上的酒店，门口是截土路，车轮碾过去扬起一片灰尘。

车窗里伸出只手摆了摆，是姜思鹭和他告别。

段一柯站在弥散的灰尘里，心里忽然一阵研磨般的闷痛。似乎这样的离别会在日后不停地发生，而他所能做的，就只是这样站着，看她走远。

回去的路上，姜思鹭用流量把孟老师那部可可西里的电影看了。

讲可可西里，基本离不开盗猎。大概剧情是，两个盗猎分子和两个巡山队员在一次追捕中被困在无人区，为了活下来，两边死对头只能合作，但一边合作又一边忌惮着对方，并计划在逃出无人区的瞬间杀死对手。

影片不长，只有一个半小时。台词很少，镜头语言被运用到极致，大面积的拍摄可可西里的戈壁和雪山。

以段一柯一贯的接戏运气，姜思鹭怀疑那个所谓的高潮肯定包括两拨人合作后第一次爆发肢体冲突的片段。

还是希望和平一些，毕竟在 4500 米的海拔打起来也不是开玩笑的。

车开进北京，姜思鹭先去了趟舅舅家。一进家门，就见二柯没精打采地躺在地板上，见她来也只是虚弱地"喵"了一声。

姜思鹭赶忙去抱，它把爪子搭到她肩上，看起来一点也不嚣张了。

"怎么了呀？"她连忙问。

"昨天到家疯叫了一夜，然后就这样了。"舅舅没上班，溜达着过来回她话，"猫粮猫罐头也不大吃，来了就喝了几口水。"

姜思鹭一下急了，把猫抱起来，说："那我带去医院看下吧。"

"也行。"舅舅点头，"我带你过去吧，附近就有一家。"

两天没见，二柯瘦了不少，爪子细细地扒着她的胳膊，被递给医生的时候还不愿意撒手。

医生检查了一下，抬头问话，语气也不意外："最近是不是环境变化比较大？"

"对。"姜思鹭点点头，"我来北京，不想总让它自己在上海待着，就找托运公司带过来了。"

"那就是应激了。"

医生和姜思鹭简单解释了下猫应激的情况，又去摸了下二柯的脑袋，再抬头的时候，语气有点严肃。

"猫应激挺常见，不过你家这个反应比较强烈，而且这都一天多了还没缓过来……你可以带回家，不过我建议你留在医院观察下，这样有什么突发情况我们也好抢救。"

二柯抬头眼巴巴地看着她。

姜思鹭纠结了一会儿，舅舅在旁边发话了："那就留着吧，你带回家又得折腾，它还得再适应新环境。"

她想想也是，伸手摸了摸二柯的头，抬头对医生说："那我哄它一会儿行吗？"

"嗯，走廊那儿有椅子。"

姜思鹭抱二柯出去坐着。

她觉得二柯特别委屈，心里也越发内疚起来。小猫头搭在她肩上，爪子拽着她袖口，喉咙里发出阵阵咕噜声。

"你乖乖在这里哦，"姜思鹭在它耳边小声说，"病好了就带你回家，然后等段一柯综艺拍完，我们就能回上海啦，对不对？

"最近的罐头是不是也不喜欢呀？回家就有喜欢的罐头吃了。还有你的猫爬架，也给你打扫干净，对不对……"

哄了半天，二柯总算在她怀里睡着了。

姜思鹭把它抱给护士，目送它和其他生病的宠物一起，被送进那个小小的笼子。

舅舅过来安慰了她几句，她点点头，又叹了口气。

想回上海的，也不止二柯吧。

回家改了会儿稿子，天色很快就晚了，姜思鹭想着段一柯估计又在什么荒郊野岭安营扎寨，也没有找他的打算。

没想手机一振，他的消息先来了：【绝了，这营地有信号。】

她一愣，去摸手机。

姜思鹭：【这么好？】

第二条隔了很久才到。

段一柯：【有个坡，爬上去有一格。】

信号差，他野心倒很大。

段一柯：【我给你发个图啊。】

漫长的等待。

姜思鹭简直以为他又掉线了，几乎要退出微信的时候，一张图刷新了出来。

黑糊糊一片。

姜思鹭：【……这什么啊？】

纯文字的回复稍微能快点。

段一柯：【怎么拍出来这样啊。】

段一柯：【破手机。】

段一柯：【跟我看见的也差太多了。】

段一柯：【你等会儿，我去找摄像大哥给我调参数，可能得用延时。】

可以预期的漫长等待。

她甚至能想象出段一柯从那个坡上跑下去，找人，等人家把参数调好，拍照……然后再跑回来，举着手臂给她发微信的画面。

折腾了得有二十分钟，下一张图片终于发了过来。

紧跟着的是两个字：【银河】

是银河。

浩瀚的、壮观的、繁星点点的银河。这回参数设置得恰到好处，左下角竟然还拍出一片星云。

姜思鹭的心口忽地潮湿起来，像行走在夜雾笼罩的玫瑰花田。

她趴到沙发上，给他回复：【好看。】

隔着缥缈的无线信号，她感受到了男生的得意。

段一柯：【还有一个好消息】

姜思鹭：【？】

段一柯：【节目组大出血，明天可以坐飞机回去。】

姜思鹭：【几点的呀？】

段一柯：【晚上六点落地。】

姜思鹭：【那我去接你？】

段一柯：【不用，在家等我。】

姜思鹭挑起眉，心里自有主意，不过落实到文字上，还是一句乖巧的"好哦"。

又闲聊了几句，他那边的回复越来越慢。姜思鹭想他站在山坡上也怪冷的，发了句"那你早点睡觉"过去。

这句话发完，对面就彻底没声了。

百里之外的草原上，段一柯对着那个发送失败的红色惊叹号"啧"了一声。在骤起的冷风里又站了一会儿，他放弃了等信号回来的打算。

怎么还能给风刮没呢。

从山坡上滑着走下去，不远处是剧组扎下的营地。刚才给他调参数的摄像大哥正背着风口抽烟，见他过来，招了下手。

段一柯走了过去。

摄像师："这么半天，跟谁聊天呢。"

段一柯转过眼神，心里想着路嘉的话，开口还是下意识地回答："女朋友。"

摄像师一愣，笑笑，把烟灰弹走。

"不容易……抽一根？"

段一柯摇摇头。

"你可真不像这圈子里的人。"对方拍他的肩膀，见他没躲，又想起前几天摇臂撞上过他。

"伤怎么样了？"

段一柯："没什么事。"

"够拼的，"对方语气意味深长，"很想火？想火要做的事多了，拍好戏只是其中一件……你看那几个最火的谁不碰烟酒。"

段一柯没接腔。

"早点休息吧，明天还得起来拍日出那场，"对方顿了顿，又想起来了什么似的，说，"哦，你们去可可西里那场戏也是我跟，我叫卢庚。"

段一柯点点头："行，那我回帐篷了，庚哥。"

"嗯，好好睡。"

段一柯在夜色里深一脚浅一脚地回到自己的帐篷前，拉开门帘上的拉链，钻了进去。

帐篷外是草原无边的黑暗，寂静到无以复加。躺了一会儿，风声渐大，竟吹来一片雨云。雨滴打在帐篷上，开始还显得淅沥，而后越发凶猛。

闪电自天边劈来，闪着骇人的光亮。雷声滚滚，紧随其后，震得身下的草原都微微颤抖。

段一柯睁开眼，在黑暗里摸索着，从衣服里拿出那块刻着"平安"的木牌，放到了枕头下。

那条没发出去的微信被留在了他的手机里。那是他站在暴雨将至的风里，借着星光月色，一字一顿打下的：

【很想你。】

机场。

姜思鹭是从松球的工作室干完活儿过来的，下车的时候夜幕初降。她过了安检往接机口走，抵达门前时，便被眼前浩浩荡荡的人群震惊了。

哪儿来这么多人啊？

接机的人摆了一排又一排，姑娘们手里捧着花，抱着礼物，举着信……脸上都写着"翘首以盼"。她站在人群之外使劲踮脚，也看不清最前面的样子。

有个人简直是被人群挤了出来，脚步不稳，直往她身上跌。姜思鹭扶了一把，对方连忙道谢。

"你们这是……"姜思鹭有点困惑，"干吗呢？"

"接机啊！"

"接谁啊？"

这句话一问出来，小姑娘立刻双眼放光，兴奋地介绍起来。

"段一柯，段一柯了解一下？最近势头超猛的新人！他那个《她的狮子朋友》你看过没？"

姜思鹭："……"

心情复杂。

对方又渲染了一通，其间还夸了一波《骑马客京华》，最终以"哎呀就是粮太少了真的太少了"作为对话的结尾。

姜思鹭又望了一眼前面根本看不到头的人群，试探性地问："你们都是从哪儿知道的航班信息啊……"

毕竟她都不知道航班信息，她只是知道一个大概的抵达时间。

小姑娘同情地拍了拍她的肩膀："一看你就不追星。黄牛啊黄牛，黄牛现在无所不能，《片场火花》所有选手的航班信息昨天晚上就散开了，你要加他吗？我给你推下微信！"

姜思鹭连忙摆了摆手。

方才对方忙着讲话，这时候才回头认真看了下姜思鹭，顿时愣了愣，她忽然说："欸，我怎么觉得你有点眼熟啊，你是不是……"

完了，她去探过班，还入镜了。姜思鹭瞬间反应过来，连忙摇头道："我大众脸，好多人都看我眼熟……"

话音未落，身前响起一阵惊天动地的尖叫。

段一柯一到门口就傻了。

他也没想过要走特殊通道，跟着一群糙老爷们儿，取好行李就往外走。身影闪现的一瞬间，人差点儿被尖叫声掀翻。

他还转头问身边的卢庚："这干吗呢？"

卢庚都给气笑了："接你的！没听见喊你名字吗！"

他这才从山呼海啸里听见了若隐若现的"段一柯"。

无数双手伸了过来，想与他相握。

有人递来信，他接下。

送礼物的，他摆手拒绝了。

有人拿着花往他怀里塞，他只能抱住。

耳膜被无数人的呐喊震得发疼，他不知作何反应，只好微微低了下头，算是表示感谢。

更大的尖叫声淹没了他。

他抬起头，眼前是望不见尽头的人群，与高高举起的手臂。

不知怎的，他竟在那震天的尖叫声里听到了一声很细微的"段一柯"，与别人的都不同。但他抬起头的时候，又无论如何也寻不到声音的主人。

人群困得他抽不开身，许多人来和他索取签名。段一柯边走边写，拿到签名的姑娘在喊："啊，他的字好好看啊！"

路人也来凑热闹，举着手机拍他，一边拍一边问旁边的人——"这谁啊，这人很有名吗？"

那声细小的"段一柯"萦绕心头，他写字的手忽然有些不听使唤。

出机场的时候还有不少人围着他，他摆摆手，很礼貌地说："我要走了，辛苦大家了，麻烦不要跟了。"

"有车来接你吗一柯？"

好亲热，上来就叫他"一柯"……不像姜思鹭，这么久了，还是执着地叫他"段一柯"，一个字都不愿意少。

他没让笋仔过来，于是回答："我打车，已经叫好了。"

"为什么不派车接啊？什么垃圾公司啊！"

不少人沸腾了。

段一柯："……我还没签公司。"

人群寂静一秒，继而更加沸腾：

"好有个性啊！"

"不一样的烟火！"

"那就是纯靠实力走到现在！"

段一柯："……"

感觉他现在打个喷嚏都会引发欢呼。

又等了一会儿，车终于到了。

看见这么多人，司机还没敢刹车，段一柯和他挥了下手才没开过。

身后是一阵"一柯再见"的声音，段一柯点了下头，上了车。

司机回头看他："你是明星啊？"

司机一脚油门开出去，驶离沸腾的人群。段一柯压了下帽檐，语气略显疲惫："我什么也不是。"

一路奔波，终于到了家楼下。

习惯了家里亮着灯，从楼下看上去一片漆黑的时候，段一柯还有点愣怔。等开了家门，他更发觉屋里寒冷——

他试着叫了声姜思鹭，没人回应。

身上的疲惫越发明显起来，他摸索着墙壁，总算找到了开关。直到行李都推进家门，身后才传来清浅的脚步声。

他回过头，熟悉的身影闪进家门。

两人对视，都是一愣。

"你……"段一柯犹豫了下，"不是说在家等我？"

姜思鹭迟疑片刻，"哦"了一声，扬了下手里的外卖袋。

"我去给你，买饭了。"

段一柯松了口气。

他接过外卖袋，看了下小票，语气也无奈。

"我都回来了，你等我做不行？"

姜思鹭摇摇头："你也挺累的……"

语气总归是有些奇怪。

灯亮起来，饭摆上桌，家里总算有了些烟火气。姜思鹭和他面对面坐下，没聊几句，就说起可可西里的事。

"那你下次，什么时候走啊？"

"我怎么刚回来你就问我走的事。"段一柯低头吃饭，吃了几口不见她追问，才抬头继续说，"下周日。"

"那这次……待一周？"

"对，再跟一场线下放映，去现场录一期综艺。剩下的时间都陪你。"

"不用都给我啦，"她低着头，"你有事就忙好了，不用刻意陪我……"

段一柯本来就不算迟钝，这次更觉得不对劲了。

"姜思鹭？你是有什么事吗？"

她抬起头，男生的眼神很认真地望着她。

姜思鹭心跳漏了一拍，赶忙避开他的眼神回答："没……没有啊，你现在，就是比较忙啊。"

他不大相信地喝了口水。

"猫呢？"

就两个字，一个问句。

"那天晚上时间紧，我也忘了问你，"段一柯继续说，"路嘉也来北京了，二柯还在上海吗？"

她被问得心里烦躁起来。

筷子戳穿了一块烧焦的茄子。

"二柯在我舅舅那儿，"她说，"昨天不大舒服，我……送去医院了。"

"怎么了？"

"医生说是，应激。"

对方陷入了沉默，半晌才开口，倒也不是指责的语气，就是有点无奈："你没和我说。"

"你这不刚回来嘛，"她把那块焦了的茄子吃下去，嘴里泛苦，"我看你也挺累的，想着明天再告诉你……"

茄子不但苦，还辣。

她咳了一声，起身去找水，结果水壶已经干了，只能再烧新的。段一柯叹了口气，去包里掏出瓶没开封的矿泉水。

姜思鹭没接。

他这回语气有点重了。

"我哪儿做错了你告诉我行吗？"

她几乎是在下一秒就条件反射地回答："你没错啊，我又没说你做错了。"

看来应激的不光是二柯。

她也应激了。

段一柯过来拽她，她往后撤了两步。他第一次被她躲开，眼神也有些震惊。

但下一秒，他再次伸手，拽住她手腕就往怀里拉，另一只手箍住她腰，制得她一步都动不了。

"段一柯！"

"姜思鹭！"

他竟然和她大声说话！

姜思鹭胸口起伏了一下，眼圈立时红了。

段一柯也愣了一瞬。

不是她先无缘无故发火的吗？

但是这个气氛已经拉到这儿了，这一架估计是不吵不行。他没松手，声量降低，但语气还是硬邦邦的。

"你要去哪儿？"

"你放开我。"

"我不放，你就站这儿给我把话说清楚。"

姜思鹭说不出口。

段一柯倒是开始了。

"昨天发微信不还好好的吗？"他说，"我跟你说两句话容易吗？那坡儿好上啊？我下来差点儿滑一跤！"

姜思鹭："……"

"你知道我这趟多累吗？就惦记着回来和你吃顿饭聊会儿天，你一进家门就给我甩脸色，我招你惹你了啊？"

"猫生病了你没和我说啊，你和我说我下飞机先去医院看它了。现在这个点儿了我也去不成了，我这几天都恨不得五点起，我困得都幻听了！"

姜思鹭没忍住："你幻听什么啊？"

"我幻听你叫我！"段一柯没好气，"我一下飞机一群人在我耳边嚷嚷，我就老觉得听见你叫我，我再不睡觉我人都要疯了！"

姜思鹭："……你听见了？"

屋子里静了一瞬。

段一柯的反应真的快得……

完全超越了他那个刚过艺考线的高考分。

"你什么意思？"

姜思鹭别过脸："没意思。"

"什么叫我听见了？"

"……"

"……我去。"

他震惊地松手。

姜思鹭怒视他："你别说脏话。"

"那你别编瞎话。"

这对仗的工整程度也超越了他那个"64"的语文分。

她怎么就吵不赢他啊！

"你这人……"段一柯简直哭笑不得，"你给我打电话不就行了吗？"

"打电话就能接到吗？"她还在犟，"你手里都是人家送你的东西，你哪有那个闲工夫接电话啊。"

"那你提前和我说一声啊。"

"那我想……"姜思鹭声音一软，刚才一直压着的哽咽总算涌上来，"我想给你个惊喜来着……"

成年人给个惊喜都好难。

一不小心，就给成了惊吓。

段一柯这回音量也不高了，语气也不硬了，伸手把她往怀里带，全是愧疚和抱歉。

她被拍了几下后背，总算放声哭出来。

"我的错我的错，这回真全是我的错。"

"你还吼我……"

"我没有啊……我那顶多是，说话大声……"

"那就是吼我……"

"行行行，那我给家里买个测音量的机器，我再超分贝，你别给我吃饭行吧？"

她被气笑了。

段一柯松了口气，继续哄："那明天咱俩去看二柯？"

"二柯不想见你。"

"那我在门口磕个头再进。"

05.

睡醒的时候，她在他怀里。

肩膀被压得有些麻，他却不想抽开，甚至有些怀念这种酥麻的状态——好像从来了北京以后，这样的日子就越来越少。

大约是感受到他呼吸频率的改变，姜思鹭也睁开了眼。两个人对视片刻，她把头往他肩膀处埋了下，自言自语道："又做梦了……"

段一柯心里一疼，吻她闭上的眼睛。

她愣了一会儿，似乎意识到了触感的真实，再睁眼时，看他的眼神就变得很依赖。

"去看二柯吗？"他抵住她的额头，"回来正好吃午饭。"

姜思鹭"嗯"了一声，又埋在他怀里深吸一口气，然后起身穿衣。

天气很好。

这种天气，坐公交车会比开车舒服，不过他家离公交车站还有些距离。

出了小区没多久，段一柯问她："你会骑车吗？"

路边有一辆共享单车。

姜思鹭挠了下鼻子。

"会，可是只有一辆哎。"

"你骑呗，我往前走走，再扫一辆。"

"可是我不会很慢很慢的那种骑车……要不你慢点骑，我在旁边走？"

"也行，"段一柯说，"那你把包给我，可以放车筐里。"

他去扫车码。

"嘀"一声，车锁滑开。他单脚蹬着脚踏板，另一只脚蹬了两下地面，就溜到了姜思鹭跟前。

"包。"

她把包放进车筐。

"要是能带人就好了。"

"现在管得严，自行车已经不让带人啦。"

于是，他蹬上车，七扭八歪地在她旁边骑起来。

"你走直线啊。"

"这速度在这儿呢，我找找重心。"

姜思鹭加快了点脚步，他终于骑稳了。

阳光很好，风也很软。早高峰刚刚过去，马路上车不多，驶过路旁的婆婆树影，他的影子和她的重叠在一起，像是他在骑车带她。

姜思鹭忽然想起高中的时候。

那时候她住在姥姥家，离学校不远，每天骑车上学。他家在另一个区，得坐地铁。偏偏地铁口离学校还有二十分钟距离，于是他经常迟到，狂奔进校。

有次，两人在路上碰着了。

他正跑得气喘吁吁，看见姜思鹭从身旁掠过，一手抓住她车把。姜思鹭人差点儿飞出去，紧急按下刹车，抬头发现竟是段一柯。

他抓得急，握她车把的手和她的小拇指略有重叠。意料之外的肌肤接触，让她脸红了一半。

没想到段一柯下一句是：

"鹭姐，带我几步。"

十七岁少女怀春的姜思鹭一愣。

她最后还是带了他。

男生腿好长，总是会摩擦到地面。轮胎碾过减速带，两个人身子都起飞了一瞬，他拽住她校服衣角。

到一处上坡时，她集中精力，紧握把手，准备一口气冲到顶端。结果，段一柯突然踩住地面，左手去够前面的刹车。

车刹住的瞬间，她身子随着惯性往前倾，然后被他手臂拦住——

紧张到丧失语言能力。

"下来吧，"他说，"我带你。"

她是从车座上直接被扯去后座的。

段一柯把自己的书包也扔进车筐，在车座上坐稳，回头问她："走了？"

她点点头。

点头的瞬间，风忽然从身旁吹过，扬起了她的头发和他敞开的校服衣角。

下一秒，车乘风而起。

那天的路也很蹉跎，分明是早高峰，却没什么人，他们像在平行世界里行驶。少年人长得猛，骨头像要撑破皮肉，隔着校服透出锐利的走势。

那背影和如今的段一柯重合，让姜思鹭眼睛有些潮湿。

下公交车走了一段，两个人就到宠物医院了。

姜思鹭去挂了个号，前台开票的时候，忽然仔细打量起站在她身后的段一柯。

"哎，你怎么——"前台眼神探究，"你是不是那个——啊，我想不起来了，就是那个——那个热搜狮子那个——"

姜思鹭的心一下提到嗓子眼。

她怕这前台回头去网上说。

结果，段一柯压了下鸭舌帽檐，说："成远。"

"哦，对！"前台狠狠一拍手，"就那个成远！我说看你眼熟！但是你怎么感觉，和镜头上不太一样啊……就真人好像比视频里帅点？"

段一柯沉稳点头："上镜都有点变形。"

前台又和他聊了几句，把票递给了姜思鹭，指了下探病区域。

两人并肩往前走时，姜思鹭忽然冷笑一声。

段一柯："干吗？"

姜思鹭："人家塑料姐妹花，你真是塑料兄弟情……"

段一柯正色："兄弟就是拿来卖的。"

进屋的时候，二柯已经被护士小姐姐抱过来了。

它还是没什么精神，趴在桌子上蔫蔫地叫。姜思鹭叫住护士，问："能喂吃的吗？"

护士表情很无奈："你试试吧，能吃得下去就喂。"

她的心一下揪起来。

段一柯已经在那边揉它毛了，它拿头顶了顶他手腕，把脑袋搁进他掌心。姜思鹭把随身带的罐头打开，它嗅了一下，又倒回段一柯手里。

"要不带回家？"段一柯问。

"我也想，不过楼上那户和我说最近要装修，"姜思鹭叹气，"我怕那电钻一响起来再吓着它。"

段一柯安慰地拍了拍她的后背。

两个人又陪猫待了一会儿，它精神好像也好了些。可惜房间里又进来几个人，它看到生人，毛再次竖起来，直往姜思鹭怀里躲。

"没事，没事。"姜思鹭心都要碎了，"我抱着你呢，我们到墙角去。我多陪你待一会儿，晚上医生给你做检查你不要害怕好不好？"

刚抱起来，段一柯手机就响了。二柯被吓得浑身发抖，姜思鹭抬起头，没什么好气："你出去接。"

段一柯连忙离开。

来电显示竟然是孟琮。

他的电话号码是一次拍摄结束后，孟琮的助理过来找他要的。给他留孟琮的电话时，对方还很意味深长——

"孟老师可很少要别人的联系方式。"

他点头，除了道谢，好像也说不出别的什么。

本来以为就是合作一次综艺，后来没想到微电影变院线，两个人的利益关系更加密切。

其实上次许之印说孟琮和他妈交往过的时候，他压根儿没多想。但随着和孟琮打交道的次数越来越多，他也能隐约感觉出，孟琮在提起祁水时，那种极其微妙的语气变化……

他因为这种变化而对孟琮有些回避。

电话接通，对面传来孟琮特有的那种温文尔雅的声音。

"喂，一柯，在忙吗？"

他看了一眼半掩的门，放低声音："还好。"

"还好就是抽得出时间，"对方笑了一声，"晚上来吃个饭吧。"

晚上……

段一柯蹙起眉。

他晚上是想和姜思鹭好好吃顿饭的。

但对方话里似乎压根儿没有段一柯会拒绝的意思，话里不留空隙地继续安排："《她的狮子朋友》的投资商今天来北京，想主创和主演都来吃顿饭。我让助理和你沟通下时间、位置……"

最后一句话语气有些微妙——

"你打起精神。"

打起精神?

段一柯一愣，对面已经挂断电话。紧接着，门后轻响一声，姜思鹭也拿着手机出来了。

"顾导，今晚我不行啊，"她皱着眉，"我有什么好去的啊……女主演人选未定就叫我去? 你啥逻辑啊? "

段一柯隐约听见对面传来一句："那一群大老爷们儿有什么好吃的啊。"

他也皱起眉。

再然后，对面又是一句："你放心吧，段一柯也去啊，你俩一起。"

姜思鹭脸色变得不大好看了。

她看了段一柯一眼，"嗯"了几声，挂了电话，随即抬头问："你什么时候答应的?"

段一柯有些无力："我还没答应，孟琮刚打电话和我说的……"

两个人对峙片刻，姜思鹭避开眼神。

"算了，确实不好推。"她说，"我再陪二柯一会儿，咱们打车回家吧。见投资人，还是得收拾下。"

送二柯回笼子的时候，它用爪子钩了下姜思鹭的衣服，眼里带了泪。

两个人心里都不大好受，连带着回程的车里也显出沉默。

姜思鹭去看猫的时候是素颜，晚上化妆，化得有些烦躁，戴耳坠的时候忽然发现耳洞有点长上，半天没通开，嘴里"嘶"了一声。

段一柯走到梳妆台前，顺了下她耳边发丝。

"我来吧。"

姜思鹭沉默片刻，把耳坠递给他。

耳坠是祖母绿的，很配她今天的裙子。段一柯手指捻了下她薄薄的耳垂，看见后面渗出些血丝。

"要不别戴了。"他说。

"你从后面通一下吧，"姜思鹭低着头，"消下毒就好，不疼。"

段一柯沉默片刻，还是按照她的话去做。

手拿开的时候，耳坠的重量显现出来，坠得耳洞往下撕裂。段一柯用消毒棉片在后面按了好一会儿，总算不见血丝继续渗出。

他心里莫名烦躁："换一个轻点的？"

"都戴上了，别的也不配这条裙子。"

"那换条裙子。"

这句话说完，寂静淹没了房间。

天色已晚，卧室陷入昏暗。

姜思鹭起身，嘴角微微勾了下。

"段一柯，"她说，"你倒是什么都能换。"

他被堵得说不出话。

临走前，顾冲又来了电话，先说投资商晚点到，他一会儿带着松球，和孟琮早半个小时入场。他又说孟琮还不知道他俩的关系，一直就以为是普通朋友，不建议段一柯和姜思鹭表现得过分熟稔，最好分头进包间。

姜思鹭开着外放，忍不住笑了声。

"我俩平常也没表现得那么熟吧？"

顾冲一阵"呵呵"："你觉得哪样算熟？他每次看你那眼神，都快拉丝了。"

姜思鹭脸上的笑逐渐消失，抬头望向段一柯。

对方靠在玄关处等她，神色没入黑暗。

从内蒙古回来，他好像又瘦了一点，肩膀上的伤也不知好没好全，今晚大约是要喝不少酒的。

她又有点内疚。

他也不想去。

冲话筒那边说了声"好"后，姜思鹭挂掉电话。段一柯还是一动不动地站在门边，她走过去，手攀上他肩膀。

长裙上坠着小小的钻，在黑暗里也反射出微弱的星光。

他手掌抚上她后腰，顺着脊骨向上，然后按住她的肩胛骨。

他也听到了顾冲的话，开口时，语气很孩子气。

"我不想和你分开进。"

"没关系，你先去吧，"姜思鹭说，"投资商还没来，孟琮他们肯定有事要嘱咐你。我吗……估计就是个作陪的，不重要。"

他很想吻她，又怕弄花了她的口红，最终只能在额头蜻蜓点水地碰了碰。

"走是一起走的，"她说，"笋仔到了没？我到了后在车里等十分钟。"

段一柯点点头，握住她的手腕。

两个人一起下了楼。

北京城华灯初上。

姜思鹭一直觉得，北京这座城市，本质上是个文化名城，想搞繁华都市，结果一切都建得庞大而空旷。

车行至一间豪华餐厅。

车位已满，门口又不让久停。姜思鹭让段一柯下车，示意笋仔再去路上开一圈回来。对方将下未下时，忽然转过头，把手递给她。

姜思鹭一愣。

"一起，"他说，神色很认真，"一起进。"

她叹了口气："段一柯，你——"

她没想到对方握住她手，用力攥了一下。然后，他跳下车，转身，朝她伸过刚才握住她的那只手。

门口的侍应生神色已经有些诧异了，她骑虎难下，只能把手递到段一柯手里。

"咔嗒！"

是鞋跟落地的声音。

晚风清凉，吹起她的长裙。裙上碎钻星星点点，有如暗夜星光。

他说："你好漂亮。"

然后，他牵着她，朝灯火辉煌处走去。

进包间的时候，顾冲神色有些微妙，看了一眼姜思鹭，又看了一眼段一柯，最后和松球交换了下目光。

孟琮看了他俩一眼，脸上没变化，心里也明白了七八分。

"坐吧。"孟琮指了个位置，示意段一柯坐过去。

姜思鹭刚跟了两步，顾冲就咳了一声，说："思鹭，你和松球坐一块儿吧。"

姜思鹭顿住脚步。

段一柯望了她一眼，想起身，肩上一沉，被孟琮按住了。

"一柯，你不是新人，"孟琮笑容很和蔼，"之前也陪过饭局吧？"

段一柯迟疑片刻，看姜思鹭已经坐到那个被叫作松球的女人旁边，便把目光收了回来。

"陪过，"他说，"不过都是小聚。"

"今天也算不上大聚，"孟琮收回手，"该谈的东西，我都谈得差不多了。海峰可能就是觉得——哦，你们叫他郭总就行——他觉得你之前毕竟两年空窗，想见一面，心里有个底。"

段一柯点点头。

"孟老师，"他也聪明，孟琮几句话，心里就有了谱，"那你是……需要我做什么？"

"不难，"孟琮还是很和蔼，"让他看出你的诚意。"

段一柯移了下目光，能感觉到姜思鹭在看自己。

他都听出自己嗓音不似平常松弛。

"行。"

"有你这句'行'，我就放心了。"孟琮拍拍他的肩膀，"那既然这样，我就多说两句——不同的老总，认可诚意的方式也不同。海峰在我打交道的人里，是比较好懂的那种。"

话音刚落，门外就传来脚步声。门开的时候，竟然来了两个人。

孟琮起身去迎。

也没什么好描述的，老男人饭局见面，来来回回那几句。郭海峰管他身边那男人叫宋总，说宋总早对影视行业感兴趣，下午谈生意碰见了，顺路过来和孟琮聊几句。

出乎姜思鹭意料的是，松球立刻迎上去招呼道："这么巧啊宋总，我也姓宋，咱们是本家呀。"

简直不忍直视啊。

姜思鹭看了顾冲一眼，脸上写着"你这是叫我来受罪"。顾冲尴尬地笑笑，低声和她说："不至于，不至于，松球这属用力过猛。"

寒暄一番后，一群人终于落座。

姜思鹭预计得没错，这饭局主角是孟琮和那两位老总，主陪是段一柯，自己纯粹是来做花瓶的。

没定女主演，两位老总很失落，不过这也给了郭海峰更多的斡旋空间。宋总看他和孟琮聊得欢，把注意力转移到了姜思鹭身上。

"您是编剧？"

顾冲在桌子底下踢姜思鹭，姜思鹭放下筷子，力图热情。

"编剧是这位宋老师，我就是……打打下手。"

顾冲："她是原著作者。"

用得着你多嘴！

姜思鹭扶额，宋总身子前倾，兴趣更甚。她脑海里竟然浮现出黎征的影子——大家都是做老总的，怎么差距就这么大呢？

"这么年轻，前途无量啊。"

"还好还好，也奔三了。"

一旁沉默的松球 & 顾冲：……不愧是你。

郭海峰突然站起了身。

这才是主咖，他一起身，别人都停了筷子。

大概是和段一柯和孟琮聊得不错，他拍了下段一柯的肩膀，说："我出去抽根烟，一起吧。"

段一柯身子僵了下。

姜思鹭也愣住了，一时不知该做何表情。

郭海峰人走到门口，见段一柯没跟上，再回过头时，脸色就有点诧异了："你不会吗？"

孟琮及时拍了段一柯一下。

"他会。"孟琮手推在段一柯肩胛骨处，"一柯，之前在天台……你是会抽烟的吧？"

包间里有一瞬沉默。

烟已经从桌子底下被孟琮塞进段一柯手里。

段一柯手指钩过，慢慢站起身。

"嗯，会。"

门被关上了。

郭海峰显然常来这地方，熟门熟路地走到一处能抽烟的天井。段一柯在他身后站定，见他把烟点燃，然后把打火机递给自己。

"烟是孟琮的吧？"他说，"年轻人不爱抽这个。"

段一柯接过打火机，笑笑。

"烟嘛，一样的。"

闲聊了几句，对方拍了下他的后背。

"行，我之前还挺担心，"郭海峰说，"那天听说你爸是段牧江，我都有点不想跟了。不过你和他一点都不像。"

"嗯。"段一柯脸上没什么表情，等了一会儿，烟喷出来，就更看不清了，"我和他没什么关系。"

"有点冷，回吧。"

"好。"

进门的时候，远处一间包厢忽然冲出来个人，脚步匆匆地从段一柯身旁跑过。那人跑到尽头的时候，扶住墙角的垃圾桶，"哇"的一声吐出来。

路过的侍应生赶忙去扶："先生，先生你别在这儿，请到洗手间，我带您过去……"

郭海峰冷眼看着，摇摇头。

"你知道吗，我刚做销售那会儿，"他边走边和段一柯说，"有个女领导，只要上了酒桌，永远能站到最后。那个公司的车，回回都停在饭店门口，喝完了直接拉去医院……"

他今天显然心情不错，也就多说了几句。

"这就是酒局，喝高兴了，不一定能成；喝不高兴，肯定不成。做生意都是萍水相逢，怎么就信你不信别人？酒后吐真言呀……"

段一柯没接腔。

郭海峰脱了外套，搭在胳膊上，摇摇晃晃先回了包间。段一柯晚了几步，刚到门口，门忽然又被打开了。

松球扶着姜思鹭出来了。

和段一柯对上视线，松球明显有点尴尬。男人眼神一滞，再抬头时，目光冷下来。

"怎么回事？"

"那浑蛋非要和思鹭喝白的，"松球声音压低，"我和顾冲帮她喝了两次，实在挡不住了，就让她陪一口。结果刚才她喝的啤酒，又喝白的，这混起来醉得特别快……"

段一柯伸手去扶姜思鹭，被松球拦住。

"你别管了，我先带我那儿去吧，"松球说，"孟老师和郭总还等你呢。"

段一柯没动："我送吧。"

"段一柯，"这是两个人打照面来她第一次叫他名字，"做你该做的事。"

对视起来，她的气场并不输于他。静了片刻，再开口时，她缓和了口气："很多演员，都没有你这么好的运气。有些机会，没有了，就是没有了。"

松球定定望着他，时间久了，几乎是有些挑衅了。

她爱过的人也是演员，她知道这帮人什么德行。

但她没想到，下一秒，段一柯说："我知道。

"但是我送。"

松球愣住了。

他伸手碰了下姜思鹭的肩膀，身子往包间门口侧了个角度。他回过头的时候，声音压低："松球姐，再扶她一会儿。"

继而，他推门进去。

门没全掩，借着门缝，松球正好能看见段一柯的身形。男生个子很高，穿了件宽松的棉麻衬衣，里面是白 T 恤，身形挺拔。

他朝孟琮和郭海峰的方向点了下头，说了几句话，两个人笑了笑。他也勾唇笑，英俊得摄人心魄。

然后，松球看见他去够那瓶白酒。

食指高的玻璃杯，倒满，仰头灌下。

吞咽的时候，喉结有明显的滚动。

第二杯，同样倒满。

喝的时候，有些从嘴角溢了出来。他闭了下眼，睫毛的阴影打在眼睑处，微微颤抖。

第三杯。

顾冲抢了一下，段一柯用右手手掌盖住，另一只手撑住桌面。段一柯又和孟琮、郭海峰说了几句话，然后把酒杯从自己手下移出来。

这杯喝得很慢，但是一滴都没有洒。

松球听见自己的心脏剧烈地跳起来。

她想起姜思鹭和她说——

"不会受伤的，松球姐。

"他很爱我。"

她那时候还没有理解那是什么意思。

姜思鹭在她怀里滑了一下，她赶忙扶稳，再抬头的时候，段一柯出来了。

"你行吗？"看完刚才那一幕，松球都有点不放心了，"三杯白酒啊……"

"没事，"他说，"助理在外面。"

她犹豫着把姜思鹭递到他怀里。

真奇怪，方才在包间里，他还有些晃，可一抱住姜思鹭，整个人就站稳了。他低头看了姜思鹭一眼，又抬头看向松球。

"松球姐，"他说，"你酒量好吗？"

松球茫然，但下意识地答道："同届北电无敌手……"

"松球姐，"他朝她点了下头，"灌他。"

刚才还有点心酸，这时候又忍不住笑了。

她突然理解姜思鹭怎么这么着迷这孩子了。

"行，"她忍俊不禁，送他们往外走，"那一定注意安全。"

段一柯点头，一手搂着姜思鹭，一手去摸手机。他和笋仔讲了几句，再出门的时候，车已经停到了门口。

笋仔连忙跳下车。

"怎么回事啊段哥！"他嚷得别人直往这边看，"小姜姐不能喝酒啊！你人在怎么能让小姜姐喝酒啊！"

段一柯没应声，把车门打开，把她抱上去，然后自己跟着上车。

"回吧，"他闭上眼，刚才喝得猛，闻见汽油味自己也不舒服，"开稳点。"

姜思鹭喝多了也不会吐，他倒是宁愿她吐出来好受点。

回到家，段一柯发现她耳垂好像又有点渗血，可能是上来的时候衣服挂到了耳坠。段一柯想过去帮她摘，结果被她一把推开。

她抱着手臂坐在沙发上，直勾勾地盯了他一会儿，开口问：

"你是谁啊？"

段一柯愣了愣。

他也不舒服，但还是耐着性子回答："我是段一柯。"

她又盯了他一会儿，然后站起身，朝他走过来。

她整个人有点晃，一步一摇，他生怕她摔着。他急忙说："你要晕就去睡觉吧。"

然而，姜思鹭对他的话置若罔闻。

她走到他身边，绕着圈打量了一番，然后凑过来，深吸了口气。

段一柯心里一沉。

果然，下一秒，姜思鹭收回身子，眼神很冷。

"你不是段一柯，段一柯身上没烟味。"

他的头开始疼了。

他坐回沙发，扶住额头，语气也有点不好："我不是段一柯还能是谁？"

他自己现在都不知道自己是谁。电光石火间，脑海里莫名浮现出《她的狮子朋友》里戚耀武那句台词——

"我为了做人不做狮子，最后，只能做一条狗。"

下一秒，姜思鹭再次开口。

"你就不是，段一柯也不会凶我。"

她抱着手臂在客厅里转了转，回了卧室。段一柯低着头，听见她脚步声由近及远，又由远及近。

再抬头的时候，她拿了条毯子出来。四目相对，她开口说——

"但是你看起来好可怜，都没有地方去的样子。"

头要疼裂了，她这话一出，他心口也揪起来。

"那你先在我客厅睡好了，"她把毯子轻轻放到沙发上，"但是你不可以关灯哦，段一柯还没有回家。"

她明明没说什么过分的话，可他心里竟只剩一下一下的钝痛。

他听见自己的声音茫然地响起来。

"段一柯在哪儿啊？"

她也望向他，黑而明亮的眸子里，有他很久没有见过的快乐和单纯。

"他在剧本杀馆上班呢。"她说，"他下班有点晚。家里亮着灯，他在楼下看见，就知道我在等他啦。"

原来人活着也可以像被杀死一样难受。甚至还不如被杀，杀死是一瞬间的，活着只能反复感受。

酒精刺激得他脑子里像有只电钻在钻，偏偏他又不醉，只能清醒着疼。灯不关，他也睡不着，闭上眼就是在上海的那半年。

半夜三点多的时候嗓子灼热起来，他起身去喝水，才发现水壶旁边放着安眠药，一整板吃得就剩最后一片，吃空扔掉的不知有多少。

他都不知道姜思鹭这些日子吃安眠药吃这么狠。

他把最后那片没吃的掰出来，干咽了下去，回沙发再躺了一会儿，终于有了困意。

他醒过来的时候已经是中午。

姜思鹭坐在他旁边，很紧张地看着他。毯子已经换成一床薄被，应该是她拿过来给他盖上的。

那么大动静，他竟然没醒。

他坐起身想说话，一开口，嗓子痛得近乎失声。

姜思鹭赶忙递水过来。

半响，她轻轻开口："你怎么睡在外面啊……"

温水润了喉咙，他终于能发出声音。与她目光相对的瞬间，他忽然觉得万事万物，全都荒唐透顶。

"姜思鹭。"

他开口，嗓音沙哑得不像自己。

"你现在认得出我了吗？"

屋子里有片刻寂静。

姜思鹭宿醉醒来，很是理解了一会儿他的话，反应过来以后，有些手足无措。

"我昨天……"她像是在努力回忆，"我昨天认不出你了吗？"

太阳穴还一跳一跳地疼，段一柯没力气说话，沉默着看她。

姜思鹭回忆读取失败，看向他的眼神只剩抱歉。

"我不记得了。"她喃喃说，"我就记得那个宋总给我递了杯酒，然后我就什么都不记得了……"

她伸手来抱他，身子靠入他怀中。段一柯单手揽住她，手臂有点僵硬。

"我没洗澡，烟味很重。"

"这个我记得的，"她在他怀里，声音清浅而温柔，"那也不是你要抽的，是没办法的……"

是没办法的。

怎么人活着有这么多没办法的时刻。

她把脸埋到他脖颈里，深深吸了一口。

段一柯苦笑："你也不嫌呛。"

又是酒又是烟的。

"没关系的，"她说，"那以后，没办法的时候，你就抽吧。"

段一柯叹气。

"好，只在没办法的时候抽。"

他倒回沙发，她在他怀里。他翻了个身，又把她卡进沙发和自己身体的缝隙。

像是在横店那晚。

姜思鹭："你今天还出门吗？"

"晚上去趟影院，上期的短片放映要拍。"

"可是你的嗓子……"

"我少说几句。"

慢慢地，她手指覆上他的喉结。她指尖的凉意传递到他灼热的喉咙里，他闭上眼，轻声说："好多了。"

"对不起，"这回轮到她说这三个字，"我昨天不该和你发脾气。就是二柯生病了，本来一起吃晚饭也吃不了了……"

"好了，不说这些了。"他声音有些疲惫，"你吃安眠药是怎么回事？我看那一盒都空了。"

又是那种让他心里阵痛的沉默。

他觉得事情不应该是这样的。

他们本来无话不说。

"姜思鹭，"他去扳她的肩膀，"我今晚会早点回来，我不和他们吃饭了。这一周我都早回家，你先不要吃了，好不好？"

她往他怀里钻了下，闭眼点头："好。"

段一柯松了口气。

两个人又躺了一会儿，他起床去洗漱，热水刺激着因为宿醉而麻痹的皮肤，意识总算彻底清醒。

出浴室的时候，姜思鹭简单弄了些吃的放在桌上。他迅速吃完，起身去拿包。

"那我先走了。"他说。

"好。"

06.

不工作的时候，时间过得很快。他陪她看了两部电影，睡了几晚，又吃了几顿饭，一周就无声无息地流走了。

其间，他们抽空去探望了二柯。它精神好了些，也吃得下东西了。姜思鹭还和他计划——

"邻居下周就装修完了，医生要是说可以，我就把它接回家吧。感觉它还是想要我们陪着。"

说这话时，段一柯刚从前台缴费回来——他这次倒是长记性了，戴了个口罩，只剩一双眼睛露在外面。

"行。"他说着伸手挠了挠二柯，又去揉姜思鹭的头发，"这次来北京，可把你俩委屈坏了。"

姜思鹭鼓了下嘴："可不是嘛。"

综艺倒数第二期录制现场。

一晃都两个月了，这期录制结束后，就只剩可可西里那场收官。这段时间各个导演、演员可谓掰开了揉碎了合作，该破的冰都破了，除了许之印，都和段一柯关系不错。

打分结束，段一柯在的组又拿了第一。导演逢人就夸他："我寻思长那样吃不了苦呢，肩膀都脱白了，该上的戏照上不误。我们现在是真的很需要这种年轻演员！"

夸到孟老师那儿的时候，他不易察觉地挑起眉。

录制结束，孙炜那边来消息，让大家在后台集合一下，有事情要宣布。

其实也能猜到一些——主要就是对明天去可可西里的安排，还有一些注意事项的提醒。时间太晚，大家困着听，直到最后一句话才被吓醒。

"那孟老师也来给大家说两句，孟老师明天和我们一起去。"

从导演到演员，全都惊了。

孟琮和他们一起去可可西里？

虽说这部电影是翻拍的孟琮早年作品，但就孟老师这咖位，这岁数，这日理万机的程度……

和他们一群初出茅庐的年轻人一块儿去那地方受罪？

孟琮从阴影里站出来了。

孟琮开口就是三个字，奠定前辈气质："蛮好的。"

台下新人们："……"

孟琮说了几句，基本就是在回忆青春，洒洒情怀。

段一柯感到对方眼神扫过来，不动声色地收回目光。

他也不想揣着明白装糊涂——

那天饭局他提前离场，孟琮肯定是有想法的。

一席讲话到了最后，掌声雷动，段一柯也跟着鼓了几下。人群开始散了，他刚走到后台门口，孟琮就在后面叫住了他。

"一柯，你留一下。"

段一柯顿住脚步，有人投来意味深长的目光。

圈子里无秘密，段一柯接到《她的狮子朋友》电影的消息已经传了出去。孟琮制片，顾冲导演，任谁听上去都是让人艳羡的资源。

脚步声渐近，孟琮慢慢走到他身后，再开口时，声音不似平日和蔼。

"看不出啊，你小子赌性还挺大，身上到底有段牧江的血。"

段一柯转回身。

孟琮和段一柯差不多高，又因为年长，气势便有些压人。段一柯手垂在身侧，手指屈了屈，然后刺进掌心。

孟琮顿了顿，语气变得严厉："我还真是看不懂你了，说你没野心，演戏的时候比谁都拼。说你有野心，那么好的机会摆在眼前，你说走就走……有的演员进组都会被换掉，你这哪儿到哪儿？

"你这次喝了三杯酒，是撞上了郭海峰那脾性。下次呢？要是那天坐在那儿的不是他，是更难缠的人呢？

"你不是我儿子。你要真是我儿子，我不会拖到今天才骂你。

"这圈子里的人哪个不是战战兢兢，爬到高处的谁不是戒了情绪。段一柯，你觉得机会来得很容易是不是？你想回剧本杀馆里演戏是不是？"

一瞬间，段一柯心里竟然浮现出一个荒唐的声音：

对啊。

回剧本杀馆演戏。

也没什么不好的。

但他肯定不能这么说。

所以，他低了下头，说："抱歉，孟老师。"

孟琮背着手看他。

这臭小子……

看上去真是完全不觉得在抱歉。

之前看错他了，他浑蛋起来的时候，和段牧江真是一模一样。

段牧江人品是差，但做导演确实才华横溢，否则也不会年纪轻轻就声名鹊起，把祁水唬到手里。据说他年轻的时候也经常不看场合地要浑，要不是拍的电影都大赚，早就被投资人整死了。

"行了，行了。"孟琮没好气，"滚吧，今天早点睡。你们没去过可可西里，到了那儿有你好受的。"

真骂人的时候，倒也不是真生气了。

段一柯又低了下身子，和孟琮道别，随即往外面走去。看了下时间都快凌晨一点了，他加快了脚步。

到小区楼下的时候客厅灯还亮着，他松了口气，心里又觉得内疚。

又让姜思鹭熬夜了。

笋仔停下车，回头看他。

"段哥，你让我和你一起去可可西里吧，"笋仔第 N 次磨他，"我现在买机票还来得及，我自己掏钱还不行吗？"

"你才赚多少，陪我过去还自己搭机票钱？"

"那我赚多少不是你说了算的嘛……"笋仔嘀嘀咕咕，"那你给我报销也行……"

段一柯："……我是舍不得那点钱才不让你去的吗？"

"哎哟，我知道，我知道。"笋仔气恼地给他拉开车门，"别人都是新人，除了那姓许的，都没助理，那边海拔高你怕我不舒服，留在北京还能照顾小姜姐……"

段一柯下车，把门甩上。声音太大，旁边一辆乱停的电动车都报起警来。

"这不是挺清楚吗？再磨我把你开了。"

笋仔："……来人啊，段一柯耍大牌了！"

"滚回家睡觉。"

"行行行！全都你说了算！"

笋仔气势汹汹地把车开走了。

段一柯收回目光，望向家里。大概是听见楼下争吵，姜思鹭竟然趴到窗边，和他摆了摆手。

他勾了下嘴角，进楼门按电梯。

一进家门，他就被扑了个满怀。

他叹了口气，搂着姜思鹭的肩膀往客厅走。

"不是说让你先睡吗？"

"我在改稿呢，顺便等你。"

把他拖到沙发上，她一脸重大喜讯要宣布的表情。

"今天松球姐和我说——"她拖长了音，"剧本下周就能定稿啦！"

段一柯点头。

他倒是不太在乎剧本的事，只追问："那你睡觉好点了不？"

"这几天你在已经好多了，"姜思鹭摆摆手，"等下周剧本写完了，你也回来了，综艺也拍完了……"

她叹了口气，趴到他的肩膀上。

"我就又能变回那个一睡十二个小时的姜思鹭了！"

静了片刻，她又想起了什么。

"你刚才在和笋仔吵什么啊？"

"他非要和我去可可西里。"

"哦……那你明天几点的飞机？"

"十点。"

"行李还没收欸。"

"我太累了，明天早起收拾吧。"

"我帮你收吧。"

"……那算了，一起吧。"

行李箱拖出来，上次去内蒙古的东西还有不少没拿出来。姜思鹭查了查可可西里的气温，有点不放心。

"这么冷啊……"

"没事，剧组有军大衣。"

她还是放了几件厚衣服进去。

她放了衣服又放药，连手电筒都放进去了。收拾到最后，她去掏他挂在衣架上的外套口袋，把那个"平安"卡进缝隙。

段一柯笑了笑，把箱子盖上，扣锁。

姜思鹭还蹲在他旁边，抱着膝盖，很乖。

这几天他一直在家里，她也就回到了在上海时的样子，睡觉的时候往他怀里钻，早饭按时吃，说话的时候拖长尾音，落到他耳朵里就有点嗔。

现在就是。

一想到明天要走，段一柯就忍不住抱她。

她猝不及防被他揉到怀里，忍不住小声念叨着："哎呀，你不累呀，你明天还要早起呢……"

"累啊，那你还蹲在那儿看。"

"那你要我做什么嘛……"

话至最后，又是衣服的摩擦声，和或深或浅的呼吸。纠缠间，他的声音覆至耳畔，带着疲惫和依赖。

"你什么都不用做。

"你来我身边。"

次日，青海西宁。

下了飞机又等剧组的车来接，段一柯上车的时候，见车上是几个生面孔。唯一的熟人就是卢庚，他抱着自己的宝贝摄像机坐在最后，见段一柯上车，连忙招手，迎段一柯坐去后排。

段一柯落座，声音压低："节目组没来人？"

"来得不多。"卢庚也低声回答，"那边海拔太高，除了选手，都是从外面找的有高原经验的人。"

"你来过？"

"二十出头的时候，过来拍过纪录片。"

话音刚落，卢庚又伸手去掏口袋，拿出一管口服液来。

"喝了喝了，"他递给段一柯，"防高反的。"

段一柯看着那东西很是怀疑："管用吗？"

"你别不当回事，"卢庚闭上眼，找了个舒服姿势倒下了，"西宁海拔不高，但到了那边有你受的。"

大概半夜两点的时候，段一柯就知道卢庚这话的意思了。

剧组首夜宿在格尔木附近的一处县城，可惜到得晚了，不然城里就能望见夕阳描金昆仑山。海拔刚破 3000 米，还算不上真高反，但段一柯就是翻来覆去睡不着。

再加上段一柯和卢庚睡一间……后者呼噜震天。

正好也饿了，段一柯叹了口气，起身去一楼前台买泡面。

他一下楼，竟正撞上孟琮。

平常见孟琮都是文质彬彬，头发整齐，此时他头发蓬着，眼里都是血丝。

段一柯打了个招呼，对方和他对视半晌，说："你小子想笑就笑出声，憋着干什么？"

段一柯用咳嗽声掩盖了笑意。

一楼大堂灯没关，也有热水，一老一少找了个桌子吃泡面。段一柯之前也没怕过孟琮，此时此刻，连尊敬都剩得很有限。

"孟老师，"他说，"您这次为什么要来啊？"

孟琮："你觉得呢？"

段一柯："……节目组给得太多了？"

孟琮："……"

他怎么就不是自己儿子呢？是自己儿子就能上手打了！

忍住了骂人的情绪，孟琮清了下嗓子。

"你怎么就知道是节目组请我，不是我自己要来呢？"

孟琮如愿看到了段一柯略显惊讶的神情。

"我当时签合同的时候，前提条件就是，让我来这个综艺，可以，但最后这场《狂追》的翻拍，我也要去现场。"

《狂追》就是孟琮当年那部拿了影帝的电影。四个主要人物，两个盗猎分子，两个巡山队员，戏份其实没差太多，这也是节目组选择翻拍的原因——给综艺的四个演员都有发挥的空间。

不过，孟琮的戏份难度是最大的，有一出流沙戏，人差点儿死在那儿。他最后拿影帝，其他三个人都是心服口服。

段一柯这次拿的也是这个角色，有他一直以来排名的原因，也是因为别的演员在看到剧情之后都对这个人物退避三舍——

没人想刚入行，就为了个综艺冒上生命危险。

"我没想到你野心这么大，"孟琮说，"为了个翻拍的微电影，不值吧。"

"能上镜都值。"段一柯低着头搅了下泡面，"您当时零片酬接戏的时候，想过值不值吗？"

孟琮点了点头，心想也是。

人年轻的时候就是这样，没什么能放上赌桌的筹码，但又有股出人头地的野心。

所以只能把自己押上去。

泡面吃完，两个人上了二楼。路过孟琮的房间时，孟琮叫段一柯等下，然后从屋子里拿了些防高反的药给他。

"你们头次来，没经验，"孟琮说，"明天海拔上了4000米，就开始受罪了。"

段一柯愣了下，接过。

"谢谢孟老师。"

这药比那口服液靠谱点，吃了以后，段一柯很快就睡着了。

第二天又是大清早被叫起来，车开了一上午，总算到了第一个拍摄点。

到达高原第一天，组里瘫了一半人，也不知是先天体质的优势还是因为吃了药，段一柯反应不强，和卢庚被叫去拍第一幕。

第一幕就是《狂追》里最经典的那幕高原抓捕戏。

巡山队队员和偷猎者两个人的车同时陷入流沙，两个人跳车后，巡山队员继续狂追偷猎者。高原奔跑，跑到最后都近乎窒息，偷猎者被巡山队员一把按倒。手铐马上就要戴上时，偷猎者忽然暴起，抓了一把沙砾，甩进巡山队员的眼睛里。

孟琮的那版电影里，这一幕把镜头拉得很远。远处是雪山和苍茫戈壁，近处是沉入流沙的越野车。两个子弹用尽的人，在稀薄的氧气里以命相搏，把人的渺小和顽强展现得淋漓尽致。

段一柯是巡山队员。

搭戏的偷猎者，是许之印。

许之印的戏服是当地人常穿的绿大衣，段一柯的是一件磨得很厉害的皮夹克，也是服装组花了大力气找到的二十年前风格的衣服。

道具组比他们到得都早，在戈壁滩上挖了两个相距二十米的深坑，底下插着木板，上面灌沙。越野车开上去以后，木板抽脱，沙就开始往下流，制造出流沙的效果。

太逼真了，尤其是车开进去以后，猛然下陷的瞬间。

机器已经架好，就在沙坑旁边。段一柯数着秒数踹开车门，然后在地面上滚了两圈。

远处的许之印也跳车了。

衣服扬起沙，灌进领口和嘴。段一柯狼狈地爬起来，朝越野车投去一个眼神，然后朝许之印狂奔而去。

远处，孟琮坐在导演身旁，看了一眼监视器，嘴角不易察觉地弯了下。

高原狂奔，跑不了多远。

镜头里的两个身影越追越近，摄像机拉开远景。慢慢地，两个人的步伐都变得沉重，胸口剧烈地起伏起来——

孟琮演过这一幕，他知道，这种状态不是演出来的。

是人在高海拔狂奔时的自然反应。

《狂追》上映那年，到处都在传孟琼并未接受过科班教育，但演技逼真，是天生的演员。但他心里非常清楚，是可可西里补全了他拙劣的演技——那些让人胆战心惊的画面，有一半，都是他靠濒死的绝境换来的。

　　所以他拿奖后果断去读书，拿了制片的学位，然后再没出现在镜头中。

　　他算个什么东西？祁水那种人，才是天生的演员。

　　天赋是可以遗传的。

　　镜头中的段一柯，演得比他当年更好。

　　与许之印的身影重叠的刹那，段一柯飞扑到对方身上，将他按在身下。两人挣扎了一番，段一柯单手去拿后腰上的手铐。

　　下一秒，许之印左手猛然从他的钳制中挣脱开，然后攥起一把沙砾，狠狠掼上了他的脸。

　　摄影机后的卢庚都觉得眼睛一酸。

　　可可西里并非纯粹的沙漠，沙里还混着粗糙的石子。沙石入眼的刹那，段一柯猛然侧头，然后被许之印从身上掀开。

　　段一柯整个人重重摔到地上，连滚了几圈才停下。

　　导演喊了停。

　　段一柯半晌没动。

　　卢庚觉出不对，刚想过去看的时候，他终于从地上爬起来，右手摸来一把残雪，在手里攥化了，然后敷上眼。

　　"有点过了，"导演皱起眉，和副导演说，"叫下许之印，这样后面没法拍——"

　　"不用叫，"一旁的孟琼突然发话，"我们当年，就是这么拍的。"

　　车已经陷进去了，挖出来得半个小时，第二次拍换了角度，直接从段一柯扑倒许之印开始。

　　又是一把沙石掼上脸。

　　段一柯这次有了心理准备，再加上导演也让他和许之印多纠缠一会儿，双眼被刺得赤红也不闭上，仿佛两人真就是在荒野上生死肉搏。许之印被他攥得喘不过气，背着镜头低喝一声："放开！"

　　段一柯骤然撤力，然后再次被许之印掀起。

　　段一柯落地的时候，腾起了一片巨大的沙尘。

　　孟琼在远处愉快地吹了声口哨，兴奋得像是回到了少年时代。

　　"很好，"他扶着监视器，再抬起头时，目光定定地望向远处的段一柯，"就是这个味道。段一柯，够疯的。"

　　第六遍跑完，导演要的濒死感终于出现，他们也迎来了抵达可可西里后的第一次日落。暮色里，卢庚停了机器，狂奔到远处，把段一柯从沙地里拉了起来。

　　兜里有矿泉水，他递过去，段一柯不喝，拿过去冲眼睛。

　　细长的水流带走了眼中的沙石，眼前的世界也重归清晰。

"我说，"卢庚说，"那姓许的和你有仇啊？"

段一柯想了想，只想起姜思鹭在天台上给许之印的那一巴掌。

真是冤有头，债有主。

矿泉水还剩个底，他把眼睛冲干净，又问了声卢庚喝不喝，然后倒进嘴里。干燥的喉咙得了半晌解脱，胳膊一轻，他被卢庚拉着站起来。

"歇会儿去吧，"卢庚说，"晚上去野牛沟，进去就没网了。听说重头戏都在那儿，住藏民家里，待三天……你有要报备下的人吗？"

段一柯愣了下，说："有。"

07.

工作室。

姜思鹭已经昼夜不休地改了两天稿子了。

第一条修改意见发出来的时候，她还没当回事。但随着顾冲那边会议的进展，修改意见越来越多，改动也越来越大。

松球第五次把修改章节打印出来递给她的时候，姜思鹭按捺不住地发出一声"啧"。

"剧本到后期就是这样，化鲸，"松球轻声安慰，"顾冲已经帮我们挡回去大部分了，这些送过来的都是对方妥协过的。"

姜思鹭接过 A4 纸，眼睛垂着，也不想这样。

"我不是冲你，松球姐，"她说，"这怎么是个人就有意见……"

"演员想多点戏份，出品方求稳，平台和资方有喜恶……"松球拍了拍姜思鹭的肩膀，"做编剧和写小说不一样的。"

"那我还是回去写小说吧，"姜思鹭在那 A4 纸上涂抹着重点，"我也没有那么大的野心，就想做点自己喜欢做的事，赚点够生活的钱。"

松球笑了笑，坐回了自己的电脑前。

《她的狮子朋友》已经进入了定稿阶段。不过这定稿，最后成了主创团队和以郭海峰为代表的资方的拉锯。《她的狮子朋友》强在班底，但是演员阵容大量采用新人，这也造成了资方对影片上映后观众认可度的担忧。

最后大家各退一步，从制作经费里挪出一笔钱，找一名当红女演员担纲女主演。

但这样的话，有一些搭建起来需要较大开销的场景就要删掉了。而演员团队也提出意见，表示能参与这部电影很荣幸，但女主角前半部戏份尚可，后半部就纯粹成了镶边角色……

归根结底，也是不想给新人"抬轿"。

姜思鹭一边理解，一边头疼。

她开始理解以前认识的一些作者朋友为什么不愿意去做自己小说的改编编剧了。

对作者而言，作品就是亲生骨血。他人来改，满足资方要求就好，但自己来改，无异于亲手把骨血重塑，重塑的时候还惦记着在利益纠缠里保留那点个人表达——

心痛的程度简直是指数级上升。

正烦着，电话忽然响了。

时间太晚，姜思鹭第一反应就是段一柯，连来电显示都没看就接起。结果那边清了清嗓子，是孙炜的声音。

"化鲸老师，有空吗？"他说，"我想和你对下最后一期的拍摄流程……"

姜思鹭脑仁一痛。

"过几天行吗？"她说，"我有点忙。"

昨天白天孙炜就给她打过电话，大意是说，最后一期节目录制，领导想邀请所有改编 IP 的原作者到现场组成评审团，给《狂追》的翻拍中四名演员的表现打分。

"别的老师都去吗？"姜思鹭当时问。

"差不多。"

"行吧，"她说，也想看段一柯的表现，"那你回头跟我对个流程就行。"

结果这回头就回到这时候了。

又推托了几句，总算挂掉了孙炜的电话。她对着打印出的修改意见和屏幕看了一会儿，刚进入状态，手机又响了。

这回估计是段一柯了。

姜思鹭正委屈着，接起电话就嚷："呜呜呜，你什么时候回来啊，我改稿改得委屈死啦！"

结果一道机械的 AI 音从对面响起：

"您好，这里是××房产有限公司，我司现在京郊别墅有售，有兴趣请拨 1 转接人工服务——"

姜思鹭："……"

现在这信息泄露也太严重了！

她恶狠狠地挂了电话，松球回头。

"谁啊？"

姜思鹭没好气道："卖别墅的。"

"我听你第一句还以为段一柯来电话了。"

姜思鹭叹了口气，摇了摇头。

"别不高兴，"松球说，"他们在可可西里呢，我估计难有信号。"

姜思鹭想了想，觉得也是，手指摸索到手机，干脆关机了，省得这些无聊人士总来干扰自己。

手机总算陷入寂静，姜思鹭也再度沉浸到了自己笔下的那个世界。

这时候，原著作者做改编的优势就出来了——

她写书的时候，就算讲的是男主角在外面的故事，自己心里也会惦记着女主角在佛山发生了什么。之所以没写出来，其实是为了一个叙述节奏和可看性。

但这些画面并不是不存在。需要的时候，调用出来，照样能填补故事的空白。

难过的是那些因为经费被砍掉的场景……

古老的街巷在脑海中一一倒塌，实在可惜到让人心痛。

她和松球干到凌晨四点才算完。

开机时间已经定下，顾冲那边急得嘴上冒泡，半夜失眠。文件发过去的时候，他竟然也没睡，回个"辛苦了"，估计就又整装待发去开撕。

姜思鹭和松球在工作室的椅子上睡着了，醒来的时候是第二天正午。

姜思鹭又落枕了。

脖子一动，后面骨头"咔嚓嚓"地响。她扶着颈侧去摸手机，长按开机键，黑色屏幕慢慢显出 LOGO（商标）。

等了一会儿，没消息进来。

她盯着屏幕，有些失落。松球也醒了，正问她要不要点东西吃。

姜思鹭起身想去看她的外卖界面时，手机忽然响了。

是个八位数的座机号，没有来电显示。

她愣了一瞬，然后接通。

对面是个女声，硬邦邦的，带了怒意。

"这里是 ×× 宠物医院，这位客人，你……"她顿了顿，"你还管不管你家猫死活了？"

姜思鹭骤然站起身。

她从昨天晚上就没吃过饭，站得太猛，眼前都黑了一瞬。

"怎么了？我现在过去，我马上就到，"她手忙脚乱地收拾包，"需要我做什么？"

松球赶忙走到她身旁："怎么了？"

"我家猫，"姜思鹭急得叫车的手都在抖，"带到北京就应激了，在住院呢。我就昨天没去看，结果今天上午出事了。"

"别急别急，应激我家猫也这样过。"松球也去拿包，"我和你一起去吧，我看你这状态我都担心……"

两个人一路赶到宠物医院。

来的路上，姜思鹭又打了个电话，大概知道了怎么回事。说是本来都好转了，结果昨天医院有只狗叫得狠，又把它吓着了。猫应激就饮食不畅，脂肪肝二度加重，现在要找一个能和它匹配的血缘来输血。

输血这事，猫和人一样，也是有血型的。但动物又不像人有血库，生病以后只能现找志愿者猫咪配血。

医生说医院没有现成血缘，得姜思鹭自己找猫配型。

"你有宠物群吗？"松球在出租车上问她。

"我都加的上海的，"姜思鹭急匆匆地浏览着好友通讯录里的各种群，"来北京以后都不认识……"

"我这儿有几个。"松球调出微信，把她往自己各个群里拉，又筛出几个养猫的朋友，"你把你家猫的情况写个说明，我给你发到朋友圈问问。"

她点了下头，急忙编辑出一段文字——

【我家猫搬家导致应激反应，在医院治疗两周后，因脂肪肝出现贫血并发症，现恳请有朋友带自家小朋友来配血型。坐标北京，体型、年龄、血型如下……】

姜思鹭自己发布后又把这段话截图发给松球，后者又帮她转发进猫群和朋友圈。没一会儿，姜思鹭看见几个最近认识的朋友也在朋友圈转发起来了。

"要抽血呢……"她轻声说。

"没事，养猫的都懂，"松球安抚道，"配成了输血也就十五分钟，没那么大影响，你下午先联系下吧。"

两个人急匆匆赶到医院。

前台见姜思鹭就说："怎么你和你男朋友电话一个都打不通啊？一个没信号一个关机！"

姜思鹭低头道歉。

松球替她说话："她忙得自己都差点进医院，猫呢？我们能看一眼吗？"

"挂下号，去后面领，"前台低头写收据，"配血型的有消息了吗？"

"有两个了。"松球摆了下手机，"今天下午过来，配不上我们再找。"

"那配型的钱也先交了吧，一会儿来了能快点。"前台又开了几张单子，"你们动作快点，我感觉这猫……"

姜思鹭心里一沉。

她把二柯抱到怀里的时候，它已经没什么力气了。

姜思鹭一手安抚它，一手还得回猫群里的消息。好消息是当天下午就来了三个猫友，坏消息是一个都没配上。

姜思鹭急得上火。

医院快下班的时候，她刚把第三个猫友送走。松球从外面买了点吃的往她身边递——

"你先吃口饭，都一整天没吃东西了。"

姜思鹭接过，咬了一口，只觉得反胃。

"明天还要来四个呢。"松球安慰她，"你别人家过来你身体垮了。"

"我不会垮……"姜思鹭轻声说，眼神没什么焦距，"我怕二柯撑不了太久了……"

松球抱了抱姜思鹭，都养猫，她能感同身受——就那么小一点的东西，不过吃了你几口饭，喝了你几口水，然后陪你度过那么多漫漫长夜。

还偏偏赶上段一柯不在。

松球叹了口气，打开微信，又给几个朋友群发了那张求助的图。

她说：【往你们猫群里都发下。真是要了命了。】

真是要了命了。

第二天上午的四个又没配上。

顾冲昨晚半夜和松球开电话会改细节。她上午在工作室，下午还是放不下心，又打车去医院找姜思鹭。

见姜思鹭正站在门口等人，松球急忙跑过去。

"怎么样啊？"

"中午还有一个。"姜思鹭给她看聊天记录，"他家的也是狸花，但是他今天特别忙。他说有个朋友中午来这边开会，帮他把猫带给我。"

"哎，行行。"松球点头，"都试试，别放弃。"

在烈日下站了十分钟，松球看了姜思鹭一眼，实在怕她中暑。

"吃饭了吧？"

"吃了。"

"吃的什么？"

"……"

"你真是……"松球叹气，"你先回去坐会儿吧。这几天又是改剧本又是猫生病，都把你折腾成什么样了……"

姜思鹭咬了下嘴唇，还是去看马路上的车——也巧，一辆出租车慢慢驶进宠物医院的分岔路口。

姜思鹭灰暗的眼睛亮了亮。

门被打开，一只装着猫的太空舱先被拎下来。紧接着，一个穿着白衬衣和西裤的男人下了车。

四目相对，俱是一愣。

他回了下身，把放在车上的西装外套搭到手臂上，然后走到姜思鹭面前，很关切地问："姜小姐，是你的猫吗？"

人和人之间的缘分，怎么这样荒唐啊。

姜思鹭太久没睡，饭也没怎么吃，脑子都是木的。她看了黎征半晌，然后把目光移向他手里的太空舱。

"先进去吧。"黎征直起身，目光转向松球，"您就是宋小姐吧，是您朋友托我过来的。他说朋友的朋友家里猫生了病，想帮一把……没想到是认识的人。"

松球也愣着点头。

这男人哪儿来的啊……

太及时了。段一柯，危。

黎征推开门，示意两个女士先进，然后把猫和太空舱都送到了前台。方才的配型都是姜思鹭在忙，黎征来了，也就没让她再过问。

这只猫年龄比二柯大些，性格很沉稳。不过毕竟是猫，被抽血的时候还是略显躁动。黎征揉了下它的后脖颈，然后把手覆上它的眼睛。

也不是他的猫，竟然被安抚住了。

配型结果要等半个小时，黎征把猫抱回太空舱，然后走到姜思鹭身前。

大概是看出她脸色不好，黎征没有多说话。松球坐在旁边，看他放下太空舱，人出去，过了一会儿又回来，手里多了个袋子，里面装着矿泉水和两个三明治。

"我得去开会了。"他递给松球，"不过我最近都在北京，后续有需要，这个是我电话。"

他又递了张名片过来。

松球垂眼看去——名片最右边是公司的商标，一根造型别致的蓝色羽毛。左上角是公司的名称，雀羽视创。

业内很有名的特效公司，她耳闻过。

竟然是雀羽视创的人？

她接过名片，定睛看了下对方头衔，然后眼前一黑。

目送黎征带着太空舱离开，松球帮姜思鹭拆掉了三明治的包装。这款三明治很清淡，姜思鹭终于能吃下去几口。

又等了一会儿，护士从里面走了出来。

"还是不行。"护士也很沮丧，"从昨天到现在，没有一只能配得上，凝血都很严重。你们还有别的猫友能来吗？"

姜思鹭只觉得刚咽下去的几口饭又在她胃里翻腾起来。

"就没有……"她虚弱地站起身，"就一点能用的血都没有吗……"

"给猫配型就是挺难的。"护士叹气，"你家这只又特别虚弱，我们也不敢冒险。感觉它好疼啊，要不你……"

护士顿了顿，姜思鹭抬眼，对上她的目光。

"要不你，着手安乐死吧。"

姜思鹭已经忘了那天下午都发生什么了。

她又找了很久的血，可就是一个都配不上。二柯疼得已经没什么力气叫了，甚至她摸它，它都没办法像以前一样，把脑袋放进她手心。

印象里最后一个画面是一家专门做宠物殡葬的殡仪馆，松球带姜思鹭去的。有一间清理室，姜思鹭坐在一边，看着工作人员帮二柯做了遗体清洁，然后把那个小小的身体推进了焚烧炉。

焚烧炉的大门缓缓落下。再推出来的时候，她的猫变成了一堆小小的骸骨。

她竟然一滴眼泪都没有掉。

她就那么漠然地看着工作人员把那堆骨头装进那个小小的陶瓷盒，然后和她要了一张二柯的照片，又把照片打印出来，和那些已经离开主人的小动物们贴到一起。好像有人在和她说节哀顺变，她应下，然后抱紧那个陶瓷盒，走在了北京的夜色里。

她没有打车，也不知道自己该去哪儿，只是漫无目的地走。松球跟在她身后，想安慰，又不知说什么。

手机振了振，是顾冲的消息。松球低头看去，心里五味杂陈。

静了半晌，松球还是加快脚步到姜思鹭身边，轻声说："化鲸，咱们剧本定稿了，你可以休息下了……"

姜思鹭蓦然顿住身形。

松球觉得她的身子好像一下变薄了许多，像是要消失在这灯火阑珊的夜色中一样。

半晌，姜思鹭终于开口。

"松球姐，我好后悔来北京啊。

"我要是不来，二柯就不会死了。

"它连一岁都没有……"

"化鲸，"松球怕姜思鹭拿不住手里的东西，把她的包和陶瓷盒都接过来，"姐姐送你回家，我们先好好休息下。你这样我真的好担心……"

"松球姐，"姜思鹭低着头，像是根本听不见她说话，"我的猫死了啊。怎么办啊，我的猫死了……"

姜思鹭反反复复地重复着这句话，脸色苍白得吓人。

松球把陶瓷盒也塞进包里，听到骨骼在里面互相摩擦着，然后撞上陶瓷壁。她去扶姜思鹭，神色变得有些严肃："化鲸，你是不是昨晚也没睡？你多久没吃东西，多久没睡觉了？

"化鲸？

"化鲸！"

慌乱间，松球一手扶着姜思鹭，一手把黎征那张名片掏出来。十万火急地拨通后，她蹲在夜色里冲着话筒喊：

"黎总吗？你再过来一下，你朋友出事了！"

可可西里。

段一柯又举着手机晃了几圈，还是没找着信号。

真服了这鬼地方。

进野牛沟之前，信号其实就变得很差了。当时卢庚让他和家里人报备下，他几条微信都发送失败。电话信号倒是有，但也不稳定。他换着方向打了几个，拨通的时候，姜思鹭的手机竟然还关机了。

进了野牛沟，信号就更渺茫了。

4G手机简直成了砖头，唯一的功能就是当手电筒。今天有人说在山坡上发出去一条微信，他下了戏就来这边找信号了。

走之前，卢庚还点他："踩实了再走，深更半夜碰上流沙，你就完了。"

于是，他走得很小心。

他冻了有半个小时，还是搜寻信号失败。

段一柯忍不住骂了一声，打开手电筒功能，摸索着往住宿的藏民家里走。他走得很慢，好不容易从那个大坡走下来，眼前忽然出现一团黑影。

他心里一沉，还当碰上了野牦牛。他定睛一看，才发现是许之印。

发现是段一柯，对方也是一愣，随即有点不耐烦地偏了下路线。段一柯见许之印吊儿郎当，忍不住喊了一声："你干吗去？"

"你干吗回来的？"许之印只想和他避开，路线越偏越远，"我也找信号。"

"这会儿没有了。"

"那是你没找着。"

我真是，多管闲事。

段一柯收回目光，觉得自己简直有病，但心里又总觉得许之印那样不对劲。他刚往下走了两步，忽听身后一声"啊"，然后就是沙子细密的流动声。

这回心是真的沉下去了。

段一柯猛然回头，手电筒的光打过去，只见黑暗里一道疯狂挣扎的身影，腿已经被流沙吞了一半。他急忙走过去，边走边脱衣服。

"段一柯，你别过来！"许之印喊，"是流沙！"

段一柯怕碰见流沙群，也不敢走得太快，一步一步踩实了过去。许之印已经被流沙吞到大腿了。

段一柯借着光观察了下沙坑大小，人跪到边缘，将衣服袖子捆上手，然后把另一只袖子抛过去。

许之印抓住袖子的时候，段一柯才意识到流沙的吸力有多大，简直像有个旋涡，或是有个人，在沙子底下拽他。

许之印不能动，越动越往下陷。

段一柯身子被拖得往里滑，最后只能趴到沙上，一手拽着衣服袖子，一手嵌进土里找借力点。

流沙吞到许之印的腰了。

"衣服脱了，"段一柯咬着牙喊，"把你的衣服也脱了。"

"你松开吧，"许之印在夜色里回他，"我不带人一起死……"

"你闭嘴！"段一柯破口大骂，"让你脱衣服！再给我件衣服！"

他所有力气都在手上，骂了两句，就又被拖着往里滑。

许之印一愣，赶忙趁着自己外套还没被吞进沙里脱下来，将一只袖子捆上手，另一只袖子丢出去。

段一柯摸索着抓牢，身子尽量和地面摩擦，竟然真的和流沙的吸力相抵了。

许之印不往下滑了，但也没有被扯上来。

段一柯咳了一声，只觉得嘴里全是土。他喘了口气，冲许之印说："喊人，喊啊！"

话音刚落，他又被拽得往沙坑里滑了半寸。

醒来的时候，光线昏暗。

段一柯盯着房顶看了一会儿，慢慢认出了那些藏式的花纹。头疼得要裂开了，他扶着墙慢慢起身，听到了一句嘹亮的脏话。

卢庚手忙脚乱地倒了杯热水过来。

"你这眼神怎么回事？"他在段一柯眼前挥了挥，"没冻出毛病吧？"

几个小时前，他出门撒尿，远远听见山坡上鬼哭狼嚎。他带人跑过去后，就看见许之印被流沙吞到肩膀，段一柯则是半个身子被拽进沙坑。

大概是缺氧，外套也没穿，段一柯趴在那儿一动不动，全靠摩擦力和流沙吸力做对抗。卢庚让同伴去拉许之印，自己把段一柯扶起来——

当时真是觉得他人都被冻硬了。

段一柯被卢庚挥得缓过神，手指扶上额头。

"没，梦见我女朋友……"段一柯深呼吸，缺氧还没缓过来，"梦见她在医院。"

"你先操心你自己吧。"卢庚是真急了，"吓死我了，让你们小心小心，还是踩流沙——哦，我没说你，我说姓许的那浑小子。"

段一柯坐起身。

"他人呢？"

"隔壁呢。他又没使劲，就是冻着了，喝点热奶茶就缓过来了。"

顿了一下，卢庚接着说："刚才剧组决定了，太危险了，最后那个镜头不拍了。孟老师和司机回格尔木打点关系了，没意外的话，明天傍晚从格尔木直接飞北京。"

段一柯头疼得厉害，也不想管这些事。

"随便吧。"他说，手摸了下放在床边的外套，"庚哥，我手机呢？"

"没见着啊。"

卢庚也来帮段一柯找，摸了一通，想起来了。

"你那衣服就在沙坑旁边，那么折腾，我估计手机早滑出来被流沙吞了。"

卢庚："行了，兄弟，"他拍了拍段一柯的肩膀，"命都差点儿没了，手机替你抵命了。"

净说些屁话。

段一柯摇摇头，笑了一声，也觉得后怕。他揉了把脸，又把杯子里的热水喝完，慢慢倒回床上。

等了一会儿，灯关了，卢庚在另一张床上睡下。段一柯缺氧得厉害，半睡半醒，又梦见姜思鹭伏在自己怀里，哭得浑身发抖。

他在梦里拍她的后背，轻声说："乖，别哭了，我回来了。"

到格尔木的时候是第二天下午四点。

大家手机都来了信号，纷纷打电话报平安。段一柯等卢庚电话讲完，问："庚哥，借我打一个行吗？"

卢庚显然是还差几个人没打完，不过段一柯要，也就给了。段一柯熟练地输入姜思鹭的手机号，拨过去，然后把话筒放到耳边。

通了。

他接通的雀跃在听到一个男声的瞬间被浇熄。

"您好？"他一愣，开口时语气不是很好。

人从生死线上走过一遭，脾气好像一点就着。

"你是谁啊？"

对方愣了愣，随即和身旁的人低声说了几句话。电话再被接过的时候，是松球的声音："喂？"

"松球姐？"

"啊……"他声音很有辨识度，松球一耳朵就听了出来，"段一柯？你这号怎么没来电显示啊？"

"我碰着点事，"卢庚还在旁边等着，他说话很急，"姜思鹭呢？"

松球的声音顿了顿："她也、她也碰着点事……"

松球吞吞吐吐地说："你要不，先回北京，等她自己和你说吧。"

"怎么了？"

"你先回来吧，"松球匆匆结束通话，"等你回来说。"

电话被挂断了。

段一柯盯着屏幕上结束通话的界面，心里升起一股不大好的预感。包括最开始那个男人的声音，很陌生，但又觉得在哪里听到过……

他还想再打，卢庚凑过来。

"兄弟，能还我了吗？"卢庚挺不好意思的，"一会儿上了飞机又打不了了，我还没和女朋友报备完……"

段一柯把手机递回去，拖着行李往门口坐。正坐着，肩膀被拍了下。他回过头，看见许之印站在他身后。

段一柯很难有好脸色。

对方也是没什么底气，憋了半天没说话，等得段一柯想收拾东西换座位。刚准备起身，对方短促地叹了一声，说："谢谢。"

突然，段一柯脑海里浮现出许之印的粉丝修图的那张遗照。

于是，他也没什么好气："滚远点。"

许之印动作敏捷地滚远了。

接他们的飞机是货机，都没有座位，剧组的人挤挤挨挨地坐了一地。

起飞的时候很猛，气压骤变，一下就顶住耳膜。段一柯的身体还没完全恢复，他只觉得在惯性的压力下，五脏六腑都移了位。

等一切恢复的时候，心脏那处空落落的。

仿佛有什么东西，就此失去了。

到北京的时候快夜里十点。

段一柯从生活制片那儿要了点现金，用来打车。对方还关怀他："手机没了啊？我给你报上去看能不能报销一个……"

段一柯摇摇头，一句话不想多说。

他归心似箭。

家里有备用手机，他本来是想着再打个电话过去，问下姜思鹭到底在哪儿——毕竟那天的环境音听上去怎么也不像家里。

没想到到了楼下，他看见客厅的灯亮着。

她在家。

段一柯一愣，几步跨到电梯口。偏偏电梯正在顶楼，下来的速度慢得要命。他连按几次按钮，一秒也等不及了，直接拎着行李箱从楼梯间走。

家里门虚掩着，他越靠近，就越觉得气氛不对。屋子里传出道女人的声音，竟然不是姜思鹭，而是路嘉的。

推开门的瞬间，路嘉回头，然后陷入沉默。

他的目光绕过路嘉，落到了抱着腿坐在沙发上的姜思鹭身上——

然后，他心口揪起来。

几天不见，她怎么瘦成这个样子，下巴尖尖的，手腕也细得像一握就会断。

路嘉扶了下额头，拿包，往外走。

"我还当你死了呢，"她说，"人找不着，电话打不通，发微信不回——曹锵也没这样过啊。"

段一柯甚至不知道怎么解释。

难道说他真的差点儿死了？

与他擦肩而过的刹那，路嘉顿住脚步。

"段一柯，你别怪我说话难听，"她说，"没有姜思鹭，你现在还在剧本杀馆里演 NPC 呢。什么东西更重要，你自己掂量。"

"路嘉，"姜思鹭的声音从客厅轻轻传过来，"你别这么说……"

路嘉一哽，气冲冲地去开门："爱怎么着怎么着！"她甩下话，"不是我女朋友我不心疼！"

门"咣当"一声被撞上，段一柯慢慢松开手里的行李。

他走到沙发前。

印象里，他们两个总是这样。她很喜欢窝在沙发上，有时候坐着，有时候躺着。在上海，在横店，在北京……

然后等他回家的时候，她就扑到门口抱他，他再把她抱回去。

他回来了，她就不光坐沙发了，有时候坐他的腿上，有时候躺他的怀里，反正就是不好好坐着。

她那时候总是很开心。

其实想想……

她这个性格，和他在一起之前，也挺开心的。

是和他在一起以后，才有了许多不安和委屈。

是他造成的吗？

段一柯蹲下身子，和她平视。她眼底有种大病初愈的憔悴，手背上有针孔，还青着，可能下午还在输液。

原来那个不是梦。

是他和她天然的感应。

段一柯伸手去摸她的脸，结果被她躲开。

他的手僵在半空，不知道何去何从。

最后只能落下来，落到她的肩头。

她的眼泪一滴一滴落下来。

他心里空的那一块，现在都是风声。

"怎么了？"他欠起一点身子，手掌从肩头落到后背，"我的手机被流沙吞了……我不知道怎么了。"

他甚至不敢说太多。那是连他自己都后怕的事，他看姜思鹭这个样子根本不敢告诉她。

她沉默了很久，终于开口。

"猫。"

"猫怎么了？"

猫不在家里，他以为是还在医院。

"猫，"她转回目光，看着他，"死了。"

08.

忘了是回北京的第几天。

他好像从回来那天就失去了对日期的敏感度，只记得，明天要拍摄，后天要录节目，大后天有场放映……

剩下的时间，他都在陪姜思鹭。

但她的话变得很少。

他的脾气也在变坏。

那片流沙好像把他生命里一些美好的东西吞噬掉了，让他变得比以前更冷漠，也更极端。他不会对姜思鹭发火，但相处起来，又缺少了许多温存。

到后来，他连回家的时间也越来越晚。

回家晚的时候她不会和他说话。

有天他忽然很执拗地要抱她，她却一直不转身。段一柯闭了闭眼，一股戾气忽然从心口溢出来。

他眼前又出现了那片流沙。

夜色苍茫的可可西里，流沙如同旋涡，要把人吞到沙漠之下。他要在那旋涡里窒息了，抬起头，她却只是站在一边看他。

你把手给我啊姜思鹭。

你以前去海底找我的啊。

我又陷下去了，你来……

你来看我一眼啊……

他忽然扣住她的肩膀，把她往身边拽。

姜思鹭猝不及防，手下意识地推他的肩膀。

段一柯一愣，眼神不敢置信。

她在抗拒他。

"为什么啊？"他右手扣着她的肩膀，左臂撑起身体，"你为什么要这样啊？"

姜思鹭也仰起头，胸口有些起伏："我怎么样啊？"

他都不知道自己在问什么。

他真的好想发脾气。

他最近变得很难搞，共事的人都能感觉出来，连成远都和他关系淡了。有人说他在可可西里差点儿死了，于是大家就一副很理解的样子——

"人嘛，经历过生死，性格是会变化的。"

不是的。

不是的。

他不是因为可可西里。

他是因为……

姜思鹭不理他。

姜思鹭好像不想要他了。

她好像不想和他继续在一起了。

他又回到了第一次坠马后做的那个梦里。

她那一周都不回他微信，所以他做梦，在梦里一直跑，朝有姜思鹭在的地方跑。他大声地喊她，可她就是不回头。然后他开始哭——真的好丢人啊，二十多岁的男人了，竟然在梦里哭起来——

他说：你别不理我啊……

然后他睁开眼，看到姜思鹭朝他走来。

现在他又开始做那个梦，可每次睁眼的时候，她都真的背着身对他。他有时候会忍不住去拉她的手——而她哪怕在睡梦里，都会把手抽开。

你为什么要这样啊？

你为什么不理我，不抱我，不让我拉你的手啊。

你为什么在我回家的时候不扑到我怀里，不窝在我身边看电影，不没完没了地讲那些八卦了啊。

我也不想让猫死啊！

大概是他眼里的痛意太明显了，姜思鹭竟愣了愣。她的手指抚上他的眼角，摸到了他那颗很小很小的泪痣。

她第一次发现这颗泪痣是什么时候啊？

好像就是，他给二柯装猫爬架，然后在沙发上睡觉，她去看他。

她知道二柯走了他也很难过。

可她就是……

反复地，反复地，想起她给他打电话的时候，那个冰冷的女声，那个提醒她他不在服务区的电子音。

也是哦。

星星回天上，就很难和人间通话了。

她因为这无厘头的想法自嘲地笑起来，然后看到段一柯在她面前垂下眼。他右手从她手臂下穿过，然后够到肩膀的位置，把她整个人从床上撑起来，抱进怀里。

陌生而久违的拥抱。

他下巴磕在她的肩膀上，他也瘦了很多。

姜思鹭忽然心软了。

她也伸出手，抱了抱他。她以前是很熟悉他身体的线条的，现在却觉得，好像有了一些变化。

段一柯的身子僵住了。

她又用嘴唇碰了下他的耳郭，他几乎是震惊地把她放回床上。姜思鹭伸出手，摸摸他的眉毛，然后撑起身子，嘴唇碰了一下他的鼻梁。

她几乎能看到男生眼圈不易察觉地红了。

"好丢人呀，"她软声说，"这么大人了，还要哭啊。"

段一柯偏了下视线，目光再回来的时候，神色回归了正常。

"逗狗吗你？"他说。

她摇摇头。

"没有……"她说，"你这个样子……太可怜了……"

他一愣，竟然没否认。

他是真的好可怜。

他好想要姜思鹭喜欢他。

她不喜欢他，他就只能撒泼打滚，弄坏家里的东西，吸引她的注意力。她要是还不看他，他就只能变成一只很小很小的小狗，垂着尾巴放声大哭。

可只要她看他一眼，他都不用她伸手，自己就能爬出流沙。

他抖落身上的泥土，冲到她面前，全心全意去抱她、去爱她。他再也不发脾气了，也不会晚回家了。

他什么都可以做的，只要她爱他。

她拍拍他的头，他就安静地抱住她。

久违地聊了几句，姜思鹭忽然想起来："那明天那个收官结局的录制，我们一起去吧。"

"你也要去吗？"

"嗯，之前去过的 IP 作者都要去。"

"……"

"怎么了？"

"我不想让你看。"

"为什么呀？"

"因为……"

"？"

"因为许之印往我眼睛里掼沙子，一点都不帅。"

姜思鹭撑起身，又是那个要打人的样子。

"他为什么往你眼睛里掼沙子？"

"剧情就是这样。"

"……"

她突然扑过来，冲着他眼睛乱吹一气。段一柯被吹得眯起眼，手抓住她的肩膀。

"你干吗啊？"

"给你吹吹。"

"……隔了有点久吧？"

"呜呜呜。"

"又怎么了？"

"当时眼睛很痛吧？心疼死了，你怎么都没和我说？"

"……那还不是我回来你就不理我……为什么掐我！"

"是你没和我说！"

"……对。是，是我没和你说。"

综艺下午开录，段一柯和姜思鹭吃过午饭后，笋仔来接他们。上车的时候，小孩儿单手扶着方向盘，很八卦地回头。

"段哥、小姜姐，"他龇着牙，"你俩和好啦？"

段一柯推了下他的座椅："开你的车。"

笋仔美滋滋地回头，没有一点被撑的忧伤。

"就是，有什么可吵的……"他发动汽车，"搞对象就应该以和为贵，颠鸾倒凤……"

"你……"段一柯"嘶"了一声，"你学过语文吗？"

姜思鹭沉默：……你嫌别人不学语文？

上了高速，车里终于安静了。

她上次晕过以后，身体一直有点虚，经常低血糖。段一柯看她没精打采地靠着车窗，把她往自己身上揽，让她靠向自己的肩膀。

"太晚了你要不提前走？"他说，"今天孙炜把终稿流程发我了，我看你们的部分八点多就能拍完。"

"没事，"姜思鹭手被他抓着，心里很踏实，"我想和你一起走。"

段一柯忍不住弯起嘴角。

一会儿就到了拍摄现场。

他们还是分开进的。段一柯先去了后台和剧组会合，姜思鹭等了等，往舞台下的作者嘉宾区走。

这次人挺多的，座椅也摆得比较紧凑。她好像在人群里看到了袁蓬蓬，正在仔细辨认时，对方卖力地朝她挥手。

"化鲸鲸！"他喊道，"这这这里！"

她忍俊不禁，坐了过去。

"要不要这么潮啊，袁蓬蓬？"她指了下对方的金链子和头巾，"我都没敢认。"

"上次上镜很很很很多亲戚看到了！"袁蓬蓬语气很兴奋，"他们一直觉觉觉得我是无业游民，现在也也也知道我出息息息了，我这次要再再再时尚一点！"

姜思鹭比了个"OK"的手势。

收官之战，大家都很当回事，来得比约定时间还早。综艺早半个小时开录，一切顺利得让人不习惯。

主持人先提了下《狂追》这部电影在影史上的地位，镜头偶尔切到孟琮，他的表情一直很平和。

姜思鹭之前已经在手机上看过这部电影，不过很多人显然没有。当二十二岁的孟琮出现在《狂追》的电影画面里时，现场响起一阵倒抽冷气的声音。

太帅了。

上了年纪的孟琮看起来总是文质彬彬、温文尔雅，可二十二岁的孟琮看起来简直像一把刚出鞘的刀，极瘦，眼神极冷，看向镜头的时候，像一道锐利的寒光横劈过来。

他在镜头里咬着一根烟，穿一件磨损严重的皮衣，手上因为长期拿枪磨出茧。远处是可可西里的万里荒野，他和那无望的世界融为一体。

落到姜思鹭眼里，她还看到了更多的东西。

比如落拓，比如不甘，比如眼睛里压抑不住的野心。

她忽然觉得那眼神很熟悉。

是在哪里见过吗？

很快，翻拍的《狂追》海报铺上大屏幕，姜思鹭一瞬间反应过来。

段一柯……

镜头里的段一柯，和他有一样的眼神。

她一直在猜测孟琮到底为什么对段一柯青睐有加，甚至也因为许之印那句话去查了孟琮和祁水的过去。

但网上什么都没有。唯一的记录，就是他俩共演过一部电影，祁水是主角，孟琮饰演一个微不足道的龙套。

的确是一面之缘。

那唯一的解释可能就是……

孟琮在段一柯的身上看到了他自己。

她因这猜测攥紧双手，指甲嵌进手心。理智告诉她这只会助他上青云，但情感上又觉得哪里不太对。

尤其是翻拍的第一幕高潮开始播放后，她整颗心都揪了起来。

她太了解段一柯了，她能看出那些画面都不是演出来的。他是真的因为高原缺氧，又真的在奔跑中力竭。

许之印一把沙砾攒去他眼睛，放映厅里都是倒抽的冷气声。她心口一阵一阵地疼，只想去后台抱住他。

他太疯了。

他每次演一个角色，都可以为了那个角色去死。

袁蓬蓬忽然戳了一下她。

姜思鹭从那激烈的画面中抽出身，压低声音问："怎么了？"

"你知道吗？"袁蓬蓬也压低声音，"刚才我我听他们说了个八八八卦。就这个叫段一柯的，为了拍这个戏，差点儿死了。"

姜思鹭的心跳停顿了一瞬。

袁蓬蓬说起八卦，结巴也略有缓解："……说是他半夜去找信号，结果碰到同组演员踩到流沙，他就把衣服捆在手上去拽，结果自己差点儿被拖进去。组里人找到他的时时候，他都晕过去了。

"把剧组的人吓坏了，最经典那幕不拍了，直接回北京……"

是……这样吗？

姜思鹭无言地望回屏幕——他刚刚被许之印掀翻，人重重落到地上，溅起一片尘土。

她的心口在他身体落地的一瞬间，也疼了起来。

她几乎看不下去后面的剧情了。

两个小时后，前半场录制结束。这部分演员并不出场，主要是导师、嘉宾的评价和导演的阐述，以及一些拍摄花絮的点缀。

段一柯还在后台。

姜思鹭摸了下手机，给他发微信：【休息了吗？】

等了片刻，对方回复：【嗯。】

姜思鹭：【要拍东西吗？】

段一柯：【暂时不用。】

姜思鹭：【来天台好不好？】

大概半分钟后，他的消息发过来：【好。】

演员看片室里，段一柯站起身。他刚想走，孙炜就跑了过来。

"段老师，段老师，"自从《她的狮子朋友》火了，孙炜就开始叫他"段老师"了，"来做个采访？"

段一柯偏了下眼神，有点不耐烦。许之印见他皱起眉，忽然从长座椅的另一边平移着滑过来："可以采访我。"

孙炜："？"

许之印："段老师看起来有事要忙，你可以先采访我。"

段一柯："……"

行，没白救。

段一柯看起来确实要出去，孙炜也不好硬拉着，况且这还出现个很踊跃的备胎。段一柯从看片室出去，穿过忙碌的工作人员，又穿过媒体区，还听到有人在议论他——

"哇，就是这个演员吧？上次《她的狮子朋友》爆了，这次翻拍的水花应该也不会小……"

他去爬那个摇晃的铁楼梯，力求动静不要太大。爬到最后一阶，门被打开，他看到姜思鹭的裙角被风吹起一瞬。

他拽住门框，把身体撑了上去。

天台的风骤然把门吹得关闭，一只手从他背后沿着腰探过来。他攥住对方手腕，转过身，对方又温顺地滑入他怀里。

段一柯呼吸都乱了。

"你干什么……"

他被推得往后走，最后靠上了天台的边缘。

姜思鹭踮脚来吻他，从他的喉结一路吻上他的嘴唇。他缓了口气，右手下意识地环住她纤细的腰，左手握在她脖颈后侧。

还好天台的风冷，不然他现在已经被点着了。

"姜思鹭，"他哭笑不得，"怎么了？"

对方还要来，被他控制住身体。姜思鹭喘了口气，头抵上他的肩膀，轻声说："心疼你。"

他一愣，随即猜出了怎么回事。

肯定是有人把流沙的事告诉她了。

于是，他重新环住她的肩膀，哄道："这不是没事儿嘛。"

"你得好好的，段一柯，"她倚在他怀里，"我在家等你呢。"

他又觉得眼睛热了下。

最近怎么老想哭啊。

"好，我以后多注意。"他拍了拍她后背，闭上眼，"以后不会出这种事了……哎，你……我天，我一会儿还得上台。"

……

下来的时候，他人都恍惚了。

送走了段一柯，姜思鹭倒是没事人似的去补妆了。从卫生间出来的时候正碰上顾冲去隔壁，顾冲看见她，招了下手。

"怎么了？"姜思鹭顿住脚步。

"一会儿结束了，吃个饭？"

她掂量了一下自己身体，反问道："都有谁啊？"

"你、我、段一柯，"顾冲说，"还有孟老师。"

她"哦"了一声，也不掂量身体了。

"行。"姜思鹭点头，"我和他说一声，结束了等你喊。"

回了作者区，袁蓬蓬正在对着手机摄像头调整头巾。姜思鹭坐回他身边，掏出手机给段一柯发微信。

姜思鹭：【顾冲说晚上孟老师叫你吃饭。】

段一柯：【不想去。】

姜思鹭：【我也去。】

段一柯：【(*^▽^*)那我去。】

怎么换个新手机还用起颜文字了。

姜思鹭笑着摇摇头，把手机收回包里。

她抬起头，下半场要开录了。

下半场时间稍有耽搁，作者评分的时间被推后了一个小时。出分后，姜思鹭他们被安排到后台等候，有些年龄大的作者就先退场了。

袁蓬蓬和她打了个招呼，也走了，最后只剩她在等段一柯录制结束。

正发着呆，手机铃声响起来。姜思鹭瞥了一眼屏幕，头皮略麻。

是黎征。

她现在真不知道拿黎征怎么办了。

对着屏幕发了三秒呆，她还是接起了电话。

"姜小姐，"和录制现场的嘈杂不同，对面的环境音很安静，"身体好些了吗？"

"好多了。"姜思鹭找了个安静的角落，"上次特别谢谢你……"

"没关系的，最后也没帮上什么。"

他是指二柯的事，姜思鹭恍惚了一瞬。

"不过我是真的没想到，"黎征继续说，"你就是落日化鲸，是我们正在做的影视项目的原著作者。你还真是……"

他轻笑了一声："惊喜很多。"

那天松球在场一口一个化鲸，姜思鹭也是……被迫二次掉马。

"就……"她叹了口气，"我应该告诉你的，之前一直，没什么合适的机会说。"

不过对这件事，黎征显然没怎么在意："我明天下午要回上海了。方便的话，中午一起吃个饭？"

"明天中午？"

"对，其实这几天也想约你，但实在太忙了。"

她无意识地揉了下头发："黎征，我今晚有点事，会散得很晚……明天中午我怕有点赶……"

"这样吗？那换个时间也好，你身体要紧。"

"啊，那好那好，那我下次，和你当面道谢。"

"好，那我们……"对面的人顿了顿，"回上海，再约。"

回上海。

姜思鹭慢慢放下手机，看着屏幕变暗，映出自己的样子。

她到底什么时候能回上海啊。

身后嘈杂声变大，她回过身，看见选手们从后台右侧的门里鱼贯而入。孙炜最后进，拿着个大喇叭喊："老师们辛苦了啊，真的辛苦了，大家有缘还会再见啊——"

就结束了？

姜思鹭拽了下包，看见顾冲在人群里朝她招手。她逆着人流往前走，跟着顾冲穿过一扇小门，看见了正在和孟琮说话的段一柯。

几乎是她进门的瞬间，段一柯就把眼神偏了过来，然后朝她笑了笑。顾冲一脸没眼看的表情，咬牙质问："眼神拉丝，懂了吗？不瞎的都能看出来，何况孟老师这种人精。"

姜思鹭讪讪低头，走了过去。

两个人基本是不瞒了。

孟琮也没说什么，示意三个人跟上。走到门口的时候，一辆宾利从门前开过来，把他们接走。

有些晚了，去了几家店都不开门，最后去到一家日料店。

一行人进了包厢，关上门，环境就变得很封闭。

不知怎的，姜思鹭有些喘不上气。

段一柯坐在孟老师的左手边，和她坐了个斜对。见她低着头，他给她发微信：【不舒服吗？】

她摸索过手机，回复：【没事。】

段一柯：【不舒服我们早点走。】

她说：【先吃。】

菜单递过来了，孟老师说女士优先。

她笑了笑，垂眼看——最近胃口实在不好，点来点去，也只是些清淡小食。孟琮和顾冲显然来过几次了，要了几样常吃的，就目送服务员走出包厢。

两人转而把目光投回段一柯身上。

"今天带你们吃饭呢，主要有两个事，"孟老师拍拍段一柯的肩膀，"一个庆功，一个慰问。"

庆功庆的是综艺录完。

慰问估计就是慰的差点儿死在可可西里。

姜思鹭心想还好刚才袁蓬蓬和自己提了一句，不然她现在不知是什么心情。段一柯垂着眼，也看不出情绪，半晌才回答："也没什么事儿，剧组里说得太过了。"

"我又不是没去，"孟琮说，"确实很危险。我当年也只是车陷进去，你倒好，人差点儿进去。"

段一柯抬头看了看姜思鹭，不想让她听更多细节，只能开玩笑："孟老师，别帮我回忆了，我本来都忘了。"

"行行行，不说了。"孟琮倒酒，"不过这一趟，我还真是挺看得上你。够疯也够狠，有我年轻时候那股劲儿。"

姜思鹭了然。

还真的猜对了。

"你知道我这次为什么非要和你们去可可西里吗？"孟琮说，"我岁数大了，在圈子里混久了，老觉得什么都没意思，就想让自己兴奋起来。

"尤其是《她的狮子朋友》也要开拍了——这部戏潜力很大，我想打起精神，但又缺点刺激。

"说实话，我这辈子最刺激的时候，就是在可可西里那半年。等你们到我这个岁数就知道地，什么猛药，都比不上故地重游。

"所以，我去了……我还真兴奋起来了。不过不是因为可可西里，是因为你。"

段一柯一愣。

孟琮捻着酒杯。

"就那个眼神，那股疯劲儿……和我那时候简直一模一样。除了出人头地，眼睛里什么都不惦记……哦，至多再惦记个人。"

他当年惦记祁水。

段一柯如今惦记……面前这个。

姜思鹭被孟琮点得目光晃了下。

"你能火啊段一柯，"孟琮笑着拍段一柯的后背，"我混了这么多年了，还没看错过人。好好演！"

段一柯应了一声，不知为何，心里五味杂陈。

他总觉得一时回不去上海了。

果然，又说了几句，孟琮和顾冲伸了下手，对方就拿出一沓剧本给他。孟琮手指扫了下纸张边缘，推到段一柯面前。

"这个项目听过吗？"

段一柯看了一眼顾冲，又看向孟琮。他没去翻剧本，先说："我答应顾导别的戏都推到《她的狮子朋友》后面……"

"这个没事，"顾冲连忙说，"这个正好卡在你进组之前，是个男三，就两周的戏份。"

段一柯垂眼去看。

厚厚一沓纸，封面印着四个遒劲的毛笔字——《花好，花好》。

是民国战争片，讲空军的。

开头两页有人物小传，他看了下自己那个角色——戏份不多，早早战死，但人设相当出彩。顾冲给他把男三的页码折出几页，段一柯翻过去看，一行台词映入眼帘——

伤没好就催着我带你来，是嫌我的镯子占了玉蝶姑娘的手啊？弟弟，你倒是早说，我不如给自己买条像样的腰带！

潇洒恣意，英雄豪杰。

段一柯一眼就动心了。

他把剧本合上，往饭桌中间推了下。

姜思鹭胳膊撑着桌子，很乖巧地问："孟老师，我能看吗？"

"看吧，"孟琮看她的眼神也像在看女儿，越看越顺眼，"你帮他拿拿主意。"

姜思鹭把剧本拿到手里，直接翻去结局。

也是怪了，她甚至都没有了解前面的剧情，只是看到女主角"花好"最后的那段自白，心里就像被什么攥了一把，淅淅沥沥，流出许多眼泪来。

我今年八十三岁了，我很老很老了。我不会写字，你握着我的手教我写"花好"，说这是我的名字，可我一点都不高兴。

花好是谁呀？我不认识她。我叫玉蝶，我丈夫叫高岳，是空军第五大队的中队长。你们看这个镯子，就是他送给我的。

天晚了，你们快送我回家吧。你们知道我家怎么走吗？总之门前有一个木板钉的鞋柜，窗台有昨天摘的野花。你们为什么不让我走呀？这里不是我的家，高岳不在这儿，这怎么会是我的家呢……

姜思鹭被藏在台词里的浩大苦难击得心神一荡，抬头看向段一柯。他似乎正在和孟琮讨论开机时间的问题，得知开机时间就在下周三并要持续两周后，他的神色竟有些犹豫。

"怎么？"孟琮也没想到段一柯会犹豫，"你知道这部戏背后是谁主控吗？那几个主演的名字你没看？"

段一柯说："孟老师，我——"

"接的呀，"姜思鹭突然开口，"他肯定接的呀孟老师，他最近太累了，有时候反应跟不上。"

孟琮转回头，松了口气："我就说嘛……一柯，那你接下了？"

段一柯定定地看着姜思鹭。

她朝他点了下头，把剧本慢慢推回去。

段一柯的眼神垂向那封面上笔锋遒劲的"花好，花好"，再抬头时，眼神变得复杂。

最后，他开了口："接。"

四个人吃到半夜两点。孟琮先走，顾冲叫的车也很快到了。姜思鹭和段一柯最后从门口出来，等笋仔把车开过来。

姜思鹭抱着手臂靠在门口，能感觉到段一柯的不痛快。

他有什么不痛快的……

她吸了口气，尽量镇定语气，结果开了口，还是有种指责在里面："你在犹豫什么啊？"

他偏过脸不说话。

"你别又不说话行吗？"她皱起眉，"都在帮你，都在给你机会，一步一步走到现在容易吗？你又在任性什么……"

段一柯突然开口："你真不知道我为什么不想接？"

"谁知道你怎么了啊？这种电影别说男三，龙套都有人上赶着演。我看了几眼剧本，不出意外肯定拿奖……"

"姜思鹭，你真不知道我为什么不想去吗？"

她被他吼愣住了。

店外起了风，夜里依然很冷。

她紧了紧衣服，沉默着与他对峙。

吼的人是他，但他现在看起来简直像被欺负了。夜色里，他喉结动了下，然后偏过头，轻声说："下下周是你生日啊。

"你生日，我想带你回上海啊……"

她闭了下眼。

是她生日。

最近浑浑噩噩，她自己都忘了。

段一柯不看她，声音哑着："我都订好车票了，我都……我都买好迪士尼的票了，我第一次给你过生日啊……"

姜思鹭往前走了两步，伸手抱他。他开始还不想转身，她拽了两下，他就把头垂到她肩膀上。

"对不起，"她轻声说，"是要给我过生日啊，是我误会你了。"

她觉得他委屈得连尾巴都垂下去了。

"是我第一次给你过生日啊……"他的声音闷闷地从她耳边传过来，"姜思鹭，我觉得不对劲，我们两个怎么变成这样了，我们以前不是这样的……"

她也难过了起来。

对啊，他们两个怎么变成了这样。

他穿得很少，在夜色里有些发抖。姜思鹭环着他的胳膊把他抱住，轻声说："那这样好不好？"

"怎么样？"

"你接这个戏，然后过生日那天，我去剧组找你，好不好？"

"我不想你过生日还要你来找我……"

"没关系的，我喜欢去找你。"

他真的很好哄。

又夸了两句，他就高兴了，伸手来回抱她。

远处有光照过来，姜思鹭望去，看见是自家的车灯在闪。

"那回家就不许不高兴了？"

"我没不高兴……"

"刚才是谁不理我啊？"

"我哪敢不理你……"

车开到面前了，段一柯等她先上车，然后自己跟上去。

拍摄的地方太偏，到家还得半个小时。姜思鹭困得厉害，没一会儿就靠在他身上睡着了。

他头仰在座椅上，喉结动了动。

明明她就靠在他怀里，但他被夜色浸染的轮廓，却现出一种迷茫。

她好轻啊，体温也很低。

总觉得……

她马上，就要在他怀里，消失了。

09.

时间本身是挺充裕的，但下周三要走，就又变得紧迫起来。

两个人花了几天时间打包家里的东西寄走，这样段一柯拍完戏就能直接回上海。和剧组那边的合同也催得很急，签订之前，两个人去见了路嘉。

路嘉工作室的装修接近尾声。

入门是一片磨砂玻璃，后面放了株向日葵，乍看过去像是一幅油画。姜思鹭盯着那向日葵看了很久，模模糊糊地想起来什么，脑海里的画面又总是不大清晰。

恍惚间，路嘉和段一柯谈合同的声音传过来。

"……我没打算从你身上赚钱段一柯，我们谁也不是谁老板。就当是在，合伙做生意吧……"

姜思鹭笑了笑。

也亏得两个人都不记事，上次在家里都骂成那样了，坐下来谈签约还是在商言商。

搞钱，搞钱最重要。

打印机重新响起来，吐出一份新合同。段一柯起身去拿笔，路过姜思鹭时，把合同也递给她。

"你看下？"

"我看什么，"姜思鹭笑了笑，"是信不过你还是信不过路嘉？"

他一想也是，又把合同收回手里，拿笔回到茶几旁，和路嘉把名字签了上去。

笔尖垫着薄薄一层纸，几乎是直接在茶几的桌面上写，发出一种很微妙的响声，轻飘飘而郑重。

"行，合作愉快，我第一个……"路嘉歪了下头，"不对，第二个艺人。"

姜思鹭作为见证者，鼓掌以制造出一些欢快的气氛。

下午回家。

东西都寄走了，家里又恢复了刚来时那个空荡荡的样子。没有厨具，中午随便吃了点，段一柯就又回沙发上看剧本。

他最近一直在看那个《花好，花好》的剧本。

故事的主线围绕着一场惨烈的空战，前半本是讲男主角在舞厅遇到歌女"玉蝶"后两人的羁绊，后半本是讲男主角战死后，"玉蝶"以"花好"的名字继续活下去的颠沛流离。

时代的背景设定就是悲剧基调，剧本里几个空军，还不到剧集的三分之二，就都战死了。

他第一次看完就很难受，后来要背台词，又得反复地读。看到现在，连那几个和他有对手戏的演员的台词都背下来了。

姜思鹭看他脸色不好，过去抱他。

她知道这种故事耗神，尤其是看过结局，更是不忍看全本。可段一柯脸色实在太差了，她拿过剧本，翻那页折了角的，去读他的台词。

"不背这页了，"她视线掠过那几行字，随即说，"换一页好了。"

段一柯闭着眼，"嗯"了一声。

"我给你搭？"

"好。"

"你想背哪段？"

"都背过了，你挑吧。"

段　柯一共也没几个镜头，她翻了翻，翻出一段感情戏。

是沉重的故事里为数不多的亮色片段。

姜思鹭清了清嗓子，煞有介事的样子让段一柯忍不住抬头看她——

她一只胳膊抱住腿坐在沙发上，另一只胳膊拿着剧本，脑袋歪着，目光很认真地盯着剧本上的台词。

他脸上忍不住有一些笑意。

"——修女说，你们做空军的都是顶坏的男人。给人搭讪写情书，骗了不少小姑娘。"

段一柯这对手戏的角色是个在教堂弹琴的女孩子，听说话的口气，年龄也不会大。等姜思鹭念完，他仰在沙发上，闭着眼，慢慢回忆着自己的台词。

"是吗？我第一次见面就救了你，为了送你回教堂，还被队长关了禁闭。你还觉得我是坏人，我可真是委屈。"

"可是你们四处跑，每次落地，都会见到新的人。你们还总去舞厅跳舞，漂亮姑娘总往你们身上贴。所以，就算喜欢很多女人，也不稀奇。"

"喜欢很多女人有什么了不起。我反倒觉得，能只喜欢一个人的男人，才是英雄豪杰大丈夫。"

"那你是英雄豪杰大丈夫吗？"

"我自然是英雄豪杰大丈夫。"

"那你喜欢的女人，是哪一个？"

客厅里有片刻寂静。

姜思鹭抬头望去，段一柯不知何时坐到了她身边。她看着他的眼睛，重复了一遍台词："那你喜欢的女人，是哪一个？"

他低低地笑了一声，手扣住她后颈，把她往自己怀里带。

姜思鹭靠了进去，鼻息覆在他肩膀上。

他在她耳边把台词念完。

"我还能喜欢哪一个？我若是明天死在天上，死之前能想起来的人，也只有你。"

段一柯周三凌晨走。

时间太早，他没让姜思鹭送，笋仔在楼下等他。这次拍摄他又没让笋仔去，综艺还有些收尾的工作，他又刚和路嘉签了经纪约，便留笋仔在北京跟着路嘉学东西——

之前就两个人，什么都自己说了算。现在既然要规范化运营，就从最基础的东西开始。就算是做助理，也门道颇多。

于是，笋仔如饥似渴地投入了学习的海洋。

姜思鹭昏昏沉沉地把段一柯送到门口，被他吻了下额头。要走时，他递给她一个盒子。

"提前送生日礼物啊？"她说。

"生日有生日的，"段一柯说，"我看你那耳坠太沉，给你买了个差不多款式轻点儿的，你以后想配那条裙子，戴这个。"

她打开盒子，眼圈红了下，又扑过去吻他。

"生日见，姜思鹭，"他说，"二十六岁会比二十五岁更乖一点吗？"

姜思鹭点点头："超乖的。"

"那我走了？"

"拜拜。"

她又回去睡了一会儿，可惜总也睡不沉。迷糊间看见松球给她发微信，她差点儿犯了改剧本的 PTSD（创伤后应激障碍）。她定睛一看，才知道是约她吃饭。

她赶忙回复：【正想找你呢松球姐。】

她之前没做过编剧，以为剧本写完了就算完成工作了。前几天听顾冲他们在小群里讨论才知道，电影开机之前，编剧还得参与筹备期。

筹备期会很乱，演员围读，找场地，定服装道具……编剧也得去现场。她心里没底，想找松球问问细节。

两个人在工作室附近的一家茶餐厅见。

松球也知道她最近要回上海，嘱咐她多休息，又问起医院的检查结果。

上次她晕了以后身体就一直很虚，前几天去医院看，这个低血糖的毛病大概是落下了。松球闻言又给她点了份甜品。

姜思鹭笑道："不用了松球姐，按时吃饭就行。"

"平常倒是没事，"松球用吸管搅了搅自己的冰茶，"我就怕你筹备期又累着……不过反正段一柯也在，有他看着你，应该没啥事。"

姜思鹭笑了一声，把头低下。

"化鲸，"松球的声音忽然变得有些担忧，"你和段一柯，是不是出什么事了呀？"

姜思鹭被问得茫然，抬起头的时候，松球的眼神很关切，关切到……感同身受。

大概是因为，松球自己也有过类似经历。

"出问题……"姜思鹭垂下眼，"有、有什么不对劲吗？"

"其实我也说不上来。"甜品上了，松球推到姜思鹭面前，"也可能是我瞎操心吧。我就是觉得好像，我现在和你提起他，你的眼睛……都不亮了。"

姜思鹭愣了愣，再开口时，语气有些酸涩："不亮了吗？"

"嗯，不亮了，"松球应道，"是因为那次的事吗？我觉得，你也不要太在意。他在可可西里，没信号也是很正常的……"

姜思鹭的手无意识地搅着甜品。

"也可能……不只是可可西里吧。其实已经很多次了，只是我一直，在假装不在意。"

松球倾听。

"我从高中就喜欢他了，松球姐，"她轻声说，"我喜欢他，好多好多年了。

"但是我从来没想过和他在一起。

"和他在一起是个意外。其实这半年，我一直就觉得，像做梦一样。可是现在，我就觉得……

"他要回他该去的地方了。我的梦，也要醒了。"

电影三天前就开机了。

故事背景是 1940 年的重庆，剧组也在重庆实地建景。段一柯下午到的，进组和导演寒暄了几句，就听到背后一声嘹亮的"段老师"。

他回头，看见赵诃娴穿了身空军制服意气风发地跑过来。

她这角色戏份也比较少，不然轮不着她演。不过和段一柯那设定挺类似，都是出场几面，但很抓眼球，可以预计的是将被网友反复剪辑盘出包浆。

"喂，"她冲过来，朝着段一柯的肩膀就是一巴掌，"段老师，你可算来了！我知道有你的时候高兴坏了！"

大家都知道他俩之前搭过戏，笑着散开，留二人寒暄。

段一柯被打得眉毛跳了跳，无奈道："轻点吧你，和我有仇啊。"

"嗨。"她摆摆手，压低声音，"你来真是太好了，他们咖位都太大了，我平常都不敢说话。"

"行。"段一柯往化妆的地方走，"你放心吧，我到了这儿，垫底就有人了。"

"拉倒。"赵诃娴跟在他身边，"你那个综艺真是去对了，《她的狮子朋友》太强了。我的天，我都没爆过热搜……"

电影拍摄和电视剧拍摄还是要不同一些。每个画面都要经受大银幕考验，所以雕琢得特别细，重拍十遍二十遍都是家常便饭。再加上是战争片，感情浓烈，环境恶劣，每天收工都是精疲力竭。

好不容易这天不用上山，段一柯接到通知——全组去拍定妆照。

其实之前也宣传过一轮了，不过主要宣传的是四个主要角色。这次是全员到齐，而且也都合作了一段时间，定妆照里还能做点剧情设计。

剧照摄影师不是组里的，是特意请来的大咖，作品登上过不少杂志封面。他很喜欢调动演员之间的互动，让画面充斥起流动的情欲。

和段一柯搭对手戏的女演员还在念书，扮相也比较清纯。两个人剧里的感情戏浅尝辄止，摄影师怎么拍怎么觉得不对劲。

"没张力啊。"摄影师念叨着，镜头都快贴到段一柯的脸上了，"这么好看的两张脸怎么没张力呢……"

正说着，赵诃娴从隔壁过来拿东西。刚才和她演对手戏的男演员压不住她那股攻劲儿，怎么拍怎么奇怪，最后只给她搞了张单人照。路过镜头前时，她叼着个苹果，单手叉腰，歪着脑袋点评起来：

"欸对对，段老师，手往上，别慌，眼神看嘴，哎对对——"

摄影师直起身。

"这干吗呢？谁拍啊？"

赵诃娴耸肩："您拍您拍，我撤。"

她朝段一柯打了个响指，这就要走。

段一柯无奈一笑，目光看回镜头时，忽听摄影师大喝一声："别走！你过来！"

赵诃娴被喊得一哆嗦。

下一秒，她就被摄影师抓到了镜头前，换下了那个和段一柯怎么拍怎么没化学反应的女演员。

现场的人都倒抽了口冷气。

段一柯和赵诃娴在戏里没对手戏，大家也没看过他俩同框。两人站到一起，才意识到这张力有多强——

赵诃娴属于特别高挑的那种女演员，平常很难找到有 CP 感的搭档。偏偏段一柯不但个子高，身上气质还又冷又稳，既能压制她，又有势均力敌的对抗感。

摄影师走过去，把段一柯空军制服最上面的两颗扣子解开，又让赵诃娴摘了帽子，散下一头青丝。

"扑他。"摄影师简短地说。

赵诃娴和段一柯都是一愣。

"导演，"赵诃娴先开口，"我俩没对手戏啊。"

摄影师再次开口，语气不容置喙："信我，扑他。"

她和段一柯视线对上。

"段老师？"她吊儿郎当一笑，"那我得罪了……"

她扑进怀里的感觉和姜思鹭完全不同。

姜思鹭是柔软的、乖巧的，让他想揽进怀里深深依恋的。赵诃娴却强势而直接，猛地抓住他的领口，肩膀撞进他怀中。他侧过头倒退一步，手掌绅士地扶住对方肩膀，克制了对方的继续靠近。

"咔嚓！"

镜头定格了这一瞬。

这是当天最后一组剧照。

下午剧照拍摄结束，段一柯又被叫回组里补拍昨天的镜头，折腾到晚上十点才回酒店。一打开手机，他就愣住了。

剧照竟然下午就发了出去。

路嘉给段一柯发了百余条微信，他直接拖到最上面，点开她转发的那个链接。九宫格的官博剧照图里，他和赵诃娴那张在最后。

但评论里，基本都是在说他俩。

【段哥这个CP体质真的绝了】

【双A组合啊啊啊啊啊啊我爱了这禁欲的克制感！】

【所以《骑马客京华》什么时候播？】

【《花好，花好》里他俩是有感情线的吧？我愿为了他俩的感情戏贡献票房+1。】

【他俩好像没感情戏……段哥戏里那个CP是个教堂弹琴的小姑娘，目测这是摄影师干大事！】

【这个扶着肩膀的手我已经颅内反复八百次了】

【姐妹们，我正在《骑马客京华》的花絮里抠糖！】

【蹲一个，抠出来踢我。】

【柯诃超话建好了大家进来嗑！】

【嗑柯诃绝了，这两人就是天生拿来嗑的吧……】

段一柯叹了口气。

这帮孩子怎么谁都能嗑……他和赵诃娴，几乎就是杀青以后都没说过话的关系……

退出链接，他看到路嘉给他的微信又多了几条：

【我累了，这堆话题每个我都能操作上热搜，但是我不敢。】

【我现在就觉得我与思鹭的姐妹之情横亘在我的职业素养之上。】

【我后悔签你了，我觉得我有一百零八种手段让你今晚再飞一次，但我一个都不能用啊啊啊啊啊啊杀了我吧。】

段一柯忍不住笑了一声。

他回复：【嘉姐，收了神通吧。】

路嘉回了个吐血的表情过来。

她继续问他：【所以咋办啊，你想怎么着？放着别管了？】

段一柯垂眸想了想，回复道：【压一下吧。】

果不其然，对方发了一串省略号给他。

最后，路嘉以一句"也是"作为结尾。

他又打开微博看了看风评，看得眉头慢慢皱起。他的手指移到和姜思鹭的对话框上——最近忙得沾枕头就睡，和她说话都是断断续续的，上次都是前天晚上了。

他刚想打个语音过去，敲门声响起。

他放下手机去开门，门外竟然是赵诃娴。

她拎了袋苹果靠在门边。见他开门，她把苹果直接往他怀里塞。

"段老师，不好意思啊，"她说，"我看你之前还没这么被拉过郎，来和你道个歉。我的粉丝就这样，因为我这个人太难嗑起来了，他们看见个合适的就有点控制不住……"

段一柯站在门边，也有点不知如何是好，目光落在那袋苹果上，似乎想起了一些很遥远的事。

赵诃娴还在喋喋不休，说着说着又想起什么："哎，那段老师你没女朋友吧？"

段一柯愣了愣，几乎是第一反应就回答："有。"

赵诃娴也没想到他就这么说了出来。

"哦……"她往门边靠了下，"圈外人？"

"嗯。"

"行。"她潇洒地笑笑，"那我让我公司压压，不过粉丝行为我们就难控制了，就官方不带节奏。"

段一柯点了下头："谢谢。"

两人又静了半晌，段一柯说："那我……先睡了？"

赵诃娴连忙点头："睡吧睡吧，打扰你了。"

门在眼前被关上。

赵诃娴愣了愣，拿出手机，给经纪人发微信：【压下吧，别让他们闹了。】

对方很快回复：【这多好的热度啊？又不是我们炒起来的，借坡下驴呗。】

她离段一柯房门远了两步，发语音，有点不耐烦："我让你压一下。"

经纪人：【……怎么了诃娴？有什么事吗？】

她顿住脚步，恍惚片刻，再低头，怕对方听出自己嗓音异常，又改成打字：【人家有女朋友。】

经纪人：【嗨，我还当什么事呢。这圈子里有恋情的人多了，也没耽误他们到处炒作啊……】

赵诃娴：【他不一样。】

经纪人半晌没回复，赵诃娴咬着嘴唇，继续打字：【他和那些人不一样，我不想。】

一门之隔，房间里，段一柯给姜思鹭拨了第二通语音。

第一通语音她没接，他发了个问号过去，没等多久，就又拨了。几声"嘟——嘟——"之后，语音接通。

听到她声音的瞬间，段一柯都没那么累了。

"回上海了？"

她是今天上午回上海的车票，他本来准备下午就问候下搬家情况，结果忙到现在才有时间。

"回了，"她声音很软，"都收拾得差不多了。"

"明天过来的行李收了吗？"

明天就是她生日，不过段一柯白天有戏，他想的是让她在片场外面等下他，收工之后直接带她去市区。

他们拍戏这地方在重庆周边的一座县城，酒店条件也不大好，他不想让她生日住这里。

"都收好了。"姜思鹭那边传来声音，"你再把你拍戏那地方发我一下，我下飞机直接打车过去。"

段一柯应了一声，给她找定位，找着了，又有点犹豫。

"要不然你直接去市区等我吧？"他说，"明天那场戏在山上，有点偏，感觉路也不大好走……"

"可是我想早点见到你欸。"

段一柯又被甜麻了。

他倒回床上，把这个鸟不拉屎的偏僻拍摄点发给了姜思鹭。刚发过去，手机右上角的时间就变成了四个"0"。

00：00。

他凑近话筒，轻声说："生日快乐……我是不是第一个？"

姜思鹭笑："你占着手机，还有谁能做第一个……好啦，那我挂了，明天还要起来赶飞机呢。"

他恋恋不舍地挂了语音——好在明天就能见到她了。

话筒另一边，姜思鹭盯着那个通话结束的界面愣着，目光慢慢变得恍惚。

段一柯的超话和几个大粉她都设置了特别关注，哪怕这时候，弹窗还在不断给她发提醒——

【啊啊啊我不做唯粉了，这两人是真的太带劲了。】

【这个《骑马客京华》的对视花絮我还可以再刷八百遍。】

【姐妹们速来！我抠出新糖了！】

姜思鹭知道自己不应该，但她还是忍不住点了进去。

是赵诃娴前段时间走红毯的时候接受采访的视频。

大波浪，黑金色调的礼服，又飒又靓。有记者问起了她前段时间刚刚拍摄结束的《骑马客京华》，她拿着话筒，低头轻笑。

赵诃娴："收获挺大的，演技上也有提升。因为这个剧感情也很浓烈，我有时候入戏比较难。但是段老师演技很有代入感，每次和他搭对手戏，我都能很快进入状态。"

赵诃娴："对，确实是挺喜欢和段老师合作的，期待下一次。"

【确实是挺喜欢（和）段老师（合作）。】

【这二搭不就来了吗！】

【没想到我娴姐还能有这种娇羞的笑容……】

【这样看来那剧照是真情流露……】

【所以 d1k 那姿势算什么……欲拒还迎？】

【段老师美人在怀啊啊啊啊啊男人不可以说不行！】

姜思鹭猛然把手机关了。

漆黑的屏幕上，映出她一片茫然的表情。

10.

太久没在上海这个家里睡过，姜思鹭醒来睁眼的时候都恍惚了。

如果是在北京，那这鲸鱼灯是怎么回事啊？

如果是在上海，那怎么门外没有二柯乱跑乱抓的声音？

她缓了很长时间才反应过来，二柯已经不在了。家里现在，只有那个放在它猫爬架上的……

小小的骨灰盒。

她心里又疼起来。

好像在北京的时候还没有这么明显的难过，反正它也从没有到过那个房子，她有时候甚至会骗自己它还在上海等他们回家。可是这个时候，她忽然无比清晰地意识到……

二柯不在了。

她抓着自己心口闭了会儿眼，起身去洗漱。昨天约了送机的车，等到快十点的时候，她便拿着行李下楼去等。

在北京的时候，她老盼着回上海，可真回来了，好像又不是那么回事。明明家里的陈设也没变，可她就是觉得不一样了。

什么都不一样了。

上车，下车，上飞机，起飞，落地，拿行李。

她这半年好像一直在跑东跑西。

其实，她之前回国，就是觉得在新西兰飘着太累了。即便父母在，也总觉得心不沾地，悬在空中。去了上海，也没安定几年，又过上了颠沛流离的生活。

不过总归，她要去的地方，总是段一柯的方向。

他在的地方，都不会太糟糕。

她早饭吃得匆忙，下飞机又有点低血糖，在接她去拍摄片场的出租车上犯了困。车行至半山腰，司机突然一个急刹。姜思鹭猛然飞起来，头狠狠撞到前座上，抬头的时候，眼圈都срет红了。

"没事吧？"司机赶忙回头，见她摇头，又摇下车窗用当地话吼，"干啥子嘞？"

前面跑过来个人。

"塌方了！"他说，"一会儿要下雨，我们赶紧清理出来。"

"那还让不让人过了？"

"不是不让人过，你过得去啊？"

姜思鹭探头望了一眼。

塌得还挺严重，路大半边都被占没了，还倒了一棵树。她撑着车窗问："那还有别的路上山吗？"

"这山上就两条路，这边上山一条，过去下山一条，"对方说，"那你要是愿意绕到对面上也行……"

"去对面上得多久啊？"

"小姑娘，你这是在重庆啊，"对方笑了笑，"绕过去四十分钟吧，然后再上山少说半小时……你非得上吗？"

姜思鹭犹豫片刻。

"我想上……"

头又疼起来，她真的好想见到段一柯。

"那你走上去也行，"他指了指身后，"你这也到半山腰了，走上去不到半小时，比绕路快多了。"

司机回头看她，那表情也是不想绕了。

姜思鹭收回身子，想了想，然后点头："行，那我在这儿下吧，"她付了车钱，"我走上去，就不麻烦您绕了。"

半个小时嘛，能有什么事。

路过塌方段的时候，她还驻足看了看，对方赶她："上山看路啊，听说下午有雨，你小心点。"

姜思鹭点点头，攥紧手机，往山顶走去。

走了两步，她就觉出自己天真。

重庆闷热，又是正午时分，空气里是大雨欲来的潮湿。往远看，山顶现出一层雾气，噪声都像闷在葫芦里听不清晰。

回头的时候，出租车早就开得没影了。

她只能硬着头皮往上走。

她越走越觉得呼吸沉重，眼前一阵一阵发黑。拐过一个弯的时候，前面出现一条狭窄的隧道，有些凉风从隧道里刮出来。

她受不住了，往那隧道出口的山体上靠了一下，单手扶着膝盖。

凉风沿着衣领吹进来，总算没那么晕了。

然而下一秒，隧道里突然传来刺耳的油门声。

姜思鹭蓦然抬头，只见强光射过来，两辆摩托车飞驰而出。排气管的声音太大，一前一后，车体又因为怕飞出山路紧贴着崖壁，几乎就是蹭着她衣角掠过。

姜思鹭惊叫一声，猛然直起身子，手机应声落地，然后被车轮碾了个粉碎。

只是一瞬间，两辆摩托车就消失了。

她站的地方靠角落，对方又从黑暗隧道驶出，可能都没看见她，也不知道自己碾碎了她的手机。

她惊魂未定地站在隧道口，缓了半晌，才有力气去捡手机。

屏幕已经碎成渣，更别提开机。

她揉了下太阳穴，往隧道看去——隧道口还立了个牌子：山顶2公里。

那爬吧，上去了找段一柯就是。

她定下神，贴着墙壁，进了隧道。

山路两公里的概念和平地完全不一样。

更何况中间还打了两个隧道，空气也越发闷热潮湿。

姜思鹭爬到山顶的时候，身上已经湿透了，眼前也一阵阵发黑。谁知一到拍摄点门口，翘首等待的竟然有十多个人——

有男有女，有老有少，有代拍有粉丝有黄牛……

这天气还塌方，这帮人真够拼的啊……再来一次给她钱她都不上山了……

姜思鹭气喘吁吁地走过去，看到门口堵了两位五大三粗的安保。

她平白怯起来。

那几个代拍、黄牛、粉丝知道自己肯定进不去的，也不和安保说话了。

姜思鹭鼓了半天勇气，总算走过去，小声说："你好，我想进去找人……"

"什么？大点声！"

姜思鹭被吼得一哆嗦："我朋友在里面，我进去找人……"

对方听完，不耐烦地摆手："找什么找！粉丝不让进！"

"我不是粉丝……"

"装什么装？来这儿的除了代拍就是黄牛，要么就是粉丝。我们这眼睛都练出来了，你这一看就是粉丝。"

"我真不是粉丝……"姜思鹭急了，"我真有认识的人在剧组里，但是我手机坏了，不然我就打电话找他了……"

姜思鹭还把被碾碎了的手机拿给对方看。

"哎，我说，你们这编谎话能不能有点新意啊？"瘦安保不耐烦起来，"怎么还带起道具来了？拿个模型机弄碎了就想骗我们啊？"

他话音刚落，旁边一个粉丝也开口了。

"小姐姐，你别磨了，进不去的，我们都磨了好几天了。你就站这儿和我们一块儿等吧！"

姜思鹭要委屈疯了。

她又去长按手机开机键，不出意外，屏幕还是漆黑着，毫无反应。她站在门口想了想，反复告诉自己，别慌，别着急……

"那你能借我下手机吗？"她抬起头，问那个看起来和蔼一点的胖安保，"我记得他电话号码，我给他打个电话。"

胖安保看了她一会儿，去问那个瘦子："她看起来不像在说谎话欸……"

"你懂什么！"瘦安保狠狠敲了下对方脑壳，"这些粉丝鬼主意多得很！之前还装成护林员要进去你忘了！放一个进去，我就又得被扣工资了！"

姜思鹭气得胸口起伏了下，眼前又有点发黑。她刚要说什么，旁边过来一个粉丝。

　　"小姐姐，你真认识剧组的人啊？"

　　姜思鹭回头看她。

　　"你认识谁啊？"

　　姜思鹭张了张嘴，然后意识到自己不能说段一柯。想了几秒，她说："就是一个剧组的工作人员，我来给他送东西的。"

　　"那你拿我的电话打吧。"对方掏出了手机，"你要是真能进去，帮我要下赵诃娴的签名行吗？"

　　她愣了愣，内心酸涩了一下。

　　然后，她点头："好，我进去帮你问。"

　　对方把手机递了过来。

　　她熟练地输入了段一柯的手机号，拨通——

　　漫长的"嘟嘟"声。

　　安保怀疑地看着她，粉丝则投以期待的目光。她的心在漫长的"嘟嘟"声里沉下去，又在接通的一瞬间雀跃起来。

　　对方声音响起的一瞬，她又愣住了。

　　"喂？谁啊？"

　　不是段一柯的声音。

　　"我……"她结巴着，看了下旁边粉丝期待的目光，压低声音，"您是哪位呀，我找这个手机的主人……"

　　"段一柯拍戏呢啊！"对方嚷道，"手机搁我这儿呢……你这连个来电显示都没有你谁啊？"

　　"我是他朋友……"

　　"朋友没有来电显示啊！人家都没存你手机号！"对方继续嚷，"粉丝是吧？这隐私泄露也太严重了，我拉黑了啊，别打了！"

　　电话被挂断。

　　借她手机的小姑娘观察了她一会儿，把手机拿走了，回头和自己朋友说："嗨，和咱一样，我以为真有路子呢。"

　　安保也看出端倪，嘲讽道："我还真当我看走眼了呢……哎，你要真想看，你就站这儿等着呗，这不都在这儿等吗？搞什么特殊。"

　　姜思鹭低着头，一句话也不说。

　　愣了半晌，她走到远处一棵树下，抱着膝盖坐了下去。

　　山顶凹陷处，有一座深潭，是这次剧组的扎营点。

　　赵诃娴正站在潭水旁边和人吵架。

　　她气性是真大，因为对手戏怎么拍和搭档吵起来，导演过来都劝不住。段一柯刚拍完一场跳伞戏，回来就听到有人喊他。

"哎，那个一柯，你和她熟点，你快去劝劝。这一会儿都要下雨了，别今天这场拍不完了。"

倒也没熟到那个份上……

他也不知道为什么剧组里都默认他和赵诃娴很熟。

但人家喊都喊了，他也只能往那边走。

远远看见那两个人越吵越凶，赵诃娴甚至去拽对方的衣服。那男演员也火了，一挥手，甩得她倒退两步。

软湿的潭岸一下凹陷进去。

段一柯眼神一紧，赶忙加快脚步。偏偏那男演员没反应过来，眼看着赵诃娴往后倒。软泥吞噬着赵诃娴的脚腕，她重心不稳，马上就要倒进潭水里时，一只手突然拽住她小臂——

她被人用力拽了回去。

对方却因着惯性继续往前冲，几乎是和她调换了个位置——

她眼睁睁地看着段一柯摔进那个淤泥堆积的潭里。

今天这场是必然拍不完了。

段一柯被捞上来的时候，浑身都是泥，让剧组的人拿水管冲了半天才冲干净。人是干净了，眼睛被浸得有点发炎，看东西带影，耳朵里估计也进了东西，连听力都模糊起来。

偏偏天又阴起来，要下雨。导演长叹一声，挥手道："上车上车，都上车，今天不拍了。那个执行——你带段一柯去趟医院，快点——段一柯人呢？"

远处有人挥手："这儿呢，这儿呢，一柯说打个电话！"

赵诃娴急了："他看都看不清听都听不清打什么电话啊！"

段一柯显然没听见她在说什么，他现在基本不在他耳边吼就听不见。

大雨欲来，他一遍遍拨打着姜思鹭的电话，却是无人接听。半晌，他抬头看向刚才帮他拿手机的工作人员。

对方的脸也是模糊的。

"刚有人打电话找我吗？"

对方凑到他耳边大声喊："没有！就一个骚扰电话，我给你拉黑了！"

段一柯点了下头，把手机放回口袋，朝剧组的车里走。

赵诃娴跑过去拽他："导演让你去医院！你跟那辆车走！"

他侧了下耳朵："什么？"

离得这么近都听不清，赵诃娴是真要急疯了："去医院啊！有车送你去市区，我和你一起！你快点！"

话音刚落，"哗啦"一声，大雨倾盆而下。

赵诃娴等不及他回复，拉住他手腕，强硬地把他拽上了一辆轿车，然后一起和他坐到后座。

前面是司机和执行制片。

"娴姐你一起去啊？你助理跟着吗？"对方回头看她。

"你快点开吧！"赵诃娴着急道，又担忧地看了一眼段一柯——他似乎还在给人打电话，"就去市区那个医院，上次有演员伤着也去的那儿，说挂号挺快的。"

对方点了点头，和司机说了几句当地话，又回过头。

"早上来的那条路塌方了，咱们换条路走啊，稍微慢点。"

赵诃娴叹了口气，无奈道："行，能多快多快——段一柯，你别打电话了！找谁啊那么急！"

段一柯蓦然被抢了手机，无奈道："你还我下，我有事。"

"你别看了！你闭会儿眼！"

说话间，车已经开到片场外了。

车窗里能看到几个等着的粉丝一下跑过来，还有镜头狂闪。段一柯想往外看，被赵诃娴一把拽回来。

赵诃娴："你疯了你！你现在眼睛这么红给人拍着怎么办啊！到时候剧组出事的新闻又上头条了！"

段一柯不耐烦起来："我自己怎么着我心里有数。"

"你有什么数啊！你有数你往水潭里跳！"

他别了下脸，不想和赵诃娴继续杠，抬头喊司机："师傅，你停下车，我有事得下车看下——"

赵诃娴："师傅，你继续开！你现在下去干吗啊，被粉丝围住你还能去医院吗？你再耽搁一会儿你不怕聋还是不怕瞎！"

段一柯转了下头，那个浑劲儿又上来了："赵诃娴，咱俩很熟吗？"

她被他问得一愣。

但她这性格，还真不怕人犯浑。

"我管你和我熟不熟，"她抱起手臂，"你现在就得去医院，要下车你先从我身上迈过去。"

"莫吵喽……"司机的声音从前面悠悠传过来，"都开出去半里喽，雨天下山，最忌讳停车嗻……"

车里寂静，车外大雨喧嚣。

段一柯手慢慢攥成拳头，无意识地砸了一下车门。

视线越发模糊，他连车窗外的雨幕都看不穿，连汹涌的雨声都听不见。

自然也不知道，车后面，一个女孩子，冒着大雨，边喊他的名字，边跑得摔倒在山路上。

他真的听不到她叫他了。

姜思鹭走到山下的县城里时，已经是深夜。

她一身泥，一身水，脸色苍白得吓人。她走进那家快关门的小电器店时，老板吓得还以为见了鬼。

就说不能为了几个臭钱太晚关门……

结果对方在门口站了一会儿，掏出了个被碾碎的手机。

他这才放下心，鬼应该不用手机。

她把手机放上桌面，轻声说："可不可以，先帮我拆一下……我把这个电话卡换到新手机上，就能给你付钱了。"

老板忙不迭点头："能能，你要哪款？"

姜思鹭摇摇头："随便，哪款都可以。"

做生意的最怕客人"随便"，犹豫再三，老板给她拿了个同款型的出来。

结果对方还真是随便。

她一言不发地看着老板帮自己把电话卡取出来，拆新手机包装，再把卡放进去，开机，又下了个微信。

她伸手去登微信。

几乎是上线的瞬间，消息就炸了，几百条全是段一柯发来的，语音夹杂着文字，能看出来是急疯了。她面无表情地刷了刷，没回复，调出付款界面，先把手机钱付了。

老板刚才抬了下眼，凑巧看到了几行字。

"找你呢？"他讪笑道，"联系不上，急坏了吧？赶紧回一下吧。"

她点了下头，拿着手机走到电器店外。

她还是没有回复。

她像是吃错了药一样又下了个微博，然后登录了自己的账号。很快，几个特别关注的粉丝和博主的更新，像野火一般燎上她的首页。

【啊啊啊啊啊啊段一柯是和娴娴坐车一起走的！】

【她拽他，她不让他往外看！】

【他俩这姿势是要亲了吗？】

她睫毛抖了抖，点开了一个动图。

她在外面站了一下午，她都知道这是哪个代拍的机位。

慢镜头里，段一柯肩膀的衣服被赵诃娴扯住，然后被她霸道地拽回自己身边。他手扶了下车窗，看起来下一秒就要被她摁住了。

镜头一闪即逝，没有再拍到接下来的画面。

姜思鹭都笑了。

真好，她自己都觉得登对。

段一柯的语音又打来了。

她挂断，然后点了下微博的转发到微信，选择了段一柯的名字。

转发的同时还能加行文字呢。

她都忘了还有这功能。

写什么呀？

她站在路边，靠着电器店冰凉的橱窗，后背被雨水浸得湿透。

想了一会儿，她忽然笑起来。

她嘴角噙着笑，一字一顿，在那空白的文本框里，打出一行字来：

【祝你们百年好合，天长地久。我们两个，好聚好散。】

　　从重庆回来后很长时间，姜思鹭都在做梦。

　　梦里永远是那条山路，弥漫着浓重的雾气，下着她从未见过的瓢泼大雨。她在那条路上一直跑，一直喊段一柯的名字。

　　可他坐着的车一点都没有减速。

　　她急得发疯，甚至都不管身边还有其他的车驶过，只是拼命朝着他的方向狂奔。眼前一阵阵发黑，脚下忽然一绊，她整个人平着摔了出去，然后狠狠扑进山路淤积的泥水里。

　　她想漂漂亮亮来见他，化了很好看的妆，穿着他最喜欢的那条裙子。

　　妆早就花了，裙子也脏了。

　　她从泥里爬起来，膝盖和手肘都闷疼起来。她垂眼看去，看见了淤泥之下，伤口渗出了红色的血。

　　她就一动不动地站在大雨里。

　　他坐的那辆车早就消失在雨幕中，她这才想起，方才车窗里那匆忙一瞥，他是和赵诃娴坐在一起。

　　于是她那么爱哭的一个人，一滴眼泪都没有掉，只是沿着山路，沉默地走下去。

　　这天从病床上睡醒的时候，她梦里又是这条看不到尽头的山路，只是感觉手背上有点不大对劲。护士的惊呼声彻底把她从幻梦中惊醒。

　　"这都快没了你怎么不叫我呀！输进去空气很麻烦的呀！"

　　姜思鹭蓦然抬头，看见输液瓶里见底的药剂。

　　护士走过来帮她拔针——本地小姑娘，说话很哆："每天都和你讲叫个朋友来陪下呀，医院这么多病人，我看不过来的嘛……"

　　姜思鹭哑着嗓子："不好意思，我睡着了。"

　　对方叹了口气："好了，下午可以出院了，你一会儿去办手续……有没有人来接下的？你这输了三天液，怎么还是虚得要命。"

　　她垂下眼："我问问吧。"

　　生日那天，她凌晨从重庆回到上海，在家里睡了一整天，醒来却觉得越发虚弱。她去医院挂号，血糖低到被医生留院观察。

　　段一柯给她打了很多电话，她没有接，于是他发信息。她睡醒的时候会看看，也知道了那天的来龙去脉。

　　但她一句话都没有回复。

　　医生让她少看手机，她就买了几本书看。有一本她大学常看的《解忧杂货铺》，东野圭吾在里面写——

　　"人与人间的情断义绝，并不需要什么具体的理由。"

　　看到这句的时候，她把那页折起来，忽然就困了。她睡了个很长的觉，梦里这半年的日子如浮光掠影，如白驹过隙。

很奇怪，在上海的梦都是彩色的，到了北京，画面的颜色就逐渐褪去，最后连声音都消失了。他们在黑白色的世界里对视、拥抱、分别，像溪流里的两根芦苇，拼命靠近彼此，又一次次地被浪花分开，最终汇入了不同的江河。

那些在重庆没有掉的眼泪，都被她在这些黑白色的梦里落干净了。

针头被拔掉，她看了一眼自己的手——那天在山上磕破的关节还留着痂，手背上都是输液的针孔。她血管细，有时候找不到位置，一扎就是好几次。

起身的时候，手机振动起来。她看了一眼来电显示，发现是黎征，于是接起。

"喂？"

对方愣了愣，可能是她声音听起来太虚。半晌，男人开口："姜小姐，你……回上海了吗？"

她靠回病床——最近稍微动一下就觉得累。

"回了的。不过我最近可能不太方便和你吃饭，黎征，我……"

"你在哪里？"

她顿了片刻，然后回答："我在医院。"

"在看病？"

"在住院。"

"……什么时候出院？"

"今天就出，你看要不然这周六……"

"你发我医院地址，我去接你。"

"不用的，我打车就好了……"

"地址发我，我已经去车库了。"

姜思鹭："……"

也是，这人一贯如此。

她起了下身想说些什么，结果又是一阵眩晕，差点儿从床上摔下来。想到一会儿还得跑上跑下地办出院手续……她叹了口气，挂掉电话后，给黎征发了个定位。

退出和黎征的对话框，段一柯又有一条微信过来：【你回我一下行吗？】

她恍惚片刻，然后退出了微信。

办出院手续的时候，医院系统出了点问题，耽搁了很久，就拖到了晚上七点。

姜思鹭和下午给她拔针的小姑娘遇上了，对方叉着腰，对黎征劈头盖脸一顿骂："女朋友住院三天来都不来一下的啊，就出院接一下？哎，现在的女孩子怎么找男朋友光看脸的啦，长得好看能当饭吃啊？病了都不晓得来照顾，以后怎么靠得住啊……"

姜思鹭连忙想解释，被黎征拉到身后。

"不好意思，"他对那小护士低了下头，"她没和我说。早点晓得的话，第一天就来了。"

他态度好，小护士息了怒："那你女朋友很懂事的哦……这么懂事的女孩子不多见，你好好对人家哦……"

小护士嘀嘀咕咕地走远了，姜思鹭叹了口气："这又不是你该挨的骂你应什么……"

黎征笑笑，没说话，带她往停车场走。

上副驾的时候，他帮她开门，等她上车，却没走。等姜思鹭把安全带系上，他弯腰帮她调了下座椅。

"不用太低，"姜思鹭直着身子，也不想在人家车上太随意，"这个角度可以了。"

黎征收手，靠背调节的机械声暂停。姜思鹭往后仰了下，确实比直着坐舒服。等到对方也上车的时候，她有点控制不住地闭上眼。

"开空调吗？还是你想吹吹风。"

姜思鹭低声说："开会儿窗户吧。"

窗户也降了下来。

没有玻璃的阻隔，外面的世界是清晰的苍翠。

她这才意识到，已经是夏天了。

上海的夏天真好啊，咖啡，冷饮，街角半开放式的餐厅，落地窗，树荫，穿着吊带的漂亮姑娘……

可是怎么好像，和她都没什么关系。

车开出去一段，暮色落尽，夜幕降临，街边的灯火一盏盏亮起来。大约是开着窗的原因，黎征车速不快，风打在脸上也是软的。

他放了首歌，有风笛声，好像是北欧民谣。姜思鹭闭着眼辨认着歌词，然后听到他问自己："姜小姐，你和那个男孩子分手了吗？"

她无知无觉地笑了笑。

"分手……"她目光落到街边的咖啡馆，"黎征，你和人分过手吗？"

对方没有追问，顺着她的话回答："大学的时候，分过。"

"那你觉得，什么样才算是真正的分手？"

他像是思考片刻，然后开口："我觉得人在开始下一段感情之前，都不算和上一段感情真正分手。"

"这样吗？"她靠着椅背，说话带点懒，引得黎征忍不住看了一眼，"听起来你还挺有经验的。"

"姜小姐没有分手经验的吗？"

她把车窗升起来，车里就显得寂静了。

半晌，她才回答："擦肩而过，也算不得分手。"

车行至小区，黎征已经对到她家单元的路熟悉了。

熄火后，她调直座椅，解开安全带，听见黎征说："最近要去医院的话，都可以找我。"

"怎么好意思总麻烦你，"她摇摇头，"我这次出了院已经好多了。"

黎征叹了口气，收回目光："那你不和我说，我就只能多问问了。"

姜思鹭无奈："黎征，你知道你这人特别……就是别人不按你的来你就想办法让别人按你的来……"

黎征倒没否认："我确实是这个性格。"

两个人下车。

夜风带了些夏日燥热，姜思鹭同黎征道别。

说了几句客套话后，对方便回到了车里。她松了口气，回过身，刚想进单元门，却见到暗处亮起一点火星。

呛鼻的烟味扑面而来。

下一秒，黑暗里一个人影慢慢现出来。段一柯把烟从嘴上拿下来，眼底赤红，神色冷得可怕。

他们在夜色里对峙。

他知道她不喜欢他抽烟，他就偏要在她面前抽，抽完一整根。抽完了，他去拽她手腕，她下意识后退，又被他强硬地拽进怀里。

她不回他消息，她和黎征出现在楼下，他有很多难听的话。

可是抱住她的时候，他一句都说不出来了。

她好瘦啊。

以前抱起来是软的，现在瘦得像一根芦苇，锁骨和肩膀都硌人。下巴尖得紧贴着颌骨，脖颈像是一用力握着就断了。

楼道里的声控灯亮了起来，他垂下眼，看清她落在肩膀上的手背，遍布着输液的瘀青和摔伤的结痂。

他疼得嗓子都嘶哑了。

"到底怎么回事啊？"他问，"你甩下一句分手就走了，我问你什么都不回，到底是怎么了？这些伤是怎么弄的？你怎么瘦成这个样子啊？"

她偏过脸，声音淡得他心惊。

"你不拍戏吗？"她说，"突然回上海，剧组不找你吗？"

他顿了下。

"找，"他说，"所以我只有八个小时。"

八个小时，来回的飞机……留给她的也没多久。

但他还是回来了。

姜思鹭叹了口气，手撑着他肩膀，从他怀里退了出来。

"上楼吧。"她说，"那我们就，好好谈一下。"

她身上沾了他的烟味，脚步又有点虚浮。

段一柯从身后扶住她的肩膀，她愣了愣，侧了下身子，躲开了。

走到门前，她把门打开。

住院几天不在家，又是扑面而来的冷清气息。姜思鹭把桌子清干净，倒了杯水，给段一柯拿到面前。

他抬头看她："你别对客人似的对我，我也住这儿。"

她笑笑——仍然是很客套的那种笑，甚至不接他话。

"喝吧，听你嗓子都哑了。"

那是急的。

你不理我我急的。

段一柯手指握上杯柄，往喉咙里灌，两口水喝下去，再抬眼，姜思鹭坐到他对面了。

他忽然觉得好绝望。

怎么会这样。

怎么是这个谈判的姿态。

她不是应该看到他就扑进他怀里，蹭着他脖颈说想他吗？

哪怕受了委屈，大哭一场，那交给他，他就该哄她。

怎么是这个客套的样子，看起来简直……

简直和她对待那些无关紧要的人的时候一样了。

段一柯后知后觉地想起来，姜思鹭不是个多甜多乖的姑娘。

她对孙炜，对顾冲，哪怕对孟琮那种地位的人，都是摆出平起平坐的姿态——她傲得很。

她只是在他面前的时候，愿意撒娇，愿意让他哄，愿意把自己的脆弱和委屈告诉他。而现在……

她把那些曾经赐给他的东西，都收起来了。

他目光往下落，落到她手上。

"手怎么回事？"

姜思鹭也看了一下，伸开五指，歪着头回忆。

隔了半晌，她软声回答："病了，去输液了。"

他心口有个地方已经在被刀刃割了。

"那个关节上的……"

"摔的。"她收回手，淡淡地看着他，"生日那天追你的车，摔了。"

那刀不割他了，直接捅进去，然后拧着血管转。段一柯手足无措地站起身，走到她跟前，蹲下，去抓她放在腿上的另一只手。

也摔伤了。

他后知后觉地去看她胳膊，看她膝盖，全是结痂的伤口。他抬起头，眼神里全是不可置信："我给你打了好多电话……"

"手机坏了。"她还是那个淡淡的声音，"塌方了，车上不去。我进隧道的时候，手机掉到地上，摩托车开过去，压碎了。"

她这次不用他问了。

"我在外面等了你很久，"她声音轻轻的，可落到他心里，每一句话都是一把钢刃，"我想进去，保安不许。我借别人电话给你打，没有来电显示，接电话的那个人，把我拉黑了。好不容易等到你出来……"

她笑了笑，好像已经不在乎了。

"你看不到我，也听不到我叫你。我追了很久的车，然后就这样了。"

段一柯握着她的手慢慢攥紧，看她的眼神里全是后悔。

"你不用给我解释了，你发的微信我都看了，我知道你掉进潭里了。"她温柔地碰了碰他的眼睛，"好些了吗？看东西听东西还好吗？"

她还在担心他。

他都想把自己杀了。

他闭了会儿眼，再睁开，收了方才所有的戾气。

姜思鹭温柔地看着他，重复问："好了吗？"

他点头。

她松了口气，收回了目光。

段一柯喉结滚动了下，问她："那你好了吗？"

你好了吗？

你摔破的地方还疼吗？

你输液又是低血糖吗，你……好了吗？

她低着头没有看他，愣了半晌，疲惫地摇了摇头。

"我没有好，"她轻声说，"你看我现在，都变成什么样子了呀。"

她扶了下额头，说："段一柯，你扶我去沙发上待会儿行吗？我有点坐不住。"

他没有扶，他直接横抱起她，她倒是没有阻止。他以前老这么抱她，对比起来，心慢慢沉下去。

太轻了，轻得要从他怀里消失了。

他把她放到沙发上，又往她身后塞了个抱枕。

姜思鹭仰头看着他笑笑，说："可以把那个胡萝卜抱枕给我吗？"

他一愣，回身去拿，然后递给她。

缓了一会儿，她总算有力气说话。

"我这两天在医院，其实想了好多事情。

"和你在一起这半年，真的挺开心的。我做梦都没想过会和你这样谈恋爱，好美的一场梦啊，比我写过所有的故事都美好。

"可是人不能一直活在梦里。

"我今年去了好多地方。东阳，北京，内蒙古，重庆……你在哪儿，我就去哪儿。认了好多有意思的人，也见到了很多没见过的风景。

"可是我……"

她闭了下眼睛。段一柯下意识去抱她。

姜思鹭躲开了。

于是，他的怀抱僵在半空。

"可是我好累啊。

"那天给你转发的微博，是气话，我知道你们两个什么都没有。其实……是我跑不动了。

"追星星太累了，接下来的路，你自己往上走吧。"

她话音落地的瞬间，段一柯不管不顾地倾身过来，把她揽进怀里。她身体微微颤抖，竟然还开玩笑："好，那分手之前再抱一次……"

　　"谁说要分手了！"他声音都能听出濒临崩溃，"姜思鹭，你不用往我的方向跑了，以后都我来找你。你先把身体养好，以后我只要有时间就回来，再也不用你去找我了……"

　　"段一柯，"她的声音略显无奈，"别任性了。那条微信前半句是气话，后半句还算数吧。我们两个，好聚好散……"

　　"什么好聚好散！"他猛然抬头，控住她的肩膀，"我不和你散，分手也不是你一个人说了算。谈恋爱的时候我等你答应，分手你也得等我答应吧？我不答应，我不会和你散的，你别说气话了……"

　　他来吻她嘴唇，未散尽的烟味呛得她咳了两声。

　　段一柯听见立刻收回身子，茫然地说："我戒烟，我不抽了，我以后都不会抽了。我们以后不离开上海了，你不喜欢北京我们就不去了。姜思鹭你别这个样子看着我，你冲我笑笑好不好，你委屈你就来我怀里哭一会儿，你别这个样子……"

　　说到最后，他也崩溃了。

　　像洪水决堤，谁也不想，但谁也只能看着它把一切冲垮。

　　她伸出手，摸摸他的头发。

　　他把头埋进她肩膀，眼泪灼得她皮肤都烫起来。

　　"没办法的段一柯，"她拍拍他后背，"我也没怪你……要怪就怪我生日的那天，风雨太大了吧。"

第八章
/ 佛山 /

01.

太阳刺眼。

车里空调开得足，姜思鹭没觉得太热。她放倒一些座椅，手指在屏幕上上下移动着，浏览着最近的信息。

也怪她之前关注了太多段一柯的资讯微博，现在他的信息基本是不受控制地往她眼里跳。

博主1:【《花好，花好》段一柯后天杀青保真！据说本来上周就该杀青的，但是他戏太精彩，导演给他多补了戏份，还加了他和赵诃娴的对手戏！柯诃党狂喜！】

博主2:【《她的狮子朋友》也在建组了！段哥应该是无缝进组，杀青《花好，花好》以后直接飞佛山参加《她的狮子朋友》的筹备，这个资源本事业粉爱了！】

博主3:【《片场火花》收官太精彩了啊啊啊啊啊翻拍《狂追》真是绝了柯柯你还有什么惊喜是朕不知道的！！！】

博主4:【新鲜的段哥花絮动图自取↓我现在就等《骑马客京华》定档了！！颜狗盛世，CP粉春天！！！】

划到底了。

姜思鹭退出微博，缓了口气，目光望向窗外。刚放空了一会儿，手机又振动起来。

她看了一眼，是顾冲打来的电话。

接通后，对面传来两道声音。

"化鲸，身体怎么样啊？"松球的。

"在上海吗？"顾冲的声音。

姜思鹭笑了笑："你俩一个个来……在上海呢，身体没什么事。你们已经到佛山了？"

"在广州呢，热死我了，我后悔这时候开机了，"顾冲说，"那蟑螂，那么大个！吓得本西北大汉嗷嗷乱叫。"

松球："屄人一个，我都没大事……化鲸那你订机票了吗？我到时候去机场接你用不用？"

"订了，就后天中午，给我酒店地址就行，"姜思鹭说，"不过我也是第一次参加电影筹备，可能也帮不了你们太多……"

"没事，和之前在北京一样，松球带你。"顾冲赶忙说，"还有就是你那个人物原型，这次趁着筹备期，也带我们见见。我们自己联系了几个舞狮的，都不太对味道，你来了帮我们引荐下给你讲故事的那位教练。"

"没问题的。"她说，"他人挺好的，也能聊，带你们去就是。"

对面沉默了一下。

姜思鹭也沉默了一下。

"化鲸啊……"

果然还是来了。

"就是，你上次和我说，你和段一柯分手了，"松球忧心忡忡，"但是刚才顾冲和段一柯那边打了个电话，他那个意思是，还没分，就是闹矛盾，这个……"

姜思鹭叹了口气："你俩放心吧，不会影响剧组的。"

顾冲明显松了一口气，松球还有点不放心："也不光是电影，我是担心你……"

"没事的松球姐，"姜思鹭安抚道，"你安心和顾导做电影吧，这种事我自己解决。"

"好，我也是看你俩之前那么好……"松球叹息，"突然间就这样……"

顾冲打断她："哎，行了，别说了。咱们下楼吃肠粉啊啊啊啊啊松球那儿有个蟑螂啊啊啊啊——"

电话断了。

姜思鹭笑起来，笑着笑着，又想起段一柯走之前留下的那句话。

"凌晨有场群戏，我得过去，但是姜思鹭……我还没答应分手。等我工作结束我会来和你解决这些问题，但我不承认我们现在是分手状态，这件事不是你一个人说了算的。"

他的声音在耳边来来回回地响，响得她又有点头痛。

车门被打开，黎征坐进了驾驶座。

"包呢？"

姜思鹭赶忙把自己特意拿的大号水桶包撑开。

对方把手里的药平平整整地摆进她包里。他额间汗湿了，衬衣领口也染上很浅的汗渍，但说话还是逻辑清爽：

"这三盒都是防低血糖的，调理身体的我给你单独放到左边了。这个是医生给你开的药量，和说明书上不一样，你按照这张单子来……"

"黎征，"姜思鹭喊停他，"我知道的，你东西都写得很清楚，你放在那里就好了。"

男人抬头对上她眸子，笑了笑，不说了。

姜思鹭看了他片刻，手伸进包里，拿出包纸巾，抽了一张出来。

"擦擦汗吧，"她说，"外面很热吧？"

黎征接过，把纸巾对折成三角，吸了下额头上的汗。

姜思鹭说："你这里……"

他侧过脸："哪里？"

她又抽出张纸，想帮他擦下，又觉得逾距，最后递到他手里，说："耳后这里。"

黎征若有所思地看了一眼，自己用纸巾把汗吸干净了。姜思鹭垂下眼，把他手里两张纸巾拿过来，一起对折成小块，当垃圾收起。

抬起头的时候，黎征还在看着她。

"怎么了？"

男人收回目光，嘴角带着一丝笑意。

"没什么……你后天几点的飞机？"

"十二点半。"

"那我送你过去吧。"

"打车就行了，你送还得空车跑回来。"

"我也不开出租，还怕跑空车啊。"

姜思鹭难得在他面前笑了。

他把车开出了医院停车场，往朝暮影业的方向开去。

好久没走这条路，姜思鹭都觉得陌生。今天去，是凤姐给她发消息，说雀羽视创的特效基本完成，周四下午来公司做汇报，她要是感兴趣能来旁听。

姜思鹭就去问黎征，结果对方说："那中午拿好药，我带你一起过去吧。"

她竟然习惯性地接受了他的安排。

车开到朝暮影业，进了地下停车场。黎征转了下方向盘，说："第一次过来找你，你都不让我停到楼底下，我绕着楼开了好几圈。"

姜思鹭被他说得有点尴尬。

他们从车库直接进了电梯，上到一楼时，进来一个女人，盯着姜思鹭看了看，惊喜道："化鲸也来啦！"

姜思鹭是个脸盲，反应了一会儿，还是黎征开口："房总，今天特效会您一起？"

房鸿！

姜思鹭赶忙打招呼："房总，对，凤姐叫我过来看看。"

房鸿没在乎她反应慢，豪爽道："我一起啊。不过我之前都看过了，今天主要是过其他人的眼。女主角那只黑豹做得真好，我都要以为是动物演员了！哎呀……雀羽视创，啥都好……就是贵！"

黎征笑了笑。

房鸿又盯了他俩一会儿，说："不对，你俩是一起来的是吧？你俩怎么认识啊？"

姜思鹭正绞尽脑汁思考着，就听到黎征说："之前工作，有过合作。"

八个字，不远不近，恰到好处。

姜思鹭看了对方一眼。

他也看向她。

她立刻收回目光，心跳有点失速。

电梯上到六楼，房鸿先出，姜思鹭和黎征落后一步。快进会议室的时候，姜思鹭小声说："你衬衣的领子没别好……"

黎征顿住脚步。

他回过头看着她："所以呢？"

姜思鹭咬了下嘴唇，偏过脸，跟着房总进去了。临进门时，她丢下一句："你自己整理下。"

进门，落座。

凤姐看见姜思鹭，远远朝她挥手。

姜思鹭又起身平移了过去。

两个女人聊了聊近况，黎征和一个雀羽的员工一起进来了。

姜思鹭："……"他怎么还没别领子啊！

一会儿还要上台呢！

强迫症犯了。

黎征不看她，她死盯着黎征不放。凤姐看看她又看看对面，轻声问："那个是雀羽的老总啊……哎，是有点帅的欸，化鲸你——化鲸？"

凤姐看着身边空了的座位，又看见姜思鹭快步往门外走。路过黎征身边时，姜思鹭以迅雷不及掩耳之势拽了下他的领子。

领子正了。

姜思鹭出门了。

雀羽的员工刚把目光从投影上收回来，就看见自家老板嘴角浮起一丝笑意。

目睹了一切的凤姐：……这都哪儿跟哪儿啊？

会议结束后很久，姜思鹭还沉浸在那只黑豹的逼真里。

房总没有过誉，雀羽那只黑豹做得栩栩如生，无论是表情还是毛发，看起来都不像是后期做进去的，倒像是前期拍摄时就安排好的动物演员。

有一幕戏，宋冽身陷绝境，黑豹自瀑布跃下，将重伤的宋冽驮起，狂奔离开前回头望了一眼追兵。

那一眼看得当时在场的女员工都不行了，用凤姐的话说就是："我怎么对一只豹子动心了……"

姜思鹭和黎征说了一路那豹子。

把她送到楼下时，黎征总算开口："这么喜欢那只黑豹吗，眼睛都亮了。"

"喜欢的！"姜思鹭说，"和我想象里一模一样！我看到我书里的东西变成真的，又和我想象里一样，我就很喜欢！"

黎征点了下头："这就是你之前喜欢江晚淮演员的原因？"

姜思鹭瞬间愣住。

她收了下东西，笑意逐渐散去。黎征看着她的表情，才知道自己这话说得不大得体。

车里安静了一会儿，姜思鹭解开安全带。

"黎征，谢谢你带我去取药，也谢谢你们公司做的黑豹，"她垂下眼，"后天我自己打车去机场就好了。等这些药吃完，我身体应该就恢复得差不多了，也不会再麻烦你了……"

黎征忽然拽住她胳膊。

姜思鹭抬眼看他。

他缓缓开口，得体惯了的脸上，难得露出一丝不悦："段一柯，就这么说不得？"

姜思鹭这才意识到——雀羽给《骑马客京华》做后期，应当是反反复复地看过那些拍摄素材，黎征早就把段一柯的脸、角色、名字对上号了。

黎征的手掌覆在她皮肤上，滚烫。

"我当初退出，是尊重你的选择。"黎征继续说，眼神锐利，"结果呢？你猫生病的时候他在哪儿？你生病的时候他在哪儿？哦……是在热搜上，和演宋冽的女演员被人拍到，是吗？"

"够了！"

姜思鹭猛然甩开他。

黎征一愣，立刻道歉："对不起，我刚才……"

他没想到下一秒，姜思鹭的眼泪流了出来。

她手忙脚乱地把装着药的包挎到肩上，用胳膊擦了下眼睛，然后打开车门跑下去。

黎征也下了车。

车外日光刺眼，她脚步错乱，被黎征几步追上。男人扶住她的肩膀，连声道歉："姜小姐，我不是有意那样说的，我是觉得你被欺负了……"

姜思鹭突然蹲在地上大哭起来。

黎征站在她面前，一时也做不了什么，只能帮她挡些阳光。

姜思鹭哭累了，站起身，看了一眼包里黎征给她买的水、拿的药、写的说明……

她说："对不起啊，黎征，我知道你喜欢我，但是我现在没办法喜欢别人，我可能很久都没办法喜欢别人。你别做这些了，你做这些，我觉得是我在欺负你。"

黎征叹了口气。

他给姜思鹭让开回家的道路。

"没关系……你就当,是我一厢情愿就好。"

02.

松球再三要求去广州机场接姜思鹭,最后还是被她极力拒绝了。

感觉上次在北京晕了一次,松球就一直把她当大熊猫爱护,聊天开口就是"最近身体怎么样",搞得她都觉得自己过度娇弱。

筹备期大概有一个月,带的东西多,姜思鹭装了个大箱子。临走前,黎征又同城快递来一堆有的没的,她无奈,塞得行李箱容量反复告急。

抱怨了一句,黎征给她发微信:【用给你快递个行李箱吗?】

姜思鹭:【……不必了!】

飞机中午落地。

一下飞机,她就觉出气候闷热。纵然她只穿了白 T 恤和短裤,皮肤还是迅速渗出一层薄汗。她把发绳从腕间取下,绑起高马尾,顺着人流前往转盘取行李箱。

长长的转盘,像在卖巨型回转寿司。她被挤在人群里,踮着脚寻找自己的行李箱。偶尔被撞一下,皮肤接触,黏腻感弄得人心烦气躁。

"扑通"一声,她那个红色的行李箱滚出来了。

姜思鹭一边喊着"借过借过",一边钻进人群,试图抓到自己的箱子。结果眼看着行李箱被转盘送远,她一直没钻进紧贴着转盘的第一排。

挤什么挤啊,没有箱子的能不能往后让让!

姜思鹭叹了口气,退出人群,顺着转盘的方向多跑了几步,又往里钻。她这次选择的点位箱子还没到,一番操作,总算挤进第一排。

箱子要来了!

姜思鹭伸出手,一把攥住自己行李箱的提手。然而下一秒,身旁忽然有人大力地推了她一把,把她连人带箱子推移了位。

姜思鹭被推得脚步一晃,这边抓着箱子不松手,那边又要找身体重心,眼看就要一头栽进转盘了——

身边突然伸出一只手,帮她把行李箱拽出来,然后另一只胳膊揽住她腰,把她往身边一带。

刚才只是和人蹭到皮肤,她都汗毛倒竖。这个人直接抱住她,她竟然一点抵触感都没有。

她被抱离地面片刻,然后和箱子一起,落到那只手的主人身后。

对方垂眼看她,剑眉冷目,戴着口罩和鸭舌帽。

她喉咙一哽,轻声喊:"段一柯。"

明明身边人来人往,他看着她的时候,世界都安静了下来。有人想从他俩中间穿过，看气氛不对，也识趣地绕路。

姜思鹭先反应过来，抓了下行李箱提手，说了声"别挡路"。段一柯劈手把她的拉杆抽出来，拖着行李箱直接走。

他腿太长，大步走，姜思鹭就得跟在后面跑。紧接着，对方又像想起什么，骤然放慢了脚步。

她差点被行李箱绊一跤。

他偏头看她，好好一句话，说得很有内涵："不用追。"

姜思鹭把拉杆抢回自己手里。

僵持中，远处传来一道熟悉的喊声：

"啊，段哥！段哥我在这里——啊！小姜姐也在啊！小姜姐，快看我的新发型！"

姜思鹭回过头，看见笋仔一头黑色短发跑过来。

跑到姜思鹭跟前，他右手从前往后拢了一把头发："看！嘉姐带我去做的！是不是帅多了！"

姜思鹭："……嗯。"

她"嗯"一声，笋仔像是受了天大的夸奖，又转向段一柯："段哥！我租好车了！你和小姜姐上去吧，我带你们去酒店！"

姜思鹭愣了下，看向段一柯。

段一柯像是没事人似的点点头，又来拿她行李。

姜思鹭横迈一步用身子挡住，说："我自己叫车。"

笋仔脸一下就垮了。

"小姜姐，"他做出哭唧唧的样子，"你不喜欢坐我的车吗？我开车不好吗？还是怕我不熟广州的路撞了？我就这么点用处了，你不用我了吗？那我要回东阳了吗，我是不是又要去给人搬砖……"

姜思鹭："……"

眼看这小崽子就要哭了，姜思鹭怕了他一般，说："坐坐坐，我坐。车呢？"

笋仔又一副开花的样子，伸手就把姜思鹭的行李抢走了。

手里没了东西，姜思鹭瞬间弹开，离段一柯起码八丈远。

等她走到两个人前面后，笋仔回头，再次从前往后地捋头发。

"段哥，是不是我给你问来的小姜姐航班？"

"嗯。"

"是不是我哭了她才答应来坐你的车？"

"嗯。"

"以后出去拍戏还带不带我？还把不把我一个人丢北京？"

段一柯："……你再嘚瑟一个字，就回东阳开出租去。"

笋仔："你威胁我！我要去和小姜姐告状！"

姜思鹭走在前面，忽然听见身后一阵扭打声。她回过头，看见段一柯夹着笋仔的脖子，而笋仔正卖力挣扎……

姜思鹭一愣。

车行至酒店。

今天是筹备期正式开始前一天，剧组各部门天南海北地赶过来，各住各的，下榻的也不是同一家酒店。

姜思鹭这边就住了她、段一柯、成远、松球和顾冲。

孟琮晚点到，住在另外一家豪华些的酒店，不过离他们不远。

松球和顾冲在三楼，姜思鹭去办入住的时候，三楼已经没空房了。前台小妹妹看她和段一柯一起，各刷了下身份证，开出两张房卡。

连号的。

姜思鹭咬了下舌尖，说："不要隔壁的……"

前台懵懵懂懂，又看了下房号，说："这个不是隔壁，这个是对门。"

姜思鹭只能继续说："也不要——"

段一柯把两张房卡一并接走了。

然后，他转身，直接离开。

前台和姜思鹭面面相觑。

半晌，小姑娘试探着说："他把房卡都拿走了……"

姜思鹭："……我看到了。"

气死我了。

姜思鹭过去的时候电梯已经到了，段一柯扶着门等她。她走进去，见对方按了个"5"。等了半天，她说："你把房卡给我啊。"

段一柯："到了再说。"

姜思鹭："干吗啊？"

他说："我怕你拿着房卡又下楼去换。"

姜思鹭："……我谢谢你给我提供思路！"

他还真是走到门口才把房卡给她，递之前说："你换我也换，你不嫌烦就去。"

姜思鹭："……你别跟我犯浑。"

段一柯："我一直这样。"

她气冲冲地进了房间，"咣当"一声把门撞上。

她放下行李，换了身干净衣服，随后松球的微信也来了。得知她住在五楼后，对方很快就跑上来敲她的房门。

姜思鹭把房门打开，松球扑上来就抱她，揉乱她头发，然后大惊小怪地说："怎么瘦了这么多！"

姜思鹭怕她又把她当成大熊猫爱护，几句话含糊了过去。还没聊几句，对面的门忽然被打开，段一柯肩膀夹着手机，边说话边往外走。

看见松球，他脚步一顿。

"松球姐，"他打招呼，"我去楼下接成远。"

松球一脸被吓到的表情，和他点了点头。目送他背影消失后，松球把目光转回姜思鹭的脸上。

"你俩分手了……住对门？"

姜思鹭："……我解释不清楚，一言难尽。"

"没事，我了解，这是种很复杂的感情。"松球举起手示意了停止，"我上来是和你说，晚上一起吃顿饭，你们仨，我和顾冲，孟老师也来。到了佛山人就多了，咱们几个趁着今天在广州，先私下聊聊。"

姜思鹭点点头，有点意外："孟老师也来啊？"

松球推她："孟老师不来谁买单啊。"

姜思鹭笑起来。

把松球送走，姜思鹭在酒店里收拾了会儿东西。听着楼道声音，她估计是成远上来了，开门打了个招呼。

对方看见她和段一柯住对门也是一脸见了鬼的表情，确认自己房号和他们不挨着后，撒腿就往楼道尽头跑。

一个松球，一个成远。姜思鹭抱起手臂，看着段一柯："你满意了？"

段一柯耸肩："关我屁事。"

姜思鹭"咣当"甩上门。

结果不到半个小时，对方又来敲门。姜思鹭不耐烦地开门，见段一柯换了身白 T 恤、黑裤，站在门口，帅得令人发指。

姜思鹭："你又花枝招展的干吗啊？"

段一柯："……我就是随便穿穿啊。"

哦，好像确实是随便穿穿。

"你……随便穿穿去干吗？"

"吃饭啊。"段一柯还很莫名其妙，"松球姐刚没和你说吗，大家分头去，这不都快五点了吗？"

"那就分头去啊，你找我干吗啊？"

"我听你没动静我以为你忘了啊。"

"我……我这就要去了。"

"那我也要去了，一起走啊。"

"分开走！"

"……行行行，那你现在走，我五分钟以后走……你走啊？"

"我走了别催！"

连妆都没化就走在去饭店的路上的姜思鹭要被气疯了。

到底怎么回事啊！

这一切到底是怎么回事啊！

广州盛夏，下午五点都热得人要中暑。姜思鹭头上冒着热气进了聚餐的饭店，被服务生引进了包厢。

松球已经到了，自己单坐在圆桌一侧。隔了个空座位，右手是顾冲，顾冲右手是成远。

姜思鹭坐到松球左边。

"哎哟，"松球抬头看她，"这么大气性啊，头上都冒烟了，谁惹我们化鲸生气了……服务员，先上个凉茶，我们有人要中暑了。"

冰镇的凉茶上来，姜思鹭一顿猛喝。

"别那么猛，"顾冲笑她，"你又虚，这玩意儿性凉，一会儿又不舒服了……哎，一柯来啦？"

缓过来连三秒都没有，一股瘴气又冲上了姜思鹭的天灵盖。

段一柯显然也挺热的，他还得戴口罩，汗流得更夸张。他往姜思鹭左手边一坐，一股热浪扑面而来，隐约夹杂着他身上那种草木香。

姜思鹭条件反射似的起立。

顾冲、成远和松球都愣了，一言不发地看着她。姜思鹭扯了下椅子，退了两步，然后从段一柯椅子后面出来。

她去坐成远右手边的空椅子了。

目光的压力来到了段一柯这里。他不说话，低头把姜思鹭那喝了半杯的凉茶喝完，站起身，往左挪了两个位置，又坐到了姜思鹭的右手边。

松球 & 成远 & 顾冲："……"

没人说话了，只有姜思鹭脸色越来越差。静了半晌，她再次起身，去坐松球和顾冲中间那把空椅子。

她坐下去的一瞬间，"刺啦"一声，顾冲把自己椅子往后撤了半米，然后站起来。

"我去买烟。"他说。

松球也以迅雷不及掩耳之势站起来，嘴像金鱼吐泡泡一样张了几下，说："我去买口香糖。"

成远什么也没说，站起来就跑了。

包厢里只剩下姜思鹭和段一柯了。

如果气氛的紧张会导致气温升高，姜思鹭现在已经被烤熟了。

左右两边都空了，她逃无可逃。段一柯又给自己倒了杯凉茶，慢慢喝完，转了下杯子，然后坐到了她身边。

桌子底下放着个什么架子，他踩着，把椅子往后翘起一个角度，特别浑。

姜思鹭气得头昏脑涨。

忍了半晌，没人回来。她抬起头问："你要干什么？"

段一柯冷笑一声："理我了？"

"我问你到底要干什么？"

"我干什么了？"段一柯那个表情也是真觉得奇怪，"我坐你旁边犯法了吗？你犯得上换三个座位吗？"

"我们已经分手了……"

"分手了？谁答应你分了。你说分就分，我同意了吗？"

"分手不需要另外一个人同意。"

"和我谈恋爱就需要。"

"咔嗒"一声，段一柯椅子落地，他坐正了。

"你还挺双标，谈恋爱得你同意才能谈，分手不用我同意就能分。凭什么啊？"

姜思鹭要被气死了。

段一柯等了一会儿，估计是怕她真被气死，缓和了口气。

"姜思鹭，我今天不是来气你的。"

"你就是来气我的！"

"我真不是……我上次说我忙完了工作就来和你解决问题，我这次就是来和你解决问题的……"

她再一次说不出话了。

解决问题。

你说得轻巧。

见她不顶了，段一柯语气更缓和。观察她半晌，他轻声问："你身体好点了吗？"

姜思鹭闭了会儿眼，控制着自己不掉眼泪。

"好点了，自己养的，"她硬邦邦地说，"自己去医院看的，自己吃的药，和你没有一点关系。"

有关系也是黎征带我去的，她赌气地想，但没有说出口。

不过这话也够戳段一柯心的。他神色黯淡片刻，嗓音陡然低沉："对，你可以骂我。"

他和她斗嘴的时候她火冒三丈，他真认错了，她又委屈起来。她低头抽泣了下，然后感觉段一柯的气息在靠近。

她不知道该不该推开他。

下一秒，走廊里传来孟老师的声音："这么热！一过来就见你们仨杵外面，疯了？段一柯、姜思鹭他俩呢？"

姜思鹭猛然弹到另一把椅子上，段一柯则僵在原地。

门被打开的时候，他不动声色地抽回了身子。

孟琼大步流星走进来，段一柯起身去握手。两个人寒暄了几句，孟琼又来问候姜思鹭。

"顾冲说你最近身体不太好啊？"孟琼说。

姜思鹭连忙摇头："没事，养好了。"

孟琼"哦"了一声。

"筹备期可忙了，"老前辈忧心忡忡，指挥起来，"段一柯，你照顾着点儿啊，出了事拿你是问。"

包间陷入一种尴尬的沉默。

三秒钟后，还是松球先开口："哎呀，孟老师你真是我们的主心骨啊，我们这个筹备本来一堆麻烦事，我一看你来了，就知道，我们定能扭转乾坤……"

一群人边吃边聊，耗到晚上十点。

姜思鹭现在熬不了夜，段一柯看她一眼，说明早还得早起去佛山与大部队会合，要不就此休息。松球应声，孟琮和顾冲也就作罢了。

吃饭的地方离酒店不远，姜思鹭和松球走在最前面，顾冲和孟老师聊，段一柯和成远走在最后。

成远走着走着，"啧"了一声。

段一柯看他："怎么了？"

"你俩这分手能持续一阵儿吗？"他说，"我觉得挺精彩的，比谈恋爱的时候还好看。"

段一柯："滚，哭的时候你没见着。"

成远："见着了，那天你喝多了给我打电话说人家不要你了哭得嗷嗷的，我这儿还有录音呢你听吗……"

段一柯："……成远你活不长了。"

孟琮在下个岔路提前转，剩下几个人往前直走，没一会儿就进了酒店。松球和顾冲在三楼下电梯，段一柯他们在五楼下。成远一出电梯就跑没影了，留两个各怀心事的人一前一后走到房门前。

姜思鹭回了下头，似乎是想和他说话。段一柯沉默地看向她，等了片刻，对方却只是收回目光，消失在房门的一开一合中。

他叹了口气，去刷自己的门卡。"嘀"一声刚传出来，姜思鹭屋里忽然传出一声凄厉的尖叫，伴随着巨大的响声。

他眼神一紧，急忙回头。

下一秒，女生的房门被猛然打开，她一头扎进段一柯怀里。

"怎么了？"段一柯脑海里闪出不少画面，心越沉越深。

姜思鹭浑身发抖，喘得要命，半晌，食指和拇指拉平虎口，尽可能比出一个大的尺寸——"蟑螂！这么大！"

段一柯："……"

他进去的时候蟑螂已经不在了。

姜思鹭快疯了。段一柯说不可能那么大，她说绝对有。段一柯说可能从下水道爬走了，她说可能爬进枕头了。段一柯说蟑螂不上床，她说："它有翅膀！"

最后，他实在没辙了，哭笑不得地问她："那换屋吧。你去我那屋睡，行吗？"

姜思鹭不说话。

段一柯："我来你这屋睡，你别想入非非。"

姜思鹭比刚才看见蟑螂还激动："我没想入非非！"

十分钟后，她收拾好洗漱用品去段一柯的房间了。

他身上味道当真有辨识度，姜思鹭一躺上床，就闻到他的气息，头埋进枕头闻了一会儿，神志便不大清晰起来。

他永远是她最有效的安眠药。

姜思鹭入睡半个小时后，门轻轻响了一声。

她这人没戒心，睡觉连安全链都不挂。段一柯刷开门，小心翼翼地掩上，摸黑去她枕头旁边拿东西。

刚才走得急，他洗完澡才发现自己没拿手机。借着窗外月色摸了摸床边，没找到，他手只能往她身边探。

动作慢慢就停了。

她的呼吸清浅绵长，闭眼的时候，睫毛在眼睑投下细密的阴影。可能是做梦了，眼皮有点颤，手指也时不时抖动下。

段一柯忍不住去碰她。

他的拇指蹭了下她的脸，又揉了下她的耳垂，最后落到她的肩头。他忍住吻她的冲动，眼神偏开，继续找手机。忽然，手腕被扣住。

他呼吸一滞。

姜思鹭攥着他手腕，把他手往自己怀里拉。段一柯怕把她弄醒，不敢使力对抗，僵持半晌，只能半躺上床。

结果他身子刚落定，她左手就来搂他的腰，脸也往他怀里埋。段一柯哭笑不得，心里又软又酸涩。

他好久没抱她了。

姜思鹭又胖回来一点了，身上软，体温也没那么冰了。段一柯喉结动了动，没再忍耐，给了她个更舒服的姿势——她身子贴进他怀里的瞬间，他整颗心软得一塌糊涂。

靠着床头呆了半晌，段一柯轻声说："你折磨死我算了。"

她靠在他怀里，无知无觉，一言不发。

03.

姜思鹭是被松球的电话叫醒的。

她睁眼的时候觉得自己睡姿有点奇怪，不过也没多想。她从枕头底下摸出手机，应了几声，听见对方说出发时间提前半个小时，让她快点下楼。

姜思鹭扶额缓了缓，从床上爬了起来。起身的时候觉得气味不对，她又侧过脸深吸一口空气——

怪了，这段一柯身上的味道是会发酵还是怎么，一晚上过去没淡，反而还浓烈起来。

这屋有古怪。

简单洗漱了下，她拿着洗漱包回了自己房间。段一柯已经离开了，走之前还帮她把乱丢的行李整理进箱子。姜思鹭站在原地愣了愣，只觉得头痛。

他能不能有一些分手的自觉。

外面还是很热，她又找出身白 T 恤、短裤，穿好了去扎马尾。纵然动作已经很快，看了看时间，还是来不及吃早饭了。

也不怪她，谁让突然要早走半个小时啊。

姜思鹭拖着行李出了房门。

她下楼办了退房，出门的时候，看到门外停了两辆车。一辆是段一柯和笋仔的，另一辆是辆保姆车，应当是剧组派来的。

司机看她站在旁边，和她打招呼："编剧老师吗？"

姜思鹭点了头，对方就帮她把行李搬去后备厢。关上后备厢的门后，对方又去前面给她开车门，说："这车也接了另外一家酒店的人，辛苦挤一下。"

剧组里做什么的都有，灯光、道具、摄像，免不了有大烟枪。姜思鹭一上车就闻着股浓烈的烟味，定睛一看，才发现副驾那位正吞云吐雾。

没点素质。

不过都不认识，她也不好说什么，只能尽量往车后排走。

好不容易落座，她又发现最后这排的窗户是封死的。烟味夹杂着汽油味，真是让人欲仙欲死。

好怀念酒店房间。

酒店房间里那个味道真好闻。

姜思鹭掩住鼻子，生无可恋地往座位上一歪。她低头看手机，是松球给她发了消息：【你上车了吗？片场出了点事，我和顾冲先过去了。】

姜思鹭回复：【上了，剧组的车。】

字刚打完，车门外忽然闪过个高挑的人影。姜思鹭这角度看不清晰，只觉得对方路过车门后，又退了两步，退到门口，然后把半掩的车门推开了。

她抬起头。

男人戴着口罩，身子半探进车门，右手撑着副驾驶的座椅，看她的目光很不爽。

姜思鹭："……"

下一秒，段一柯朝她歪了下头，说："下来。"

车里其他几个人刚才还昏昏欲睡，这时候突然都醒了，顺着段一柯的目光往后看，看到了坐在保姆车最后排的姜思鹭。

她被看得坐立难安，进退两难。

看她没反应，段一柯手一撑，直接进到车里。他个子高，弯着腰往后走，伸手就来拽姜思鹭的手腕。

大家都看着，她也不好抗拒得太明显，但心里又不愿意，几乎是半推半就被拖下了车。段一柯拽着她往自己车边走，她感觉保姆车里的视线看不到了，手狠狠一抽。

没抽走，倒把段一柯拉到自己身边了。

两个人气息骤然靠近，她压低声音，咬牙切齿："你松开我！"

"松开你干吗？"段一柯冷冷看着她，"放你回那车里吸二手烟？你不让我抽烟，吸别人的倒是挺积极。"

说话间就到了车外，段一柯把车门打开，示意她进去。

姜思鹭站在门口不动。

他说："你想自己进还是我动手？"

浑蛋流氓大反派！

姜思鹭简直是受气包一样坐上了车，抱着手臂紧靠车门，顿了顿又转头，大声喊："我行李在那车上！"

段一柯把门一甩，回身就去保姆车那边取。等了一会儿，后备厢传来"咣当"一声，是他把她的行李拿过来了。

后备厢关上，车门又被打开。姜思鹭的余光见他低身坐进来，然后伸长胳膊去副驾驶拿东西。

"早饭没吃是吧？"他说，"赶紧。"

她别过头："不吃。"

"不吃一会儿又低血糖，又晕。"

"那就晕，晕了就不用看见你了。"

段一柯没声儿了。

等了一会儿，他把早餐放到她身边，声音有些疲惫。

"行，那你自己在这儿吃。我去和他们坐那保姆车，你这一路都不会看见我。"

这是……

这是干什么呀。

姜思鹭把目光收回来的时候，段一柯已经下车了。她看着他朝那保姆车走过去的背影，白 T 恤勾着肩膀轮廓，里面感觉都有点空荡了，光靠骨架子撑着。

她急急降下车玻璃，手指抓着车窗框，喊："你回来。"

段一柯顿住脚步。

他回身看她。

两人隔着清晨的薄雾相望。

她到了广州就没正眼看过他，看他的时候他又总戴着口罩。刚才下车得急，口罩半挂在耳朵上，她提出分手后第一次真正看清他的脸。

才半个月没见，他好像成熟了一些，眼神稳了，棱角也莫名硬朗起来。眼底下有片阴影，感觉昨晚没大睡好。

姜思鹭避开他的目光，轻声说："你别过去了，我吃。"

她手指摸索来装着早点的纸袋，拆开，里面装着几个虾饺。她吃了一口，身旁车门响，是段一柯坐了回来。

他好像有点困，仰着靠在座椅上，朝她的方向偏过头，把眼睛闭上。姜思鹭又看了一眼他的黑眼圈，把吃的咽下去，问："你昨天没睡好啊？"

能睡好才怪。

你昨晚在我怀里躺了一夜，我凌晨回对门才睡了半个小时。

段一柯没睁眼，"嗯"了一声。

然后，他就听见这位姑奶奶发出若有所思的声音："怪了，我昨天睡得挺好，我这个月都没睡这么好过。广州这地儿很适合我。"

段一柯："……"

啊！我到底为什么喜欢这个魔鬼。

《她的狮子朋友》的故事背景是 20 世纪 90 年代，城市里还没那么多高楼大厦。剧组多次选址，最后把拍摄点主场景定在佛山城郊一处古村。村里有祠堂，有古老的河道，有鳞次栉比的岭南建筑群……

几乎和书里的那个世界重叠了。

唯一的问题是这地方离佛山市区将近一个小时。拍摄时间很紧，顾冲不想把时间浪费在路上，从演员到工作人员都在村子里就地住下。

分配过后，除了女主演觉得条件实在不行住回了城区，其他主创和主演都被安排进了一栋早年空下的职工宿舍。

宿舍楼下有一个大院子，种着遮天蔽日的大树。一楼几间空办公室被剧组分归不同部门干活用，二楼一排并行的房间，住人。

也没故意安排，反正姜思鹭又和段一柯住隔壁。搬行李的时候，她站在门口看了他一眼，脸上有种放弃治疗的绝望。

院子不大，挤挤挨挨地停着剧组的车。放下东西没多久，姜思鹭就收到松球叫她的微信：

【走，开工了。】

头一次参加筹备期，姜思鹭心里也没什么底。去的路上大概听了下，她的工作还是改剧本，但和之前坐在工作室里的创作又有所不同。

之前，她和顾冲、松球开会的时候，大家会对拍摄场景有很多理想化的想象。但是真正落实到拍摄时，很多设计都会被推翻——大部分时候，最终的拍摄场景都和主创的理想化场景相去甚远。即便能找到，但如果距离太远，或者拍摄成本太高，就又会因为预算被否决。

编剧在筹备期的主要工作就是，跟着导演去到剧组最终确定的拍摄场景，根据现场的实际情况来修改和设计剧本——用松球专业点的话说，就是"带着场景概念二次创作"。

仅仅一个下午，姜思鹭就跟着导演组走遍了这个小小的古村。好消息是，这地方不少场景和剧本里的设计高度吻合，节省下许多修改时间。

兴奋归兴奋，但一回房间就瘫了。

楼下还在喧哗，是导演组挑灯夜战。姜思鹭在床上趴了一会儿，听见门外传来脚步声——她也不知道怎么回事，反正她就知道，来人是段一柯。

于是，她无奈地爬起来。

她打开门，对方抱着手臂，倚着身后半人高的铁栅栏问她："吃夜宵吗？"

"村里还有夜宵啊？"

"没，笋仔开车买回来的，"段一柯说，"买多了，我和成远吃不完。"

姜思鹭探头看了看隔壁，闻见一股令人着迷的味道。

晚饭吃得匆忙，她今天又消耗大，还真有点饿了。而且……而且成远也在，那应该，也不算他俩单独……

于是，她收回目光，应道："吃，你等我换身衣服。"

她换了件深色的宽松 T 恤，扎到短裤里。怕头发吸味，她又盘了个丸子在脑后。

后颈落下几缕碎发，她懒得别了，抓了两把就往段一柯房间走。

成远看见她就想起身逃脱，被段一柯一把按回去。地上支开个小桌，段一柯把自己坐的矮凳丢给姜思鹭，然后拖了箱可乐过来坐着。

他怎么坐纸箱都那么帅。

姜思鹭收回目光，拿了串豆腐啃。

成远一开始不说话，结果看姜思鹭自己都没尴尬，也就放开了。两个男生聊了会儿天，姜思鹭大概听出来，他们之所以提前进组这么久，就是要训练舞狮的事。

那么高的梅花桩，就算有替身，近景也得自己上，出了事可不是闹着玩的。

又说了几句，成远开玩笑："我怎么觉得给你拉坑里了。这电影拍完了，别给我摔个半身不遂。"

"呸呸呸，"姜思鹭赶忙抬头，"你干吗说这么不吉利的话，快找块木头摸摸。"

桌子是塑料的，凳子也是塑料的，床头是铁的，一时半会儿还真找不着木头。段一柯起了下身，从裤兜里掏出块木牌，递到成远跟前："摸吧。"

"你这随身带了些什么古怪玩意儿？"成远笑道，拿起来看了一眼，"这雕得也忒丑了，你从哪儿买的，被骗了吧？"

姜思鹭顺着他的手望过去，神色一下有些恍惚——他手里攥着的是她在东阳雕的那块"平安"的木牌。

段一柯都没看她，冲成远说："你懂什么……你别给我摸油了。"

成远翻了个白眼。

他们又吃了几口，放在桌上的手机忽然响了。

姜思鹭还当是自己的，看了一眼才发现亮屏幕的是段一柯那边的。来电显示是笋仔，段一柯接起，"嗯"了几声，无奈道："行，车钥匙呢？"

那边又说了几句，他把电话挂了，随即站起身。

"挡着别人车出门了，"他说，"笋仔有点事，我去挪下车。"

姜思鹭点点头，目送他出门，再回头的时候，看见成远望向自己的目光很复杂。

她差点儿被嘴里那半口叉烧噎着。

"干吗啊？"

"看你俩奇怪，"成远摇了摇头，拿起筷子来夹菜，"人家是貌合神离，你俩是貌离神合……你快别折腾他了。"

姜思鹭没说话，只是瞥了眼自己手上刚掉干净的痂——底下的新肉刚长出来，她竟然就有点记不得当时摔得有多疼了。

折腾。

像谁没被折腾似的。

成远和姜思鹭是真没什么交情，纯粹站在段一柯的角度说话，见她不应声，还有点不高兴了。

他想了想，手往裤兜里伸，把手机拿出来了。

"哎，"他喊，"我给你听个东西，你别告诉他啊。"

姜思鹭抬起眼，见他点亮屏幕，在相册里翻。

"什么啊？"

"你等会儿，我找呢。"

时间线往上一路划拉，直接到半个月之前。成远又抬头看了看，确认段一柯一时半会儿回不来，手指移到一个三分钟的录屏上，点开了。

姜思鹭不由自主地凑过去。

"没声儿啊，"她等了一会儿，抬头说，"你开声音了吗？"

"来了。"

下一秒，一道熟悉但沙哑的声音从成远的话筒里传出来。

"我真是死的心都有了。"

姜思鹭："……"

成远捂着左半张脸，很没眼看的样子："喝多了。"

对面是玻璃杯落下的声音，段一柯咳了几声，继续说：

"我哪儿对她不好啊？我什么脾气你知道吧，我冲她发过一次火吗？

"我上辈子欠她多少她这辈子这么折腾我啊？

"导演这几天还夸我演得好，夸我演出了绝望感……我能不绝望吗？打电话电话不接，发消息消息不回，居然在朋友圈给路嘉点了个赞？"

姜思鹭："……"

成远去捂右半张脸了。

段一柯说着说着就带哭腔了。

"她凭什么和我分手啊？那不是她先喜欢的我吗？不是她先让我去和她住的吗？抱也抱了，亲也亲了，说不要就不要了……我看她根本就是逗狗呢。

"她摔成那样我也心疼啊，她又没和我说。我千里迢迢赶回去，还看见她和那个傻 × 男的……我到现在都不知道那男的叫什么，就叫他傻 ×男的吧。"

姜思鹭："……"

话筒里"哐当"一声，感觉是杯子碎了。

成远："高潮来了。"

姜思鹭还是头一次听见段一柯哭，之前顶多是见他眼圈红下。

"她凭什么这么欺负人啊？以前追我的人海了，不都挺拿我当回事的吗？我就上心这么一次，她就是仗着我喜欢她……"

哽咽。

"我现在根本没法睡觉，做梦都是她追我车后面跑。你说那天我怎么就没下车看一眼啊？这过个生日怎么就这样了？到底怎么回事啊！"

门外突然传来脚步声，成远猛然抬头，眼疾手快地退出视频，然后把手机揣回裤兜。

段一柯从门外走进来。

他把车钥匙往桌上一扔，长腿一屈，坐回可乐箱上，拿过饮料喝了几口，才觉出气氛不对。

他抬起头，姜思鹭和成远神情复杂地看着他。

段一柯："……怎么了？"

不知为何，姜思鹭对他态度突然变得挺好。

"热吗？"她说，"我那儿有手持小电扇，我拿过来给你吹吹？"

段一柯：？

夜宵很快吃完了，除了姜思鹭的神色若有所思，别的倒是没什么异常。

收拾干净残羹后，三人各回各屋。

老式宿舍装不了空调，只有个风扇在旁边卖命地吹。可惜气温高到一定地步，风扇的作用就很有限了。皮肤上细密地出了一层汗，发丝黏在脖颈上，让人心烦气躁。

更何况……

更何况那录音反复地在姜思鹭耳边响起，让她更加辗转。

——"她凭什么和我分手啊？那不是她先喜欢的我吗？不是她先让我去和她住的吗？抱也抱了，亲也亲了，说不要就不要了……我看她根本就是逗狗呢。"

——"她凭什么这么欺负人啊？"

——"她就是仗着我喜欢她……"

段一柯，我欺负你了吗？

姜思鹭的手在夜色里摸上自己的指节，继而摸了摸自己的膝盖。

她以前没摔得这么狠过，不知道人身体自愈的速度竟然这么快。这才多久啊，痂掉干净，新肉也长好了，连那天追车的记忆都不太清晰了。

狐狸踩到陷阱下次都会绕着走。可人……大约就是这么个不长记性的物种吧。

她叹了口气，去摸手机，刚碰到就感觉到振动，垂眼看去，是段一柯的消息：【睡了吗？】

她侧躺在黑暗里，回复：【还没。】

段一柯：【你屋里有蚊子吗？】

蚊子？

姜思鹭静了静，感觉没听到什么蚊子的动静。

姜思鹭：【没有。】

段一柯：【那是你没听见。】

姜思鹭：【……】

段一柯：【我这儿有蚊香，你要吗？】

黑暗里的姜思鹭："……"

你还挺迂回。

他都没等她回复，下一秒，门响了。姜思鹭整了下衣服坐起身，一开门，就见段一柯站在夜色里。

他们这职工宿舍虽然只有两层，但也是村子里难得的高建筑。近处是树影，远处是鳞次栉比的岭南古建，头顶是星空月夜——

姜思鹭在心里狠狠唾弃自己：能不能别这么容易心动！

她低下头，眼前是段一柯递来的蚊香片。

她接过，说："我当是电的。"

段一柯："这地方上哪儿给你买电的去。"

"那我没火啊。"

"我有。"

她退了一步，他进了房门。

两个人蹲到窗台底下点蚊香。

她也不想开灯，就借着窗外月色和他点。火苗从打火机里蹿出来的一瞬间，火光勾勒出他的轮廓——

压低的眉眼，高挺的鼻梁，线条凌厉的下巴。

分明是个冷情的长相，偏偏睫毛长。垂眼的时候，细密的阴影打下来，就显出许多温柔。

姜思鹭抱着膝盖看他，他忽然转了下眼神。

目光相对，她心里漏跳一拍。

他也不躲避，眼神直直地撞她心口，直到打火机"咔嗒"一声灭了，他的轮廓才隐没在黑暗中。

然后，他站起身，轻声说："睡吧。"

04.

筹备期，往疯里忙。

跟着导演组跑了几天拍摄场地后，姜思鹭和松球就被安排进了一楼一间办公室，专门在里面改稿。

修改意见不停地递过来，她们俩也就没日没夜地改。

改狠了，老毛病又犯了，眼前时不时黑一下，姜思鹭带来的药快吃没了，问了几家能送到的药房都没有，只能计划着去趟城区。

不过，她先得把围读剧本这关过了。

和场地改稿一样，演员围读的时候也会出现很多问题。这是开拍前必过的流程，演员们围着桌子顺一遍剧本。修改的原因，有时候是说话方式不符合演员习惯，有时候是戏份有调整……能多琐碎，就多琐碎。

围读的房间就在她和松球隔壁。

然后这个段一柯……

就时不时地来找她。

他刚开始还是公事公办，说点剧本的事。有一次，他突然气冲冲地来敲门，姜思鹭一开门，就见对方把一页纸往自己怀里一扔，恼火着说："你把这些写进去干什么？"

她拿过那张纸，看见台词——"这么可怜啊？被谁欺负了？"

姜思鹭："……"

段一柯抱着手站在门口："你给我改了。"

"你去和导演说。"

"我说了。"

"……你什么理由？"

"我说这话不像我说的，我演不出感觉。"

"……"

"你是不是脑子有坑啊？这我和你说的话你干吗让我和别人说啊？"

"你不是演员吗……"

"演员怎么了？演员还不能有点隐私了？我把你说的那些话放在银幕上广播出来你愿意啊，就你爱说那些——"

"停！"

"改吗？"

"改。"

人走了。

姜思鹭拿着东西回到桌子旁，见松球一脸尴尬地看着她。无语凝噎半分钟，松球说："不好意思啊化鲸，我没想到这茬。"

姜思鹭："……他矫情。"

这一下午——

"喂。"

"姜思鹭。"

"哎。"

"出来。"

"姜思鹭。"

"过来说句话。"

"唉！"最后松球都服了，"段一柯这么黏人吗？我真是被他的长相骗了，这一声声叫你名都把我听嗲了。你俩这还分什么啊，你别折腾他了，赶紧复合算了……"

姜思鹭尴尬地笑笑，摸过手机发微信：【你别过来了！！】

他没回复，不过确实到晚饭都没再过来了。

围读一整天，他也累了。

结束的时候，工作人员来送冰镇可乐，一人一听。成远拉他出去透气，两个人靠着围读室和姜思鹭那间房子中间一站一蹲。

可乐冰凉，一口灌下去，冰爽从胃里顶到头顶，消除了一整天的倦意。成远大叹一声，感慨道："好想吃冰棍儿！"

段一柯："买去呗，一公里。"

成远："……一起去？"

段一柯："我闲的，那么热。"

话音刚落，姜思鹭屋里忽然传来松球的声音："思鹭，要不要吃点我带的点心？"

"不吃了松球姐，"姜思鹭声音倦倦的，"太热了，什么胃口都没有。"

"那你想吃什么呀？我回头和生活制片说一声，明天准备点。"

"我现在也就能喝两口酸奶……"

可乐喝完了，段一柯把瓶子捏瘪，投进远处的垃圾桶，然后迈到屋檐阴影之外。

成远茫然地抬头看他。

都下午五点了，阳光还是很刺眼，扎在段一柯皮肤上，看着都疼。

"走吧，"段一柯懒洋洋地说，"买冰棍儿去。"

成远："……你闲的，那么热？"

"你不去我自己去了。"

"那你给我带一根。"

"不带。"

"哎……行行行，一起去。"

两人差点儿没热死在半路上。

这古村叫大旗头村，不算特别偏，但村里的年轻人基本都出去打工了。盛夏酷热，街上只有零星的老人、小孩和野狗。

也有好处——不然就这天气还戴口罩，估计脸都被热化了。

算了算围读室里的人，段一柯干脆买了一塑料袋冷饮，付完钱后给成远拎着，自己又去后面冰箱找酸奶。

村子里的小卖铺，选择很有限，他挑了半天，干脆一样拿了一个。

回院子里的时候，两个人衣服都被汗湿透了。

"真是人为食亡，"成远说，"为了口冰棍儿我容易吗？"

段一柯笑了声，怕东西化了，催他把吃的送去围读室，自己拿着酸奶进了隔壁。

姜思鹭不在。

松球抬头看他，笑得很意味深长。

"来找化鲸呀？她去洗把脸，一会儿就回来。"

段一柯点点头，把酸奶放到姜思鹭的笔记本旁边，又去坐她的椅子。

手边有她喝了一半的矿泉水，阳光斜射，打穿瓶身，在木质桌面折射出五彩光晕。段一柯把右手落在那光晕里，看斑斓色彩在自己指尖缓缓移动。

手边突然有个什么东西亮了。

段一柯眼神一偏，看到了姜思鹭的手机。

屏幕上跳出条微信提醒。

【身体怎么样？】

来信人：黎征。

阳光一瞬间就被云彩遮没了，五彩的光晕也消失在指尖。

段一柯眼神里本来没什么情绪，随着那消息又来了几条，就变得有点冷。

【广东那边挺热的，你们住得怎么样？】

【还缺什么，需要我给你寄吗？】

【药吃完了吗？】

他手腕动了下，把姜思鹭的手机拿到手里。

他俩手机密码都是对方生日，姜思鹭这个是0102，分手也没改。解锁后，他点开微信——置顶竟然已经把他取消了。

取消置顶就够他生气的了，黎征的消息还在一直来，对话框也被顶到了最上面。

他点开对话框，往上划拉。

约她吃饭的，她没答应。

带她看病的，她去了。

还去了趟朝暮影业开会，这个是她主动问的。

来佛山前还要给她买行李箱……

段一柯越看脸色越差，手指在屏幕上顿了一会儿，又去点对方头像。

头像是个特效做出来的狮子，点进去以后，朋友圈里大多转发的是科技新闻。他一直往下划拉，看到一个配文"感谢支持"的转发后，点进链接，看到的是雀羽视创B轮融资成功的通稿。

配图里的男人看起来相当有气质，那双狐狸一样的眼睛，终于和他记忆里的一张脸重叠起来。

身前传来脚步声。

段一柯冷冷抬起眼，看得姜思鹭一愣。

她刚洗脸回来，几缕发丝贴在额上和脖颈，神情有点茫然。反应了一会儿，她才开口问："你看我手机干吗？"

他把手机转了一百八十度，沿着桌面平推到姜思鹭眼前。

她也愣了。

半晌，段一柯轻轻开口："真有你的。"

她胸口起伏了下。

"黎征，是吧？"他念了遍对方的名字，"就是和你表白的那人。那天晚上，也是他送你到楼下的。"

她拿起手机，扫了扫聊天记录，再抬起头的时候，竟然不避他的目光。

段一柯火了。

"聊了真不少。药都是他陪你去买的？咱俩分手了吗姜思鹭？你和别的男人走这么近，你考虑过我吗？"

这争吵来得突然，把松球吓了一跳。她抱起电脑，赶忙出去了。

余光见门关上，他陡然站起身。

她仰头看着他，一点都不回避。

"对，段一柯，"她说，"就是他，药都是他陪我买的。"

寂静简直要把两个人撕裂了。

下一秒，她勾起嘴角，忽然嘲讽地一笑："你这么生气啊。你这么生气你也陪我去买一次啊？不过我是因为谁进的医院啊？

"人人都觉得你可怜，人人都觉得是我在折腾你。可从上海追到东阳追到内蒙古追到重庆的那个人是我，看着你和别的女人上热搜的人是我，大雨里追着车跑的那个人是我，进了医院的是我，输了三天液到现在还没好的人也是我。

"好奇怪啊，从头到尾，怎么就只有黎征一个人觉得是我被欺负了……"

她身体晃了下，段一柯下意识去扶，被她一把甩开。

"就你在因为分手难受吗……我没有吗？可我撑不住了啊。

"我不和你在一起的时候我什么都好好的。我养了半个月的病，摔破的地方终于不疼了，每天打点滴终于不晕了，可我一见你我又开始大喜大悲患得患失，你吼我一句，我那天怎么从山路上滚下去的我现在全都想起来了……"

眼前一阵阵发黑，她手摸索过一把椅背靠住，强撑着继续说："你怪我找黎征是吧？对，我最开始没找他，我自己在医院打点滴，护士天天问我怎么没人管。他接我回去，我还是不想找他，结果复查的时候我跑上跑下挂号拿药又进了一次急诊。你现在怪我找他，那我该怪谁啊？我怪过你没停车等我吗，我到现在都怪过那天重庆下大雨，怪我自己运气差——"

话音刚落，门突然被一脚踢开了。

顾冲和成远在旁边死命拉着松球，女人短发凌乱，大喊道："段一柯，你再吼她！还有这些事，我都不知道，段一柯你再吼她一句我和你拼了！"

故事在一片混乱中收场。

有同组的演员来看热闹，被顾冲以"讨论剧情台词讨论得太入戏了"搪塞了回去。松球把姜思鹭带回房间了，临走前狠狠瞪了段一柯一眼。成远叼着根化没了的冰棍，走过去，拍了拍段一柯的肩膀。

"这样听起来，"他说，"确实是你对不起人家……"

段一柯闭上眼，往椅子上坐下，感觉自己彻底沉进流沙。

"对，"他用右手虎口抵住额头，"我是疯了，我竟然在这儿怪她。"

要怪也该去怪那傻 × 男的啊。

黎征，是吧。

松球和姜思鹭回了房间，翻了翻桌子，发现药是彻底吃完了。

手边是松球给她倒的热水，姜思鹭把最后几颗药片吞进嘴里，看了看空荡荡的药盒，叹了口气。

松球听见，回头帮她看了看，问："附近没有吗？"

"问了，"她靠着床头躺下，"没有，我明天去市区吧。"

松球点了下头，又往她身子后面垫了个抱枕，摸了摸她的头发。

"还晕吗？"

她笑笑，觉得对方又要把她当大熊猫了。

"没事了，本来也没事。"

结果这笑容落在松球眼睛里就更让人心疼，尤其是想起自己早些年的经历，心疼加倍。

"那你好好睡，明天看组里哪辆车空着，带你去买个药，"松球嘱咐道，"正好明天没围读，他们忙别的，你能休息下。"

"好。"

"那我下去了，有事你给我打电话。"

"咔嗒"一声，门关上了。

窗外的光线迅速昏暗下去，天从蔚蓝变作赤金，又遁入黑暗。晚上九点多的时候，有人在门外轻叩一声，像在试探她睡没睡。

姜思鹭坐起身，软声喊："没锁。"

对方迟疑片刻，推门进来。

是段一柯。

她愣怔片刻，又躺回去了，然后把被子蒙到头上。

被子外面是他的脚步声，隔了层布，显得特别轻柔。他把灯打开，帮她烧了壶水，把床头的几个空药盒收起来，似乎还拿在手里翻看了一会儿。

方才瞥见他手里有个塑料袋，这时候也放到床边了。东西落地，很实，还滚了滚，像是什么水果。

他拖了把椅子坐到她床边，说话声音都变得很谨慎。

"吃饭吗？"

她不说话。

"我还拿了酸奶，不吃饭喝一点也行。"

姜思鹭在被子里闭上眼，愈合的伤疤一并作痛。

又等了一会儿，看她还没有出来的意思，段一柯叹了口气。

"想给你买点水果，什么都没有。就买到几个苹果，也放这儿了。

"对不起啊。

"我以前是不是也老吼你？"

被子里忽然抽泣了一声。

他忍不住，伸手轻轻拉了下。姜思鹭不看他，半侧着脸，眼睛里蓄着一层泪，又不流出来。

他都不敢伸手抱她。

他喉结动了下，轻声说："那你要是不想看见我……"

"吼我。"

姜思鹭突然开口。

他顿声，见她把脸转过来。

"你老吼我，你一着急就吼我。"

屋子里的灯很昏暗，她的泪水在眼眶里打转。段一柯往后挪了下椅子，身子压低，用指尖去擦她眼角。

眼泪像是砸出来的，掠过他的手，又迅速在枕头上洇染开。

"你还走路特别快，"她说，"你不等我。"

"好，"段一柯低声说，"我还有什么毛病？"

"我想和你说话，你困了，就睡着了。"

"我这么讨厌啊。"

"你答应我不抽烟，你哪儿来的打火机。"

"……嗯。"

她提了很多，他拿手机记，一边记一边想，我也太不是东西了。

说了半个多小时，总算想不起别的了。

"光记有什么用啊，"她又把头转回去，"你又不改。"

"改。"

"改了我也不和你复合。"

"那我也改。"

"那不就便宜别人了吗……"

他笑出来，想抱她，被她推开。

"商量个事，"他把微信调出来，"你把黎征的微信推我下。"

"……你干吗？"

"推我下。"

"你先说你干吗？"

段一柯沉吟片刻，抬头说："我谢谢他。"

"？"

"我得好好谢谢他，"他拖长了音，表情特别诚恳，"在我不在上海的时候，替我照顾你呀。"

姜思鹭："……"

她把手机收起来，没给他。刚哄好，他也不能硬抢。看没戏了，他刚准备走，又听见姜思鹭嘀咕："你这人，怎么这么'绿茶'啊……"

没要到黎征微信号的段一柯回到了自己的房间，还喜提一杯绿茶。

人躺到床上，他调出刚才那串备忘录，往下划了两次才到底。

真可以的，这么多委屈，全憋着。

傻死了。

你和我说不就行了。

但转念一想，她要是这么个大大咧咧的性格，也不是姜思鹭了。

这个把委屈都藏在心里的姜思鹭，和那个爱了他八年的姜思鹭，去剧本杀馆找他的姜思鹭，包容了他所有迷茫和阴暗的姜思鹭，是同一个姜思鹭。

也是这个胆子小小的姜思鹭，会主动开口要和他一起住，会为了帮他争取角色把他带到制片人面前，会为了他冲出去打人再跑到他怀里哭……

她所有的勇敢都是因为他。

那他就有责任去抚慰她所有的不安，理解她的每一次委屈。

关于怎么爱一个人这件事，家里没有人教过他。

他只能从她身上慢慢摸索。

看了两遍，段一柯都快把那些姜思鹭说的毛病背下来了。

手机突然振动起来。

来电的是个陌生号，显示北京。段一柯蹙着眉看了一会儿，觉得不像推销，就点了接听。

电话接通的刹那，他眼神冷下来。

05.

睡了一夜，姜思鹭感觉好多了。

今天没工作，姜思鹭在床上躺到十点多。下楼的时候，她碰上成远和顾冲，两个男人看她的表情像见了鬼。

也不能说见鬼，就是那种——立刻给她让开道路，迎宾似的伸手请她下楼，样子很尊敬。

姜思鹭尴尬地走了下去。

院子里的车都开走了，就剩下笋仔在那儿擦车。姜思鹭走过去，小孩立刻打招呼："小姜姐！早饭吃了吗？"

见她就问早饭，估计是和段一柯学的。

她点点头，问他："一会儿送我去趟市里行吗？"

"去市里？"笋仔抖了下擦车的抹布，"今天什么日子啊，都去市里。"

"还有谁去市里啊？"

"我送肯定是段哥啊，"笋仔抬下巴"喏"了一下，"也别一会儿了，段哥来了。"

姜思鹭回过头。

要去市里就不比这儿了，段一柯戴了个鸭舌帽，耳朵上挂着口罩。帽檐阴影压着，看不清他的脸，只觉得眼底又晕出层阴影。

看见姜思鹭站在车旁边，他顿住脚步。

"怎么了？"

"哦……"她矮了下身子，想看他眼睛，结果他侧头躲过。

"你要去市区吗？"

"嗯。"

"我也去。"

"你去干吗？"

"我买药。"

他把目光移了回来。

昨天吵架的源头就是黎征带她买药，段一柯对这个事似乎很敏感。他愣了愣，走到她身边，说："我陪你……但是我得先办件事。"

笋仔车擦完了，喊两个人上去。姜思鹭应了一声，一边往里坐一边回头安抚他："不用，我找家大点的药房就能买，你忙你的吧……欸，段一柯？"

他也刚坐下，侧过头看她。

姜思鹭手指抬了下他帽檐，又去勾他的口罩绳。一勾，口罩落下来，露出一张很疲惫的脸。

她眼神一紧。

不至于……不至于提点意见，愁成这样吧？

那以后还提不提了……

段一柯马上看穿了她的心理活动，把口罩重新戴上，说："和你没关系。"

"那是什么事啊？"

他又仰到了后座上，帽檐压低，遮住眼睛，只剩从下巴到脖颈一道嶙峋的线条。他喉结动了动，说："你先去买药吧。"

一路无话。

进了市区，街道就繁华了，人流也密集了。笋仔找了家大药房把姜思鹭放下，降下车窗，和她说："那我先送段哥过去办事啊小姜姐，一会儿还来这儿接你。"

姜思鹭点了点头，又望了后座一眼。

段一柯竟然眼神放空，到车开走都再没看一眼她。

不对劲。

绝对有问题。

她叹了口气，把买药的单子从包里拿出来，先进到药房里。

到底是市区，列出来的基本都能买到，林林总总装了一大袋。她把药盒码进包里，忽然发现，包底下是张手写的纸。

是黎征给她写的那张剂量清单。

这人字体和段一柯很不一样，每一笔都落在实处，也用力，把纸张背面印出浅浅的凸起。姜思鹭看了一会儿，拿出来，仔细折成小块，然后和收据一起，放进药店门口的垃圾桶里了。

她出门的时候，笋仔车刚开过来，怕被抓违停，假模假式地沿着路边慢慢蹭。

姜思鹭招了下手，车刹到了她面前。

段一柯不在车里，车里还留着他身上的气息。姜思鹭把包放到一侧，倾着身子问笋仔："他在哪儿下的车？"

笋仔指了指："前面有个茶餐厅。"

"他去茶餐厅办事？"

"好像也不是办事，"笋仔挠挠下巴，"好像是去见人了。"

"见谁？"

"一个男的，"笋仔说，"我没看清，不过岁数挺大的……怎么了小姜姐？"

一个男的，岁数挺大的。

是孟琮？

孟琮有什么不能告诉她的。

姜思鹭落回身子，说："你带我过去看下。"

粤式茶餐厅，落地玻璃，餐厅外就能看见里面的样子。笋仔把车停到离门不远的地方，隔着人流，段一柯正坐在窗边一处桌子旁。

对面的确是个中年男人——但不是孟琮。

"是谁啊小姜姐？"笋仔也探头探脑，"你认识吗？"

那男人很老，很憔悴，头发花白，戴着个细细的黑框眼镜，衣服也不大体面。姜思鹭仔细辨认了一会儿，心里忽然一沉。

她其实没亲眼见过段牧江，但是高中的时候，见过几次他在电视上接受采访。当时她看他的目光还很新奇——毕竟嘛，著名导演，还是自己同班同学的爸爸。

而这一刻，电视上那张嚣张的、意气风发的脸，和段一柯对面那张颓丧的、充满戾气的脸重叠到一起。

她手指无意识地抓紧副驾驶的椅背。

段一柯的样子看起来……

很不好。

"你找地儿停下车，"她简短地说，"我过去看一眼。"

"咣当"一声，车门关上，她急匆匆地进了茶餐厅。靠窗一排的座椅都是半人高的皮质沙发，她迅速走到和段一柯他们紧邻的一处空座上，坐下。有服务员来，她随便指了个菜单上的东西，将对方打发走。

下一秒，段牧江的声音从隔壁响起。

"我没和你要钱啊，我不需要钱，我需要的是机会。阳总说了，只要你给他们公司拍三部戏，就给我一部戏的导演位置，还会给我之前那个工作室参股注资……一柯，你现在势头这么猛，只要你去演，那戏肯定火，咱们就是上阵父子兵啊……"

什么、什么啊……

只听这么几句，就把姜思鹭惊着了。

什么叫段一柯给他们拍三部戏，就给你一部导演和注资？剧本都没看过，平白签下三部戏，这不是把段一柯卖给他们吗？

更震惊的在后面。

"阳韦波和我什么关系我不信你没听说过，"段一柯声音很冷，"我之前几年没戏拍，一半都是拜他所赐。现在他平白要签我三部戏约，我都不知道他在盘算什么。"

姜思鹭刚还以为是"杨总"，结果竟然是"阳总"？阳韦波？

段牧江脑子里在想什么啊！

"能盘算什么啊！"段牧江语气急了，"那你今非昔比了嘛！他阳韦波也是个商人，当然是盘算赚钱啊。你这《她的狮子朋友》的班底这么好，到时候电影一播，电视剧跟着上……他们那也是个大公司，营销不会差的！

"最重要的是，我也能有导演的机会……一柯，你理解爸爸吧。我也想重新拍电影、拍电视剧，到时候我拿到好片子，也能给你资源啊……"

姜思鹭要气疯了。

段一柯从来没受过段牧江一丁点好处。现在靠命换来点机会，有了点名气，段牧江就阴魂不散地贴过来，还大言不惭"我也能给你资源"……

段一柯没说话，段牧江还打起感情牌了。

"一柯，你看啊，现在这世界上，我就你这一个亲人，你也就我这一个爸爸，对不对……咱们以前是关系不好，那都过去了。要是祁水还在世……"

"你别提我妈！"

一声喊，惊得隔壁几桌都回过头来看。

静了半晌，大家才把目光都移了回去。姜思鹭手指冰凉，听见段一柯压低声音，一字一顿地警告段牧江：

"你说归说，别提我妈一个字。但凡你当年做个人，她也不至于那么早就不在了。"

段牧江明显是给他骂愣住了，反应过来以后，老归老，身上那股浑劲儿控制不住地往外冒。

"不提她？我凭什么不能提她？嫁我之前她也没拿那些奖，没我她能有后来？段一柯，你也别动不动就跟你老子上纲上线，她死是她自己命不好得了那些病，和我有什么关系——啊！"

段一柯蓦然抬头。

先映入眼帘的是满脸是水的段牧江。热水还在冒气，直接泼到脸上，烫得他面孔狰狞。眼神一偏，是突然出现在桌边的姜思鹭，手里拿着个空杯子，气得浑身发抖。

段牧江反应过来，起身大骂："你谁啊？服务员，你们放疯子进来啊！"

眼看段牧江就要伸手推她，段一柯一步站到她身旁，把她拉到自己身后。年轻男人发起怒，像狮子要把人撕碎，一字一顿地警告："你、敢、碰、她。"

段牧江被他身上的气势压得缩回一瞬，随即反应过来，笑得特别脏。

"可以啊段一柯，还有女人替你出头了。怎么着啊？你是我儿子，她还泼我——保不齐她还得叫我爸！"

"你没儿子，段牧江，"段一柯冷着脸，牢牢地把姜思鹭护在身后，"你早就断子绝孙了。你识相现在就从我视线里滚出去——"

"行！"段牧江大怒，"段一柯，我看你就是要逼死自己亲爸！"

"我钱没给你吗？"

"我不要钱！我要的是机会，我要——"

"滚！"

大概是段一柯看起来真要动手，段牧江落荒而逃。

围观群众一片哗然。

姜思鹭朝周遭看了下——还好这家茶餐厅偏老式，触目所及的都是上了年纪的人，应该认不出段一柯的样子。大家用粤语和他们说着什么，听语气，也像是在指责……

她去握段一柯的手。

他整个人抖得厉害。

服务员赶过来，也用粤语抱怨着什么，姜思鹭低声道歉，去给摔碎的杯碟赔钱，又把自己和段一柯那桌的茶水钱结清。回来的时候，段一柯已经不在店里了。

好在笋仔的车已经停在门外了。

姜思鹭打开车门，看到男人帽子压得极低，精疲力竭地靠在后座上。笋仔很担心地回头，看看他，又看看姜思鹭——

换来她摇了下头，示意什么都别问。

车发动的瞬间，段一柯身子歪了下，下一秒，手腕被人抓住，姜思鹭的身子靠过来。

她侧着身子抱住他。

她又为他冲出去了，可她这次没有哭。

很坚强啊姜思鹭。

他把帽子摘掉，吻了吻她的眼睛。她垂着睫毛靠在他身侧，叹了口气，更紧地拥住他。

"你下次，"他轻声说，也不是怪她，"不要这样了，不要一听到别人对我说难听的话，就这样冲出去……"

女生手指抓着他肩膀的布料，愣了半晌，说："我控制不住……"

我控制不住，我一听到别人那样说你，我就下意识像豹子一样冲出去。

我除了保护你，什么都来不及想了。

段一柯。

我真的。

太爱太爱太爱你了……

姜思鹭整个下午都没再看到段一柯。

眼看天都黑了，她还是没见到他，发的微信也没有回复。成远正自己在树底下吃盒饭，蹲着的样子很像村里的无业游民。

姜思鹭刚冲完澡，头发还湿着，走过去和他一起蹲下。

蹲得他如临大敌。

"思鹭姐，"他小心翼翼地说，"有何贵干？"

"没有贵干，"姜思鹭看他，"段一柯呢？"

"老段？"成远挠了挠头，"我中午给他往屋里送了点吃的，好像……一直在屋里呢。呃……你俩不会又吵起来了吧？"

"没有。"姜思鹭摇摇头，"还在屋里啊……晚饭送了吗？"

"我问了，"成远摇了下手机，"没回我。估计是不想吃吧……你俩真没吵架？"

"没有，没有。"姜思鹭都不耐烦了，"上午去市里，他……他爸找他。"

成远立刻火冒三丈："那糟老头子又来蹦跶？怎么阴魂不散的呢？他要干啥啊？他还在佛山吗？我能去揍他吗？"

感觉他提起段牧江的样子比姜思鹭还冒火，她都不敢和他说怎么回事了。

而且段一柯也未必愿意让别人知道。

还在房间里啊……

她叹了口气，起身往院子外面走。

下午来了个卖冰镇绿豆汤的阿姨，摊子就架在宿舍外。村子里没啥好吃的，剧组像过年，一人过去买了两碗——味道还真不错。

姜思鹭又掏钱买了一碗，拿着去二楼了。

段一柯房门紧闭，灯也没开。

她犹豫片刻，敲了一下。

没人回应。

她轻声喊："段一柯……"

房间里有了些动静，等了一会儿，门被打开，段一柯很颓废地站到她面前。

很少看到他这个样子……

姜思鹭咬了下嘴唇，轻声说："这个绿豆汤，你趁着冰，喝一点吧……"

他给她让开道路，她把碗拿进去。房间里并不是她想象中的一团乱，还很整齐，只是没开灯，他笔记本摊在床上，在放一部老电影。

姜思鹭看了一眼，就看到了祁水。

他在看他妈妈的电影。

绿豆汤外面裹着塑料袋，她拆开，汤水就有点洒出来。段一柯站在她身边，拿纸巾很慢地把那些汤水擦干净，然后愣愣地看着碗。

他整个人都显得特别迟钝。

那个样子让她特别难受。

老电影还在放，像是部亲情片。

轻快的背景音乐过后，祁水的声音传出来——

"真好呀，咱们三个一家三口，团团圆圆，就是最幸福的事了。"

他忽然闭上眼，整个人垮了。

他一点点坐到地上，靠着床边，头埋进膝盖。整个屋子就只有笔记本的光源，姜思鹭握住他的手腕，听见他用那种崩塌了的声音说：

"姜思鹭，你知道我从小到大，都没过过生日。

"但是我每年过生日都会许愿。

"我一直都在许这个愿。

"我就希望有一天，我能和别人家的小孩一样，和自己爸妈好好坐下吃顿饭。没有人吵架，没有人埋怨对方，没有人说工作的事，就是好好吃顿饭。

"然后我妈死了，我就开始许另外一个愿。

"我就想以后带我喜欢的人，和我爸好好吃顿饭。

"就算是好好见个家长吧。虽然他连家长会都没给我开过，但是我就想带我喜欢的女生去见他，然后父子两个心平气和地说几句话。我都不用他出席我的婚礼，就吃这么一顿饭就行。

"我就想吃这么一顿饭……"

今天他梦想实现了。

他爱的姑娘泼了段牧江一脸水，段牧江要打她。

姜思鹭跪在地上，心疼得无以复加。

漫长的沉默里，电影播完了，画面黑屏，房间陷入彻底的黑暗。他在黑暗里一动不动地坐着，像是永远也起不来了。

又过了很久，姜思鹭听见他吸了口气，轻声问："你那儿还有药吗？"

"什么？"

"安眠药，你带了吗？明天还得训练，我这样不行。"

她连忙点头："带了，我去拿。"

她手忙脚乱地跑回自己的房间，把行李箱翻过来，拼命找，终于找到了那盒安眠药，掰出来一粒，又手忙脚乱地跑回去。

段一柯把灯打开了，脸色差得像是刚溺过水。姜思鹭把药递给他，他合着绿豆汤，慢慢咽下去。

药起效很快。

陷入梦境的最后一秒，他把站在床边的姜思鹭拉进怀里。她身上有股洁净的香气，柔软，安静，温暖。

"不要走了。"他说。

"嗯，"她点点头，靠近他，抱着他，"今晚不走。"

不是今晚。

不止今晚。

是永远不要走了……

可他太困了，没说出这些话。

筹备期临近尾声，段牧江再没出现过。

段一柯看起来又恢复了以前的样子，可对安眠药的依赖程度变得越来越严重。他有时候会叫她过去，她就趁着剧组都睡了悄悄去开他的门，再趁着大家都没醒的时候回去。

他和她说很多话，说白天剧组的事，说和成远大学时候的事，说小时候祁水的事，说到累，然后问她有没有想说的。确认两个人都没话讲了，他就抱着她睡过去。

有一次等他睡着了，姜思鹭借着月色去看自己的手，忽然发现之前摔伤的地方都长好了。好到连新肉的颜色看起来都和旁边的皮肤一样，乍看上去，几乎看不出曾经摔得那么狠。

非要说有什么不同，那就只有故意去碰的时候，会比别的地方敏感些。

所以姜思鹭干脆不去碰。

她想，干脆就做一个，好了伤疤忘了疼的凡人吧。

06.

筹备期结束前一周，姜思鹭带导演组去了给她提供《她的狮子朋友》灵感的舞狮教练家里。对方不叫戚耀武，不过也确实姓戚，姜思鹭就和他学生一样，叫他戚教练，叫他妻子"梅姐姐"。

其实早就该来了，只是戚教练上个月一直在外地带学生，前几天才回来。

他们住在佛山老城区，房子就在祖庙旁。姜思鹭循着早年来这里出差的记忆，带着导演组在岭南老街里兜兜转转，总算撞进了那栋老宅。

先前打招呼，梅姐姐坐在堂厅里等她，抬起头，还是广府口音的普通话："鹭鹭来咯。"

姜思鹭跑过去抱她："梅姐姐，我想死你啦！"

堂厅里还有个黑黑的小舞狮队员，看见来这么多人，赶忙去后院叫戚教练。男人一出房间，导演组都是一惊——

其实段一柯和成远也挺有气质的，扮上戏服也能哄骗观众以假乱真。但是这种舞狮者身上的精气神，还真是没有十几年苦练修不出来。

戚教练和他们抱了个拳，大家就纷纷重回黄飞鸿时代了。

戚教练把导演组带到房间里面去坐，姜思鹭和他打了招呼。

"那我就不跟着了啊戚教练，"她说，"我和梅姐姐聊天。"

"行，"男人背着手，"她也想你了。"

两年前，姜思鹭来佛山出差，阴错阳差，吃住都在戚教练家里，梅姐姐也对她特别好。两年没见，两个人挤在一起就开始聊。

"我看到你的书了哦，在网上，"梅姐姐一边给狮头描花边一边和她聊，"但是我看不进去那么多字……不过那个微电影我看了，拍得真不错，就是他哪有那个男演员那么帅呀。"

"戚教练蛮帅的，"姜思鹭笑着坐在桌子旁边，"那个男演员他……他靠脸吃饭嘛。"

梅姐姐笑。

"可是他们三个，也太惨了……好可怜呀。"

姜思鹭知道梅姐姐心善，看不得这样的人间惨剧。

还好真实的世界里，梅姐姐的故事是圆满的。

"是假的嘛，"她说，"都是我编的！你看你们两个，多好呀……"

"对，"女人低下头，"不好的日子，都过去了……"

聊了将近一个小时，顾冲他们从后院出来了。

看起来很兴奋。

"哎呀我这个——"顾冲冲过来和姜思鹭比画，"我这个思路，我一下打开了！电影的分镜头我回去改一下，戚教练太有经验了。"

"没事，"戚教练在另一边点点头，"用得着你们来问就行。你们愿意拍这个题材，让更多人了解舞狮，我也很感动。"

"都是她脑子里出来的想法！"顾冲很不吝啬地指了下姜思鹭。

她在写作上很少谦虚："哎对对，都是我，我这个脑子真是绝啦。"

大家哄堂大笑。

临走时，梅姐姐又送了她一个竹篾编的小狮头。姜思鹭挂在手指上看了下，顾冲凑过来："挺好看，给我行吗？挂着激发灵感。"

"不给。"

"你又没车，我能挂后视镜上。"

"段一柯有车。"

"好家伙，"顾冲呵呵一声，抽远了身子，过了会儿又移回来，"那你俩这是和好了？"

姜思鹭想了想，把狮头收起来。

"还没彻底说开。不过应该也……差不多了吧。"

一行人上了车，又往古村的方向开。

路越开越窄，尤其是过水塘的时候，就剩一条单行道。司机"嘶"了一声，抱怨了一句："这哪儿来的出租车啊。"

坐在后排的姜思鹭抬头望，看见个出租车的车屁股。

对方似乎也不太确定这条难开的路是不是正途，开得犹犹豫豫，急得剧组司机直按喇叭。可惜从水塘到村子里就这么一条窄路，连超车都没法超。

姜思鹭看司机大哥烦躁，安抚道："没事，师傅，咱们也不赶时间，跟他后面就行了。"

对方叹了口气："行吧。"

结果对方直接扎进剧组在的那个古村了。

来了一个月，姜思鹭还真没见过这村子里有什么除了他们的外来车辆。出租车司机刹了下车，冲外面开小卖铺的喊了一句粤语，对方也回了一句。姜思鹭没听懂，但隐约听到了拍戏两个字。

紧接着，出租车就朝他们住的方向开过去了。

顾冲也有点意外，把窗户降下来，往外看。两辆车一前一后地进了宿舍院子，姜思鹭一眼看见段一柯站在树荫下和道具组的老师说话。

出租车一个急刹，带得他们的车也急刹。姜思鹭的注意力在段一柯身上，脑袋"咣当"撞上前座。

她头晕眼花地抬起头，看见一个高挑纤细的人影从出租车里跳出来，然后直冲到段一柯面前，上去就推了他一把。

"段一柯！"女人大喊一声，"你凭什么拉黑我！"

车里的人都傻了。

女人戴着墨镜口罩，把脸捂得很严实。但车外不比车内，没一会儿就觉得闷热，女人干脆把口罩墨镜都摘掉。

怎么是……

赵诃娴啊……

姜思鹭是完全惊呆了。

院子里零星站了几个人，也是震惊地转过头，看着树荫下的段一柯和赵诃娴。

素颜的赵诃娴也相当漂亮，剑眉，薄唇，身材像模特，站在段一柯身边，气势一点没弱。她抱起手臂，气势汹汹地喊："不就是我经纪人看电视剧快上了，问你经纪人能不能炒 CP 吗？你至于把我拉黑了吗？"

段一柯蹙起眉，也从意外里回过神。

"我不知道你在说什么。"

"你别装不知道！"赵诃娴仰头大喊，"不炒就不炒，你……我赵诃娴这辈子还没被男人拉黑过！只有我拉黑别人的份儿没有别人拉黑我的份儿！"

"段一柯，你躲我是吧？你从'花好'拍戏的时候你就躲我！怎么了？我就问你怎么了，我的喜欢就那么不值钱，在你眼里就那么贱吗？"

姜思鹭都没说话，顾冲先发出了惊呼。

赵诃娴不算一线，但也是圈子里有名的女明星。大家都知道她脾气直，但也没想到直到能当着这么多人，把这些事这么大声地说出来……

赵诃娴还要喊，被段一柯眼神压住。他也不想让别人看她笑话，低声提醒："这么多人，你别发疯。"

结果她一下被激怒了。

"我发疯？对，我就是发疯，我疯了我才喜欢你！追我的人多了，我去喜欢一个根本不拿我当回事的人！"

"段一柯，我告诉你，我从小到大，只有别人追我，只有别人上赶着我，我喜欢的人我勾勾手就过来了,我还真就不信拿不下你了。我管你喜不喜欢我,我管你怎么想,反正电视剧上映以后咱俩有红毯有采访有综艺,我就不信你还能像现在一样躲我!"

她喊得满头大汗,差点儿中暑,抱着手和段一柯对视了一会儿,转头就去开出租车的门。

"咣当"!

车开走了。

也不知道她从哪儿过来的。真是千里迢迢,来下追爱宣言……

车里的姜思鹭都觉得,有点羡慕了。

羡慕她理直气壮,羡慕她光明正大。

旁边有人咳嗽了一声,是顾冲。他先示意导演组的人都赶紧去干活,又拍了下姜思鹭的肩膀,最后自己下车,冲着院子里的人喊:"看什么看!下周就开机了,不忙是吧?"

被喊声吸引过来的人这才散开。

姜思鹭最后下车。

小狮子还攥在手心里,被汗湿了。她刚才攥得用力,把人家脑袋都攥歪了。段一柯还没离开那片树荫,抬眼看她慢慢走过来,眼神也有些复杂。

她捋了下头发,把发丝别到耳后,站到段一柯面前。

"你……"他犹豫着问,"你都听到哪些了?"

"哦,"她慢吞吞开口,"听到她说,她喜欢你。"

段一柯叹了口气,指节砸了下额头,等了一会儿,转回身子,说:"我不喜欢她,我喜欢你。"

姜思鹭点点头。想了想,她又说:"不过她也,确实挺好的……"

段一柯直接打断她:"她好不好关我什么事。"

姜思鹭垂下眼,把小狮子递给他,说:"戚教练他们送我的。"

段一柯接过,没反应过来。

顿了顿,两个人同时开口:

"你别多想——"

"她要和你炒 CP 啊?"

这不是最开始那句嘛。

合着就是听了个全场是吧。

段一柯把小狮头收到手心里,无奈道:"我都不知道这回事,应该是他们和路嘉商量,路嘉没和我提就直接拒绝了。我早就拉黑她了,可能她刚发现,就以为是炒 CP 这事……你热吗?你热你先回去,我给路嘉打个电话。"

热吗?

好像也没觉得,就是心里空荡荡的,有风吹过去。

姜思鹭点了下头,回了二楼的房间,把东西都放下,换了身干净衣服后,躺回了床上。

跑了一上午，躺下才觉得身上酸软，再加上空气燥热，她很快就困了。

也可能是逃避现实，总之，没一会儿就睡着了。

这一觉睡到下午三点。

筹备期到尾声，编剧的工作变得很轻松，基本就是在等着和大家最后吃顿饭。姜思鹭摸了下手机，看见松球和段一柯问她吃不吃东西。

她在睡觉，都没回复，段一柯最后给她发了一句：【酸奶给你放笔记本旁边了，你下午吃。】

她坐起身，揉了揉太阳穴，又习惯性去刷微博。

《她的狮子朋友》的图书封面出了，她昨天登 @落日化鲸的账号宣传了一下，读者们纷纷在评论区夸赞。她看了看风评，觉得没有大问题，就退出了作者账号，去登那个看八卦的小号。

首页刷新的瞬间，她愣住了。

每一个关于段一柯的账号，都在转发同一个视频。点开来，赵诃娴的声音从她手机里传出来——

"我发疯？对，我就是发疯，我疯了我才喜欢你！追我的人多了，我去喜欢一个根本不拿我当回事的人！

"段一柯，我告诉你，我从小到大，只有别人追我，只有别人上赶着我，我喜欢的人勾勾手就过来了，我还真就不信拿不下你了。

"我管你喜不喜欢我，我管你怎么想，反正电视剧上映以后咱俩有红毯有采访有综艺，我就不信你还能像现在一样躲我！"

镜头是偷拍的，很晃。但树影婆娑，夏日蝉鸣，大声表达爱意的漂亮女孩，沉稳沉默的年轻男人……

好漂亮啊。

真的，好漂亮啊。

评论的数量也在疯狂上涨。

【我很少嗑真人的，但是柯诃给我锁死好吧……】

【内娱又有意思起来了！】

【段一柯我恨你是块木头！】

【我现在就等《骑马客京华》播了，朝暮一天不定档我天天去门口要饭。】

【赵诃娴真的好好啊。这光明正大的爱意啊，我太羡慕了……】

她的目光落到最后那行评论上，嘴唇翕动，竟控制不住地默念起来：

这光明正大的爱意啊……

我太羡慕了。

视频一下午就发酵上了热搜。

她和段一柯谁也没找谁，估计是谁也不知道怎么开口。顾冲在工作大群里发了顿脾气，说要查出来是谁拍了乱发。

不过这波闹剧对电影的热度有帮助，骂了两句，到最后，他也没有非要追究。

天擦黑的时候，门被敲响了。

住久了，姜思鹭对谁敲门都有经验了。松球来找她就敲得很快很有节奏，段一柯一般就敲一下。这人敲门却很凌乱，忽快忽慢，简直像是拿手指乱弹了一气。

她有点茫然，起身去开。

门轴老了，转起来"吱呀"一声。打开门，外面站着风尘仆仆的……

路嘉。

姜思鹭眼圈一红，忽然伸手抱住她。

路嘉叹了口气，拍了拍姜思鹭的后背，问："又委屈了吧？"

姜思鹭在她肩膀上摇头："我不是，我没有，我就是一看见你，就特别想哭……"

"那不就是委屈吗……"路嘉把姜思鹭扶起来，"你俩这恋爱谈的，我真是越看越不是滋味……"

"我也不知道怎么了……"

路嘉继续叹气。

长途跋涉，她也渴了，进姜思鹭屋里喝了几口水，缓了缓，说起来意。

其实她也早该过来了——

曹锵现在毕竟还没和之前的公司履行完经纪约，她工作室就段一柯这么一个艺人，平常是应该跟着帮忙谈合作的。只不过之前北京那边一直有事拖着，这才耽搁了来佛山的时间。

"看来就是不能耽搁，"她说，"这一耽搁就出事了。我要是看见赵诃娴来这么一出，我不等视频发出来就能给它按下去。"

顿了顿，路嘉摇了下头，神色也有点疲惫。

"算了，说这些都晚了……《骑马客京华》就要上了，刚才朝暮影业和赵诃娴团队的人一直给我打电话，连平台都过来找我，孟老师还问了一句……这下牵扯进来好多人，一会儿得开个电话会……"

正说着，段一柯进来了。

两个人应该之前就通过气，他也不惊讶。朝路嘉点了下头后，段一柯把目光转向姜思鹭。

"怎么不回消息啊？"

她垂着眼，小声顶他："回什么呀，回'你俩CP感真强'……"

段一柯叹了口气，很耐心："这不是在解决吗？刚来了一堆电话，我头都大了。"

倒显得她不懂事。

姜思鹭偏了下头，把委屈全咽回去了。

段一柯拖了把椅子过来，坐到路嘉对面。

"那现在你们是想怎么弄？"

路嘉拿出手机，看了看聊天记录，脸上难得出现愁闷。

"我做不了主，"她说，"刚才赵诃娴经纪人压着她给我打电话，小姑娘都急哭了。房总那边也有想法……五分钟以后电话会，你跟我一块儿听吧。"

段一柯点点头，又问："赵诃娴哭什么？"

姜思鹭忍不住看了他一眼。

他下午有训练，出了不少汗，估计是冲了澡才过来的，头发潮湿着，身上味道很清爽。明明事情很难办，但他坐在那儿又很稳，抽丝剥茧地和路嘉解决问题。

和这样的男人来来回回地相处，赵诃娴动心也很正常。

她不是也早早动心了吗？

动心……又不犯法。

"她哭什么"的问题出来，路嘉挑起眉，也有点不耐烦，也有点觉得可怜的样子。

"后悔冲动呗，"她说，"挨了经纪人一下午骂了。"

"骂她干吗啊……"姜思鹭也开口，"我看……我看网友不都在夸她。"

"网友夸几句，混个好路人缘，然后呢？"路嘉嗤笑，"她现在事业上升期，最忌讳爆恋情。和你来这么一出，那几部存货播的时候，还要不要和男演员营业了？还有些品牌求稳，签代言的时候就有限制公开恋情的条款，谁知道她那几个代言合同怎么签的……"

正说着，路嘉的电话响了。

利益相关方都被拉进一个临时的群里，拉了个群通话。路嘉点了接通，应了几声，说："对，段一柯在我这儿。"

这句话一出，三个人都莫名警醒起来。

谈判开始了。

对话先从赵诃娴的经纪人开始。

"这还能压吗？"

"天王老子来了都压不住了。"路嘉属于受害方，用词很直白，"热搜都上到第几了？视频源都查删不完。"

"是，路嘉姐，"那边可能之前也和路嘉有交情，对她很客气，"我们也是觉得，可能压不住了。所以刚才，商量出个别的办法。"

"其实也是被品牌方提醒的……他们那边一直强调，不能爆真恋情，不能爆真恋情，那我们团队合计了下，要是假的，反倒没事了。"

路嘉看了一眼姜思鹭，见她听得挺认真，心里觉得荒唐。

"本来就是假的啊，"她在"假"上加了个重音，"段一柯从来也没答应啊。"

一直沉默的赵诃娴那边明显出了点动静。

经纪人咳了一声，把她压住，继续说："我们现在给品牌方的解释就是，这都是剧要上映了，合作的宣传手段。包括这个视频，也是宣传的一部分……"

段一柯眉头皱了起来，目光转向姜思鹭。

她托着下巴，看着手机，脸上也没什么表情。

"其实也没那么难理解，恋情这种事，越捂着越是真的。我们想，反正之前也有过营业 CP 的打算，要不然就……就让他俩假戏真做，互动再频繁一点。营业到最后，粉丝发现是为了剧，也就假了。"

"我不同意。"

男声清凌凌地响起。

姜思鹭一直盯着屏幕，试图消化那些话。等到段一柯开口，她才慢慢把目光移上来。

"你说的这个之前路嘉已经否决过了，我同意她之前的决定。"

"不是……此一时彼一时。"对方急了，"这事也不光是为了诃娴啊，你这现在又不是没有待拍待播的剧，这事要弄得太真，对你也有影响啊。但要说是为剧营销，制片说不定还觉得你配合度高呢——"

"段一柯。"赵诃娴的声音忽然插进来，"你是为了你那个女朋友吗？"

屋子里陡然静下来。

姜思鹭没想到话题会突然落到自己身上，更没想到段一柯和赵诃娴提起过她。她有点失措地坐直身子，把目光投向对面。

段一柯也在看她。

就在他要说"是"的前一秒，路嘉及时开口，截断了对话。

"我们是来讨论解决办法的，不是来讨论我家艺人隐私的，"她冷冰冰地说，"这次我们纯粹是被牵连进来，帮你们是情分，不帮——"

"我说两句，行吗？"

房鸿的声音第一次出现了。

路嘉很给面子地闭嘴了。

房鸿之前是她领导，现在又是她艺人新戏的制片，以后要打交道的机会只会多不会少。

"路嘉，你还是这么强势。"房鸿用那种老领导的口气说，"不过做艺人经纪和以前你在朝暮做宣发可不一样。以前你强势，是朝暮的资本托底。现在你单打独斗，就得学会借力打力。"

房鸿："我认可诃娴这边团队的方案。"

路嘉吸了口气，脸上绝对有点恼，但碍着对方地位身份，又说不出什么。

房鸿："一柯，你在听吗？"

段一柯"嗯"了一声。

房鸿："我不知道你是出于什么原因拒绝和诃娴炒 CP，但就你俩现在这个情况，这是最好，甚至是唯一的解决办法。如果真的像诃娴说的一样，是为了你个人的感情问题，那我只能说，你太天真，也太任性了。而且这个人……"

房鸿笑笑："可能不太适合你吧。"

房间里的气氛骤然起了变化。

"一柯，进了这个圈子，你就不是你自己了。你在拍的电影，拍过的电视剧，合作过的对象，打交道的公司，都是你身上的一部分。

"这部剧做到现在，就差上映这临门一脚。说实话，你们三个是很适合角色，但咖位都不够，这个 S 级是我当年硬推上去的。要让平台对你们有信心，舍得给剧砸钱……戏里戏外，动静都是越大越好。花他们一分钱，赚出十分效果，人家才会觉得你有利可图。

"《骑马客京华》，剧组几百号人的心血、公司上亿的投资，开播之前，我不想让你们三个中的任何一个人，出哪怕一丁点负面新闻……相比之下，女主角和男二号炒炒热度，已经是最无伤大雅的一种了。

"再说，就算从你自己的角度……你现在资源是好，可还一部作品没播呢。和赵诃娴的事越弄越真，对你将来接戏有什么好处？"

屋子里静悄悄的。

段一柯和路嘉一个字都没说。

都是聪明人，都知道房鸿的话……句句在理。

"好，我说完了。"房鸿说，"你们还有要补充的吗？"

路嘉深吸了一口气，吐出来。

"房总，"她说，"我这边静下音，我们要商量下。你和赵诃娴那边，可以先继续。"

语毕，她触了下话筒的静音键。

房间里也像被按下静音键。

姜思鹭觉得好恍惚。

她好像闯进了一个很陌生的世界，充满了理直气壮的谎话。房鸿的每一句话她都听懂了，每一句话都在告诉她——

识相点，你得看着你爱的人，和别人花前月下。

那些所有摔伤过的地方一瞬间灼热起来，从膝盖，到胳膊，到每一处手指关节。

躺在段一柯怀里睡觉的时候，她以为她已经忘了那条山路了，可忽然之间，她又回到了那个雨天。她被拦路的石块绊倒，高高飞起，又狠狠落下。

然后，摔得遍体鳞伤。

段一柯似乎觉出她不对，伸手想扶她的肩膀，被她一把推开。他和路嘉对视一眼，他迅速开口："姜思鹭，我们可以不听他们的，我们——"

"那你们刚才看我干什么？等我表态啊？"姜思鹭骤然站起身，"我真的不明白了……别人可以坦坦荡荡地说喜欢你，然后所有人为了保她讲一堆顾全大局的道理。所以现在是什么情况？是只要我点下头，答应你们两个去谈恋爱，然后所有事情就会变好，是这样吗？《骑马客京华》也能拿你们去营销，赵诃娴也不会违约，真到像假的一样也不影响你接其他角色……"

"思鹭，"路嘉也慌了，"你别这么想，没有人这么想……"

"不是没有人这么想，是每个人都这么想。"

她软惯了，发脾气都怕伤着别人，从来没有这么不计后果地喊过。简直像是把愈合的伤疤都揭开，再一把把地往里撒盐。

"我到底做错什么了啊？让我藏着和他谈恋爱我藏了，从山上摔下来的事我也忘了，我看见别的女孩子和他表白我都只敢睡一觉把情绪睡过去……"

段一柯推开桌子去抱她，把她往怀里揽："你冷静一点，事情不是你说的这样，你情绪失控了……"

她眼前一阵阵地眩晕。

她可能从来就没好过。

"段一柯，你真的对我好残忍啊……"她抓着他的肩膀，指尖深深嵌进去，"房鸿说得对，我不适合你，我们两个真的不行。我以为我可以，我以为我神经粗一点我乖一点我少听少看我可以，我不行段一柯，我真的做不到了……"

她所有伤口都崩裂了，所有记忆都恢复了，所有血都流出来了。

陷入黑暗前的最后一瞬，她倒进他怀里，带着哭腔说："段一柯，你放了我吧。"

医院。

夜太深，走廊里很静。段一柯坐在靠墙的椅子上，仰着头，后脑抵住冰冷的墙壁。

路嘉在远处和医生说了几句话，回来，站到他跟前。

沉默许久，还是他先开口。

"我是不是克她？"

"别说这封建迷信……"路嘉摇头，"不过你俩真是……这几个月，光我看见都哭了多少回了，眼泪就没干过……"

"我就是克她。"

段一柯猛然前倾，手撑在额头，胳膊架在膝盖上。

"她说她不和我在一起的时候什么都好好的，原来是真的。我以为上次是误会，那我这次把什么都告诉她就不会出事，结果又把她搞进医院……"

路嘉也没办法了，最后把手里的水杯递给他，说："你去看看她吧。"

入夜的病房静得可怕。

姜思鹭躺在病床上，左手插着输液的管。段一柯坐在床边看了她一会儿，伸手去握她的右手。

体温又低了。

他忍住喉中哽咽，把她手放到唇边，想焐得暖一些，可体温传过去像进了黑洞，她像是陷进冰窖里了。

到底是哪里错了……

他的记忆飘飘荡荡，回了上海，回了那家永远亮着灯的屋子。她在黑暗中睡着，他挂了朝暮的电话，走到她床边，久久地看着她。

那其实是他第一次清醒地吻她。

她是软的，是暖的，是快乐的，是无忧无虑的。他从她身上汲取了力量，直到她无意识地说了句含糊的梦话。

于是，他急忙直起身，握着她的肩膀，把她摇醒。

"我试镜过了。"

或许人生就是从那里开始分岔。

她忽然在病床上小声地呢喃起来。

段一柯一愣，俯身去听，辨认了好久，听到她说："带我回上海吧。"

他喉咙一哽，轻声说："好，带你回上海。"

下一秒，她再次开口，声音清浅柔软："黎征，我好疼啊。"

原来……

死是这种感觉啊。

他茫然着坐直身子，手慢慢松开，脑子里空白了很久，一阵钝痛终于从心口慢慢地、慢慢地蔓延到五脏六腑，四肢百骸。

他摸索过姜思鹭的手机，输入了他生日的解锁密码。

他打开通讯录，找到了那个电话。

他怕吵到他，慢慢走到了病房外。

短暂的等待后，对方接通了。

"喂？"

是那个声音，那个他从可可西里出来后打电话时，电话那头的那道男声。

原来是这样啊。

他不在的时候。

都是他在。

他愣了好久，直到对方提高了声音，重复询问："姜小姐，出什么事了吗？"

于是他回答：

"黎征，我是段一柯。

"你来带姜思鹭，回上海吧。"

病房门虚掩，他的姑娘合着眼睛，睫毛微微抖动。

她听不见门外的声音，被梦魇拖着醒不来。她手指无意识地抓了下床单，轻喘一声，继续说：

"不要再麻烦你了，你叫段一柯来吧。"

黎征，我好疼啊。

不要再麻烦你了，你叫段一柯来吧。

黎征，我是段一柯。

你来带姜思鹭，回上海吧。

07.

回上海以后的很长一段时间，姜思鹭都不和别人说话。

黎征有时候来找她，她不给他开门，他就把东西放在门外。结果下次来的时候，东西也没有人拿进去。

她自己去医院复诊，买药，打点滴。她的身体状况在好转，但睡眠质量很差，稍微有点动静就会醒。有时候听到客厅有人在说话，叽叽喳喳，像是段一柯刚搬进来的那些日子。

缓一会儿，反应过来了。

是幻觉。

于是，她又去开了些治神经衰弱的药。

立秋的时候，松球来看过她一次。两个人在咖啡厅外面一打照面，松球脸色都变了。

太瘦了。

她没失过恋，她那是段根本就没开始过的感情。她不知道，把一段刻骨铭心的感情从生命里硬生生拔出来，原来会痛到这种程度。

更何况姜思鸶是作家。

她本身就比常人敏感太多。

两个人喝了杯咖啡，吃过饭，靠在临街的露天吧台聊天。松球不敢提太多片场的事，和姜思鸶聊八卦，聊行业风向，说些茶余饭后的闲话。

聊到最后无话可说，她苦笑一声，说思鸶啊……

姜思鸶把头抬起来。

"开心点，好吗？"松球伸手摸了摸姜思鸶的脸，"姐姐就想让你开心点。"

姜思鸶无声地笑了笑，垂下眼。

"这分手分得，"松球叹气，也不避讳了，"两个人都难受成这样，段一柯在片场也……"

"他把我送回来，"姜思鸶轻声说，"省得挡了他的康庄大道，他能有什么事。"

"化鲸，你别说气话，"松球声音带点急，"我也不知道你们那天是怎么回事，不过段一柯肯定不是你说的这个意思。顾冲说他最近……"

松球忽然不由自主地闭上了嘴。

姜思鸶抬起眼看着松球，笑起来了。

姜思鸶以前的长相是很可爱的，笑起来也可爱，眉眼弯弯，双眸带光。或许是最近瘦了太多的原因，松球忽然发现，姜思鸶整个人的气质都变了。说是锋利，又带着散漫，对什么都不太在乎的样子，让她一时不敢说话。

"松球姐，"姜思鸶的嗓音有一丝沙哑，"我最近突然有了个，新的想法。"

松球挺直了脊背。

姜思鸶转过头看着她，眼神疏离。

"我以前啊，活得太认真了。认真，就累。

"我以后，随便活活，行不行呀？"

松球慢慢把手覆到姜思鸶的胳膊上："化鲸……"

姜思鸶明明在笑，声音却是哽咽的。

"不该我的东西，我再也不强求了。选个简单的活法，是不是能轻松点，也快乐点啊。"

松球看着她，手慢慢拍着她的胳膊，能感觉到她冰冷的皮肤和瘦到硌人的骨头。

"和段一柯，总归是没可能了，"姜思鹭望着窗外，"那怎么活，也都没什么差别了吧。"

第九章
/ 不如我们从头来过 /

01.

半年后。

时间白驹过隙，日子平静得连道波纹都没有。

姜思鹭下一楼到客厅的时候，才想起还有只耳坠攥在手里没戴。客厅也有镜子，可惜光线昏暗，她侧过脸，仔细辨认着耳洞的位置。

身后传来脚步声，有人把她的长发拨到一侧，接过了耳坠。

她直起身。

男人手指捻过她耳垂时，她有一瞬的恍惚。下一秒，金属质感贯穿耳洞，耳坠已经毫无痛觉地戴好了。

她沉默片刻，转过头，轻笑着说："手很稳啊。"

黎征将她发丝别到耳后，也笑："怕弄疼你。"

两人并肩走到门外。

黎征碰了下墙壁上的一处凸起，车库大门缓缓上滑。把她送上车后，他又隔着车窗问："真不用我送你？怕你车开不好。"

"总得上路的，"她说，"不知道他们要聚到几点，你困了就先睡，不用等我。"

黎征直起身，目送她离开。

车从别墅区驶出。

在外环住久了，姜思鹭觉得上海内环的路太窄了，人也太多了。繁华过度，给人一种物欲倾塌之感。

下了高架桥又开过几条小路，她忽然觉出环境熟悉，顺着路边商铺望过去，才发现不远处就是自己以前住的小区。

车一晃，险些蹭上旁边车道的别克。对方一串急促鸣笛，她降下车窗，低头示意抱歉。

对方又来别了她一下，她急刹。好在是条小道，同排只有他们两辆车。

对方车窗也降下来。

"美女，"他说，"加个微信？"

她瞥了对方一眼，打方向盘，绕过加速。过红绿灯的时候，她加了脚油门，对方就被红灯卡到后面了。

还是上次那家五星级酒店。

距离上次同学聚会也一年了，"K中上海小分队"的群成员喜增四人，从"13"变成了"17"。

前几天，邵震又一次嚷嚷起吃饭的事。可能是快年底了，响应者甚多。

遂成行。

姜思鹭还是不想去，可惜最近《骑马客京华》的热搜铺天盖地，她在群里的存在感高到爆炸。

【@姜思鹭 化鲸大大来吗？】

【思鹭你能给我带本签名书来吗？我侄子听说我和你是同学可激动了。】

【+1我也想要一本。】

【思鹭我不用你带，我买好了，你人来了帮我签个名就行。】

【哦哦哦，对，我也不用你带，我这就下单一本。】

……

下车前，她又翻了一遍群里的聊天记录，记了下人名。退出的时候，她看到路嘉的新消息：【思鹭，今天聚会我不去，你没不高兴吧？】

她眼神愣怔片刻，回复道：【没有呀，你最近也挺忙的。】

前段时间，《骑马客京华》正式定档，台网同步播出。前三集一放出来，舆论场就炸了。

市场苦魔改剧久矣。突然出现这么一部选角符合人设、演员演技过硬、服化道质感在线的改编剧，观众们迅速沉迷，当场嗑疯。

仅仅两个月的时间，曹锵、赵诃娴、段一柯直接炸上一线。"大女主戏"一爆爆了三个人，段一柯蹿红速度最明显。据说《她的狮子朋友》杀青当晚，段一柯连晚宴都没吃完就去北京拍杂志封面了。

不过也有人颇有微词，说他和女主的CP感营销得铺天盖地，甚至压了主角一头，实在有点喧宾夺主。

但很快又有人反驳，营销CP又咋了？哪个剧播的时候不营销啊？曹锵和赵诃娴就是缺点火花，段一柯倒是和她还有部电影的二搭——观众嗑糖嗑得开心，剧和电影都有了热度，这不是皆大欢喜吗？

总之，名利场罢了。

假假真真，真真假假。

从车库上电梯，液晶屏里竟然也在放《骑马客京华》"收官在即"的海报。姜思鹭愣愣地望着屏幕里那张熟悉的脸……

他曾经吻她，曾经抱住她，曾经和她在深夜里说许多许多话。

而她现在，竟只能隔着屏幕触碰他。

指尖快触到液晶屏的前一秒，广告忽然换了，一个租车公司的LOGO跳了出来。她的手僵在半空中，直到电梯抵达的"叮咚"声响起，才反应过来。

她把手收回来，朝着聚餐的包间走去。

还没进门，她就听见邵震在那儿喊："今年这生意是真难做啊，我这个月流水和去年同期都打对折了。我要真是落魄了，各位老同学还得拉我一把……"

另一道声音传出来："得了吧你，谁落魄你也不会落魄。再说了，我是暗恋过你还是咋？看你落魄了就去拉一把——"

哄堂大笑。

她理了下衣服，深吸一口气，推门进去。

包间里静了一瞬，随即——

"妈呀，落日化鲸来了！"

"啊啊啊，这是思鹭吗！我的天，我去年没来聚会，呜呜呜，思鹭你现在好漂亮啊……"

"思鹭你来我这儿坐！我带了三本书过来你帮我签下！"

一道声音突兀地响起："哎，思鹭，你没问问段一柯来不来啊？"

屋子里静了一瞬，姜思鹭身体瞬间僵硬起来。

"哎哟，人家是大明星……"另一个同学开口了，"人家连群都没加，怎么会来聚会啊……"

"可是我上半年还看到他俩一起上综艺呢，看起来也挺熟的。"

"对，我也看那个综艺了。而且段一柯两部戏都是演的她的书，应该关系挺好的吧。思鹭，你没问问他来不来？"

姜思鹭有点后悔过来了。

她紧了下包带，找了个角落的座位坐下，轻声说："没那么熟，就是片场碰见过两次。我……我都没加他微信。"

"啊，这样啊……"大家恍然大悟，"也是，段一柯一直和我们有壁……去年还说人家在剧本杀馆演NPC呢，今年就直接爆上一线了。"

"哎，那他和那个女主演的事，是真的吗？"

"炒CP嘛，不就是为剧营业。他们这些演员，戏里戏外都会演，轻车熟路了。你看着吧……明年那个空军的电影上了，他还和别人有得暧昧呢。"

"但是，我觉得是带了点真情在里面欸。赵诃娴和他表白那个视频你们看了吗？那个眼神，我觉得多少有那么点动心吧……"

"都是炒作啊，演的！CP粉是最傻的！"

姜思鹭的思维慢慢涣散了。

她打开微信，一直往下划拉，段一柯还在她的好友列表里。

他们谁也没有删掉谁，但再也没有说过话。

她把他的备注改成一个句号，好像这样就能代表某种终结。他的头像还是以前那个，点进去，朋友圈也依然空空荡荡的……他从来就什么都不发。

她忽然蹙起眉。

段一柯头像底下多了条签名。

——【看我一眼吧。】

姜思鹭愣了很久，直到有同学坐到她身旁，拉着她聊起了《骑马客京华》的小说。

一个接一个，还有找她来给书签名的。还有一本，干脆写的就是"祝××的小侄子学业顺利"……

一如既往的，精疲力竭的社交。

她真的不适合见太多人。

还好是开车来的，别人敬酒她都能推掉。九点多的时候，黎征给她发微信。

黎征：【结束了吗？】

同学们聊得断断续续，看起来也累了。姜思鹭垂下眼，回复道：【应该快了。】

黎征：【我去接你吧。】

姜思鹭：【没事，我不是开车来的吗。】

黎征：【我打车过去，帮你开回来。】

等了等，对面又来一条：【夜路难开。】

姜思鹭想了想，回复：【好。】

她把手机收了起来。

等了一会儿，果然有人提出了散席。邵震又在那儿一通安排，问了几个住在同区的，说可以把大家顺路带回家。

问到姜思鹭的时候，她笑着摇摇头，说："不麻烦你了，有人来接我。"

女孩子们发出"哦哟哦哟"的声音。

"是男朋友还是老公呀？"

姜思鹭愣了愣，收回目光，轻声说："男朋友。"

一行人拉着她去坐电梯了。

黎征不知道车停在哪里，还站在一楼大厅等她。他气质太好，在金碧辉煌的灯底下一站，很多人还当是来开会的哪家老总……

不过也确实是老总。

雀羽上个月C轮融资刚结束，黎征昏天黑地忙了一阵，最近刚闲下来。不去公司的时候，他基本就是在家里陪她看电影，有时候出去吃饭，有时候去上海近郊散心。

他还是那个性格，把什么都给她安排好。姜思鹭开始也会提几句，后来久了，也就习惯了。

人都是有惰性的。

直到姜思鹭走到黎征跟前，身旁的同学才恍然大悟。

像邵震这样的生意人都有嗅觉，时刻准备着拉拢人脉，凑过来搭讪的速度堪比夜店辣妹见到劳斯莱斯车钥匙：

"欸，思鹭，这就是你男朋友啊？你好你好，我是她高中同学邵震，这是我名片。"

黎征接过，笑了笑，说："不好意思啊，我没带名片。"

"没事，没事。"邵震摆手，"以后还有的是机会，思鹭下次……一起带出来？"

姜思鹭客套地点了下头。

两拨人又聊了几句，她和黎征才去坐电梯下车库。

一进电梯，她人就软了。

黎征从后面撑着她，苦笑道："不想来，下次就别来了。"

"都是同学……"她轻声说，"群里叫了好几次……"

"你也得学会拒绝别人……"

私语窃窃，他搂了下她的腰。姜思鹭身子还是下意识地僵住，不过很快恢复了正常。

黎征感受到她的僵硬，把目光从她唇上移开。

车在B2，电梯下得很慢。在B1层停了一次，再合上门的时候，《骑马客京华》那张海报又出现在液晶屏上。

姜思鹭移开目光，视线落到黎征领口附近。

他穿衬衣比较多。今天也不去正式场合，衬衣是件浅灰色的，扣子系到第二颗，卡在线条分明的喉结下面。

她看见他喉结动了一下，然后声音从她头顶传过来："周末去趟无锡吧。"

"去无锡做什么呀？"

"有个朋友推荐了家温泉酒店，对身体蛮好的，带你去放松下……离我们遇见的地方还很近，可以故地重游。"

姜思鹭笑了一声。

"就是你站在台上被人撑得说不出话那次？"

黎征顿声，手指碰了下她嘴角。

"对……刚才真好看，再笑一下好吗？"

她心里柔软一瞬，仰起脸。他眼神垂着——明明是双狐狸眼，在她面前，一点都不狡猾。

"好，"她轻声说，"那就去无锡过周末吧。"

踏回车里的最后一瞬，那条"看我一眼吧"的签名在她脑海里浅浅划过——心脏抽痛了一下，但不大明显，缓了几秒，就没有感觉了。

她累了，把座椅降下来，半躺在黎征身边。他看她一眼，打开车里暖气，从后座拿过一件衣服，盖到她身上。

她在这暖意里感到困倦，侧了下身子，眼睛半阖着，看男人在夜色里开车的侧脸。

"黎征，"她说，"谢谢。"

他从方向盘上撤下右手，揉了下她头发，没有说话。

酒店在山里，温泉是火山温泉。

无锡不远，从他们住的地方开过去甚至不到两个小时。抵达的时候正值夕阳西下，车停在酒店不远处的停车场，像是进了荒郊。

他们等酒店的摆渡车来接。

毕竟是冬天，又进了山，气温有些低。姜思鹭抱了下胳膊，黎征便又从后座拿出件外套。

"你放了个衣柜在后面吗？"姜思鹭说。

"嗯，"黎征说，"本质上是辆房车。"

"……别讲笑话，求你，"姜思鹭告饶，"荒山野岭的，有点可怕。"

前面传来车轮声，是酒店的摆渡车开了过来。姜思鹭和黎征坐上去，进了个面积挺大的庭院。

几栋二层小楼点缀在冬日枯寂的树间。

"是不是，季节不大好？"黎征说，"春天带你来的话，会有桃花。"

"行，"姜思鹭心不在焉道，"那明年春天再来一趟。"

男人有些意外地看了她一眼，见她愣愣地看着一只躺在路中间的野猫时，又把目光移回去了。

房间被一分为三，有沙发，有床，有单独的私汤。姜思鹭进门时看着那床愣了片刻，黎征说："我睡沙发。"

她抿了下嘴唇，收回眼神。

她是一个月前搬进黎征家里的。

那天送走松球以后，她又去了几次医院，然后转到一家私人诊所。护士让她填紧急联系人，她想了很久，想到自己在上海"唯二"认识的两个人都不在，最后写了黎征的电话号码进去。

还真赶上一次她低血糖昏迷，护士把黎征给叫过来了。

然后，她断断续续地来看病，黎征也断断续续地陪着。她以为他不忙，后来看新闻，才知道雀羽 C 轮融资出了问题。

他那段时间经常穿着正装就来医院了，那一般就是刚从哪个焦头烂额的会议上过来。

有一次他人没来，来的是公司一个小助理。对方大学刚毕业，一个小愣头儿青，见着她就说："姐姐，你要把我们老总跑死了。前两天人忙得发低烧，你真是一点都不心疼他。"

那天快走的时候，黎征还是来了。两个人沉默无言，姜思鹭上了他的车，放低座椅，低声说："病了就不用送我了。"

"还好，"黎征看了她一眼，"忙得过来。"

顿了一下，他说："姜小姐，不过我最近事情是太多了，你要是不介意的话……"

她转过头。

"要不要搬去我家。这样我照顾你，也方便一点？"他问。

474

她有点愣。

其实她一直怀疑自己睡不着觉，就是因为那栋房子的原因。

她总能听见段一柯在客厅和她说话。

像是快溺死的人抓到一根稻草吧，她靠到座椅上，声音很低："好。"

黎征家很大，但东西很少，房间都空着。他给姜思鹭把主卧腾出来，自己搬去了一间客房。

她病着，也没什么事情做，就开始给家里买东西，像之前给二柯买一样。

一天天，一周周，填满了他的房子。

他们甚至没有一个确定关系的节点，只是她每次填东西的时候，开始把紧急联系人填成他；买东西的时候，收货人会选他；碰见棘手的事，开始打电话找他。

有时候姜思鹭想，这应该就是她那天说的那个，简单的活法。

雀羽视创 C 轮融资敲定那天，他陪人喝了不少酒，回家的时候不太舒服。姜思鹭给他煮了解酒的汤，陪他在沙发上喝下。

他尝试着吻了她一下，她没有躲。

可他手覆上她的后腰时，她忽然抖得很厉害。

于是，黎征收回手，把汤喝完，然后轻声说："没关系，慢慢来。"

脑海里闪过很多最近的画面，姜思鹭很突然地开口："不用了。"

黎征侧过脸。

她低了下头，表情有些茫然。

"不用，睡沙发了……"

黎征点点头，把她拉到怀里，轻轻抱了一下。

山中入夜，无比寂静。

温泉水放好了，池子里汇出一片水汽，从私汤室蔓延至卧室。两间屋子仅仅隔着一层半透明的屏风，黎征隔着那层磨砂雕花的玻璃，看姜思鹭的身影慢慢没入池中。

他解了颗扣子，把目光从屏风上移开。

门响了一声。

开门要路过半开放的私汤室，黎征过去的时候，看见姜思鹭趴在池壁上，闭着眼，睫毛垂下来，脸庞被热水蒸得有些红。

他不动声色地收回目光，去开门。

冷空气灌进来，把他激醒了大半。来的是酒店的人，送甜汤，说有的人泡完温泉会低血糖。黎征道了声谢谢，转身进了私汤室。

听见脚步声，姜思鹭睁眼望向他。

房间里全是水汽。

他把甜汤放到池边，姜思鹭换了个姿势，伸手去拿汤匙，胳膊带着水，湿淋淋落了一路。白瓷的勺子舀起甜汤，汤水粘连，又被送进她嘴里。

黎征移开目光，轻声问："甜吗？"

她"嗯"了一声，又舀了一勺，手抬起来的瞬间，纤细的手腕忽然被人攥住。

她被他控制着，一点一点，把那勺甜汤，递入他口中。

黎征都不知道自己什么时候下的汤池。

衬衣没脱，被水浸得贴在皮肤上，扣子一粒粒往下解。她半倚着池壁，被热气蒸得有些茫然，手指慢慢攥皱他肩膀的布料。

热水淹到胸口，扶她几乎费不了什么力气。黎征手顺着她肩颈往下，一直落，落到她后腰上——

她眼神忽然清明起来。

水声陡然喧哗，她狼狈地从他身边逃开。

水淋了一路，脚印从汤池延续到那张宽大的双人床。她没有擦自己，直接用被子把身体裹起来。温泉的水顺着头发往下流，在床单上落下一片巨大的水渍。

等了一会儿，黎征才从私汤室里走出来。

他换了身浴袍，头发也是湿的，坐到姜思鹭身边的时候，女孩还在抖。

他沉默了很久，才开口。

"姜思鹭，"他说，"你还要惦记他多久？"

她蓦然闭上眼，像是支撑不住自己的身体。一片漆黑里，全是那些和段一柯相拥的画面。

忘不了，忘不掉，苦纠缠。

但现下抱住她的人已经不再是他。

黎征隔着被子，慢慢把她搂进怀里。她潮湿的头发落在他肩上，在浴袍上晕染出一片深色。

"对不起，是我……着急了，"他轻轻拍打她的肩胛，"我先帮你把头发吹干吧。"

很快，柔软的风拂过她的发根，她在吹风机的噪声中抬眼看向黎征。

"黎征，"她说，"要不然你去爱别人吧。"

"很难，"男人垂下眼，"你也没有那么容易爱上我，对吧？"

她闭了下眼，再睁开，很诚恳。

"我在努力了……"

"对，"黎征点头，"所以我说，慢慢来。"

头发被吹得半干，姜思鹭眼神恍惚片刻，忽然来抱他。他的手落在她后背上，犹豫片刻，往下滑，又在落到腰间前停下。

先到此为止吧。

或许是泡了温泉的原因，她这夜睡得很深，直到被手机铃声吵醒。

响动声很急，催得她心慌。她从枕头底下把手机拿出来，来电显示上竟然是凤姐。

也就半年，怎么乍一看上去，像是上辈子认识的人了。

姜思鹭清了清嗓子，接通电话，对面传来女人直爽的声音。

"化鲸，在忙吗？"

她坐起身子。

"没有，怎么了呀？"

"嗨，就是《骑马客京华》要收官大结局了，你也知道的吧？"她说。

姜思鹭靠回床头，"嗯"了一声。

她其实一直没追剧，只看了开头，看见段一柯的脸出现在屏幕上的瞬间，心就绞痛起来，然后手忙脚乱关了视频。

但这部剧最近风头实在太盛，热搜几乎是实时更新着剧情。最新一集里，宋冽和李元晟已经冰释前嫌强强联手，下周三就要重登帝位，下周五就要抱得江山美人归……

而上周下线的江晚淮，已经在各种剪辑中被人哭殇了。

段一柯的古装和演技被夸得天上有地上无，连带着《花好，花好》和《她的狮子朋友》的微博粉丝都涨了几个数量级。姜思鹭昨天刷微博还看见一条热转——

一个视频，配文：【这一幕，近十年的古装戏里封神了。】

她没忍住点进去，然后看到了他被宋冽手刃之前那一幕大笑。

他总是这样……

一次又一次地，用回忆击垮她。

思绪从回忆中抽开，姜思鹭把注意力重新集中到电话上。

凤姐那边的意思是，朝暮现在策划了几次扫楼活动——扫楼算是最近热播剧的一种宣传方式，让主演们去各大媒体、平台的办公大楼里和工作人员互动。

按计划，最后一站是在朝暮影业。主场扫楼，除了出些物料，也方便让所有演员一起做个收官主题的采访。

毕竟这几个人现在都风头正盛，能拉到一块儿并不容易。

"然后就是，《骑马客京华》现在在舆论上一个很正面的点就是尊重原著，"凤姐说，"房总那天问了一句，说想让你也来参加扫楼，和演员们有一些互动……我这不就来问你了。"

和演员互动？

她可和演员互动够了。

姜思鹭轻叹一声，说："凤姐，我也很想去。但是我最近身体不大好，互动的话可能……可能效果也不好。"

"身体不好啊？"凤姐声音有点担心，"那太可惜了，我们也是看你之前参加综艺特别出效果……那……那，哎，那这样行吗？你就来做个直播采访。这个原著作者的环节确实挺有说服力，我也是……"

对方听起来很为难，估计是领导有什么命令。姜思鹭眼神恍惚着想了想，柔声回答："行，那我就去做个采访吧。"

"好嘞！"凤姐听起来一下松了口气，"那我让同事把流程和安排发你微信啊，你这两天，再好好养养身体。"

挂了电话，总算松了口气。

胳膊忽然被人拽了下，男人单手把她揽了回去。姜思鹭落进对方怀里，轻声说："朝暮的人。"

"嗯。"黎征点了下头，不太在意，"看你睡得不错，下个月再来？"

姜思鹭笑了笑，目光扫了一眼雕花的屏风，也有心思开玩笑了。

"那也……太辛苦黎总了。"

辛苦？

黎征挑了下眉，不置可否，直到对方靠在自己手臂里再次睡去。

倒也不辛苦。

捕鱼嘛，哪有不撒网的啊。

02.

大结局播出前一日。

重回老公司，路嘉心情复杂。

艺人都还没入场，她自己先进去打点了一番。下午三点的时候，对接的同事告诉她一切就绪了，她便抽身回车上。

笋仔正站在车前，如临大敌。

路嘉一眼看出不对。

她要开门，被笋仔拦住。她瞪了一眼，对方缩回脖子，小声说："你怎么提前回来了……"

"怎么，我上个车还得提前给你们倒计时？"路嘉柳眉一竖，推开笋仔，直接拉开了车门。

一股刺鼻的烟味从车里传了出来。

太浓了，生生呛出她一层眼泪。等眼泪退下去，路嘉才看清车里男人的样子。

保姆车宽敞，他坐在前排，两条长腿架在副驾驶的椅背上。他的头往后仰，脖颈的曲线与座椅靠枕贴合——从下颌，到喉结，到锁骨，抻出一条流畅而锋利的线条。

黑裤黑 T 恤，外面是件做旧的黑色牛仔衣。一只手搭在身旁的车椅靠背，一只手夹着根烟。见她开门，他把手垂到身侧，然后长长吐出口烟雾山来。

"嘉姐，"他勾起嘴角，朝她笑得恶劣而动人心魄，"也来一根？"

车里车外都很寂静。

愣了片刻，路嘉意识到附近可能有人在拍，便闪身上车，把车门关死。

路嘉在段一柯身后的那排坐下，她抱起手臂，自知无用地说："让你别在车上抽……"

段一柯笑了一声："屋里不让抽，外面被人拍，车上又嫌呛……"

他弹了下烟灰，把那烟头顶上车玻璃。

红色火星被冰凉的玻璃一激，瞬间揉灭，只在褐色窗贴上留下些许灰烬。

按得猛，段一柯手指上也沾了烟灰。他垂眼看去，降下些许车窗，把手搁在冷风里。

烟灰很快被风带走了，但他也没把手收回来。他皮肤白，冷风一激就骨节发红，他也没什么表情。

他好像已经很久对身体没有知觉了。

他拍《她的狮子朋友》的时候从桩上摔下来，骨头错位。村里没麻药，医生来了直接上手掰，他冷眼看着，一声没吭，像那不是自己的胳膊。

前几天，他连轴转录综艺，拍到最后发现他在发高烧，送进医院吊了一晚的水才把温度降下去。

没人发现的时候，他也什么都没说。

但他脾气又变得特别差。

也不是明着不配合，但你就能觉得这人特别难控制，甚至不敢对他指手画脚太多，身上永远有一种逼急了可以当场撂挑子的浑。

一群人里，也就他那个经纪人路嘉，和《她的狮子朋友》的制片孟琮说话，他还能听几句。

不过听得也有限。

路嘉又翻开朝暮给她的台本，和段一柯捋了一遍流程。

打招呼，发礼物，粉丝抽奖，采访。他偏着头听，看起来也没听进去什么。

讲到最后，路嘉叹了口气，嘱咐道："看见赵诃娴别那个样……"

段一柯眼神骤然变冷。

路嘉心里一沉。

该不会又要发疯了……

"哪样啊？"他又点了根烟，用后槽牙咬着，偏头看向她，"你是想我上去和她在镜头前热吻一阵儿？"

笋仔也从驾驶座回头。

"段哥，你别这么和嘉姐说话……"

"关你什么事。"他瞥了笋仔一眼，又把目光移回来。

笋仔眼神黯然片刻，默默地把头转了回去。

路嘉最近和他吵架也吵惯了，见他这个浑蛋样，直接骂回去。

"剧播了两个月，你俩就打这么一次照面。之前三个人连麦你那个半死不活的样被人骂了，上次走红毯你也是单独上去的……你这次采访收敛下行吗？"

"我还收敛？你是还想我怎么收敛？"段一柯将腿从副驾椅背上收回来，侧过身子，猛然扯下烟头，"当时我答应房总的就是，赵诃娴说什么我不管，她们团队做什么我们不拆台，但是，我、不、配、合。

"这两个月他们往外放那些乱七八糟空穴来风的料，我让你压过吗？一段表白视频配着电视剧翻来覆去地剪，谁看不出来是他们自己买的！"

"路嘉你管我今天怎么说怎么做。你再提她名字一次，我现在就回北京，这扫楼谁爱扫谁扫去！"

路嘉被他堵得说不出话，闭了半天眼，气终于顺下来了。

她又扫了一眼台本，目光在流程最下面那栏"主演采访结束后二十分钟，请原著作者进直播室"上停留了一瞬。

那么多人，采访之间也会留间隔。

应该……

不会碰上吧。

扫楼引起了意料之内的轰动。

其实一般而言，这种扫楼来两位主角就够了。但偏偏江晚淮这个角色出圈的程度略显夸张，风头和李元晟比起来简直有过之而无不及。

好在曹锵没心眼，女朋友又是段一柯经纪人——按他的话说，段一柯赚钱就是路嘉赚钱，路嘉赚钱就是他赚钱。既能少干活还能多拿钱，他感到了一种资产阶级的快乐。

但就这么快乐一个人，见到段一柯的时候，还是陷入了沉默。

段一柯和姜思鹭的事，曹锵早就从路嘉那儿听说了。两个男人在人群中对望一眼，曹锵冲他点了下头，轻声说："段哥，来了？"

段一柯也点头，从他身边走过，走到人群末尾。

赵诃娴和曹锵在前面发喜糖，他在后面跟着。工作人员给了他礼物让他发，他走到一个空着的工位附近，把一篮子东西直接放上去了。

聚在他旁边拍照的朝暮员工都有点哑。

曹锵那边起了一阵欢呼，把大家的目光都吸引了过去。再回头的时候，段一柯已经不在了。

路嘉急疯了的时候，段一柯正在去天台抽烟的路上。

朝暮也有天台，这是姜思鹭以前告诉他的。她那时候躺在他怀里，抽出一只手，很兴奋地给他比画——

"你就电梯坐到最高层呀，然后右手边有个小门，进去，再爬一层楼梯就到了。还有花呢……也不知道是谁养的，可好看啦，我都好久没在上海看见蝴蝶啦……"

冬天了，花都死了。

他瞥了一眼脚边干瘪的花盆，抬腿继续往天台边沿走。快到的时候，眼前忽然出现了个男人的背影，也是夹着烟，手扶着铁栏杆。

听到脚步声，对方回头看他，有点惊讶。

"段老师？"

他也一愣："孙炜？"

乍一喊出来，像是上辈子认识的人了。

对方目光恍惚一瞬，随即想起来："哦，对，你们今天扫楼是吧。嗨，我最近老加班，都忘了……你上天台来干吗？"

他和孙炜借了个火，和他一起靠到栏杆上。

"和你一样……你来朝暮了？"

"对。"孙炜转头，目光望向市中心的其他高楼，"不喜欢北京，来上海了……还是化鲸老师给我介绍的岗位。"

蓦然听到对方的笔名，简直像个陌生人。

段一柯吐了口烟，嗓音略哑："做什么？"

"采访策划。"

两人陷入沉默，各有各的想法。

半晌，孙炜又开口了。

"段老师……你是和化鲸老师，分手了，是吧？"

他的语气并不八卦，只是有些惋惜。

段一柯有点烦了，但想到对方或许最近和姜思鹭打过交道，又忍不住接腔："嗯。她和你说的？"

"没有没有，她什么都没和我说，"孙炜连忙摇头，"是我自己……看出来的。"

"是吗？"段一柯面无表情地看向他，"从哪儿看出来的？"

孙炜对上男人的目光，忽然意识到了一个问题。

段一柯和以前不一样了。

他以前看上去虽然也冷，但总归是个沉稳的模样，话不多，看起来特别靠得住，像什么事放到他手里，就一定能解决。

但现在，他整个人身上，都有一种摇摇欲坠的危险感。

像一个了无牵挂的人，站在悬崖之上。

孙炜咽了口唾沫，继续说："就是，我上个月，和化鲸老师，吃了顿饭。"

"嗯。"

"她以前说话，也挺温柔的，不过也挺活泼的。现在就感觉，只剩下温柔，一点也不活泼了。

"然后人，也瘦了挺多的。我第一眼看，都没认出来。

"我开始只是怀疑。直到吃完饭以后，看到一个没见过的男人，来接她。"

起风了。

段一柯站在风里，烟不吸，就咬着。

他好像听到有人在风里说话：

"你觉得自己天下无敌第一帅，K中校花在你面前都黯然失色。"

"你是全世界最最好的人。我都不舍得和你发脾气，他凭什么那样说你啊……"

"你得好好的，段一柯，我在家等你呢……"

他猛吸了一口，烟瞬间涌进肺里，大脑一片眩晕，半晌才回过神。

吸这么猛，烟很快就没了。他掏了下烟盒，发现已经是最后一根，就和孙炜点了下头，回去了。

他再不回来，路嘉能当着老同事的面哭出来。

一露面，她就冲过来，咬牙切齿地问："你去哪儿了？粉丝抽奖环节你去哪儿了？"

段一柯抬眼看了下她，又把目光移开。

"去个采访不错了，"他说，"粉丝抽奖还用我露面。"

"段一柯你——"

"怎么着？"他转过头，"你是采访也不想让我去了？"

路嘉顿住声音，看他消失在直播间的门里时，才忍不住破口大骂。

她骂了几句，又跟进去。

朝暮没有直播间，这是为了活动临时架设的，空间略显狭窄。段一柯一进去，还在准备的赵诃娴就把目光转了过来，定定看着他。

他走过去，把椅子往后一扯，坐下。

动静太大，看台本的主持人都被吓了一跳。

身旁的赵诃娴牵了下嘴角，侧过脸，硬邦邦地说："请你在镜头前收敛一些。"

段一柯不说话，冷着脸看了未开的镜头半晌，再转头，脸上骤然浮现的笑容，虚伪到让赵诃娴不寒而栗。

他脸上笑着，说出来的话，却是冰冻三尺。

"我收敛，赵诃娴，"他说，"但你别刺激我。"

她愣住，再收回目光时，甚至显得有些害怕。

段一柯最近有多疯……

她也听说了。

CP炒到现在，连她也是硬着头皮。她有时候也会问自己，当初那场表白，是不是个错误。而表白过后逼着他和她营销……又是更大的错误。

很多消息都被路嘉捂住了，但圈子里面是公开的秘密。

他们说那个新人段一柯是个疯子。

演技卓绝，上镜就入戏，但出了镜头就是活死人。在剧组里是数一数二的敬业，可出了剧组立马变疯狗，综艺、采访、杂志拍摄都不受控。

偏偏他上升势头又猛得吓人，人一出镜就是一波流量，各方团队只能硬着头皮请他。

再加上待播的《花好，花好》和《她的狮子朋友》……接下来的资源和咖位只会升得更夸张。

两个月了，人们口耳相传，终于摸清了他的脾气——不要逼他。

让他做的事，他会做。

但不要逼他，按他的来，他就不会发疯。

赵诃娴收紧手指，下意识地把椅子朝曹锵的方向挪了一点。

直播开始。

地下车库。

姜思鹭倒了两次，总算把车倒进车位。手机上全是未接语音，她拨回电话，匆匆说："我到了，我到了，我在车库里呢，现在就上楼……我知道，我跑上去。"

挂了电话，她就往电梯间冲。

她真是后悔死自己开车过来。

她下错两个路口，拐弯的时候又蹭了铁栏杆。她这车技在外环还勉强能应付，进了内环立刻抓瞎。

停车又耽误了半天工夫，眼看着直播采访的时间要迟了，她狠拍电梯按钮，又看着电梯一层一层、慢吞吞地降到车库层。

总算上了电梯。

朝暮最近在庆功——《骑马客京华》大赚特赚，连电梯里都贴了庆功会的海报。她避开视线，不去看段一柯无孔不入的脸。低下头的瞬间，电梯忽然卡了一下。

灯闪烁一瞬，随即恢复正常。

继续向上升去。

她缓了口气，还当又出了什么意外事故。

直播间在顶楼。

姜思鹭一出电梯，就被对接的朝暮员工按住了。对方和她在职的时候打过照面，拉着她胳膊匆匆忙忙地往直播间的方向赶，一边走一边说：

"刚才编导怕你到不了直播开天窗，把现在这拨人的采访时间拉长了，你原作者单独采访改空降——"

"空……"姜思鹭被她拽得一脸茫然，"空降？"

"别慌别慌，"对方还安抚她，"问题还是之前给你发过的那些问题，就是从主持人走流程改成嘉宾互动了，来来来——"

"嘉宾互动？"

她已经被带到门口了。

被推进门的前一秒，那句话才落进她的耳朵："对，就演员和原著老师互动。"

几乎是姜思鹭被推进直播间的一瞬，路嘉就疯了。

路嘉回头一把揪住那男编导的领子，压低嗓音问："怎么回事？怎么变流程了？不是演员结束二十分钟再进原著作者吗？"

编导被揪得猝不及防，结结巴巴地回答："原著老师迟到了，我们刚加了个演员的互动拖时间，现在做的是空降——"

"你没和我说啊！"

"这直播就是随机应变啊——嘉姐，嘉姐，你别这个表情，我刚才真忙得没顾得上找你——"

路嘉手一松，对方急忙逃到房间另一端，看她的眼神就像她被段一柯传染了疯病似的。

段一柯……

路嘉心头一紧，目光立刻转到还在镜头前的段一柯身上。

直播时间比预计的长，段一柯的表情本身就不大好看了，而那双深邃的眼睛，在看到姜思鹭的一瞬间，也陷入了更深重的阴影。

直播室内对接的同事走过来了，和主持人比了个手势。

"哦，那个——哇！那刚才就和大家说，今天还有一个特！别！环！节！"主持人立刻用夸张的语调把流程往下推。

"《骑马客京华》这部剧之所以这么广受好评，一大原因就是尊重原著剧情，没有遭遇魔改的命运！所以今天呢，我们给大家的惊喜就是——

"我们邀请到了《骑马客京华》的原著作者落日化鲸，空降直播间，来和三位演员互动！"

出乎主持人意料的是，抬眼看到姜思鹭后，除了赵诃娴礼节性地打了个招呼外，男主和男二的表情都不大正常——

曹锵那个可以说是如遭雷击。

段一柯那个就更丰富了……简直是七八种情愫涌上心头，复杂得像言情剧里的男主角看到消失多年的前女友……

主持人其实没有入镜，干脆伸手砸了一下自己的头，试图让自己语气恢复正常，把这段临时改动顺得再自然一点。

"化鲸老师！"他调整情绪，继续昂扬地说，"来！坐到你书里的角色，江晚淮的左边吧！"

坐在最右边的曹锵和自己女友远远对视了一眼。

两个人的神情都可以说是有些惊恐了。

姜思鹭的表情也是木的。

临时直播间也是有打光的。进门的时候，她一眼就看到了段一柯——

他坐在整间屋子最亮的地方，穿一身黑，摆一张对什么都兴趣寥寥的脸，气质压抑得可怕。

他右手边就是赵诃娴。两个人手中间摆了一只黑色的小豹子……是宋冽黑豹的周边玩偶。

旁边又过来个实习编导，引着姜思鹭往段一柯身边坐。直播已经出现了几秒的内容空白，她骑虎难下，四肢僵硬地走到了段一柯身边。

坐下的一瞬间，呛人烟味扑面而来。

他现在到底抽得多凶……

"化鲸老师？"主持人提醒她，"打个招呼。"

姜思鹭反应过来，目光转向镜头，强撑着笑了笑："大家好，我是《骑马客京华》的原著作者落日化鲸。"

这个距离其实是看不到直播弹幕的，但朝暮做了个手机投屏在前面，方便嘉宾看到弹幕后和观众互动。姜思鹭眼神微微一偏，看到了投屏上迅速闪过的几行字：

【啊，作者竟然和演员没有壁……】

【怎么感觉和上次综艺见到不一样了？瘦了还是变好看了？】

【书粉发言：化鲸变化好大啊……成熟了好多，气质也不一样了。】

【从我的宝贝女儿变成了姐姐……】

【所以是只有我在关注……段哥那个表情是咋回事吗？】

姜思鹭一愣，余光看向身旁的段一柯。

对方并没有看她，但头低着，手搁在桌上，整个人一动不动，明显感觉是在咬着牙。

【生病了吗 dlk？】

【不是，他从进直播间状态就一直不好，也不怎么和两个主演互动……】

【……至于这么耍大牌吗？人家两个主演也没这样啊？】

她把手从桌子上收回来，在膝盖上攥成拳。

"好，欢迎化鲸老师空降直播间！"主持人的声音唤回她的思绪，"今天叫化鲸老师来，主要就是和我们聊聊她对这部剧的看法。但是我们这里呢，有一个小小的设计——

"我们从剧粉那里征集到了这些问题，现在我把这个采访板交到三位主演手里，你们可以挑自己感兴趣的问题和化鲸老师互动！

"那谁先来呢，那要不然就从坐在化鲸老师旁边的——"

曹锵大喝一声："我先来吧！"

远处的路嘉长松了口气。

主持人愣了一瞬，随即反应过来：

"旁边的第三位，我们的男主角李元晟开始！来，曹锵，这个就是我们征集的采访问题，你对哪个最感兴趣？"

"哦，咳咳。"

曹锵接过采访板，装腔作势地看了看，抬头与姜思鹭对视时，目光里带了些关切。

姜思鹭朝他点点头。

"那我就问这个吧，呃——化鲸老师，相信你一定也同步追剧了，想问下你对整部《骑马客京华》最满意的是哪部分？"

她想了想。

《骑马客京华》任何一处单拎出来，在近年的古装剧里都是可圈可点的。但这个问题，想出宣传点的话，肯定还是要和演员挂钩。

谁也没想到，姜思鹭沉默片刻，说："特效做得挺好的。那只黑豹，我最满意。"

主持人有点尴尬，不过很快把话圆了回去："确实确实，我们小京华也算是一洗五毛特效的不良风气了……那就，下、下一个问题？"

"哦哦哦——那……那这个！看见自己的文字变成影像是什么感觉？您有什么话想对剧中的人物说吗？"

这问题算是比较安全，姜思鹭点了下头，目光转向投影屏。

出乎她意料的是，弹幕里……在吵架。

【靠炒 CP 博出位，现在剧还没播完就亲手拆。这都是不敬业了吧，这是人品有问题吧？】

【排，上次连麦我就想说了。摆个臭脸给谁看啊？观众欠他的啊？】

【他在别的活动现场还是挺正常的……】

【那不更恶心了吗？就故意给 CP 粉看的？】

【就欺负我哥粉丝不爱吵架呗？那些所谓营业你们到底看了没有啊，都是女演员放的，段一柯有一次参与吗？】

【对啊，来来回回就那一段表白视频……段一柯当时视频里态度不是很明显了吗……】

【哪里明显了？吃 CP 红利的时候不说话，剧快播完了就你哥清清白白，还真是不主动不拒绝不负责的渣男行为！】

【你们演员粉别吵了啊，现在是作者空降啊……】

姜思鹭不由自主地看了一眼段一柯。

他根本没抬头，不管流程走到了哪一步，也不管屏幕上的弹幕在说什么，只是脸色差得吓人，手在桌子底下攥得骨节泛白。

姜思鹭把目光移回屏幕，想了想，柔声开口。

"看见文字变成影像的感觉呀……

"其实对作者来说，看见文字变成影像的感觉永远是很神奇的。《骑马客京华》一开始只是我的一场梦，在很多人的帮助下，这个梦变成了真的。我觉得无论如何，还是谢谢演员和主创团队，耗费这么多的时间心血，给我们搭建了一场这么美的梦境，让我们能从喘不过气的现实里……逃出来，躲进这个快意恩仇的世界。

"其实无论对观众还是主创，《骑马客京华》只是人生中的一程。大家在这里遇见，并肩同行一段岁月，就已经是，很珍贵的缘分了。"

弹幕静了片刻。

【我哭了。】

【QAQ 化鲸……】

【好温柔啊。】

【谢谢小京华。】

【作者姐姐呜呜……】

【你们不要吵了啊……我都怕她看了难过……】

旁边传来脚步声，姜思鹭听到有人压低声音说："刚才这段话操作下热搜。"

她把目光收回来，再转去曹锵的方向时，段一柯突然抬起头。

段一柯又是那样……垂着眼神看向她。

她觉得那个眼神好熟悉。

半晌，她终于想起来了。

那是她刚把他从剧本杀馆带回来时，他惯常的眼神。

漆黑的，看不见底的，沉进深海里的。

她心里忽然绞痛起来。

那句签名反复地在她脑海里浮现，震得她心口发麻——

【看我一眼吧。】

曹锵那边又咳了一声，似乎是要问下一个问题。姜思鹭强逼着自己转过目光时，段一柯却开口了。

"我问吧。"

空气骤然僵住，不远处的路嘉感觉自己要晕过去了。

段一柯伸出手，从赵诃娴身前越过，又把采访板从曹锵那儿拿了过来。

还剩三个问题。

主持人插了句嘴："那个时间关系，咱们再问一个，好吧？最后还有个抽奖流程，段一柯你——"

"落日化鲸。"

他直接喊她的笔名。

连现场不知情的人，都觉出气氛古怪。

"让我演江晚淮，"他开口，目光定定地望着她，每一个字都念得很慢，"你后悔了吗？"

远处的编导跳起来，压低声音四处询问："这哪儿来的问题？谁挑的问题？采访板上有这个问题？"

"没有啊……"旁边负责道具的实习生也傻了，"我没往上贴这个问题啊……这……他怎么自己现编问题啊……"

姜思鹭觉得自己都有点耳鸣了。

从佛山离开到现在，这是她第一次真正的面对段一柯。红气养人，对方的面容相较以前有种惊心动魄的英俊，几乎好看到刺痛双眼的程度。

可他的眼神又像是什么都没有了，甚至比在剧本杀馆的时候还要绝望。

段一柯。

段一柯。

你放了我吧。

姜思鹭猛然收回目光，垂下眼。

定神片刻，她意识到镜头还在拍着，便强迫自己恢复了镇定。

她看向直播的镜头，余光里仍映着段一柯的轮廓。

她在刷屏的"段一柯这是问了个啥问题"的弹幕里缓缓回答：

"没有后悔。

"你……很适合这个角色。"

话音一落，路嘉是真觉得自己撑不住了。

她都不知道那两人是怎么坐在那儿把这段对话说完的。

好在下一秒，主持人就表示空降环节结束，姜思鹭可以去休息一下了。

姜思鹭朝镜头说了声"拜拜"，随即站起身子，消失在了投屏的画面里——也几乎是离开画面的一瞬间，她脚步就显出踉跄。

段一柯的神色肉眼可见地担心起来。

【？】

【等一下？】

【我真的觉得有问题。】

【你不是一个人。】

【那个综艺先导片……啊，死去的记忆突然开始攻击我……】

【姐妹们我乱了。】

【？？？】

【啥情况！】

【段一柯要干啥？他站起来干啥？】

【段一柯走了！！！】

直播间里也疯了。

主持人疯狂发言，试图糊弄过去："哦，那个段一柯临时有点事出去一下啊，那个那个，曹锵你你你——"

"对对对我我我……"曹锵立刻接腔，"我……来爆料吧！剧组爆料！深度揭秘！你们弹幕问吧！"

段一柯动作太快，一瞬间就消失在门口，都没人来得及拦他。

直播编导冲到路嘉面前，压低声音喊："嘉姐怎么回事啊？怎么回事啊？？他怎么走了——"

出乎他意料的是，路嘉竟然漠然地回答："让他走吧。"

"不是……"编导崩溃，"我知道他不太配合，但是……这还是在直播啊，他也就听你的了，你去追一下啊，你别放弃治疗啊……"

"追什么啊，"路嘉抱起手臂，一贯强势的脸上难得出现一种疲惫感，"你是想让他现在离开让曹锵糊弄过去，还是非要把他拽回来，然后毁了整场直播？"

编导："……我只是个打工的我造了什么孽啊？！"

姜思鹭脚步错乱地走到电梯间。

好在这次电梯就在楼下，按下按钮不过十秒，就传来"叮咚"一声，电梯门也打开了。她扶着门走进去，右手撑住金属墙体，左手颤抖地点了下 B2。

门缓缓闭合。

然而，就在闭合到仅剩一条窄窄的缝隙时，一道黑色的身影忽然闪进了电梯。

姜思鹭几乎是有点绝望地靠住了电梯墙体。

电梯开始缓缓下行，但楼太高了，从最高层到 B2 停车场——

时间之久，足够氧气凝固成固体，然后让电梯里的人窒息。

"你……"她无力地问，"你来干什么啊？你不是在直播吗？"

"很重要吗？"段一柯反问，"少我一个，直播就垮了？"

"你——"姜思鹭皱起眉，"你现在怎么这么不负责任啊？"

"负责任……"段一柯满不在乎地一笑，"什么责任都我来付，别人干什么吃的。"

你不能和站在悬崖边上的人讲道理。

姜思鹭叹了口气，继续问："那你找我……有事吗？"

段一柯也被问住了。

他能有什么事……他不过是看到她跌跌撞撞地走出去，就满脑子要来看看她。

对，看看她。

他就想看看她。

他不敢在镜头前看她，他怕自己当着所有人的面崩溃，也怕自己控制不住抱她的冲动。可真的站到她面前，他又不敢碰她了。

明明脸还是那张脸，可气质又变化太大。孙炜说得对，以前还挺活泼的，现在光剩温柔……

也不是温柔。

她好像也，什么都不在乎了。

只是他什么都不在乎，就去为难身边所有人。她什么都不在乎，就像是把一切都包容了。

他移了下脚步，站到她身旁，和她一起看电梯下降的楼层。

"去停车场吗？"他说，"你开车过来的？"

"嗯。"

"黎征的车？"

"……"

"是吗？"

"对。"

思绪飘飘荡荡，又回到了东阳那个用油漆涂鸦了"D"的SUV上。

段一柯靠住电梯厢壁，眼神垂着，继续问："他对你好吗？"

姜思鹭不回答。

"我前几天才知道，他是那个特效公司的老总是吧，"段一柯自顾自地说起来了，"那黑豹他们公司做的……怪不得你说喜欢……

"你喜欢豹子你要那玩偶吗？那个市面上没有，我把我那个寄给你吧。

"你还住以前家里吗，还是你俩已经——"

电梯忽然"咣当"一声。

灯光闪烁几下，电梯随即陷入漆黑。姜思鹭还没反应过来，脚下忽然传来失重感，整个人几乎腾空了。

耳边传来刺耳的金属摩擦声，一片漆黑里，唯一能感知到的就是电梯在下坠。事发突然，她甚至没有尖叫出声，只觉得腰间一紧，身体被锢进一个熟悉的怀抱。

男人倒退两步，后背抵住梯壁，左手紧紧环住她的腰。他右手先按亮所有楼层，然后从她肋间穿过，按住她一侧肩膀，把她卡进自己怀中。

离得那么近，她终于闻到了那夹杂在烟味里的草木香气。

也就是在下巴抵到他肩膀的刹那，电梯又停住了。

刹得太猛，失重紧跟着更猛烈的超重感，几乎震碎了人的脊骨。姜思鹭因为被段一柯抱在怀里，冲击力都被他身体抵消，只觉得男人狠狠晃了下，随即稳住了身形。

金属的摩擦声余音未绝，两个人都不敢呼吸。

得有半分钟，她才在黑暗里犹豫着开口："掉……掉到底了吗？"

"不知道，"段一柯的声音闷闷地从她耳后传来，"再等会儿。"

她又在他怀里等了一会儿。

好黑啊。

好安静啊。

姜思鹭喉咙里莫名有些哽咽。

段一柯拍了下她后背，说："应该可以了，你……手机有信号吗？"

姜思鹭一愣，急忙从他怀里挣开。

黑暗里谁也看不清彼此的面容，但她听不到段一柯那边的动静，因此猜测他仍维持着那个抱她的姿势一动不动。

她蹲着在地上摸索了一会儿，终于摸到自己的包。她把手机拿出来点亮，右上角……信号格为 ×。

"没有，"她说，"你的手机呢？"

"放直播间了。"

顿了下，他继续说："楼上不会完全没信号，应该是掉到 B1 下面又卡住了。"

姜思鹭点了点头，想到他看不见，于是说："嗯。"

姜思鹭："那……怎么办啊？"

"等一会儿吧，"他那边终于传出动静，脚步声往她这边移，"电梯有监控，物业应该一会儿就发现了。"

他的气息就这么移了过来，然后坐到了蹲在地上的姜思鹭身边。

沉默了一会儿，他又开始笑。

"你笑什么啊……"姜思鹭无奈。

"我之前就觉得活着挺荒唐，"段一柯说，"还真是一如既往的荒唐……分手以后第一次和你这样坐着，是电梯掉下来了。"

姜思鹭沉默片刻，回道："说什么疯话……"

大约是刚才那个拥抱的原因，两个人没那么尴尬了。

一分钟后，电梯里的悬挂电话开始响铃，段一柯起身去接。和物业说了几句话，他又回到姜思鹭身边，贴着墙壁往下坐。

"碰着哪儿了吗？"他问。

"没有，"姜思鹭说，"你没事吧？"

"没事。"

他好像又回到以前的样子了，说话很稳，不乱发脾气，很负责任，很靠谱，坐下了还管她："你别直接坐地上，垫着我衣服坐吧。"

"不用不用，你里面穿那么少，还是冬天呢。"

"我是男的。"

我是男的。

男的阳气重。

不然那些深山老妖为什么老抓男的，就是觊觎阳气——

够了！

姜思鹭闭上眼，要被那些在东阳的回忆逼疯了。

段一柯已经把衣服垫好了，把她往那边拉的时候，她却抽开了手。男人愣了片刻，语气又冷下去。

"也是，"他缓缓说，明明看不见脸，姜思鹭却感觉到，他又变回那个浑蛋样子了，"现在也轮不着我照顾你了。"

他坐回墙角去，被寂静和黑暗吞噬。

空气渐渐冷下来，姜思鹭开始觉得冷。

方才估计是害怕，肾上腺素飙升，一时也没觉得。然后段一柯又过来，两个人挤在一起，也不觉得。

现在他离开了，她坐在地上，慢慢感觉到冷了。

不知道为什么，她觉得段一柯那边也起了变化。

两个人相处太久，不用说话，甚至不用看见，也能感触到彼此的异常。

等了一会儿，他开口了。

"哎，"他说，"你俩睡过了吗？"

03.

"你俩睡过了吗？"

你坐车的时候被撞过没有。

刚撞的时候，人一般是反应不过来的。身体随着惯性甩出去，磕着，碰着，前几秒都没有知觉。

然后大脑慢慢告诉你，血啊，血流下来了。

这才开始知道疼。

疼从伤口蔓延开，蔓延到四肢百骸，五脏六腑，身上的力气和热量开始抽离。

然后你才反应过来发生了什么。

这就是姜思鹭现在的感觉。

电梯里静得吓人，她只能听见自己的心跳，一点一点加深、加快，撞得她头晕目眩。

他在说什么？

他在对她说什么？

忽然间，一道刺耳的噪声从头顶传来，撬棍把电梯门狠狠撬开。光线倾斜而入，一道慌张的男声传来：

"对不起，对不起，来晚了啊。都没出事吧？"

段一柯这才看清了姜思鹭的表情。

苍白，厌恶，夹杂着一丝陌生。

他偏了下目光，站起身，把牛仔外套重新穿上，往她的方向走。

电梯卡住的地方距离物业所站的地面一米多，段一柯倒是撑下手臂就能上去，姜思鹭可能就不行了。他朝她伸手，说："我扶你上去——"

"啪！"

物业和段一柯都傻了。

姜思鹭狠狠打开了段一柯的手臂，脸上还是那个厌恶而陌生的表情。

她一言不发地走到电梯边沿，脚蹬住粗糙的墙体，朝物业伸手。对方下意识拽住她，把她往平台上拉。

但这姿势实在乏力，拉到一半，她就有点上不去了。

段一柯下意识想帮她，手刚抬起来，姜思鹭忽然转头，厉声喊："别碰我！"

他身子就那么僵住了。

下一秒，姜思鹭回过头，已经出去的身子伏地，手紧紧拽住物业，然后一点点挪上了地面。

中间滑了下，膝盖正好磕上地砖边沿。段一柯眼神一紧，想伸手，又攥住拳头收回来了。

她出去了。

物业又朝他伸手，他摇了下头，胳膊撑住地面，很快翻了上去。

姜思鹭刚才磕得有点严重，走路一瘸一拐。他慢慢跟在她后面，开始后悔自己一时失言。

他有那么多话想问她。

你身体好不好？你低血糖好点了吗？你最近还要去医院吗？

哪怕是问，他对你好不好……

随便哪一个都好。

他怎么就挑了最难听的那个？

姜思鹭忽然顿住了脚步。

他也顿住。

半晌，她回过头，眼圈微微泛出红。

他想道歉，她却在他前一秒开口。

"睡了，"她说，语气带了种漠然的报复感，"睡过了，你满意了吗？"

保姆车里。

笋仔一脸忧虑地看看后视镜，又一脸忧虑地看看手机。

曹锵给他发微信：【嘉嘉还抽烟呢？】

笋仔回复：【嗯啊，段哥又惹她生气了？】

曹锵：【啊这，或许也怨不得段哥……我还有个活动快迟了，你帮我看着点她，抽一根得了。】

笋仔：【行的。】

灭了手机，笋仔回头看。

路嘉妆容精致，眼神严肃，左手夹了根烟，做了美甲的手指划过手机屏幕，一边眉毛挑高，越看神情越微妙。

路嘉和段一柯不一样，只有逼急了才抽烟。

估计是逼急了……

笋仔忽然觉得好难过。

他已经好久没有见到姜思鹭了。他也知道，自己有多久没见到姜思鹭，路嘉和段一柯，就有多久没见到她。

他到现在都不知道段哥和他小姜姐分手的具体原因。可是他知道，从姜思鹭离开佛山的那天起，所有人都变得不一样了。

段一柯已经疯了。

路嘉也正在疯了的道路上。

两个人都是暴脾气，在车外面还能装出个人样，上了车就吵，话怎么难听怎么说。他有时候想劝两句，段一柯就骂他。

他不知道以前对他那么好的段哥怎么会变成这个样子。

他也不知道那个永远稳操胜券的嘉姐怎么会变得如此疲惫不堪。

明明一切都在变好了……闪光灯越来越密，接机的粉丝越来越多，资源人脉像不要钱似的递到手里，剧本挑都挑不过来……

可是每个人都在发脾气。

每个人都不快乐。

是不是小姜姐回来，事情就会变好啊？

他不知道。

他也不敢问。

这几个月，他就当着段一柯的面提了一次姜思鹭。他们当时在四川录节目，节目组送了不少当地的特产。段一柯那天难得脸色好，他就说——

"那我把这个也给小姜姐寄一份吧。"

他不知道人的脸色可以转瞬差到那个地步。

段一柯盯了他半晌，盯得他浑身冷汗都冒出来。

然后，段一柯说："你回东阳去吧。"

他差点儿哭出来。

下一秒，路嘉冲过来，继续和段一柯吵架。

段一柯没有再提让他回东阳的事，他也没有再提过一次姜思鹭的名字。

笋仔忽然觉得好想哭。

他好久没哭过了，上次哭，是送姜思鹭和段一柯去火车站。那时候《骑马客京华》还没杀青，他们坐在那个漆着大D的车上。他俩一边一个挨着他坐，看他嗷嗷哭都傻了，姜思鹭还给他拿纸巾擦眼泪。

段一柯那天和他怎么说的？

他说——

"车不用换，人也不用换。我反正是要找助理，就地取材，成吗？"

那时候明明那么好。

怎么一眨眼，就变成这样了啊。

他长大了，他都二十岁了，他不能哭了。笋仔用手背抹了把眼睛，回头看向路嘉。

也就在他回头的一瞬，车门被人一把拉开，一个高挑瘦削的人影落回座椅。

段一柯一落座，就把椅背调到最低，整个人半躺下去。路嘉眼皮都没抬，等了半晌，把手机往他身上一砸。

硬邦邦的机身砸到段一柯胸口，他连点声音都没有。

"看看吧，"她嘲讽开口，"看看人家怎么骂你的。"

段一柯把手机拿起来，划拉了下，冷笑："很新鲜吗？"他捏着一角，把手机递回去，"来回那几句话，我都看烦了。"

手机悬在半空没人接，笋仔怯生生地拿到自己手里，垂下眼，评论区里的几行字就扎进视线——

【收官直播这个表现，我也算开眼了。】

【不意外，上次连麦也是这个操行。】

【各位，我已经脱粉了。】

【不就一部古装剧男二嘛，这排场，我以为顶流驾到了呢。】

【提前离场先解释清楚吧。】

……

"剧还没播完呢，你这路人缘算是跌没了段一柯，"路嘉冷冰冰地说，"让你收敛点收敛点，你就是这么给我收敛的？"

"我收敛了啊。"段一柯腿架上副驾座椅，懒洋洋地说，"我当着镜头和赵诃娴吵起来了吗？没有吧，我就是没搭理她。"

路嘉都懒得和他争了。

她又静着音看了看那视频，觉得已经没有抢救可能，只能把注意力集中到那个提前离场的喷点上。琢磨了半天，她抬头，踢了段一柯椅子一脚。

"你一块儿想想，"她说，"提前离场太恶劣了，以后谁还敢请你做节目。想个合适理由，快点。"

"说段牧江快死了行吗？"

"……"

"不是，"段一柯起了下身，"非得解释吗？那你解释吧，我前女友来了，我提前离场，和她去叙旧了。"

"段一柯！"

笋仔吓得一哆嗦，手忙脚乱把保温杯拿出来，给路嘉往瓶盖里倒了杯温水。路嘉瞥了一眼，接过，咕咚咕咚喝下。

她也很绝望。

"我没想到会撞上思鹭，"她说，"我以为我安排得挺好的，我没想到会撞上她。我给你当经纪人以后，越来越觉得自己失败，我什么都控制不了……"

段一柯偏过眼神，看向路嘉。

对方身上难得出现一种失魂落魄的崩溃。

他仅存的那点人性忽然被唤醒了。

他收回腿，坐直身子，把自己手举起来看了看。

路嘉看到他的动作，茫然抬头。

段一柯目光落在自己虎口上，说："我上个月去录节目，这儿不是被割裂了吗？"

路嘉咽了口唾沫。

对……是有这么回事。也是场意外，他虎口被锐器割得厉害，血流了一地，把所有人都吓坏了。他自己却面无表情地看了一会儿手，溜达着去和后勤要绷带，一直录完了才去医院。

"是、是有这么回事，"她说，"不过，这也太久了，你这都愈合多久了——段一柯你干什么！"

主驾和副驾中间有个储物箱，平常笋仔会往里面放点工具以备不时之需。路嘉刚才话还没说完，段一柯忽然把那箱盖打开，从里面掏出把弹簧刀来。

一按，刀刃弹开，他照着自己虎口就是一拉——

血淋了一地。

路嘉眼神彻底陷入恍惚。

段一柯抬起手，和她摆了下，说："你带我去医院弄个证明，和他们说，我旧伤裂开了吧。"

半晌，尖叫声才从车里传出来。

"段一柯！"女人崩溃大喊，"你疯了吧！你彻底疯了！"

段一柯胳膊架在扶手上，又往椅背上一靠，低声说："开车去医院。"

血滴在车里的地毯上，"啪嗒"一声，转瞬就被吸没了。笋仔浑身发抖，惊慌失措地去发动汽车。

车身启动的瞬间，段一柯身子下滑，彻底陷入座椅的凹陷。

闭上眼，是一张写满厌恶的脸。

"睡过了，"那张脸对他说，"你满意了吧？"

哦，怪不得手上不疼呢。

原来旧伤足够疼的时候，新伤就被忽略了。

当天晚上，段一柯工作室官博发布了一张医院证明，日期清晰，还配有详细的伤情描述，和一些做了模糊处理的照片。

【致歉：今天直播期间，我司旗下艺人因身体状况表现欠佳，影响了收官采访的效果，对此我们深感内疚。采访结束前半个小时，段一柯因先前录制综艺导致的旧伤崩裂，实在疼痛难忍，在未与团队沟通的情况下擅自离场，再次对各位观众表示诚挚歉意。】

几张图片发出去，网络舆论瞬间被掰回来了。

【呜呜呜，段一柯不是要大牌是敬业到极点啊……】

【这照片模糊了我看着都疼，他当时忍得多难受啊。】

【我下午还说我要脱粉，我撤回！】

【我下午就说等一下等一下，一群带节奏的。看到了吗？不是不互动，是伤口崩开了！不是不说话，疼成那样怎么说话啊！】

一片混乱里，无人在意，一位网友弱弱发言：

【所以现在都不骂他了……可以讨论下，他当时和落日化鲸那个奇怪的互动了吗……】

路嘉回家的时候，曹锵也到了。

两个人现在基本是久居北京，乍一回到上海家里，只觉得环境都陌生起来。曹锵知道路嘉今天又被折腾得够呛，也没和她说太多，就陪她去卧室休息了。

躺上床，两个人都是身心俱疲。

"我真是……"他缓缓开口，"不理解了，以前那么好的两个人，怎么就变成现在这样了……"

"曹锵，你说是不是怪我啊？"

曹锵转过头，看见路嘉一脸茫然地望着天花板。

"是我不让他们公开恋情的，房总让段一柯和赵河娴传绯闻的时候我也没有果断地拒绝。我怎么觉得，我把他们两个毁了……"

"你胡说什么啊，"曹锵急忙搂住她，"你从头到尾都是替他们两个着想。是，段一柯现在是有起色了，那他刚开始要是爆出来和化鲸的关系，谁知道网友会怎么说他俩啊？再说了，和赵河娴那个事……哎，其实我拍《骑马客京华》的时候就有感觉，不过我没多想，早知道我提前和你说了……"

他亲了她眼睛一下："没事的。手机给我，我给你放一边，你先好好睡一觉吧。"

路嘉点了点头，把枕头底下的手机塞给曹锵，而后在他怀里闭上了眼睛。

曹锵随手静音，把手机放到了床头柜上。

灯关了，两个人的呼吸声很快变得均匀。

只是手机屏幕忽然变亮，笋仔发了一条微信过来：【嘉姐……你看这是

什么啊……】

次日。

路嘉醒的时候，曹锵又不在了。她半眯着眼睛从枕头底下掏手机，掏了两下没有，才想起来，手机被放去床头柜了。

于是，她又伸手去床头柜上拿。

够了两下才够着，打开屏幕的时候，她被无数条未接来电和微信吓醒了。

她先点开笋仔的微信，往上拉，拉到最顶端的一处微博转发。点开以后，她职业病犯了，先看了眼数据。

转发 7 万，点赞已经破 10 万了。

如果不是水军公司买的，这是个非常可怕的数据。

发博的是个剪刀手，本来是段一柯的粉丝，后来开始嗑他和赵诃娴的CP，做了不少刷屏的拉郎视频。

今天这条的配文却是：

【我觉得我一直以来的 CP，好像嗑错了。】

话题带的是段一柯，路嘉下意识点进去。

一片漆黑里，先出来一道男声：

"落日化鲸。"

她眼神一震。

是段一柯的声音，冰冷，但含义复杂。

"让我演江晚淮，你后悔了吗？"

黑色淡出，昨天段一柯和姜思鹭直播那一幕出现在了屏幕上。

她低着头，他看着她，眼神极具侵略性。旁边的曹锵一脸如临大敌，显然是知道些什么内情。

下一秒，姜思鹭的声音传来，分明是很温柔的声音，却带着种莫名的疲惫。

"没有后悔。

"你……很适合这个角色。"

画面定格，消散。

紧接着，另一段视频出现了。

摇晃的车座，窗外的山路无穷无尽。乖巧温柔的女孩抱着书包，对着镜头，表情认真：

"段一柯，之前也演过我的《骑马客京华》。

"他是一个，非常好的演员。"

如果不是视频罗列，连路嘉都快忘了……

他们两个，还有这样的好时候。

他们一直在藏。

可他们又曾如此……

光明正大。

京郊的古建筑，满地的手作狮头，他们并肩坐在一条长椅上。女孩面容明媚，对上镜头却结结巴巴："啊，就之前网友都说挺合适的……"

她身边，段一柯勾了下嘴角。分明是个冷情的长相，同她说话的时候，他脸上又带了按捺不住的笑意："问你觉得合不合适，你说网友干吗？"

视频放完了，是截图。

第一张，@D2K 转发《她的狮子朋友》第一弹连载，配文：【马一下。】

第二张，@D2K 转发《她的狮子朋友》第二弹连载，配文：【不错，等结局。】

第三张，@ 铲屎官段一柯转发 @ 落日化鲸澄清《她的狮子朋友》没卖影视版权的微博，配文：【帮化鲸老师澄清一下。】

第四张，拼接出一串码掉头像的微博评论：【这两个都是我高中同学啊？？？】

第五张，@ 落日化鲸在许之印粉丝围攻段一柯时的一条微博：【# 狮子段一柯 # 恭喜段一柯，你是我心里最好的江晚淮。】

第六张，《片场火花》的一张花絮截图。镜头的焦点在一个导演身上，但模糊的背景里，有着两个人并肩站立的影子。

男人个子高，肩膀宽，穿淡蓝色的棉麻衬衣，侧身低下头，脸上挂着极少见的温柔笑意。女孩子拿着一瓶水，冲他仰起脸，眼神里是掩饰不住的依赖。

路嘉在震惊里等到了视频的结尾。

其实除了开头，整段视频都没做什么效果进去，只是忧伤的背景音乐伴着一幕幕过往划过。

放在视频最后的，先是一段音频。听背景音乐，是《她的狮子朋友》微电影的结尾部分。随后，音乐淡出，段一柯的声音缓缓响起：

"我们一起回十八岁，好不好？"

伴随着音频，字幕也从黑暗中闪现。而后，字幕上移，移到镜头最上方，一张照片从左侧平移到画面中央。

是这个月初刚刚问世的《她的狮子朋友》的实体书。

等了一下，那照片动了，原来是个插入的视频，开头一帧做了定格。

有人把那本书翻开。

扉页印着一句话：

【不回去了。我们一起，留在二十五岁吧。】

视频在这里戛然而止。

漫长的沉默里，路嘉的手机忽然响起。

来电显示是个陌生号码，她尚未从视频的恍惚中回过神，愣怔着点了接听。

电话接通的瞬间，对面传来一道冷冰冰的男声。

"路女士，我是黎征，"对方声音带着压迫感，"你们还要折磨姜思鹭，到什么时候？"

04.

其实先是家里做饭的阿姨给黎征打的电话。

黎征最近回家总是很晚，姜思鹭就有点不好好吃饭。他觉得外面东西油盐太重，就请了一个同事太太介绍的阿姨给她准备一日三餐。

这阿姨做饭好吃，就是话多，她也不分他俩结没结婚，但凡和黎征说姜思鹭，就是"你太太"。

昨天下午，这阿姨突然给黎征打电话，说："黎总啊，你太太好像不太对，今晚的饭很清淡，她吃了两口就说饱了。我问她哪里不合口味，她又安慰我说不是饭的问题，是她自己身体不舒服。可我看她也不像身体不舒服，她好像是……心里不舒服。黎总，你和你太太吵架了呀？"

黎征说："好，辛苦您转告，我今晚早点回去看下。"

说是早点，还是拖到了凌晨。

姜思鹭不黏人，以往他晚回来她都自己提前休息，今天却是在沙发上就睡着了，手里攥着手机，屏幕还亮着。

黎征把手机拿过来，看见一条微博视频卡在尽头。点开"重播"的一瞬间，他的眼神就慢慢冷了下去。

他把姜思鹭抱回了床上。

然后那一晚，他就一次又一次地，看着姜思鹭被噩梦惊醒。

他床头灯调得很暗，每次她惊醒，他就过去拍她。快天亮的时候，她终于睡熟了。黎征把当天的工作提前安排好，推了上午两个会，准备等下午再去公司处理。

八点多的时候，一通电话再次把她吵醒。

他就出去热了杯牛奶，回来的时候，就听见电话里传出来的声音：

"化鲸老师你好啊，不好意思这么早打扰你。我们是××娱乐的记者，刚从朋友那儿要的你电话，想问下你对昨晚那个热转视频有回应吗？你新书扉页那句话是什么意思啊？"

黎征眼神冷得可怕，过去直接把电话按掉，然后关机。姜思鹭呆愣着坐了一会儿，然后闭上眼，眼泪簌簌流出来。

她还和他道歉："对不起，那个扉页很早以前就定了，我都忘了有这回事。上个月下了印厂我才想起来，结果也没法改了……"

黎征把她搂回怀里，让她不要在意。把牛奶给她喝了，又轻轻拍了很久背，她总算在他怀里睡着了。

他眼睁睁看着，她好不容易恢复正常，好不容易睡觉的时候不会惊醒，好不容易在他怀里的时候能带点笑……

一下又什么都变回去了。

就和她刚从佛山回来的时候，一模一样了。

段一柯。

好。

闭着眼缓了一会儿，黎征打开自己手机，又找出那条微博去看。博主编辑了个＃段一柯落日化鲸＃的话题进去，刚刚升上低位热搜。点开评论区，说什么的都有。

姜思鹭还在自己怀里躺着，不知道这些言论昨晚发酵到什么程度，她又看到了多少。

黎征沉吟片刻，把她手机重新开机，找出了路嘉的电话号码，随后用自己的手机打了个电话。

这才有了那句"你们还要折磨姜思鹭，到什么时候"。

乍一听这质问，路嘉半晌没反应过来。她又盯着来电号码看了一会儿，才意识到，这是姜思鹭现任男友来兴师问罪了。

她把握不住对对方的称呼，犹豫了半天，总算开口。

"黎总，"她说，"你可能误会了，这个视频和热搜，都不是我们操作的，纯粹是被那个转发冲上去了……"

"什么时候能压下去？"

真是直捣黄龙。

路嘉最近锐意被搓得厉害，一时也有点怵这种老手。她哑了哑，转移话题，说："思鹭怎么了？用不用我和她解释下？"

话筒对面的人静了片刻。

"她睡了。"对方语调带了丝很轻微的讥讽，"做了一晚上噩梦，清早又被媒体电话吵醒，总算睡了。"

路嘉哑了。

"路女士，思鹭说，你是她很好的朋友，"黎征继续说，"听说你还是段一柯的经纪人，那他们两个分手的真正原因，你应当比我更清楚。"

的确……

她不确定姜思鹭是否把当天的事全盘转述给黎征，但听这话里的意思，她仍然是那个最清晰来龙去脉的人。

下一秒，黎征的语气陡然变冷。

"既然你什么都清楚，那我倒是想问问。

"我送她去佛山的时候她是什么样子，把她从佛山接回来的时候又是什么样子？昨天你们直播的时候又和她说什么了？

"路女士，我很困惑。

"怎么每次段一柯和她同时出现，你们都要这样折腾她？"

路嘉撑着额头，简直像是被老师叫到学校去训了。

黎征这种人不大发火，发火也不骂人，但只是隔着无线信号，也觉得心里发怵。

"黎总，"路嘉的声音虚弱而真诚，"这样吧，我现在就去联系平台，等把这个事处理好了我给你们登门道歉——"

"登门也不必了，"黎征说，"路女士，你要真是她朋友的话……你最好的道歉，是再也不要让段一柯，见到她。"

路嘉陷入沉默。

对方在等她的回答。

半晌，她一字一顿地说："黎总，你说得对。

"以前，是我考虑不周了。"

挂了电话，黎征才回到卧室。

她又醒了。

大概是听到他和路嘉说话，姜思鹭神色有点茫然。想了一会儿，她把放在床头的手机摸过来，又递给黎征。

"帮我把微博删了吧。微信……也重新注册一个吧，"她说，"黎征，你帮我换个电话号码行吗？"

黎征接过，也显得有些意外。

"我觉得我……不能这样了，"姜思鹭手插进头发，"但是又没办法重来一次了……我现在也不知道怎么办，我就是，突然好想我爸妈啊……"

男人叹了口气，坐到她身边。

他好像是想了想工作上的事，然后拢了下姜思鹭的头发。

"那就去吧，"他说，"我下个月忙完了，带你回新西兰。你去和父母待一段时间，好吗？"

半个月后。

《花好，花好》的首映挑了个好日子。

1月1日，元旦当晚。

也是离谱，那么大个北京，主创团队非挑在这里参加首映宣传——放《她的狮子朋友》微电影的那家影院。

阔别大半年，故地重游，满心荒唐。段一柯入场的时候没忍住，往墙边看了一眼。

那地方先前贴过一张《她的狮子朋友》的海报——浓重的晨雾中耸立一间祠堂，祠堂前落了一头雄狮。而雄狮之下，列出了他们两个的名字。

他挑了下眉，目光转回来时，看到了从另一侧门走到大堂的赵诃娴。

两边团队正面撞上，除了段一柯本人，别人的神色都显出尴尬。

原因无他，半个月前的那场收官……

闹得太难看了。

先是第二天早上爆出了段一柯和姜思鹭的猛料，朝暮和两边团队一通操作，总算以"关系比较好的高中同学"给二人关系定性。

不过最实锤的那个新书扉页和台词对应的事……反正也解释不清楚了，三方团队竟然不约而同地无视了粉丝的滔天质问，缄口不言，坦然装瞎。

反正不信的，解释也不信。

愿意信的，解释几句，也就信了。

到了下午，更多热搜和收官投放四面八方地放了出来，彻底压死了上午的闹剧。虽说最近负面新闻太多，但《骑马客京华》这部剧毕竟质量过硬，之前的更新也积累了一批忠实追剧、不爱吃瓜的纯观众，收官集的点击量也是实实在在地爆了。

房鸿本来都松了一口气，万万没想到，段一柯的微博，竟然没有按着之前的约定发布收官长文。

不过他那个微博，一直以来也是一个死亡状态，除了某一天忽然诈尸一般把 @铲屎官段一柯改成了 @演员段一柯，整个账号从注册到如今，也只发过两条。

第一条配图：【大家好，我是演员段一柯，在《骑马客京华》里饰演江晚淮。】

第二条转发：【帮化鲸老师澄清一下。】

房鸿当时在办公室里粗鲁地骂了脏话。

对外的辟谣归辟谣，自己人心里都门儿清——段一柯和姜思鹭那个事，怕是真得不能再真了。尤其是思及过往种种蛛丝马迹，此刻更是恍然大悟。

没人愿意当坏人，一想到自己当时振振有词地逼着段一柯和赵诃娴炒CP，而和段一柯同在《她的狮子朋友》剧组的姜思鹭估计就在电话边上，房鸿就想把自己从朝暮影业的八楼办公室扔出去。

不过内疚归内疚，该履行的承诺还是得履行。尤其是，赵诃娴的那条微博是朝暮影业自己操刀撰写，很多话都是蹭着剧的热度来的——热度基本就是和段一柯拍摄中的这与那。

结果段一柯自己不发就算了，回复和转发，也是一个没有……

电话打到路嘉那儿，对方也崩溃着。

"他把密码改了！"路嘉对着老领导失态地大喊，"他上次说想改下微博名我就让他自己操作，结果他把密码改了！现在只有他自己能登，我没办法管了！"

《骑马客京华》收官，那么大的事……

一整晚，段一柯的微博静悄悄的。他自己什么都没发，赵诃娴的示好也晾着，连上线都没上一下。

到最后，竟然还是曹锵深夜上线，发了条"原来你还是忘不了他，而离开的人不会说话"来解了围。

CP粉们立刻互相安慰：【原来是在玩剧中梗啊，刀刀糖糖，又被真到。】

其他属性粉丝：【这也能嗑啊……】

总之，那晚之后，赵诃娴和段一柯两边的团队基本就是个老死不相往来的程度了。而这次同场出席首映仪式，则纯粹是碍于《花好，花好》导演与制片的面子，硬着头皮来的。

连上台的站位都是提前和剧方沟通过——不管番位了，一个去最左，一个去最右，离得越远越好。

一句话概括：之前炒得有多甜，现在避得有多嫌。

而首映活动最初，情况也确实是按这句话发展的。

媒体的群采都核验过了，不会有涉及两人关系的提问。站位很远，演员互动的流程完全没有重合之处，两人影片中的对手戏虽然没删，但在宣发上也尽力弱化……

直到粉丝提问环节，话筒从最后一排往前传递时，一个女孩突然打开收音站了起来。

电压不稳，话筒"嗡"的一声。

全场愣住，那女孩看向段一柯所站的角落，大声说："段一柯，你是男人就别躲了，你和娴娴，到底在一起没有啊？"

影院里静得一根针掉地上都听得见。

万籁俱寂中，所有人都听见段一柯特有的那把懒洋洋的、漫不经心的声音响起："早就想说了……我真和她不熟啊。"

……

《花好，花好》首映宣传结束当天下午，孟琮就杀去段一柯和路嘉的工作室了。

《骑马客京华》刚爆的时候，哪个同行看见孟琮不说声恭喜，说他慧眼识人，说他"世有伯乐然后有千里马"……

当时段一柯的桀骜在圈里也出名了——这么难控制的新锐，唯独听他的话，是他的人，孟琮听别人说起，多少有点身为前辈的得意。

然而再往后，扫楼直播提前离场，和姜思鹭恋情被曝出又被压下，收官当夜人间蒸发……他眼看着段一柯一步一步往悬崖边上走。

他一句话都没问过段一柯，可他又比谁都知道段一柯有多难受。

毕竟祁水死的那两年，孟琮自己也疯过。

他有时候会幻想段一柯是自己和祁水的儿子。可惜他也没做过父亲，也不晓得，自己是应当与他秉烛夜谈、喝顿老酒，还是一顿臭骂……

《花好，花好》制片打电话过来和他抱怨的时候，他知道，估计要是最后一种了。

他不太用微博，《花好，花好》首映会后的那些网上言论，还是助理给他看的。他看了半天，问公司的年轻人："又当又立是什么意思啊？"

都知道这是在骂段一柯，助理赔着小心回答："就是说他，之前炒作的时候把好处都占尽了，炒作完了，就说这事和我没关系……"

孟琮点点头，心想这乍一听上去，还真是挺贴切的。

要是房鸿没和他说过事情的来龙去脉，他自己也这么想段一柯。

"好听啊？"风尘仆仆赶过去，他在工作室里狠狠戳段一柯胸口，"人家那么说你，好听啊？这《她的狮子朋友》还没上映呢，你看看你把自己口碑糟蹋成什么样了！"

段一柯冷着脸，看都不看他。

一老一少站在那儿，简直像老去的狮王和正值壮年的雄狮在对峙。路嘉看势头不对，急忙给孟琮倒水。

正喝着，孟琮的手机响了。孟琮侧过身接了几句，听说话是投资人的，说到最后，连声道歉。

电话挂了，孟琮把杯子往段一柯身上一砸。

"就你要当狗啊？"孟琮痛心疾首，"谁不当狗啊！我在别人面前，也得当狗啊！"

杯子摔到桌面上，碎了，溅起的碎片在段一柯脸上划了一道。孟琮看着那血流下来，突然失去了发火的欲望。

"路嘉。"

孟琮喊了一声，路嘉赶忙应着声往旁边站。

"你们有经验，知道这些东西怎么压，"孟琮精疲力竭道，"别的不归我管，段一柯这些事，不能再影响《她的狮子朋友》的口碑了。

"房鸿说过，这事是你们当时帮了赵诃娴一把。现在引火上身，把舆论往她一厢情愿上引吧。"

"孟老师，"路嘉有点犹豫，"房总不是您徒弟吗……这样弄，会不会影响《骑马客京华》啊？"

"已经播完赚了钱的东西，影响没有那么大。"孟琮说，"再说……我现在还顾得上她？我顾好——"

他盯着段一柯看了一会儿。

"我顾好我自己的电影就不错了。"

又嘱咐了路嘉几句，孟琮走了，临走前看了段一柯一眼，摇了下头，说："明天是你生日是吧？"

段一柯从孟琮进来就一个字都没说过，这时候突然把头抬起来了。

路嘉也有点惊讶。

孟琮朝她比画了一下，说："你先处理吧，最近别让他露面了。明天过生日给……给他放个假。"

这回是真走了。

工作室里静悄悄的。

路嘉和段一柯开了口，是难得的心平气和。

"没事，我来安排。"她说，"她们团队和我吵了好几次，我也……早看她不顺眼了。"

段一柯落回沙发，闭了会儿眼，语气有点疲惫。

"没必要，把自己撇干净就行。"

路嘉想了一会儿，回了声"好"，然后问他："正好明天也没别的工作，你就休息吧。那你是……"

"我回趟上海，"段一柯说，"我想回以前那个家里过生日。"

"思鹭应该不住那儿了。"

"我知道，"段一柯说，"我就是想回去。"

路嘉沉默很久，然后叹了口气。

"回吧，段一柯，"她说，"明天过完，我们往前走吧。"

他是坐高铁回的上海。

这半年来来回回坐飞机，他都快忘了坐高铁的感觉了。他也担心自己被人认出来，结果乘客们步履匆匆，没人对戴着口罩帽子的他多看一眼。

越往那条路走就越痛。

路过的商超，他和姜思鹭去逛过。路过的餐厅，他和姜思鹭去吃过。到了单元楼门口，他给她往上搬过猫爬架。打开门，她以前回回在这儿扑他怀里。

冰箱断电了，清空了。他刚搬来的时候，起码还有半盒过期牛奶。

他听见有个男声说："卖了吧，开着还怪费电的……就你这冰箱，农民看了都要反思自己种地不努力。"

他去坐沙发，往下一坐，又有人在他耳边说：

"段一柯，你还想演戏吗？"

然后那个男声又响起来了："我已经忘了，对着摄像机演戏，是什么感觉了。"

手臂像被人抓住了，触感温暖柔软。那道声音轻轻浅浅，既兴奋，又紧张。

"那我们，就去想起来。"

他没办法在任何一个地方长久地坐下。

每一个地方都是回忆，每一段回忆都割心。

他逃去厨房，厨房里有人和他说："我才不要你演一辈子NPC……段一柯，去做星星吧。"

他逃去浴室，又有人和他说："我也出去了好不好？我还湿着头发，差点儿冻感冒。"

他逃回自己卧室，她又开口了："人家三个人，不要硬上啊。"

他崩溃了，喃喃自语："姜思鹭，你不能骂我啊，我除了你这里，没有别的地方可以去了啊……"

她当时说她知道啊。

她知道他没有别的地方可以去了啊。

所以她把这间房子留给他了是吗？

可是她不在了，一间空房子有什么意义啊？

他忽然想起什么似的站起来，走到了姜思鹭的卧室。

房门打开，他摸索着去开灯。

鲸鱼灯亮了，在天花板上缓缓盘旋。他借着那昏暗的光线去开她抽屉，翻了很久，终于翻出一袋蜡烛。

他点蜡烛，许愿。

姜思鹭你回来吧。

他把蜡烛吹灭，睁开眼，房间里静悄悄的。

于是，他又点亮一根。

我什么都不要了，你回来好不好。

你是不是不想回来了？

那你看我一眼好不好？

你和我说句话好不好？

姜思鹭，今天是我生日啊，你去年说，时间太赶了，今年给我准备个更好的……

我不要礼物了，你就和我说句话就行。

你看我一眼啊。

他把蜡烛都点没了，手机依然静悄悄。

其实那天看到视频以后，他一直在给姜思鹭发消息。

她不回复。

他也给她打电话，她不在服务区。他问路嘉才知道，她也找不到她。

路嘉说她应该换了号码，注销了微信。她的微博很久没有更新过，新书的书讯都没有转发。说到最后，路嘉劝他，段一柯，要不然，我们别再打扰她了。

他没有要打扰她。

他就想听她说句话。

她以前和他说过那么多话，现在怎么一句都不行了？

手机忽然响了，他疯了似的去点接听，连来电显示都没看。

接起来才发现，还是路嘉。

"段一柯，"她那边声音很急，"你在上海吗？许之印刚才给我打电话，说阳韦波明早召开记者发布会，出场的还有你爸，要和媒体控诉你不尽孝不管他……你赶紧回来，我们得尽快处理。"

电话那头很久才有声音。

"那让他们开吧。"

"不是……"路嘉急了，"我刚把你昨天首映的事处理好，你不能再出负面新闻了。"

"路嘉。"

他一开口，她就愣住了。

他的声音太绝望了。

"要不然，你就让我烂了吧。"

"段一柯，"她小心地问，"你怎么了？你……不是回上海家里了吗？"

"我没在家啊，"他说，"这又没有姜思鹭，怎么就是我家了？"

路嘉都不知道自己怎么听到那句话的一瞬间就流眼泪了。

"对不起啊段一柯，"她说，"要不然你怪我吧。我不该和她说你在演剧本杀。我前年冬天找不到她，也不该给你打电话……"

她话没说完，对方又问她："你俩那么好，你让她接我电话行吗？我在佛山送她走的时候她昏着，我上个月在朝暮看见她还欺负她，我都没好好跟她告个别……"

漫长的沉默后，路嘉说："我也找不到她。我把黎征的电话发给你，你……试试吧。"

窗外夜色阑珊。

上海开始下雨了。

飞机夜航，像深海里的潜艇。

进了平流层，也就差不多出了上海市区。面前的屏幕能看见航班坐标，现在已经在海上了。

商务舱很安静，座椅放倒，也算宽敞。

舱灯半个小时前就熄了。黎征起身往姜思鹭的方向看去，见她已经盖着被子睡着，也就放下心来。

其实去新西兰也不是临时起意。

新西兰有家非常好的特效公司，前几年就和雀羽视创有过交流。这几年国内影视公司对特效要求越来越高，也舍得花大价钱去和国外公司合作。唯一的难点是，中外合作沟通不畅，懂语言的不懂技术，懂技术的不懂国内市场需求……

特效公司不比科技行业，贵精不贵大。做到 C 轮融资还想往上，就得另辟蹊径了。

和新西兰那家公司稳定合作几次后，黎征有了想法。再加上姜思鹭父母在新西兰，他几乎是有点想在那边设点长居了。

这才把她带过去，顺便也把一直堆积的合作谈下。

手里还有几份文件没看完，他拿平板连了机舱的无线网，又登着微信等员工给他发新项目的概念图。

飞机上的无线很慢，图片加载起来也迟钝。他垂着眼看屏幕，文档白色的光打在脸上，带点冷意。

微信忽然闪了一下。

他以为又是员工的消息，点开，却看见最下列的联系人框上，多了个红色的"1"。

这个点儿来加他好友？

黎征一愣，点开，然后看到了来人的备注：【我是段一柯。】

那本就被白光映得冷然的脸，瞬间更冷了。

迟疑片刻，他还是点了通过。通过的一瞬间，对方就打来了语音。

他直接挂断。

对方打了三次，都被他挂断了，对方才发来一条消息：【我找姜思鹭。】

他几乎被段一柯气得冷笑起来。

人年轻可真有意思。

他慢条斯理地把工作文件发回去，然后才调回和段一柯的对话界面。对面一直显示正在输入中，又发不过来什么话。

他都有点同情对方了。

又等了许久，下一条终于发过来：【我要和她说话。】

黎征冷着脸，慢慢打字：【是什么让你觉得，我会答应你再来找她？】

对方：【你把电话给她。】

一些记忆忽然不是很恰好地，从黎征的脑海里浮现出来。他垂下眼，挑起眉毛，饶有兴趣地发了五个字过去：【那你求我吧。】

对面寂静了。

他起码等了段一柯五分钟。

等待的时候，他忽然想起了小时候在海岛上的事——

他那时候没什么玩具，海滩是他唯一的游乐场。海水退潮的时候，偶尔会遇到被搁浅的小鱼。

每次遇到这种小鱼，他就在沙滩上挖一个很浅的坑出来，放一捧海水进去，然后再把鱼放进坑里。

刚进坑里的时候，这条鱼往往会以为自己回到海里了，摇摆着尾巴，卖力游动起来。

但那毕竟不是真正的海。

沙坑里存不住水，慢慢就渗干了。夏日太阳刺眼，暴晒水坑，也会迅速把海水蒸发成水汽，只剩浅浅一层海盐。

他会一直在旁边守着，看海水干涸，看鱼在越来越少的水里，挣扎，窒息，最后被盐渍透身体，一动不动。

鱼给他回消息了。

鱼说：【求你。】

黎征笑起来，再次回复：【这不是求人的态度吧。】

他这次回得很快：【求你，让我和她说句话。】

海水在往下渗了。

太阳也很毒辣。

黎征调出手机上的天气，看了看上海今夜的暴雨，再次回到了和段一柯的对话界面。

他说：

【可以。那你先去她家楼下，跪着吧。】

05.

酷暑时节。

距离《花好，花好》首映和段牧江在记者发布会上控诉段一柯已经过去了六个月，距离《她的狮子朋友》上映已经过去了一个月。

有孟琮保驾，《她的狮子朋友》的过审速度快到逆天级别。而端午节上映当天的票房成绩，则让排片率迅速飙升。

其实上映前也被唱衰了。

《她的狮子朋友》的男主演段一柯，去年12月靠一部古装剧男二爆上一线，但随后就是数不清的负面新闻。从和原作者扑朔迷离的关系，到《花好，花好》首映上对女演员那一句恶劣至极的"不熟啊",再到被亲爹开记者会控诉不孝……

在《她的狮子朋友》上映之前,他的大部分资源其实都掉没了。

人人都以为他是娱乐圈里最常见的那种一现昙花时,《她的狮子朋友》上映了。

第一天的排片率并不高——10%左右,不温不火,但在男主演劝退的情况下,票房仍然破了2亿,单日票房第三。

第二天,排片涨到20%了,单日票房也突破3亿,从亚军一跃成为单日票房冠军——影片口碑开始发酵,网上出现大批的自来水。

到了端午档第三天,单日票房达到4.3亿,累计票房破10亿。

自此,势如破竹。

上映两周后,《她的狮子朋友》票房突破40亿人民币。

《她的狮子朋友》原著一本难求,印厂昼夜加印也满足不了读者买书的速度。

拍摄地成为新晋网红旅游点,不少人冒着酷暑去佛山一探银幕中的那座祠堂。

从演员到主创,档期排满,日程里甚至插不进一个八分钟的语音采访……

男主演段一柯火了。

如果说之前《骑马客京华》把他变成一团爆破的烟花,那这一次,他就是燎原的野火。一个月的时间,上遍主流媒体采访,拍了所有时尚杂志的封面,那个只有两条微博的账号粉丝量迅速突破千万……

也有人试图提起他那些黑料,但在这部现象级的电影面前,这些声音显得微弱而无力。

你可以用任何词语来否认他,但是你无法否认他在《她的狮子朋友》里的演技。

那个冲进烈火里的少年狮客,会永远留在这个世纪影史的经典画面里。

这个圈子或许有很多规则,但作品是永远的硬通货。再声名狼藉的人,也能凭它挺直腰杆。

路嘉已经忙得很久没回家了。

今天偶尔回来一次,思维也是涣散的。

曹锵:"你到底在想什么呢?"

"啊……"路嘉恍恍惚惚,"我在想,段一柯……"

曹锵:"……"

他揪住路嘉肩膀,凶巴巴地喊:"你和我在一起的时候能不能别想别的男的!"

路嘉回过神,看曹锵的眼神很抱歉。

于是他也没脾气了。

两个人躺在床上,他听她说话。

"我感觉他可能真的有点，疯过头了……"路嘉侧过身子，"他最近势头这么猛，很多人都盯着他，结果他前天玩野车的时候就撞了……还好人没出事，我也到得及时，把消息给按住了。

"我就没见过人酗酒严重到那种程度。你说他也不租房子，每天住酒店套房，我每次去找他都一地的酒瓶。让他少喝点，他说不喝睡不着。

"曹锵，我觉得他一点都不想活了……一天天的，就只能这样挨着。我真是……"

曹锵拍了拍女朋友的后背，把她搂进怀里。

"我有时候是真不想管他了，"路嘉都带点哽咽了，"就让他烂吧，但他又真的好可怜啊。上周《她的狮子朋友》剧组开庆功宴，包了郊区一家别墅玩。我看他刚开始也挺正常的，结果到最后要合影了，又找不着他了。

"我们找了好长时间，都怕他喝多了掉别墅边那河里去，最后发现他一个人跑去天台了。

"原来是天台上有只野猫。我们过去的时候，他就和猫躺一起，在那儿自言自语，说乖啊，再等一会儿，她就来接我们回家了。

"哎，你说思鹭到底在哪儿啊？怎么这人消失了就一点声儿都没有了？要搁以前，她看见段一柯那些新闻早就来问我了……"

"算了算了，"曹锵连拍带安抚，"快别说了，好不容易回趟家，还琢磨这些事……你饿吗？我去给你弄点夜宵？"

"不吃了，早点睡吧，"路嘉在他怀里闭上眼，"明天还有个时尚典礼……本来之前都没请他，两周前补发的请柬，还让他坐第一排……我真是求求他别再出事了……"

她不吃，曹锵也就不弄了，伸手把灯灭了，抱着她睡着了。

次日。

盛典的位置临着上海外滩，出了现场，有一条路直通码头上的豪华游轮。

那张精致的船票递过来的时候，路嘉就有种不好的预感。她看了一眼船票，又看了一眼递票给她的工作人员，犹豫着问："就一张？"

"对，船上只有四十九个名额，"对方彬彬有礼地回答，"不止段先生，所有被邀请的艺人，都不带助理和经纪人。"

"除了艺人……"路嘉警醒着问，"还有别人吗？"

"大部分是这次典礼的嘉宾，"对方说，"还有一些名流和他们自己的人……这就不方便和您透露了。"

路嘉双眸闪了一瞬。

平心而论，她是不太想让段一柯自己上去的。但看了一眼这次受邀上船的名单，她又觉得，拒绝未免太不识抬举。

名利场也是有门槛的。

于是，她接过那张带着馨香的船票。

"这船开出去……"她还是没忍住，多问了一句，"什么时候回来？"

"明早。"对方也不瞒她，"典礼结束后，我们会安排受邀的艺人上船，在东海海域里泊一晚。"

路嘉犹犹豫豫地点了下头。

告知流程结束，对方翩然而去。她捏着船票转过身，看见了正任由服装师整理领子的段一柯。

男人穿西装，最怕身形撑不起。这服装师显然也受过不少折磨，一边给段一柯打着衣服，一边感慨："这就直接是衣服架子啊，肩宽腿长腰细。穿上就出型，一根别针不用卡，一根线不用调……"

典礼嘛，女明星的秀场，男明星再穿也逃不过一身黑西装。路嘉抱起手，从下往上地打量起段一柯。

她不吃这一款，但她也必须承认——

这人能红，简直太正常不过。

全身都是黑的。黑皮鞋，黑西裤，黑衬衣，黑领带。黑色西装勾勒出肩膀和腰的轮廓，每一根线条都恰到好处。往上看，衬衣领口牢牢卡住脖颈，露出喉结处的锋利弧度。

脸上的线条也是锋利的。

眉压着，侧过脸的时候，光线打过来，面容半明半暗。一身黑里，只有心口别了朵雪白的山茶，缀得整个人鲜活起来。

服装师撤了，她往他身边走，船票别进他西服。

他拿出来看了一眼，眉毛挑着，抬眼望她。

"放心让我去？"

"我还能二十四小时看着你？"路嘉叹气，"这上船的都是什么人啊。这可不是船票……"

她又把那船票折好，放回他衣服里，郑重地拍了拍。

"是入场券啊。"

段一柯偏了下头，也不太在乎的样子。有工作人员来引他，他漫不经心地转过身，就跟着过去了。

路嘉在身后看着他。

对，这就是最让她提心吊胆的地方……因为有时候，他看起来又像是一点事都没有了。

但疯了这种事，向来是时好时坏更可怕。

典礼比录综艺还无聊。

开场前还有艺人团队因为座次和主办方吵架。段一柯面无表情地在旁边听着，心想这有什么好吵的，他巴不得坐到最后一排。

可能是因为那个神秘的游轮邀约，所以流程相较往年都被提前了不少。段一柯是最先到的一批，而后，拍摄间的人越来越多。

有人来和他打招呼，他也不认识，三言两语地应付着。有人说话声音大，背过身八卦，正好被他听到——

"不是都说这人很疯吗？这看着……也挺正常的啊。"

"嘘……人家可是拿到了游轮船票……"

他笑笑，往后退，退到人群之外。

其实之前参加的活动还没这么夸张。

圈子就那么大，不管去哪里，多少能碰见几个先前打过交道的。但今天这一场，偏偏就一个认识的都没有，连《她的狮子朋友》的女主演都因为怀孕了没来参加。

越往高处走，那些同行的人，竟然一个一个，全都消失了。

什么名利场啊，不如叫屠宰场吧。

放进来一个，杀了。再放进来一个，再杀。

路的两侧，都是杀人的铡。

烟瘾又上来了，段一柯摸了下衣服，发现没带，就朝安保那边看。他头一扬，竟然看到不远处的顾冲和松球。

这典礼向来不止邀请艺人——他们发邀请函的标准很简单，谁红给谁发，各行各业，不怕路子偏，就怕名气小。

像顾冲和松球这种现象级电影的主创班底，自然也在其列。

倒是把他们忘了。

久不见故人，段一柯脸上难得带了丝笑。他也不找烟了，顺着人流慢慢走，朝那两个人的方向移动。

桌上放了些道具，有吃的，松球在那儿偷偷吃。顾冲给她挡着，说："你可真够丢人的。"

"我饿！"松球说，"你再挡严点，我前暧昧对象快看见我了。"

顾冲抬头，看见远处那个三十多岁的旧相识，在这一众演员里也是出了名的实力派了。

"一把岁数了，"他边说边给她挡严实了，"净搞那纯情的……人家上次都和我说了，年轻的时候不懂事，现在觉出你好了，你要是想再续前缘——"

"去你的。"

"你这人，这么高雅的场合。"

两人又互骂了几句，不知怎么，就提起段一柯了。

"你刚看见他了吗？"

"看见了，帅得我腿都软了，"松球费力地咽下一口甜甜圈，"真是红气养人。这么年轻，又这个成绩，我都不敢想他顶点在哪儿。"

"有什么用啊，"顾冲凉凉地说，"自打化鲸走了，他都疯成什么样了。"

段一柯本来都快到他们身边了，听见这话，忽然就顿住了脚步。

"所以说……"顾冲背对着段一柯，松球视线又被挡住了，两个人自顾自地聊，"真就一点消息都没有了？反正我发的微信是一条没回复，她还能人间蒸发啊？"

安静了片刻，松球的声音传出来。

"算了……顾冲，这事我就告诉你啊，你别往外说。

"那黎征之前不是在北京和我打过照面吗？那次我俩一起送化鲸去医院以后，就加了微信好友了。

"他这半年也没发过东西，我都忘了朋友圈有这人了。结果上周的时候，他突然定位在新西兰，发了组——订婚照。"

"订婚照？"顾冲差点儿跳起来，"不会是我想的那样吧？"

松球声音沉重："就是你想的那样，就是和化鲸的。我看化鲸在照片里状态也挺好的，成熟了不少，头上还戴那种纱——哎呀！"

她使劲推了一把顾冲，男人倒退两步，撞进段一柯怀里。

顾冲回过头的时候，整个人脸上就是一个大写的"我傻了"。

下一秒，松球放下甜甜圈，欲盖弥彰地说："这么巧啊！我和顾冲聊我前男友的事呢！他……他和他圈外女友订婚了……"

她说着说着就不敢说了。

原来人身上的死气可以重到，连胸口别着的山茶也一瞬凋零。

段一柯没和别人说过，自己这段日子其实老断片。

上一秒还在演着戏呢，一个恍神，自己就回酒店了。有时候明明在坐车，醒来的时候，就发现自己躺在满地的空酒瓶里。

不过他断片的时候，工作好像也是照常做，所以一直没人发现他有异常。

这不，今天又断片了。刚才还在拍摄间，再回过神的时候，竟然已经在游轮上了。

怎么拍的照，怎么走的红毯，全忘了。

唯一记得的，就是断片之前松球姐说的，姜思鹭订婚了。

你订婚了。

你凭什么订婚啊？

不是你先去剧本杀馆找我的吗？

不是你先在视频里说喜欢我吗？

不是你让我去你那儿住，还答应要"一直陪着段一柯"的吗？

你说黎征我好疼啊，我把你送回去了。

那我呢？

我就不疼吗？

我在雨里跪了一夜，你为什么不来见我啊？

他摇摇晃晃地站起来，这才发现手里有瓶酒，都喝得见底了。远处传来喧哗，他顺着声音望过去，看见那些西装革履拿到入场券的人，聚在游轮甲板上，正对着什么起哄。

天气不错，暮色四合。游轮拖出一条长长的白浪，白浪尽头，是落日投下的血红。

他又给自己灌了口酒，然后猛烈地咳嗽起来。哄声又起，他站起身，打算看看这群人在干什么。

这游轮真大，甲板上还有游泳池。池边坐着几个面孔陌生的男人，拿着酒杯，对着面前身材姣好的年轻姑娘叫嚣——

"跳啊！那你跳啊！"

段一柯摇摇晃晃地走过去，拍了下身边人的肩膀。

"干什么呢？"

对方看他一眼，认出是《她的狮子朋友》的主演，态度就变得挺好。

"玩呢。"

"玩什么？"

对方意味深长地笑。

他又把目光转回去。

姑娘身上就剩件泳装，看气质像个模特。段一柯眯着眼看了一会儿，想起来，自己在很多大品牌的代言里见过这张脸。

坐着的男人有点不耐烦了。

"玩不玩得起啊？"他把高脚杯往对方身上一砸，"游戏输了，要么脱衣服，要么跳海。跳海也不白跳，我给你八百万。你倒是选啊！"

玻璃碎了，散在地上。那姑娘抱着手臂往后退了一步，退到了段一柯身边。

他低着头看了一会儿，心想，自己这个为女人出头的毛病，真是改不了了。

下一秒，他顺着血的轨迹走过去，把那模特拽到自己身后。

躺椅上的几个人也愣了，为首的那个把烟灰往他身上一弹，说："哟，这怎么着呀？要演一出英雄救美啊？"

段一柯也不说话，就盯着对方，盯得对方差点儿发火的时候，他终于开口了。

"没，缺钱了，"他说，"八百万啊？男的跳给不给啊？"

躺椅上的男人们一愣，随即哄堂大笑。

这回不是领头那个说话了，是旁边一个年龄大点的。他欠起身子，打量了一会儿段一柯，懒洋洋地开口："给啊，你跳吗？你跳，我再给你加。你不跳，也行，咱们有别的办法。"

那女模特忽然在他身后小声说："算了……"

他回头看了她一眼。

小姑娘年龄也不大，眸子很黑，眼神慌乱但明亮，像是刚从泳池里爬出来，睫毛上还挂着水珠。

干干净净的眼神，大抵是有那么一个瞬间，让他想起了姜思鹭。

"坐着去吧。"他说，然后把头转了回去。

那男人还在看他。

段一柯捏了一把胸前的山茶，揪掉，扔一边，然后把西装外套也脱了。

他忽然说："那我要是死了呢？"

所有人都当他在虚张声势。

"你先跳吧，"往模特身上砸杯子的男人说，说完第一句，又是一阵病态大笑，"你要真死了，我拿这笔钱，捐了。"

他以为自己说了个笑话，但是没人笑。

唯一笑的人，竟然是段一柯。

他说："行啊，那也算做了件好事了。"

身上什么值钱的东西都没有，他摸了半天，把手机丢给那小姑娘。相册都删干净了，就剩姜思鹭和他表白的那个视频。

"你回头，和我经纪人说一声，"他说，"把这手机和我骨灰烧一块儿就行了……哦，还有个木牌，挂车上了，和我助理要下。"

围观的人开始慌了。

"段一柯，"有个和他打过交道的男演员喊，"开玩笑呢，你别当真啊。"

"哎！"躺椅上的人不乐意了，"怎么开玩笑了？怎么着，你来替他？"

人群又噤声了。

段一柯笑笑，往船舷的方向走。

也就几步路，脑海里却出现了很多画面。可能最近酒喝得太多了，回忆都不太清晰，他甚至想不起她的模样。

脑海中最后闪过的一幕，是十七岁那年，K中的学生活动室。

他躺在阶梯座椅上，举着她的剧本挡光。

她坐在窗台底下，摆弄剧组裁剪出的道具。

他当时就觉得和她在一起的那种感觉很舒服，就好像两人已经认识了很久一样。

结果她自己把安静打破了，凶巴巴地说："段一柯，你来这么早干什么？"

于是他回答："哦，我不想在家待着。"

那天阳光真好。

他本来刚和他爸吵完架，她和他说话，他忽然没那么烦了，甚至还想再和她聊几句，结果她不理他了。

所以他坐起身子，撑着下巴，故意惹她。

"姜思鹭，你这个故事的结局，也太惨了……上一个这么狠的，是法海吧？"

果然把她惹急了，她追着他问："那你有什么想法？"

他可真是班门弄斧，当着她的面，编起故事了。

"要是王子能去海里，就好了。

"小美人鱼已经为他放弃过鱼尾和声音了，那这一回，就让他放弃些什么好了。

"落日以后，让他变成鲸鱼吧。让他变成鲸鱼，潜入深海，去见见小美人鱼吧。"

落日之时，化为鲸鱼，潜入海底。

他就是惹她一下。

他怎么知道她会拿这句话做笔名啊。

他怎么知道，他会在日后的漫长岁月里，错过她，遇到她，爱上她，又失去她。

也是。

一直是她在为他放弃。

也该轮到他了。

姜思鹭，你在听吗？

我要去海底了。

再来，找我一次吧。

06.

床垫骤然发出"吱呀"的响声。

姜思鹭起得急，大脑有点供血不足，眼前黑了两下才反应过来。急促的呼吸之后，身旁传来男人关切的询问。

"怎么了？"

她恍惚着回头，看到黑暗中黎征的面容。

"没事……"

南北半球季节相反，新西兰正值冬令时，比国内快了四个小时。

她已经很久没有被噩梦惊醒过了，而这一次的噩梦又和先前，都不一样……

她背后一软，是黎征把她揽回怀里。她身子僵硬地落回去，缓了一会儿，才轻声问："你下个月，什么时候回国？"

"月底吧。"

"也帮我订张票吧，"姜思鹭闭上眼，"我和你一起回去。"

"怎么突然想回去了？"

"也不是突然……毕竟半年没回去了。而且冬令时有点难熬，想回去……过夏天吧。"

男人顿了顿声，应道："好，给你订票。"

她假装闭眼，直到对方的呼吸声逐渐平稳，眼皮才再一次，缓缓睁开。

怎么会……

梦到段一柯跳海呢……

医院。

这么热的夏天，医院里竟然还这么冷。

高跟鞋的声音从走廊尽头急促地传过来，笋仔抬起头，看见路嘉面容慌张地跑到他身边，身后跟着曹锵。

女人向来一丝不苟的头发都是凌乱的，妆也斑驳了。她抓住笋仔的手，惊慌地问："怎么样了？"

笋仔愣了愣，哑着嗓子说："救回来了。"

据说段一柯纵身一跃的那道弧线很优美，而身体也在落水的一瞬间被海浪吞噬。人群拥至船边，而后又为躺椅上的男人让开一条道路。

对方撑着船舷看了一会儿，招招手，示意救生员下海。

"挺有种，"他说，"捞上来吧，我不想出人命。"

好在是救回来了。

路嘉刚松了口气，面前却又传来一声抽泣。

她抬起头，看见笋仔眼里的泪簌簌流出来。

"嘉姐，你让我回东阳吧，"他说，"我回去开出租、搬砖，都行，我干不下去了。我真的太难受了，我看不下去段哥这样了，他这样比我自己跳海还难受。"

"段哥刚才醒了一会儿，我去问他了。我说你这么折腾自己干什么，你要是想小姜姐，你就去找她啊。段哥说……"

曹锵拿了张纸给笋仔，结果他看见纸，哭得更凶了。

"段哥说，小姜姐不理他了，小姜姐要嫁给别人了，小姜姐，不要他了。

"嘉姐，你说好好的两个人，怎么就这样了啊，怎么就这样了啊！"

他放声大哭。

路嘉失魂落魄地站在他对面，也喃喃自语："对啊，好好的两个人，怎么就这样了……"

段一柯这次在医院躺了很久。

不见任何人，也不和人说话，唯一的活动是去医院花园里喂猫。

中间来了个姑娘，戴着口罩墨镜，全副武装地找上了路嘉。段一柯谁也不见，自然也没见她，于是她只能向路嘉表达谢意，又把他留给她的手机还给路嘉。

"他还说，"那姑娘和路嘉回忆，"助理车上有块木牌，如果火化和手机一起烧给他——那应当也是很重要的东西。"

路嘉一愣，送走了对方就去笋仔车里找，然后看到了挂在后视镜上的那个"平安"。她把木牌拿回来，趁着段一柯去喂猫的时候，和手机一起放到他床头。

第二天，她再去医院的时候，段一柯就不在了。

他把木牌拿走了，手机留在病床上，还写了张字条。

字条的内容像遗书，但是他又在开头让路嘉放心，表示自己不会再死了。他给她写了自己的东西都放在哪儿，让她去酒店拿。银行卡的密码是多少，怎么结清团队的工资，去不了的合约怎么赔偿。

他最后说：你不是一直对工作室有很多想法吗？剩下的，拿去做工作室吧。

医院的病床旁边，路嘉拿着那封信放声大哭，边哭边骂："谁要你的钱啊……"

不知道为什么。

路嘉觉得，这一次，段一柯或许，真的不会再回来了。

上海盛夏。

送走了最后一拨客人，狐姐终于准备关门了。

关闭空调的一瞬间，房间里就腾起一股燥热。最后清点了一遍道具，她从游戏室出来，准备关灯锁门。

谁知门前站了一个人。

门外是黑的，他也一身黑。黑T恤，黑裤，黑色鸭舌帽。肩膀轮廓是很宽的，但又太瘦了，那衣服穿在他身上就有点晃。

狐姐笑："哎哟，多晚了，我们打烊了。"

对方动都没动一下，她有点怵了，手指不自觉地去摸身后的球棒，摸的时候还心想，这要是老段在就好了……

男人往前迈了一步，抬起头。

段一柯出现在她面前。

狐姐差点儿窒息。

算了算，她也一年多没见段一柯了——不过这样说也不准确，毕竟他那张脸天天出现在大屏幕上。

她知道他好看，但是以前在馆里的时候，也就是个人间的帅。如今从镜头里走到她面前，一时只觉撞破了和天界和凡世的壁垒，非"惊心动魄"四个字不可形容。

馆里没人，她还是忍不住地四下张望了一番，然后压低声音，惊恐道："你来干什么啊？"

男人不说话，就在她面前站着。

她手忙脚乱地把空调重新打开，灯也全开，带着他坐到沙发上。

段一柯脚步很飘，人也像没什么知觉。她带他去哪儿，他就去哪儿。把他安顿好以后，她回茶水间给他倒了点热水，又端出去。

她不爱换牌子，连一次性纸杯这些年用的都是同一家。段一柯接过那纸杯时看了很久杯壁上的图案，然后才缓缓地，喝下第一口水。

"祖宗，"她坐到他身边，"你来干什么啊？最近怎么网上都没你消息了？"

段一柯水喝得很慢，一口，一口，直到喝得一滴都不剩。沉默半晌，他说："我想回来，演NPC。"

狐姐也算亲身体验了一把"人麻了"。

"你在跟我开玩笑吧？"她说。

段一柯抬头看向她。

不知为何，她心里忽然一痛。

离近了看，他那种惊心动魄的好看里，竟然带着一种烂掉的绝望。

"我没开玩笑，"他嘶声说，"我就想在你这儿演NPC。"

"我……"狐姐无奈，"我哪雇得起你啊？"

"我不要钱。"他说，神色都有些卑微了，"馆里不是有个仓库吗，让我住那儿就行……"

"那地方哪能住人啊，连个窗户都没有！"狐姐看他神色认真，是真有点慌了，"段一柯，你怎么了？你电影不是刚爆吗，怎么没有住的地方啊？"

他转回头，又不说话了。

狐姐问不出头绪，站起身，去前台拿手机。

"你不说，你不说我去问问思鹭，行吧？"

她的手腕被人拽住，然后被一点点拉回沙发。

她回头看向段一柯，觉得心都要碎了。

男人坐在沙发上，仰头望着她，轻声说：

"她要结婚了。

"我找不到她了，谁也找不到她。有人告诉我，她要结婚了。

"狐姐……我没有地方可以去了。

"你让我回来吧。"

她好像什么都没懂，又好像什么都懂了。愣了半晌，她喃喃自语道："不是不要你，你往我这儿一坐，传出去，我店门槛都要被踏破了……"

两个人沉默了一会儿，她想起什么似的走到仓库，拿了个东西出来。

一个狐狸的面具，尺寸比她常戴的款式大一些。

她在他脸上比画了一下。

她能感觉出段一柯已经瘦脱型了，连脸型和身材都和以前不大一样。面具遮住大半张脸，她自己也很难分辨出面具后面的人是谁。

"戴上可以，"她说，"声音怎么办啊？"

段一柯也不知道。

最后，狐姐叹了口气。

"行，"她说，"我就和人说，我做慈善，雇了个哑巴算了。"

久违的潮热。

等行李的时候，黎征的电话就没停过。姜思鹭站在旁边听他讲，大概知道，是又有一家头部影视公司想和雀羽、新西兰那边的特效工作室三方合作。

国内市场大，国外有技术，原来这一行赚钱也能靠做掮客。

只是壁垒更高，在技术上的参与程度也更深。

有一次黎征甚至提出来，等再稳定一点，他想把国内的业务都转移到合伙人手里，他自己只负责新西兰的业务。

他也很喜欢那个和枸杞岛一样宁静的岛屿，有种回到故乡的感觉。

姜思鹭调侃他："那你干吗不直接回枸杞岛……不用找感觉，直接回故乡。"

黎征瞥她一眼，挑起眉："明知故问。"

人的故乡也并非一成不变。

她在哪里，哪里才是他的故乡。

从机场出去，墙壁上的液晶屏幕里轮放着广告。黎征看她目光一滞，还以为又看到了段一柯的消息——转头的时候，松了口气。

是个东阳木雕题材的电视剧。

大概是题材原因，整个项目显得很正，搭上的资源也都很主流。看了一眼右下角的出品公司，黎征问："朝暮的剧？"

"对，"姜思鹭显得有些恍惚，"我……经手过。"

脑海里忽然闪过很多画面——

夜色中的古村，绽放的牡丹，做工粗糙的木牌，伴随着《人生海海》的曲调……

她顿住脚步。

黎征不明所以，也停下脚步等她。

"怎么了？"

"哦，我突然想起来，"她说，"这个剧，是我做的前期采访。我当时答应采访的师父和师兄，等剧上映了会去看他们……"

黎征了然，随即点头："好，在哪里？用不用我送你过去？"

"不……不用了。"姜思鹭连忙摇头，"就在东阳，离上海也不远，我自己过去就好。"

黎征提前请了阿姨过去，两个人到家的时候，房间已经被打扫得很干净了。家里都是她添置的东西，房间里还有她走来走去的身影……

一点也不空荡了。

她从沙发前走过的时候，他忽然没忍住，把她拉到膝盖上。

"还是我送你去东阳吧。"

"黎总啊……"姜思鹭轻笑，"你好黏人啊，要不要我去和雀羽的人曝光一下？"

"这两天刚回来，有点忙，"他说，"等我忙完了？"

姜思鹭摇摇头，站起身子。

"不用了，"她说，"我明天就去。等你忙完了，我正好回来。"

黎征点点头，目送她上楼。她身影消失的前一秒，他忽然喊她名字。

姜思鹭回过头。

黎征愣了愣。

不知道为什么，他心里涌起了一种很异样的感觉——像是鱼鹰预料到了海上将至的暴雨。

但他分明连块雨云都没看见。

于是，他只能点点头，朝姜思鹭露出一个笑容。

"早去早回。"他说。

姜思鹭无奈地笑笑，上楼了。

"知道啦。"

之前的手机被姜思鹭扔了，新手机里都是新加的朋友，存下的联系方式也不多。

没有微博，不关注任何公众号，也没有满街的内娱广告，她在新西兰活得和先前的生活彻底割裂。

原来斩断往事，说难也难。但心够狠的话，也蛮简单。

但回了国就不一样了。从电梯到地铁广告牌，都像是定时炸弹，一不留神就能搞出突然袭击的效果。

她小心地避开每一处可能的隐患，还是在坐上去东阳的高铁时，被身后两个聊八卦的女生拨乱了心弦。

"怎么就一点消息都没了啊……"一个女声轻声感慨，"《她的狮子朋友》到现在还没下映吧？这都快两个月了，真是现象级到一定地步了……"

"确实，也离谱到一定地步了，这段一柯爆成这样，人怎么说消失就消失了？"

听到那个名字的一瞬间，姜思鹭心口颤了一下。

"一个月了吧？自从上次参加那个典礼以后，我就再也没听说过他的消息了。"

"对对对，听说几个提前定好的活动也没去参加，赔了不少钱呢。"

"可惜死了，现在这环境出这么一个色艺双绝的男演员容易吗……"

"色艺双绝是什么鬼，你不要乱用成语好不啦……"

段一柯……消失了？

姜思鹭恍惚了一瞬，随即敲了下自己额头。

都要结婚的人了，还关心这些做什么。

她掏出蓝牙耳机戴上，用音乐声隔绝了自己和环境。

只是随机播放的歌单也毫无预兆地跳去五月天的《人生海海》，再加上这辆开往东阳的高铁……

她整个人都恍惚起来。

这种恍惚在从车站走出去的时候加倍。

她的人生都天翻地覆了，这个车站还是老样子。小小的，窄窄的，几乎让她产生了段一柯正站在出站口等她的错觉。

可这一次，没有人来接过她的行李了。

去东阳的路，她得自己走了。

外面站了不少扒活的司机，她找了个面善的，和他说自己要去蔡宅村。对方带她坐上车，开口就报了个高价。

她倒是不差这个钱，但下意识反驳道："哪有这么贵啊？"

"姑娘，现在都这个价啊，"对方转过头，也不面善了，"你去问问别人，这就是行情——你走不走？"

"我——"她脾气上来了，"你这不是宰人吗？行，我下去问问，看看是不是真都是这个价。"

　　见她真要走，司机又不依了，下车和她拉扯起来。

　　"那——那给你便宜十块行吧——行！便宜十五！哎，你这人怎么这么拧呢？我这真是最低价了……"

　　旁边忽然伸过来一只手，把那司机一把推开了。司机大骂道："你怎么又和我抢生意啊！"

　　姜思鹭一愣，转过头，看见一张熟悉的脸。

　　对方头发有点长，长相也成熟了，骨骼抻开，肩膀比以前宽了不少。

　　只是眼圈一红的样子，和以前一模一样。

　　男孩子一把抱住她，哆嗦了几下，号啕大哭起来。

　　"小姜姐，"他说，"你到底去哪儿了啊……"

　　从火车站到蔡宅村，车程一个小时，但笋仔开得很慢。

　　因为要说的事情，实在太多了。

　　听到段牧江开新闻发布会说他不孝的时候，姜思鹭就有点喘不上气了。到他酗酒飙车那段，她攥得指关节发白。

　　等到他跳海那段的时候……

　　"笋仔，你停下车。"

　　笋仔被蓦然打断，轻声说："小姜姐，前面就进村了。"

　　"我知道，你先停一下。"

　　他不知所措地点点头，把车停靠到路边。姜思鹭扳了几下车门，没扳开，笋仔赶忙帮她开锁。

　　下一秒，他看见姜思鹭冲下车，扶着电线杆就开始吐。

　　她今天赶火车，早上什么都没吃。本来也没当回事，毕竟低血糖都好得差不多了。结果听完那些事，浑身都开始冒冷汗……

　　胃里什么都没有，半天只能吐出些酸水。天气酷热，笋仔拿了瓶矿泉水，慌张地跑到她身边："小姜姐，你怎么了？怎么办啊？我要不要送你去医院？"

　　"水给我。"

　　笋仔把水递过去，她拧开瓶盖，直接就着自己头顶浇下去。

　　头发全湿了，领子也湿了一半。水顺着脸颊滑到地面，汇聚成一个浅浅的小水坑。

　　还剩几口，她喝了，把反胃压住。

　　缓了一会儿，她站直了身子，目光落在车身那个油漆刷的"D"上，又被烫着似的移开目光。

　　"来都来了，"她说，"我先去看下龚九他们。晚上咱俩，直接飞北京。"

　　姜思鹭进门的时候把龚九吓了一跳。

　　她脸色惨白，头发被水浸得一绺一绺。一个男孩子牢牢跟在她身后，满脸都在担心她走着走着昏过去。

龚九赶忙给她拉了把椅子过来，倒了杯茶。

"姜师妹，"他说，"你这个突然出现，未免也太突然了。"

姜思鹭喝了几口茶，又有空调吹着，缓过来了。

"不突然，"她说，"我不是早就说，那个电视剧播的时候，来看你们嘛。"

"哦，那个剧啊，"龚九笑笑，坐到她身边，"有个人原型是我吧？师父一眼看出来了，还问我，说我看着像个笑面虎，私下嘴那么毒啊。"

姜思鹭恍惚片刻，回道："这可不是我的错，人家听你采访录音都能听出来你这隐藏人格……"

好奇怪啊。

或许是古村时间流动缓慢，她只是和龚九说了几句话，就像是又回到了第一次来的时候了。可惜师父今天不在，她也只能和龚九多聊几句。

"对了，其实我一直想问你呢，"龚九毫无预兆地开口，"那天帮你在外面等了一夜那个男孩子……你们两个怎么样了？"

姜思鹭瞬间愣住。

"我上个月还去看《她的狮子朋友》了呢，"龚九自顾自地说起来，"真不错，他演得真好……"

"那个，那什么，"一直沉默的笋仔打断了龚九，"小姜姐和段哥已经、已经分手了……"

龚九一脸震撼。

"啊这，对不起啊对不起，"龚九连忙道歉，"我平常都不刷微博的，我连电视剧都不看，就偶尔去市区看部电影，真不知道这些事……你俩分手了？天啊，太可惜了吧……"

笋仔都有点急了。

这人怎么没点眼色呢？

没想到姜思鹭沉默片刻，忽然追问道："哪里可惜？"

龚九一时被问住了。

他目光涣散了一下，扫过堂厅的几处木雕，最后落到院子里。

他说："是很可惜啊，他很爱你啊……是你要分手的吧？"

龚九好笃定啊。

姜思鹭轻笑一声，都觉得荒唐了。

"你都没和他说过话，"她说，"你就那次他来接我见了他一面，你怎么知道——"

"我就是知道啊！"

匠人的执拗起来了。

龚九掏出手机，打开相册，开始找证据。

"你质疑我是吧？你竟然质疑我！还好我当时拍了个照，留下证据了。"

他手指疯狂划拉屏幕，划拉到去年的时间线，终于停住了。

"就这个！"他把手机屏幕往姜思鹭面前一举，"你看啊，他那天帮你等师父出来，半夜在石桌上写你的名字！"

看清那照片的瞬间，一股剧烈的哽咽从姜思鹭喉咙里涌出来。

照片色调寡淡，拍摄的时间是去年冬天，她刚到蔡宅村不久。

她在门外等得睡着了，他来接她回酒店。哄不回去，他就帮她在门外站了一夜。

石桌上，是一个用手指就着砖墙灰白料写下的"姜"字。

一点，一撇，一个王，一个女。

龚九一脸"赢了"。

"对吧，他就是很喜欢你！"他说，"我看到的时候都傻了，长成那个样，谈起恋爱这么纯情……我都没这么纯情……哎？不是，师妹，你怎么了……哎哎，你别哭啊，我我我——"

"龚九，"她忽然站起身，"我还有点事，我得和朋友先走了。"

"哦，"龚九呆滞地点了下头——他姜师妹怎么眼泪流成那个样子，看起来又很冷静，"那你，慢走？"

他目送姜思鹭走远，又把目光放回照片上，自言自语道：

"他就是很喜欢你嘛。"

当晚八点，姜思鹭和笋仔飞抵北京。

笋仔还没敢和路嘉说姜思鹭回来了——也不是不敢，就是不知道怎么开口。在微信里措辞了半天，他最后决定，直接把她带到工作室。

反正路嘉最近又签了两个艺人，工作起来没日没夜，这时候肯定还没回家。

一推门就听见路嘉在打电话骂人。

"新人怎么啦？新人不是人啊？不是这两个新人，曹锵能去你们这节目当嘉宾？我告诉你，要是今天晚上你们还不把这事解决——"

抬头的一瞬间，她突然像被割断了喉咙似的，所有话都说不出来了。

姜思鹭站在门口，和路嘉遥遥相望。

以前总是她去抱路嘉，委屈的、哭的人也总是她。

可这一次，泪流满面的人成了路嘉。

路嘉也不管对面"喂喂喂"的声音了，浑身颤抖地走过来，身上的力气像在一瞬间被抽干。

她抱着姜思鹭号啕大哭。

"思鹭，"她的眼泪蹭了姜思鹭一身，"你到底去哪儿了啊！"

她在姜思鹭身上哭了半个小时，像要把这一年的委屈全哭完了。很多事笋仔给姜思鹭讲过了，可她再讲一遍的时候，姜思鹭心里还是抽着疼。

"怎么办啊思鹭，"说到最后，她抽泣着问，"我们都找不到段一柯了，你说他到底去哪儿了？他东西我都好好收着呢，他也不回来拿……"

姜思鹭拍了拍她的后背，轻声问："他的东西在哪里？"

路嘉站起身，往工作室的一个小隔间指了一下。

"他也没什么东西，"她带着姜思鹭往那边走，"之前住酒店，东西都是酒店的。我整理了半天，也就那么几件衣服，几本……几本你的书，银行卡，还有手机和电脑。"

她把隔间的门打开，姜思鹭走进去。

进去的一瞬间，姜思鹭就闻到了非常微弱的、他身上的气息。

姜思鹭忍住眼泪，慢慢蹲下身子。

她的书摞在他的衣服上，像是被翻过许多许多次，边页都皱了。她翻开书，眼泪"啪嗒"一声落下来。

每一页。

每一行。

每一个空隙。

都是段一柯那个好看的字体。

【姜思鹭你回来吧。】

【我不要这些了。】

【我再也不惹你生气了。】

【我不把你一个人丢在家里了。】

【你看我一眼好不好。】

【姜思鹭我要过生日了。】

【姜思鹭你说话不算话。】

她看不下去了。

书被猛然合上，路嘉又蹲到她旁边，手里拿着段一柯的手机。

"我每周都充电，"路嘉说，"但是我也不知道密码，就一直没打开过……你知道的话，看看有没有什么东西，能告诉我们他在哪儿。"

姜思鹭哽咽着"嗯"了一声，接过。她开机后输入了自己的生日，看见了很多未读短信和微信。

基本都是工作上的。

有一些成远的，也是在和他发火，质问他去哪里了。

姜思鹭往下翻，却找不到什么蛛丝马迹，能把他的去向告诉她。

她的手指忽然顿住了。

对话列表里，出现了一个熟悉的头像。

她茫然地点开了那条对话记录，而后，眼神和神色，都一点点变得清醒而冷漠。

路嘉位置偏，看不清那对话框里说了什么，只觉得姜思鹭整个人的气质都变得锋利起来。

不等她开口问，姜思鹭忽然站起身，捏着段一柯手机的左手垂落，右手从包里拿出了自己的。

路嘉看着她熟练地拨通了一个号码。

接通的瞬间，她冷冰冰地说：

"黎征，你让段一柯跪下？"

07.
回上海谈判之前，姜思鹭自己去了一趟 K 中。

上次来是元旦，这次来是暑期。她长记性了，去之前把毕业证和学生卡的扫描件都存进了手机，进门的时候没花什么工夫。

不过下车的时候，司机为了顺路，把她从学校南门放了下去。从路线来看，是和上次回来时完全反着的——

先是教学楼，再是操场和篮球场，路过老报告厅，然后才是国际楼……和那一排光荣榜。

其实从昨天和黎征打完电话，她的心情一直都很压抑。

两个人从来没吵过架，昨晚是第一次，结果竟然吵成那个样子。

吵到最后，黎征嗓音都哑了，一字一顿地质问她：

"你从山上摔下来，进医院，做噩梦，被人在网上骂……我不过是让他跪下……我不过是让他跪下！"

她都快要被说服了。

可再开口的时候，她喉咙里竟涌起哽咽，轻声细语地反问：

"不过是让他跪下？

"黎征……

"你是像折磨一条快死掉的鱼一样，去折磨他。"

她没办法了。

她一想到段一柯在大雨里跪了一夜，就整颗心都像被一刀一刀剐碎了。

漫长的争吵，落归在一句：

"回上海，我们当面谈吧。"

路过国际楼，眼前就是光荣榜了。

回来两次，段一柯的照片都贴在最左边的位置。她熟门熟路地走过去，走到光荣榜前时，脚步却顿住了。

没有了。

学校换掉了光荣榜，他的照片没有了，取而代之的是新制作的校史横幅。她脚步慌乱地走过去，沿着光荣榜一面一面地找。

就是没有了。

不是换了位置，是消失了，消失得干干净净，就像没有存在过一样。她找不到他，跑到不远处的传达室，问里面的保安——

"叔叔，以前那个光荣榜里的照片呢？"

这保安似乎是新来的，看了她一眼，又看了光荣榜一眼，迷茫地反问："什么照片？一直就是校史啊。"

"不是的！"她急了，"以前是有照片的，有一排呢！里面有个男生叫段一柯，是八班的，他考去上戏了，是我们那几届唯一一个考到上戏的——"

"没有啊，"保安很笃定地摇头，"没人和我说过那儿有照片啊，应该一直是校史吧。"

她拿出手机，想和他解释："不是的，以前有照片，我来过两次都有，我还拍过——"

她愣住了。

手机是新的，照片没有了。

没有了。

段一柯，没有了。

她失魂落魄地走回光荣榜前，手指触碰着玻璃压板，眼泪忽然一滴一滴地，顺着脸颊流下来。

那个横店的夜晚里，她靠在他怀里，说出了自己所有的害怕。

"我梦见我根本没有遇见你，这些东西都是我想象出来的。我梦见他们说你消失了，再也没有人见过你，我找了你好久好久，但是哪里都找不到你。我回学校去找，你的照片也没有了，他们都不记得你了，只有我记得你……"

你那时候说你是真的啊。

你握着我的手，去碰你的眉毛、眼睛、鼻梁，你说你在我身边，你问我你说的对不对。你说——

"对的话就点下头。"

她对着虚空点头，玻璃里只映出自己茫然的脸。

段一柯，你真的……

出现过吗？

重回上海，心情变得复杂。

姜思鹭没有直接去黎征家里，而是先打车回了以前的房子，推开门的时候，心里难免有种期待——

段一柯会在吗？

这期待不出意外地落空了。

房间和她走的时候没有任何差别，地上落了一层灰，猫爬架上空荡荡的。她避开眼，不去看，不去想，只是把箱子拖到了段一柯的房间。

他的东西太少了，他是不是从来就不想在这个世界上留下太多痕迹？

姜思鹭呆愣地看了一会儿他空荡荡的床铺和书桌，打开行李箱，把路嘉给她的那些东西拿了出来。

几件衣服挂进了衣柜，书和电脑放上书桌。还剩一个手机，她拿出来，攥在手里。想了一会儿，她鬼使神差去点相册。

相册里竟然只留了一段视频。

她心里忽然涌起一阵异样，她害怕到不敢点开。

是他给她留了什么话吗？

迟疑许久，她还是把手指移到了那段视频上。刚点开的时候，画面幽暗摇晃到她看不清晰。但随着镜头慢慢放稳，她的眼神也慢慢凝固了。

镜头里，是她和段一柯并肩坐在一起。

她那时候好快乐啊，眼神亮亮的，挤在他旁边，抱着膝盖傻笑："这回弄好了。那么现在我就和段一柯，来许愿！"

镜头里的姜思鹭在笑，镜头外的姜思鹭，眼泪却控制不住地流出来。

这是什么时候啊？

"我呢，我就希望我的作品被很多人看到，很多很多人都喜欢我的作品，然后我能……赚好多钱！"

她在黑暗里使劲推他。

"你这人！刚才不是说好了拍个视频等成名了看嘛！"

于是镜头里的段一柯也抬起了头。

她与他的目光隔着屏幕相对。

二十五岁的段一柯看着镜头，轻声说："我希望能在自己喜欢的作品里，演自己喜欢的角色。"

段一柯你演了啊。

你梦想实现了啊。

你演了《骑马客京华》，你演了《她的狮子朋友》……你演的剧和电影，还有你的角色，都有好多好多人喜欢……

可是你去哪里了啊……

姜思鹭擦了把眼泪，继续往下看。

但往下是黑屏。

她调整了几下，都是黑屏，但录制又明明在继续。她又把进度条往回倒了一点，忽然听到自己的声音，从一片黑暗中传来。

"段一柯，其实我一点也不想让你知道，我喜欢过你。

"你要是真的知道了，我可能会掉头就跑，再也不来见你。"

一瞬间，她浑身的力气被抽干了。

"段一柯，爱过你的人也太多了，以后或许也会有很多很多人爱你，可是我不想成为那万分之几。

"你说，如果我不爱你，在你的生命里，会不会显得特别一点呀？

"所以哦，拜托拜托。

"请你千万不要发现，我喜欢你。"

房间里静悄悄的，黑暗中再没了声息。很久之后，她才听到衣服的摩擦声——那大约是她钻进了他怀里。

原来是这样啊。

是她先表白的啊。

是她先招惹了他。

是她去剧本杀馆找到他，是她要他和自己一起住。是她先在视频里说喜欢他，又是她承诺，要一直陪着他。

是她觉得累了，是她先放手了。

是她不要他了。

然后他也……

什么，都不要了。

段一柯。

你在哪里啊，我再去找你一次吧？

你不要就这样一句话也不说就……

消失掉啊。

她那晚睡在了段一柯的房间里。

时间太久了，床铺上已经没有一点他的气息，但她仍然很快就睡着了。

她梦见他就躺在她旁边。

她已经分不清十八岁的、二十五岁的、二十六岁的段一柯了，他们没有任何区别，他们都是她的爱人。她扑过去吻他，他揽过她的腰肢，手臂合拢，将她裹进自己的怀里。

她似乎知道这是梦，拽着他衣服不松手，而他慢慢变得透明。她一直在哭，她说段一柯，你能不能告诉我你在哪儿啊？我去哪儿找你啊？

他微笑地看着她，一言不发，直到消失在她怀里。

姜思鹭就这样睁开了眼，整个枕头都是湿的。

手机振了一声，她打开屏幕，看到黎征给她发的消息。

【我到了。】

她愣了一会儿，把眼泪擦干，然后慢慢坐起身。

下去之前，她特意化了个妆，就是不想让黎征看出自己哭过。结果对方只是看了她一眼，就自嘲地笑了一声。

"说起来，"他坐在驾驶座上，慢慢启动，"你还真是没有为我哭过一次。"

她拿捏不住当下对他的态度，只能沉默。

该说的狠话似乎都在那通电话里说尽了。面对黎征的时候，她似乎很难那样失态——他永远在包容她、安抚她、照顾她。

而她永远对他有愧意。

一开始她以为，这种愧意来源于他们付出的不对等。但越往后，她越明白，这种愧意的来源……是不爱。

她不爱他。

她没有爱过他。

她也没说过爱他。

她说，黎征，谢谢你。黎征，辛苦你。黎征，麻烦你。

她从来没有说，黎征，我爱你，我喜欢你，我想你。

她甚至都没有说过，我好心疼你。

她对段一柯是很不吝啬这些词的。

睡醒的时候说，段一柯我好喜欢你呀！睡觉之前说，段一柯我爱你你爱不爱我? 一天不见她就给段一柯发消息, 呜呜呜我想你啦, 我好想你, 你什么时候回来呀。看到他受伤她就心揪起来, 别人说他一句难听的话, 她能冲上去打人——

那句话怎么说的来着?

哦, 女人对男人, 向来不怕亏欠。

觉得心疼, 才是万劫不复。

黎征也是知道的, 她也知道, 黎征是知道的。

所以他求婚的时候, 她就抱了抱他, 轻声说道: "可是我总觉得我在欺负你……"

他笑了起来。

他说: "姜思鹭, 你知道吗? 这个世界上, 大部分人都不能和自己爱的人在一起。那么退而求其次, 就只能和爱你的人在一起。

"这样比起来, 我可能比你还要幸运一点。我能和我爱的人在一起, 为什么你会觉得, 我被欺负了?"

她愣了愣, 接过求婚的花束, 笑了一声, 说: "黎总可真是逻辑严密。"

那天气氛很好, 有野餐, 有花束, 有父母的陪伴和祝福, 所以他们都忽略了一件事——爱情这件事, 讲缘分, 讲冲动, 讲荷尔蒙……就是不讲逻辑。

一段只讲逻辑的爱情里, 只要有一件事不合逻辑, 那接下来的一切, 就都不作数了。

他好像比她更早知道, 这段感情已经走到了尽头。

车开回别墅, 他竟然已经帮她把东西打包好了。姜思鹭抱着手臂笑了笑, 说: "你竟然这么笃定, 我会走……"

他把箱子拎过来, 推到她身边。

他还是穿衬衣, 扣子系到第二颗, 袖口沿着手臂挽上去, 露出骨节分明的手腕。他说: "不然呢, 和你大吵一架, 不欢而散, 老死不相往来……"

姜思鹭又笑了, 说: "黎总, 不要讲笑话, 你真的不适合讲笑话。"

他说: "嗯, 你喜欢会讲笑话、会逗你开心的, 对吧。"

姜思鹭说: "怪了, 我和段一柯分手的时候闹得天翻地覆, 和你分手都这么其乐融融……"

"其乐融融不是形容爱情的, " 他忽然抬头, 看了她一眼, "你是作家, 说一些恰当的词吧。"

顿了下, 他又想起来了。

"不过你对我……" 他说, "本来也……不是爱情吧。"

他把她送到了门口, 就像每一次送她出门一样。

不过这一次, 她不会再回来了。

她站在门前, 也知道这是最后一面了。

沉默片刻, 她说: "黎征, 要不然, 你再和我说几句话吧。"

他不是个爱说话的人。

两个人站在门口，姿态轻松，路过的邻居还打了个招呼。黎征朝对方点了点头，把目光移回姜思鹭身上。

她蛮好的，看起来好了很多了。眼神亮亮的，是被好好照顾过的样子。

他说："感觉这会是很重要的一段话。"

她点点头："是的，我应该会记很久。"

他说："那我说经典一点，你以后给我写到书里吧。"

她说："可以，我找个适合的桥段，放进去。"

他想了想，开口。

"我小的时候，在我亲戚家住过很久。他也是渔民，他们那边，有训鱼鹰的风俗。

"训鱼鹰，得有耐心。它不按你的来，你就重复地训练它，给它喂食，告诉它，按照我说的做，你就有甜头吃。

"我训得很好，我养的鱼鹰都很听话。但是后来，我遇到一只很怪的鸬鹚。"

姜思鹭偏过头："鸬鹚？"

"对，鸬鹚，"黎征说，"训成了就是鱼鹰，没训成就是鸬鹚。这只鸬鹚很凶，也很倔，宁肯饿着，也不按我说的来。

"我当时大概……十四岁？也很倔，就和这只鸬鹚耗着。它不听我的话，我就饿着它，不给鱼吃，也不给水。"

姜思鹭听入了神。

"然后呢？"

"然后……它死了。"

黎征抱着手臂，靠到门框上，眼神有些遥远。

"我去岸上给它买脖套，等我回船上的时候，就发现它躺在船舱上，死了。我有点难过，然后我亲戚告诉我，有的鸬鹚，就是养不熟的。碰到这种的，要么让它死在船上，要么放它回芦苇荡里。"

姜思鹭说："我知道你在说什么了。"

他点点头："那你回芦苇荡里吧。"

"要抱一下吗？"

"我还可以吗？"

"应该可以吧。"

他俯了下身，把她往怀里带了一下。她踮了下脚，下巴卡在他的肩膀上，右手抚上他的领口。

"领子歪了。"她说。

"好。"黎征收回身子，动了下肩膀。

"我自己，别一下吧。"

又是一年深秋。

窗外净是梧桐落叶。

姜思鹭从衣柜里挑了很久，还是选择了那件黑色大衣。她走到镜子前面，把口红涂完，然后便听到了手机的振动声。

接起来，是路嘉的声音。

"我到楼下了。"

"半分钟。"

高跟鞋踩地面，"咔嗒"声不绝。电梯一路往下，把她送到楼门外面。

红色保时捷，很有牌面。

她笑笑，打开车门上了副驾，感慨道："香车、美女，我圆满了。"

"真会说话，"路嘉说，"再讲几句听听。"

"如果有一天你和曹锵买了海边大别墅，可以留一个房间给我写小说吗？"

"姜化鲸，你很喜欢装穷吗？"

姜思鹭无辜地微笑，路嘉把手机丢给她。

"导下航，"路嘉说，"好像还是上次那个地儿？邵震这人，毫无新意。"

姜思鹭"嗯"了一声，调出导航软件，把那家酒店的名字输进了目的地。

一眨眼，也整整两年了。

第三次同学聚餐，氛围略有不同。有的同学带了老婆、孩子来，小朋友满地乱跑，气氛甚至有点像婚宴。

邵震的老婆也生小孩了，万幸，长得像妈。

姜思鹭和路嘉就坐邵震妻子身边——女人初为人母，满眼温柔，注意力都在孩子身上。

结果孩子的注意力在姜思鹭身上。

"牙牙"喊了半天，邵震的老婆才意识到小朋友是想找姜思鹭玩。姜思鹭也反应过来了，伸手把小孩抱到自己肩膀上。

软软一小团，轻拿轻放，身上有股奶香。

姜思鹭没抱过小孩，浑身僵硬，全靠路嘉在旁边扶着。不过可爱是可爱的，亲了下对方脸颊，她把孩子送回邵震妻子手里。

回过头的时候，路嘉也很感慨。

"没想到啊姜思鹭，"路嘉说，"你还挺喜欢小孩？"

"谁要喜欢小孩，"姜思鹭压低声音，"哭起来就是魔鬼……我丁克，我就算找到段一柯，我也丁克。"

话音一落，两个人都是一愣。

路嘉给自己倒了一杯水，把目光移开。

姜思鹭沉默了一会儿，往喉咙里灌了口烈酒。

从和黎征分手那天起，她的酒量很奇怪地变好了。

喝不醉，喝多少都不醉。

路嘉轻轻开口了。

"还是……还是一点消息都没有啊？"

身旁的女人手指点着玻璃杯壁，声音也很轻。

"没有，我把所有可能认识他的人都问遍了。不过我那天……有个想法。"

"什么？"

"我觉得他妈妈忌日的时候，他应该会去扫墓。我那天上网查了下祁水是哪天去世的……但是，我也不知道是哪处墓地。唉，要是他上次扫墓的时候我一起去就好了……该不会要让我去找段牧江吧……"

"别急，思鹭，别急，"路嘉安抚道，"总会有办法的。"只是把目光收回来，她也忍不住叹气。

"年底那场颁奖典礼的邀请函也寄过来了，我也不知是应还是不应……《她的狮子朋友》入围那么多奖，他最佳男主角的获奖可能性又那么大……要是不出场也太可惜了。"

身边杯子落定，姜思鹭咽下一口酒，喉咙辛辣。

再抬起眼时，目光里带了些笃定。

"应下吧。"她说，"前年这个时候，我就把他找出来了。我就不信，今年年底，我还找不到他。"

有小孩，又来了不少家眷，今天的聚会散得比之前两次都早。路嘉把姜思鹭送回家的时候，她趴在车窗上，忽然叫了声"停"。

窗外是徐家汇的繁华夜色。

"怎么了？"路嘉转头。

"我在这儿下吧，"姜思鹭拿了下包，"我去看个朋友。"

"这么晚？"

"没事，她应该在。"

路嘉把车靠路边停下，姜思鹭匆匆下车。

她走了两步才觉出冷——毕竟是深秋的夜晚了。她用围巾把脸围住，大衣裹紧，慢慢往"一起鲨"的方向走过去。

灯火辉煌，繁华夜色，她在倾塌的物质里觉出自己的渺小。

不过也习惯了。

的确是很晚了，如果有车队，应该也散了。不过按营业时间，现在应该还没有打烊。她进了写字楼，按了下电梯按钮，然后在"叮咚"声中走出电梯。

"一起鲨"的店面在楼道尽头。

她一步一步地走过去，脚步声踏亮了声控的灯。

08.

寒假期间，生意很好。

最后一批客人已经送走了，狐姐也临时离开了一会儿。段一柯坐在前台的椅子上，一笔一笔地清点今天的账目。

面具戴了太久，耳侧留下两条深深的勒痕，不过他也没什么感觉了。

笔尖在纸上划过，发出很舒服的声音。点清账目的一瞬间，他听到门口传来的脚步声。

他心里莫名一颤。

黑色大衣的一角翩然进了门，对方在门口停留片刻，摘掉围巾，目光慢慢移向他。

心里传出一声震耳欲聋的爆响，浑身的血在一瞬间凝固了起来。

两人对视片刻，对方轻轻"啊"了一声，走到他面前，问："狐姐在吗？"

他没有反应。

姜思鹭看了他一会儿，有点不解地直起身子，然后在他眼前摆了下手。

段一柯被惊醒了。

他张了下嘴，然后闭上，手慢慢抬起来，指尖点了下桌面上的一个招财猫——猫头顶有一个按钮，按下去，狐姐的声音就传出来了。

"你好，我是阿K，我不会说话，美丽善良的狐姐给了我这份工作。我听得见，有需要请直接吩咐！"

姜思鹭："……"

"行。"她把目光从他脸上收回来，"还挺有人文关怀……狐姐走了吗？"

男人朝她摇摇头。

"好，那我坐在这儿，等她回来吧。"

她慢慢走到沙发旁，坐下了。没一会儿，身前忽然投下一片阴影，是男人端了杯水过来，递到她面前。

不知道为什么，他递水的姿势很谨慎，就像是怕洒到她身上一样。

姜思鹭接过来，说："谢谢。"

纸杯被她拿走了，他站在原地，又有点不知道去做什么的样子。

姜思鹭觉得这人奇怪，想到他不会说话，又觉得蛮可怜的。

"你坐过来吧，"她拍了拍自己旁边的沙发，"门口挺冷的。"

他迟疑片刻，很小心地坐到她身边。

沙发坐垫凹下去一个很微妙的弧度。

姜思鹭一手端着纸杯，一手拿手机和路嘉发微信。确认对方已经到家后，她发了条语音过去："曹锵今天回上海吗？"

身旁的男人忽然看了她一眼。

路嘉的语音也发过来了："回，再不回我这朵娇花都枯萎了。"

她笑，笑了一会儿想起来旁边这人能听见，又急忙把笑意收敛了。

对方沉默地坐在她身边，她清了清嗓子，问："你是新来的吗？"

他点头。

"狐姐人真好欸……你以前找工作找得很辛苦吧？她人很好的，一定很照顾你。"

他点头。

姜思鹭靠到靠背上，环顾了一下"一起鲨"的堂厅。

"变了好多啊，"她抬起手，"这里以前都不是这样的，就是一面白墙。这个灯也好看了，以前就是个吊灯。哦，这个茶几哦，换了还不如别换……"

她还挺唠叨。

段一柯攥在膝上的手慢慢松开，伸平，盖住了腿。他忍不住抬头望向姜思鹭，正对上她移过来的目光。

对视的一瞬间，心脏猛烈地跳动起来。

她漂亮了很多，眼睛亮亮的，很活泼，和第一次来找他的时候一样。

但想到她离开时的样子，他心跳又缓下去了。

是黎征……把她照顾得很好吧。

姜思鹭顿了顿，忽然说："欸，说起来，你有点像我以前认识的一个人。"

他蓦然抬眼，一瞬间口干舌燥。

"但是你也太瘦了。"她说，"他也瘦，不过也没你这么夸张……而且你是不是，抽烟很严重？我坐在这里都可以闻到，你少抽一点，说不定还能涨涨体重。"

段一柯忽然喉咙一哽。

他怕呛到她，稍微移远了一点。

姜思鹭又去玩手机了，狐姐迟迟没有回来。她觉得有些困，转头说："我睡一会儿啊，等她回来你叫我。"

她竟然真的闭眼睡过去了。

段一柯起初不敢抬头，等她呼吸平稳，才慢慢把目光转向她的脸。看了一会儿，他想把自己外套脱给她，又觉得烟味太重，跑到仓库去找。

他翻了很久，翻出一件新洗的衬衣，拿到外面给她盖上。

她呢喃了一声，往衬衣里缩了下。段一柯再起身的时候，看到狐姐目瞪口呆地站在门口。

他在她尖叫出声之前把她拖进了仓库。

门锁死，她原地转了两圈，崩溃道："啥情况啊？"

太久没说话，段一柯开口的时候，有种不太会用嗓子的感觉："她来找你。"

"找我？我不用她找我！用她找的人不是我！"狐姐揪住他的衣服，"所以现在还没认出来你是吗？你也没说自己是谁？"

"……"

"段一柯！"她喊了一句，他示意她小声点。

狐姐："……哦，所以，我也不能说？我也得帮你瞒着？"

段一柯拉了下她袖子："狐姐……"

"滚！"狐姐一把甩开，"你别来这套！我——我就特别吃你这套！我……"

对话的最后，她仰天落泪。

"我本本分分做生意，到底欠了你俩什么啊？"

平复了半天情绪，她总算从仓库走出去了，出门前回头看了一眼，段一柯正了下面具，抬起步子，跟在她身后。

她说："那我叫你什么啊？"

段一柯说："阿 K。"

关门的时候动静有点大，姜思鹭醒了。她看了一眼身上的衣服，有点迷茫，但抬头看见狐姐，就把这茬给忘了。

"思鹭啊！"狐姐扑过来。

姜思鹭看了她一会儿，心想这感觉怎么这么熟悉，想了半天想起来了，哦，就有点松球那种用力过猛的劲儿……

"好久不见你了啊，"狐姐亲热地坐到她身边，"最近怎么样啊？怎么突然想起来看我了？"

姜思鹭点了下头，说："我搬回这附近了，今天回家路过，就想起来了。"

刚刚坐回前台的那个男人猛然抬头看向她。

狐姐一只手从下往上抓着她的手，另一只手拍她的手背，但说话又有点咬牙切齿那个劲儿，说："搬回来……搬回来好呀。搬回来离得近，你……常来啊。"

"嗯。"姜思鹭的声音轻轻浅浅，"我也是想着，常来。我家里现在有点空，我在上海朋友也不多，以后要是一个人待得闷了……我可以来你这儿坐坐吗？"

"可可可以啊！"狐姐大喜过望，一下拍狠了。姜思鹭抽了口气，段一柯直接站起来了。

狐姐回过头："对不起啊。"

姜思鹭："……你拍我，干吗和他道歉。"

"没有没有，我是冲你说呢。"狐姐赶忙改口，"你想来就来，反正他们在游戏室里玩，你坐在外面也不影响。你就当我这儿是个咖啡馆，啊，这个没地方去的人——"

狐姐咬牙切齿地笑："都来我这儿吧。"

又聊了一会儿，狐姐把姜思鹭送走了。回过头，段一柯还站在门口，愣愣地望着她背影消失的地方。

狐姐气得捶了他肩膀一下，又被他骨头硌疼了手。

"记得关灯！"她说，"我要回家了！"

段一柯点头。

出门前，她突然转回身子，手攥成拳头，气不过似的砸了一下招财猫的头：

"你好，我是阿K，我不会说话，美丽善良的狐姐给了我这份工作。我听得见，有需要请直接吩咐！"

姜思鹭来得比狐姐想的还频繁。

天气好的时候，想着在家里窝着也没意思，就去了；天气不好的时候，想着家里阴沉沉的好没意思，就去了。

有事做的时候，想着在家里老惦记着睡觉，就去了；没事做的时候，想着反正也没事做，就去了。

剧本杀馆日日有人跳车，她被狐姐拉去填人头——情感本也去，硬核本也去。玩得多了，惦记起写推理小说了。

她买了一大堆世界推理名著，地址直接填的"一起鲨"。

帮她收件的都是那个叫阿 K 的。

她也不知道这人住哪儿，排班是什么样，反正每次去，他都在。

他安安静静地坐在前台，有时候算账，有时候整理东西，有时候来给她送水，送水果，送酸奶。

他不会说话，所以说话的都是她。

路嘉长居北京，不大回来，她话又多，自己住真是憋坏了。

工作日的时候，店里经常没什么人，她就把他叫到自己身边坐下，开始给他讲自己在写的一本书。

"你知道吗，我以前特别狂，"她说，"我觉得，快乐是很浅薄的，我就要写痛苦，写人生的艰难。我觉得那些看不懂悲伤的人，都不够深刻。

"我好傻啊，我那时候没吃过什么苦的。

"可是你说，大家看我的书是为了什么呀？不就是因为现实已经太苦了，想找个地方躲一躲吗？所以我现在不想写痛苦了。我也不想通过写别人的苦难，来显示自己的深刻了。

"我就想写一点，快快乐乐的东西，让大家躲进我笔下的乌托邦里，喘一口气。

"你给点反应，你听得懂我在说什么吗？"

男人朝她点了下头。

姜思鹭愣愣地看了他一会儿，越看越觉得熟悉。

她忽然伸手去碰他的面具。

对方猛然撤回身子，把她手也挡开。姜思鹭猝不及防，手背"啪"的一声。迅速红了。

她也没当回事，还赶忙道歉："对不起，对不起，我一时没忍住……"

男人却慌了。

他脚步匆匆地去了仓库，拿出块毛巾来，用凉水浸湿，然后敷到姜思鹭手背上。她垂眼看着他的手，真是越看越觉得……

"阿 K，"她说，"你真的好像我认识的那个人。"

她抬起眼，眼圈一红。

"可是我都好久没见过他了。"

他的手不动了。

姜思鹭不想在他面前哭出来，抹了把脸，匆匆起身："有点晚了，我先回家了。"

他目送她离开，第一次没有送她到门口。沉默半晌后，他把手伸到面具底下，从下往上地掀起来，然后自耳后摘下。

面具底下，是一张好看得惊心动魄，却消失了很久很久的脸。

他往后一倒，身子落进沙发里，指尖还是她手背的柔软触觉。

"姜思鹭，"他喃喃自语，"你……怎么总是自己一个人啊……"

今日暴雨。

从那晚之后，段一柯一直对暴雨天有种抵触，再加上姜思鹭也没有像往日一样来店里，他心中有种莫名的烦躁和担忧。

好不容易扛到快打烊，他账目几次对错，总算全部核上。刚准备回仓库，门外却传来一阵急促的脚步声。

他抬起眼，看到姜思鹭捂着大衣口袋闯进来。

她头发都湿了，衣服也湿透了，脸上全是雨水。段一柯心里一紧，赶忙回房间给她拿毛巾。

毛巾浸入热水，他的手也热起来。拿着毛巾出来时，他看见姜思鹭从大衣口袋里往外掏，掏出一只手掌大的小猫。

太小了，也太瘦了，感觉抓的力气大一点，身体就会被折断。

"我白天有点事，"姜思鹭抬头望着他，"晚上路过，想着来看一眼……"

段一柯一愣。

她和他解释什么。

然后这思绪就被小猫骂骂咧咧的声音打断。

"别抓我！"姜思鹭低头轻叱一声，抬头继续说，"楼下碰见的，都不会找地方躲，感觉要被雨浇死了。"

段一柯下意识地伸出手，她就把那小猫放到他手里了。

还是只狸花呢。

他忽然心里一疼。

他手大，抓起来就牢一些。小猫的颤抖传到他手掌上，他用另一只手摸了下它后背——大约是他刚碰过热水，手的温度高，猫被很迅速地安抚住了。

姜思鹭也很惊讶。

段一柯抓着它往洗手间的方向走，姜思鹭跟在他身后。到了那个男女共用的洗手台旁边，他把水池塞子塞住，调整着温度，放了半盆温水进去。

小猫冰凉的身体被放进水池，没怎么挣扎。

"可以的，"姜思鹭撑在洗手台上看他给猫洗澡，"手法很娴熟，养过？"

他点了下头。

给猫洗干净，他示意姜思鹭先看一会儿，然后去仓库里拿吹风机。二柯以前是不怕吹风机，他不知道这野猫怕不怕，想着试一下。

谁知道刚在它身边打开，它就炸了。

它"嗷呜"一声挣脱他的手，顺着他手臂往身上爬。姜思鹭都没反应过来，只见小猫亮出爪子，朝着他脖颈就是一抓——

从喉结一路往锁骨蔓延，生抓出三道血印。

她第一次听见他发出声音，是"嘶"的一声。

猫跳走了，滚去沙发，虎视眈眈地看着他们。姜思鹭也顾不上它了，回头看着男人的脖颈，莫名其妙地慌张起来。

"疼不疼啊？"她说，抓了两张纸，探过去给他擦。

男人往后撤了一步，她急了，一把拽住他领口，说："你过来点！"

他的领口瞬间被拉到锁骨以下。

大雨没有尽头地下着。

他的锁骨露出的瞬间，房间里陷入要把人撕裂的沉默。

姜思鹭拽着他领口的手指一根根松开。她往后退，退到沙发前，然后坐下去。

是谁在说话啊？

"姜思鹭，你咬我一下。

"咬疼一点，我会醒得快一点。

"咬吧，他会回来的。"

猫似乎都觉出气氛不对，不叫了。姜思鹭撑住额头，闭上眼，一字一顿地说："你把面具摘下来。"

男人一动不动。

她放下手，抬起眼，凶得要命。

"段一柯，你给我把面具摘下来！"

对面的男人这才僵硬地抬起手，慢慢覆到面具一侧，顺着脸的轮廓往另一侧抬。

先露出的是脸。

然后是右眼，右边的眉毛。

眉心。

她忽然没有耐心了。

她站起身，两步冲到他面前，握住他的手，把面具猛然掀开。

她日日夜夜、朝思暮想的那张脸，终于出现在她面前。

但是又和她认识的那个人完全不一样了。

眼睛完全黯了，只剩下一点点光，在很深很深的地方，马上就要灭了。轮廓几乎是贴着骨头在长，说是只剩一层皮也不过分。

她去捶他肩膀。

"你是浑蛋吗？"她捶一下骂一句，"我们找了你多久啊？"

"跳海是吧？"她逼近他，他后退，她逼得更近，把他抵到墙边，"飙车是吧？酗酒是吧？"

他身上的烟味全灌进她鼻腔里。

"抽烟是吧？

"装不认识我……是吧？"

他忽然抬手，握住她手腕。姜思鹭几下没打着，头一低，照着他肩膀就咬下去。

段一柯连点声音都没有。

她咬得嘴里弥散开一股血味，又因为剧烈的哽咽而中止。段一柯下意识地抬起手，手从她后腰穿过，把她扶稳。

　　跌进那个怀抱的一瞬间，她放声大哭。

　　她的头发被雨淋湿，散发着一股潮湿的气息，很快把他的肩膀也晕湿了。段一柯低下头——

　　她又哭了。

　　她来这里一个月都好好的，他一出现她就又哭了。

　　抓伤尚在刺痛，他心里却只有内疚。沉默了好半天，他才发出一种嗓子很久没用过的声音："别哭了。"

　　她还是特别凶，张牙舞爪的。

　　"你说不哭就不哭啊！"她眼泪全流进他怀里，"你玩什么失踪啊！你装什么陌生人啊！我都急得要去找段牧江了你知不知道……"

　　段一柯轻轻拍了下她后背，她整个人都崩溃了，揪着他衣服往下滑，又被他揽住身子。

　　好不容易等她哭完了，他轻声解释："我就是，想你还没结婚的时候，再照顾你一下……"

　　她一愣，眼泪又开始往外流。

　　段一柯绝望了，靠在墙壁上，仰着头，脖子上还有新鲜的抓痕。

　　最后是她自己不哭了的。

　　她抬眼看了下他的伤势，站起身子，说："抓太深了，先去打疫苗。"

　　她从他怀里起来的瞬间，段一柯心里一下空落落的。他在原地站了一会儿，又见她回过头，很气急败坏地说："谁说我要结婚了！谁说我要结婚了！你问过我吗，你都给我安排好了你民政局啊！"

　　他反应了一会儿她的话，感觉自己好像那种快被流沙没顶的人，脚底下，忽然踩到一片平地。

　　她又过来抓了他手腕一下，他就被拉出来了。

　　一路都是恍惚的。

　　她带他打车，去医院，打疫苗，处理伤口。

　　上药的时候，他也不出声，刺激得厉害了，眉头才皱一下。肩上忽然一沉，竟然是姜思鹭的手。

　　她弯着腰在他颈侧观察，小声询问："疼不疼啊？"

　　段一柯避开她的眼神不回答，等了一会儿，值班医生忽然抬头提醒："你喉结别动了。"

　　他有点崩溃，她还在旁边问："是不是疼的啊？"

　　"干吗啊？"医生很不爽，盯着一脸凝重的段一柯，"嫌我手重啊？嫌我手重让你女朋友给你擦药吧。"

　　医生把药和棉签往她手边一推，走了。

　　段一柯下意识去拿，说："我自己来就行……"

她手比他快了一步。

"你来什么来，"她说，棉签蘸了药膏，探到他锁骨旁边，"你自己看得见吗？"

她真的轻多了，仿佛是很怕很怕弄疼他。

她抹一点，又吹了下，颈间全是冰凉。

他恍惚了一会儿，才觉出奇怪——他明明已经很久没觉得哪里疼过，身体也很久没有知觉了。

眉头一跳，他反应过来，姜思鹭在用指尖捻他没抹匀的药膏，冰凉触感沿着脖颈曲线滑落，他整个人都撑不住了。

对方抬了下眼，似乎也意识到他表情不对，慢慢把手收了回去。

他抓过桌上的几张单子，轻声说："你……在楼道等一会儿。剩下的事，我自己办吧。"

把所有事都处理好，已经快半夜两点了。

太晚了，她叫了车，站在医院大门口等。她不问，他不说，她也不知道他要去哪儿，接下来要做什么。

姜思鹭越等越生气。

准备发脾气的前一秒，男人突然开口，很没出息地问："你真不结婚了啊？"

一肚子火终于可以发泄了。她转回身子，一巴掌打上他肩膀，气冲冲地说："你要死要活的我怎么结啊！"

段一柯被打得倒退一步，眼神也黯了。他低下头，轻声说："我没有那个意思，我不是为了……"

"不是因为你分的！"

对方愣住，再抬头，眼神有点惊愕。

"还有别的男的？"

姜思鹭："……"

车还没到，他被她追着在雨里打。冰冷的雨打在身上，身体的知觉像是在慢慢复苏。

某个瞬间，段一柯忽然不想跑了。

他停下转身，正好把她迎进怀里。

大雨浇着，树的叶子都张开了。

姜思鹭喘了两口气，还是凶巴巴的。

"那你现在到底住哪儿啊？"

他好像也不觉得自己的回答荒唐，语气还很认真："剧本杀馆里的那个仓库……"

她一愣，手下意识地去环他的腰。

"那能住人吗？"

"能睡觉。"

她沉默了。

段一柯观察了一会儿，小心翼翼地问："你这个是眼泪还是雨啊……"

她别过脸。

"姜思鹭……"

"段一柯，"她忽然回过头，轻声说，"你回我那儿住吧。"

他一动不动。

她攥着他肩上的衣服，踮起脚，嘴唇抵到他耳边，轻声喊他的名字："段一柯。

"我们从头再来吧。"

大雨倾盆而下。

他什么都看不见，也什么都听不见了。

但他又什么都能感觉到了。

他感觉到雨落在身上了，也感觉到秋夜冰凉的风了，他还感觉到她靠在他怀里，身体温暖而柔软。

他感觉到她踮着脚来吻他，嘴唇与他的唇齿摩擦。他的视觉和听觉慢慢恢复，眼睛里是她的样子，耳边是她在叫他。

姜思鹭……

是真的吗？

你来海底，找我了。

实在是太久没回来了。

房间被她收拾得干干净净的，厨房台面上还放着水果。段一柯站在客厅里愣了一会儿，见她从卧室出来，拿了几件旧衣服。

"去，先洗澡，"她指了下浴室，"一身烟味，衣服都呛死了。"

段一柯茫然接过，按照她的指令行事。

热水冲在身体上的时候，他才慢慢反应过来，刚才都发生了什么。

她不结婚了。

她要和他从头再来了。

……是不是在做梦啊？

段一柯忽然觉得不太对劲，抹了把脸，想起自己脖子上还有伤口，于是狠狠戳了下。

他在疼痛中振奋起来。

不是做梦。

浴室外是她的脚步声，来来回回地走，不知在做什么。他火急火燎地洗完澡，确认自己身上烟味不重以后，换上干的旧衣服。

结果出去以后，她把他赶到沙发上，自己又去洗澡了。

什么叫度日如年啊。

段一柯生无可恋地仰在沙发上，目光扫过房间的每一寸装潢。

也是奇怪，他上次回来的时候，觉得整间房子死气沉沉的。可这次回来，又觉得哪儿都很顺眼，生机勃勃。

浴室门响了一声，她湿着头发走出来，穿着他以前的旧T恤。

段一柯视线下移，瞄到她的腿，又迅速把目光移走，只是喉结滚了下。

"哎！"他胳膊被打了一下，抬起头，姜思鹭示意他往旁边让让。他老实地移过去，才发现她是吹风机够不着插排了。

其实不用这么麻烦……

她坐在他左边，插排在沙发右边，身子越过他腿去调整插头。段一柯被蹭得坐不住，右手往下伸，覆上她的手，把插头插好。

她总算直起来了。

吹风机一开，空气里都是她的发香。段一柯侧着脸看了一会儿，把吹风机接过来，让她靠在自己身上，手揉散头发，从下往上慢慢吹。

她的长发落在他手背上，热风也在不知不觉中停下。

他手控上她肩膀，将她慢慢转过来，又拢进自己怀里。

她扶住他胸口，膝盖跨跪到他腿两侧，手顺着身体曲线一路滑落，最后被他攥住手腕。

气息在一瞬间交缠。

她探过身子，舔舐他喉结的姿势带有侵略感。他偏过头，手在她腰间收紧，顺着沙发一侧躺倒，下颌扬起，任凭潮湿沿着脖颈的曲线一路蔓延，浑身泛起过电一般的酥麻。

她的头发带着潮湿的水汽，落在他锁骨上，激起更多颤抖。她指尖划过他胸口的弧度，像要将他心口剖开——而他神情虔诚地闭眼，心甘情愿地将心脏献于她。

她完全占据了主动权，她是彻底的上位者。

他曾经是她的神灵，而后神庙崩塌，神像向她走来。

可那就够了吗？

神为她变成了人，又为她受了烈火炙烤，挨下千刀万剐。

他在她身下喘息，哀求她，恳请她，等待她大发慈悲地怜悯他。

这世上啊，总流传勇士屠龙的传说。

却少有……

少女弑神的佳话。

09.

这次断片的成了段一柯。

他也不知道是怎么从沙发回到的卧室的。

醒来后转过脸，姜思鹭还在睡着，睫毛垂在眼睑上，脸上还有细小的绒毛。嘴角抿起来，有一个很小很小的梨涡。

他闭了下眼睛，刚准备起身，手腕却被人一把扣住。他转过脸，姜思鹭眼睛骤然睁开，问他："你去做什么？"

他落回身子，拥了她一下。

"去倒点水。"

"我和你一起。"

她说着就要起身，段一柯又不起了。他把她拽回身边，眼睛看着她，轻声问："你怕什么？"

她不说话了。

他心口一阵轻微抽痛，姜思鹭眼睛里也有情绪。

昨天的一切都来得太快，许多感情都没有时间沉淀。当下空气寂静，那些藏在褶皱中的情愫便晕染开来。

他叹了口气，手从她腰间收紧，把她整个人裹进自己怀里。

胸口的衣服没一会儿就潮湿了。

"我不会走了，"他在她耳边说，"好吗？你回来了，我不走了。"

姜思鹭在他怀里点点头，等了一会儿，又仰起脸问："什么时候和路嘉他们说啊？"

段一柯垂下眼想了想，征求意见似的问："缓一缓？"

"可以，可以。"姜思鹭连忙点头，"我就是怕他们着急。不过你现在状态还没恢复，他们看了也是担心……"

"嗯，"段一柯手放在她颈侧，"告诉他们就……又有很多事情要处理了，我想什么都不管的和你相处几天……"

她又来抱他，头埋进他脖颈里，气息和他缠绕。段一柯被她挑得喉结一滚，刚想动手，眼神忽然一滞，低声说："啊。"

姜思鹭抬头："怎么了？"

"猫，"他说，"猫还在'一起鲨'。"

两个人对视一眼，爬起来的样子都很慌张。临出门，姜思鹭又扑回去拿了个口罩："戴上戴上戴上。"

段一柯往脸上一罩，和她下楼百米冲刺。

这猫显然不是善茬。

他俩赶到"一起鲨"门口的时候，只听里面"丁零当啷"乱响，狐姐的喊声和猫叫乱成一团。

"它不就那么点大吗？"段一柯震惊回头，"怎么这么大动静啊？"

姜思鹭喃喃自语："可能，杀伤力和体积无关吧……"

门一推，两人进去。

好在时间还早，第一拨客人还没到。狐姐回头看他一眼，大喊："你跑哪儿去了！哪儿来的猫啊！你——啊啊啊！"

她看着没戴面具的段一柯和身后赶进来的姜思鹭，迅速石化。

她不动，猫也不动了。

一时间，姜思鹭和段一柯、狐姐、猫三方静默着对峙，气氛很是紧张。

半分钟后，姜思鹭清了下嗓子。

"各方，大家都冷静一点，"她压下了手，"一件件来啊——段一柯，你先去把猫制伏一下。"

段一柯在制伏猫这件事上还是有一套的。相比于狐姐的大动干戈，他跟猫沟通了几句，人家就过来了。

也可能是因为昨天恩将仇报挠了他一把也没被揍，这猫觉得段一柯这人，可信。

临走的时候，姜思鹭还把二柯那个太空舱带上了，段一柯拎着猫后颈，把它放进舱里，拉上盖子，然后转向狐姐。

女人抱着手。

"怎么回事啊？"狐姐的目光从段一柯脸上移到姜思鹭脸上，"我就一晚上不在，你俩就相认了？"

"误会，狐姐，都是误会，"姜思鹭小心翼翼地走过去，"这个故事太长了……简而言之就是他之前以为我要结婚了……我不结，我不结哈。"

狐姐差点儿给他俩气晕厥过去。

"这一个多月给我憋的，"她气冲冲地去前台坐着，"我现在都能去演NPC了！我演技吊打！我觉得我考个中戏北电根本不在话下！"

"是是是，"姜思鹭狗腿道"全靠您演技撑着了。这整场戏，就是从您开始，到您结束，贯穿始终，不可或缺的人物。"

狐姐捋了下头发，矜持道："哎呀，也不要捧杀啊，不要捧杀。"

沉默片刻，猫在太空舱里"嗷"一声。

"所以现在你们是什么打算啊？"狐姐继续问，"回北京吗？"

"啊，没那么急，"段一柯回答，"我也不能说不干就不干了，我先把这周排班上完，这样你也……好安排点。"

"哎，我就知道你靠谱，"狐姐大为赞赏，"那那个仓库——"

姜思鹭接茬："回我那儿住了。"

狐姐点头："这就对了嘛。慢慢地重归正常，就好了。"

这话一出，三个人都有点感慨。

沉默片刻，狐姐指了指仓库："那你先去把东西收拾下吧，仓库里有个行李箱，你拿着用。今天我在，你回家陪陪思鹭，明天再来也行。"

段一柯点点头，道了声谢，抬腿往仓库走。

姜思鹭跟上。

其实她之前就对那个仓库有疑惑，因为他好像给她什么都是去仓库里拿。但是——连个窗户都没有的地方，总不能住人吧。

结果进去的一瞬间，她就哑了。

说是仓库，其实就是个储物间，东西都堆在墙角，靠门有一张折叠床，段一柯的东西都放在地上。他正弯着腰收拾，腰间忽然一紧——

是姜思鹭来抱他。

他侧过脸："怎么了？"

仓库里空气都不流通，只站了一会儿，她就觉得胸口发闷，都不知道他怎么住了那么久。

段一柯见她不说话，把身子转了回去，她就滑进自己怀里。他坐回折叠床，她侧坐到他膝盖上。

手落在她后腰上，她身子往他肩上伏，双臂下意识地搂住他脖子。

折叠床不大结实，发出"吱呀"一声。

段一柯有点手足无措："怎么了？"

她顿了顿，轻声问："你在仓库住了多久啊？"

"不到半年吧。"

她喉咙一紧："这夏天得多热啊？这段时间也冷了，你怎么住的……"

段一柯一愣。

他好像也不知道自己怎么住的，大概是因为那段时间……

他对环境也没什么知觉吧。

不热，不冷，不疼，不饿。

除了脑海里偶尔会闪过她的样子，和死了……也没什么区别了。

"还好，"他轻声安慰，"没那么差，反正我除了睡觉，都在外面的。"

"那也很不舒服啊，"她急得嗓子都哽咽了，"我说你怎么瘦成这样，这根本没法睡觉嘛，外面出点声音就把你吵醒了。段一柯你好傻啊，你干吗这样对自己……"

怎么又哭了……

他拇指揉了下她眼角，结果眼泪根本擦不完。他无奈道："你不要哭了。我本来没觉得自己可怜，你说完了我就觉得可怜了……"

"你就是很可怜……"她埋到他肩膀上，"我觉得你受了好多苦啊，我都不知道怎么对你好了……"

她整个人都在颤，段一柯心里也不好受起来。他把她往自己怀里拢了一把，手落到她肩头，又顺着手臂滑到后背，抵住肩胛。

"你也受了很多苦啊，"他拍她的后背，轻声说，"还都是因为我……那我们以后都不受苦了，好不好？"

他现在说话好温柔啊。

好像人吃过苦，对世界和爱人反而会更包容些。姜思鹭被他温温柔柔的样子弄得又想哭，对方拎着她后领口揪她起来，说："不受苦的第一步，从不掉眼泪开始。"

她把眼泪憋回去，泪光闪闪地看着他。

真是……没辙了。

段一柯叹气，无奈道："你别这样看着我。这床声音大，隔音又差，一会儿我忍不住了，还要不要在狐姐面前做人了。"

姜思鹭一想也是，脸凑到他跟前："那你亲我一下。"

"……不行，我会忍不住，回家行吗？"

"……"

"你不是要对我好吗？"

"……行吧。"

她从他膝盖上站起来，看他缓了一会儿，起身把行李往箱子里放。眼神一闪，她又看到那块木雕的"平安"被裹在衣服里。

段一柯再转过身的时候，姜思鹭就扑过来了。

"……"

出门的时候，他严严实实地戴着口罩，姜思鹭倒是神清气爽。好在狐姐看起来什么都没听到，还面色如常地把他俩送到门口。

直到两人背影消失，狐姐才摇摇头，感慨道："干柴烈火啊……"

回家之前，他们先去了趟医院，给猫把该走的流程都走了。

两个人甚至都没商量过，心照不宣地知道要领养它。

从医院领回家，姜思鹭把太空舱的门打开，它竟然熟门熟路地跳上了猫爬架，尾巴垂下来，左晃，右晃，很得意。

姜思鹭凑过去，扶着膝盖看它。

"叫什么呀？"她说。

段一柯也走到她身边，手指捻上她发梢。

阳光很好，顺着落地窗洒进客厅，又潮水一样漫到他们脚边。

"叫阿K吧，"他说，"叫它阿K，好不好？"

姜思鹭点点头，目光转回猫身上。

"阿K……"她轻声喊，猫咪抬头，亮晶晶的眼睛与她对望。

房间里很安静，有午后阳光，有他们两个，有猫。

和那些日子，全都一样。

在上海的最后一周过得很平静。

段一柯按部就班地完成在剧本杀馆最后的工作，狐姐知道他情况，每天都早让他下班一会儿。到家的时候，他抬头，家里灯亮着，姜思鹭等他回家吃饭。

唯一的困难就是戒烟。

这不是他第一次戒——只是他以前对尼古丁依赖性压根儿就不大，都是在陪人抽，一戒就断。但这次实在抽得时间太长，也抽得太狠，戒断起来就特别难熬。

他烟瘾犯了也不会说，不过姜思鹭能感觉出来。有时候还会下意识摸衣服找烟，她看他一眼，他就不动了。

今天晚上一起看电影的时候，他烟瘾又犯了。

他呼吸一乱，她就感觉出来了。她回头看他，黑暗中一双亮晶晶的眼。

段一柯也无辜："我又没抽，我想想不犯法吧？"

姜思鹭"喊"了一声，暂停电影，从厨房拿了一盒水果糖过来。

"吃一颗。"她说，"我看网上说，戒烟的时候就找个替代品，每次想抽烟就去吃那个，慢慢就戒了。我下午给你买的。"

水果糖漂漂亮亮，装在玻璃瓶里，很少女。段一柯"嘶"一声，有点抵触。

"大晚上吃糖不好吧，"他说，"长蛀牙。"

"你多大了你还长蛀牙……"

"长蛀牙还分年龄啊？"

好像不分。

"反正就……"姜思鹭不耐烦，"感觉只有小孩才会说长蛀牙，大人是不会说的。"

"那我不当大人了，我当小孩。"

"……"

她暂停了电影，扭头看着段一柯——怎么才好几天就又开始耍无赖了。

"那你不吃糖你想吃什么啊？"她努力保持语气，耐心地问，"你戒烟总要找个戒断的替代品吧……果冻行吗？"

段一柯："我又不是幼儿园大班。"

姜思鹭："……"

然后，她就看见段一柯眼睛一亮……在黑暗里属实有点吓人了。

男人忽然凑到她身边，借着屏幕上的微光观察了一番姜思鹭的嘴唇。她被看得心里发毛，身子往后撤，很警惕。

"你干吗？"

"亲一下。"

"？"

"戒断，亲一下，"段一柯说，手不知道什么时候就勾住她的腰了，"这个应该比吃糖效果好。"

姜思鹭迟疑片刻，将信将疑。还没同意和他达成交易，对方就俯身过来，饶有兴趣地在她嘴唇上放肆了一通。

她都快喘不上气了，段一柯终于撤回身子，此生无憾地往沙发上一倒。

"我看行，"他说，"就这个了。"

大概是看他最近戒烟实在难熬，姜思鹭也没说什么，默许了。

结果就这电影仅仅两个多小时的时间……他扑过来不下八回。

电影已经播完了，片尾曲前奏伴着演职员名单往上滚动，给屋子投下黑白光影。她咬牙切齿地骂："你浑蛋！"

"我戒断啊，"段一柯还一副给她讲道理的样子，"不是你让我找个戒断品吗？别的都没用，就这个有用。"

"一部电影都没播完，你烟瘾犯了几次啊！"姜思鹭气得捶他肩膀，"两个小时抽八根？你要这么个抽法早就抽死了！"

"对啊，"他就像不当回事似的说，"我之前就是差点儿抽死啊。"

一句话出来，两个人都是一愣。

字幕滚到一半，卢冠廷没精打采地开始唱《一生所爱》——

从前现在过去了再不来，红红落叶长埋尘土内。开始终结总是没变改，天边的你漂泊在白云外。

她忽然又去抱他。

这次她倒是没哭，就是眼睛埋进肩膀，手紧紧抓着袖子。段一柯知道自己说错了话，拍着她后背耐心哄："不抽了，以后一根都不抽了。"

她的声音从耳边闷闷传过来，还一股视死如归的劲头。

"那你亲我吧。"

怎么着，我亲你是折磨你是吧。

段一柯摇摇头，自己换了个舒服姿势躺下，又把她拽进怀里。

她好乖啊，窝在他怀里一动不动。也不沉，压在身上没一点负担。

"姜思鹭，"他说，头枕在沙发扶手上，眼神垂着，"你现在是不是特别心疼我？我哪有那么脆弱啊，我这不是好好的吗。"

她动了一下，指尖顺着他肩线滑。

"对啊……"她说，"我一想到你这半年多的日子……"

他忽然伸手去拉她手。她手被他攥住，慢慢放到心口，平展开，摸到了他的心跳。

一下，一下，又慵懒，又深。

摸了一会儿，他又攥着她的手，放到自己的眉毛和眼睛上。片刻后，他眼睛眨了下，睫毛蹭在她手心。

她被痒得瑟缩了一下。

"活生生的，好不好？"他说。

姜思鹭被逗笑了。

他这才松了口气。

或许是想着自己刚才确实有些荒唐，段一柯一手搂住姜思鹭身子，另一只手去茶几上够糖罐。

糖罐已经被拧开了，他欠身够了一下，从里面掏了颗水果糖出来。

"可以用糖戒断，"段一柯垂着眼看她，"但是得过渡一下。"

"过渡……"她反问，"怎么过渡……"

话音刚落，舌尖一甜。糖果香气骤然在嘴里蔓延开，下一秒，男人按住她后脑，温热的嘴唇覆了过来。

姜思鹭在黑暗里慢慢睁大眼。

水果糖的香甜在嘴里炸开，蔓延到鼻腔里、喉咙里。她唇齿被他撬开，舌尖被他触碰。她躲开，他就继续攻陷。交缠和你来我往之间，那缕香甜慢慢融化，化成黏腻的糖水。

她呼吸都变得急促起来。

直到嘴里的水果糖只剩最后一小块时，始作俑者才撤回身子，撤回之前，还又碰了下她舌尖，把那糖果卷了回去。

姜思鹭整个人都不好了。

"怎么了？"他后槽牙磨着那水果糖，问她，"这才哪儿到哪儿啊？"

她恍惚着反击："亲也亲了，糖也吃了，嘴上还不饶人……"

段一柯点点头："对，像我干的事。"

她忽然很愤慨。

"我不管你了！"她站起身，"我要去洗澡，你烟瘾犯了自己熬吧！"

他抓了下她手腕，又被她挣脱了，眼睛盯着她气冲冲进了浴室，后槽牙磨着水果糖——"咔嚓"一声，咬裂了。

眼看着浴室灯亮，耳听着浴缸水渐满，他把碎了的糖渣咽下去，起身去开门。

浴室里都是水雾。

连半分钟都没有，浴缸里的水位就涨至边沿，随着动作往外溢。

姜思鹭推他一把：

"你怎么 T 恤都不脱？"

"哦，"段一柯说，"我觉得湿身比较有诱惑力。"

行，回来了。

你一说骚话，我就知道你回来了。

浴室灯光暖黄，映得人脸色也好了不少。两人窃窃私语了一阵，姜思鹭忽然用手指去刮了下他下颌。

没有那么锋利了，不像刚回来那两天，感觉都能把人指腹割破。

她能感觉到他在慢慢变好了。

戒烟，按时吃饭，陪她散步。就是睡觉的时间还是有点短，每次她睁眼，他不是在外面给她弄早饭，就是躺在她旁边等她醒来。

还有一件让她很意外的事情是，他变成了一个脾气特别好的人。

以前急了还会说她几句，这次回来到现在，不管她做什么，他都是在旁边笑着看，出了问题再把她哄走，自己去解决。

姜思鹭有时候会产生一种奇怪的想法——他想跳海的那天，可能真的有一部分段一柯死在了海里。活下来的，就是现在这个包容她一切，和万事万物和解的男人。

她拽了下他领口，看了看那三道抓伤，愈合得也差不多了。

那……他呢？

浴缸起了水声，她又往他怀里钻。隔着薄薄一层衣服，也能摸出身体的曲线正在慢慢回归过往。

其实姜思鹭一直很奇怪，自己为什么总是非常恰好地卡进他怀里。身体贴合，可以不留一点缝隙。

她以前问过一次段一柯，对方沉默片刻，说："可能因为你……平？"

她当时追着他打了好久。

身子半浸在浴缸的水里，有一个折射造成的弯曲。她手指划过他胸口和肩膀，忽然又想起了这个问题。

她是问完了才发现自己在自言自语。

此情此景，非常适合拿出那个回答再逗她一下。她抬起头，也做好了打他的心理准备。

对方却垂眼看着她，眼神里翻涌过许多事。

他忽然开口问："姜思鹭，你小时候，玩没玩过那种拼图？"

"什么样的？"

"就是那种立体的，"他说，"有点像积木，但是需要彼此卡在一起才能搭起来。"

她想象了一下——没玩过，不过脑海里有一个大概的样子。

于是，她胡乱地点了下头。

"我小时候，有人送过我一套那种拼图，"他慢慢回忆，"我搭得……还蛮好的。不过，有一次，有一个亲戚家的小孩来我家玩的时候，偷偷拿走了一块。"

"好熊。"

"对。"他笑，"我开始也没当回事，毕竟只是一块拼图而已。可后来，我发现，他拿走的那块拼图，很重要。"

"为什么啊？"

"一般的拼图少了一块，还可以拼，只是缺一块……不大好看而已。

"但是那种立体的拼图，最底下那一层，有一块特别的重要。你把那块拿走了，整个拼图就都废掉了，再也立不起来了。

"我想了好多办法，用硬纸叠了一个，给它做新支架——可是都没办法像之前那块那么契合。

"后来我拿橡皮泥捏了一个，终于可以用了。我把它卡进原来那块拼图的位置，看上去也没什么问题，所以我就继续往高垒。"

她歪着头，发梢扫在他手臂上。

段一柯看着她，手指绕着她的头发。

"然后它塌了。"他轻声说，"橡皮泥撑不住了，所有拼图都塌了。从桌子上摔到地上，很多都碎了。"

他说："你说，是不是那套拼图，本身就生产得很糟糕啊？可是那块拼图在的时候，它也……能搭到挺高的啊。"

温热的水蒸腾着雾气，他的表情还是很温柔。以前的戾气一点不剩，可神色深处又带了种非常细微的悲伤。

姜思鹭手指敛上他的下颌，身子伏低，慢慢沉入水中，与他的身体贴合。

她又那样完美地卡进他怀里。

"后来他把拼图还给你了吗？"

他手落到她长发上，头微微摇了下。

"没有。"他说，"段牧江说，不是什么大不了的事，让我不要去打扰亲戚。"

"他们是不是都不护着你？"

"好像没有，"他轻声说，"好像长这么大，只有你会为我冲出去。"

姜思鹭闭着眼点点头。

"段一柯，"她轻声喊他，"你伸手。"

他把手从水里拿出来，掌心向上，捧起的水很快顺着掌心的纹路流干。

她把手覆上去，五指与他交叉，慢慢握住。

"我把拼图还给你了，"她说，"我护着你，没有人会拿走这块拼图了。"

他嘴唇抵住她潮湿的长发，深深吸了口气，像在压住喉咙里的什么东西。

然后，他的手指也慢慢收紧，攥住了她。

"没关系，"他说，"我那时候太小了，保护不了自己的拼图……我以后，不会再让人，来碰我的拼图了。"

她眼泪忽然流出来，砸进温热的水里。

"段一柯，"她终于敢和他提起这个话题，"海里冷不冷啊？"

"我不知道，"他很温和地摇头，"我那时候，已经很久没有知觉了。"

"那也不能做这种事啊……那么多东西，好不容易熬出来了，你说不要就不要了……"

"有什么东西？"他偏着头反问。

姜思鹭也被问住了。

因为她一时也说不出什么东西。

他喜欢的从头到尾就是在摄像机前演戏。

可是他当时都得到了什么？

他又失去了什么？

"你这样问，倒让我想起来一些事，"段一柯说，"我跳海之前，路嘉总是说我疯了，其实我真的……有点委屈。

"从你走以后，我几乎每天都在和人演戏，和每个人演戏。路嘉他们也演戏，可他们身边都有一个不需要他们演戏的人。我没有，我只能一直演，开着摄像机的时候演，关了摄像机还在演。

"我是喜欢演戏，可我也不想……就这么永远活在戏里啊。

"所以我那时候酗酒有点严重，喝多了就能见到你，我就不用演戏了。车开得很快的时候，好像也会见到你。可是路嘉他们只觉得，我疯了……"

只有她问他海里冷不冷。

只有她问他伤口疼不疼。

只有她听到他说这些话会叹一口气，然后把头枕到他怀里。

他们说，那个叫段一柯的男演员疯了，好像是为了个女人。

好没用啊。

好软弱啊。

好让人瞧不起啊。

他们一定都很幸运，也很幸福，说起他的时候，才会这样苛刻——大不了如何如何，再比如怎样怎样。

也不怪他们，他们不知道，他没有"大不了"，也没有"再比如"。

他什么都没有，他也没有家。

她去找他之前，他差点儿被经纪公司整死，圈子里的人要封杀他，他那么喜欢演戏却只能演剧本杀。

他运气就好那么一次，终于被姜思鹭找到了。他想原来家里有人是这样啊，原来被人心疼被人喜欢是这样啊。

结果他又保护不了她，最后是他把她亲手送走了。

太荒唐了，那个顶峰，你们谁爱去谁去吧。

他觉得去海里做鲸鱼，蛮好的。

他觉得姜思鹭脑子里想的东西肯定和他是一样的，因为有一些和浴缸里的水不一样温度的液体渗到他胸口了。

等了半天，她才开口说："那要不然，我们就不回去了？回去还是要和他们演戏，我们要不然，也去开一个剧本杀馆……"

他就知道姜思鹭是知道的。

他又沉到水里一些，轻声说："现在没关系了。"

她仰起脸看着他。

"你在就好了。"他说，"和你在一起的时候，我不用演戏。有这么一会儿不用演戏，就够了。"

看她神色还有担忧，他拢了下她潮湿的头发，轻声说："姜思鹭，没有你想得那么复杂，你不用再担心我了。"

他俯过身，在缠绵的水声里吻她。

"我的拼图回来了。剩下的，我自己去搭。"

10.

他们都很久没回过北京了。

下飞机的瞬间，机场掠起一阵寒风。姜思鹭偏头躲了一下，身后有人帮她把围巾围上。她手指勾过段一柯的手腕，觉得他手好凉，又攥紧握住。

行李箱不大，没有托运，他们直接顺着人流到了出口。

路嘉和笋仔正在外面等他们，曹锵不方便过来，在工作室里。

看见段一柯的一瞬间，两个人眼圈就红了。姜思鹭拉着他走到两个人跟前，回头看他："你要说什么来着？"

段一柯整了下口罩，眼睛弯了弯。

对面两人都傻了。

即便不算他消失这半年，也很久很久，没见他这么笑过了。

"说……"

他迟疑片刻，压低身子。他个子还是比别人高不少，俯到旁人耳边说话的样子，显得很温和。

"说声抱歉，"他说，"抱歉消失了这么久，也抱歉之前……那么对你们。"

笋仔眼泪又要流出来了，路嘉倒是很快镇定了下来。她轻咳两声，装得很冷静："别、别在这儿假客套了，笋仔，带我们找下车，外卖快送到工作室了。"

笋仔闻言，如离弦之箭窜了出去。

"找找找——我是全北京最快的！"

嚯。

全北京最快的笋仔压着限速飙车，终于在中午十二点之前把他们送到了工作室。今天所有员工也喜迎放假一天——

谁都不知道，原因是他们老板签的第一个艺人要回来了。

进门，还是那个磨砂的玻璃，后面摆了株向日葵。段一柯指了指，轻声和姜思鹭说："我刚搬去你家里的时候，好像也有一个。"

"你还记得啊，"她笑，"上次来也不见你记得。"

"上次也记得，"他转过头，很认真，"只是上次，忘了和你说。"

绕过磨砂玻璃，一道黑影窜过来，是曹锵——看动作是想抱一下段一柯，但估计是他走之前的状态给人家留下了不可磨灭的恶劣印象，曹锵显得有点畏首畏尾。

但这畏首畏尾随着段一柯摘下口罩变成了一通瞎摸。

"嘿，"路嘉跑过来，"你这干吗呢？"

曹锵热泪盈眶，按着段一柯的肩膀，回头说："段哥！真的是我段哥！而且是——"

姜思鹭觉得他都要哭了：

"是我横店的时候认识的那个段哥！"

"哎哟喂……"路嘉扶额，"我就是见不得你们男人这么动感情……"

"不意外，"姜思鹭拉着段一柯去桌子旁边坐，"曹锵嘛，为言情小说流眼泪也不是一天两天了。"

茶水间拆筷子的笋仔远远发出一阵爆笑。

菜摆了一桌子。

"凑合吃吧，"路嘉说，"看了一圈，附近也没啥好吃的……今天有点赶，回头你们去我家里，咱们再好好接次风。"

笋仔嘀嘀咕咕："有什么区别……从工作室附近的外卖变成你家附近的外卖……"

他被嘉姐削了一下。

"我就是太久没露一手！"她凶巴巴地说，"你问问姜思鹭，我做饭好不好吃！"

削完笋仔，路嘉又想起了什么似的站起身，去自己办公室翻了翻。

翻了一会儿，她拿出了几张打印的表格，沿着桌子递给段一柯。

他一愣，接过，拿到自己和姜思鹭中间看。两个人显然都对这些东西不在行，看了一会儿，听路嘉开口："算了算了，你俩也看不懂，我跟你们说吧。"

段一柯抬起头，正和路嘉对上目光。

其实他对路嘉……感情也挺复杂的，两个人之前都是火暴脾气，没什么交情，纯靠姜思鹭在中间挂着。

等姜思鹭走了，他俩天天为了工作吵，但彼此心里又清楚——可能也就对方知道自己在发什么疯。

一种畸形的……革命友谊？

他的经纪人兼战友拿过那张纸，点着上面的数字说："就其实吧，我真没想动你留给我的那笔钱，但是工作室前一阵碰到了个特别大的难关，然后我就动了一点——"

段一柯笑笑："本来就是留给你的。"

"不不不，"路嘉说，"我这上面都给你写了，我是当借你的，盈利之后就都已经给你打回去了。然后当时那个借款，我又走了这些流程，你看下——"

路嘉给他比画，他只能又去看。

"这算入股。"路嘉特别诚恳，"我一开始拉你入伙的时候就和你说过，咱俩没有谁是谁老板那么一说，就当是合伙做生意。但是很多东西其实我也是慢慢摸索，我现在摸索出来了，你就算入股，以后……"

她情绪忽然有点激动。

"段一柯，我不知道你还想不想回这个圈子。但是你要回来的话，以后你想接的戏就接，不想接的咱们就拒了。想参加的活动就去，不想参加咱们也拒了。什么炒作，什么话题，什么为了谁的配合……咱们都不配合，你就想做什么做什么。

"反正、反正只要我工作室有一笔进账，就有这个比例是你的。你、你甚至可以什么都不做，你俩就好好在一块儿就——呜——呜呜——"

姜思鹭傻了。

段一柯也愣住了。

曹锵和笋仔也没反应过来。

刚才还在鄙夷曹锵动感情的路嘉，此刻一把鼻涕一把眼泪地说：

"你消失的这段时间我想了好多，我就觉得你和思鹭都是被我害的。我之前就想着，我想做工作室，把你带火，让你拍更多的戏，接更好的资源，然后我们都赚钱，结果我就忘了。

"我就忘了你们两个人，都太干净了，忘了你们两个有多喜欢对方，忘了这个世界上，有些东西是不能各退一步的。我口口声声说，你签给我，我们一起保护姜思鹭，结果把她害得那么苦。你们别看她现在好好的，还把你找回来了，她当时受了什么苦啊……"

她哭得说不下去了，曹锵赶紧去哄。路嘉用胳膊蹭了一把脸，妆都花了。

"曹锵，"她哽咽着说，"你、你也是，你以后要是不想去的活动，你就和我说，我不逼你去。我现在觉得，这些东西都没意义，少赚点钱就少赚点，那条路太难爬了，谁愿意爬谁爬去吧，大家就都平平安安的，能每周这样一起吃顿饭就行了。"

"哎呀……"姜思鹭赶紧抽纸给她，"我俩谁怨过你啊，你把责任都揽自己身上了。你之前也是一直在维护我们呀……而且，段一柯那一阵要是没你看着……"

姜思鹭瞪他一眼："现在都不知道在哪儿埋着了。"

段一柯蓦然被瞪，一脸茫然："这怎么突然又瞪我？我现在开始哭你也哄哄我？"

旁边的曹锵嗤笑一声："行，我看出来了。一个个说我爱看言情小说，到现在全场唯一维持情绪稳定的人，只有我……"

全场唯一情绪稳定的人又抽空几包纸，总算把女朋友的情绪也稳定住了。

段一柯低下头，把路嘉递给他的那几张纸捻开，看见最底下的是张请柬。

"哦，这个这个。"路嘉一看请柬也想起来了，"年底那场颁奖典礼，《她的狮子朋友》入围了好多奖，你也被提名最佳男主角了。前几天他们对接还问我，说你最近都没消息，到底还去不去……"

段一柯一愣。

请柬底下是主办方做的一沓小册子，上面印制着每个入围电影的海报和简介。

《她的狮子朋友》在第三页。

其实拍摄也就是去年的事，上映是半年前，怎么……

记忆会模糊成这个样子，脑海里记不起一帧模糊的画面，甚至比不上《骑马客京华》的清晰。

他缓了一会儿才想起来，他不是忘了《她的狮子朋友》。

是姜思鹭走了以后的大部分日子，他都记不太清了。

他把请柬推到姜思鹭手边。

"去吗？"他说。

姜思鹭没想到他会来问自己，拿过来翻了翻，抬起头看向他。

他神色很认真，是真的在等她的意见。

路嘉他们也在看她。

她忽然有点气短。

干吗都看我……

手指捏起请柬，姜思鹭的目光不由自主地转向海报上那个如烈焰般燃烧的狮头。

她这才意识到——是她的书呢。

入围的是《她的狮子朋友》。

是她的原著，她的作品。

她曾经为了不把这本书改得面目全非和人翻脸，结果和别人凶完又回他怀里撒娇耍赖。他那时候特别好，哄着她，问她"是谁惹我们小姜同学生气啦"。

后来她被迫和他坦白身份的时候，他在拍这部戏的微电影。前一句还训她"看我像个傻子一样，很好玩，是吗"，后一句又妥协她回旅舍等他。被瞒了那么久，明明也生气了，还惦记着给她擦药，过来和她录节目也是心平气和。

哪怕到《她的狮子朋友》大电影开拍的时候，她要和他分手，他也一直在坚持，一直在挽回……

往事历历。

那些不好的记忆，一时竟全都消散了。

他还在等她的回答，她把请柬拿起来，递回给他。

"去呀，"她轻声说，"虽然这次最佳编剧没入围，不过……这可是我的书。"

顿了顿，她又调侃："段一柯，你要是真获奖了，获奖感言就从你转发我的微博、硬蹭我热度开始讲。"

他笑起来，应了声"好"。

姜思鹭满意地点点头，吃了两口饭，又把头抬起来了。

他目光都没转走，他还在看着她。

"段一柯，我可没追星星，"她说，"这是星星奔我而来。"

男人闻言点了下头，也笑了。他拿起筷子，真心实意地说——

"化鲸老师，你太谦虚了。

"是你从海里捞出块陨石，陨石缠着你不走了。"

年底，颁奖典礼。

《她的狮子朋友》的提名多达四项。最佳影片、最佳导演和最佳男主角这三个重量级的都提上就算了，还蹭上个最佳美术。

最佳编剧没入围，可能是和 IP 改编有关。

不过编剧团队作为提名剧目的主创也接到了邀请，松球去问姜思鹭，她婉拒了出场——往事终究还是在她身上留下了一些痕迹。

段一柯知道了也没说什么，只是抱了抱她，嘱咐她在酒店看转播，等他结束就回去。

入围最佳影片的有六部，《她的狮子朋友》的主创团队平均年龄是最小的，男主角和其他前辈比起来更是年轻得——啊，反正几位和他一起被提名最佳男主演的老戏骨纷纷表示：这后生都能当我儿子了，我再早结婚几年都能生一个。

段一柯当时站在顾冲身边陪他社交，嘴上没说话，心里很困惑：为什么圈内前辈都有给他当爹的冲动？

他长得很像好大儿吗？

可能是因为段一柯消失了太久，镜头在他出场的瞬间就不约而同地转了过来。

40 亿电影票房的一番男主，商业性、文艺性都是顶尖。最关键的是才二十七岁，说"前途无量"都嫌用词太轻。

久不见这种场景，段一柯蓦然顿住脚步。

这曾是他最厌恶的名利场。闪光灯似爆破弹，快门声像子弹上膛。他在枪林弹雨里往前走，身前没有尽头，身后没有退路。

可这一次，他心里忽然没什么抵触，也没有恐惧了。

原来红毯就是红毯，不是鲜血染就。他以前对这个世界有太多偏激的看法，可那也不是他的错——

因为他那个时候，没有退路。

因为回过头的时候，没人等他。

但他现在有了。

他和他们，都一样了。

颁奖典礼大门敞开，迎他与其他嘉宾入场坐下。

松球、顾冲和段一柯坐在一起。没过一会儿，又来了个三十多岁的男人，坐到了松球身边。

段一柯余光看见松球整个人骤然麻了。然后，她低声质问："你不去和你们剧组坐一块儿你来我们这儿干吗？人家这座位都是有名字的……"

"嘿哟，"顾冲赶忙转身背对他们，"松球前暧昧对象怎么过来了。"

段一柯瞥了那二人一眼，压低声音提醒："顾导，别人看不出来我看不出来啊……别拱手相让啊。"

顾冲表情顿时变得很花哨，小辫子都立起来了："段一柯你——你现在怎么这么八卦？跳海跳出新人格了？"

"差不多吧，"他目光随着骤然响起的音乐投往舞台，语气显得漫不经心，"确实是有点……重活一次的感觉了。"

典礼开始了。

一个啥也不是的开场节目，接了一个啥也不是的评委亮相。段一柯以前以为录综艺最无聊，然后发现晚宴无聊，现在突然意识到，和颁奖典礼比起来，其他活动都是……小巫见大巫。

最佳男主角的提名开始念的时候，他都快睡着了。

顾冲捅他："别睡别睡，摄像机过来了。"

几乎是同一时刻，正在酒店打瞌睡的姜思鹭手机里也传来路嘉的喊声："思鹭思鹭！来了来了啊啊啊段一柯啊啊啊我艺人我高中同学我闺蜜男朋友啊啊啊——"

旁边是曹锵："我段哥啊啊啊给我一张过去的 CD 听听那时我们的爱不是兄弟情——"

她被这歌声吓醒，看见段一柯的脸和其他四个业界知名的戏骨出现在同一幅画面里。

她一看就笑了。

她太了解他了。

他一看就是在犯困。

但人好看过头，犯困都有一种独特的魅力——看起来懒洋洋的，相当松弛，和其他几位演员的正襟危坐形成鲜明对比。

他看了一眼镜头，然后笑了一下。

不知道为什么，姜思鹭觉得，他是在让自己放心。

曾几何时，《她的狮子朋友》微电影放映，她和他在同一个影厅，他也向她投来一个这样的目光。旁人都能感到段一柯是在看她，她却反驳："这么黑，他能看到谁啊。"

如今，连接他们的只有无线电信号——可她却无比笃定，他目光的落点，一定是她。

下一秒，颁奖嘉宾的声音，从音响里传了出来。

"最佳男主角授予——

"——《她的狮子朋友》，段一柯。"

对准段一柯的镜头迅速扩大，占据了整个屏幕。段一柯愣了一瞬，确实是有些意外——而后，顾冲把他拉了起来，和他在镜头前拥抱。

坐得近的几个老戏骨也起身和他握手，拍他的肩膀，说着前途无量、后生可畏的客套话。

他在灯光与掌声中走上台。

他西装革履的背影与许多年前衣角飞扬的校服重合。

姜思鹭的视线忽然模糊了。

她看着他接过奖杯，朝镜头微微鞠躬，站到话筒前。

人人都在等他致辞，等年轻的影帝意气风发，语惊四座。可他看了看手里的奖杯，磁性的声音传出来，第一句致辞却在说：

"写这个故事的人，是我的爱人落日化鲸。"

她终于落下泪来。

我们回十八岁吧。

——"写这个话剧的人，是八班的姜思鹭。"

不回去了。我们一起，留在二十五岁吧。

——"写这个故事的人，是我的爱人落日化鲸。"

段一柯。

我们永远留在彼此的当下。

我们，谁也不会离开了。

尾声

01.

颁奖典礼之后，是短暂的群采。

嘉宾移步采访间，按剧组走流程。时间有点晚，顾冲一扭头，只见段一柯东张西望，又时不时地看手机。

他当出了什么事，凑过去问："怎么了？"

段一柯抬头看他，语气沉稳："哦，想下班。"

顾冲翻了个白眼："别惦记了，你今天拿奖，进去围攻的就是你。"

"有道理，"段一柯点头，"那我不如别进去了。"

顾冲："……给我过来。"

采访间场地也大，剧组在台上坐定，底下站了一排媒体，快门声不绝于耳。拍照结束后，工作人员举了下牌子，示意媒体可以按顺序开始采访。

人群中，一个二十多岁的女生忽然跳起来举手。

"我我我，我第一个，"她拿过话筒，"那个段老师，段老师你好啊，我是北风新闻的记者撒百里……"

话筒传到段一柯手中，他本来心不在焉，突然被这个名字震撼了。

挺霸道的。

"是这样啊段老师，"她语速特别快，"就其实我是那个，我是你和化鲸老师的 CP 粉，我从你俩参加综艺那时候就入坑了——"

"欸，这个记者，"工作人员打断她，"刚才不是说了吗？采访话题围绕电影和职业经历，你别不按预稿来啊——"

"我、我就是自我介绍下！"撒百里急了，"我问的就是这两部分的。"

段一柯摆了下话筒："没事，你让她说吧。"

不愧是段老师，有格局。

撒百里非常兴奋地转过了头。

"那我先问第一个啊，"她激动道，"段老师，你人生中，印象最深的角色是哪个啊？"

印象最深的……角色？

段一柯眼神一晃，身子往椅背上靠了下。回忆半晌，他抬起头，轻声说："高中的时候……在学校报告厅演过一个，石雕。"

撒记者突然泪目了。

段一柯一愣："你这是……"

撒记者哽咽道："段老师，其实我也是K中的，我比你低一届，我知道你是什么意思，呜呜呜，其实我嗑CP的时间比综艺还早呜呜呜……"

段一柯笑了。

不过旁人显然没明白是怎么回事，只觉得这撒记者脑子不太好。工作人员要拿走话筒，她紧紧捂着。

"不是一个人两个问题吗！"她说，很激动，"我还有一个呢！"

她反应比较激烈，工作人员无奈地收回手："那你快问。"

撒记者擦了擦眼泪，稳定住情绪，继续对着话筒说：

"还有一个电影相关的……《她的狮子朋友》这个戏层次挺多的，戚耀武这个人物的转变也很复杂。就是，您在看剧本的时候有没有碰到什么理解比较困难的地方？怎么解决的啊？"

这本来是个挺专业的问题，应该能聊不少，话题好就能上热搜。

结果，段一柯看了一下时间，抬头反问："撒记者，你是CP粉是吧？"

撒百里一愣："啊对，我是。"

"哦，"段一柯说，"有不理解的地方，我爱人晚上来给我讲。"

采访间："……"

撒百里："！！！"

顾冲捂了下脸。

台上的男人有点恶作剧似的笑起来，把话筒传走前，最后说了一句：

"明天红毯也有群采，我们到时候细聊。我失陪下，回去太晚，她睡不好。"

工作人员满脸震惊地看着段一柯站起身——领带解松，步子一迈就下了台，留下一个帅得天崩地裂的背影。

撒记者没拿话筒，场内同行都听到了她尖叫："啊啊啊，我的CP是真的！真得不能再真了！正主亲自发糖了！"

顾冲有点头疼地打开了话筒："下一个吧，问导演吧……"

反倒是松球在旁边轻声笑。

"笑什么笑？"顾冲捂住话筒，"有点过了吧。"

"我觉得不过啊，"松球压低声音，"这恋爱还是得看别人谈……"

"呵，我看你自己现在也挺酸臭的。"

"……顾冲你阴阳怪气什么？我惹你了？"

嘉宾的下榻酒店离典礼场地不远，段一柯赶在十点前到了门口。

奖杯倒拎在手里，像拿着个普通的啤酒杯。他抬起右手，用关节敲了下门，在门打开的一瞬闪进门内。

姜思鹭还没反应过来，就被他单手抱起来了。

她下意识地挣了一下，男人怕她摔下去，松开右手抱她后背，奖杯直接放地上。

"咣当"一声吸引了她的注意，她才发现……

"段一柯，"她轻声叱他，"你怎么乱扔奖杯啊。"

"没事。"

"你这人……"她动了下身子，"你第一个奖杯，你别摔坏了。"

"你别动了，"段一柯迈过奖杯就抱着她往卧室走，"坏就坏了，你再动我怕把你摔了。"

她挣不开了，无奈地伏到他肩膀上。

"采访都说了些什么话啊……"

"实话。"

"……"

"你当时就是晚上过来给我讲的啊。"

"你公众人物软……"

"我都拿奖了，狂几句怎么了……"

"行行，你厉害……哎，你……这是给你放的水你抱我过去干吗……"

水一下就溢出来了。

段一柯瞥了一眼地上蔓延开的水流，目光转回来，轻声说："你水又放多了。"

"我……"姜思鹭语塞，"这就是一个人的水量，一个人的时候正好。"

"做事情连点预判都没有，还想写推理小说呢。"

姜思鹭被气得说不出话，最后决定剑走偏锋。

"段一柯，你知道吗？"她说，"男的话特别多，一点都不性感。"

这下算捅了娄子了。

他不说话，特别地专心致志，特别地沉默寡言。她喘不过气，用肩膀撞了他一下，她听到身后传来闷笑，然后人被翻了过去。

他锁骨上愈合的伤口全都撞进她眼帘。

牙印圆润的疤痕，三道刚刚愈合好的爪印也留下浅浅的红。

她没忍住，起了下身，吻上那些疤痕。

男人愣了愣，手臂慢慢放松，带着她一起沉到水里。

直到锁骨上柔软的触感消失，他很温柔地说："好。"

"你去上面。"

02.
夏季暴雨。

潮湿的空气里，磨砂玻璃都将向日葵的花形氤氲得更加模糊。姜思鹭收了伞，沿着工作室的走廊一路向里走，走到了路嘉的办公室。

推门，她故意喊："路总在不？"

路嘉忙得头发都立起来了，抬头看她一眼，没好气道："化鲸老师来了？"

外面的员工都走了，路嘉自己还在这儿加班。姜思鹭走到办公桌旁拿了几块糖吃，女人抬头问她："来我这儿干吗？"

"刚从影视公司开完会，"她说，"离你这儿近，过来等段一柯。"

距离段一柯拿奖也过去半年了，几个人的事业也纷纷步入正轨。《她的狮子朋友》的大获成功为所有参与者带来了巨大的加成——

姜思鹭新书一上市就被几家影视公司竞价抢购，顾冲和松球也在孟琮的斡旋下参与进一个超级厉害的电影项目。

不过加成最大的，显然还是演员。

半年前，成远也把经纪约转到路嘉这里了。他和段一柯现在发愁的不是没戏拍，是实在不知道……挑哪个剧本。

虽然姜思鹭也听说过剧本塞满工作室的传言，可看到茶几上那两大摞的时候，还是有点震撼。

"绝了，"她过去翻，"这怎么挑啊？"

路嘉也跟过来。

"左边那摞别看了，都是剧集类的，他不去。"

"为什么？"

路嘉微笑着看她："嫌拍摄时间太长，没工夫陪你。"

姜思鹭："……"

也行，走电影咖的路子，还能保持神秘感。

电影剧本的选择范围就小了不少，工作室负责剧本筛选的员工又挑过一遍，最后剩下的只有四个。

闲着也是闲着，姜思鹭坐到沙发上，拿在手里看。

窗外大雨瓢泼，她慢慢看，看完一本放到左边，看完第二本又放到右边。

第三本不感兴趣，草草翻了一遍，也放到了左边。

第四本看到一半就睡着了。

天色也擦黑了。

段一柯来的时候，她正斜倚在沙发上睡觉。男人走到她身边，有点无奈地笑，把拎在手里的外套披她身上。

坐下的时候，他的目光也转向茶几上的剧本。

之前路嘉催过他好几次看剧本的事，他都没什么耐心，这时候突然起了兴趣，拿过左边那两本翻了翻，又拿过右边那本来看。

看了几页，他就笑了。

他笑得很轻，姜思鹭还是被他吵醒了，睁着一双惺忪睡眼，下意识来靠他肩膀。

"笑什么呀？"她半梦半醒地说。

段一柯转头，垂着眼看她靠在肩上的脸：

"你给我挑的剧本呀？"

"没啊。"她说，"我就觉得这本故事不错，选还是你自己选。"

"姜思鹭，"他语气里带着控制不住的笑意，"你是觉得故事不错，还是觉得是个警匪片，能看我穿制服啊？"

姜思鹭："……"

她慢慢坐直身子，揉了下眼睛。

"哎，"她故作沉痛，"这么容易……被看穿吗……"

办公室的门响了一声，路嘉也进来了。她看两个人好像在讨论剧本，赶紧见缝插针地跑过去问："怎么样了？段一柯，你选出来了没？"

男人把目光从姜思鹭身上移到她脸上，神态很无所谓。

"嗯，选好了，"他把那个警匪片往茶几上一扔，"就这个了。"

路嘉一惊！

"段老师，"她很谨慎，"你是《她的狮子朋友》爆的，这个动作片跨度会不会有点大……"

段一柯还一套一套的。

"挑战自我，"他说，"走出舒适圈，我通稿都想好怎么夸了。"

旁边的姜思鹭："……"OK。

时间也晚了，三个人一起走出了工作室。路嘉上了锁，回头问那两人："去我家吃饭吗？"

"今天不了，要不周六？"姜思鹭回答，"我舅舅今天叫我俩过去。"

"也行，那我让曹锵买好东西咱们周六在我家院子里烧烤。"

"耶。"

晚上是私人活动，段一柯没让笋仔跟着，自己开车带姜思鹭回家。

她之前就带他去过几次了，老人家刚开始看他的眼神还是有点谨慎——就真的太好看了，好看到有点让人担忧。

结果吃了几次饭，见他是真对姜思鹭好，又让她舅舅把了把关，老人家也就放心起来，回回临走时给他兜里揣吃的。

到后来，都是段一柯主动带姜思鹭过去了，还自己改口叫姥姥、姥爷、舅舅。

姜思鹭第一次听见："……让你改口了吗？"

段一柯："问题不大，我不介意。"

姜思鹭：？

家里长辈聊天，多少有点唠叨。姜思鹭有时候都懒得说话，结果他比她还有耐心，聊什么说什么，还特别会哄人，再加上长得又好看，把姥姥蛊成奶奶粉，刷了三遍《骑马客京华》……

今天又开始蛊了。

蛊得她姥姥开始说她。

"你看看人家，"姥姥说，"回回来都给带东西，你就知道吃了拿。哎，小段啊……"

姜思鹭翻了个白眼，段一柯在旁边洗耳恭听。

"她在你那儿是不是也特能睡？"姥姥说，"你管管她，别让她一睡就没日没夜的，大好光阴都浪费在睡觉上……"

姜思鹭一戳筷子，刚想说话，段一柯在底下握了她手一下。

她转过脸，看男人脸上还是笑笑的，很好脾气地说：

"我觉得觉多蛮好的，她写东西脑力劳动大，睡得好恢复得也好一点。我就是睡眠不大好，每次看她睡得那么香还挺羡慕的。

"而且她和我在一起的时候睡得好，也说明我照顾得好，对吧。"

呜呜呜。

姜思鹭忽然心里软得一塌糊涂。

舅舅在一旁磕了下筷子，乐了。

"妈，您别在这儿挑拨离间了，"他说，"人家两人是一个阵营的。"

于是，姥姥也悻悻地说："得，当我多嘴……"

"没有，您也是关心她。"段一柯很周到地说，"您的碗给我吧，我再给您盛点饭。"

晚饭吃罢，雨已经停了。

出门的时候照例又被送了不少吃的，段一柯一样样往后备厢里拿。姜思鹭站在一边，语气也无奈："老人就这样啊……话特别多，管得也宽，不吃也要给你拿……"

"没事啊，"段一柯撑着后备厢，语气也没当回事，"我没体验过，挺好的。"

腰上一软，她又来抱他了。

段一柯转过身子，半倚着后备厢，把她往怀里拢了下："你去副驾等我吧，我装好了就去开车。"

她点了下头，又在他怀里靠了一会儿，乖乖回去了。

他俩住的地方离路嘉和曹锵不远，也是西边一处别墅区，有点偏，不过清静，人少，有时候出门都不怕被人认出来。

快开到门口的时候，段一柯忽然急刹了一下。

姜思鹭正犯着困，身子往前一闪，抬头的神色有点茫然："怎么了？"

男人没说话。

她目光移到车前，看到了一个头发花白的身影，喉咙随即有点紧。

段牧江。

他怎么知道他们住在这儿的？

车里暗，段一柯的脸藏在阴影里，她也看不清晰。正想说些什么，对方却转了下方向盘，把车从他身边绕过去了。

段牧江估计也没想到他压根儿不停车，人一愣，随即开始拍车门。

车库就在前面，他加了脚油门冲到门前，然后按了开车库的按钮。

车库连着别墅，他把姜思鹭送进去，示意她直接回家。

她拽住他的袖子。

"没事，"他说，"你先回去。"

"可是——"

"我来处理，"他自己去开联通门，把她往房间里带，"我听听他要干什么。"

"段一柯……"

见她不愿意走，他把她往怀里抱了一下，低下头，轻声说："你相信我，好吗？"

他身上一点烟味都没有了，全是草木香气。他神情也很平和，完全不像以前每次要去和段牧江讲话的模样。

她眼眶忽然热了一下。

"段一柯，"她说，"我超级喜欢你的。"

男人笑了笑，把她送回去，点头说："好，你别出来。"

然后门就在她面前关上了。

等了一会儿，车库的门也传来关闭的声音。姜思鹭知道，应该是段牧江跟过来了。

他不让她出去，可她根本坐不住。在房间里转了半天，她跑到二楼一扇窗户前往外看。

段一柯真的在和段牧江讲话。

两个人都站着，身高也差不多，但段一柯年轻，就显得更挺拔些。

离得太远了，她什么也听不清，只能看见段牧江情绪越来越激动，段一柯却一直是那个冷漠的表情。

然后段一柯抬手，往大门的方向指了一下。

姜思鹭一愣。

段牧江也愣住了，表情里的卑微消失殆尽，声量瞬间提高。

"段一柯，你给我等着！"

她心一下揪起来。

雨又开始下了。

很快，段牧江的身影消失在雨幕里。

段一柯在雨里站了一会儿，也转身回来了。她手忙脚乱地去拿毛巾，等他一进门就给他擦头发上的雨水。

他任她擦。

擦得差不多了，她轻声问："他又和你说什么了……"

"还是那些话，"他搂她的腰，把她往卧室带，"你不用操心了。"

"我怎么不操心啊，我……"她声音显出哽咽，"他上次在佛山……"

他把她抱回床上，随手就把灯关了。

他的声音在黑暗里响起来了。

"打个赌吗？"他说，"这是他最后一次来烦我们了。"

他声音太笃定了，姜思鹭有些发愣。

下一秒，段一柯搂着她的腰，把她揉进怀里。

"信我就睡觉，你好不容易睡眠才好。"

她还想问，可他身上的味道太催眠了。没一会儿，她就闭上眼，沉沉睡了过去。

确认她呼吸平稳，段一柯摸过手机，点亮了屏幕。

他怕光刺到她眼睛，身子微侧，点开了微信里和路嘉的对话框，发了个句号过去。

路嘉也没睡，很快给他回了个问号。

他嘴角慢慢勾起来，打字：【我感觉，可以动手了。】

对面的状态迅速切换为"正在输入中"。

很快，三条消息发过来：

【呵。】

【老娘忍了好久了。】

【弄他。】

姜思鹭提心吊胆了好几天，可段牧江像是人间蒸发了。

她不问，段一柯也不会主动提。到了第二周，连她也开始猜测段牧江最后留下的那句话是在虚张声势。

而段一柯对段牧江好像也根本没有感情了——似乎那晚，家门口只是路过了一只流浪的老狗，冲他吠了几声，然后离开了。

她什么都做不了，她只能对他好，在每个清晨傍晚吻他，反复地说段一柯我好喜欢你呀，我好喜欢好喜欢你呀。

男人回吻她的样子也总是很温柔，手落在腰臀上，侧着头在她唇齿上揉捻一番，轻声地回应，嗯，我也好爱你。

他回来之后的变化真的太大了。

如果不是那天……

喝了酒的话。

路走到他这个份上，能推的应酬基本都推了，不过总归还是有些非露面不可的场合。他酒量和酒品都好，回程车上睡一会儿就清醒了，到家再晚也会和她说几句话。

那天回家特别晚。

喝得特别多。

她一开始还没意识到，因为对方看起来和平常也没什么差别。还是笋仔后脚走进来，塞给她一堆纸袋子。

姜思鹭不明所以："这什么啊？"

"给你买的……礼物，"笋仔的表情有点不忍直视，"就应酬的那家酒店大堂，有一个卖伴手礼的店……段哥喝完让我在大堂等他，他直奔着那个店面就去了，把最贵的几个首饰都买了，说是你的生日礼物。"

姜思鹭："……我这还有一个多月呢。"

"不是，不是。"笋仔赶忙摇头，"他是说前两年的，前两年你俩不是……他都不在你身边，他其实一个人老念叨这事。"

姜思鹭目光不由自主地转向男人的背影。

他靠在沙发上一言不发。

"喝了……"她收回目光，压低声音问，"喝了多少啊？"

"那我就不知道了，不过……看车上那样，应该是挺多的。"

姜思鹭叹了口气。

"挺晚了，你也早点回去吧，"她把笋仔送到门前，嘱咐道，"小心开车啊。"

"放心吧小姜姐，你照顾下段哥。"

"嗯。"

目送笋仔的车消失在夜幕里，姜思鹭有点无奈地把那纸袋子放到门边的柜子上。

客厅宽大，只亮着一盏灯，对方低着头靠在沙发上，显得有些疲惫。她去厨房热了杯牛奶，端过去的时候，段一柯眼睛已经闭上了。

她忽然发现他这些年其实也没什么变化。

长了几岁，看起来挺沉稳了。可犯起困来，和第一次去她家的时候，在沙发上不时闭上眼的那个年轻人一模一样。

她在他腿边蹲下。

"把牛奶喝了，"她怕吵得他不舒服，声音也压得很低，"去床上睡吧。"

他没睁眼，也没抬头。姜思鹭提高了些声音，"段一"两个字刚说出口，手腕突然被人攥住，牛奶全倾倒在地板上。

她甚至没来得及发出声音，就被对方拽入怀中，然后压到身下。灼热气息全喷在颈间，草木香气夹杂着浓烈的酒气——前者让她困倦，后者让她眩晕。

姜思鹭几乎是第二天下午才彻底清醒过来。

段一柯人不在。她缓了一会儿才想起来，他今天下午有档访谈节目的采访，人应该已经在现场了。

男的就是抗造。

阳气重。

姜思鹭如是想着，慢慢从床上爬了起来。

他走之前给她简单弄了点吃的，姜思鹭移到厨房吧台上慢慢吃，吃到一半想起没拿手机过来，又慢悠悠溜达到卧室去拿。

一翻开——

几十条未读微信。

她神色怔住，心几乎是下意识沉下去。解锁后，最上面两个找来的果然是松球和顾冲。

568

松球的。

【段牧江疯了吧！】

【鱼死网破是吧！】

【什么电视台啊这种人也让上节目！】

【段一柯在你旁边吗？】

顾冲的就很简单了。

【他大爷，你用我给你找人干他吗？】

她一头雾水，关了微信立刻开微博。

果不其然，热搜第一条：

【段一柯不孝"爆"】

姜思鹭都要骂脏话了。

她闭上眼稳了稳心神，点进去，第一条就是××电视台一档谈话节目的录屏，题目起得耸人听闻——

【当红演员与亲生父亲断绝关系，片酬千万赡养分文不拿！】

她耐着火气点进去，看见段牧江那张脸出现的时候，都觉得反胃了。

视频一开始就是一段黑屏，配着文字放录音：

"一柯，就八万，爸爸就差这么多……"

"我没有。"

"你拍那么大投资的戏、开那么好的车——"

"我拍什么戏、开什么车，和你有关系吗？"

"一柯，是，我们父子之前是有些矛盾，可是爸爸也老了啊……咱俩是这个世界上最后的亲人了……"

"我最后的亲人不是你。"

"啊，啊我知道的，是那个小姑娘，那以后也是我儿媳妇啊……叫思鹭是吧？那我们都是一家人呀……"

段一柯没声音。

姜思鹭想着他那天晚上回来没事人似的样子，心口又揪起来了。

半晌，他终于开口了。

"段牧江，"他声音放得很慢，一字一顿，带着种压迫感，"你这张嘴，以后别提她，别提我妈，你太脏了。"

"你走吧。"

音频放完了。

段牧江的脸出现在屏幕上，姜思鹭在他开口的前一秒退出了视频。她脚步错乱地走去给自己倒了杯水，压下恶心，又点开了评论区。

【上次发布会我嫌他空口无凭，这回实锤了。】

【段牧江也没狮子大开口吧……八万而已啊。】

【所以段一柯这是又双叒叕塌房了吗？】

【好像是……但是本柯粉好像不是很慌？他每次都翻盘哈哈哈哈，坐等

.569.

回应。】

【你们不能看段牧江现在可怜就忘了他之前为啥进牢房了吧？】

【那也不能不管亲爹啊……】

【我从来没见过非流量的演员总闹出这么大流量……上次是颁奖典礼公开恋情吧？这才过去半年！】

【但是人家是真的业务能力够强，我愿意看他占据公共资源。】

【这段一柯戏里戏外都挺有戏哈哈哈哈满足吃瓜群众吃瓜欲。】

正往下翻着，评论区又自动推流过来一条微博，是一群人站在演播大楼外面的照片，配文：

【dlk 在里面录节目呢，外面记者都围满了。】

姜思鹭几乎是下意识去换衣服，手机塞进兜里，拿上车钥匙就往车库跑。

所幸非工作日还不算太堵，她一路顺利到达。

人扎到演播室外，她给路嘉和笋仔各打了个电话，两个人却都没接。她估摸着是录节目手机静音了，想起有个高中同学也在这家媒体上班，她给人家微信发了个"Hi"过去。

对方竟然回了。

她和段一柯的事之前也算沸沸扬扬，基本高中同学都知道了，这位也是。得知她要进大楼，同学很体贴地说："啊啊……他那个演播厅得穿过大楼往里走……好像是快结束了。你要进来的话，你等下，我下去接下你啊，得刷卡。"

她松了口气，戴上口罩下车。

其实她之前被网暴过两次以后，就再也没出现在公众视野里了，连签售会都没再开过。再加上段一柯也对她保护得好，哪怕把感情公之于众，也没让媒体拍到过她。

她本来以为大家应该……把她忘了。

她失策了。

她人都快到演播大楼门口了，身边突然有人顿住脚步，死死盯着她看。

姜思鹭脚步一滞，下一秒，对方拽着摄像师就跑过来了。

"落日化鲸！"他边跑边喊，"等到料了！"

转眼间，几家媒体蜂拥而至，还有人拽了她胳膊一把。

姜思鹭入镜的创伤记忆几乎是瞬间就犯了，倒退两步，后脑"咣当"一声撞上一个摄像镜头。她身子一晃，退无可退，耳边全是追问声：

"你怎么看段一柯和段牧江的关系？"

"请问你对那个视频有回应吗？"

"你是否知情……"

盘问声蜂拥而至，她一时间头痛欲裂，只晓得往后退。

人群突然出现了一道缝。

她胳膊被拉住，然后被猛然拉进一个温暖的怀抱。

男人手在她肩胛骨上停留片刻，又去揉她后脑，身上草木香气灌入鼻腔。

她突然好委屈。

他看她的眼神是很温柔很担心的，但抬头看向媒体时，目光却变得有些阴冷。

人群被他看了一眼，竟然不敢往前簇拥了。

虽然段一柯这半年在媒体圈风评好了不少，但当年的发疯事迹也确实被当成反面教材流传。那个眼神一出来，某些记忆爬上了不少人心头。

他把姜思鹭拽到身后，宽阔的肩膀挡住了她。路嘉刚才不好插手，这时候也赶忙走过来，侧身护着姜思鹭。

男人看着噤声的记者，嘴角慢慢扯出一个笑容。

"拍吧，"他语气明明懒洋洋的，眼神却很凌厉，"拍完了回去，看看你们领导，让不让你们发。"

后背软了一下，是姜思鹭在碰自己。他侧头安抚地朝她点了下头，左手摸到她手腕，指尖划过手背，把她手攥到自己手里。

他没有转开眼神，但头微微侧了下，是在问路嘉："还要多久？"

路嘉看了一眼手机，再抬头，神色中也带出和他一样的冰冷。

"四十五分钟。"

姜思鹭茫然地看着两个人，刚想问什么，汽车鸣笛声响彻演播大楼门前。

媒体纷纷躲避，一辆白色保姆车横插进人群，车门自动滑开。

段一柯抓着姜思鹭的手，先送她上车，然后自己眼神都不转地跟了上去。

路嘉也上去后，车门慢慢闭合。

没人敢拦车。

没人敢拍车窗。

没人敢追问。

半晌，才有一个年龄略大些的娱记，缓缓和身旁的摄影师说："我怎么觉得这段一柯……比之前疯的时候，还吓人了啊……"

保姆车很快驶离人群，路嘉在副驾，留段一柯和姜思鹭在后排。

姜思鹭先给同学发了条微信说明情况，继而转头，看见段一柯闭着眼，手指关节在眉心抵着。

大约是感受到了她的目光，他把眼睛睁开，胳膊伸到她肩膀上，把她往怀里拢了一把。

她落进去，手攥着他肩上的布料，不知不觉地松了口气。

"千护万护，"他苦笑，"护不住你自己乱跑……那地方是你去的吗？"

姜思鹭也无奈："我都许久没露面了，还戴着口罩，我哪想到……"

笋仔又把音乐打开了。

他俩的声音被音乐覆盖，只有彼此能听见对方的絮语。

"以后等我找你，好不好？"他把她抱到膝盖上，声音很轻，"你别再来找我了……你每次来找我都吃苦头，还不长记性？"

"可是那个采访……"

"姜思鹭，"他打断了她，"相信我。"

她不由自主地闭上嘴。

"我说这是他最后一次来烦我们，"他看着她的神情温柔，语气却带出锋芒，"看时间，应该就剩——

"半个小时了吧。"

03.

【震撼我全家。】

【我说啥来着，让子弹再飞一会儿！】

【人不能……至少不应该……】

【我段哥果然又翻盘了……别人偶像擅长唱跳，我的偶像擅长翻盘……】

【拔出萝卜带出泥，阳韦波现在估计杀了段牧江的心都有了……】

【我没想到许之印和段哥是一头的人啊，他俩不是死对头，之前粉丝还撕过吗……】

【《片场火花》前工作人员火速赶来：听说段哥救过许之印的命！】

姜思鹭坐在躺椅上，一条条地翻着微博上的评论。

院子远处是烧烤架，段一柯正和曹锵在那儿二十四孝地勤奋工作，旁边蹲着来打下手的许之印和笋仔。

就她和路嘉闲着。

距离段一柯工作室放当晚完整语音已经过去了两个小时，距离许之印微博公开段牧江和阳韦波的勾当已经过去了一小时四十分钟。

两波猛料连续袭来，群众估计今天……晚饭都下酒菜了。

她手指移动到微博上那个转发量已经破18万的视频上，没忍住，又点开听了一遍。

后半段确实是段牧江和段一柯要钱未遂，但是他没放出来的前半段并非如此。

他当时不知道，自己在录音，段一柯……也在录音。

对话内容和之前在佛山差不多，只不过当时他是要段一柯签约阳韦波的公司，这一次是让段一柯去拍一部卡司非常不正常的电影，同样是阳韦波公司名下的。

没有剧本，没有合同，甚至没有片酬。

就算这三样都有段一柯都会拒绝，遑论这三样都没有。果然，一计不成，他马上掉转嘴脸，开始要求赡养费的事。

他放出来的语音里，说的是八万，但这语音是经过后期处理的。在段一柯工作室放出来的语音里……

这个数字是八千万。

网友如是评论：【我的妈，段一柯没动手都是很有涵养了好吧！】

同样，在段牧江版本的语音里，他并没有提起任何祁水相关的事，但在段一柯版本的语音里，他不停地拿祁水打感情牌……

网友们再次愤怒：

【有病吧，拿人家亡母说事？】

【而且听段一柯这意思，他生前对祁水不好？】

【对啊，我听那话是祁水进ICU的时候他还在和别的女的鬼混？】

【诸位，我爸现在已经疯了，祁水是他们那代男人的白月光，他现在要去砍段牧江我拦不住了……】

【所以最后dlk才会说你不许提我妈和她……就不是没原因地说这句话！】

不过到目前为止，这件事还仅限于一些娱乐圈的陈年旧事和父子恩怨。

许之印那条微博，才是彻底炸了段牧江和阳韦波的老巢。

长文第一句就从段牧江要求段一柯去参演的那部电影开始讲，用许之印的话说，那是一个"纯纯的洗钱片"。

那部电影背后的人就是阳韦波。

据许之印自述，其实他之前参加《放悲声》的时候就觉得阳韦波的很多操作不对劲了，所以他都有意识地去避开那些灰色领域。

但《放悲声》和《骑马客京华》同期对打可谓输得惨烈，资金链的问题拖到现在还没解决，阳韦波就动了些歪念头，其中一个就是钻许之印的合同漏洞，让他承担一笔天文数字的亏损……

而这部洗钱片当时也在筹备了，阳韦波甚至还有继续用许之印当男主角的打算，让他参与了不少聚会。不过《放悲声》血扑，而《骑马客京华》大赚之后，阳韦波和段牧江沆瀣一气，就把算盘打到段一柯身上了。

许之印基本是被阳韦波逼着来找段一柯的。

一方面，许之印自身难保；另一方面，段一柯救过他的命，他不可能看着段一柯被卷进这种洗钱的项目里……更何况阳韦波的很多操作还涉及阴阳合同和贪污受贿。

决定"投诚"以后，很多事情就变得顺理成章。

比如孟琮也早就看段牧江不爽了，他因为祁水的事憋了半辈子的火借着这个由头全撒了出来，几乎是动用了所有人脉，把段牧江和阳韦波的勾当查得一清二楚，涉及的关系也提前沟通好。

比如房鸿那边也一直记着阳韦波临开机撬她角色的仇，前半辈子谨小慎微建立的媒体关系这次全都用上——人到了这个岁数，打交道的都是各大媒体的领导层，消息压得死，但安排很周密。

再比如，路嘉把所有宣发渠道都提前铺开了，视频和长文发布后十分钟就蹿上各个平台的热搜第一。

其实姜思鹭也做了一点事，只是她自己不知道——那天路嘉忽然问她之前工作的那家财经媒体有没有比较好的深度调查记者，她推了个微信过去。

现在，全网唯一一篇以阳韦波为线索调查娱乐圈洗钱乱象的报道，就是这个老同事发出来的。

而段一柯是把所有事连起来的人。

在此前的故事里，旋涡中心的人总是她。她把他一一推到这些人身边，又被这些人从他身边推走。

现在，他终于可以站到她面前了。

他可以什么都不和她说，什么都不用她操心，一个一个地与这些人结起绳结，再将绳结织就成网。

闹到这种地步，公权力必然也会介入——巨网收得密不透风，连只是窥到分毫的姜思鹭也忍不住自言自语："这是死透了啊……"

身边忽然传来一阵脚步声，她抬起头，段一柯走到她身边蹲下。

她冲着他傻笑。

男人也笑，显得很无奈。

"你就是不信我，"他说，"现在信了吗？"

姜思鹭心服口服地点头："信了。"

夏日夕阳，给他身上镀了一层橙色的光，显得他特别温柔。姜思鹭望着他的脸——他太好了，好到她心里涌起 一股细小的哀伤。

他是怀着什么样的心情去和孟琮他们做这些事的。

仔细想想，他所做的一切，其实是在亲手把自己的父亲……

再送进监狱啊。

她开口，轻声说："段一柯，你要是难过的话，哪怕有一点点，也不要不和我讲。"

男人怔了片刻，脸上的笑容慢慢消失。

他低头想了想，她伸手去摸他的头发。

揉了两下，他偏了下脑袋："别当狗。"

她笑出声，他沉默了一会儿，也笑了。

"好像……"他慢慢说，"好像没什么难过。以前难过是……可能还对他有期待吧，没有期待的话，就不会难过。"

姜思鹭撑着下巴看着他，很认真地听他讲话。

"我已经承认这件事了，这个世界上，就是有不爱孩子的父母吧，"他抬起头说，"不过还好，我觉得我已经，有足够的爱了。"

人感到被爱不是一瞬间的。

那是一个很长期的过程。

是一点一滴、日日夜夜，是他每次回家她都开着灯等他，是每个早晨睡醒她都来吻他，是每一个全身心交付的拥抱。

是他开车带她回家她在副驾睡得很安稳，是她带他去见家人时拉着他的手，是两个人在黑暗里看电影时她躺在他腿上。

又或者她像现在这样，安安静静坐在躺椅上，手托着下巴，很认真地听他说话。

很多人终其一生都没有遇到一个可以认真听自己说话的人。

他遇到了。

他觉得自己已经很幸运了。

幸运到那些让他愤怒和偏激的过往，都显得一点也不重要了。

远处传来些动静，是曹锵把家用音响搬到了院子里。几个男人研究了一会儿线路，曹锵大声喊他俩："过来过来，许之印要唱歌！"

两个人对视一眼，同时起身。

姜思鹭早年算是许之印好感路人，大概知道他本身就是歌手出身，后来才转的影视——这也是他演技烂的原因。

毕竟嘛，术业有专攻。

突然被这么多人注视，许之印也有点不好意思，拿着话筒扭了半天，叹了口气："……不行，还是好久没唱了，要不你们谁先唱一首吧。"

笋仔大声嘲讽："行不行啊！怎么演戏还演忘了老本行呢！就这么几个人你都不敢唱，怎么实现弃演从唱的梦想！"

姜思鹭："……要不回头，给笋仔找个语文家教吧？感觉他不是乱用词，就是自己造词。"

段一柯："我感觉他用词都挺精准的。"

他俩的话题人物笋仔又讽刺了一会儿许之印，忽然转过头，又着腰看向段一柯。

"那段哥唱啊！"他说，"我觉得段哥戏演得比你好，歌唱得也没比你差多少！对吧小姜姐！"

姜思鹭蓦然被点名，下意识地去看段一柯。对方嘴角噙着笑看她，也是觉得好玩。

她还能说啥。

"挺……挺好的，"她说，脑海里闪现出一些久远的记忆，"上次在横店……挺好的。"

曹锵吹了声嘹亮的口哨。

"你们那次没带我啊，"他语气又高兴又不满，"那就段哥唱呗！我还真没听过——是有多好听啊？吊打专业歌手？"

姜思鹭余光看见男人歪了下头，又是那个酷酷的样子。

"一般吧，"段一柯说，"随便唱唱。"

她都笑出来了。

曹锵把话筒扔过来，段一柯伸长手臂，一把接住，然后倒拎着慢慢走到音响旁。

音响连着许之印的手机，有些伴奏可以用。对方拿过来给他看，他往下划拉了几下，目光定在一处。

"段哥，"许之印试图阻止，"这首很难吧，你的声音不太适合吧。"

段一柯也没抬头看许之印，点开歌曲，又看了几眼歌词。

再抬头的时候，他目光落到姜思鹭身上，声音很轻："试试吧。"

他把话筒打开了。

短暂的钢琴前奏后，音响里忽然传来一声……

鲸鸣。

空灵的，古老的，来自海洋的声音。

姜思鹭一瞬间就恍惚了。

前奏很短，他拿起话筒，看着歌词，干净的声音响起来。

我是只化身孤岛的蓝鲸 / 有着最巨大的身影 / 鱼虾在身侧穿行 / 也有飞鸟在背上停。

我路过太多太美的奇景 / 如同伊甸般的仙境 / 而大海太平太静 / 多少故事无人倾听。

《化身孤岛的鲸》。

她之前就很喜欢这首歌，但是听的版本多偏柔。

但想来，这首歌……

本来就是以鲸鱼的口吻在讲述的。

她有时候在家做饭的时候会当成背景音乐放，可能是哪次他听见了，又记住了。

而歌词经由他口唱出来……

竟然是那么契合。

我有着太冷太清的天性 / 对天上的她动过情 / 而云朵太远太轻 / 辗转之后各安天命。

我未入过繁华之境 / 未听过喧嚣的声音 / 未见过太多生灵 / 未有过滚烫心情 / 所以也未觉大洋正中 / 有多么安静。

院子里是清透的男声。

每个人都不说话，每个人都知道他在唱什么。

而姜思鹭，眼圈一点点变红。

你的衣衫破旧 / 而歌声却温柔 / 陪我漫无目的地四处漂流 / 我的背脊如荒丘 / 而你却微笑摆首 / 把它当成整个宇宙。

你的指尖轻柔 / 抚摸过我所有 / 风浪冲撞出的丑陋疮口 / 你眼中有春与秋 / 胜过我见过爱过 / 的一切山川与河流。

曾以为我肩头 / 是那么的宽厚 / 足够撑起海底那座琼楼 / 而在你到来之后 / 它显得如此清瘦 / 我想给你能奔跑的岸头 / 让你如同王后。

哎，我给你讲个童话故事吧。

你说吧。

从前呢，有一只鹭鸶鸟，生活在森林里的一处湖泊——她是淡水鸟，但从小就梦想着，去辽阔的大海看一看。

然后呢。

然后她就飞了很久很久，终于飞到了海面上，见到了许多从没见过的奇景。

但大海可比森林危险太多了，有海浪，有风暴，她差点儿死在海里！

那怎么办呀。

有一次她都要被吹得掉进海里了，忽然有一只鲸鱼浮出海面，让她落到自己背上。然后她就陪那只鲸鱼，游了很远很远的一段路。

他们一起看过星空，落日，朝阳初升。鲸鱼喜欢上了她，她也喜欢鲸鱼，但是——她毕竟是淡水鸟嘛，海水又不能喝。可她想陪着鲸鱼，所以就什么都不说。

嗯。

后来呢，鲸鱼也觉得她越来越疲惫，就把她带回了岸边，说，你回大森林里吧。

她回去了吗？

她回去了，可鲸鱼走的时候退潮了，他搁浅了。

什么啊？你这情节也太残忍了，这不是童话故事啊！所以结局呢？

结局？结局就是，这只鹭鸶在森林里飞了很久很久，还是放不下鲸鱼。她想管他的呢，她就要回去，就要和鲸鱼待在一起，哪怕死在他背上呢。

好有勇气的鹭鸶鸟啊。那鲸鱼呢？

鲸鱼……鲸鱼不是被搁浅了吗？半个身子在海里，半个身子在岸上。潮水迟迟不涨上来，他忽然觉得，就这样变成一座从岸边延伸出的礁石也很好。因为他觉得，这是离他的鹭鸶最近的地方。

这怎么变啊……

你这个人，好不浪漫啊，这是童话啊。总之，他就变成了礁石，而他的鹭鸶这个时候也飞回来了，落到了他的身上。

她认出了这是她的鲸鱼，就在礁石上做了个窝，改变了自己的习性，从淡水鸟，变成了一只海鸟啦。

这都哪儿跟哪儿啊，你这是黑童话吧。

哈哈，是成人童话——

成年人的世界，也可以有童话。

番外一
/求婚/

化学染剂的味道有些刺鼻。

距离阳韦波和段牧江丑闻爆出已经过去了半个月，两人被带走调查已成事实，而互联网也很快被新的热点占领了舆论。

段一柯也开始把注意力放回工作上——

之前接的那部警匪戏开机时间已经敲定。他最近除了去训练打戏，还有件很重要的事要做。

染发。

长这么大，头一次染金发。

这是个双男主的戏，制作班底拿过奖，一位男主是个四十岁的影坛常青树，饰演有经验的老警察。

另一个就是段一柯——前期是个染金发的地痞混混，被卷进一宗大案，在这位老干警的引导下走上正途。

最后为了正义而死。

相比于老警察的一身正气，段一柯这个角色亦正亦邪，同年龄段里还真不好找类似气质的演员。

得知段一柯愿意接，导演和制片也很高兴。

为了让他提前进入角色状态，导演说："要不先去把头发染了？"

于是他今天就坐在这里染金发。

他这二十八年都是黑发，发型师给他漂了很久才漂好。等染发剂上色又等了整个下午，等得他有点不耐烦。

别说他，路嘉都有点坐不住了。

但当他把头发冲干净，坐回转椅上时，现场所有人都傻了。

他去年回来以后，大家都以为他正常了，结果一染金发，身上那股邪气又被勾出来了。

再加上染了太久，他神色带了丝不耐烦，眼角压着片阴影，面无表情地看着镜子，简直像是神明堕海变邪神了。

大概是感到周围的寂静，他看了眼腕上的纯黑手表，偏头问路嘉："还没完吗？别耽误我下班。"

路嘉被猛然惊醒。

"哦哦哦，"她赶忙点了下手机上的行程清单，"去隔壁录个三十分钟的采访，今天工作就结束了。我刚看微信，记者和摄像已经到了。"

"采访……"段一柯歪了下头，"咱不之前说，以后就只接戏和电视台的访谈吗？"

路嘉看着他那一头金发，态度都不暴躁了——谁看见金发段一柯能顶得住啊！

"哥，"她好脾气地说，"你也稍微营营业，别除了业务能力啥都不管。《她的狮子朋友》不是送审国外电影节了吗，你稍微聊几句。"

他糊弄着点了下头。

"哪家媒体？"

"北风新闻，"路嘉说，"记者姓撒，少见吧？"

段一柯顿了顿，欣然起身："哦，那过去吧。"

路嘉：？

怎么突然配合起来了？

一行人走到隔壁的采访间。

摄像机和打光灯已经架好了，撒百里听见脚步声猛然回头，看见金发段一柯的时候，整个人陷入一种被打击到的恍惚。

打光灯照着，他皮肤更白，五官锋利到把发色完全压住了，甚至能看清脖颈上青色的筋脉。眼睛和眉毛都是纯黑的，和浅色头发形成对撞感。

也可以说他漂亮，但骨架又是很男性化的宽阔，个子也高——人好看到顶峰，就是这样性别模糊了。

他目不斜视地走到接受采访的沙发前，转身落座，姿势很放松。

"撒记者，"他点了下头，"又见面了？"

撒记者这才从被神颜闪瞎的震撼中回过神，捏着采访提纲，在摄像机前缓缓坐下。

其实高中的时候，他们低年级的也知道段一柯帅的事。不过眼看着当年的同辈纷纷变身中年大叔，段一柯的颜值却照着打破天界与人间壁垒的方向一路狂奔，撒记者还是有点唏嘘。

挑男人的眼光，还得看小姜学姐。

这不是一般的有眼光啊。

简直可以和她嗑 CP 的眼光相提并论了——她可是高一的时候就押了这对儿了。

她可真棒，哦耶。

摄像机开始运作，她也简单介绍了一下采访内容。

说了一会儿，她发现自己不能长时间看着段一柯，不然影响语言流畅，于是把目光转到采访提纲上。

段一柯工作室从来不审记者采访提纲，也很少拦着不让问什么事。越是这样的团队，她敬意越大，会先把专业领域放到前面问。

所以前几个问题都是电影相关的。

段一柯话不多，但很精准，几个词就把意思表达到位了。

撒百里喜欢采访有脑子的艺人，说了几句也敢抬头了，发现段一柯看她的目光若有所思。

她被绝世帅哥盯着，结巴道："段老师，什么事？"

"哦，"段一柯说，"你怎么不问问我，感情方面的事呢？"

撒百里："……"

合着您是想找机会秀恩爱呢？

头顶"职业素质"四个大字，撒百里坚强地说："还差最后一个专业向的，我问完咱们就聊感情啊。"

段一柯心不在焉："嗯。"

撒百里深吸一口气："听说您接的新电影是裴导的一部警匪片，这个题材和您之前的比起来跨度比较大，选择这部影片的原因是？"

段一柯继续心不在焉，说出来的话差点儿让在场的工作人员晕过去。

"那什么，"他说，"你学姐想看我穿制服来着。"

撒百里沉默许久，回答道："学长，你以后还是少接采访吧，就在银幕里封神挺好的。或者就是……"

她看向路嘉。

"要不然，他不拍戏的时候，你们把他毒哑了？"

路嘉也被他这句话惊得下巴脱臼，半天才磕磕绊绊地说："正……正有此意……"

接下来，段一柯如愿以偿秀了二十分钟恩爱。

说话也不简短了，跟个话痨似的。

"哎，对对，我俩高中是前后桌，这个不是谣言。

"就那个话剧，你也看了，小美人鱼那个。我当时——我当时倒是没喜欢她——哦，你别这么写，这发出去我完了，你就写我当时就对她产生了一些朦胧的好感吧。

"我之前退圈的那些日子就是在剧本杀馆演NPC，她去找我的——哦，你也别这么写，你就写，我俩在剧本杀馆偶遇了，我对她二见钟情，对她穷追不舍。

"啊，对，她作家嘛，有时候比较敏感，这都很正常的，我觉得女生都有点敏感，她稍微再多一点——这算什么缺点啊，我都不觉得是缺点啊，我愿意哄啊。

"啊？不好意思我没听懂，什么是恋爱脑？

"哦……哦……好家伙……哦这样啊，那这样的话……对，那我应该属于恋爱脑。但是我业务能力也还行吧？我觉得不恋爱脑演得稀烂和恋爱脑演得挺好比起来，还是前面那个对观众伤害比较大。

"我确实是不太喜欢去综艺……还有营业什么的。我觉得演员，把戏演好就行了，就是一份养家糊口的职业。有戏好好拍，没戏回家陪家里人，上下班分清楚一点。

"我希望等我老了，观众回忆起我的样子，是我在银幕上不同的角色，而不是我本人。我本人……说实话，我本人挺糟糕的，你要是真的认识我，不一定会喜欢我。不信你问问我经纪人。

"应该只有你学姐会无条件喜欢我。

"最近没吵架了，吵架的话，应该都是我的错。

"我觉得之前都是我欠她挺多的，我现在能弥补多少是多少吧。但是我欠她的东西，真的很难还清了。"

……

一顿采访下来，撒百里觉得自己已经饱了。

狗粮吃撑了。

她揉了下胃，怕自己消化不好。她示意摄像机关镜头后，又想起什么似的，从包里拿出张请柬来。

段一柯接过去，垂眼扫了下……"K中60年校庆"。

他倒是知道母校历史久，不过也没想到这么久。他抬起头，撒百里手指点着请柬和他说："学长，这个是咱们学校60周年校庆邀请函，我负责联络优秀毕业生回去给学弟学妹演讲。你看你和学姐……能来一个吗？"

段一柯翻开请柬。

第一页是K中校门的照片，第二页印刷着校长致信。他勾着嘴角看了看，把请柬放进衣服里。

"她可能不喜欢见太多人，"他抬起头说，"没事，她不想去的话，我协调下时间，我去就行了。"

撒百里松了口气。

段一柯还真是……一点也不耍大牌！

哎，等一下。

怎么邀请个校友演讲都要给她撒狗粮啊！

公司没和她说来采访段一柯还管饭啊！

采访按时结束，段一柯也如愿以偿在晚上六点准时下班。他记得姜思鹭今天去出版社给人签名，直接自己开车去楼下接她。

姜思鹭回他微信的时候还是挺正常的，说快了，马上就结束了，让他找个地方停车等她。

过了十几分钟，一道身影出现在出版社大楼的门口。

她认得自家车，手搭在额头上，一路小跑到副驾的位置。

打开车门的一瞬间，她人就僵住了。

段一柯腿长，驾驶座也推得往后一些，人半靠在座椅上侧着脸看他。阳光刺眼，从前车窗照上他的脸，穿透他金色的发丝，在脸上打下浅灰色的阴影。

他左手搭着方向盘，朝她扬了下下巴："上车啊。"

姜思鹭又愣了两秒，火速跳上副驾驶。

关门，冷气一瞬间被拢进门内。

"这就是那个角色的发色啊？"

"嗯。"

"……"

段一柯发动汽车，偏头看她："怎么了？"

姜思鹭眼睛一眨不眨地看着他，大声说："段一柯！"

"？"

"今天回家……一起洗澡吧！"

刚准备说校庆的事的段一柯："……"

回家。

躺上床缠绵一番后，她仰头看他，正对上他垂着的漆黑眸子。

配着金发更有种惊心动魄的漂亮。

他忽然严肃地开口。

"姜思鹭，"他说，"我觉得你可能只是爱我的身体。"

姜思鹭："……"

"没有，没有。"她连忙否认，"我……我是始于颜值，终于内在，我爱的是你的内在。"

"你编谎话能编好点吗？"段一柯说，"你为什么爱一个我没有的东西？"

姜思鹭陷入了沉默。

没有内在的当红男演员一声冷笑，伸出手去够床下扔着的衣服。够了半天，他从衣服里掏出封请柬，递给了姜思鹭。

她翻开，K中校门的照片映入眼帘。

"校庆邀请？"姜思鹭有些惊讶，"这往年不都是随便回去？"

"是嘉宾邀请，"段一柯帮她往后翻了一页，"比咱低一届一学妹给我的，让咱俩出一个人，回去在报告厅给在校生演讲。"

她用气把脸颊左侧鼓起一个包。

段一柯以为她是为难，轻声说："你不去我去就行。"

"嗯……"

"怎么了？"

姜思鹭转过脸，钻到他怀里，继续把请柬往后翻。

"我觉得你去不太好耶。"

"为什么？我太红了？"

"……不是。我是觉得，你这个成功太没有复制性了。我怕学弟学妹们只看到你的长相，然后心里觉得，人生是可以靠脸翻盘的……"

段一柯嗤笑一声，说："确实没有复制性，除了靠脸，还靠女人，太恶劣了。"

"说什么呢，"姜思鹭用胳膊肘捣他，"最开始那个试镜也是你凭演技自己争取到的，房总又不是没面试别的演员。后面……后面都是你自己拿命走出来的路。"

"不必澄清，"段一柯懒洋洋道，"我挺喜欢这种被包养的感觉，一般男的体会不到。"

姜思鹭无语了。

"算了，你不能去，"她长叹一声，"就你这个嘴，我难以预料你要和学弟学妹讲什么鬼话，我去就好了。"

"你不是不喜欢公开场合吗？"

"学校嘛，和外面又不一样……困了，我要睡了。"

"牛，睡完我就困。"

"段一柯。"

"怎么了？"

"我买点药把你毒哑了吧。"

"……"

直到 K 中校庆当日，段一柯都没被路嘉和姜思鹭毒哑。

姐妹俩实属手下留情了。

暑假已经过去了一周，大部分学生都放假了，只有一批报名参加校庆的在校生和受到邀请的毕业生回来。

静谧一周的学校大门前瞬间喧嚣，姜思鹭戴着口罩走到门口，看见一个拿着名册的同龄人东张西望。

看见姜思鹭的一瞬间，她就兴奋起来。

"小姜学姐？"她抱着名册跑过来，"我是撒百里！比你低一届！这次校友演讲的联络人！"

她点点头，对方又张望一番，凑近问道："小姜学姐，段一柯学长今天不来了吗？"

撒百里如此谨慎，姜思鹭也压低声音。

"来的，来的。"她说，"他来太早会引起骚乱，等咱们都坐好了，他从后门自己进，你给他留着座位就行。"

"没问题，我办事，你放心，"撒百里比了个"OK"的手势，"那我先带你去报告厅吧，演讲还有半个小时开始，你第一个。"

"我第一个？"

她咋了下舌，跟着撒百里往报告厅的方向去了。

越走越觉得不对。

"欸?"她说,"不去新报告厅吗?"

"去老报告厅!"撒百里回头说,"这次好多学长学姐回来,大家都对老报告厅有感情。校领导上周就把老报告厅布置好了,带大家重回青春。"

两个人绕着圆柱形的台阶走了上去。

老旧的门大敞着,里面已经坐满了学生。姜思鹭紧了下包带,跟着撒百里从墙边往嘉宾席的方向走,听到座位间有人抽气——

"哇,是落日化鲸!"

"呜呜呜!你们说我一会儿可以找她签名吗?"

"她来了,那段一柯会不会来啊?"

"不会吧,大明星,忙得很。"

"大明星怎么了?还不是被化鲸学姐拿下……前几天那采访你们看了没?我狗粮都吃饱了,为什么人可以这么帅还这么宠妻啊!"

"我想问为什么段一柯毕业以后 K 中就没出过这种人了……咱们同届那些男的都是啥啊……"

"我的青春缺一个大帅哥。"

姜思鹭忍不住轻笑一声。

那她运气还蛮好的。

她的青春里有段一柯。

她以后的以后,也都会有段一柯。

撒百里给她安排好座位,就又出去接待其他人了,临走前和她说她左手的座位是段一柯的。

校领导还没宣布校庆典礼开始,她低着头给段一柯发微信。

姜思鹭:【到哪儿了?学弟学妹在呼唤你。】

段一柯:【在门口转悠呢,等你们开始了我再进。】

姜思鹭:【我第一个讲话。】

段一柯:【马上到。】

她偏着头看了看,把对话框退出去,又打开了"K 中上海小分队"的群。

同学们果然在呼唤她。

【求思鹭直播校庆现场实况。】

【人在上海去不了好遗憾啊啊啊。】

【求个图!】

她笑笑,抬起手机,对着舞台拍了一张,发送。

【啊啊啊啊!】

【老报告厅老报告厅!】

【我泪目了,我的青春小鸟一去不回来。】

【思鹭,段一柯来吗?】

她看着对话框愣了愣,还在斟酌如何回答,身后突然响起一片尖叫。

她下意识地回头，看到段一柯顶着一头金毛，手插着口袋，溜溜达达沿着报告厅墙边的台阶走了下来。

几乎所有学生都在举着手机拍，又被班主任呵斥住。

他倒是置若罔闻的样子，头也不回地走到她身边，坐下了。

座椅被压得振动了一下，她看向男人棱角分明的侧脸，忍不住小声说："你低调点。"

"拜托，"他也压低声音，和她讲话，"我一言不发地走过来，我还怎么低调啊？我也没想到我一进门所有人都转头啊。"

姜思鹭忍俊不禁。

可能这世界上就是有人……

天生吸引众人目光吧。

她用胳膊肘捣了他一下，问："上海同学问你来没来呢？"

段一柯看了一眼她，胳膊伸长，把她手机拿到自己手里。

他俩一互动，身后紧盯着的学生们又是一片倒抽气。有的手机相机关不了声音，"咔嚓咔嚓"不绝于耳。

后排有个小姑娘，看身边一位二十多岁的女子也拿着手机可劲儿拍，问道："学姐，你在干吗呢？"

撒百里专心致志拍前面那两人，目不转睛地盯着手机："我嗑呢，嗑死我了，人都给我嗑没了。"

姜思鹭感觉到了背后的骚动，但也没想到真就和他俩有关系，还微微把身子朝段一柯的方向偏。

骚动更严重了。

她回头迷茫地看了一眼，把目光转到自己手机上，然后亲眼看着段一柯打开上海同学群，用她的账号把自己拉进去，然后打开了自己的手机。

下一秒，她看见段一柯的微信头像，出现在上海同学群对话框的最下方。

【来。】

【下次聚会也叫我。】

群里有五秒静谧。

紧接着。

【啊啊啊！】

【活的活的活的活的活的！】

【段一柯我申请下好友你通过吗？】

【@邵震 @邵震 @邵震下次聚会啥时候！！！】

姜思鹭拿回手机，无奈回复：

【不至于吧……】

【思鹭！！！】

【你天天看他你是不至于！】

【那今天段一柯会讲话吗？】

段一柯又回复了。

【我不讲。】

【她讲。】

【我听着。】

路嘉在群里也说话了。

【显摆你俩在一块儿呢。】

段一柯笑笑，一字一顿打：

【哦。】

【化鲸老师讲。】

【我听着。】

路嘉发了个大大的翻白眼的表情，然后狂发省略号。

【你们知道我天天跟这两人在一起啥体验了吧！】

万年潜水的班长朱哲茂突然发话了。

【你俩锁死吧。】

姜思鹭：【班长你这饭圈用语哪儿学的啊？】

朱哲茂来劲了。

【结婚摆几桌啊？】

【我得坐第一排吧。】

【没有我排话剧哪有你俩今天啊！】

姜思鹭差点儿笑岔气。

正想再贫几句，话筒传来几声嗡鸣，是校领导开始讲话了。她收起手机，见段一柯也转回目光，静静看向报告厅的舞台。

她高中从来没有在报告厅和他坐在一起。

他那时候有很多朋友，男生喜欢和他一起打球，女生也喜欢往他身边凑。

她离他最近的时候，就是坐在教室里他的前排。

其实他本来坐在离她挺远的一个位置，后来觉得那个前排的女生老找他聊天太吵了，有一天突然问她后座的男生——

"换个座位成吗？"

她当时还没喜欢上他，但也竖起耳朵听他说话。

那男生说："怎么了？"

他声音压低，以为她没听见，说："我感觉姜思鹭话还挺少的，就埋头写东西。"

然后他就换过来了。

她想，自己可能是靠沉默寡言吸引了他。

所以哪怕后来她喜欢上他，她也不和他说话，不找他。

她觉得自己什么优点都没有，那就安安静静的，不要吵他。

结果找她说话的成了他。

他动不动就踢她椅子——

"姜思鹭，语文作业借我抄下。

"姜思鹭，红笔有多一支吗?

"姜思鹭，你吃什么呢? 给我一口。"

她气恼转头，他踩着桌子，椅子翘起来，朝她笑。

她就什么脾气都没有了。

他又朝她笑了。

金发衬着意气风发的笑容，他嘴角勾起来，冲她扬了下下巴，叫她:

"姜思鹭，到你了，上去啊。"

她猛然回过神，目光望向台上。

校长正冲她伸出话筒，她想起身，段一柯却临时起意一般压住她的肩膀，让她坐回了座位。

然后，男人站起身，走到舞台前，单手撑住边沿，飞身翻了上去。

台下一片尖叫。

他弯腰，朝她伸出手。

她不由自主地站起身。

学生们的喊声已经掀翻屋顶，她在惊天动地的喊声里去抓他的手。

他把她拉了上去。

她衣角飞舞，像蹁跹的飞鸟; 他金发闪耀，映着灯光，犹如重塑金身。

他从已经惊呆了的校长手里接过话筒，目光扫视报告厅，用段一柯特有的那种懒洋洋而嚣张的语气说:

"来，欢迎化鲸老师，给我们讲话。"

整个报告厅的学生都疯了。

当天晚上，一条热搜迅速爬上微博头条:

【嗑死我了"爆"】

主持人: 北风新闻 - 撒百里。

校庆晚上结束的时候，段一柯出现在 K 中的事已经传开了。网上到处都是他一头金发走在校园里的抓拍，网友们也不出意外地"疯"了。

没报名校庆的 K 中学生现在就是一个大写的后悔，有些住得离学校近的直接杀回校门口等他出来。

路嘉早就知道，让笋仔开车去学校后门接段一柯和姜思鹭，别把孩子们堵上了。

纵然后门人少，他也是好不容易才从人群里脱身。上车的时候，他看见路嘉也在车上。

"欸? "路嘉往他身后看了一眼，"姜思鹭呢? "

"她是发言嘉宾，被领导留下合影了，"段一柯坐回后排，"她等一会儿过来。"

路嘉点头，顿了下，又想起来了什么，把手机递给段一柯。

又是邀请函?

最近被邀请麻了。

段一柯举起手机,艰难辨认了一会儿邀请函上的文字,然后转回目光:"国外那个颁奖典礼吗?"

"对。"

"这时间是……"

"下个月中旬。"

段一柯把手机递回去,心不在焉地说:"不去了。"

哪怕对面坐着金发段一柯,路嘉也急了。

"你知道这电影节什么含金量吗?"她崩溃道,"就算最后没拿奖,国内电影能提名也是少见了……"

"成远不是也被提名了吗?最佳男配角。"

路嘉一愣:"啊,是啊,他去。"

"那他去就行了,真得了让他代领。"

"……段一柯!"

男人靠在后座上,吊儿郎当:"嚷什么呀,我这叫不为声名所累。奖杯而已,拿几个有什么区别,年底那个还在我家浴室里落灰呢。"

看路嘉真被气急了,段一柯笑了。

"哎,行,不逗你了。"他坐起身子,"我估计你忘了,下个月那时候,姜思鹭过生日。"

路嘉瞬间沉默了。

"这都第三年了,"男人轻声说,"我还一次生日没给她过过呢……"

路嘉安安静静地把手机收回去。

隔了半天,她也轻声回答:"行,那就让成远去吧。你好好给她过个生日,我那几天不给你安排工作了。"

又等了半个小时,姜思鹭也过来了。刚才一顿卖力交际,显然把她体力耗尽,她一上车就倒到段一柯身上。

嗅着他身上熟悉的味道,她闭上眼。

"累麻了。"

"嗯。"段一柯把她发尾绕到指尖上,抬起头说,"那开车吧,咱们回家。"

他怀里还是很舒服的,但姜思鹭神经迟迟放松不下,只能拿出手机玩,试图把注意力转移。

恍惚间,她扫到一个刚开的帖子叫"讲一下我学长和我学姐的绝美爱情故事"。

现在网上都什么乱七八糟的,太没劲了。

她把手机关上,继续躺在段一柯身上,睡过去了。

她没想到当天晚上,路嘉又把这帖子发过来了,然后一阵感慨:

【我的妈啊。】

【这人是谁啊？】

【感觉睡你俩床底下。】

姜思鹭一愣，狐疑地打开链接，看到帖子还改名了：

【嗑得睡不着，讲一下我学长和我学姐的绝美爱情故事，全是内幕！】

她打开了。

发帖人网名很奇怪，叫北冈，头像是个……

吃瓜群众的表情包。

1L 楼主：

【呜呜呜，我实在嗑得睡不着了我必须来给你们讲下我学长学姐的爱情！我最近又从好多人那儿听了新料，绝美爱情已经超出了我的想象！】

【先说一下，我学姐学长都不是完美的人，他们都有很多缺点，他俩的爱情也不是纯甜童话……我学姐之前差点儿就嫁给别的男了，可能对有的人来说很难接受，可以接受的人往下看。】

【我觉得他俩的爱情真的就是，没有天时地利全靠彼此相爱。注：我学长是个恋爱脑，还有点疯，喜事业批的就避雷吧。】

【而且我给我朋友讲他俩的故事，就喜欢的人特别喜欢，不喜欢的觉得天雷滚滚，两极分化很严重，大家注意共建评论区和谐！】

2L：【蹲蹲！LZ快更！】

3L 楼主：

【我开始讲了。】

【我第一次看到我学长学姐是高一的时候。当时我学长在学校里就特别特别有名了，因为真的是百年难得一遇的大帅哥！我们高一的会组团去高二楼道看他！】

【去看他的时候我就注意到我学姐了，坐在他前桌，安安静静的，和那些课间来撩我学长的学姐很不一样！】

【其实我学姐那时候也蛮好看的，不过可能高中生还注意不到她那种漂亮吧。而且她当时戴眼镜，不太显。】

【然后我觉得我学长对她也是有点特殊的，他和别的女生说话都挺不耐烦的，但会主动戳我学姐后背，还会踢她椅子，和她要这要那，她一回头他就笑。】

【我当时就觉得他俩之间有种奇妙的火花！】

【然后我们学校，每年都有一个话剧节。他们班海报一贴出来，我就嗅到一种神秘的气息！我称之为CP粉的嗅觉！！！】

【我看到我学长是主演，我学姐是写那个话剧的人！】

【我的妈啊，他演的戏是她写的而他们之间涌动着连他们自己都没意识到的暗流，这种惊天大糖你能嗑到吗！】

4L：【楼主继续！我兴奋起来了！】

5L 楼主：

【那个时候我还以为自己言情小说看多了，然后乱嗑！结果！！！结果！！！他们的话剧开演的那天，我就彻彻底底入坑了！！！

【那个话剧是改编自一个童话故事，但是 BE 了，太虐了，他太帅了，所有人都在哭，也不知道是被虐的还是被他帅的。

【下场以后他们演员就消失了，然后我们肯定大喊安可啊，毕竟那么帅的学长见一面少一面。结果所有演员都上台了，他俩还没上台。

【然后，突然之间，他俩一起出现在了台下，我学姐眼圈还红着好像刚哭过。

【然后他们那个班长，就让他俩从侧边上台，结果我学长！

【啊啊啊！

【我学长就从台下直接翻上舞台了！

【那个校服，就飞啊！那个人，真的会发光呜呜呜呜呜呜！

【我们当时就开始尖叫。

【万万没想到，我学长自己翻上去还不算，还回头去拉我学姐！他俩牵手了！我当时就已经要哭了，结果我学长把她拉上去以后——我学长真的太会了，直接拿过那个话筒，和报告厅里的人介绍说，写这个故事的人，是 × 班的（我学姐名字）。

【这谁顶得住啊！】

……

姜思鹭一直在往下看，越看越觉得……

这人好像真是钻他俩床底了！

直到对方更新到"然后我学姐就出了一本讲舞狮的书……"的时候，楼下一位网友醒悟般地回复了这样一条：

118L：【我好像解码了楼主的学长学姐是谁……】

之后，这位楼主迅速发布了一条"啊，被解码了，封楼了"……

然后，帖子就消失了。

姜思鹭凝视着手机。

床边一陷，是段一柯躺了回来。她转头望他，对方也欺身压过来，被她用手掌抵住肩膀。

她脑海里又是刚才那条帖子里的话——

【觉得我学长对她也是有点特殊的，他和别的女生说话都挺不耐烦的，但会主动戳我学姐后背，还会踢她椅子，和她要这要那，她一回头他就笑……】

【他演的戏是她写的而他们之间涌动着连自己都没意识到的暗流……】

他们当时有暗流吗？

她那时候还没喜欢上他吧，话剧还没演呢。

姜思鹭忽然手掌一合，揪着他领口把他搋到眼前，很严肃地问："你是不是早就喜欢我？"

段一柯一愣："啊？"

"你不喜欢我你干吗换座位到我后面？"她质问道，"排练的时候故意撩我，演完话剧还来找我，还给我擦眼泪，还把我拉到舞台上……"

她越说越觉得离奇：

"我吃点东西你也和我要，红笔没水了也和我要，跑步摔了还扶我回教室，迟到了还让我带你……"

段一柯："……"

不等他说话，姜思鹭大喝一声："段一柯！根本不是我先喜欢你的！是你勾引的我！"

段一柯被她一串话攻击得哑口无言，愣了半晌，笑出来了。

是吗？

被她这么一说，好像还真是这么回事。

他笑得越来越厉害，压在她身上，一个劲儿地抖。姜思鹭推他推不开，大喊："你这人真的茶艺大师！心机男！你们这些学艺术的男的就——"

他直起身子，一只手落她侧腰，一只手撑在她耳侧，骤然收了笑。

姜思鹭被他盯毛了。

阴影逐渐从眼前压过来，她嘴唇传来干燥柔软的触感。

"对，我先喜欢你的，"他的声音从她耳边轻柔地传来，"我……我自己都没意识到。"

接下来的日子很平静。

姜思鹭等他电影开机的日子，他等姜思鹭过生日的日子。不陪她的时候，他把大部分时间花在电影开拍的训练上——他没接触过这么纯粹的动作戏，很多东西都得从头开始学。

姜思鹭这天接了个电话。

电话那头是松球爽朗的笑声。两个人聊了聊近况，松球忽然提起，自己最近又和顾冲在倒腾一个新的院线电影。

"来吗？"她问，"上次最佳编剧没入围，顾冲耿耿于怀到现在。"

"人家是替你耿耿于怀，又不是替我。"姜思鹭调侃，"我就不去了，体验过一次也……也没那么喜欢，我还是想写小说。"

"倒是也行，"松球若有所思，"那你这后半年是……"

"段一柯去甘肃拍电影，"她说，"他让我……和他一起过去，反正我写东西在哪儿都能写。"

对面的女人闻言笑了。

"甘肃？甘肃不下雨，甘肃好。"

她知道松球在暗示什么，也接话道："对，这次我可得把手机拿稳了，别弄坏了。"

两个人一阵大笑。

电话挂断。

姜思鹭对着屏幕发了会儿愣，忽然觉出时光悠远。那些曾经根本不敢提起的记忆，竟然变成了老友间的笑谈。

正愣着，手机又是一振。姜思鹭垂眼看去，屏幕上是笋仔的名字在闪。

她总是有种动物般的敏感。

果然，接起来的一瞬间，那边就传来笋仔压低的声音："小姜姐！段哥训练出了点事，我们在医院，他不让我告诉你……"

她心里一沉，脑子里转瞬就是最严重的那个画面。还好笋仔说话不大喘气，说是肩关节错位，让她来医院看看。

她挂了电话就去打车了，一路催到了医院。进门上三楼，她跑到骨科的楼道，一眼就看见在楼道里原地打转的笋仔。

他看见姜思鹭像是看见救命稻草，小跑着过来。

"嘉姐在飞机上呢，联系不到，"他说，"我想着还是和你说下，不然……"

诊室里忽然传来一声闷哼。

姜思鹭蓦然抬头，几乎是没考虑就推门进去。段一柯衬衣脱了一半，里面是件贴身白 T 恤，肩膀正握在医生手里。

两个人对视片刻，他明显在把喉咙里的声音压下去。

沉默间，是医生先开口了。

"等我叫号。"

她目光定定地望着段一柯，手拽着旁边的椅背，拖过来，坐到他身边。

"我是他家属。"

她头一次这么自我介绍，段一柯明显有点愣神。就这么一个恍惚，肩膀又被扭了下，喉咙里那句闷哼再也忍不住，压抑着哼了出来。

姜思鹭去握他另一只手背，安慰似的拍了拍。

"你看下我手法啊，"医生抬眼看姜思鹭，"他这是习惯性脱位，一看就不是第一次了，以后早晚就这么按，能缓一点是一点。"

他在避她的眼神。

姜思鹭眼睛望着他，嘴上接医生的话："习惯性脱位？"

"嗯，之前受过伤，没及时治，是吧？"医生问段一柯，"也没好好养过，你看吧，留下病根了。"

他也不能不回答，只能应付着点头。

姜思鹭的手指从他指缝里穿过，手掌覆在他手背上。天气热，她又是跑过来的，掌心渗出潮热的汗。

医生又拧了一下肩膀，他没敢再出声，只是手指下意识收紧。后颈凉了下，才意识到姜思鹭在给自己擦冷汗。

他听见她小声说："傻瓜……"

最后这下拧的时间格外长，像是在给他固定。好不容易结束了，她手里那块纸巾都湿透了。

听了几句嘱咐，段一柯被她牵着，起身离开了房间。

出门后，他先瞪了一眼笋仔。

笋仔缩了下脖子，讪讪转身。姜思鹭推段一柯好的那边肩膀，叱道："你瞪人家干什么？不告诉我回家是要怎么编故事？"

那他倒确实还没想好。

姜思鹭又在旁边问："不是第一次脱位，是第几次了？"

段一柯还没说话，笋仔又凑了过来。

"第四次，"笋仔抢着说，"在佛山的时候摔桩了，也没好好看，然后就这样了。"

"你这孩子……"段一柯抬头，刚要骂，笋仔又跑远了。他跟了两步，被姜思鹭揪着衬衣拽回身边。

两个人对视半晌，她手扶他袖子，也不敢碰实了，就拿指尖一点点地碰。

他说："没事。"

她说："疼吗？"

他不说话。

她又问："疼吗？"

他低下头，忽然有种偃旗息鼓的心情。

顿了一会儿，他哑着嗓子回她：

"疼。"

"之前那几次呢？"

"之前没感觉。"

"为什么？"

"之前你……"他顿了下，"之前你不在。"

她神情有点凝重，像是在思考什么大事。

这凝重的神情一直持续到两个人坐上车，而笋仔把他们往家的方向送。她一直揪着他的手，他也愿意被她揪着，像是她的触碰能缓解肩膀上的疼一样。

她降下点车窗，窗外灼热的空气涌进来，和空调的凉气对冲。她又把车窗升起，手指扶了扶额头，然后下定了一个决心。

段一柯已经有点困了，半梦半醒靠在座椅上。忽然，他觉得手被人拉了一下，他睁开眼，不大清醒地看向姜思鹭。

等了一会儿，她的面孔才在他的视野里变得清晰。

她也在等他清醒，等到他感觉她眼神不对，小心地问："怎么了？"

她说："段一柯，咱俩户口本你收哪儿了？"

段一柯显然是还没醒透，回答她问题的样子像是什么都没意识到："卧室那个柜子。"

她点了下头，继续说："回家拿下户口本，咱俩下午去领证。"

车猛然刹了一下。

一个人没反应过来自己说了什么，一个人没反应过来自己听到什么，"咣当"两声，都撞上了前面的座椅后背。

笋仔一刹接一个打轮，车行云流水地进了路边的停车位。他把驾驶座的车门打开，头都不回地说："尿急了，去上个厕所。"

车门被撞上，发动机的声音也没了。

只有挂在后视镜上的一个木牌和一个小狮子，摇晃着，互相撞击着，发出清脆的响声。

得过了快一分钟，段一柯才给出下一句话。

"你说什么呢。"

还不是问句的语气，是个陈述句。

如此关键的时刻，两个人，一个比一个镇定。

"我说去领证，"姜思鹭看着他的眼睛，"办手续，登记，落一个户口本。"

他一言不发地望着她，眼神里波涛汹涌。她也不需要他来填补这段寂静，自顾自地继续说：

"你这人，拍戏不要命，天天进医院，指不定哪次就得做手术了。我不和你结婚，连签字都没法签。"

他好久没说过脏话了。

这时候却气沉丹田又吐出来一个字……

"行不行你给句准话，"姜思鹭很冷酷，"结吗？"

段一柯拿没受伤那只手顶住自己眉心："姜思鹭你这人……"

下一秒，他气得来掐她脸，把她拽得人都起来了。

"你等我说啊！就剩几天了你——"

她被拽得说话都口齿不清："辣五热回？"

段一柯手松了点，示意她重说。

她咽了口唾沫，脸被扯着。

"那我撤回？那今天不结了？我不知道你也有这方面计划——"

段一柯冲她吼："谁说不结了！"

吼得太大声，牵得肩膀一麻，整个人都抖了下。姜思鹭赶忙给他扶着胳膊，叹息道："哎，这可怎么办啊，腰也不行胳膊也不行，未拆封能退货吗……"

他拿他好的那只胳膊把她直接抵到车门上了。

她看着他，起初还和他闹着玩似的挣扎，然后又不动了，眼睛里全是温柔。

他看了她好久。

他们做演员的，眼睛真的会说话。

她看到他用眼睛和她说他爱她，他想对她好，他想照顾她，他喜欢她，他依赖她，他尊重她，他需要她。

用那双眼睛说到最后，他总算开口。

"姜思鹭，"他语气有点哽咽，"不许离开。"

后来他演过许多壮烈的戏码，戏词里有许多赤诚的情话。人们都道他演技卓绝，深情如故，可他心里知道，那些时刻的自己，脑海里浮现的都是二十八岁那年，她手指敛着他下颌的锋利线条，一字一顿，郑重发誓——

"决不离开。

"姜思鹭一辈子不会离开段一柯。

"我会死在你之后。"

而他的回答是：

"没关系，到时候，我们一起走。"

01 孟琮和祁水的故事

这是一件很少有人知道的事——

孟琮被绑架过。

知道的人少，一方面是被房鸿压住了，另一方面是事情发生的时候在国外，国内媒体鞭长莫及。

那年他四十三岁，和导演去墨西哥拍戏。影视行业嘛，东奔西走，到地方总得拜拜码头——可惜当年他还是经验不足，没想到当地的码头……

不止一个。

拍摄现场刚开始被砸的时候，他少年时代那股血性往上涌，结果被对方的荷枪实弹压了下去。组里懂西语的翻译被叫去交涉，回来的时候，裤子都被尿湿了。

"叫……叫导演和制片过去，"他说，"把人押在那儿，让公司拿钱赎人。"

欺负的就是他们初来乍到，欺负的就是他们不懂规矩，欺负的就是他们赶工期、时间紧、开机就开始烧钱耽误不起。

不过能为了取景来这地方拍戏，他和导演也都是不要命的人。两个人对视一眼，把烟扔了，跟生活制片交代了几句，走到地头蛇的车里。

眼睛蒙上，手捆住。车开了两个多小时，他俩被扔进一处灰尘弥散的仓库。

好在没堵嘴。

没堵嘴，就能打发时间。反正他俩也只能等着公司往这边打钱，在灰尘里躺了一会儿，开始聊天。

导演先开口，说自己少年时代的求学经历，大学第一次追求的姑娘；说自己第一次上床跟个傻子似的，说毕业前两年穷得要命女朋友嫁给富商；说拍的第一部电影没人看，投资商血本无归找人把他堵到巷子里打；说那部破釜沉舟的贺岁档；说声名鹊起之后瞧不上他的人都对他好起来；说名利场太肮脏。

蒸腾岁月，无限可能。

导演说到嗓子冒烟，说不动了，胳膊肘撞了孟琮一下，问他的事。

"孟老师，"他说，"说说你。"

孟琮眼前一片黑，是蒙着眼的黑布。他刚想张嘴，仓库外面忽然突突两声枪响，而后是一阵夹杂着西语的大笑。

他和导演都哑了。

钱还不知道什么时候送过来，语言不通，真要死了连个斡旋的机会都没有。有的人可能不大要命，但一瞬间就死和等着死还是有点区别，不知道什么时候死，更难熬。

枪声没了，笑声也没了。孟琮躺在一片黑暗里，心想，自己那点事，就别带进棺材了。

多一个人知道，也挺好的。

于是他说：

"我这大半辈子就两个字。

"祁水。"

孟琮第一次见祁水的时候，他在剧组给人做灯光。

他十八岁，她十七岁。年龄差不多，地位却是天差地别。

她十四岁入行，在一部电视剧里给一个知名女演员演女儿。母女情深演得太好，有出戏是祁水追着女演员离开的车大哭。导演一喊停，那女演员就从车上跑下来抱着祁水哭得声嘶力竭，哄她："妈妈不走了，乖，妈妈不走了。"

许多年后大家才知道，这女演员隐婚生过一个女儿，女儿一岁病故，从出生到死亡都没人知道。

总之，她真认祁水做了干女儿，把能给的东西都给了祁水。

祁水也争气，十五岁触电大银幕，十六岁演女主角，红得一时无两。当年还没有"国民女儿"这种话，不过但凡看过那部电影又有女儿的，没谁不给家里小姑娘裁条祁水在戏里常穿的连衣裙。

十七岁的时候，她已经在一部投资非常大的电影里演女主角了。

而孟琮那年刚离开老家县城，坐两天三夜的火车，到北京，找到了第一份工作。

他没学历，没见识，普通话都说不好。好在之前有在老家照相馆的经历，被一个老乡带进了祁水的剧组，做灯光。

剧组管饭，他挺满意的。

进组第一天，他被使唤去搬灯。灯装满了一个小货车，最大的快有一百斤，他搬得满头大汗。

好不容易搬到最后一个，他脚底下被人一绊，整个人飞了出去。灯滚出去两米远，碎片碴子到处飞，还有的扎向他脸。

他还没爬起来，就被人骂了。

一个年龄挺大的副导飙着一口京腔冲过来："你知道这灯多少钱吗！你赔得起吗？从哪儿招的人啊连个灯都搬不稳，你……"

　　副导演忽然顿住声音。

　　孟琮手和膝盖都破了，脸上还被碎玻璃刮出两道血。他挣扎着抬起头，手忽然被人拉住了。

　　那是一双……

　　非常柔软、细腻和温暖的手。

　　她一只手拽着他的手，另一只扶他肘关节，把他给扶了起来，还拍了拍他衣服上的灰。孟琮气喘吁吁地抬头——

　　对视的一瞬间，他视网膜几乎被那双眼睛灼伤了。

　　少女皮肤白皙，双眸黑而明亮，干净得像是深山里的小鹿。鼻梁薄而高挺，有纤细的脖颈和消瘦的肩膀。

　　那张面孔迅速烙印进他脑海，他一辈子都没再忘掉。

　　她转过头，说话的语气是那种从小被善待的撒娇："他都流血了，你还骂他呀。"

　　副导演和她大声说话的脾气都没有："小水，灯被他摔坏了……"

　　"不就一个灯吗？"祁水跺脚，"人不比灯重要？多少钱，你扣我片酬里吧。"

　　"哎哟，我的祖宗……"副导演打自己的脸，"我哪敢扣你的片酬啊，从他工资里扣吧……"

　　"你就会欺负人。"祁水把孟琮护到身后，"他们赚的哪够扣。而且你别当我不知道，剧组的经费都是多给了折损的，你凭什么扣他的呀？"

　　祁水年龄不大，但背后有女演员做干妈，自己又拿过奖，身上还有股娇惯大的说一不二。那副导演看自己挑错了时间捏软柿子，闭上嘴，转身离开。

　　孟琮低下头，看面前的祁水朝自己转过身。

　　她朝他笑了笑，说："没事了。"

　　那个笑容绽开的一瞬，十八岁的孟琮听见自己心里有东西骤然开裂。

　　祁水不能一直在场。第二天，副导演又来找碴，随便找了个理由，把孟琮赶出了剧组。

　　他只能继续找活儿。

　　辗转在不同剧组，他什么都做过，不过最多的还是灯光。他那时候也算不上什么灯光师，顶多是个小助理。开始搬东西，然后他也学着架设灯光，混口饭吃的样子与别人没什么不同。

　　唯一不同的，就是他会在灯光架好后，看那些演员演戏。

　　他小时候也演过，在老家镇子的戏班子里。那时候别的戏班子的小娃娃都是用的假人，就他们，用孟琮，每次上台就博来满堂喝彩。

　　他发现自己不怵演戏，不怵人，也不怵镜头。

看那些演员演多了，孟琮还会在心里犯嘀咕：这演得还不如我，这也能上镜头？

嘀咕了半年多，机会来了。

隔壁剧组来借人，说临时差个龙套，懒得去外面排队的人里找了。副导演让对方随便挑，对方目光转了一圈，最后落在孟琮的脸上。

"这不是龙套，"副导演和他有交情，口无遮拦，"这是我们剧组灯光助理。"

对方呵呵地笑，没搭理副导演，回头又看了看孟琮。

"长得不错。"对方说。

副导演瞥了孟琮一眼，也仔细打量起他。

他平常在剧组不修边幅，又是冬天，总是一身军绿棉大衣，戴一个遮着耳朵的皮帽，搬东西搬得灰头土脸，也没人关注过他长什么样。

副导演"嘶"了一声："是不错。"

"我从我们那儿派个灯光过来，和你换他，"对方说，"让他给我们演戏去。"

副导演嗤笑："说要人就要啊。"

那人骂他："给你盒烟。"

副导演："带走吧。"

孟琮在一旁默默地听着，心想，自己可真够贱的，就值一盒烟——哪怕是一条呢。

反正他就这么被带走了。

两个剧组离得近，但他从来没关注过对面的班底。对方带着他七拐八拐进了片场，孟琮抬头的瞬间，脚步顿住。

祁水。

祁水在哭。

一群人围着，哄着，"姑奶奶"地叫着。带他过来的人也看见了，拽着场务问："又怎么了？"

"就还是老样子嘛，"场务也很无奈，"拍戏，又入了戏出不来了。"

入戏？

孟琮把目光转回祁水身上。

人群稍稍散开些，他从缝隙里看到了祁水的脸。她眼圈哭得通红，脸上沾了泪，天气又冷，好像有点皴裂了。

他皱皱眉——怎么都没人给她擦一下呢。

他应该是疯了，不然不会鬼使神差地拨开人群，走到她面前，蹲下，从口袋里掏了半天，掏出一张揉皱的卫生纸。

他看着那张纸回忆了一会儿——好像是昨天剧组放饭的时候随手塞的，没擦过东西。

他抬起头，也没指望祁水记得他，就是有点着急，所以什么都没想。

"你别哭了，"他说，把纸巾递给她，"你擦擦。"

祁水接过纸的时候，围观的人都傻了。

他倒是没事人似的站起来了，走回到带他过来的人身边。那人看看孟琮，又看看停下眼泪的祁水，震惊地问："认识？"

　　孟琮这才反应过来，回头又看了她一眼，再转头，打起哈哈："认识人家，我配吗？"

　　总之，那年冬天，他开始演戏了。

　　起初就是个龙套，演得好，剧组留了他联系方式，缺人就叫他。

　　他什么都演，尸体、商贩、樵夫、士兵。

　　然后那天，有人来问他，能不能给男主演当一场戏的替身。

　　他想都没想，立刻回答："好啊。"

　　是部古装戏，男主角是个马革裹尸的将军。他替的这场戏，是男主演杀出重围，然后被一箭射中，从马上坠落。

　　杀出重围是本人演，从马上坠落是孟琮演。

　　上马之前，他远远看见那刚出镜头的男演员在逗祁水。两个人笑笑闹闹，男人抬手揉她头发的瞬间，孟琮心里忽然起了股郁结之气。

　　马不太老实，驯马师还没安抚好，他就上去了。

　　他没骑过马，但坠马的镜头只是一瞬，落点准就没太大问题。马跑出去，自然有驯马师往回带。

　　谁知他没落准。

　　中箭的一瞬，他按照导演说的凌空翻倒，平推过来的垫子却没按预期落身下。身子狠狠砸到地上的时候，他眼前陡然黑了过去。

　　他是躺了一会儿才觉出疼。

　　额头上流出黏腻的东西，或许是血，但他疼得没力气去想，眼前一阵阵发黑，胳膊也不知道是不是断了，皮肉像被什么刺穿。

　　剧组的人愣了一会儿才反应过来发生了什么，陆陆续续地往这边走。

　　不过看样子，都不太着急。

　　毕竟，又不是主演坠马……

　　一个龙套罢了。

　　一个替身罢了。

　　孟琮起不来身，有人扒拉了他一下。他脸色发白，强忍着坐起来时，忽然听到耳边传来祁水的声音——

　　"好多血啊……你疼不疼呀？"

　　他抬起眼，看见她跪在他身边，手指攥住他的戏服，把布料都揉皱了。

　　那件事最后以祁水去和道具组的人吵架收尾。孟琮被人拉到一边上药，远远听见她的声音，又温柔又坚定。

　　她先说："这样会摔死人的呀。"

　　那边估计是以为孟琮听不到，压着嗓子劝："小水，一个群演……"

　　"群演怎么了呀！"她生气了，"群演也是人啊，命还分群演的命和主演的命吗……"

他低着头，伤口上了药，疼也是钝的。耳边传来脚步声，她竟然过来看他了。

"还好吗？"她歪着脑袋问。

孟琮的目光又像被烫着了。他转过脸，嘶声说："好了。"

"哎……"她发出一声叹息，"你真不怕疼，摔得这么狠，要是我，肯定哭了好久了……"

有人在叫给他上药的人，对方把酒精棉签往他怀里一扔就走了。孟琮收回目光，望着祁水，忽然跟不过脑子似的说："我不会让你摔着的。"

女孩一愣。

十九岁的孟琮，寸头，轮廓锐利，鼻翼和嘴唇都薄，眉眼却很深沉。平常看不出，但一认真起来，就像一把刚拔出鞘的尖刀，能刺破世界一切。

她没看过这样冷而又具有侵略性的目光，缩了下肩膀，跑掉了。

她后来有点躲着他。

孟琮也不当回事，照常的跑龙套，帮着发盒饭，发到她的时候多放个水果。拍到后面的时候，祁水也有几场戏有点危险，吊威亚的时候难免害怕。

但抬头的时候，他总在人群里抱着手臂，远远望着她。

于是，她脑海里就会浮现出那句"我不会让你摔着的"，然后就莫名地安心下来。

那部电影的拍摄横跨了除夕夜。

剧组给做了顿饺子，他们热火朝天地吃了一晚。祁水的干妈也来了——她刚从南方拍戏回来，给祁水带了不少北方少见的水果。

可惜干妈也有丈夫公婆，晚点也就离开了。祁水拿着一口袋水果，想省着吃，又怕放坏了。一抬头，她看到远处抽烟的孟琮。

她其实都不知道他叫什么，于是小声地"哎哎"了两声。

孟琮抬起眼睛，望向她。

又是那种开刃寒刀一样的目光，但落到她身上时，却骤然柔和了。祁水冲他招了招手，说："我干妈送水果来了，你和我一起吃吧。"

这些东西她只是吃的少，但并非没吃过。只不过面前这人，似乎是连见都没见过。

有块榴梿已经掰开了，孟琮尝了一口，眉头一皱，显然是在忍着不吐。祁水"扑哧"一声笑出来，赶忙把杧果递给他。

杧果他都没吃过。

杧果皮被他剥得乱七八糟，果肉糟蹋了一半。祁水叹了口气，还没来得及说什么，就见他把半个杧果都塞进嘴里——

然后，他被细长的果核卡住了。

他进退两难，吐出来也不是，咽下去也不行，整个人就是一个大写的窘迫。祁水愣了愣，然后站起身，把目光移开了。

"你慢慢吃哦，"她说，"我去倒杯水。"

等她回来的时候，他已经没那么狼狈了，只不过脸上有一丝不易察觉的红，像是刀尖映上一缕暮色。

祁水把水递给他，问他："好吃吗？"

孟琮点头，祁水也点头。

她说："你这个人，傻傻的，还挺有意思的。"

刀尖上，暮色一片通红。

其实他与祁水仍算不上熟悉。

片场三个月，他给过她一张揉皱的纸巾，她给他吃了南方的水果。她是大明星，他是小龙套，地位悬殊，她连他名字都没记住。

如果不是那天剧组拍戏的猫死了，他应该就这么老了，赚点钱，离开北京，等家里给介绍相亲，娶一个没见过面的女人，只在她每部电影上映的时候，去缅怀一下自己的青春，和那个本身就无望的肖想。

可那只猫偏偏死了。

那本来就是一只病猫，剧组低价买来拍戏的，拍完就想丢了，是祁水硬要养下。

可快杀青的时候，它还是死了。

她哭了好久好久，哭得都没人再有耐心哄她，只有孟琮还在远处看着她。哭到最后，大约她也觉得自己荒唐，抱着小猫冰凉的身体，准备去片场外的山坡上把它埋掉。

她不让人跟着的，但他鬼使神差地跟上了她。

他看着她单薄的背影一晃一晃，随时准备在她摔倒的时候去扶她。结果她就那么一路晃上山坡，跪在泥土上，用手和石头给小猫挖了一个浅浅的坑。

她一边哭一边把小猫埋了，一边哭一边轻声说："再投胎的时候，要好好选一个主人，病了也会好好给你治，对不对呀？"

他被她哭得整颗心都揪起来，点了一根烟，坐在远处的石头上，愣愣地看着她。

埋了小猫，她又开始坐在山坡上发呆。他们从暮色四合坐到明月高悬，她仰起头，脸上落着皎洁的月光，泪痕干净又清亮。

烟早就灭了，他都忘了抽，只顾着看她。结果她就那么望着月亮，望着望着又哭了。

孟琮实在看不下去了。

她哭得脸都皱了，眼睛都肿了。衣服也穿得少，整个人瑟瑟发抖。孟琮踩灭烟头走过去，蹲到她身边，皱着眉头看她。

"别哭了。"他说。

她没反应过来，仰头看向他——

十九岁的男孩子，肩膀宽阔，个子也高。他穿一件及膝的军大衣，里面搭了个皮夹克。月色皎洁，映得他面容也皎洁，眼神也没那么冷了。

他问她："你冷吗？"

祁水被他的突然出现弄傻了，愣愣地点了下头。

孟琮"嗯"了一声，把军大衣脱了，把皮夹克也脱了，然后又把军大衣穿回去，把带着自己体温的皮夹克披到她后背上。

"起来，"他伸手拉她，"待这么晚，不怕被狼叼走了。"

祁水傻了："这里有狼吗？"

孟琮挺认真："有啊。"

他就是逗她一下，结果祁水吓得"嗷"一声哭了出来。孟琮整个人大写的措手不及，心想着这姑娘眼泪怎么没个完啊。

"没狼，没有狼，"他赶忙解释，"你别哭了，你怎么这么能哭……你……你这大半夜的，别人以为我欺负你了……"

她一抽一抽地说："我控制不住……"

孟琮看她皮肤皱得裂开，拿自己袖子给她擦脸，结果被祁水一把推开。

"好脏啊！"她说。

孟琮无奈，挠了挠头，把军大衣拉开，说："那你在我肩膀这儿擦擦。"

祁水迟疑片刻，自己也觉出脸上在疼了。

"干净吗？"

"干净，"孟琮信誓旦旦，"我刚洗的。"

下一秒，他怀里一软，她真的靠过来了。

她柔软而温暖，头发上还有一股香气。孟琮的心跳慢慢加速，他都害怕祁水隔着肩膀听见，抬头问他。

她那天在他怀里哭得都不太清醒了，最后是被他背下的山。

那天天气很冷，山路很长，他每一步都走得很稳。她在他肩膀上呢喃着梦话，小声说："你不要摔着我呀……"

他叹了口气，回过头，目光温柔："我不会摔着你的。"

但转回头的时候，他的目光又变了。

那年孟琮十九岁，背着祁水下山。山路之上月亮高悬，少年人发誓，他要与他爱的姑娘比肩。

那是他们两个唯一一场合作过的电影。

杀青之后，她继续大红大紫，他继续跑龙套，但比以往任何时候都拼。

用过他的人都知道，那个年轻人，有机会就上，拍起戏不要命。很快，他就开始接一些有姓名的角色。

他就这样一直不要命，终于拿到了一个叫作《狂追》的剧本。

导演是外国人，副导演是中国人。他连男二号都没演过，这部戏却上来就给他演男主角的机会。

他兴奋得发抖，面上还强装镇定，合上剧本，问那副导演："为什么选我？"

副导演后槽牙咬着烟，笑起来有种搞艺术的癫狂："因为别人说你不要命。有好角色，你甚至不要钱。"

孟琼点点头，认真地回答他："你选对人了。"

人年轻时一无所有，把命押上赌桌，换一个声名鹊起的未来。

拍摄地在可可西里，是传言中寂静的无人区。离开北京前一天，他拎着行李，找朋友带他去片场，最后看了祁水一眼。

她对着摄像机里演戏，演一个送丈夫出征的女人，眼圈红着，轻声细语："你保重身体。"

孟琼对着她的身影抽完一整根烟，就像她送的人是自己。然后，他捻灭烟头，对着空气嘶声开口："你等我回来。"

他对于青春的回忆，从那天起，便不再连贯了。

之后的日子，都是碎片化的，断断续续地梦到，零零碎碎地想起。

譬如一群男人在可可西里裸着身子狂奔，身后是壮烈的晚霞。譬如发疯的羚羊追逐他们的越野车，再譬如半夜去抽烟的时候，与黑暗中野狼幽绿的眼睛四目相对。

梦得最频繁的是车陷进流沙，他被导演揪着领子往外扔，腾空而起的瞬间，脑海里浮现出她月色下的那张脸……

他就这么在可可西里玩了半年的命，回北京的时候，几乎像是再活一次了。剧组人人都有种劫后余生的狂喜，人人都说，放心吧，这个电影，肯定拿奖。不拿奖，咱们把导演名字倒过来写。

他和那些男人打着哈哈，从几天几夜的火车上下来，蓬头垢面，胡子拉碴。

北京的朋友来火车站接他，他假装不经意地问："祁水最近，拍什么新电影了吗？"

朋友惊讶地看他一眼，然后才想起他在可可西里与世隔绝，于是回答他："她什么都没拍，她和一个导演结婚了，现在在度蜜月呢。"

那天的火车站，谁也不知道这个衣衫褴褛的年轻人怎么忽然就疯了。他一脚一脚地把行李踢远，凶悍又无能为力地说：

"你就那么着急吗！

"他摔着你怎么办啊！"

孟琼一辈子没娶老婆，没有孩子。一辈子就演过一个男主角，也就拿过一个奖。

他做制片人，工作起来不要命。手里有权，有资源，长得英俊，性格绅士，很多女人都喜欢他，爱慕他，哪怕只图他的人，也想要他。

但她们最后又都离开了他。

她们说他根本就不知道爱是什么，又或者没有把爱给过她们。她们说他每一次亲吻，每一个拥抱，看向她们的眼睛里，映出的都是别人的样子。

孟琼也不辩解，点根烟，请她们去留随意。

他以为自己会这么冷静一辈子，直到那天听到祁水的死讯。

他当时还在酒局上和人推杯换盏，突然就有人说，那个嫁给导演的女演员祁水，死了，刚死，儿子给段牧江打电话，段牧江还在电话里和儿子吵架。

消息是段牧江旁边陪酒的女人传出来的。

他都不知道自己怎么就把酒局砸了。

好在他一向会做人，大家都谅解他，说他是喝多了。

可只有他自己知道，他那天回家对着空无一人的房间大哭，哭得根本不像个稳重的中年男人，倒像个十八九岁的毛头小子。

他甚至不知道去哪里祭拜她，于是他只能买了一大堆杞果，然后一颗颗地剥掉皮，塞进嘴里，吃得一地狼藉。

他对着杞果说，对不起啊，祁水。

对不起。

我没做好。

我摔着你了。

他就这么人前正正常常、人后疯疯癫癫地活了七八年，然后在某一天，有个新认识的小姑娘和他说——

"他妈妈就是祁水。"

那天回家以后，孟琮做了个梦。他梦见自己回到十九岁了，祁水十八岁。他们并肩坐在那个月色皎洁的夜晚，她没有哭，眼睛还是亮亮的，靠在他肩膀上，说话的语气那么温柔。

"孟琮，"她说，"你往前走吧。"

十九岁的他喉咙哽咽，环住她瘦削的肩膀，把她护进自己的臂弯里。

"我一个人走不了，"他说，"祁水，我替你送他一程吧。"

她闭上眼，手搭在他的肩膀上，身体微微颤抖。

她说："辛苦你了。"

然后她的身影逐渐消散，而孟琮一个人睁开眼。

窗外天光大亮。

他知道，自己有事情要做了。

02. 黎征的故事

黎征三十二岁那年，雀羽视创被一家巨头公司收购。

有人说，公司像是创业者的孩子，黎征觉得这种说法太感性了。行业遇冷，个人的努力抗不过时代起伏。雀羽能在至高点卖出个合理价格，于他于公司，都是最好的结局。

唯一的问题是，他不知道自己该做什么了。

他前半生一直在往上爬，用攻城略地的姿态去处理人生中的所有问题。忽然之间，面前再无高峰供他攀登，他站在一望无际的平原上，不知道下一步该往哪里走。

于是，他干脆沿着来时的路，回去了。

他回枸杞岛了。

从十八岁那年离开故乡，他回去的次数不多，家里的人也总是不大懂他在做什么。他解释不清那些收购的复杂术语，只是笑着和父母说，赚够钱，辞职了，以后留在岛上，多陪陪你们。

　　他真的留在了岛上。

　　他的人生从未有过如此漫长的闲暇，起初还能靠看书看电影打发时间，后来便不耐烦起来。创业的人闲不下来，他和在学校当老师的朋友聊了几句，竟然在岛上租下一处工作室，开了个教编程的课外班。

　　很快，孩子们挤满了这个装修简陋的小屋。有人偷偷用他装配的电脑玩游戏，他也不生气，只是在系统上动些手脚——孩子们发现一开游戏就卡，也就不玩了。

　　他没有承认过，但他知道，自己应该是太寂寞了。

　　他以前是不怕寂寞的，也从没觉得房子空过。

　　人不会怀念自己没有过的东西。

　　可惜的是，他有过。

　　他创业的时候喜欢复盘，对这段感情也会。他时常在某个空荡荡的时刻回忆他们的相遇，从峰会上的惊鸿一瞥，到剧本杀馆的重逢，再到他一次又一次的试探和主动。

　　他明明稳操胜券，为什么最后还是差了一步？

　　他一直没想通，感情似乎是比创业还复杂的一件事。

　　直到那天，海滩上放电影。

　　那天他不是一个人去的，是和那位养猫的朋友。他是他大学同学，毕业后去北京发展——如果不是他那天托他把猫带去宠物医院配血型，或许这就是另一个故事了。

　　朋友来看他，两个男人无事可做，最后拎着啤酒瓶去海滩上看电影。他们都穿着宽松的 T 恤和拖鞋，一点也看不出当年西装革履的样子，倒像土生土长的岛民。

　　夜风轻拂，朋友忽然说，黎征，你这个人，做事就是太强求了，不放过自己，也不放过别人。

　　他不动声色，反问对方什么意思。

　　朋友说，你大学的时候就这样，看上的东西一定要拿到手，偏执到有点不择手段。这在事业上是个很好的品质，但人生除了事业，还有很多事，是强求不得的，尤其是感情上。

　　你啊，我猜你这些年也在复盘那段感情，毕竟你这些年求而不得的，也就那一件事。可是黎征你知道吗，一件事能做成，是因为时机和火候都到了，自然而然就成了。不过可能因为你每件事都那么拼命，你就以为，这些事之所以能成，都是你自己的功劳——

　　不是的，黎总。人生不是强求而成，人生是水到渠成。

　　黎征说，渔民要是像你这样，什么都捞不到。

朋友说，那你觉得那姑娘是条鱼吗？

他一下被问住了。

姜思鹭不是鱼，是飞鸟，还是他最喜欢的那只。

黎征靠在躺椅上，看着海边立起的银幕笑起来。

"醍醐灌顶，"他说，"你去给成功人士开辅导课吧，比我教编程赚得多。"

"自称成功人士，"朋友踢了他躺椅一下，"财富自由了不起是吧？"

黎征说："孤家寡人，也就能聊聊钱了。"

朋友大笑起来，黎征忽然想起姜思鹭总说自己：黎总，你不要讲笑话，你真的不适合讲笑话。

他现在好像会讲笑话了。

如果他是现在遇到的姜思鹭，而她先遇到的男人是他，那他们可能还真的挺合适的。

可是他已经失去了她，而她已经……选择了那个会讲笑话的了。

那晚过去，黎征送朋友离开。两个人坐着轮渡离开枸杞岛，又打车去了机场。回家的路上，他看到一家书店，鬼使神差地走进去，然后看到一进门的推荐台上，摆着姜思鹭那年新出的一本书。

他想都没想就买了下来。

他那天没回枸杞岛，回的是和她一起住过的那个家。别墅里全是落灰，他把家里收拾干净，躺在沙发上翻开书页，从第一页往后看。

书不长，二十多万字，他一晚上就看完了。最终的章节里，他果然看到了自己说过的那段话。

那个男人对女主角说：

"我小的时候，在我亲戚家住过很久。他也是渔民，他们那边，有训鱼鹰的风俗。

"训鱼鹰，得有耐心。它不按你的来，你就重复地训练它，给它喂食，告诉它，按照我说的做，你就有甜头吃。

"我训得很好，我养的鱼鹰都很听话。但是后来，我遇到一只很怪的鸬鹚。

"训成了就是鱼鹰，没训成就是鸬鹚。这只鸬鹚很凶，也很倔，宁肯饿着，也不按我说的来。

"我当时大概……十四岁？也很倔，就和这只鸬鹚耗着。它不听我的话，我就饿着它，不给鱼吃，也不给水。

"我去岸上给它买脖套，等我回船上的时候，就发现它躺在船舱上，死了。我有点难过，然后我亲戚告诉我，有的鸬鹚，就是养不熟的。碰到这种的，要么让它死在船上，要么放它回芦苇荡里。

"你回芦苇荡里吧。"

她记性可真好，竟然记得一字不差。

他没看结局，因为结局总归是相爱的人久别重逢。他只看到他自己的那段话，就把书合上了，然后躺在沙发上环顾四周，仔细地看了一遍家里那些她买来的东西。

他盖着她买的毯子睡着了。

他梦到了一个完全不同的故事，他梦见他在峰会上和她见面之后就开始追她，而她也不抵触他。梦里他的事业没做得这么大，但他一点也不失落，因为她会一直和他说，没关系的，黎征，我爱你呀。

她在梦里一直重复着这句话，说到最后他快睡醒的时候，她的表情忽然变了。

是一种很温柔，但很悲伤的神色。

她说，黎征，你往前走吧。

他从十四岁那只鸲鹆鸟死后就没哭过了，但那天，他在梦里，竟然哽咽了。

他说，姜思鹭，你给我整下领子吧。

她点点头，帮他把领子整理好。

于是他也点头，答应她：

"好，我往前走吧。"

黎征的故事结束了。

03. 路嘉和曹锵的故事

路嘉觉得自己这些年，像在打一场漫长的通关游戏。

每次通关，她都能获得一张入场券——一张下一个关卡的入场券。她拿着那张入场券，进入下一个角斗场，搏斗，胜出，继续前行。

她用一份好的成绩单换来一张好学校的录取通知书，又用一张好学校的毕业证和一份优秀的实习履历进入了一家很好的公司，再用优秀的职场表现换取职位的晋升。

发现职场的天花板后，她毫不犹豫地转换赛道，用这些年积攒下的人脉和经验开了自己的工作室，签艺人，再带着他们通关。

她一直昂首阔步，自信非凡。

直到姜思鹭离开，段一柯跳海。

段一柯消失后的很长一段时间，她都在失眠。夜深人静的时刻，她瞪大眼睛望着天花板，复盘自己这些年的人生，继而被巨大的茫然笼罩。

她开始质疑自己对他们做过的一切，质疑自己一直以来的人生信条，质疑自己是不是这场悲剧的罪魁祸首。

她夜里睡不着，白天也恍惚，浑浑噩噩，切水果的时候拿不稳刀，刀尖冲着地面砸下去，差点儿划伤自己小腿。

是曹锵发现了不对劲。

他推掉了所有工作，给员工放假，带路嘉去京郊的山里散心。半夜，老板在院子里点燃篝火，她抱着手臂灌掉一整瓶冰啤酒，然后问："曹锵，你怎么总是那么快乐？"

曹锵当时坐在她旁边，被火光映亮的脸很平和。

世界已经天翻地覆了，他还是那么平和，平常也对谁都笑眯眯的，从不像路嘉一样情绪失控，发火。

路嘉忽然发现自己其实一直都不了解曹锵。

他对她二见钟情，然后追她，然后在一起，把她接去自己家。他没什么野心，不喜欢炒作，不喜欢抢资源，但演技好、敬业，导演和制片都喜欢找他，所以并不缺戏。

她有时候对曹锵不满意，觉得他不上进，没追求，和卖力拼杀的她根本不是一路人。但她又离不开他——

路嘉承认，自己贪图他的情绪稳定，贪图他永远能在自己失控的时候抱住自己，永远能笑眯眯地消化掉自己一切负面情绪。

曹锵看了篝火很长时间，才说："因为我没执念，也没不甘。

"我和你、段哥不一样。我小时候是个挺普通的小孩，成绩一般，长得也一般，家庭条件一般，不过父母感情好。我父母对我也没什么太大期待，以为我会和他们一样，平平淡淡地上学，毕业，考公务员，然后变老。

"高中的时候，我有个老师觉得我有潜力，让我报考艺校。我也是随便试了试，没有想到能考上，更没有想到自己没毕业就能接到戏，然后又一直有戏拍。我自己都觉得这些是撞大运得到的。

"我没有什么非要完成的理想，非要实现的目标，非要跨越的阶级。我好像就看到你的时候觉得，我一定要把这个人娶到——我对别的好像都是这种无所谓的态度。"

路嘉强打精神笑了笑。

曹锵继续说："我知道你最近一直在自责，你觉得你不应该让他们隐瞒关系，房总她们说那些话，你应该立刻反驳，你甚至和我说你后悔告诉姜思鹭段一柯在演剧本杀……路嘉，你知道我最心疼你哪点吗？"

路嘉迟钝地摇了下头。

"我最心疼你，总觉得自己应该无所不能。"

这句话落入耳朵的一瞬间，路嘉骤然闭眼，眼泪无声地流下来。

"你们老嘲笑我看小说会哭，可是你知道吗？看小说的时候，我们是纯粹的上帝视角，所以有时候会觉得，那他为何不如何，这不至于吧，这算什么……但可能因为我是演员，我习惯把自己代到角色里。说实话，大部分时候，我不会觉得我自己做的比他们更好。

"我只会觉得，他们很无力，他们在那个世界里，好像什么都控制不了。

"路嘉……其实我们也很无力，我们也很渺小。你怎么知道，我们就不是别人书里的角色呢？

"我觉得承认自己无力渺小没什么可悲的。你告诉思鹭段一柯在演剧本杀的时候，没有想到她真的能把他找到。你让他们隐藏恋情的时候，她被网暴成那样，你心里想的是保护他们。段一柯刚送走姜思鹭的时候，我们都没想到他会疯成那个样子，更没想到他……会消失。"

她眼泪像是要流干了。

"你信吗路嘉，如果把他们的故事写成小说，还是会有很多人不理解他们，指责他们软弱、矫情，可能用词比我说的这些还难听……可是人生哪儿来那么多打脸和神转折。很多事情一开始就注定了结局，我们改变不了命运，唯一能做的，就是尽自己所能去对身边的人好一点，放过自己。

"你没必要要求自己无所不能，你已经做得很好了，他们两个也做得很好。这个故事里的每个人都做得很好。人和人之间本身就是孤岛，不理解也是很正常的。姜思鹭和段一柯能彼此理解就够了，我们两个也是。我知道你，尽力了。"

他伸出手，路嘉靠进他怀里。

篝火跳跃着，火光映在他们的脸上和衣服上。她说："曹锵，我觉得很对不起你，我最近一直在和你发脾气。"

曹锵慢吞吞地说："还好，反正我这人除了长得帅、演技好也没什么别的优点，就剩一个……情绪稳定了。"

她被他逗得轻笑一声。

"曹锵，"她又说，"你说他们两个，还会回来吗？"

曹锵想了想，伸长腿，靠到椅背上，望着京郊的夜空。

"以我看小说多年的经验，"他说，"会有一个回旋镖的。"

"哪儿来的回旋镖啊，"路嘉懒懒地说，"谁扔的回旋镖？"

"作者呗，"曹锵回答，"看她有没有良心了。"

"哦，"路嘉翻了个白眼，"那作者让你下一句说什么？"

曹锵笑了笑。

下一秒，篝火旁忽然"砰"地响了一声。路嘉下意识转头，看见一簇火苗升腾入天，而后在深蓝色的夜空里绽开一朵巨大的烟花。

"作者让我说。"

他从身后慢慢掏出一个银白色的盒子，然后打开。

他单膝跪地。

他把盒子递到路嘉面前，看见她纤长的睫毛微微颤抖，漆黑瞳孔映出烟花繁复色泽。

"嫁给我吧，路嘉。"

路嘉觉得自己这些年，像在打一场漫长的通关游戏。

她拿着赢来的入场券，进入一个又一个新的赛场，把对手打得落花流水，再昂首阔步地步入下一个。

直到有一天，她匹配到另一个玩家。

这个玩家一点都不急着通关，还特别尿，看见 BOSS 扭头就跑，每一次脚步流连，都是看到了地图上的花花草草。

路嘉有时候真是不想和他组队了，但她又确实因为他慢下脚步，看花，看草，看小松鼠爬上树梢，看悬崖远处的云雾变幻莫测。

虽然有时候看他蹲在地上观察蚂蚁搬家的样子也会不耐烦，但是路嘉也意识到——

这个游戏，不止一种玩法。

这是一场无限游戏，她能做的事，远比升级打怪要多。

好像也不错，她心想。

于是，她冲他高傲地点点头，把左手伸出来，任他将戒指戴上无名指。

戒指触碰手指的瞬间，她忽然听到远方天幕响起特殊音效，系统提醒她——

"恭喜这位玩家，触发本游戏隐藏装备。

"本装备将开启大量隐藏副本，此副本无法单刷。请玩家确认，是否与该队友永久绑定？系统提醒，绑定有风险，解绑将大量失血，是否确认？"

路嘉看着天幕，轻声说："确认。"

确认就确认，破系统，吓唬谁呢。

曹锵在她身边。

她没什么好怕的。

番外三

/ 婚礼 /

段一柯和姜思鹭的婚礼拖到 2021 年才举办。恋爱之余，两个人在各自的事业上都不算高产——

姜思鹭，就出了三本书。

段一柯，就拍了四部电影、一部电视剧。

但成绩都很好。

姜思鹭三本书都启动了影视化，制作班底是那个当初她约采访都约不到的辛南影业。

而段一柯每一部电影都提名各大电影节，年纪轻轻就拿完大满贯。

只是两个人都不大喜欢露面。

不上综艺，不开签售会，很少接受采访。

关于他们的消息，往往是身边的人传出来的。

比如说，一位不愿透露姓名的成姓男演员曾和同行抱怨，自己这辈子不会再和段一柯搭戏。原因是他会在每一次休息的时候蹲去躺椅边打电话，电话内容用一句话概括就是：

"老婆，导演烦死了，不想拍戏了，想回家和你贴贴。"

再比如，段一柯基本都是杀青当天就离开剧组。有人问他着急什么，他说："下班回家陪老婆。"

有一次碰上个和他不熟又想套近乎的，佯装惊讶地说："啊，你这么妻管严！"

段一柯骤然停下动作，回头严肃地看着他，说：

"我不是妻管严。

"我是恋爱脑。"

还有一次，一家时尚杂志去段一柯家里拍摄。当时他们已经从京郊的别墅搬到市中心，买下一套大平层，家里到处都是向日葵的装饰，沙发上还有一些……胡萝卜的抱枕。

据摄像师酒后透露，他家客厅里放着一个巨大的猫爬架，不过最有特点的，还是那盏一点亮就会映出鲸鱼轮廓的鲸鱼灯。

"可能和他老婆笔名有关系，"摄像师说，"不过具体有什么关系，咱就不知道了，也不敢问。"

总之，段一柯三十而立，事业有成得很佛系。不过坊间也有传闻，说他是路嘉名下那间娱乐公司的大股东——

这就说通了。毕竟，路总那家公司如今赚钱之猛，段一柯还愿意出来演戏，那是神仙愿意下凡发福利。

或许正是因为段一柯除了演戏很少出现在公开场合，所以每年一度的电影节上，提问他的记者就会特别多。

2021年那一场，碰到一个八卦媒体的记者，提问风格很犀利。轮到他的时候，他举着话筒，炮弹出膛似的问：

"你不觉得你特别没有事业心吗？你为什么不趁着年轻多拍几部戏，卖力攀登事业高峰呢？"

全场哗然，他旁边北风新闻的那位撒记者翻了个巨大的白眼。

段一柯倒是没生气，左手接过话筒，慢悠悠地说："您说得对，我也是很苦恼，毕竟国内几个奖的最佳男主都拿过一轮了，我现在也处于一个，无峰可攀的困境里……"

已经有人开始笑了。

段一柯又想了想，右手下意识开始转婚戒："所以我选择去攀爬别的高峰。"

记者们面面相觑，旁边的顾冲看他一眼，也不知道他葫芦里卖的什么药。

只有姜思鹭本人知道，他那天回家以后在她怀里埋了好长时间，然后感慨道："说你这是高峰，有点侮辱高峰了。"

她脸一黑，揪着他领子把他赶去客厅。

他竟然也不主动回来，自己躺在沙发上睡，睡之前还能听见他逗了会儿猫。姜思鹭自己在卧室辗转反侧，怕客厅冷，怕他感冒，又觉得叫他回来丢人，只能给他往外抱了一床被子。

卧室关了灯，也是一片漆黑。她摸索着往前走，听见阿K从她脚底下迅速爬过。她摸索到了沙发边，听见段一柯沉稳的呼吸声……

男的，没心没肺，说睡就睡。

她如是腹诽。

薄被在手里抖开，落到他身上。姜思鹭叹了口气，刚想转身离开，腰间却是一紧，人被他拽进怀里——

她借着夜色对上那双狡黠的眼，哪有半分睡意。

"浑蛋……"她咬着牙低声说，"知道我会出来看你……"

他"嗯"了一声，嘴唇覆上她光裸的肩膀。他嘴唇干燥温热，她身体细腻冰凉。他的手从她腰间一路往上，按住她薄瘦的肩胛，再覆住她肩膀。

"客厅好冷啊，"他说，"陪我。"

他那只被她压在身下的胳膊也勾起，然后使力，把她抬到自己身上。再拉了下被子，两个人就被笼罩在了黑暗里。

密闭空间里的呼吸声被无限放大，她下巴卡在他锁骨上，呼吸的热气喷在他颈间。他单手把她两只手腕攥着背在身后，另一只手箍着她的细腰，指腹不老实地摩擦着后腰上那个凹进去的窝。

姜思鹭的呼吸产生了一些细小的凌乱，他偏过头咬她耳垂，更换来对方挣脱的动作。

他拽了下她手腕，拽得她身子朝后弓，细细脖颈亮在他眼前，喉咙一咬即断。

"别动。"

她又说一遍："浑蛋。"

"犯法了？"他往她脖颈上吹气，吹得她缩回他怀里，"领过证的。"

她的线条贴合着他的身体，手腕被他拘着，腰被他锢着，长发散落在他锁骨与脖颈之间。他屈腿，侧身，把她卡进自己与沙发的缝隙里。

"叔叔阿姨什么时候到？"

"下周。"姜思鹭闭着眼，任他手在自己身上游离，"我舅舅去接，我姥姥也来，然后就可以……"

"嫁女儿。"

姜思鹭笑出声，本来想骂他，但开了口，又忍不住地重复："嗯，嫁女儿。"

他忽然深吸一口气，手拢到她后背，把她整个人裹进怀中。她觉出他身体轻抖，笑问道："怎么了？见家长紧张了？没事的，我姥姥一直夸你……"

他忽然说："我家长会的时候见过阿姨。"

姜思鹭停下讲话，撤离点身子。

他那时候坐她后排，学校开家长会，他妈妈身体不好，没来，段牧江更不可能来。

所以他开完会以后，自己去课桌上拿发的东西。

他继续说："阿姨说我长得好看。"

姜思鹭笑起来，手指划过他英挺的脸部线条，说："谁都觉得你好看。"

他"嗯"了一声，讲话的样子很认真："但是我不只长得好看，我对你也很好，你要和她说清楚。"

姜思鹭点头："她都知道的，我每次视频都这么说。"

他像是松了一口气。

他们在黑暗里躺了一会儿，他手指绕着她的头发。她抱住他的腰，枕上他的肩膀，然后仰起头，从他的侧颈慢慢吻到额头，最后顺着鼻梁回到他的唇。

"段一柯，"她说，"我们要有家了。"

他身体僵了一瞬，然后猛然伸手抱住她。他抱着她翻身，把她压到身下，撑起她后颈，用力地回吻。

她的喘息从唇角溢出，被他一并吞噬。

许多年前的一天，她和他说，段一柯，女人与男人的爱情是不一样的，男人的爱是占有，女人的爱是瞬间。

他两个都要。

他要占有她，也要与她的瞬间。他要她完全属于他，连每一个喘息都要被他吞入喉咙。他要独占她在他怀里的这个瞬间，也要她余生里的每一个瞬间，全都烙印进他的眼。

姜思鹭要嫁给他了。

婚礼当天。

不像圈子里很多人声势浩大的婚礼，段一柯和姜思鹭请的嘉宾并不多。初秋的上海暖意犹存，他们亲手布置了室外场地，在每一个嘉宾座位上摆放鲸鱼造型的伴手礼。

他们没有策划任何复杂的流程，也取消了一切为嫁娶设置的关卡。

他们已经过了够多关卡。

一切都计划得很完美，当天早上还是艳阳高照。可偏偏到了表白誓词的时候，远处传来一声嘹亮的雷声，然后下起了太阳雨。

姜思鹭有些意外地看向段一柯——男人穿着西装，头发很快被雨淋湿，眉眼染上潮气。雨水顺着他脸部的轮廓流下来，在下颌汇聚，落入衣襟。

她看着他，他也看着她，就像这世上不存在这样一场雨。台下有人拍手，随之而来的是成远的声音——

"段一柯，该干啥干啥！"他喊，"不就一场雨嘛！"

雨声里，段一柯忽然合上了手里那个，本来写好誓词的折页。

他手中话筒落到身侧，垂眼看他，轻声说："姜思鹭，又下雨了。"

她仰着头，白色头纱被雨打湿，长发沾在鬓角。他伸手将她的头发拢至耳后，然后脱下西装，盖在她肩头。

他的嗓音清晰而富有磁性，穿破雨幕，落入每个人耳中。

"我记得每一场雨。"

我记得每一场雨。

我记得横店那天的雨，你湿淋淋地靠在我怀里，说着害怕自己从没有遇见过我的傻话。

我记得内蒙古那天的雨，我给你发了漫天星河，和那句留在手机里的"很想你"。

我记得重庆那天的雨，那是我最不想回忆的一场雨。

我记得上海那天的雨，你从漫天雨幕中走来，再次把我带了回去。

姜思鹭，又下雨了。

他忽然笑了一声，伸手去拭她的眼角。

他说："我真的很怕下雨的时候你哭，我分不清眼泪和雨水……"

她闭上眼，感受他温热的指尖。那触感划过眼角，划过脸颊，最终落在她下颌的轮廓。他靠近她，身体为她隔绝了一切风雨。

她伸出双臂搂他脖子，他揽住她的腰，拥吻将她带离地面，两人的发丝与唇齿都浸着雨水潮湿的水汽。

漫长的亲吻，他知道自己应当松手，可又舍不得怀中的温软。最后还是姜思鹭卡出间隙，轻声在他耳边说："等下回去。"

他将她放落地面，台下口哨声此起彼伏地响起。

雨后的婚礼现场有种晶莹剔透的美。或许是因为幸福和祝福，每个淋雨的人都不显得狼狈，连红了的眼眶都溢着感动。

他牵着她下台，与每一个来祝贺的人道谢。

先敬的是路嘉与曹锵。

曹锵先开口，说段哥，真好，你也有情人终成眷属。

路嘉也红着眼圈，说思鹭，我真的好想哭，我比谁都知道你俩多爱彼此……

姜思鹭赶忙给她擦眼泪，说路嘉，今天我结婚，你不许哭……曹锵把你照顾得那么好，你以后都不许哭。

然后是笋仔。

笋仔大概是不想哭的，但酒杯真的递到眼前，又一下哽咽了。

他说小姜姐，我这辈子运气最好的那天，就是你在火车站上我车那天。运气最好的第二天，就是送你走的时候，段哥答应我当他助理那天……

段一柯看见他哭就没脾气，很无奈地说，你运气最好的第三天，就是在火车站碰见她去找龚九那天，不然我还在剧本杀馆的仓库埋着呢……

她推了他一下，不让他再提那些事。

下一个是孟琮。

孟琮肯定是不会哭的，他只是长久地注视着姜思鹭和段一柯，然后把目光落在后者那张酷似祁水的脸上。

他说，你妈妈看到这么好的儿媳妇，一定很高兴。

段一柯说，孟老师……谢谢你来吃这顿饭。

他们都知道彼此在说什么。

顾冲和松球坐在孟琮后面，他俩一过去就站起来了。松球握着姜思鹭的手，似有千言万语涌到嘴边。

姜思鹭拍着她的手，说松球姐，没必要没必要，咱们都是熟人，不需要你用力过猛。

顾冲则照着段一柯肩膀来了一拳，惜字如金地吐出四个字："痴情傻 ×。"

段一柯笑笑，和他碰了酒杯，回道："彼此彼此。"

成远在下一桌，伴郎服还没脱，已经喝得有点醉了，见段一柯过来，拼命拍他的肩膀，不住地感慨："一柯啊……一柯啊……"

姜思鹭怕他被拍疼了，把他拉走了。

成远愤愤地道："你们就这样对待……让你们共度第一晚春宵的恩人！"

他赶紧回去陪成远喝了两杯。

成远之后是狐姐，狐姐旁边还站了个陌生男人。她很羞涩地和他们介绍："这个就是……之前总被我拉来补车位的前男——哦不是，现在已经回归现男友了……"

姜思鹭恍然大悟，端起酒杯："久闻大名，如雷贯耳。"

男人也错愕着敬酒，目光在姜思鹭和段一柯脸上游移片刻，回头问道："你那个剧本杀馆……还真是能人辈出……"

段一柯笑了笑，接茬道："不但能人辈出，还能牵桥搭线。哎，狐姐，我回头给你店里送个匾吧，就写四个字：'脱单圣地'……"

姜思鹭脸一红，低声说："结婚都堵不住你乱说话，贫死你算了……"

下一桌是房鸿和凤姐。

房总看着姜思鹭和段一柯，眼神涌动，感慨万千，给自己倒了满满一杯白酒，冲姜思鹭说："我自罚一杯！"

不等姜思鹭拦下，她就仰头喝干。

凤姐说："思鹭，你让房总喝吧，她这两年真是老念叨当时打电话逼你们那事，她当时也是不知情……"

"以前的事，"段一柯笑笑，冲房鸿举杯，"没必要提了。房总，这杯我敬你，谢谢你给我第一个机会。"

房鸿郑重道："那是你演得好，你在所有试镜的人里，演得最好。"

"也不是，"段一柯说，"当时有姜思鹭给我讲戏，我主要还是走了裙带关系。"

"段一柯，"姜思鹭脸一黑，"你喝多了是不是？"

段一柯笑起来，眼里流光溢彩。

他朝着角落的许之印走过去。

许之印起身，说话的样子郑重其事："段哥，新婚快乐。"

段一柯点点头，也郑重其事地回答："谢谢。"

"以后有用得着我的地方，你直接找我，"许之印说，"你救过我的命，我……"

"你也帮了我们忙，"段一柯说，"扯平了，我们现在是朋友，没有谁欠谁。"

许之印一愣，感激地点点头："那上那个综艺我最大的收获就是你这个朋友……"

话音才落，孙炜凑过来。

"化鲸老师！"他也喝了几口，和成远差不多激动，"新婚快乐！那个——"他转头四顾。

"袁老师人呢？"

"这这这里！"袁蓬蓬小碎步跑过来，"化鲸鲸鲸！新婚快乐乐！"

"哟，"姜思鹭阴阳着说，"不一见面就叫我魔鬼鬼了？"

袁蓬蓬不好意思："谁叫叫你魔鬼……"

段一柯忽然一个箭步冲上去，特别发自肺腑地捧起袁蓬蓬的手："你也觉得她是魔鬼，是吧？"

姜思鹭一把将他扯走："不好意思不好意思，他喝多了……"

走到一半，旁边过来个三十出头的男人，长相挺落拓，身材魁梧，看着像摄像师。段一柯顿住脚步，很礼貌地打招呼："庚哥。"

卢庚也顿住脚步，从后背上卸下个纸箱。

"刚送来的新婚贺礼，我帮你俩签收了。"他说着就把盒子拆开，"东阳那边寄过来的……好家伙，这么大的木雕牡丹？"

姜思鹭也有些惊讶，俯身去摸木雕温煦的纹理。

"是师兄送的……"她看向段一柯，"龚九和徐师父。我和龚九说过，我喜欢这牡丹。段一柯……"

他垂眼望向她，眼神温柔，也不像是真的喝醉。

她忽然有些不那么理直气壮。

"那天我去找龚九，他告诉我，你替我等师父的时候……"她声音越说越小，"你在石桌上写我的名字，我还……没问过你呢……"

段一柯一愣，望着木雕牡丹发了会儿呆，再抬起头的时候，竟然很坦然地反问："还有这回事？"

姜思鹭："……"

男人这才意识到失言，轻咳一声，补救道："我……我在很多地方都写过你名字，你看你书上，那不全是我写的你的名字……

"哎……你听我解释啊……

"你怎么又生气了……

"姜思鹭！"

她走得很快，但他步子大，追上她后，单手锢住她两只手腕，叫她面朝自己，手缚在身后。

她越挣扎，他缚得越紧。他也没把她弄疼，就是身形罩着她，让她逃不出去。

配上西装领带，真有种衣冠禽兽的既视感。

她抬头，对他怒目而视。

看着看着就不气了。

他嘴角噙着笑看她，眼神亮得惊人。他拽着她的手腕把她往后推，身子欺过来，把她逼进无人的树荫里。

"这么在乎写名字啊……"他说，"户口本上是你，结婚证上也是你，房产证上还是你……因为一面石桌和我生气？"

她也觉得自己没道理，身子一下一下地挣。

"没生气……"

"气，想气就气，"男人轻笑，"我愿意哄。"

他手松开，她软进他怀里。

"姜思鹭，"他嗓音压在她耳边，叫人心里万分踏实，"我保证以后，不让你受一点委屈。"

"那我也保证。"

"你保证什么?"

"我也不会……不会让你受委屈。"

男人闻言一愣,随即笑起来。

"好,"他点头,"我们两个,以后谁也不吃苦,谁也不受委屈。"

那场雨见证了他们光明正大的相爱,那棵树记录下他们郑重其事的承诺。

后来的许多年,段一柯和姜思鹭,谁也没有再吃过苦,谁也没有再受过委屈。

王子和小美人鱼,一直幸福地生活在一起。

番外四
/ 婚后恋综 / 校园回忆 /

　　会议室里沸反盈天。

　　窗外是 8 月酷暑，窗内是火上浇油。会议室门外临时挂起的铭牌，点明了这群人聚集在这里的原因：

　　《从校服到婚纱》综艺节目录制专组

　　总负责人：孙炜

　　兜兜转转，还是干回老本行。会议室里禁烟，年轻的小孙导演后槽牙咬着一根烟，也不点，一脸严肃地看员工们交来的应急方案。

　　情况说来也简单——

　　影视行业不好做，朝暮影业高层拍板进军综艺领域，也拉起一批自己的综艺团队。今年招商的时候，期待值最高的就是这档素人恋综《从校服到婚纱》。

　　可惜眼看都要开录了，本来答应参与拍摄先导片炒作话题的一对明星夫妇突然……

　　离婚了！

　　招商的时候不少资方就是冲着这对明星卖了朝暮影业面子，现在他们不来了，替换的嘉宾 CP 除了咖位只能大不能小，还得是校服到婚纱，难度系数简直指数级上升……

　　"这对谁找的啊？"孙炜把手里第一个方案往桌上一砸，"这男的去年刚被拍到负面新闻，请他过来打脸吗？

　　"还有这个——"又是一砸，"业界知名合约假夫妻，这点内幕都不知道还来干综艺？等着翻车是吗？"

　　孙炜："这一对……校服到婚纱，是真的一起穿过校服，不是拍校园剧看对眼的？"

　　"孙导孙导，"一个编导赶忙递水，"您消消气，真不是我们不好好找，这限定条件太难满足了……咖位得比之前那对大，还得是结了婚的，更难的是学生时代就认识……哎，就现在这年代，大学能成的都不多，更别说从十几岁走到现在的。"

编导："孙导，是这个时代，过分薄情寡义啊！"

孙炜扔了策划案，五指张开扶住脸，反复念起这三大标准：

咖位更大的明星——他脑海里浮现出几张脸。

已婚——有几张脸消失了。

从学生时代……

嗯？

嗯嗯嗯？

小编导们还在发愁，只见一向稳重的孙炜导演忽然从座位上跳了起来，大喊一声："我知道找谁了！"

孙炜的语音打过来的时候，段一柯和姜思鹭正在一座小岛度假。

两个人的事业基本都稳定了下来，取得的成绩也在各自的领域抵达了顶峰。经历过此前许多，他俩事业心都强得有限。可惜人在名利场身不由己，也是为了对得起粉丝和读者，都搞出一身毛病——

段一柯几部动作戏下来，骨头基本是一动就"咔嚓嚓"地响。姜思鹭长期伏案，肩颈也落下不少问题。

干到前年，路嘉觉得实在不行，干脆限制起他俩工作的时间，逢年过节就把他俩送去各种人迹罕至的度假区修养，这才慢慢有了好转。

两个人给酒店圈养的小羊喂草的时候收到故人来电，都有点惊讶。

"喂，化鲸老师？"孙炜的声音传过来，简直把她拉回当初段一柯上综艺的那个春天，"我这儿有个救命的事，你可一定得帮帮我……"

事情不复杂，孙炜几句话就把困局讲清楚。姜思鹭对着话筒沉默片刻，段一柯接了过去。

"我们这些年还真没上过什么综艺，"他手抚了下姜思鹭后背，对孙炜婉言拒绝，"要不我帮你问问圈子里其他朋友？"

从他拿到第一个影帝那年开始，就一直把姜思鹭保护得很好，几乎没让媒体再拍到过她私下的样子。为数不多的几次公开采访也是在完全可控的状态下进行的，但是录综艺这种东西……

"段一柯。"

姜思鹭忽然轻唤了他一声。段一柯抬头，她把手机拿了回去。

"我们下周回北京，"她对话筒对面温温柔柔地说，"你把策划案和流程发过来，我们看一下。"

电话挂断，段一柯神色略显意外。

这么些年过去了，他的模样成熟了不少，气质也变得沉稳，今年连找上门的戏都从动作片变成民国谍战。

相反，她倒是没怎么变，还是重逢那年的样子，路嘉每次见面都要说声"怎么还逆生长了，一看就被宠得很好"。

段一柯朝她伸了下手，她就坐到他膝盖上。揉捏了一会儿她的手指，他轻声问："没关系吗？"

"过去那么久了，"她亲了他嘴角一下，"我又不是长不大。要是别人就算了，孙炜人家也算是……"

她轻笑："把我往你身边推了一把。"

思及往事，段一柯也笑起来："是，我综艺录到一半去买了瓶水，回来就看见你躺在楼梯下面摔得什么似的……刚扶到一边，又发现你骗了我那么久，你那时候怎么成天惹我生气……"

"惹你生气是因为你爱生气，"她理直气壮，"现在也惹啊，你就不生气了，还是你自己的问题。"

"这都能怪上我？"

他右手拢上她的腰，左手往她膝窝里一伸，一下把她整个人横抱起来。姜思鹭双手勾着他的脖子，嘴角一垮，立刻告饶："怪我，怪我。段一柯，我们是来休息的，你让我歇一天吧……"

他一边往身后的木屋套房里走，一边逗她："那你说几句好听的。"

"段一柯最好了。"

"就这？"

"我最喜欢段一柯，没人比我老公更帅！"

"还写书呢，语言匮乏。"

"你……"她气急，手捶他肩膀，"什么古装男神制服男神，你就适合演那种纨绔子弟，强抢民女那种……"

段一柯闪身进了房间，一只手去拉落地窗的帘子，一只手还锢着姜思鹭肩膀不放。

"这角色还真没演过，"他转过头，把她逼到床边，"来，试试。"

试……

试什么啊！

三周后，北京。

上周去节目组对过两次流程，先导片的拍摄就正式启动了。孙炜从上海亲自飞过来压阵，第一个拍摄点就在 K 中的操场。

正值暑假，学校里空无一人。摄制组在一旁架起机器，段一柯和姜思鹭抱着腿坐在草坪上，有一搭没一搭地聊天。

"晒吗？"他问。

"还行。"她手搭了个凉棚，被晒得没什么精神。下一秒，他就起身单膝跪到她眼前，身体挡住阳光。姜思鹭一愣，急忙拽他。

"尴尬死了，像求婚似的……"

"多刺激啊，"他懒洋洋地说，"在学校里求婚……"

"二位二位，"孙炜被小编导推过来，"我们开录了，辛苦两位老师收敛点，我们工作人员都不好意思打断你们……"

姜思鹭一把将段一柯拽回身边，摄像和几个编导这才敢过来和他们走流程。第一个单元是个常见的情侣游戏——

编导提问一系列恋爱经历相关的问题，看他俩的回答是否一致。不一致的时候，两个人会被拉到不同的镜头前回忆当时的场景。

"那化鲸老师和段老师，我们开始了哦。第一个问题：请问是谁追的谁？"

姜思鹭："他追的我。"

段一柯："我追的她。"

"第二个问题：第一次接吻在哪里？"

姜思鹭脸红了红："在北京，元旦那次。"

段一柯："那次是醉着的。清醒的是那次，当时我刚试镜通过，她在睡觉然后我……"

姜思鹭震惊转头："什么时候？"

编导："好，第一个不同答案出现了……记下来，我们先接着录啊。第三个问题：结婚这些年，事业和家庭哪个优先？"

姜思鹭："家庭。"

段一柯："家庭。"

编导："第四个问题：谁恋爱脑比较严重？"

姜思鹭："我俩都……"

段一柯："我，我比较严重。"

姜思鹭："嗯，那还是他严重点。"

编导："第五个问题，第一次亲密接触是什么时候？"

姜思鹭："这个问过了吧？"

编导："那个是接吻哦，亲密接触，可以是拥抱一类的。"

姜思鹭："那就是他刚搬进我家的时候，有一天晚上我俩在客厅，也是喝多了然后……"

段一柯："十七岁。"

姜思鹭："什么？"

段一柯："我十七岁就抱过她。"

姜思鹭："我完全没印象啊！"

远处一声"咔"，随即是片场控制不住的爆笑声。孙炜笑得直不起腰，半天才扶着摄像机说："化鲸老师，你这个综艺感不减当年啊……"

姜思鹭愣了片刻，回头就拽段一柯衣襟："什么时候啊？十七岁什么时候啊？我怎么完全不知道……"

"化鲸老师，"现场编导忍着笑来拉她，"我们这部分是要分开录制的哦，麻烦你先松开段老师，我们下一个拍摄场地在教室里了……"

姜思鹭眼睁睁地看着段一柯被人带走，无力喊道："那你回来和我说啊……

我真的……啊，我怎么一点印象都没有……"

教室里的机位也已经架好了。

孙炜办事很细心，录制教室就是他们高二的那间。都十多年了，教学楼都重新漆过一遍，教室里面竟然还是当年那个样子。

或许也正因如此，每一代人的青春、梦想与少年时蓬勃的爱意，也都是差不多的样子。

当时班里座位一周一换，同桌都时常改变，但因为姜思鹭坐在他前排，他们倒是一直没有分开过。段一柯找了个后排座位，冲着跟拍的镜头一笑，说："以前我俩就这么坐。"

很快，孙炜和几个编导也跟了上来，安排灯光收音就位。

这回推流程的是孙炜。

"段老师，"孙炜坐在离他不远处的一处桌面上，说话的样子简直像是高中男生在聊天，"那和我们聊聊吧，你十七岁那年，第一次抱她的事。"

段一柯歪头想了想。

阳光斜射，他似乎又回到少年模样。镜头中，段一柯身子往后仰了仰，手臂搭在椅背上，嘴角不自觉地带出一抹笑。

"我们学校，每个学期都有一次野外活动，"他慢慢开口，"那天晚上，我陪她去看星星了。"

那年高二。

当时校庆话剧刚演完，段一柯自己没感觉到，但总是有意无意地去逗姜思鹭。抢她的水，用她的笔，野外拓展活动的路上非要和她坐一起，还号称是因为她话少不影响自己睡觉。

拓展活动是 K 中传统，学生们被统一拉到郊区山上一处公园，按照地图顺序参加主办方在公园里准备的一系列竞技项目。项目有的考智力，有的考体力，还有的考默契度……讲究的就是一个德智体美劳全面发展。

不过最有意思的，还是活动当晚的野营和篝火晚会。

十几岁的小孩精力旺盛，篝火半夜不熄。烧烤的聚了几堆，玩游戏的聚了几堆，还有不少隐匿在黑暗中的暧昧男女。段一柯觉得吵，先回帐篷睡了一觉，醒来的时候外面已经陷入寂静。

帐篷顶端是层半透明的网，仰头便是漫天星河。他在夜色里发了会儿呆，忽然想出去看看。

同帐篷的男生呼噜震天，他拉开帐篷拉链出去，深一脚浅一脚地往远处的山坡上走。

看见姜思鹭的背影时，他脚步慢慢放缓。

她里面穿着浅色睡裙，外面披着秋季校服的外套，长发散在肩上，抱着膝盖看向夜空。仰头是星河流淌，她坐在无边的夜色里，安静乖巧得让他心里一软。

大约是听到了他的脚步声，她微微侧过头，语气略显惊讶："段一柯？"

"嗯。"他应了一声，也坐到了她身旁。

夜风浮动，她发香随风而来。段一柯侧头看向她，轻声问："看星星？"

"不是，"她摇摇头，"我在等流星。"

他了然。

他们搞活动的这处郊野极偏，翻过眼前的山就是草原，夜空能见度极高。之前有节课老师还特意提到过，流星雨罕见，但流星其实再常见不过。赶上天气好的时候，一晚上能见到好几颗。

姜思鹭应该是好不容易在野外过夜，特意来看的。

"你之前见过流星吗？"他问。

姜思鹭摇摇头："你见过吗？"

"嗯，很小的时候，"他手比画了一下，"我妈在山里拍戏，我去片场看她，凌晨起床赶路的时候看见的。"

纵然坐了一年多的前后桌，这还是姜思鹭第一次听他提到他家里的事。

只是他口气淡淡的，似乎只是因为提到流星随口一说，也不是很想多聊的样子。

姜思鹭善解人意地没有追问。

夜风还是有些凉，姜思鹭又等了一会儿，小声打了个喷嚏。段一柯看她一眼，把外套脱下来扔她身上。

她一愣，赶忙摆手："不用，不用……"

"披着吧，"他漫不经心，"我是男的，没事。"

她抓着他外套的手顿了顿，脸在夜色里难以察觉地红了起来。风声里传来一阵衣服摩擦的声音，段一柯专心致志地看着夜空帮她等流星，突然——

"来了！"

姜思鹭应声抬头。

夜幕里，一道流星陡然出现，划破天际，爆裂出一瞬光亮，又迅速归于沉寂。姜思鹭衣服披到一半，"唰"地站起来，拽着他衣服大喊："看到了看到了！！啊啊啊！段一柯！看到流星了！"

他被她晃得说话不稳，笑着说："这算什么啊，也太小了，再等一颗。"

看到流星的姜思鹭心情大好，把衣服往自己身上拽了拽，又坐回了地面。

只是距离离他近了不少。

或许也正是因为离得近，又等了一会儿，他听到她微不可闻地叹了一口气。

"困了？"

"不是，"姜思鹭摇摇头，"我觉得流星……好可怜，本来好好在天上挂着，突然就掉下来了，也不知道会落去哪里……"

"你也太多愁善感了，"段一柯无奈，"真不愧是写剧本的人。"

她不说话了。

段一柯偏着头想了想，手撑在身后，忽然把目光投向了姜思鹭。

她披着他的校服，胳膊环抱膝盖，看着方才流星滑落的方向，眼神里有种黯然。

其实要是别的姑娘这样，段一柯大概率是要觉得矫情的。但偏偏姜思鹭这个样子，他就真觉得她是惋惜流星再也发不了光。

他碰了她肩膀一下。

姜思鹭回过头，只见段一柯勾着嘴角，下巴朝夜空扬了下，很笃定地说："万一是流星自己想下来的呢？"

姜思鹭一愣。

段一柯身子往前一倾，靠近她，逼得她往后撤了半寸，他慢悠悠地开口："挂在天上多无聊啊？黑漆漆冷冰冰，除了能发光，还能干什么？

"你也别替它难过。说不定，它掉下来的时候还很高兴呢，心里想着，太好了，终于可以离开这个鬼地方了，终于可以去见想见的人了。"

他离她好近，呼吸交错，她能感到他身上的热量。沉默片刻，姜思鹭鬼使神差地反问："它想见的人……是谁呀？"

段一柯也被问愣了。他收回身子，莫名安静了下来。

两个人一个抱着膝盖，一个往后撑着身子，都抬起头去看夜空。

又等了一会儿，他觉得膝上一沉，竟然是姜思鹭靠了过来。他垂眼去看她，发现她已经睡着了。

他拍了拍她肩膀，没叫醒，苦笑一声，左手伸进她膝窝，右手拢上她后背，把她抱了起来。

他抱起她的样子太自然，连他自己都没意识到，这或许预示着什么。

她额头抵他锁骨，无意识地呢喃着。他把她送回帐篷外，然后把她放回地面。

她半倚着在他怀里醒过来。趁着姜思鹭半梦半醒，段一柯撤回身子，扶住她肩膀，让她站稳。

"怎么……"她迷茫睁眼，"怎么回事？"

段一柯忍着笑，说："你梦游，自己从那边走回帐篷了，我怕你摔了，跟着你过来了。"

姜思鹭抓了一把他的外套，扯下来，人还是蒙的："我不梦游啊……"

"梦游的人当然不知道自己梦游了，"他说，"说梦话的人也不知道自己说梦话。"

她被说服了。

校服外套塞回段一柯手中，她又说了声"谢谢"。看着姜思鹭的身影消失在黑暗里，段一柯把外套往自己肩头一甩，慢悠悠地走回自己的帐篷。

衣服上染着她的发香，他在夜色中抬头，望向星空。

他抬头的时间很巧，天幕之中又划过一颗流星，比方才那颗更亮。一闪即逝的火光，像是将天幕撕开裂缝。

"是啊，"他轻声问，"你想去哪儿啊？你想见的人……

"是谁啊？"

　　那年姜思鹭和段一柯都十七岁。少年无忧不知事，他们还不知道，星河流转，一切早有定数。

　　每一颗坠落的星星，都自有归途。

后 记
/ 有的故事一辈子只能写一次 /

我每写完一本书都会感慨的一句话是——这本书对我当前阶段的意义蛮大的。

《落日化鲸》也是。

和前几本书不一样的是，《落日化鲸》更像是我的一场复健。

我写小说的时间也不短了，刚开始是杂志的短篇，然后出版长篇，然后大学毕业，读研，实习，工作……

2019 年出完第三本书以后，我停笔，一头扎进滚滚红尘，和世俗蝇营狗苟。在动笔写《落日化鲸》之前，我已经……三年没写过东西了。

回顾不写小说的这三年，我算不上快乐。

我不知道是不是每个初入社会的人都会像我这样，和世俗碰撞得如此激烈。如果你能读出段一柯骨子里那种和世界的对冲感，那大概也能体会到我这些年的心路历程。

我动笔的时候就对这个故事有个定位——成人童话非童话。你能看到两个主角在不停地和现实碰撞，他们总是试图坚持一些东西，最后又被现实撞得头破血流。

这些剧情可能不是我经历的剧情，但是那个对现实无能为力的感觉，的确是我这些年的感觉。

熟悉我的读者应该能看出来《落日化鲸》里的矛盾冲突特别剧烈，这种东西在我之前的作品里是很少见的。我觉得文风转变的原因，就是我这些年在不停地和世界对撞吧。

我在对撞中形成了新的写作风格，然后在这个故事中，把这些年积攒的创作欲宣泄了出来。

所以，相比于纯粹的"讲一个故事"，不如说这本书更像一个让我找回写作热情的契机——

太久没写了，我憋得太难受了，我把这些年压抑的不少感情都宣泄到这部小说里。而在这个过程中，我也惊喜地发现，停了这么久的笔，我仍然有对写故事的热爱，我还有写故事的能力。

最后再说两句关于这个故事的吧。

其实这个故事写到最后的时候，我也觉得他俩的感情太爆裂了。

就是放在现实生活里，这种感情和故事，真的是有点把人摧垮，很多人都走不到这一步，就会妥协了。

但是，其实看小说嘛，包括我自己写也是。

都是在弥补一些现实世界里做不到的遗憾。那些我们错过的，放弃的梦想和感情，他们在那个世界里，实现了。

我觉得但凡你有一点点，现实的遗憾，觉得被这个文治愈了。

那我就没白写了。

鹭鹭和dlk的故事结束啦，我也要去讲新的故事了。

咱们，新故事见。

北风三百里